In einem Roman mit schillernden Figuren, großen Gesten und vor dem Hintergrund des Amerikanischen Bürgerkrieges erzählt Joesph O'Connor eine so leidenschaftliche wie dramatische Liebesgeschichte. Den Kartographen Alan verschlägt es in die raue Goldgräberstadt Edwardstown. Dort lernt er Lucia, die Frau des mysteriösen und launischen Gouverneurs O'Keefe kennen. Lucia ist hin- und hergerissen zwischen der Loyalität zu ihrem Mann und der rasenden Liebe zu Alan. Während die Männer auf den Schlachtfeldern nur eine Freiheit kennen – die aus der Gewehrmündung –, erkämpft sich Lucia die Freiheit der wahren Liebe. Sie fällt eine bahnbrechende Entscheidung. Betrug und Leidenschaft, Krieg und Vergebung – in diesem Spannungsfeld hat Joseph O'Connor einen großen Roman geschrieben.

Joseph O'Connor, der aufregendste irische Erzähler seiner Generation, 1963 in Dublin geboren, studierte am University College, Dublin, danach in Oxford und arbeitete für die British Nicaragua Solidarity Campaign. Seine Romane und Erzählbände, für ihren satirischen Humor bekannt, sind regelmäßig auf irischen wie britischen Bestsellerlisten zu finden.

Joseph O'Connor

Wo die Helden schlafen

Roman

❖

Aus dem Englischen von
Manfred Allié und
Gabriele Kempf-Allié

Fischer Taschenbuch Verlag

Veröffentlicht im Fischer Taschenbuch Verlag,
einem Unternehmen der S. Fischer Verlag GmbH,
Frankfurt am Main, Dezember 2011

Die Originalausgabe erschien 2007 unter dem Titel
›Redemption Falls‹ bei Harvill Secker, London

Druck und Bindung: GGP Media GmbH, Pößneck
Printed in Germany
ISBN 978-3-10-17824-7

In liebendem Angedenken
an meinen Schwiegervater
John Casey

I. TEIL
Kriegsende

Die großen Reden – längst verhallt –
Depeschen zerfleddert – kein Denkmal mehr steht –
Die Karten zerstört von des Feuers Gewalt –
Des Generals Pläne – vom Winde verweht.

Die Briefe, verfasst mit bangen Fingern –
Von Soldaten, in zerfetzte Fahnen gehüllt –
Vergessene Hymnen, die keiner will singen –
Das ist's, was des Krieges Bücher füllt.

Charles Gimenez Carroll
(Pseudonym von Lucia-Cruz McLelland-O'Keeffe)
»Die Kapitulation der Rebellen in Appomattox«
aus *Amerikanische Gedichte, 1867*

❖

… Keiner … das weiß keiner … wie das für Frauen damals … gerade die armen … da war man nicht mal soviel wie ein Tier … weil … ein armer Mann sorgt für seine Tiere … aber eine Frau … wie Steine auf seiner Straße …

Elizabeth Longstreet, ehemalige Sklavin. Aufgezeichnet 1928. Transkribent unbekannt.

1. Kapitel

Mutterlos Kind

EIN JAHR IM LEBEN DER ELIZA DUANE MOONEY

Der Abschied – Die Unergründlichkeit der Zeit – Ein dicker Mann – Little Rock – John Cory und seine Familie – Der lüsterne Prediger

❖

Im ersten Licht der Morgendämmerung verließ sie mit eiligen Schritten Baton Rouge: durch die Ganovenviertel der Stadt, den Distrikt der Schwarzen, dann den der Iren, vorbei an den dicht gedrängten Wachtposten der Unionssoldaten an der Telegraphenstrecke, vorbei an den Schlünden der Unionskanonen, die in langen Reihen nordwärts blickten, weiter über das Viadukt zu den Barrikaden im Sumpfland, wo einst, vor gar nicht langer Zeit, die Sklaven ihre schwere Arbeit getan hatten. Es war der 17. Januar 1865. Das Ende des Krieges war nah.

Eine armselige Hütte bleibt zurück. Straßenschotter gräbt sich in die zerschundenen Fußsohlen. Der stechende Schmerz, der Krampf in den Knien, die vergeblichen Gebete um Schuhe.

Sie brauchte fast einen Monat für den mühseligen Weg durch Louisiana. Fünfzehn Meilen am Tag. Sechsundzwanzigtausend Schritte. Ein Soldat wäre trotz Stiefeln und Proviant bei solchen Strapazen desertiert. Eliza Duane Mooney hielt durch.

Sie war noch nicht lange unterwegs, da ging es los. Alles stürmte gleichzeitig auf sie ein und forderte Aufmerksamkeit. Ein Reisfeld. Zwei Fliegen. Ein toter Hühnerhabicht im Straßengraben. Die missgünstigen Augen hungriger Alligatoren im Schlamm. Alles schien ihr gleich wichtig, und das ist ein Anzeichen von Wahnsinn. Die Last der Welt hatte ihr Maß verloren.

Es gab Tage, an denen sie weiterhumpelte, bis die Welt zu flirren begann. Der Himmel blähte sich wie ein apokalyptisches Tuch, und das weißglühende Ei des Schmerzes in ihrer Brust drohte aufzubrechen, sodass das Gift heraussickern konnte. Wo sie hinfiel, blieb sie einfach liegen und starrte hinauf zu den Krähen – wenn sie konnte, kroch sie an den Straßenrand. Was immer da brannte, was immer sie in sich ausbrütete, musste durch Ruhe gelöscht werden. Am Ende kam es ihr vor, als könne es sie hören.

Reiter kamen vorbei oder mit Männern besetzte Wagen. Niemand hielt an. Vielleicht sahen sie sie nicht. Das sagte sie sich jedenfalls, wenn sie fröstelnd im Straßengraben lag. Ich werde langsam unsichtbar.

Der April hält Einzug. Die Zeit geht krumme Wege. Vergangenheit und Gegenwart verschmelzen.

In der Nähe von El Dorado, Arkansas, stimmt ein Viehtreiber im Gespräch mit einigen Farmersfrauen ein Klagelied an: Lee ist geschlagen! Die Rebellion erstickt! Jefferson Davis in Ketten, sagen sie, verhaftet in Frauenkleidern! Als sie sich dem Häuflein nähert, starren die Siedler sie an wie aufgescheuchte Gänseküken. Wahrscheinlich liegt es an ihrem Geruch, denkt sie.

Der Musikus zog in den Krieg. Er kämpft in den Reihen des Todes.

Ein dicker Mann sieht sie an, kneift in der Sonne die Augen zusammen. »Scher dich weg, Mädchen. Hier gibt's nichts zu holen für dich.« Wie um die Ablehnung noch zu unterstreichen, hebt er den Saum seiner Jacke und zeigt einen Stock, der in einer Scheide steckt, einer Scheide wie für ein Schwert. Sie denkt nicht nach über diese Abfuhr (an so etwas ist sie gewöhnt), wohl aber über seinen altmodischen Akzent, den poetischen Klang seiner Sprache. *Ain nuthn fow y heä.* Seine langgezogenen Laute tanzen in der Luft.

Des Vaters Schwert am Gürtel hängt. Auf dem Rücken trägt er die Harfe.

In ihrer Vorstellung ist der Weg eine endlose Prozession von scharlachroten Ameisen, vom Sumpfland der Bayous bis hinauf zu den Bastionen der Rocky Mountains. In Wirklichkeit wandert sie nicht fünfzehnhundert Meilen. Sie zertritt Ameisen, Schritt für Schritt.

An Weihnachten wird sie siebzehn. 1865. Das Jahr, in dem der Süden kapitulierte. Sie kennt keinen Ort außer der Stadt ihrer Kindheit, nicht einmal an die Zeit mit ihrer Mutter in New Orleans erinnert sie sich. Ihre Welt endet an der Grenze des Bezirks. Wenn sie diese Linie überschreitet, ist es ein Vergehen. Sie lässt alles, was sie kennt, hinter sich und kommt in ein Land, in dem alles fremd ist. Die Sitten der Menschen. Ihre Redeweise. Der Geschmack des Wassers in den Bächen. Die Spinne da auf dem Blatt. Die Cherokesen, die sie von den Hügelkuppen aus beobachten. Das zermürbende Nichts zwischen den Siedlungen.

Das war das Land, um dessentwillen sie einander umgebracht hatten. Diese Steinmauern und Uferdämme. Diese Scheunen und kümmerlichen Weiden. Noch zu Lebzeiten derer, die jetzt alt waren, hatte es all das nicht gegeben, als das Land einfach nur Land war, kein Ackerland. Uneingezäunt, unerforscht, unvermessen, unvererbbar, ein Kontinent mit Wäldern so groß wie anderswo Staaten. Die Indianer gaben den Flüssen Namen; viele Ufer ließen sie unbenannt. Dann kamen die Einwanderer nach Amerika.

Sie trug ein zerlumptes Kleid, das sie von ihrer Mutter hatte: einen schlecht sitzenden Sack aus grobem Tuch, geschnitten wie der Wappenrock eines Ritters. »Shenick's of London« stand auf dem gestickten Etikett. In der Tasche eine Steinschleuder. Auf dem Rücken ein Bündel. Es war das einzige Kleidungsstück, das sie besaß. Sie trug es zum Schlafen und zum Wandern. Es war wie eine zweite Haut.

In dem Bündel ein Buch mit Geschichten, zerfleddert, mit brüchigem Rücken, eine Dose mit Wundpuder für die Füße und ein zerknitterter Brief. Für das Puder hat sie, wie sich herausstellt, ihre letzten vier Cents vergeudet. Vermutlich ist es nichts weiter als zerstoßene Kreide. Ebensogut könnte sie ihre Füße mit dem Straßendreck einreiben, so wenig Erleichterung verschafft es.

Der Erlöser schrieb nie. Nur einmal in Staub. Niemals auf Papier. Wanderte fünfzehnhundert Meilen aus Palestine, Texas, und sang unterwegs immer wieder die Lieder der Feldsklaven. In Gettysburg schoss man Ihm in die Hüfte, in der Wilderness wurde Er geblendet, in Shiloh angezündet, in Manassas riss man Ihm die Eingeweide aus dem Leib, und als sie um Seine Uniform würfelten, stieß Er den Kriegsruf der Rebellen aus: *Mutter, warum hast du mich verlassen?*

Manchmal, im Mondlicht, oder wenn sie eine Ruhepause einlegt, holt Elizabeth das Buch hervor und blättert darin. Sie findet Trost in der Berührung der zerfledderten Seiten, mehr als in den Worten, die darauf geschrieben stehen. Du sollst nicht töten. Ich will sie durchs Schwert fallen lassen. Und ich will ihre Leichname den Vögeln des

Himmels zum Fraße geben. Wenn man sämtliche Wörter in dem dicken Buch mit den hauchdünnen Seiten zählte, wären es weniger als die Toten des Krieges.

Und einige von denen, die umkamen, waren Epheser oder Makkabäer, Kanaaniten oder Samariter, hießen Jerusalem oder Golgatha. Die meisten aber hießen einfach nur *und*, *wenn* und *du*, klein und rasch vergessen, ohne jede Bedeutung, nur wichtig als Bindeglieder, nie zitiert oder in einem Ortsnamen verewigt, denn das sind die, die immer umkommen, wenn ein Krieg in die Lande geht. Und man würde sie kaum vermissen, solange man nicht versuchte zu sprechen; dann erst spürt man, dass sie fehlen, zwischen denen, die lieben oder hassen, vermisst sie im Ozean des Ichs: Das gesuchte Wort ist einfach nicht da. Es wurde ermordet; aus dem Gedächtnis getilgt. Was man stattdessen sagt, ist das, was man noch sagen kann, nicht das, was man eigentlich sagen will: die Wahrheit.

Bei Regen wurde sie nass bis auf die Haut. An heißen Tagen war ihr, als müsse sie verbrennen. Immer noch bewegte sich die Zeit auf eine Weise, die sie nicht verstand. Auf einer steinigen Straße wird die Minute zur Stunde, aber wenn man rastet, ist ein Morgen im Nu vorüber. Sie denkt oft an eine Geschichte, die ihre Mutter ihr erzählt hat. Von dem Fiedler, der auf der Straße nach Connemara, von einer Fee berückt, ihr in ihre Behausung folgt und eine ganze Nacht für sie spielt, doch als er beim Morgengrauen ins Freie taumelt, blinzelnd und liebestrunken, erkennt er, dass zehn Jahre vergangen sind. So kann man in einer einzigen Nacht ein ganzes Leben verlieren. Mamos Geschichten waren wahr, nicht erfunden.

Ihre Arme sind spröde wie Reispapier. Sie bekommt Brandblasen in der sengenden Hitze. Ihre Haut bleibt empfindlich. Sie zählt ihre Schritte, um die Straße zu morden. Sucht verzweifelt nach einer Geschichte, die Mamo ihr einmal vorgelesen hat. Und als selbst die Bäume fremd aussehen, wie es in unbekannter Gegend geschehen kann, ertappt sie sich dabei, wie sie Namen für sie erfindet.

Flammendes Herz. Galgenbaum. Liebende-im-Winter. Magwitch. Hexenbesen. Hakenbaum. Sträflingsnägel.

Im Wald ist ein Tempel. Im Tempel eine Truhe. In der Truhe eine Nadel. Die Nadel flickt ein Kleid. Das Kleid gehört einer verschmähten Contessa. Und die verliebt sich in einen Fiedler. Doch der ist einer Fee versprochen. Und immer so weiter; jeder Satz der Geschichte trägt sie einen Schritt voran auf der Straße.

Und die Geschichte hat kein Ende. Sie breitet sich aus wie ein Spinnennetz, ein hauchzartes Gewebe, das sich dreht wie ein Frauenrock. Die Schleppe reicht zurück bis nach Baton Rouge, Louisiana: ein gesponnener Kokon, der sich bald öffnen wird. Und die Worte dieser Geschichte könnte man nie zu Papier bringen, denn die Geschichten in einem Buch müssen geradlinig sein und so wahr wie eine Ballade, aber das Leben ist anders, es lässt sich nicht in Strophen unterteilen, nicht einmal in einer einzigen Zeit erzählen. Die Vergangenheit ist nicht vergangen, so scheint es Eliza Mooney, und die Zukunft schon viele Male geschehen.

Durch Geisterstädte. Durch Hungeraufstände. Über Flüsse so breit wie ein Ozean. Die endlose Weite zwischen den Städten erscheint ihr im Traum wie ein Gitternetz. Wenn sie träumt, kann sie fliegen, aber nur im Schildkrötentempo; dann blickt sie hinab auf die Längengrade, Messlatten aus gleißend hellem Licht. Hin und wieder hört sie ein Summen und Zischen. Dann wieder herrscht Kirchenstille.

Sie baut kleine Fallen aus grünen Zweigen und Dornen. Damit kann man einen Zaunkönig fangen, aber der macht nicht satt. Über Sumpflöcher. Durch seichte Wasserläufe. Durch tiefe, kalte Canyons. In einer staubigen Niederung bewegt sie sich seitwärts im Krabbengang.

Es gibt Tage, an denen ist das Gehen nur noch ein Rhythmus, und in dem Nebel aus Schmerz und Hunger hat sie das Gefühl, ihre Füße versetzen den Planenten unter ihr in Drehung, wie Sträflingsfüße eine Tretmühle. Eine unheimliche Vorstellung: Sie hält die Welt in Bewegung. Die Welt leistet Widerstand, sie wehrt sich, bis in ihren innersten Kern. Doch dann gibt sie langsam nach; gehorcht widerwillig. Sie muss gehen, um auf der Stelle zu bleiben, nicht weil sie auf dem Weg in eine Geschichte ist. Muss gehen, damit die Geschichte aufhört.

Ein Hufschmied und sein Gehilfe am lodernden Schmiedefeuer lösen die eiserne Fessel am Fuß eines schwarzen Mannes. Er zittert, der Schwarze, seine Hand auf dem Kopf des Jungen. Funken stieben bei jedem Hammerschlag.

Ihre Haare sind verklebt vom Straßenstaub. Das Kleid scheuert an ihrem Rücken. Ihre Haut ist so wund, dass sie sich kaum zu helfen weiß. Ihre Fingernägel scheuern, reiben und kratzen, aber das Jucken lässt niemals nach. Ein Betrunkener wirft einen Pflasterstein nach ihr. Woher hat er den Pflasterstein? Sie huscht über einen zerbombten Friedhof.

Halb verhungert, krank, willenlos ihren Träumen ausgeliefert: Erinnerungen. Aber vielleicht sind es gar keine Erinnerungen; eher Vorhersagen. Das Pling-Pling-Pling eines Banjos erinnert sie an einen Karfreitag. Möwengekreisch. Von Vorhängen verhüllte Christusfiguren. Brodelndes Gumbo. Austern so groß wie Babyfäuste. Ein Krebskopf schwitzt in der Sonne. Ein Pelikan landet auf einem schwarzen Balkongitter und schnappt nach aufdringlichen Hornissen. Ihr Kunde an dem Nachmittag war ein Witwer, ein Kreole. Er hatte seinen Butler auf die Straße geschickt, um sie zu holen.

»*J' suis riche*«, so stellte der reiche Mann sich vor. »*Ma table c'est la meilleure du sud.*« Er sagte, dass er sie liebe, dass er alles für sie tun werde; bat sie immer wieder, ihn *mon mari* zu nennen. Er wollte, dass sie sich rittlings auf ihn setzte. Wollte sie küssen. Wollte, dass sie das Hochzeitskleid anzog. Wollte sie von hinten nehmen, den Rock über die Hüfte hochgeschoben. Wollte, dass sie flüsterte: *Je viens.* Die Druckstelle an seinem Finger, da wo der Ehering gesessen hatte: Wo mochte dieser Ring jetzt sein? Und als ihre Zeit fast um war, als sie sich wanden und umschlangen, hatte er ihren Fuß an den keuchenden Mund gezogen und an ihrer Ferse gelutscht wie an einer Frucht, und geweint hatte er wie ein hungriger Säugling. Da wusste sie, dass es bald vorbei sein würde. Wenn sie weinten, war das Ende immer nah.

Esche, Eiche, Erle, Eibe,
Buche, Kiefer, Fichte, Flieder,
Galways Adel, Arm und Reich,
Vater, Sohn und Heil'ger Geist.

Sie marschiert im Viervierteltakt. Ein wandelndes Liederbuch. Als wache ein Dirigent über diesem Kreuzweg. Selbst ihre Visionen ticken wie ein Metronom, und sie misst die Straße in Takten.

Schweiß brennt ihr in den Augen. Verbrüht ihren Körper. Aber sie weiß, wenn man durchhält, trotzt man am Ende jeder irdischen Straße, ganz gleich wie steinig sie ist und wie viele Gefahren am Straßenrand lauern, so wie die Zeit mit ihren unbemerkten Sekundentröpfchen schließlich den Lebensstein aushöhlt – das hat sie auf den Knien ihrer Mutter gelernt.

Heilige Maria, Meeresstern,
Bete für mich, Mutter des Herrn.

Das Land entrollt sich wie ein gemaltes Diorama. Und sie schleppt sich weiter durch die heugeschwängerte Luft: durch peitschenden Regen und sengende Hitze, durch Wolken aus Fliegen und Blütenstaub. Vorbei an Veteranenschwadronen, die von den blutigen Schlachtfeldern heimwärts humpeln. Vorbei an Vagabunden, die an Bajonettstümpfen Kaninchen braten. Vorbei an ausgebrannten Scheunen und geplünderten Dörfern, an Wiesen, übersät mit grob gezimmerten Kreuzen, an rauchschwarzen Herrenhäusern und zerfallenen Gehöften, durch Ozeane aus mannshohem Weizen.

Ich bin Eliza Mooney, und ich sah die Werke des Herrn. Und ich sah auch die Hand Seiner Feinde.

Auf den Wiesen Männer in Ketten, wie Perlenschnüre aufgereiht. Was sind das für Männer? Sklaven können es nicht sein. Es gibt keine Sklaven mehr in diesem freigelassenen Land, wo sich alles verändert hat und doch alles ist wie zuvor. Die Armen, sagt Jesus, werden immer mit uns sein. Und Er hatte nie von Sklaven gesprochen.

Dann Regen auf den Kirchtürmen von Little Rock, Arkansas. Regen auf den Straßen, in den stinkenden Gassen. Wahre Regenfluten! Ein Geräusch wie Beifallklatschen! Milizsoldaten auf dem Platz. Eine Tribüne wird aufgebaut. Girlanden und Wimpel baumeln nass und schlapp, Rot und Blau blutet in Hochzeitsweiß. Eine Tuba furzt. Fahnen klatschen und peitschen. Und an einem gewaltigen Spieß brutzelt ein Schwein. Straßenhändler verkaufen Bohnen und Maisbrot und Eintopf, fettig-glänzende Melonenhalbmonde. Und ein fanatischer Baptistenprediger will jeden in seiner Tonne taufen – *kommt her, und ihr werdet errettet, errettet, meine sündigen Brüder und Schwestern!* –, jeden, der ihm Beachtung schenkt.

Jongleure und Akrobaten. Ein Feuerschlucker. Eine Kapelle. Aufgedonnerte Südstaatenschönheiten mit grauen Schärpen und Fächern aus Pfauenfedern. Komödianten und Trommler, eine bärtige Frau. Sankt Georg mit dem Drachen als lebendes Bild. Und als der Sonnenuntergang die Säulen von Arkansas glutrot färbt, naht die hinkende Parade der Besiegten, die Johnnies halten Einzug in der Heimat. Und sie winken ihren Müttern, die weinend herbeieilen, sie posieren für die Fotografen, die Daumen in die Gürtelschlaufen gesteckt, Krüppel bewegen ihre Armstümpfe wie flügellahme Vögel, und ein Veteran schiebt sich in einer kugelförmigen Schüssel über das Pflaster, während Leuchtfeuer und Knallfrösche und der Feuerschein roter Raketen durch die dunklen Abendwolken zischen. Und du wünschst du wärst in Dixie, hurra, hurra, der Dudelsack ruft nach Dannyboy – und Eliza Duane Mooney betrachtet all das, als hätte es etwas mit ihr zu tun.

Schlag den Takt langsam, die Flöte spielt leise. Alle schreien. Man könnte fast meinen, sie hätten den Krieg gewonnen. Die Reden klingen trotzig, begleitet von Salutschüssen und Jubel (*Gott schütze die Konföderierten Staaten von Amerika!*); das haben die Befehlshaber der Eroberungstruppen bestimmt untersagt, doch der Gehorsam geht den Weg der Feuerräder. Sie greift dem einen oder anderen heimlich in die Tasche, aber die Beute ist kärglich. Am Ende hat sie nur ein paar Dollar. Es reicht kaum für ein Bett und eine Mahlzeit; doch die Gastwirte setzen sie ohnehin vor die Tür.

Der Regen lässt nicht nach, bis nach vier Tagen der Damm zu brechen droht. Abwasserrinnsale ergießen sich auf die Straße. Maultiertreiber kommen aus dem Hinterland, so abgelegen, dass keine Karte es verzeichnet. Man löst die Ketten der Gefangenen und lässt sie das Ufer mit Sandsäcken befestigen.

Von der Veranda eines Pockenspitals weht ein Liedfetzen herüber, vermischt mit dem Gestank nach Urin. Ein Spiritual.

Manchmal bin ich wie ein mutterlos Kind,
Weit, weit fort von ihr.

Die Gassen sind kälter als die von Baton Rouge. Hobos würfeln um die Kleider der Toten. *Takatak-takatak* sagt die Eisenbahn in ihrem Kopf, der Rhythmus blubbert aus dem Schlamm. Straßenjungen schlafen in zerborstenen Kanalröhren, tasten ziellos nach der Kälte, als könnten sie sich mit ihr zudecken. Sie streift durch die besseren Viertel, wo es Bäume gibt und Veranden. Durch die Fenster beobachtet sie Familien – sie nimmt an, dass es Familien sind, denn die Kinder sehen den Erwachsenen ähnlich; aber sie sind ernster, förmlicher, und beim Essen fällt am Tisch kaum ein Wort. Und sie essen nicht richtig: Sie stochern auf ihren Tellern herum und starren mit offenen Mündern die heimgekehrten Väter an. Man darf nie ein Kind abends durch ein Fenster beobachten, dann hört es mit dem Wachsen auf.

Eine wirbelnde Windhose. Mühsam schleppt sie sich durch einen Sturzbach aus Fröschen. Sie zupft sie aus ihren Haaren, ihren Taschen, ihrem Bündel: Die Frösche fühlen sich an wie pochende Herzen. So ein Regen ist unmöglich in dieser gottverlassenen Welt, doch im Indianerland geschehen Wunder, und die Ungläubigen sprechen von Plagen.

Oft sieht sie in den Städten ihre Mutter. Eine Bettlerin, in einen Schal gehüllt, eine Straßendirne auf der Suche nach Freiern, eine Alte, die im Abfall nach Essbarem sucht. Es gibt ein geheimes Kräutergebräu, das hilft, wenn man ein Baby haben will, und ein anderes, mit dem man es wegmacht. Und sie fragt sich, warum ihre Mutter das nicht genommen hat, wenn sie wusste, wie es gemacht wird, und sie hatte es bestimmt gewusst. Aus Liebe vielleicht; oder aus Angst vor der Strafe Gottes. Sind Liebe und Angst Verwandte, so wie Hunger und Melancholie? Schließlich glauben die Iren diesen ganzen Hokuspokus, diesen Unsinn über Feen und Elfen und Kobolde und Hexen und Druiden und den Bösen Blick. Geister, Trolle, Gespenster. Der Himmel über Carna ist bevölkert von geflügelten Fabelwesen: als lebe man in einer Höhle voller Fledermäuse. Sie kamen herüber auf den Seelenverkäufern, zusammen mit den Totenklagen und den Tanzschritten der Jigs. Sie hockten oben auf den Masten und ließen ihren Kot auf die Verhungernden fallen, und die Gläubigen waten noch immer im Feendreck. Der stinkende Atem dieser Wesen trieb sie über die Wellen und brüllte ihnen die Oratorien der Vergeltung ins Ohr. Bis zum Wunschknochen stecken sie dort drin, kommt es Eliza vor, in ihren kindischen irischen Löchern.

Dieser mitgebrachte Voodoozauber, die schrillen Totenklagen. Eure Art zurückzublicken, so zu tun, als seiet ihr nie fortgegangen.

Wenn sie satt ist, wie es in Fort Smith manchmal vorkommt, denn in dieser Garnisonsstadt sind die Mülltonnen prall wie die Bäuche von Schwangeren , schwört sie, dass die Zukunft – wenn es denn eine gibt – nicht so sein wird wie die Vergangenheit ihrer Mutter. Doch wenn der Hunger zurückkehrt, packt die Schwermut sie mit eisernem Griff, und sie weiß, es gibt keine Aussicht, die auch nur einen Gedanken wert ist.

Ein Bettlaken mit rotbraunen Flecken hängt seitlich über dem Giebel eines Getreidespeichers wie die Trophäe einer Hochzeitsnacht. Sie geht näher heran, denn es bringt Glück, wenn man den Saum einer solchen Reliquie küsst. Doch je näher sie kommt, desto deutlicher wird das Bild. Das ist kein Blutfleck; da hat jemand mit roter Farbe ein paar Worte hingeschmiert. *Zur HÖLLE mit dem Sternenbanner!*

Sie erwacht auf einem grasbewachsenen Hof, inmitten von scharrenden Hühnern. Es ist Halbmond, und der Mond ist übersät mit violetten Flecken, als hätte ihn jemand verprügelt. Die Nacht riecht nach Regen und Ziegen und frischem Dung. Sie kann sich nicht erinnern, wie sie hierhergekommen ist.

»Willst du nicht reinkommen ins Haus?«, fragt die Farmersfrau mit Tränen in den Augen. »Wir haben nicht viel. Aber für einen Teller Essen reicht es.« Die Frau ist vielleicht vierzig. Sie trägt eine Schürze aus Musselin. Über ihren spitzen Wangenknochen sind kleine rote Flecken. Ein ziegenäugiger Ehemann kommt mit einem Brotlaib und hält ihn ihr hin. »Nimm. Nun nimm schon. Du machst uns eine Freude. Ich bin John Cory. Das ist meine Frau. Hab keine Angst.« Sein Tonfall klingt irisch. Seine Frau kommt aus Schweden. Wie schön ihr blondes Haar im Lampenlicht glänzt.

Ein ausgemergeltes Kindertrio löst sich langsam aus dem Schatten. Das größte Mädchen schleppt einen Säugling in Windeln. »Ruh dich etwas aus. Hier tut dir keiner was. Du kannst in der Scheune schlafen, wenn du nicht ins Haus kommen willst. Aber du bist herzlich willkommen. Wir danken Gott, dass er dich zu uns geschickt hat.« Die schlichte Freundlichkeit macht sie nervös, weil ihr so etwas kaum je begegnet ist. Als die Corys schlafen, humpelt sie aus der Scheune, legt den Brotlaib zurück auf die Türschwelle und zieht hungrig weiter.

Die Wegweiser zeigen meist in die falsche Richtung: Sie wurden im Krieg verdreht, und niemand hat sie wieder gerichtet. Nirgendwo ein Hinweis auf eine Stadt. Meilensteine umgestürzt oder übermalt. Es ist, als hätte man den geschändeten Kontinent seines Namens beraubt, als hätten seine zerstrittenen Eltern ihn verstoßen. Sie schätzt ihre Koordinaten nach dem Sonnenstand – zumindest versucht sie das, aber wie alle einfachen Dinge ist es nicht leicht. Die Sonne geht im Osten auf und im Westen geht sie unter. Von da an, so hatte Mamo gesagt, bist du allein.

Das Jahr war noch jung, 's war Frühlingszeit,
Die grünen Blätter sprossen,
Da kam John der Gauner von den Chicksaw Bluffs
Zu freien Barb'ra Allan.

An manchen Tagen wandert sie schnurstracks geradeaus, wie ein Schiff auf einem festen Kurs. An anderen kreuzt sie, dreht bei, halst. Sie geht quer über Privatgrundstücke, scheut keinen bissigen Hund, um auf dem einmal eingeschlagenen Kurs zu bleiben. Aber manchmal treibt sie ziellos dahin wie ein ruderloses Wrack. Sie verliert sechs lange Tage, weil sie im Kreis geht und schließlich wieder an der Kreuzung anlangt, wo sie zuvor die falsche Richtung eingeschlagen hat. Angeblich erscheint dem Wanderer an den Weggabelungen von Kanzas der Teufel, aber es lässt sich niemand blicken, nicht einmal ein Ziegenbock. In der Nacht steht sie mitten auf der Kreuzung, einen Magnetstein in der Hand, und fleht um einen Fingerzeig.

Die Blasen an ihren Fersen eitern; sie fangen an zu stinken. Sie reißt Stoffstreifen von ihrem Kleid und wickelt sie um ihre Füße. Mit jedem Schritt, den sie weiterhinkt, wird das Kleid kürzer. Sie stellt sich vor, wie sie nackt bis auf die Fußlappen und ein Feigenblatt durch dieses staubige Eden wandert.

Zwei Punkte nähern sich von Norden. Der Zigeuner und Barbara Allan? Das Mädchen reitet auf dem starken Rücken ihres Galans. *Ja, der Frühling ist die Zeit zum Poussieren.* Aber als der Abstand dahinschmilzt, sieht sie, dass die beiden gar kein Liebespaar sind. *Wenn Vögelein tirilieren.*

Der Soldat wird getragen. Sein Kopf ist ein einziger Verband, nur am Mund ist ein Schlitz ausgespart. Sein Kamerad starrt Eliza im Vorübergehen wortlos an. Die Mumie auf seinem Rücken weint.

Wenn sie träumt, sieht sie Gesichter, Tausende von Gesichtern: eine unermessliche Zahl. Sie erinnern sie an ein Ameisennest, in dem sie einmal hinter der Hütte gestochert hat: ein Haufen gallertartiger Kügelchen. Keine Körper, nur Gesichter – augenlos, durchscheinend – hie und da ein Kaulquappenbein. Sie weiß nicht, wer sie sind, weiß gar nichts über sie, und doch wird sie den Gedanken nicht los, dass es irgendeine Verbindung zu ihr gibt. Sie wollen, dass sie etwas tut, aber sie weiß nicht was. Sie ist nicht sicher, was sie tun *könnte*. Wahrscheinlich gar nichts.

In einem Waldstück in der Nähe von Marais de Cygnes, wo sie Zuflucht vor einem Hagelschauer gesucht hat, der so plötzlich und erbarmungslos über sie hereinbrach wie ein Wutanfall, findet sie ein Skelett, noch in der blauen Uniform der Nordstaaten, zusammengesunken über einer Lafette, als wolle er sie zum Abschied küssen. In seinem zerschmetterten Brustkorb nisten Vögel. Eine Schlangenhaut windet sich um einen Finger.

Sie zerrt einen Stiefel von dem knöchernen Fuß, aber das Wetter hat das Leder hart und unbrauchbar werden lassen, und so schleudert sie ihn in den Fluss. Der Tote hat einen Liebesbrief im Tornister, auf die Rückseite einer herausgerissenen Buchseite gekritzelt. Sie überfliegt ihn und errötet. Sie nimmt seine Feldflasche.

Lieber Pat, ich wünschte, du wärst heut nacht bei mir. Ich sehne mich danach, dass du mich anfasst. Ich bin ein ganz unanständiges Mädchen.

Wasser schmeckt süßer, wenn man es aus Zedernholz trinkt. Sie nippt erst, dann nimmt sie einen kräftigen Schluck, aber ihr Durst ist unstillbar. Er weckt sie am Morgen mit glühend heißem Sand im Mund. Den Hunger kann sie ertragen, weil sie ohnehin nicht weiß, wie es ist, wenn man nicht hungrig ist. Aber der Durst ist mörderisch.

Ich habe beim Schreiben das Kleid an, das du so magst. Ich wünsche mir so sehr dass du. Ich denke immer an diese Nacht. Gott verzeih mir am Sonntag hatte ich solche Sehnsucht. Meine Brüste sind ganz schwer von der Saat die du in mir gesät hast. Wo bist du Pat? Warum kommst du nicht?

Großbuchstaben zieren die herausgerissene Seite:

An einem Schnörkel baumelt ein Gehängter: das Gekritzel eines vaterlosen Kindes.

An diesem Tag oder dem nächsten – sie weiß es nicht genau – geht ihr auf, wer die Gesichter aus ihrem Traum sind: Es sind all die Menschen, die sie niemals kennen wird. Die Trauer bohrt sich in ihr Rückgrat wie eine Nadel, Trauer um die einsame Ameise.

Sie steht auf einem Granitfelsen und blickt hinunter auf ein Maisfeld. Ein sanfter Wind treibt eine träge Welle aus Schatten schräg darüber hinweg, ein so atemberaubend schöner Anblick, dass ihr die Tränen in die Augen schießen.

An jedem vierten Sonntag steckt sie sich eine rote Blume ans Kleid, denn Mamo hat gesagt, das hilft gegen den Monatsschmerz. Sie rastet und schläft länger und kaut wilden Beinwell. Der lindert die Schmerzen zwar nicht, aber er macht sie erträglich, wie eine unliebsame Erinnerung, mit der man sich irgendwie abfinden muss. Montags in der Morgendämmerung setzt sie ihre Wanderung fort. Es wird nicht mehr viele Montage geben, nicht mehr viele Morgendämmerungen, nicht mehr viele Blumen. Sie spürt, dass sie sich dem Ende ihres Lebens nähert, und vor ihr liegen noch so viele Meilen.

Im Westen von Kanzas tauchen neue Ortsschilder auf, die Großbuchstaben grell wie Wunden. Hamilton's Creek. Gargery's Mountain. Logan's Ford. Pederson's Hollow. Cronin's Landing. Sheperton's Ridge. Buckley's Plot. John Anderson's Firth. Wer sind diese Bewohner von Kanzas, denen das Werk Gottes gehört, die Bäche, Berge, Furten und Höhenzüge zu ihrem Eigentum erklären? Gibt es irgendwo sonst auf der Welt Ortsnamen wie diese?

Das Ziel ist nah, mein Leben hin;
Der Galgen für Richard Lee,
Denn ich hab entehrt ein unschuldig Kind,
Das Mädchen hieß Rose Dupree.

In der Nähe von Mute Creek, Kanzas, findet sie einen Kerzenstummel auf der Straße. Den letzten Funken, der noch glimmt, wenn man den Docht ausgeblasen hat, darf man niemals löschen, denn solange er glüht, bleibt eine arme Sünderin im Fegefeuer vor den Flammen verschont.

Der Frühling wird zurückkehren. Die Bäume werden austreiben. Die Welt wird flirren vom Licht der Apfelblüten. Die Toten in den Ackerfurchen werden zu Lehm zerfallen, und daraus wird Weizen sprießen, und alle werden sich sattessen können, die goldblonden Maiskolben werden wie Götzenbilder verehrt werden, und der Löwe wird bei den Lincolns lagern. Es gibt Augenblicke, da glaubt man daran, dass im Tal der Friede einkehrt. Doch solche Augenblicke sind selten.

Sie ist geschickt mit der Schleuder, sie trifft einen Vogel im Flug. Aber in einem fremden Land muss man aufpassen, was man isst. Sie röstet sie über dem Feuer, bis sie auch innen kohlschwarz sind, aber sie schmecken wie verbrannte Ratten: ranzig, wie rohes Hühnerfleisch.

Wenn man in einem Ameisennest stochert, sammeln die erwachsenen Tiere die Eier ein und schaffen sie weg. Schon in der nächsten Minute sind die Eier verschwunden.

Die Flüchtlinge fragen sich, wohin sie wandert. Diese leichenblasse Verrückte in den aschgrauen Lumpen, die blutige Fußspuren hinterlässt; das Mädchen mit den schmutzigen Armen und Beinen, dessen Gesicht aussieht, als hätte es jemand durch die Mangel gedreht und ihr anschließend wieder an den Schädel geheftet. An ihrem Kleid klebt mindestens ein Pfund Dreck. Dieses barfüßige Nichts: Was mag ihre Geschichte sein? Und warum will sie hinauf in die Wildnis im Norden? Das ist doch kein Land für eine Frau ohne Mann. Da gibt es für niemanden etwas.

In einer Geisterstadt bei Blackwell spricht sie ein Schausteller an. Er bietet ihr eine Dollarmünze mit dem Unionsadler, aber sie kann sich nicht dazu überwinden, seine Wünsche zu erfüllen. Sie einigen sich auf einen Kompromiss, und als Bezahlung soll sie eine Dublone erhalten; aber als er sein Vergnügen gehabt hat, wenn es denn ein Vergnügen war, weigert er sich zu zahlen und sagt, er habe es nie gewollt. Also schlitzt sie ihm die Kehle auf und lässt ihn fluchend und gurgelnd zurück; jetzt, mit dem Tod vor Augen, weiß er immerhin, was er will.

Ein Glitzern in der Ferne. Was mag das sein? Regnet es nach den Fröschen jetzt auch Sterne? Als sie sich den Lichtblitzen nähert, sieht sie, woher sie kommen. Ein Bild, das nur ihrer Phantasie entsprungen sein kann. Fuhrleute heben Glasscheiben von einem Wagen, hastig und unachtsam: Hin und wieder lassen sie eine Scheibe fallen, und sie geht zu Bruch. Der Aufseher schimpft und mahnt zur Vorsicht, denn die Scheiben kosten den Herrn einen Dollar das Dutzend. Die Männer bilden eine Kette, reichen sie von Hand zu Hand weiter und kitten sie in das Gerippe eines Gewächshauses. Sie bleibt stehen und sieht zu. Blitzende Glasplatten. Und auf jeder das Gesicht eines Soldaten.

Das müssen die sein, die nicht zurückgekommen sind, die dem Fotografen seinen Lohn schuldig geblieben sind. Farmer. Ehemänner. Greise. Knaben. Die Sonne brennt unerbittlich durch ihre beklommen lächelnden Gesichter. In einem Jahr wird sie sie alle ausgelöscht haben.

Nachts hört man fremde Sprachen aus dem undurchdringlichen Dunkel jenseits der Gräben, wo die Planwagen ihr Lager aufschlagen. Das Spottgeschrei der Kinder, die tiefen Stimmern der Männer, das Klappern der Kessel, die mit schweren Kellen leergekratzt werden. Nicht weit von dem Ort in Colorado, der heute La Junta heißt – damals hatte er noch keinen Namen –, kommt ein Junge auf die

Landstraße gelaufen. Er starrt sie mit weit aufgerissenen Augen an, als hätte ihn eine Hexe erschreckt. Dann weicht er verängstigt zurück, zeichnet sich mit dem Daumen das Kreuzzeichen aufs Schlüsselbein, macht einen Satz über einen Graben und ruft mit kläglicher Stimme nach seiner Mamacita.

In dieser Nacht erscheint ihr im Traum ihr eigener Grabstein: ein rußgeschwärztes Mahagonibrett, über und über mit Sargnägeln beschlagen. Gardenien schieben sich schlangengleich durch die Risse im Mausoleum. Schlag deinen Pfahl ein, es ist ein Voodooritual. *Je vous salue, Marie.* Frucht meines Leibes. Sie starb, um Männer heilig zu machen. Lass uns sterben, um die Männer zu befreien.

Die Mörderin erwacht, schon auf den Beinen. Wie kann man träumen, wenn man schon wach ist? Ihr Blick ist beständig nach vorn gerichtet, auf den Fluchtpunkt am unerreichbaren Horizont. Ringsum hört sie das Klicken der Heuschrecken, eine Telegrafenbotschaft, die sagt: »Diese Straße führt nirgendwohin.« Aber in dieser Jahreszeit gibt es keine Heuschrecken. Wohin gehen die Heuschrecken im Winter?

Das Sonnenlicht schmerzt ihr in den Augen. Es blitzt durch die Ulmen. An einer Wegkreuzung in der Nähe von Bitter Lake sieht sie ihren längst verstorbenen Vater über einen Acker schwanken, einen Querbalken auf dem Rücken, und an seinen Fersen geifert ein Sträfling. Doch als sie noch einmal hinsieht, hat er sich in eine Vogelscheuche verwandelt, windschief, verkrüppelt, in einem fadenscheinigen Gehrock, mit einem Spatengriff als Schulterknochen und einer Holzpantine als linkem Fuß. In den Holzschuh ist ein »M« eingebrannt.

In der Erinnerung sieht sie die Trümmer einer brennenden Plantage. Korinthische Säulen stürzen zu Boden, und die Luft ist erfüllt von Alabasterstaub. Aus der Ferne betrachtet, neigt sich das Haus zur Seite und sackt langsam in sich zusammen, während das Abbruchkommando und der Captain vom Tabakfeld aus zusehen – nur eine trotzige Säule ragt noch aus dem Qualm der Geschütze, bis zur Mitte in Trümmern versunken. Die Luft ist voll mit verbrannter Baumwolle. Und Krähen. Und versengten Geldscheinen. Seltsame Konfetti, diese galgenschwarzen Engel. Und sie stellt sich die Geschichte vor, die sie auf der Landstraße hinter sich herzieht wie eine lange Schleppe; sie reicht bis hinunter nach Louisiana. Ich bin Miss Havisham.

Ich habe alle Uhren angehalten. *Denn mein Liebster hat mir Böses getan.*

Und einmal wacht sie im Morgengrauen auf und hält ein Unterkleid in der Hand; sie hat keine Ahnung, woher es kommt. Es sieht aus wie ein Kostüm für eine Theateraufführung: kostbar, mit Borten besetzt, und Rosetten aus Chenille. Sind die Heiligen Drei Könige in der Nacht dagewesen? Warum haben sie haltgemacht? Sie reißt es in Streifen; wickelt es sich um die schwärenden Füße. Es klebt an den geschwollenen Wundrändern.

Am Weihnachtsmorgen steht sie vor einer Kapelle ohne Dach. Die Glocke läutet bleiern und träge. Sie spürt, wie ihre Zähne schmerzen. Sie nähert sich vorsichtig, wie ein Apache einem Rechtsverdreher, und schielt durch die Tür zu der Kanzel.

Der Schnee rieselt langsam in das Kirchenschiff: schneeweiße, fedrige Flocken. Die Gemeinde in Mänteln unter zerschlissenen Schirmen. Fröstelnd. Zusammengekauert. Trotzig. Es gibt keine Orgel, die sie begleitet, oder wenn es eine gibt, spielt niemand darauf. Nur das Tschingdarassa einer Schellentrommel, die einen Trauerrhythmus schlägt.

O
Gott
du
TSCHINK
bei dem was
war
du
TSCHINK
bei dem was
kommt …

Sie betet für die, die sie niemals kennen wird: für ihre Mutter, das Kind, den toten Präsidenten, die Ameisen, die jungen Männer, die im Krieg tapfer waren und Angst hatten; die jungen Männer, die die Unschuldigen abgeschlachtet haben. Und der Prediger setzt einen Zylinder auf und eilt hastig nach Hause zu seiner Wassersuppe. Der Reverend Baron Samedi. In der Rechten trägt er den Kirchenschlüssel, das Gebetbuch unter die Achsel geklemmt.

Heiliger Jeddo. Bete für uns.
Vater in der Hölle. Bete für uns.
John Cory. Bete für uns.
Rose Dupree. Bete für uns.

Am Morgen, als sie der Priester in seinem rostigen Bett wachrüttelt, jammert er, dass er sich den vereinbarten Preis nicht leisten kann. Die Kollekte ist so mager ausgefallen. Die Menschen sind so *arm*. Alles, was sie angepflanzt hatten, haben Plünderer weggeholt. Er drückt ihr ein Paar Arbeitsstiefel in die Hand. Die stammen von seinem Sohn. In einer Anstalt in Kalifornien. Hat die Beine am Pechachopass verloren. Danach wollte er sich das Leben nehmen. Er wird nie wieder nach Hause kommen.

Der Prediger ist grau im Gesicht vor lauter schlechtem Gewissen. Sie muss sich auf den Weg machen, bevor jemand etwas bemerkt.

Es ist noch dunkel, als sie aufbricht. Der Schnee ist trocken und knirscht, als hätte jemand Hostien unter ihren Sohlen ausgebreitet. Ein Wirbel aus Schneeregen. Der Lohn, den sie an den Füßen trägt, bereitet ihr Höllenqualen. Schließlich versucht sie, die Stiefel über die Schulter einer Eiche zu schleudern, aber sie ist zu schwach, und sie bleiben mit den Schnürsenkeln an einem Astfinger hängen. Stiefelfrüchte.

Das erste Tageslicht; eine kalte, harte Dämmerung. Aus dem Nebel ragen Riesen gen Himmel. Sie hat die Berge erreicht.

Sie ist eine Ameise auf einer Landkarte. Sie redet beim Gehen mit sich selbst.

Und ich kann ihr nicht in die Augen sehen. Ich kann ihr nicht in die Augen sehen.

Denn sie geht diesen Weg für meine Erlösung.

II. TEIL

Redemption Falls

Hinrichtungsstätte, Gefängnis Bridewell, Wicklow, Irland
22. November 1848

... Lord Antrim unterbrach den Gefangenen und mahnte ihn, an seine Verpflichtung als Gentleman und den guten Namen seines Vaters und seiner Familie zu denken. Wenn er dem bewaffneten Widerstand abschwöre, könne er selbst zu diesem Zeitpunkt noch dafür sorgen, dass er einen weniger grausamen Tod erleide.

> Gefangener: Die Marionetten der Monarchie brauchen mir keine Moralpredigten über die Pflichten eines Patrioten zu halten. Hier ist mein Leib. Zerstückelt ihn, wenn es Euch Herren so beliebt. Aber mein Land verleugnen? Das möge der Allmächtige verhüten. Den Degen schmähen? Niemals, meine Herren: Niemals, sage ich. Der Degen wird die Fesseln durchtrennen, mit welchen der Sklaventreiber uns an eine fremde Krone bindet, an einen Herrscher, der meine Landsleute im Würgegriff des Hungers hält. Ich küsse das erlösende Heft dieses Degens und drücke ihn an meine unwürdige Brust. Kommt: Ihr könnt mich niedermetzeln; aber vernichten werdet ihr mich nicht.

Lord Londonderry setzte das schwarze Barett auf und verlas das grausige Urteil: Tod durch Hängen, Rädern und Vierteilen.

> Gefangener: Ich danke Euch, Mylords. Ihr habt mein Einverständnis und mein Mitleid.

❖

James C. O'Keeffe
Rede am Galgen

2. Kapitel

Mountain Territory: Nordöstlicher Quadrant

WEIHNACHTSABEND 1865

Ein Mann, der in einem fernen Land dem Galgen entkam – Ein Gemälde – Eine Dienerin – Die Stadt Redemption Falls – Traum von einer Insel – Ein Haus aus dunklem Lehm

❖

Es wurde Mitternacht, und nun wusste er, dass seine Frau nicht zurückkam. O'Keeffe ging aus dem Haus, blieb draußen auf der Prärie. Böiger Nordoster, steif und unerbittlich. Nasser Schnee klatschte ihm ins Gesicht.

Kojoten heulten und kläfften in den Bergen. Die Sterne: kalte Steine auf finsterem Prospekt. Ihm war, als könne er sie fassen – sie an eine andere Stelle rücken. Das Maultier schrie jämmerlich, angebunden an seinem Pfosten im Feld. Die Luft roch nach Rauch, nach Schnee.

Ein Gegenstand, in Planen eingeschlagen, aufgebockt zwischen den Felsen. Er klapperte in dem böigen Wind. So groß wie zwei Scheunentore, elf mal acht Fuß: das lächerliche Ding, das sie von der Ostküste hergeschleppt hatte. Es war zu groß, um es ins Haus zu bringen, zu groß für jede Tür im Territorium, und stand nun schon seit Monaten dort draußen. Sie hatten es längs auf Holzpflöcke gelegt, um es vor der Feuchtigkeit zu schützen, doch nun hatten die Wasser vom Himmel es durchtränkt, der Schnee, der durch die Planen sickerte, hatte sein Zerstörungswerk begonnen.

Er zog die Axt aus dem Hackklotz. Der Stiel war nass. Er stolperte zu dem idiotischen Packen. Er spürte, wie er zurückschreckte vor dem, was er tun wollte, er schämte sich, er war erregt, aber vor allem fürchtete er sich, und er wünschte sich, sie wäre da und würde Zeugin dieser lästerlichen Tat. Er würde die Fetzen in alle Winde zerstreuen.

Unsere Helden im Westen von Edward Fairfax Chapel. Es zu zerhacken würde ihm eine Genugtuung sein.

Ein Gedanke kam ihm, ein Gedanke so gewaltsam, so schockierend, dass er innehielt, um zu überlegen, was daran war. Vielleicht würde er sie nie wiedersehen. Das war durchaus denkbar. Sie würde nach New York zurückkehren, war gewiss schon auf dem Weg; vielleicht saß sie in diesem Augenblick in der Postkutsche nach Salt Lake City. Er wartete, bis dieser Gedanke wie eine Welle über ihn geschwappt war. Er stand da, durchnässt von dem Gedanken.

Es würde eine gefährliche Reise. Von ihm fortzukommen war ihr das Risiko wert. Über die schwindelerregende Straße, die sich unter dem Felsabsatz wand. Zwischen den hohen, kalten Wänden des Wolfcreek Canyon.

Schnee wirbelte auf. Bart und Locken waren nass von geschmolzenem Schnee. Irgendwo über ihm eine Ohreule. Ihm war, als sehe er seinen Schwiegervater mit dem Rücken zum Kaminfeuer stehen, die gestiefelten Beine weit gespreizt, den Finger mahnend emporgehoben, ein verächtliches Funkeln in den diamantharten Augen, und der Kehlkopf hüpfte nur so, als er ihn anschrie. Nie wieder. Nicht solange Sie leben, Sir! Plötzlich war das Hackbeil ihm lästig, und er ließ es fallen.

Jetzt erst, als erwache er aus einem Traum, sah er die Köchin, die unter der Eingangslampe stand, finster wie eine Löwin. »General«, ruhig. »Ich muss die Türen verschließen.« Er achtete nicht auf sie und wandte sich wieder dorthin, wo die Berge sein mussten. Doch es war zu dunkel, um sie zu sehen. Er hatte ein Gefühl, von Süden her war Ärger im Anzug.

Sie sprach noch einmal, doch der Wind blies nun so stark, dass er nicht hören konnte, was sie sagte, und er schickte sie mit einer Handbewegung fort. Die Wahrheit war, dass er fürchtete, er würde lallen, wenn er antwortete, und so weit wollte er sich vor einer Dienerin nicht entblößen.

Als habe er es dazu gebracht, riss im selben Augenblick eins der Halteseile. Ein zweites folgte mit einem rupfenden Geräusch. Es war, als schüttle das eingepackte Gemälde sich. Wind fasste darunter. An einer der Schmalseiten hob es sich, vom Wind gepackt wand es sich, schüttelte sich noch einmal, schlug gegen die Steine; Leinwand riss und flatterte im Windstrom, das Glas im Rahmen zersplitterte in tausend Scherben. Ein Marder huschte aus der Kuhle, die darunter zum Vorschein kam, und floh fauchend in die Nacht.

Die Köchin schrie, er müsse etwas tun, egal was. Und er merkte, dass er zurückschrie. Wieder hob sich das Ding unter großem Getöse vom Erdboden, zog Schleppen aus verrottetem Seil hinter sich her, drei Ecken waren zugleich in der Luft, halb geschmolzener Schnee rann hinein, und nur ein einziges zerfranstes Halteseil verhinderte noch, dass die ganze Plane sich ablöste und das Ding im Freien stand.

»Unter dem Haus.« Sie schüttelte ihn. »Da sind Stricke. *Mehr Seil!*«

Er brüllte einen unflätigen Fluch.

Er stapfte davon, ließ das sturmumtoste Blockhaus hinter sich, watete durch Tümpel aus Schneematsch, schritt knirschend durch vereiste Wagenrinnen, über das Auf und Ab des gefrorenen Schlamms, der einmal ein Fahrweg gewesen war, und von da weiter in die Stadt. Abgerissene Äste auf der Straße. Grus, den der Wind vor sich hertrug. Das Stöhnen der alten Eichen. Der Wind warf ihn hin und her, als er sich ihm entgegenstemmte. Vorbei an den Hütten und Zelten der Neger. Ein Kind betrachtete ihn vom Schlitz eines Tipis aus.

Die Stadt war nicht weit entfernt, doch der Weg kam ihm entsetzlich lang vor. Das kreuzförmige Ortsschild war in ein Fass gesteckt, Schnee verdeckte es teils, aber man konnte es noch lesen: **R*D**PTION F***S.**

Und der Schnee türmte sich zu festen, schwarzen Hügeln. Die Saloons noch immer voller Leute. Gälisches Gebrüll drang nach draußen. Silhouetten von Tänzern hinter den Fenstern der Kaschemme. Geigen, die schrill einen Virginia Reel spielten. Eine leichenblasse Hure im Eingang des Sattlers; ein betrunkener Bergmann in der Tür des Pfandleihers. Und die Kapelle erleuchtet zur Mitternachtsmesse. Sie sangen vom guten König Wenzeslaus. Ein Kuhtreiber warf vom Balkon aus einer Streichholzverkäuferin Pennys zu, und sie tanzte dazu beim Einsammeln im Matsch. Es kam ihm vor, als wandle er durch einen Traum, als sei nichts von all dem real, als seien alle Verbindungen abgerissen.

Der Krieg hatte ihn gelehrt, das Land zu lesen. Aus Landkarten lernte man nichts. Informanten, Kundschafter waren allesamt unzuverlässig; und wenn man sich das überlegte, wie sollte es denn anders sein? Alles kam darauf an, mit welchen Augen man einen Anblick betrachtete. Sehen musste man lernen. Denn der Tag würde kommen, da würde das, was man sah, vor den eigenen Augen in die Luft fliegen. Kreischend würden Kanonenkugeln von jenseits jener eingestürzten Mauer kommen, der Tod würde hervorstürmen aus dem unschuldigen Wald dort. Man musste das Licht lesen lernen. Es gab da einen Streich, den das Licht einem spielte, wenn es auf Eis traf. Das war ihm in einer Kriegsnacht aufgefallen, um Mitternacht bei Seven Pines. Ein Komet war am Himmel erschienen, weiß wie eine Mullbinde, wie das dünne Haar einer Witwe, und der Schimmer hatte sich auf dem Lauf des Chickahominy gespiegelt. So still war der Fluss gewesen. So gewaltsam der Himmel. O'Keeffe war es vorgekommen, als sei die ganze Welt heilig. Doch der Morgen sollte zeigen, dass es nicht so war.

Das Klischee eines Redners. Der geheiligte Gemeinplatz. Und doch hatte es ihn nicht mehr losgelassen. Blut war heilig. Loyalität. Kameradschaft. Das Brot, das man aß, der Becher, den man teilte. An diese Dinge hatte er geglaubt – vielleicht glaubte er bis heute daran. Nein, das nicht. Daran glaubte er nicht mehr.

Lehrbücher nannten es den Überraschungseffekt. *Wem es gelingt, den Feind zu überraschen, der verfünffacht seine Schlagkraft. Nichts schwächt so sehr seine Moral, nimmt ihm so sehr den Mut, durchkreuzt so sehr seine Pläne und bricht so sehr seinen Widerstand wie der unerwartete und perfekt ausgeführte Schachzug, im Idealfalle im Schutze der Dunkelheit. Selbst halb erwartet ist der Angriff, wenn er kommt, entsetzlich, denn die Furcht vor dessen Möglichkeit hat bereits am Mut des Feindes genagt, ihn langsam und doch unweigerlich entmannt.*

Vielleicht hatte sie ihre Drohung wahr gemacht und ihren Mann verlassen. Ihn sitzengelassen, ihn zum Gespött gemacht. Er sah sie in der schlingernden, hüpfenden Postkutsche, wie sie auf eisenbeschlagenen Rädern durch die Furchen holperte. Ein Stein, der von der Kante des Klippenpfads getreten wird, fällt fünftausend Fuß tief ins Dunkel.

Es würde kalt sein im Kutschinneren: ihre eiskalten Atemwolken. Der Kutscher, in Bärenfellen, würde seine Peitsche brauchen. Hatte sie eine Decke mitgenommen, überlegte er, eine Waffe? Er hoffte, sie war gut gerüstet für die Fahnenflucht.

Der Wind traf seine Schultern wie ein Schlag: ein nasser Sandsack. Vorbei an einer Gruppe von Männern, die in einem Eingang beisammenstanden. Die Stimmen verstummten, als sie ihn kommen sahen. »Judas, Verräter«, als er weiterstapfte. »Halunke«. Der Geruch von Paraffin.

Sie wird nach New York zurückkehren, in den Palazzo ihres Vaters, wird sich einschließen wie in einem Kloster. Man wird ihn meiden, den verlassenen Ehemann. Die Nachricht wird nach Irland hinüberwehen, ausgeschmückt, wie ein Lied, das wieder in die Heimat kommt.

Er malt sie sich aus, in der Bibliothek, im Witwenschleier, wie sie aus dem Erkerfenster auf die Straße hinunterblickt, zu Zeitungsjungen und Krüppeln. Diener kommen und gehen. Alle Nahrung lehnt sie ab. Ihr Vater sitzt am Kamin und wärmt sich den Pelz.

Irgendwo brüllt ein Mann wütend, auf Deutsch: *Sie betrügen mich! Ich habe kein Interesse! Ich gehe, wenn ich mein Geld bekomme! Vorher nicht!*

Der reifbedeckte Kadaver eines Zugpferds in der Fitzgerald Street. Es liegt dort schon seit vierzehn Tagen, der Brustkorb eingefallen. Er hat seine Entfernung angeordnet, doch nichts ist geschehen. Der Abdecker kommt mit der Arbeit nicht nach.

Niemand ist auf dem Hof der Schmiede zu sehen und niemand im Schuppen. Er geht vorbei an den leeren Boxen, der Esse, wo es nach Dung riecht. Ein Vogel verfolgt seinen Weg von der Spitze eines Stapels Hufeisen aus. Er findet ein zusammengerolltes altes Lasso, einen Armvoll Zügel. Eine Kette für aufsässige Sklaven.

Es ist Viertel vor zwei, als er zum Haus zurückkehrt, über die buschgesäumte Meile Waldweg, den er zu dieser nächtlichen Stunde wählt. Das Fenster der Köchin ist dunkel – vielleicht ist sie zu ihrer Hütte gegangen. Irgendwie hat sie das Ungetüm überwältigt, es beschwert mit Steinen und Scheiten.

Eine Weile lang trinkt er. Das Feuer ist schon weit heruntergebrannt. Erinnerungen an das Gefängnis von Wicklow, an den Galgen, der über dem Abwassergraben errichtet wird. Das Schlachtermesser, das im Kohlebecken des Scharfrichters glüht, das Singen des Schleifsteins. Dann das Antlitz des Meldereiters, der ohne Halt durch das Unwetter geritten war, mit der unerwarteten Order aus Dublin. Van Diemen's Land, Tasmanien. Straflager lebenslang. Ein Mann, nackt an einen Felsen im Meer geschmiedet. Die Spanten seines Ruderbootes zerschmettert in der Brandung. Und er weiß, dass dieser Fels auf keiner Landkarte zu finden ist: dies Staubkorn im Auge Gottes.

Ein Soldat, der sich über Kieseldünen vorarbeitet, durch beißenden Schießpulverdampf. Er ist jung, ein schmächtiges Kind, an dem die Uniform hängt wie an einer Vogelscheuche, und er arbeitet sich vor über die Steine zu einer Schanze. Um ihn herum das schwindelerregende Schwirren der Geschosse; Erde und Bäume erbrechen sich; Mauern stürzen um. Es gibt Musik – aus dem Takt und ein wenig verstimmt, als seien die Musikanten Insassen eines Irrenhauses und spielten für ein Komitee, das über ihre Entlassung entscheiden soll. Und der Junge wankt weiter, stakst in seinen schweren Stiefeln, stolpert über Steinhaufen, die unsichtbaren Augen, die zwischen den Stoppeln liegen wie die Umlaute in der Tiefe der Schublade eines Schriftsetzers. Bis aus dem Rauch vor ihm ein Junge torkelt, und er hat das Gefühl, dass er ihn kennt – ein Nachbar vielleicht aus Galway oder Clare. Er lässt sein Gewehr fallen, der andere tut es ihm nach. Hände fassen nach verbrannten Händen, Feinde umarmen sich. Im nächsten Moment nur noch ein roter Fleck. Beide ausgelöscht mit demselben Geschoß.

»General«, sagt sie. »Es hat Ärger gegeben in der Mine.«

Er erwacht und sieht die Köchin, die ihn mit zusammengekniffenen Augen ansieht, die Kerze in ihrer Hand fast erloschen. Sie trägt einen Uniformrock – einen abgelegten von ihm, den er fortgeworfen hatte. Die Knöpfe matt von Grünspan und Schimmel.

»Wie spät ist es?«, fragt er heiser.

»Drei Stunden bis Sonnenaufgang.«

»Mach Kaffee.«

»Keiner da.«

»Koch den Satz auf.«

Sie bleibt an seinem Bett stehen, als wolle sie etwas sagen, was sie nicht zurücknehmen kann. Das Ding, das draußen festgezurrt ist, klappert.

Er kann sich nicht erinnern, dass er zu Bett gegangen ist. Er fragt sich, wie er hierher kommt.

❖

3. Kapitel

Doch ich war jung und liebestoll, konnt' drum von ihr nicht lassen

Ein ehebrecherischer Brief, der einige Monate vor dem Weihnachtsfest, von welchem hier die Rede ist, an die Gattin des Gouverneurs gesandt wurde – geschrieben von einem Mann aus New York, seines Zeichens Kartograph – Erinnerungen an ein anrüchiges Haus & eine Aufforderung zur gemeinsamen Flucht

❖

Water Street,
Brooklyn
VII 12 1865*

Liebste, so schmerzlich vermisste L —

Ein Freund, ein vertrauenswürdiger Kamerad, wird in Kürze ins Territorium reisen + hat mir hoch und heilig versprochen, diesen Brief nur Dir persönlich auszuhändigen.

Verzeih mir, dass ich Dir schreibe, obwohl ich versprochen habe, es nicht zu tun – Ich habe versucht, mein Wort zu halten, aber ich ertrage es nicht mehr.

Die Wochen, seit Du New York verlassen hast, waren die schlimmsten, die man sich vorstellen kann – Meiner Tante geht es schlecht + sie wird von Minute zu Minute wunderlicher – Ich habe Auftrag, eine Expedition zu den Inseln vor der Küste von Georgia zu leiten – deren Kartierung ist nun offenbar derart dringlich, dass wir schon nächsten Monat anfangen sollen, obwohl ich keine Mannschaft habe – Das Schlimmste aber ist Deine Abwesenheit, Deine entsetzliche Abwesenheit, die Dich im Leid allgegenwärtig macht.

* Im Privatarchiv von Professor (emeritus) J. D. McLelland, dem Verfasser dieser Fußnote und aller weiteren des Buches.

Gestern Abend ging ich allein zum Begräbnis eines Kameraden, als ich auf der Elizabeth Street ein Dienstmädchen mit einem Soldaten sah – Ich nehme an, er war ihr Verlobter: Er sah aus wie ein Ire – Der arme Mann hatte einen Arm verloren + war blind – Trotzdem wirkten die beiden so zufrieden wie jedes andere junge Paar – Wie glühend habe ich sie um ihre Freiheit beneidet!

Dein Abschiedsbrief war eine Qual für mich – Wie konntest Du so etwas schreiben? – Du sagst, ich soll Dich vergessen + mir eine andere suchen – Ebensogut könntest Du den Flammen befehlen, zu Eis zu erstarren – Das Feuer verzehrt mich, wenn ich bloß an Dich denke, in Gesellschaft oder allein – Wenn ich morgens erwache, rede ich leise mit Deinem Geist – Jeder Ruf eines Zeitungsjungen, jedes Geräusch auf der Straße erinnert mich an Dich – Ich sehe Dich in der Stadt – In einer Theaterloge – Beim Essen mit einem Freund im Kasino, in meinem Zimmer am Zeichenbrett: In jedem Federstrich sehe ich Dich.

Seit Du fort bist, scheint mir mein Wille nicht mehr zu gehorchen – Er ruft mir die Zeit ins Gedächtnis, die wir zusammen verbracht haben, unsere gemeinsamen Spaziergänge + all das Schöne, das wir zusammen gesehen haben – Sind diese Zeiten wirklich vorbei? – Wie kannst Du sie einfach so abtun ~~mit grauen, grausamen Worten~~?*

Eine Scheidung wäre ein Skandal – das kann ich natürlich nicht leugnen – aber der Klatsch hält nie lange an + selbst wenn es so wäre – was spielt es am Ende für eine Rolle, kann es *überhaupt* eine Rolle spielen, dieses dünnlippige Gezeter unter Spitzenhäubchen? – Wie lang können wir einsam + zurückgestoßen leben, ohne die Tröstungen der Liebe? – Sind wir denn geboren, um wie Steine am Wegesrand zu liegen + uns von der Kälte formen zu lassen? – Ist Gleichgültigkeit erträglich? – Muss die Schicklichkeit uns zu lebenden Leichnamen machen? – Geliebtes Wandelröschen, ich flehe Dich an: *Überleg Dir, was Du tust* – Wir könnten zusammen fliehen, nach Italien oder Paris – ich habe Freunde in England – wir könnten ganz von vorn anfangen – Ich habe gelernt, Spott zu ertragen – verhöhnt von Bettlern + von Feiglingen verlacht – darum weiß ich, wie man sich unsichtbar macht.

* Im Originalmanuskript ausgestrichen. – J. D. McL.

Ich wünschte, Du wärst heute Nacht hier – Dann könnte ich es Dir begreiflich machen – Denn ich bin zutiefst überzeugt + werde es immer sein, dass wir beide vom Schicksal füreinander bestimmt sind, wenn es auf diesem öden Stern je zwei Menschen gegeben hat, für die dies galt – Ich *kann* nicht aufhören, das zu glauben, kann nicht anfangen, diese Vorstellung zu hassen – Ich weiß, Du bist nicht frei – Gott weiß, dass ich kaum an etwas anderes denken kann – aber soll man eine Geisel dafür verantwortlich machen, dass es Gefängnisse gibt? – Es kann nicht unschicklich sein, wenn man die *Wahrheit* erkennt.

Wenn ich glauben könnte, dass Du mit ihm glücklich bist, würde ich Dich nicht weiter bedrängen, das weißt Du – Aber das ist eine Lüge – für mich allein könnte ich nie – Was ich sagen will, ist, dass Dein Glück etwas bedeuten würde, nicht zuletzt natürlich Kummer für mich – Aber ich könnte nicht länger die vergebliche Hoffnung nähren, dass Du mich doch noch erhörst, wenn diese Hoffnung eine zufriedene Ehe bedrohte – Wenn er Dich nicht liebt – nicht lieben kann – dann muss er den Verstand verloren haben – aber wie lange noch willst Du in dieser Zwangsjacke darben?

Wenn Du die Stadt jetzt sehen könntest – es ist schrecklich, durch die Straßen zu gehen – Witwen – Waisen. Bettelnde Krüppel – Endloses Gerede über Aufstände + unbelehrbare Spione – Überall im Central Park stehen Zelte + Baracken – So viele sind ohne Zuflucht – Sechshunderttausend Seelen werden niemals die gleiche Chance haben wie wir – Wie können *wir* sie dann achtlos wegwerfen?

Ich muss noch etwas anderes zur Sprache bringen – bitte – Ich flehe Dich an, hör nicht auf zu lesen – Unser letzter Nachmittag in New York – Du weißt, welchen ich meine – war qualvoll für Dich, ich weiß + dieses Wissen bedrückt mich – Vielleicht hätte ich nicht so offen sprechen sollen – Aber meine Sehnsucht war so groß, ich konnte einfach nicht schweigen.

Nie wirst Du die Unruhe begreifen, mit der ich Dich an jenem Abend erwartete – Würdest Du kommen? – Würdest Du bleiben? – Diese Fragen trieben mich schier in den Wahnsinn. – Der Wirt brachte mir zu essen, aber ich schickte ihn weg, denn ich litt solche Qualen, dass ich keinen Bissen herunterbringen konnte – Die Uhr schlug vier – Es wurde langsam dunkel – Da endlich hörte ich

Deine Schritte auf der Treppe – Mir war, als müsse ich den Verstand verlieren.

Du warst so schön, wie Du da auf der Schwelle standest, so schön, dass es mir die Sprache verschlug – Selbst Deine Verlegenheit war schön – Ich spürte, dass ich mein ganzes Leben auf diesen einen Augenblick zugesteuert war, dass ich, ich weiß nicht wie, überlebt hatte, auch wenn andere es mehr verdient hätten, nur damit ich diese wenigen kurzen Stunden erleben konnte – Meine elende Erscheinung, mein abscheuliches Aussehen – sogar diese Schrecken vergaß ich.

Diese wenigen kurzen Stunden aber werde ich *niemals* vergessen – Sie sind mir gegenwärtiger als alles, was ich je gesehen habe, sogar mehr als alle Kriegserlebnisse – Jede Minute, jede Sekunde, habe ich in Gedanken hundertmal durchgespielt – Was wäre geschehen, wenn ich dies gesagt hätte? Oder das? Oder gar nichts? – Mit Dir ganz allein zu sein – diesen Augenblick hatte ich herbeigesehnt, seit unserer allerersten Begegnung im Hospital.

An einem Abend in der letzten Woche bin ich törichter Narr in diese Spelunke zurückgekehrt, an diesen furchtbaren, anrüchigen Ort – habe noch einmal dasselbe trostlose Zimmer gemietet + dort geweint wie ein trauernder Witwer – Es war eine verregnete Nacht – Ich saß am Fenster + weinte – Ich las die Gedichte, die Du mir gegeben hast.

Unten in der Bowery sah ich Pferdefuhrwerke – Frauen lehnten wie Standbilder in den Hauseingängen – Ringsum hörte ich durch die Wände mit ihren grellbunten Bildern, wie Türen aufgingen + sich leise wieder schlossen – Dann leises Gelächter – Mehr muss ich nicht sagen – Du weißt, was für ein Haus das ist – Trotzdem warst Du damals bereit, mich dort zu treffen.

Es war, als hättest Du den Staub in diesem Sündenpfuhl + die ekelhafte Luft durch Dein bloßes Erscheinen geweiht – Die Kleinigkeiten, die Du beim Auf- + Abgehen berührt hattest – Die Schublade, die Du immer wieder aufzogst, um sie dann nervös wieder zu schließen – Die billige, gesprungene Schüssel, in der Du Dir die Hände wuschst – Der Spiegel, vor dem Du mir weinend Lebewohl gesagt hattest – So schlief ich in diesem Bett, das ein einziges Mal hätte uns gehören können – hättest Du Dich nicht eines anderen besonnen.

Die lange Nacht, in der ich dort lag, mich bald unruhig wälzte, bald zitternd, bald von Traumgebilden heimgesucht, die so lebendig waren, dass sie mich erschreckten – Mir schien – Nein, ich wage es nicht zu schreiben – Aber ich glaube, Du weißt es – Ich bin sicher, dass Du es weißt.

Als ich erwachte, glich ich einem verängstigten Jungen: schweißgebadet, halb verhungert + mit ausgedörrtem Mund, nicht einem erwachsenen Mann – Leib + Leben hätte ich bereitwillig geopfert, hätte ich mich in diesem Augenblick zu Dir umdrehen können, wie ein Liebender zu seiner Geliebten, dort im schmutzigen Dämmerlicht der Bowery, um jeden Teil Deines Körpers anzubeten, bis Du mich bitten würdest aufzuhören, so wie es sich für einen Mann gehört – Bin ich zu offen? – *Hast Du Dich nicht auch danach gesehnt*? – Die Wahrheit ist, dass ich selbst *jetzt* nicht die Wahrheit sage – Wenn ich jetzt wirklich schreiben würde, was ich mir wünsche, mit den Worten, die ich tatsächlich sagen will, dann würde die Glut Deiner Wangen dieses Papier entzünden.

Ich flehe Dich an – *denk noch einmal nach* – Hab keine Angst – Lass mich der Ehemann sein, den Du verdienst, den Du schon immer verdient hast, erfüllt von dem Stolz + der Leidenschaft + der hingebungsvollen Freundschaft, die der Gott, den Du liebst, uns bestimmt hat. – Nein, das ist keine Blasphemie – so darfst Du nicht denken – Die Vorstellung ist rein, *rein* + *unbefleckt* – Ein Zuhause, ein rechtschaffenes Leben, vielleicht das Lachen glücklicher Kinder – wie könnten diese Segnungen, die für uns *greifbar nah* sind, nicht ehrenhaft sein? – Es ist *nicht* zu spät – Wir müssen nur all unseren Mut zusammennehmen – Dieses Erdenrund ist größer, als wir alle wissen, + wir dürfen uns nicht durch unsere Ängste einengen lassen – Die verletzten Gefühle unserer Kindheit, die gescheiterten, heimlichen Hoffnungen, die Schmerzen der gescheiterten Liebe, das Versagen unseres Körpers – all das, *all das* können wir überwinden – Du warst es, mein Wandelröschen, die mir diese Wahrheit gezeigt hat, als ich keine Hoffnung mehr hatte.

Jeden Tag verlassen Schiffe den Hafen in Richtung Europa – ich kann sie von diesem Fenster aus sehen – *Jeden Tag* – Ein guter Freund in Washington kann uns die Papiere besorgen – Ich könnte als

Matrose anheuern – Niemand würde das Geringste bemerken – Es gäbe nichts Ungebührliches, das jemandem auffallen könnte.

Bitte – mein liebes Wandelröschen – gib mir ein wenig Grund zur Zuversicht, schenk mir einen winzigen Hoffnungsschimmer – Schick mir ein Unterpfand, dass unsere Liebe leben kann – Aber sie wird ewig leben – + so soll es sein.

A. W.

4. Kapitel

Der Strick, der sich am Galgen dreht

Die Mine – Nachtgestalten – Ein grausames Verbrechen – Die Colt-Repetierpistole – Das Tier in der Grube

❖

Eine Meile westlich der Kolonie gab es an einem uralten Pfad der Kootenai ein heruntergekommenes Bergwerk – ein gespenstischer Ort, wenn die Dunkelheit kam. Bedrohlich starrten die Umrisse verfallener Maschinen, umgestürzter Schubkarren, Schaufeln, die noch im Schlamm steckten. Man konnte meinen, dass die Arbeiter nur in Deckung gegangen waren, als sie jemanden kommen hörten – einen vielleicht vom Unterholz jenseits des Zauns aus misstrauisch beäugten. Das Territorium war übersät von solchen Nirgendwos in den Jahren nach dem Krieg.

Teils war das Gelände mit Spanischen Reitern gesichert, doch der Stacheldraht war rostig und an vielen Stellen zerrissen, und Diebe oder Einheimische hatten etliche der Eichenbalken niedergebrannt, die Ersteren, um leichter hineinzukommen, die Letzteren aus Freude am Feuer. Als der Winter von '65 kam, gab es nicht mehr viel zu stehlen. Die Mine war ausgeplündert bis aufs Mark.

Wind ließ die Flaschenzüge knarren, heulte tief in den verlassenen Schächten. Nachtvögel schrien. Eine Wölfin umstrich ihre Welpen. Die Musik dieser Mine war geheimnisvoll und traurig, ein wehmütiger Gespensterchor. Krötenquaken. Waldschratstöhnen. Kojoten an der Abfallgrube. Der Brunftschrei eines Berglöwen. Im Morast am Flussufer fand man Whiskyflaschen voller Käfer. Siebe der Goldwäscher verstopft von Unrat und Weidenzweigen. Wer nachts dort vorüberkam, der spürte die Eitelkeit aller menschlichen Hoffnung, die Bürde der eigenen Bedeutungslosigkeit im Glanz des Sternenhimmels.

Den Claim hatte ein ehemaliger Augenarzt aus Philadelphia erworben, der sich und seine Frau erschossen hatte, als er sich als wertlos erwies. Man musste sich vorsehen, wenn man im Dunkeln dorthin ging. Es wimmelte nur so von verborgenen scharfen Kanten, von Massen an Abraum, die nur darauf warteten, ins Rutschen zu kommen; alte Stolperdrähte, gemauerte Sockel und übrig gebliebene Holzteile von morschen Waschrinnen, tausend Dinge, an denen man sich verletzen konnte, waren im Erdboden versteckt, turmhoch lauerten die Gefahren darüber. Eine Kruste, die aussah wie Haferschleim, hatte sich auf den Kippgruben abgesetzt: Wenn man sie für festen Grund hielt, darauftrat und hineinfiel, dann war man toter als tot, denn die Jauche unter diesem Schaum war voll mit hineingeworfenen Ketten, mit halb aufgerollten Drahtrollen, ein Nest voller Fallen, die schon die Arme nach ihren Opfern ausstreckten. Thomas Logan hatte einer der Schuljungen geheißen, die dort ertrunken waren. Doch dies ist nicht die Geschichte des armen Thomas Logan.

Hier in den Ruinen eines Geräteschuppens gleich neben dem Förderturm hielten die Vigilanten ihre Tribunale ab. Warum sie sich überhaupt die Mühe machten, wusste keiner. Es war ja nicht so, als ob es eine Chance auf Freispruch gegeben hätte. Die Schlinge wurde schon geknüpft, während sie ihre Opfer auszogen und die Eisen zum Glühen brachten. Beteuerte man seine Unschuld, so dauerte die Tortur nur umso länger, und Werkzeuge, die umherlagen, von Schneckenspuren überzogen, von Pilzen bewachsen, würden grausige Urständ feiern. Manche Gefangenen setzten ihr X unter Geständnisse (Beispiele sind heute noch im Heimatmuseum zu sehen, in Ebenholz gerahmt wie die Urkunden der Gründerväter); die meisten waren dazu nicht mehr in der Lage, wenn die Beweisaufnahme vorüber war. Gleich draußen wurde man aufgeknüpft oder gerädert oder mit Dreschflegeln zu Tode geprügelt. Man wurde hinausgeschleppt wie ein Sack Beute. Die Drachen der leblosen Gerüste, die zertrümmerten Winden, das war das letzte, was viele der Angeklagten auf Erden sahen. Sie hängten einen an der Pappel auf, die neben dem eingesunkenen Torbogen Wache stand, und dann schlichen sie sich zur Kolonie zurück, zurück zum gesetzestreuen Leben.

Dies Labyrinth mit seinen erloschenen Feuern hat der Westen längst verzehrt. Die Winden, die Lagerräume, die ausgefahrene Straße, die Stangen der Wigwams, die Hügel aus stumpfem Schotter, die Schilder, die warnten, dass AUF EINDRINGLINGE SOFORT GESCHOSSEN würde – selbst die Grenzpfosten, an die solche Verbote genagelt wurden: Alles von dieser ersten Siedlung ist fort. Nur der Baum, an dem der Strang baumelte, bleibt aus dieser Zeit noch, und eine seltsam hellgrüne Moosart, die eigentlich im Territorium nicht heimisch ist. Und jemand kommt regelmäßig und stellt Kojotenfallen mit langen Sprungfedern auf, obwohl keiner weiß, wer er ist und warum er sich immer noch die Mühe macht.

Hierher nach Mortons Mine ritt der kommissarische Gouverneur O'Keeffe in Begleitung zweier Marshals im Dunkel des Weihnachtsmorgens durch einen Sturm aus Hagelkörnern groß wie Groschen. Die Reiter trugen lange schwarze Regenmäntel und hatten zum Schutz vor dem Hagel ihre Tücher vor den Mund gebunden; die triefnassen Sombreros hingen schlaff herab. Sie sahen aus wie die Gestalten auf einer Radierung, ein alttestamentarisches Triumvirat – ein Bibelvers, der Fleisch geworden war durch das Tosen des Wetters.

Ein Informant hatte eine Nachricht an die Gouverneursresidenz geschickt – ein neuer Bau, dessen noch unvollendetes Dach mit einer Leinwandplane geschützt war, mit Eichenholzstreben fixiert, sodass es aussah wie ein Schiffswrack, ein zur Strecke gebrachter Leviathan mit seinem ausgemergelten Knochengerüst. Das Vigilantenkomitee hatte wieder Gericht gehalten und gedachte nicht, sich für seine Dienste an der Gemeinde zu entschuldigen, obwohl es unchristlich war, einen Toten am Weihnachtstag unbegraben zu lassen. Dafür war die Regierung zuständig.

Wir freien Männer dieses Territoriums, die wir uns zusammengetan haben in einem Rat zu dem Ehrenwerten Zwecke, Mord & Schandtat ein Ende zu bereiten, versprechen uns bei unserer Ehre & versichern einander feierlich, dass wir niemals ein Geheimnis verraten wollen, nie ein Vertrauen missbrauchen & niemals einander oder unser Ideal der Gerechtigkeit im Stich lassen wollen, so wahr uns Gott helfe, und dies bezeuge unser Zeichen – die Männer des O+O.

Der Leichnam war so steif gefroren wie eine Wachsfigur in einem Kuriositätenkabinett. Frost ließ seine Nacktheit glänzen: eine Hülle aus Silbergrau. Der Strick knarrte wie die Tür einer Grabkammer, wenn der, den er hielt und der seinem Schicksal entgegengrinste, sich daran drehte. Er war entsetzlich zugerichtet; es war das Schlimmste, was sie je gesehen hatten. Rot tropfte der Regen von den zerschundenen Gliedmaßen. Selbst nach dem Tod waren seine Überreste noch entweiht worden, ob durch Wölfin oder Mensch ließ sich nicht sagen.

Ein Geständnis des Straßenraubs und der Belästigung ungenannter Frauen war mit einem blutigen Nagel an den Baum geschlagen. Doch der Gouverneur fand es schwer, sich auf die Worte zu konzentrieren, die auch bereits im Regen zerliefen. Er hatte am Abend getrunken, allein in seiner Residenz, hatte wütend getrunken, eine mörderische Wut, hatte in der Asche der Erinnerung geharkt und Dinge hervorgeholt, die besser dort geblieben wären, die aber jene, die zur Weihnacht allein sind, wohl kaum dort lassen werden. Schlechter Agavenschnaps, das pure Gift. Viele Minuten lang hatte er forschend in die Flammen seines Kaminfeuers gestarrt, bis sie zu einer einzigen Masse aus qualmendroter Glut verschmolzen waren, als könnten die Flammen dem trunkenen Betrachter die Frage beantworten, was er von ihnen wollte. Die Uhr tockte behäbig vor sich hin, und die Kette rasselte über ihr Zahnrad. Es kam ein Augenblick des Elends, ohne Freunde, ohne Kinder, schleimig wie die Larve am Boden des Glases und ebenso schwer zu schlucken, ebenso abscheulich unwiderstehlich, und viele weitere, und immer ging es um die Vergangenheit. Ein neues Jahr brach an, und so wenig vorzuweisen. Adventsgedanken eines Verbannten.

Er spürte hinter sich eine winzige Bewegung, an einem Stapel verrottender Bretter, ein Rascheln und Zischeln, wie die Flügel eines Vogels, der sich in die Lüfte hebt. Ein Galgenvogel, vermuteten sie, und forschten nicht weiter nach. Auch hörten sie die eilenden Schritte nicht – der Schnee, nehme ich an, verschluckte sie. Wenn sie ehrlich waren, dachten sie hauptsächlich daran, wie sie den Toten abschneiden konnten, ohne dass ihnen die Leiche in den Händen zerging, denn zwar schien sie gefroren, doch keiner konnte sagen, was geschehen würde, wenn sie sie anfassten. Jeder von ihnen hatte damals schon unzählige Tote gesehen, jeder hatte für sein Land getötet. Der Tod war kein Geheimnis mehr, nicht im spirituellen Sinne; das war er schon seit Jahren nicht mehr, nicht mehr seit dem Gemetzel von Bull Run, und würde es auch nie wieder werden. Aber der

Leichnam blieb geheimnisvoll, wie Tote es immer sind, ein Rätsel wie jedes unbewohnte Haus. Irgendwie forderte er die menschlichen Gefühle heraus. Jemand von derselben Art hatte darin gelebt.

Der Mond war ebenso schmutzigweiß wie die Füße des Geschundenen. Sie erinnerten den Gouverneur an ein Gemälde, das er in seiner Jugend gesehen hatte, ein blutrünstiges Werk, makaber, wie nur die Spanier sein können – eine Grablegung Christi. Die Komposition war grauenerregend, auf Schockwirkung berechnet. Ein Bild, als hätte man eine Metzgerschürze auf einen Rahmen gezogen. Der Erlöser lag auf einer steinernen Bank, auf dem Rücken, der Blickwinkel war der eines Trauernden, der zu seinen Füßen stand. Und man sah den Leib kaum, nur die geschundenen Füße – so extrem in ihrer perspektivischen Verkürzung, dass die Fußsohlen mit ihren Wundmalen einen halben Meter hoch ragten.

O'Keeffe war neunzehn gewesen, als er vor diesem Bild stand wie vom Donner gerührt, kurz nach seinem Schulabschluss. Er war auf ein Jesuitencollege im englischen Shropshire gegangen, und als Ire hatte er sich dort fehl am Platze gefühlt. Sport interessierte ihn nicht. Ihm lag mehr an der Dichtung, der Antike. Seine Briefe an die Familie in Wexford waren voller Misstrauen, voller komplexer Gedanken. Er hatte versprochen, dass er wachsen würde, doch es war nicht so gekommen. Er war klein wie ein Mädchen, und damit haderte er wie mit einem Gebrechen. (»Paddy O'Napoleon« hatten seine Kameraden ihn genannt, und er hatte sich nach Kräften gemüht zu tun, als fände er es lustig.) Er musste es in den Uffizien gesehen haben. Das entsetzliche Bild. Es erschreckte ihn, dass er es nach all dieser Zeit noch in sich trug.

Der warmherzigere seiner beiden Gehilfen, John Francis Calhoun, kletterte auf eine umgestürzte Kiste. Er hatte selbst einmal einen Sohn gehabt, der als Säugling gestorben war, und er hatte etwas gegen die Respektlosigkeit gegenüber den Toten; für Calhoun lag darin eine Verachtung des Lebens. Er machte sich an dem Seil zu schaffen, schabte mit seinem Messer daran. Aber das Seil war steif, und die einzige Klinge, die er hatte, war seit Martini nicht mehr geschärft worden. Sein Kamerad Patrick Vinson, der unten stehengeblieben war, schnaubte verächtlich. Die Augen zu Schlitzen verengt wie bei einer Katze, die einen Fremden kommen sieht.

»Der Herr stehe uns bei«, sagte Vinson. (*Dia idir sinn agus an tOlc.*) Der Gauner in der Schlinge machte immer noch Scherereien. Er sprach, wie er es oft mit Calhoun tat, Gälisch. *Jail-ic* nannte Vinson es, denn das Wenige, was er sprach, hatte er in einem englischen Gefängnis gelernt. In dieser Sprache konnten sie gefahrlos die Wachen beschimpfen – die Engländer glaubten, sie rezitierten ihre Verse.

Calhoun säbelte verbissen weiter, doch schon jetzt waren ihm die Glieder schwer wie ein Schiffsanker.

»Hol dich der Teufel«, brummte er zu dem Seil, »reiß endlich ab!« Er war ein außerordentlich liebenswürdiger Mann, auch wenn er sein Bestes tat, das zu verbergen: einer von denen, zu denen ein Fluch eigentlich nicht passt.

Vom Raureif klebten ihm die Hände an dem Strick fest. Die glitschigen Stiefel fanden auf der Kiste keinen Halt. Eine Cousine, Näherin in Columbus, Ohio, hatte ihm von dem Plan erzählt, ein Kabel über den Grund des Atlantiks zu legen, wo seine Mutter und seine Onkel begraben lagen. (Manchmal stellte er sich vor, dass sie es berühren, es befühlen würden, und die Haie stupsten sie dabei in dem trüben Wasser mit der Nase an.) Ungefähr so wie den Strick des Gehängten stellte er sich ein solches Kabel vor: kalt und hart und fest. Und allmählich, als er immer weitersägte und doch kein Stückchen vorankam, als Vinson spottete und der Tote sich drehte, als er versuchte ihn zu halten und zugleich zu schneiden und zugleich nicht von seiner Kiste zu fallen und nicht das Gesicht zu verlieren, ging es Calhoun auf, dass nichts zu machen war, dass *nichts zu machen war*, dass der Ritt und die Kälte und der Abschied vom Bett seines Mädchens und der Hagel in den Augen und der Schmerz in den Fingerknöcheln, dass das alles vergebens gewesen war, dass die Welt eine Latrine war und dass *niemals* etwas zu machen sein würde. Am liebsten hätte er in diesem Augenblick der Leiche eine Kugel in den Leib gejagt, und die zweite wäre für Vinson gewesen und die dritte für den Gouverneur; aber für so eine Tat wäre ein Preis zu zahlen gewesen. Man musste jedes Mal zahlen, wenn man seinen wahren Wünschen nachgab.

Und während er noch darüber nachsann, wie es wohl wäre, wenn man seine einzigen Freunde umbrächte (Vinsons Lästereien, der

Rückschlag der Waffe), hörte er die Rufe aus der Schmelze. Der Gouverneur winkte sie mit der Laterne in der Hand heran, das Licht ein feuriger Bogen in der Nacht. Jetzt rannte Vinson, der widerliche kleine Kriecher. Ein weiterer Ruf war zu hören, dann eine Salve von Flüchen. Und die Laterne wurde umgestoßen, die Flamme ausgeschüttet über den Schnee, und der Tote drehte sich gespenstisch wie eine Piñata in einem Alptraum.

Da war jemand in der Schlammgrube, ein lebendiges Wesen. Vinson zog seine Colt-Repeater. Die Pistole war neu, er hatte sie erst vor kurzem aus St. Louis erhalten, in Öltuch geschlagen wie das Schienbein eines Heiligen. Liebevoll eingefettet mit einem Wachs wie Myrrhe, und sie hatte ihn ein Vermögen gekostet. Sie war größer als erwartet, und er mochte sie nicht besonders. Sie schmiegte sich nicht so gut in seine Schusshand, wie er sich das vorgestellt hatte. Aber es gab Augenblicke, da war man froh, wenn man eine verlässliche Waffe hatte, und dies war ein solcher Augenblick.

Also zog er seine Pistole so selbstsicher wie ein Kunstschütze vor den Augen der aufgeregten Senoritas, mit ihren prächtigen Hüten unterwegs zum Stierkampf. Er würde die Trommel rotieren lassen, etwas Markiges, Gewalttätiges sagen – doch da wies der Gouverneur ihn mit einem Fluch zurecht. Und es war nicht leicht, in der Dunkelheit auf dieses Etwas zu zielen, das sich da hin- und herwarf und schrie wie ein Schwein im Schlachthaus. Doch er zielte mitten in den explodierenden Matsch und feuerte, dann noch zwei weitere Male, damit es auch Eindruck machte. Ich bin hier, verkündete die Waffe. Fürchte meinen Besitzer. Das ist ein Mann, wie du ihn nicht alle Tage triffst.

In der Arena seiner Phantasie machten die Mädchen einen Knicks. Doch dann blickten sie auf. Da ging etwas vor in der Grube.

»Teufel nochmal, das ist ja ein Kind«, knurrte Vinson.

»Dios mío«, riefen die Mädchen oder der Wind.

5. Kapitel

Die Freiheit naht

Neuerliche Beschwörungen – Eine Erinnerung – Eine Drohung

❖

NEW YORK – ST. LOUIS. PONY EXPRESS NACH SALT LAKE CITY. POSTKUTSCHENLINIE MATSON-FOREST: DRINGEND

IX 2 65*
Brooklyn

Lucia – meine Liebste – meine einzig Geliebte –

Ich flehe Dich an – gib mir eine Antwort – Warum schweigst Du? – Ich bin bereit, Dir mein Leben zu opfern + Du antwortest nicht – Kannst Du mich so kalt zurückweisen? – Schreib mir doch wenigstens ein Nein.

Ich weiß, Du hast meinen Brief erhalten – Ich bekam die Nachricht von dem Mann, dem ich ihn mitgegeben habe – Er hat bei seiner Ehre geschworen, dass er Dir den Brief am neunten Nachmittag des vergangenen Monats ausgehändigt hat – Er sagte, er habe Dich am Fluss gefunden, wo Du mit Fotografieren beschäftigt warst – Ich weiß, dass er die Wahrheit sagt.

Mein liebes Wandelröschen: Ohne Dich wäre ich nicht mehr am Leben – Aber auch *Du* bist mir etwas schuldig: nicht nur umgekehrt – Wenn es denn wirklich keine Hoffnung mehr gibt, dann hast Du die Pflicht, es mir zu sagen – Ich will es Schwarz auf Weiß lesen + sehen,

* Geschrieben auf Zeitungspapier (auf den Rändern einer Illustration mit dem Titel »Die irischen Affenpolitiker«) mit einer Tinte aus in Königswasser gelöstem Zaffer, welche die Buchstaben erst dann sichtbar werden lässt, wenn man das Papier vorsichtig erhitzt; in diesem Falle erscheint die Schrift in Türkisblau. – J. D. McL.

welche Worte Du verwendest – Du weißt, Du kannst es nicht tun + trotzdem guten Gewissens weiterleben, denn Du kennst die glühenden Beteuerungen, die wir einander unter vier Augen gemacht haben.

Soll ich etwa an Deinen sogenannten Ehemann schreiben + ihn über die Angelegenheit in Kenntnis setzen? – Glaubst Du, das würde ich nicht wagen, oder dass andere es nicht längst getan haben? – »Ihre Frau + dieses Monstrum – ich habe sie zusammen auf der Straße gesehen« – *Glaubst Du, es wäre ihnen kein Vergnügen, so etwas zu sagen?* – Gott steh mir bei – So habe ich das nicht gemeint – Lieber würde ich sterben als Dir wehtun – Ich kann bloß nicht ertragen, wie unsere Chance verrinnt – Wir sind *verwundet*, siehst Du das nicht? – Heilen können wir uns nur gegenseitig – Mit jeder Sekunde fließt ein weiterer Tropfen Herzblut.

Schiffsfahrkarten + Papiere liegen bereit – Habe meine sämtlichen Bücher + alles, was ich von meinem Vater geerbt habe, verkauft + wenn ich meine Messinstrumente verkaufe, kann ich noch ein wenig mehr Geld beschaffen –

Ich flehe Dich an – Antworte mir – Ich werde Dir nie wieder zur Last fallen – Sag ja oder nein, aber ich kann nicht ertragen, dass Du einfach nur schweigst.

A. W.

6. Kapitel

Noch ein tapf'rer Kämpfer, Herr, der mit mir trägt das Kreuz

Ein Tambour wird entdeckt – Ein Besuch bei dem Totengräber Orson Rawls – Der große Schneesturm – Der Tod Christi

❖

Der völlig durchnässte Junge steckte in den kläglichen Resten einer Südstaatenuniform. Ärmel und Beine waren so weit abgeschnitten, dass ihm Jacke und Hose passten, und als Gürtel diente ein zerfaserter Peitschenriemen. Er war in seine Kleidung verpackt, notdürftig verschnürt wie ein Bündel, das jemand in einem Fundbüro durchwühlt und hastig wieder zugewickelt hat, weil es den Diebstahl nicht lohnt. Er trug keine Schuhe an den Füßen, nur ein paar schmutzige Lumpen. Und er zitterte wie ein Fohlen, das der Koller packt.

An seinem Hals hing ein aus Walknochen oder Elfenbein geschnitztes keltisches Kreuz, auf dessen Rückseite mit einer Nadel der Name »J. Mooney« eingeritzt war. In einer Jackentasche steckte ein schlammbespritzter Trommelstock. Der zweite verbarg sich in seinem Ärmel. Der Schnee schmolz auf seinen Wimpern; sie waren so lang wie bei einem Mädchen. Der Gehängte sei nicht sein Vater, mehr konnte er nicht sagen, und selbst das sprach er nicht aus: Er schüttelte nur stumm den Kopf, als man ihm die Frage stellte, und ließ den Blick über den öden Ort gleiten, als sehe er zum ersten Mal die Dunkelheit, als sei er davon geblendet.

Die Helfer des Gouverneurs wussten nicht, was sie mit J. Mooney machen sollten. Sie waren nicht allzu geübt im Umgang mit Jungs. Sie waren überhaupt nicht geübt im Umgang mit Menschen. Während sie bis zu den Waden im blutbespritzten Schlamm standen und versuchten, dem schluchzenden Gespenst eine Antwort zu entlocken, riss dieses sich plötzlich los und rannte davon. Vinson lief hinterher. Wo waren die Fackeln? Die Kienspäne? Später, wenn er sich in seiner Todesnacht an diesen Vorfall erinnert, wird der Gouverneur den Widerschein der Flammen auf dem Schnee vor sich sehen.

Vinson stürmte in die Finsternis, seine Rufe wurden immer leiser, bis es dem Gouverneur schien, als habe die Nacht, oder was immer es gewesen war, den Flüchtenden samt seinem Verfolger verschluckt. Überall herrschte tiefe Stille. Calhoun sah verängstigt aus. Drei Männer können sich auch in einer gefährlichen Situation immer noch als verschworene Gemeinschaft sehen, die sich notfalls verteidigen kann; aber zwei sind einfach nur zwei. Dann hörten sie Vinson wieder in der Ferne; er stieß eine Art hohes Geheul aus, wie ein Jäger, der einem Fuchs auf der Spur ist; Calhoun stapfte davon und überließ den Gouverneur seinen Gedanken.

BERICHT ÜBER EINE STRAFTAT, GESETZESÜBERTRETUNG ODER EIN KAPITALVERBRECHEN

DIESES FORMULAR IST WAHRHEITSGEMÄSS AUSZUFÜLLEN

Tatbestand *Mord*

Sachverhalt: *Am heutigen 25. Dez. 1865 erhielt ich, Jas. C. O'Keeffe, Brigadegeneral, Kommissarischer Gouverneur, vor Morgengrauen einen Hinweis und begab mich unverzüglich zur Schürfstelle von Lemuel Morton. 1 Toter, männl., erhängt: Name Harrington oder Henderson?, Geburtsort etc. unbekannt. Postkutscher für Salt Lake & Union Line. Alter ca. 40 Jahre. Beschuldigt des Postraubs und der Belästigung von Frauen. Anschuldigungen unzutreffend.*

Zeuge/n: *1 Knabe, Herumtreiber, 11/12 Jahre? Anscheinend stumm. Geistig verwirrt. Aus meiner Obhut entwichen. Derzeitiger Aufenthaltsort unbekannt. Evtl. Mulatte.*

Bemerkungen & Tatverdächtige: *Lynchmord durch Vigilanten, der 17. Fall in diesem Jahr. Wiederholte Eingaben an Ministerium mit Bitten um Unterstützung bei Wahrung v. Recht u. Ordnung. Benötigen dringend 10 Marshals. Weitere Richter und Sheriffs. Neues Gefängnis in Edwardstown. Gelder für ständige Miliz. Ohne solche Unterstützung praktisch machtlos. Unverzüglich Männer und Waffen schicken. Dringend.*

Er wird allen Grund haben, sich noch oft an diese Nacht zu erinnern. Die Weihnacht von '65.

Der Junge blieb unauffindbar. Nicht dass sie allzusehr gesucht hätten. Die Nacht war schneidend kalt, von Saskatchewan her braute sich ein gewaltiger Sturm zusammen. Von der Grenze kamen Berichte über katastrophale Zustände in den Tälern, von Schneewehen, die so hoch waren, dass sie Scheunen in Eisberge verwandelten. Es gelang ihnen schließlich, den Strick durchzuschneiden und den Toten zu bergen – er war einen qualvollen Tod gestorben, denn man hatte ihm die Schlinge so angelegt, dass der Knoten ihn strangulierte, statt ihm das Genick zu brechen – und sie schafften das, was von ihm noch übrig war, zum Haus des Totengräbers.

Rawls, der Leichenbestatter, war ein hagerer Mann mit einem nervösen Blinzeln. Er identifizierte das Opfer als Postkutscher aus Utah: Er heiße Hourihan, vielleicht auch Houricane oder Houlihan und fahre erst seit ein paar Monaten auf der gefährlichen Strecke, davor habe er auf der Seite der Rebellen in Georgia oder Mississippi gekämpft. Er habe oft einen Helfer neben sich auf dem Kutschbock gehabt, einen jungen Burschen, der die Pferde getränkt und für die Passagiere kleine Botengänge erledigt habe. Der rede nicht viel, sei womöglich sogar stumm. Manche behaupteten, der kleine braune Zigeuner sei Holohans Neffe, aber Rawls war nicht dieser Meinung, obwohl er den Grund nicht nennen konnte.

Er geleitete die Männer über die Emmett Street zu seinem Laden im Untergeschoss. Dort lieh er ihnen einen wiederverwendbaren Sarg: eine Konstruktion aus Eichenbrettern mit einer durch einen Federmechanismus verschlossenen Falltür – Rawls hatte sie zum Patent angemeldet. Dann ging es hinaus zum Armenfriedhof Jawbone Hole, wo sie sich nach Kräften mühten, ein Grab für den Toten auszuheben. Doch der Boden war steinhart. Er weigerte sich, seinen Gast aufzunehmen. Sie traten ein Stück zurück und feuerten mit ihren Revolvern auf die Stelle, bis die Erde vor dem feindlichen Ansturm kapitulierte – dem rot blitzenden Mündungsfeuer und den umherspritzenden Steinen – und die Nordstaatenschaufeln sich ans Werk machen konnten. Das Schneegestöber wurde dichter. Die Dämmerung kam. Die Vögel in ihren Nestern stießen kleine, zaghafte Rufe aus. Die flackernde Laternenflamme wand sich im Todeskampf, wie es das Ding, das sie in die Erde betten wollten, auch getan haben musste. Hundegebell scholl schwermütig von jenseits der Mauer. Es gab keinen Priester, niemand war bereit zu kommen, also las der Gouverneur selbst aus dem Buch Hiob, während Vinson und Calhoun mit gesenkten Häuptern die Rolle der Trauergemeinde übernahmen. Als er las, prasselten Hagelkörner auf die gedruckten Worte, bis das uralte Flehen zu einem unleserlichen Fleck verschwamm.

Gegen acht ging der Sturm erst richtig los. Die Stadt machte alle Luken dicht. Die Vögel froren mit den Füßen auf dem Pend-d'Oreilles-See fest. Der Wind heulte elf Tage und Nächte ohne Unterlass. Bäume brachen unter der Eislast zusammen. Hagelkörner schlugen ein wie Schrotladungen. Vom Lewis-and-Clark-Pass bis hinunter zum Rattlesnake Mountain, von Medicine Bow bis zum Teufelssee im Osten umrundete der Tornado das Territorium, wie ein Berglöwe seine Beute in immer engeren Kreisen umschleicht, und als sie schon glaubten, der Sturm lasse endlich nach, stürzte er sich laut heulend und ohne jede Gnade auf Redemption Falls.

Am Schulhaus in der Tone Street wurde das Dach abgerissen. Der aus Sligo gebürtige Bergmann Paudrig John Foley verirrte sich auf der Suche nach einem holländischen Kameraden im Schneesturm und wurde von einer durch die Luft gewirbelten Glasscheibe erschlagen. Die Frau eines Predigers verlor den Verstand und ritt geradewegs in die Stromschnellen bei Liverpool Falls, weil sie fest überzeugt war, sie könne den Wirbelwind mit der Kraft des Heiligen Geistes besänftigen. Weder von der Reiterin noch von ihrem Pferd fand man je eine Spur; manche sagten, sie seien von Indianern entführt worden, andere, sie seien ertrunken. Am zwölften Morgen zog der tosende Sturm in Richtung Osten ab; die Bürger krochen aus ihren Häusern und sahen ein Bild der Zerstörung.

Die Kirche lag in Trümmern, der Glockenturm war umgestürzt, der Stumpf zu einer Spirale verdreht wie ein Korkenzieher. Schieferplatten lagen verstreut am Boden, als hätte ein besessener Bildhauer ein getreues Abbild von einem Erdrutsch schaffen wollen. Johnny Thunders und seine Bande waren schon dagewesen und wieder abgezogen: Der Altar war geplündert, die Abendmahlskelche gestohlen, die kleine Orgel, die sich wie ein altes Mütterchen neben die Tür zur Sakristei geduckt hatte, stand jetzt schutzlos, und der Wind ächzte und stöhnte in den

Pfeifen. Sie hatten ihr Erkennungszeichen mit Messwein an eine Wand geschmiert: »MK-1025« und ein umgedrehter Totenschädel.

Lose Bibelseiten flatterten im Wind: Die Kinder machten Jagd auf sie – sie sollten ein begehrtes Tauschobjekt werden. Eiszapfen bleckten ihre Reißzähne an Ästen und Fensterbrettern, an Balustraden und Wassertonnen, Dachrinnen und Architraven; sie bildeten sich überall da, wo Flächen parallel zu dem granitharten Boden verliefen. Inmitten der weißen Hölle standen Liebespaare, die sich seit Tagen nicht gesehen hatten und deren Augen von der Helligkeit tränten, und viele schweigende Männer.

Staubgeschwärzte Stalaktiten auf dem Dach des Gerichtsgebäudes: Es war in sich zusammengesackt wie ein Waisenkind in Erwartung eines Fußtritts. Eisgekrönt, windgepeitscht, die Stadt ist eine amerikanische Arktis, und Glas knirscht unnatürlich unter den Schritten: wie eine Ödnis, die im Pfeifenrauch einmal kurz aufgetaucht war, eine prophetische Vision von der Torheit des Weißen Mannes. In den Trümmern von Spanish Jennys verrufenem Haus am östlichen Stadtrand entdeckte man zwei Säuglinge, ein Zwillingspärchen. Niemand wusste zu sagen, wie sie an diesen Ort gelangt waren. Es gab keine Eltern, die ihnen die letzte Ehre erwiesen. Sie wurden auf dem Friedhof von Jawbone Hole begraben, zwischen einem Selbstmörder und einem Sklaventreiber, und viele Jahre nach dem großen Schneesturm von '65 berichteten Reisende noch immer von weinenden Kindern, wenn sie nachts an diesem Unglücksort vorüberkamen.

Am Morgen nach dem Sturm weinte niemand. Die Bewohner der Stadt waren zu erschüttert oder vielleicht auch zu hart. Der Schmerz hatte sie geschliffen; er hatte sie so lange poliert, bis sie glühten. Sie suchten ihren Gouverneur. Er war nirgendwo zu sehen. Einige behaupteten, er sei mit der letzten Postkutsche aus der Stadt geflüchtet; wie alle Handlanger der Yankees sei auch er ein Feigling. Eine Gruppe von Männern machte sich auf den Weg zu seinem Amtssitz. Unterwegs verwandelten sie sich in einen Lynchtrupp. Aus dem Glockenseil der zerstörten Kirche knüpften sie eine Schlinge, ein Fetzen des Sternenbanners, das bis vor kurzem über dem Eingang des Postamtes geflattert hatte, sollte als Augenbinde dienen. Nicht der Sturm hatte die Fahne heruntergerissen. Das hatten die Einwohner der Stadt selbst besorgt.

Sie näherten sich der Residenz des Gouverneurs, diesem seltsamen, unfertigen Klotz aus geteerten Kiefernstämmen, der von einer glitzernden Reifschicht überzogen war. Sein Wolfshund war an einen Pfahl im Hof gekettet: Er schlief anscheinend, vielleicht war er auch tot. Die Eiszapfen an den Fensterbänken begannen zu schmelzen; es sah aus, als weinten die Fenster.

Ein dünner Rauchfaden stieg aus dem einsamen Schornstein – sie wussten, er war im Haus, und das steigerte ihre Wut. Er saß hinter seiner Metalltür, die eine Gießerei in St. Louis angefertigt hatte: bezahlt mit ihren Steuern, mit dem Schweiß ihres Angesichts, mit ihren verkrüppelten Fingern, die im Wasser nach dem glitzernden Kies suchten, der so viele von ihnen hierhergelockt hatte. Er war sicher wie ein Goldbarren im Banktresor, zumindest glaubte er das – aber sie würden es ihm schon zeigen.

Jemand rief, er solle herauskommen. Keine Antwort. Die Wut steigerte sich, wie in jeder aufgebrachten Menge: Die Klugen stachelten die Dummen zu fanatischem Hass an, die Schwachen brüllten lauter als die Starken, aus Angst um das eigene Leben. Eine Frau schrie »Feigling!« Ein Mann aus Georgia stimmte den Rebellenruf an. Kurz darauf antworteten andere, deren Herz ebenfalls für die Südstaaten schlug – das durchdringende, zornige Wolfsgeheul, das einst das Signal für den Aufstand des frei geborenen Südens war und jetzt nur noch von Demütigung kündete; offene Rechnungen. Das Glockenseil wurde über die Astgabel einer Pappel geworfen. Die Schmiedewerkstatt durchwühlt. Jemand schleppte Werkzeuge heran.

Als der erste Südstaatler auf die Tür eindrosch, fiel ein Schuss aus einem Fenster im ersten Stock. Er zerfetzte den Oberschenkel des Angreifers, und der wirbelte auf der Türschwelle um die eigene Achse, presste die Hand auf die klaffende Wunde und stöhnte. Er schien in erster Linie überrascht: Offenbar hatte er nicht damit gerechnet, dass ein solcher Übergriff gefährlich sein könnte. Zwei weitere Schüsse fielen in rascher Folge; einer traf den Fahnenmast auf dem schlammigen Hof, der zweite tötete eine Sau, die sich dem Pöbel angeschlossen hatte und emsig wie eine Ratte an einem vereisten Unkrautbusch nagte.

Wirbelndes Schneegestöber: ein undurchdringlicher Nebel. In diesem Augenblick erschien die Köchin des Gouverneurs auf dem Weg, eine Frau von noch nicht einmal dreißig, auch wenn sie zehn Jahre älter aussah. Sie hatte, in der Sklaverei geboren, einem Pflanzer an der Golfküste gehört, hatte ihm, noch keine neunzehn Jahre alt, drei Kinder geboren, hatte einen Ehemann und sämtliche Kinder begraben und war schließlich in den Norden geflohen, Kriegskonterbande. Ein Schlägertrio aus Mississippi sah sie kommen: Viele hielten sie für Brüder, obwohl niemand Genaueres wusste; angeblich wussten sie es nicht einmal selbst. Der älteste hatte zottige Haare und unheilig schimmernde Augen; die Schlauköpfe in der Stadt nannten ihn »Christus«. Seine Brüder, hässlicher und nicht ganz so aufschneiderisch, hießen im Volksmund Dismas und Gesmas – wie die gekreuzigten Schächer von Golgatha. Christus reckte einen Stiefel vor und stellte der Köchin ein Bein; sie kippte um wie ein schwerer Sack. Als sie, ohne einen Laut von sich zu geben, vor ihnen im Schlamm lag, fingen sie an, sie zu verspotten und zerrten an ihren Kleidern, und einer von ihnen bohrte ihr den Stiefelabsatz zwischen die Schulterblätter. »Na, wie ist es denn so in der Freiheit?«, höhnte er.

Vier Schüsse hallten aus Richtung des Hauses, so schnell, dass keiner das Mündungsfeuer sah.

Zwei der Angreifer lagen tot am Boden, noch ehe sie wussten, dass sie getroffen waren. Christus hatte einen Bauchschuss. Niemand wagte, sich ihm zu nähern. Er schleppte sich keuchend davon, wollte lieber allein sein zum Sterben, denn eine Kugel in die Eingeweide konnte nur eins bedeuten, und er wusste aus der Erfahrung auf den Schlachtfeldern von Gettysburg, dass es etwas Schreckliches war. Es gibt Todesarten, denen kann man einigermaßen mutig ins Auge sehen. Doch das war keine davon, und das wusste der Mann aus Mississippi nur zu genau. Die Menge durchbrach mit Gebrüll den Zaun des Gouverneurs. »Macht dem verfluchten Yankee die Hölle heiß!«, schrie ein Maultiertreiber. Von einem vom Wind umgestürzten Mammutbaum wurden die Äste entfernt, damit man den Stamm besser als Rammbock benutzen konnte. Der Büchsenmacher stellte sich rittlings darüber und traktierte den Baum mit seiner Metallsäge. Ein Texaner schwang eine Axt.

Ein Daguerreotypist und sein Gehilfe trippelten wie Hühner den Weg entlang und bauten hastig ihren Apparat auf, während die Menge immer lauter johlte. Steine wurden geschleudert, ein Regen von Flaschen. Zwei Bürger fingen an, mit ihren Pistolen auf den aus

Ziegelsteinen gemauerten Schornstein des Hauses zu feuern; Geschosse trafen die Wetterfahne, sodass der kupferne Sensenmann sich im Kreise drehte, der Kaminaufsatz zerbarst in tausend Scherben. Jetzt zückten die Bergleute ihre Eispickel und einige machten sich mit breiten Hacken ans Werk. Der Magnesiumblitz des Fotografen verpuffte mit einem dumpfen Knall.

Im selben Augenblick tauchte der Gouverneur zwischen den Dachbalken auf, als hätte das explodierende Pulver einen Geist heraufbeschworen. Er schien verwirrt, orientierungslos, als sei er gerade erst aufgewacht. Sein Gesicht war gerötet; er hatte sich offenbar seit Tagen nicht rasiert. Anscheinend war er in ein Laken gehüllt, wie ein Römer. Und es sah aus, als sei er unbewaffnet.

»Dieses Gebäude ist Eigentum der Bundesregierung«, hob er an. Doch seine Stimme war angespannt, so als wolle er eigentlich gar nicht sprechen. Nicht dass er verängstigt ausgesehen hätte, das tat er nie. Ihn beschäftigte eine schwerwiegendere Frage als die, die dort zu seinem Füßen Gestalt annahm. Eigentlich wollte er hochmütig und gleichgültig wirken. Aber es klang mehr nach Verachtung.

»Meine Marshals sind hier. Und ich habe Männer bei euren Häusern postiert. Der Nächste, der sich an diesem Anwesen vergreift, wird sein Haus in Trümmern finden.« Diese Behauptungen, von denen, wie jeder wusste, mindestens zwei gelogen waren, trug er in so forschem Ton vor, als handele es sich um den Fahrplan eines Zuges.

»Zuerst knüpfen wir deine Niggerhure auf«, schrie jemand. »Was hältst du davon?«

Ein Grüppchen von Sturköpfen quittierte seine Bemerkung mit einem zaghaften Johlen. Der Gouverneur wartete, bis es verhallt war, dann fuhr er mit eisiger Stimme fort.

»Der Hundsfott, der vor meinen Ohren eine Frau bedrohen darf, muss erst noch geboren werden. Kommt ins Haus, wenn ihr den Mumm dazu habt. Aber wenn ihr es wieder verlasst, dann mit den Füßen voraus.«

»Lügner«, johlte ein Schwachkopf. »Irischer Feigling!« Er war unglaublich fett, eine Art wandelnder Heuschober, und im Lager der Goldschürfer, das er als eine Art Zuhause betrachtete, erzählt man sich, er habe sich einmal, um eine Wette zu gewinnen, eine Fingerkuppe abgebissen. Er grinste in die Runde und wartete auf den Beifall seiner Kollegen. Als der sich nicht einstellte, zog er sein Käppi und bettelte: ein Bild nahezu grenzenloser Blödheit.

»Geht zurück in eure Häuser«, sagte der Gouverneur finster. »Ich erschieße jeden, der es wagt, mich noch einmal zu bedrohen.«

Es nieselte. Die Stadtbewohner sahen sich an. Einige trollten sich verdrossen. Mittlerweile war ein französischer Pater am Ort des Geschehens eingetroffen – er war zu Pferd aus der Indianermission von Piegan Landing in die Stadt gekommen – und forderte die Menge auf, sich zu zerstreuen; einigen flüsterte er etwas zu, andere zupfte er am Ärmel, wieder anderen rückte er mit Schimpfworten zu Leibe. Er behandelte sie wie unbotmäßige Novizen, nicht wie mit Missouriwasser getaufte Revolverhelden. Einem Jungen gab er sogar eine Ohrfeige.

Die Köchin rappelte sich auf, starrte auf ihre Handflächen und wischte sich die schlammverschmierte Stirn mit dem Saum ihres Kittels ab. Sie stand langsam auf – sie tat alles langsam, als seien die Zeit und ihr Körper fremde Sprachen für sie. Keiner der Umstehenden half ihr auf. Einige hätten es vielleicht gern getan, fanden aber nicht den Mut.

Sie wurde bespuckt und verspottet, als sie auf das Haus zuwankte. Ihr Ausdruck verriet nichts; sie weigerte sich auszuweichen, selbst als der Speichel ihren geflickten Umhang traf und ihr in Schlieren über das gefurchte Gesicht rann. Ein stinkender Klumpen Schweinekot landete klatschend an ihrem Hinterkopf. Einige der Umstehenden lachten betreten oder machten Zwischenrufe, doch nach dieser Demütigung machten sich einige Frauen – ob nun aus Missbilligung oder einfach nur aus Angst – in Zweier- oder Dreiergruppen davon und sammelten dabei mit den ausgebreiteten Schürzen ihre Kinder ein. Die Köchin ging unbeirrt weiter, jetzt betrat sie den Hof, stieg mit wankenden Schritten die wuchtigen Stufen zum Eingang hinauf. Sie klopfte und wartete, wie sie es immer tat. Es war der Gouverneur selbst, der die Riegel zurückschob und die Tür öffnete, denn er hatte keinen anderen Bediensteten, der es hätte tun können.

»Guten Tag, Elizabeth Longstreet«, sagte der Gouverneur.

»Guten Tag, Sir«, antwortete die Köchin, »möge der Herr mit Ihnen sein.«

Der Schwachkopf schoss auf sie zu und zog dabei ein Stemmeisen aus dem Militärmantel. Der Gouverneur zückte einen Revolver und schoss ihm eine Kugel ins Kinn.

Der Wind heulte leise. Die Stadtbewohner starrten. Richard Stiles taumelte rückwärts, sein rechtes Knie knickte ein, die Schultern sackten bleischwer nach unten, als seien die Sehnen durchtrennt, dann fiel er die Verandastufen hinab in den Schmutz, und seine massigen Hände landeten mit einem dumpfen Schlag auf dem Boden. Sein Körper war gewaltig: Er war früher einmal als »Atlas, der Koloss« auf dem Jahrmarkt aufgetreten. Der Aufprall war so heftig, dass er den Wolfshund aufschreckte. Blut sickerte durch den Kragen aus dickem Baumwollstoff. Auf den Fotografien seines Leichnams – monströs, lächerlich: Zwei Straßenjungen hocken im Schneidersitz auf seinem gewaltigen Bauch – ist das Blut eine graue Pfütze.

»Sonst noch jemand?«, fragte der Gouverneur leise. Und als keine Antwort kam, wiederholte er die Frage noch einmal mit lauter Stimme. Sein Brüllen fuhr wie ein Peitschenhieb durch die schneidend kalte Luft und vermischte sich mit den Schmerzlauten von Christus in der Ferne.

Die letzten Gemeindemitglieder schlurften durch den Schneematsch von dannen, zurück zu dem Kadaver ihrer Stadt. Das einsetzende Tauwetter machte sich jetzt allseits bemerkbar; es gurgelte in den Straßengräben, Wasser tröpfelte und plätscherte. In der Ferne hörte man Donnergrollen. Tiere streckten die Nase aus ihren Löchern.

Der Gouverneur muss beunruhigt gewesen sein, hinter seiner verschlossenen Türe. Nicht wegen Stiles – dem würde niemand nachtrauern; er war schon lange eine Last für die Schulmädchen von Redemption Falls gewesen und der Lynchjustiz nur deshalb entgangen, weil er in den Augen der selbst ernannten Richter nichts weiter als Abschaum war. Was er fürchtete, war etwas anderes, und er würde es noch schmerzhaft fürchten lernen: Das Unerklärliche hatte in sein Leben Einzug gehalten.

Er war an diesem Morgen allein gewesen – zumindest hatte er das geglaubt –, allein in diesem Haus. Doch die Schüsse, unter denen die Männer aus Mississippi fielen, waren nicht von ihm gekommen.

7. Kapitel

All meine Prüfungen

Aus der Transkription einer Befragung der einstmaligen Gouverneursköchin – Aufgezeichnet in Liberia, Westafrika, in ihrem hundertsten Lebensjahr

❖

... Nein, vor dem Tod, da fürchte ich mich nicht ... Da gab es schon Zeiten, wo ich dachte, es ist soweit ... An dem Morgen nach dem Sturm, da war ich mehr tot als lebendig ... Und ich weiß nicht, wer damals die Burschen aus Mississippi erschossen hat ... Auch wenn ich meine Vermutung habe ... Aber ich sage nicht ...

Elizabeth Leavensworth, Sir ... geborene Elizabeth Longstreet ... Den Namen hatte ich von meinem Besitzer ... Ich bin als Sklavin geboren in Marianna, Florida ... Rinderfarm namens Hurricane ... an der Straße nach Chattahoochee ... Aber die ist nicht mehr da ... Schon lange nicht mehr ...

Ein Seemann hat mir gesagt, jetzt haben sie einen Friedhof da ... Wo damals Hurricane war ... Kriegsgräber ... Illinois, hat er gesagt ... Sie haben einen Friedhof gemacht, wo die Pferdekoppel war ... An den Ufern des Peachblossom ... So hieß der Bach ... Die Yankees haben das Haus angesteckt, und dann wurde es abgerissen ... Mit Stall und Schlachthaus und allem ... Achtzehn-vierundsechzig war das ... Im Herbst vierundsechzig ... Die haben nichts übrig gelassen, vom ganzen Emerald County.

Nein, in Florida bin ich nie wieder gewesen ... Hab ich auch nicht vor ... Nein ... Meinetwegen kann ganz Florida abbrennen. Ich habe dann lange in Redemption Falls gelebt, im Mountain Territory ... War Haushälterin für einen Yankeegeneral und seine Frau ... Und da hab ich Sachen gesehen, als ich für den General arbeitete ... Seltsame Sachen, das können Sie glauben.

Ja genau, den berühmten General, wegen dem es dann soviel Aufregung gab ... Ein Ire ... Ja, von dem rede ich. Sie haben ihn »Das Messer« genannt. Und an dem Morgen hat er mir das Leben gerettet, das steht fest. An dem Morgen wäre ich in die Grube gefahren, wenn er nicht gewesen wäre.

... Neunundneunzig letzten November, Sir ... Papiere hab ich nie gehabt. Vielleicht ein bisschen älter. Oder jünger. Eine Zigeunerin hat mir mal gesagt, ich werde hundertundzwei. Aber hab ich nichts drauf gegeben. [unverständ-

liche Bemerkung] Keiner weiß, was kommt ... Keiner außer dem Herrgott im Himmel.

Mein Vater hat Zekiel geheißen ... Jawohl, Sir ... In Afrika ... Seinen Geburtsnamen hab ich nie gewusst ... Menschenräuber kamen in einem Schiff aus Charleston ... Meine Mutter hieß Euterpe ... Siebzehneinhalb ... Auf der ganzen Welt gab's keine schönere Frau als meine Mutter ... Geboren war sie auf den Inseln vor Georgia ... Einmal hat sie einem reichen Apachen gehört; ich weiß nicht, wie das kam ... War eine gute Hebamme ... Wusste, wie man krankes Blut heilt ... Bei Menschen und bei Tieren ...

Mein Vater [Hundebellen] damals kaum ein Wort Englisch ... Weiß nicht mehr viel von ihm ... Ein stiller Mann ... Schnitzte Püppchen aus Klafterholz ... Hat die Messer für das Haus gewetzt ... Ich seh ihn noch am Schleifstein stehen ... Den ganzen Tag lief der Stein ... Er hat eine Narbe gehabt, hier auf der Brust, von einem Brandeisen, wo es geeitert hat ... Das Zeichen vom Hurricane war ein Kleeblatt ... Längst im Himmel: kann nicht anders sein. Trotzdem bete ich jeden Abend für ihn ... Ihn und meine Mutter. Und all meine Verwandten, die von uns gegangen sind ... Beim Jüngsten Gericht, da sehe ich meine Mutter wieder. Geborgen in den Wundmalen meines Herrn Jesus ...

... Und mein Vater ist vom Hurricane weggeholt worden, zur Erntezeit, in dem Jahr, wo ich zwölf wurde. Hab ihn nie wiedergesehen [unverständliche Worte]. Der Besitzer hatte meinen Vater verloren, beim Kartenspiel in Marianna. Meinen Vater haben sie fortgeholt, als Bezahlung für seine Schulden. Manche sagen, er ist in Texarkana gelandet, aber das kann man nicht wissen. Mississippi. Georgia. Könnte überall sein.

Ich hab gesehen, wie sie ihn in einen Käfig gesteckt und angekettet haben. Wie ein Schwein, das zum Markt kommt. Fleisch, sonst nichts. Als sie ihn wegbrachten, da hat er nach meiner Mutter gerufen. Aber meine Mutter war zu der Zeit am Brunnen. Sie hatten gewartet, bis [sie] am Brunnen war. Fünf Monate später ist sie dahingegangen, der Herr stehe meiner Mutter bei. Weihnachten neunundvierzig ist sie von uns gegangen. Und dann war das Leben die Hölle für mich und meine Schwestern. Weil sie immer versucht hat, uns zu schützen. Und jetzt war sie nicht mehr da. Da hätte man sich die Kehle durchgeschnitten, wenn man den Mut gehabt hätte. Sklavenleben, das ist nichts als Tod, jeden Tag neu ... Und jeden Tag fürchtet man sich vor dem Abend.

Der Herr war Ire. O'Hora hieß er ... Ein Wolf hat mehr Seele im Leib als O'Hora ... Der hat alles mit uns gemacht, nur nicht uns umgebracht. Wir hatten ja schließlich Geld gekostet. Für O'Hora, da waren wir Dollars. Wir waren Vieh … Wir waren für seine Lust da; brachten seine Ernte ein; hüteten seine Kinder; und für alle anderen gab es nur die Peitsche … Ja, seine Frau muss es gewusst haben. Sie muss alles gewusst haben, was er tat … Dann ist er auf seinem Braunen zur Kirche geritten. Betet sein Vaterunser, Gegrüßet seist du Maria. Wenn heute einer von seinen Nachkommen hört, was er getan [hat], dann senkt er vor Scham das Haupt.

Er ist im Bürgerkrieg umgekommen. Nathan Hook hat ihn erschossen. Der war ein entlaufener Sklave von der Hawkes-Plantage. Nathan kam zurück, mit der Yankeearmee aus Maine, und hat O'Hora erschossen, in dem Obstgarten am Sioux Creek. Das hab ich gesehen, hier mit meinen eigenen Augen. Damals konnte ich noch sehen. O'Hora war sein leiblicher Vater, so war das … und ich und Nathan Hook waren also von einem Blut.

Aber davon will ich nicht reden, Sir … Nein, das will ich nicht … Der Herr im Himmel sieht alles … Und ich werde vor dem Richtstuhl stehen … Der Herr wird wissen, was geschehen ist in Marianna, Florida … Es gibt Gute und Schlechte in jeglicher Schöpfung … Aber die Spreu wird vom Weizen getrennt werden, wenn der Tag kommt. Man erntet, was man sät … Und ich glaube, das war auch der Grund, weshalb der General mich bei sich aufgenommen hat … Ich glaube, er hat sich geschämt für das, was sein Landsmann getan hatte … Wir haben nie darüber gesprochen … Aber ich wusste, dass er sich schämte … Man sah es an seiner Art … Und er hatte allen Grund dazu … Und damals nach dem Unwetter hat er mir das Leben gerettet … Denn diese Männer aus Mississippi, die hätten mich umgebracht … Und ich hab keine Ahnung warum; ich hab nie etwas in Mississippi getan … Die hätten nicht mal meinen Namen gewusst.

8. Kapitel

Irlands Liebling

Ein Plakat, das nicht lange nach O'Keeffes Ankunft in Amerika im Süden auftauchte, einige Jahre vor den Hauptereignissen unserer Erzählung

❖

AN DIE STOLZEN BÜRGER VON GEORGIA!

Das Komitee St. Patrick-im-Exil gibt sich die Ehre anzukündigen:

Ein Abend mit

»O'Keeffe, das Messer!«

Der irische Robinson Crusoe!

Jüngst eingetroffen in diesem freien Land nach Jahren der Verbannung!

Apollo-Theater, Macon

Freitag, 23. Juli 1852 bei Einbruch der Dämmerung

Musikalisches Zwischenspiel: Sullivan Pipe Band

Der junge JAMES C. O'KEEFFE aus der REBELLISCHEN GRAFSCHAFT WEXFORD, der HELD demokratisch gesinnter Irländer in aller Welt, nach JAHREN DER GRAUSAMEN VERBANNUNG jüngst eingetroffen in dieser Republik, berichtet NUR AN DIESEM ABEND über seine unglaublichen Erlebnisse: die VERURTEILUNG ZUM TODE in Irland, die Begnadigung am Fuße des GALGENS, die WAGEMUTIGE FLUCHT von der englischen Sträflingsinsel Tasmanien, der anschließende SCHIFFBRUCH im KANNIBALENSTROTZENDEN Pazifik, die glückliche RETTUNG durch gutherzige Seefahrer, die FESSELNDEN ABENTEUER auf der stürmischen Überfahrt nach New York und seine KÜHNEN HOFFNUNGEN für unser MUTTERLAND!

»Das Messer« ist derzeit der herausragendste Redner in den Vereinigten Staaten. Kenner in der gesamten englischsprachigen Welt bestätigen, dass einzig Mr Dickens ihm das Wasser zu reichen vermag. Obwohl er erst vor sechs Monaten Zuflucht an unseren Gestaden gefunden hat, strahlt sein Ruhm schon jetzt hell wie ein KOMET. Wir rechnen mit ÜBERWÄLTIGENDEM INTERESSE an seinem Vortrag, der bereits in New York, Brookyln, Boston, Chicago, Philadelphia, Memphis, New Orleans & Atlanta große Mengen von Zuhörern in den Bann geschlagen hat. »Kein Zweifel, das Lied der Freiheit hat keinen leidenschaftlicheren Sänger als diesen VORNEHMEN & STATTLICHEN SPROSS DER GRÜNEN INSEL.« (New York Tribune)

Der umgehende Erwerb von Eintrittskarten wird dringend empfohlen. Mr O'Keeffe hat ZAHLREICHE VERPFLICHTUNGEN & kann die Baumwollgebiete in nächster Zukunft nicht nochmals besuchen. Damit die größtmögliche Zahl von Besuchern ungefährdet im Saal Platz finden kann, werden die Damen höflich gebeten, auf das Tragen von Reifröcken zu verzichten & die Herren ersucht, ohne Säbel oder Seitenwaffen zu erscheinen. Lassen Sie sich diese EINMALIGE GELEGENHEIT nicht entgehen. Versäumen Sie nicht diesen IRISCHEN HELDEN mit einer GLÄNZENDEN AMERIKANISCHEN ZUKUNFT.

Eintritt: $ 4 (Galerie, Parterre & Logen): 20 c (Stehplätze)

☞ **Keine Neger**

9. Kapitel

Ich komm zum Himmel mit der Zeit

Anfang des Jahres 1866 kehren wir nach Redemption Falls und zu dem entlaufenen Tambourjungen zurück – Ein Schloss wird aufgebrochen – Eine Handvoll Papiere – Eine Spanierin – Ein Streit

❖

In dem Raum unter dem Boden des Gouverneurshauses: Dort unten schläft der, der Christus erschoss. Gekrümmt zwischen den Streben, gebogen wie ein &. Seine Welt riecht nach Erde, nach nassem Holz. Ein wenig stellt er sich das Leben in einem Sarg so vor, und Mamo hat erzählt, die Mönche hätten früher in Särgen gelebt.

Der böse Bruder Mooney: seine modrigen Träume. Sie werden ihn entdecken, wahrscheinlich, ihn mit Peitschen aus der Stadt jagen. Vielleicht hängen sie ihn – oder Schlimmeres. Er muss vorsichtiger sein, wenn er sich bewegt. Es ist wichtig, dass man ihn nicht entdeckt. Er hat gesehen, zu was die Leute im Westen fähig sind.

Nachts stiehlt er sich ins Freie, geht mit glasigem Blick auf die Suche nach etwas zu essen, balgt sich mit hungrigen Kötern darum. Im Geiste hat er eine Karte der Kolonie, ihrer Verlockungen bei sich. Er weiß, wohin er auf keinen Fall gehen darf.

Er hat gelernt, dass die Mülleimer hinter dem Shoogawn Saloon einen Versuch wert sind, ein bestimmtes Bordell im Westen der Stadt und ein zweites im Norden. Der Kaufmann wirft Verdorbenes auf einen Haufen für die Schweine. Die Frau des Büchsenmachers füttert die Rotkehlchen. Aber viel ist es nicht, was man zu essen findet, in so einem Vorposten im Winter. Manchmal geben die Neger ihm einen Bissen ab.

Er ist benommen; Fieber und Erkältung machen ihm zu schaffen. Der Kopfschmerz ist entsetzlich, der Durst. Er träumt von Flüssen, die er nie gesehen hat: Flüssen mit indianischen Namen. Mamo hat gesagt, Rappahannock heißt »Ort für die Seele«, aber vielleicht bedeutet es auch etwas anderes oder es bedeutet überhaupt nichts. So wie keiner die Ortsnamen von Connemara erklären kann, vergessen auch die Indianer, was ihre bedeuten. Wirre Gedanken. Seine Mutter in Hirschleder. Ein Büffel, der auf der Beale Street grast. Bei Tage verbirgt er sich, wickelt sich in eine Plane wie in ein Leichentuch. Er lutscht Eisklümpchen. Aber den ganzen Tag stillzuliegen ist schwer für einen Jungen seines Alters. Er sieht sich in seinem Gefängnis um, findet Backsteine, Schieferplättchen. Einen schartigen Mahlstein. Einen Sack mit alten Hemden. Dort unter der Falltür hatte er den Koffer mit dem Lederriemen gefunden. Kräftig, gut gearbeitet, wie eine Doktortasche.

Doch einst – das sieht man – war es die Reisetasche eines Prospektors. Das Schloss klein und rostig. Leicht aufzubrechen. Der Rost schmeckte nach Eisen, wie Blut an den Fingern. Aus einem Beutel quellen Maden.

Ein Packen alter Papiere: verwittert, angenagt. Einige sind zu Spitzenmustern zerfressen. Andere nur noch Pappmaché, eine Masse aus schwärzlichem Stoff. Es sind Notizblöcke dabei, Zettel, Zeitungsausschnitte. Bündel brüchiger Zeitschriften. Ein modriger Handzettel für »EINE KUNDGEBUNG«. Ein Notenblatt, eine Ballade, mit altmodischer Notenschrift: die Viertelnoten schwarze Rauten auf nur vier Linien.

Er kann nicht fließend lesen, aber er sucht es sich zusammen. Er ruft sich die Buchstaben ins Gedächtnis. Das Lesen ist sein Vergnügen, oder jedenfalls seine Methode, sich die Zeit zu vertreiben, wenn er auf das Dunkel wartet, das ihm Sicherheit gibt. Lesen könnte einem das Leben retten. Das hatte Mamo ihm gesagt. Als armer Mensch musste man lesen lernen. Bei einem Reichen spielte das keine Rolle. Der hatte ja ohnehin schon alles. Deswegen.

A steht für Arkansas
B steht für Brot
C steht für Christ am Kreuz
D für Despot
E für Eliza
F für die Faust
G für das gute Kind, das lernt es zuhaus.

Der Junge erkennt den Mann, der über ihm in dem Haus wohnt, nicht. Der Mann, dieses Wrack – »der General«, nennen die Leute ihn –, muss wohl ein Bewunderer von O'Keeffe sein, reimt er sich zusammen. Denn all die Papierschnitzel – es sind Dutzende in dem Koffer – handeln von diesem Helden. Vielleicht ist er ein Schriftsteller. Ein Gelehrter. Ein Verseschmied. Weil er überhaupt nichts von dem Stolz eines echten Generals hat. Denn er ist speckig und alt und schlurft wie ein Fettsack und seine Augen sind rot wie Pennies und er stinkt. Wie sein Atem in jener Nacht in der Mine gestunken hatte! Nach Verwahrlosung und schlechtem Schnaps. Und er redet wie jemand, der einen vornehmen Engländer nachmacht. Wahrscheinlich machen die Leute sich über ihn lustig, wenn sie ihn »General« nennen.

Elizas Pa war ein Geschichtenmacher gewesen, hatte Mamo immer erzählt. Er hatte Kampflieder und Balladen geschrieben. War oben in Brooklyn gestorben. An der Cholera, hat Mamo gesagt. Aber der Junge ist sich nicht sicher, ob das stimmt.

Kommt her, ihr Söhne Irlands, und hört dem Liede zu;
Es singt vom tapf'ren Con O'Keeffe, der lässt mir keine Ruh.
Sie schleppten ihn nach Dämonsland, doch er macht sich davon
Zu Freiheit und zu liebend Herz, nach Amerikas Nation.

Eliza und Mamo – sie hatten oft von O'Keeffe gesprochen. Hatten Lieder über seine Heldentaten gekannt, seine Triumphe. Ein Kämpfer, hatte Mamo gesagt, ein zweiter Robert Emmett. Er hatte dem Tod unter dem Galgen ins Gesicht gelacht. Wenn Irland frei sein wird, eine Republik wie Amerika, wenn niemand mehr Hunger leidet und alle in die Heimat zurückkehren können, dann werden wir das Helden wie O'Keeffe, »dem Messer«, verdanken, die alles dafür gaben. Doch wenn dieser Tag kommt, dann werden die Feiglinge und Verräter in Irland ihn verachten. Sie werden stets seinen Namen fürchten. Sie werden sagen, in Schmutz und Ketten sind wir freier gewesen. Ihnen wäre es lieber, die ganze Insel wäre ihr Armenhaus.

Einmal, in Fredericksburg, hatte der Junge ihn aus der Ferne gesehen, inmitten seiner New Yorker Zuaven. *Ironfighters* hatten die Leute sie genannt, die eisernen Kämpfer: der Stolz des Potomac. Es gab nichts, was Männer wie Con O'Keeffe nicht konnten. Jeddo Mooney hatte starr vor Ehrfurcht zugesehen, vom Kamm eines Hügels, wie sie die Truppen aus Georgia angriffen. Keine Hoffnung auf Sieg, nicht die geringste, aber sie stürmten weiter, hinein in den Kugelhagel, auf das Schlachtfeld von Marye's Heights. Sie griffen an, wie andere flohen – Hals über Kopf, im Laufschritt, als könne das Tempo sie retten. Aber es rettete sie nicht. Nichts konnte sie retten. Ihr Kriegsgeheul und das Donnern der Kanonen.

Fach-a-balla! Fontenoy! Sarsfield! Macht den Weg frei! Das Sperrfeuer, die Salven mähten sie nieder. Ein Mann geköpft. Ein Mann zerfetzt. Und immer noch stolperten die Überlebenden weiter. Zu zweit. Zu dritt. In Gruppen. Allein. Gingen mit gebeugtem Rücken ins Gewehrfeuer wie Seeleute in den Regen. Es war eine Art von Tapferkeit, die einem Angst einjagte.

Ein Dragoner, der seine Eingeweide ausspie. Ein brennendes Sternenbanner. Ein Feldwebel, den eine Kugel mitten ins Auge traf. Kappen zum Abschied geschwenkt, als die Verstärkung anrückte. Ein Bach, der sich scharlachrot durch die Wiesen wand. Zwei Pferde, gestürzt und in den Zügeln verfangen, treten verzweifelt um sich und reißen sich mit den Hufen gegenseitig die Flanken auf. Ein Hornist trottet wie ein Schlafwandler in die Salven, und während er noch geht, fliegen Fetzen von seinem Körper davon. Blut an den Armen. Rote Streifen laufen die Ärmel hinunter – aber er stapft weiter über das Feld wie ein Frierender zur Sonne –, bis die Kugeln ihn schließlich in die Knie zwingen. Er hebt sein Instrument hoch über den Kopf, als wolle er ein Zeichen geben: *genug*. Seine rechte Hand fliegt davon – ein Fetzen. Er versucht aufzustehen. Man sah ihn, wie er auf den Feind zulief. Dann tanzte er den Rätseltanz seines Todes.

Das Schlachtfeld an jenem Abend. Lagerfeuer in den Gräben. Rauch quillt aus einem Schweinestall. Der Umhang des Priesters leuchtet vom Blut. Galle an seinen Händen, am Gebetbuch. Die Überreste eines Kavalleristen, in einen Baum geschossen. Unglaubliche Bilder. Unmögliche Bilder. Männer, die sich in ihrem Blut wälzen. Geier im Lampenlicht. Ratten, die – nein, daran kann man sich nicht erinnern. Dieses Bild darf man nicht aufkommen lassen. Wie sie an den Sehnen zerren, bis sie reißen. Die Ratte aller Ratten. Der Sieger schleppt seine blutige Beute davon.

Der Gestank und das Geschrei und das Krächzen der Raben. Eine Leiche wie ein Fötus, die Knie an die Brust gezogen, mit den Händen die Sohlen der Stiefel umklammert. Ein Galwaymann aus Brooklyn hatte den Jungen angefleht, ihm den Gnadenschuss zu geben; und als der Junge ihm mit gebrochener Stimme geantwortet hatte, das könne er nicht, hatte der Galwaymann gebeten, ihm einen Revolver zu suchen, damit er die Sünde selbst begehen konnte.

Und ist der Kampf vorüber, Jungs, steht ein süß'rer noch bevor,
Fern hinter Meereswogen, wo die Mutter wartet am Tor.
Tod dem englischen Tyrannen, wir jagen davon den Dieb,
Und dann marschier'n auf Dublin wir mit General Con O'Keeffe.

»Con« nennen die Balladen ihn, auch wenn sein Taufname James lautet. »Das Messer.« »Das Schwert.« »Der Degen.« »Irlands Fürst.« Verschiedene Namen, immer derselbe Mann. Gar nicht so leicht, das zu entscheiden – wie man ihn ansprechen soll, wenn man vor ihm steht. Vielleicht, überlegt der Junge, hat das alte Wrack dort oben O'Keeffe persönlich gekannt. Womöglich sind sie Verwandte, alte Kameraden. Jeder stattliche Mann hat einen hässlichen Zwillingsbruder, hat Mamo gesagt. Blick in den Spiegel an einem Karfreitagmorgen. Er sammelt diese alten Zettel, als wolle er ein Museum daraus machen. Vielleicht schreibt er Balladen.

Sie legt an des Liebsten Uniform und zieht in den Krieg fürwahr,
Und hofft, dass sie die Häfen sieht, am Meer von Kanada.

Ein Junge im Schlamm, mit Feldmäusen und Spinnen und einem Bündel halb zerfledderter Papiere, die er nicht versteht. Er wärmt einen Stein mit einem Kerzenstummel und scharrt eine Kuhle in den Lehm, wie er es im Krieg gelernt hat. Überlebe, lieg still wie ein Stein, überlebe, und der Süden wird auferstehen. Manchmal hört er Regen, der Wind lässt die Bohlen klappern, er hört das knarzende Geräusch, wenn die Schneelast von einem Ast herunterrutscht. Zu anderen Zeiten die seltsame Stille des Frosts: urtümlich, nicht ein einziger Vogel.

Er liegt im Schoße seiner Plane und wartet auf die Schneeschmelze. Wenn erst einmal der Februar kommt, wird er sich aufmachen nach Kanada. Wer es früher versuchte, würde auf dem Weg nach Norden umkommen, denn Feld und Straße verschwinden unter dem Schnee, und die Grenzstationen, hat er sich sagen lassen, sind geschlossen. Wenn man über eine Schneefläche wandert, weiß man nie, was darunter ist. Manche Schneewehen sind so hoch wie ein Haus. Es gibt Seen, auf deren Grund seltsame Bären und seltsame Hirsche leben. Der Himmel der Kootenai.

Einmal im Krieg hat ihm ein Kamerad von Kanada erzählt. Ein Land, in dem Iren etwas wert sind. Da gibt's nicht die nichtsnutzigen Aufschneider wie hier in den Staaten, die jedem erzählen, wo er hingehört und wo nicht. Da oben mag man die Iren, da *respektiert* man die Iren. Die wissen, dass der Ire zupacken kann, dass er ein ehrlicher Arbeiter ist. Und wenn er sein Gläschen trinkt und mal einen draufmacht, dann macht das da oben nichts: Die Kanadier genehmigen sich selbst gern mal einen Schluck. Die sind wie die Irländer: Die wissen, wie das Leben ist. Nicht wie diese Methodisten von der Mayflower.

Hier in den Staaten, hatte der Soldat gesagt, ist ein Mann aus Irland keinen Pfifferling wert. Der Ire soll für die Amerikaner ihre Kriege kämpfen, soll ihre Straßen bauen, ihre Senkkästen graben: Und wenn sie ihn nicht mehr brauchen, dann ab mit ihm, soll er sich in einer Spelunke zu Tode saufen. Der Ire, der ist ein Kuli mit Rosenkranz. Ein Sklave im Arbeitskittel. Als sie den Kanal gegraben haben, unten in der Hölle von New Orleans, da waren es die Iren, die sie in die Gräben gesteckt haben. Die Sklaven waren ihnen zu schade dazu. Sklaven kosten Geld. Aber ein Ire, der kostet sie nur ein paar Pennys am Tag. Der schuftet elf Stunden in der Dunkelheit, wie ein Schwein in seiner Suhle; wenn er stirbt oder den Verstand verliert oder das Fieber ihn packt, stehen hundert andere da und betteln um seinen Platz. Die Kanadier, die behandeln keinen Christenmenschen so. Die geben dir die Hand, wenn du kommst, und zahlen dir ordentlichen Lohn. Montréal. Neuschottland. Ontario. Überall. Da gibt es Eisschollen und Iglus: unglaubliche Sachen. Da oben, da kann man leben.

So kommt es, dass der Junge sich ein Bild von Kanada gemacht hat. Ein Land mit anständig bezahlter Arbeit, so viel man nur will, einem Zuschlag für den Sonntag, mit ordentlich zu essen und Strömen von Bier und hübschen kleinen Franzosenmädchen, die mit verträumten Augen *O le beau soleil* singen. Kein Wunder, dass sein Vater nach

Kanada gegangen ist. Kein Wunder, dass er nicht mehr nach Hause kommt.

Er schläft, der Zwölfjährige, mit der Waffe in der Hand: der Colt-Repeater eines Toten. Er hatte ihn einer Leiche abgenommen, die in der Nacht, in der er den Hufspuren in die Stadt folgte, auf der Straße lag. Es ist eine Waffe, die er gut kennt. Einen Repeater hat er schon oft abgefeuert, aber man braucht seine sämtliche Kraft, um ihn zu bändigen. Er ist furchtbar schwer, der Colt-Repeater, und seine Arme sind so schwach. Man kommt sich vor, als schösse man mit einem Vorschlaghammer.

Im Schritt des Meisters folgt er hin,
Er folgte den Spuren im Schnee.
Die Krume selbst fing an zu glühn
Wo der Heil'ge setzte den Zeh.

Er hatte nur die Wahl gehabt, diesen Spuren zu folgen oder zu verhungern, wo er war: im Eis im Abraum der Mine. Es war ein Risiko und das Risiko war hoch, aber zu bleiben wäre das sichere Ende gewesen. Verhungern, hatte Mamo ihm gesagt, war kein Tod für einen Menschen. Tu alles, damit dir das nicht geschieht. Ich habe gesehen, wie die Menschen in der Hungersnot gestorben sind. Brich jedes Gebot. Stirb nicht am Hunger.

Und so war er weitergestolpert durch Unwetter und Schnee, eine Meile lang über aufgewühlte Straßen, und war den Pferden des Gouverneurs gefolgt. Und während er noch lief, verschwanden die Spuren vor seinen Augen, ausgelöscht durch den treibenden Schnee.

Jetzt bin ich ein Mörder. Vom Stamme Kain. Die Zahl des Tieres in die Hand gebrannt. Die Mississippi-Brüder waren nicht die ersten, die er getötet hatte; nicht die ersten Mörder, nicht die ersten Brüder. Die beiden in Fair Oaks waren ebenfalls Brüder gewesen, hatte man ihm erzählt. Hinterhältige blaubäuchige Lincolnliebchen. Die verdienten es nicht anders.

»P. J. Foley« in den Lauf des Gewehrs graviert. Mit etwas Scharfem eingeritzt, einem Nagel vielleicht. Er versucht es mit einem Anagramm von P. J. Foley, aber es kommt nie etwas Vernünftiges heraus.

Elf Männer. Die aus Mississippi nicht mitgezählt. Und das sind nur die, bei denen er sich sicher ist. Es können mehr sein. Bestimmt waren es mehr. Keiner konnte sagen, wohin die Kugel in ihrer Qualmwolke flog, wenn man auf ein angreifendes Bataillon anlegte. Elf war seine Strecke – elfmal ließen sie ihn hochleben. Damals an dem Abend im Lager in Sharpsburg. Sie warfen ihn in eine Pferdedecke und schleuderten ihn elfmal in die Luft; elf Schluck Whisky gab es und elf Küsse von einer Hure. Er war der tapferste Kerl in ganz Dixie, sagten sie ihm. Der tapferste Mann auf der Welt. Deine Momma und dein Pa, die wären stolz, wenn sie das wüssten. Lincoln knüpft dich am höchsten Baum auf.

Dann war ein Offizier gekommen – Captain O'Neill von den Shreveports – und hatte gesagt, das Besäufnis sei eine Schande und das, was sie feierten, ein Skandal. Es sei unchristlich, dass ein Kind solche Dinge tue. Er hatte ihnen eine wüste Strafpredigt gehalten – sind wir Wilde? Sind wir Rothäute? Wollen wir unsere Sache entehren? Es darf nicht sein, dass ein Kind zu den Waffen greift; das ist unrecht und wird immer unrecht bleiben! Wenn das noch einmal geschieht, werdet ihr allesamt mit Schimpf entlassen. *Habt ihr denn selbst keine Söhne, Männer?* Sie hatten den Jungen – weinend, betrunken – weggeführt. Die Waffe wurde ihm abgenommen. Sie schärften ihm ein, er müsse Befehle befolgen.

Er hatte geglaubt, genau das hätte er getan. Befehle befolgt. Der Feind kommt, und man knallt ihn ab. Er bedroht dein Land, deine »Art zu leben«. Belästigt deine Frauen, plündert deine Felder, frisst deine Vorräte auf, schändet deine Schwester, versklavt dich im Lande Gottes – bei so einem Ungeheuer kann man doch keine Milde walten lassen. Jemand, der deinem Blutsbruder ans Leben wollte. Das war keine Sünde. Das hatte Pater Guillaume ihnen klar und unmissverständlich gesagt. Es war keine Sünde, wenn man einen Verräter umbrachte, einen Deserteur, einen Spion, einen Kinderschänder, einen Feind. Eindringlinge, Angreifer – die alle durfte man töten, und der Heiland hatte Verständnis dafür. »Ich bin nicht gekommen, Frieden zu bringen, sondern das Schwert«, hatte er gesagt. Petrus hatte ein *Juden*ohr für ihn abgeschlagen!

Dismas, Gesmas, Christus zur Strecke gebracht. In diesem Augenblick schmorten sie in der Hölle. Harran der Kutscher würde herabblicken auf sie, würde sie anspucken, geborgen am Thron des Lamms. Und seine Spucke würde *zischen* auf ihren glühenden Zungen. Und die Cherubim und die Putten würden lächeln.

Sie waren es gewesen, die John Curtis Harran aufgeknüpft hatten, den Beschützer des Jungen, einen tumben trunkenen Kutscher, der nie einer Menschenseele etwas zuleide getan hatte außer seiner eigenen. Sie hatten sich die Halstücher vor den Mund gezogen, als sie ihm die Kleider vom Leib rissen und ihn auspeitschten, aber der Junge hatte sie auch ohne Vermummung wiedererkannt. Die hageren Gestalten, der prahlerische Gang, wie sie daherstolzierten wie verhungerte Gockel; die Art, wie einer von ihnen sich immer das Haar glattstrich – das irre Leuchten in seinen Augen. Die Dinge, die sie Harran angetan hatten – der Junge hatte sie alle gesehen –, das hätte nicht einmal Satan verdient gehabt.

H steht für Heimat
I steht für Irland, für Leid
J für Jig und Tanz
K steht fürs Kleid
L für die Liebe
Wie M für die Maid
Doch N steht für niemals,
Eine lange, lange Zeit.

Das ist keine Sünde, wenn man einen Mörder tötet. Genauer gesagt ist es sogar eine Pflicht. Er lässt die Trommel rotieren. Steckt sich den Lauf in den Mund. Er kann nicht sagen, ob das eine Versuchung ist.

Seine Schwester hoch oben auf dem Berg, vom Sturm umtost. Sie klammert sich an ein Büschel Riedgras. Rabenschwarz kommt der Tornado heran, mit seiner Fracht aus abgerissenen Baumkronen.

Er erwacht von einem Geräusch. Kriecht nach vorn und späht durch das Gitter seines Verstecks.

Ein Einspänner ist vorgefahren. Der Klepper keucht. Sein Fell ist matt. Der Postjunge lässt seine Tasche fallen. Briefe fallen heraus – er rafft sie wieder zusammen. Er heißt Orson Rawls. Der Sohn des Totengräbers. Die Hunde glotzen wie die Wasserspeier an der Kirche. Jetzt rufen die Leute etwas. Sie versuchen eine Chinesin vom

Trittbrett zu wuchten. Sie stöhnt, sie rudert mit den Armen, als schwimme sie unter Schmerzen, und ein Mann, der sicher ihr Ehemann ist, steht schwankend, mit weit aufgerissenen Augen, dabei. »*Zur Hebamme!*«, ruft eine Frau. »Ihr müsst sie zur Hebamme bringen. Jetzt sofort. *Sie ist schon in den Wehen!*« Sie folgen ihrem Kommando. Jemand holt ein Wolfsfell hervor. In hastiger Fahrt geht es weiter Richtung Stadt.

Was dem Mörder seltsam vorkommt – alles kommt ihm seltsam vor, die Navajo-Decke, der Chinese mit seinem Zopf, die Briefe des Postboten, die davonfliegen wie Gedanken –, aber was ihn beeindruckt, sind die Farben des Mädchens, das die Kommandos gibt. Sie kann nur eine Dienerin sein. Aber sie ist so prächtig angezogen. Und alle hören auf sie, alle tun, was sie sagt. Ihr Umhang ist grün wie der Hals einer Stockente, die Kapuze umrahmt von Pelz und Edelsteinen. Um die Hüften trägt sie einen Gürtel: schwarzes Alligatorleder, und auch das juwelenbesetzt. Sie ist so schön, er kann überhaupt nicht den Blick von ihr abwenden.

Ich habe dich nicht auf die Welt gebracht, damit du verhungerst. Das darfst du nicht zulassen. Versprich es mir.

Er hat den Lauf der Pistole in der Schere eines halb verrotteten Gitters angelegt, zielt über Kimme und Korn. Ein einziger Zug am Auslöser, und sie würde daliegen wie all die anderen. Nur eine winzige Bewegung des Fingers. So etwas kommt vor. Er hat es schon oft gesehen. Zeit, Ort und Gelegenheit. Eine Markierung wird auf der Landkarte verschoben, und zehntausend kommen um. Die Karte weiß nichts davon, dass es sie einmal gab.

Brandy in Scotia kostet Tuppence das Glas,
Bier in New Brunswick einen Penny pro Maß.

Sie wendet sich um in Richtung Straße, und er kann ihr Gesicht nicht mehr sehen. Aber ihr Körper zeichnet sich unter dem Umhang ab, und er ist geformt wie eine Gitarre. Sie hält eine Pferdepeitsche in der Hand, parallel zum Boden. Zwei L in parallel, erinnert er sich. Ein Dolch im Gürtel. Diamanten an ihren Handgelenken. Wie eine Karte aus einem lang vergessenen Tarot. Offenbar blickt sie hinüber zu den Bergen oder zum See. Ihre

Schultern beben. Vielleicht weint sie. Die Köchin kommt aus dem Haus gelaufen und spricht mit ihr.

In ihrem Leib steckt ein Musikinstrument, hat Eliza einmal gesagt. Daddy geht zu Momma und berührt ihre Saiten mit Liebe, und nach einer Weile kommt ein leiser Ton. Die Musik von einem Baby, das langsam im Dunkel heranwächst. Wenn es bereit zum Spielen ist, singt es laut. Und jeder von uns hat seine Melodie in sich. Wenn du ganz leise bist, kannst du sie hören. *Hör doch.*

Sie stehen eine Weile auf der ausgefahrenen Straße, wo die schwarzen Steinzähne grinsen. Der Junge kann nicht hören, was die Frauen sagen. Doch irgendwie weiß er trotzdem – die Art wie sie stehen vielleicht, weit voneinander, nicht die Nähe von Vertrauten –, dass das Mulattenmädchen die Herrin ist, die Dienstherrin der Köchin. Oder eine übergeordnete Dienerin.

Sie gehen ins Haus. Er hört die Schritte über sich, gedämpfte Worte. Die Köchin sagt, ein dringender Brief sei gekommen. Sie habe ihn in das Arbeitszimmer oben gelegt. Es ist nichts zu essen im Haus. Alle Schränke sind leer. Ob sie der Lady ein Bad einlassen solle? Nein, er hat sich nicht blicken lassen –

Jetzt brüllt der General etwas, und eine Frauenstimme brüllt zurück. Ein Mann und eine Frau streiten sich; das ist etwas, was der Junge schon viele Male gehört hat. Aber er hat sich nie daran gewöhnt.

»Ich habe Kranke besucht, ich war bei einer Familie in St. Hubert, als der Sturm kam. Das habe ich dir schon gesagt. Verhöre mich nicht wie ein Richter.«

»Ich werde dich verhören, wie es mir gefällt, wenn meine sogenannte Frau ohne meine Erlaubnis für vierzehn Tage aus dem Haus fortbleibt. Ein schönes Thema für jede Klatschbase im ganzen Territorium. Nicht dass Ihre Majestät sich um dergleichen Nichtigkeiten Gedanken machen würde.«

»Wolltest du, dass ich unterwegs umkomme? Hast du gesehen, wie die Straßen aussehen?«

»*Zum Teufel mit den Straßen!* Es wäre deine Pflicht gewesen, hier zu sein. Feiert man jetzt nicht mehr Weihnachten in einem christlichen Haus?«

»Ich habe dir gesagt, ich habe es versucht. Die Straße durch die Berge war unpassierbar.«

»Darf man fragen, wo du genächtigt hast? Oder ist das ebenfalls eine Unverschämtheit?«

»Was denkst du? Ich habe ein Zimmer in der Poststation genommen. Ich nehme doch an, du hättest nicht gewollt, dass ich im Graben schlafe?«

»*Dein Platz ist an der Seite deines Mannes.* Wie oft muss man dich daran erinnern? Musst du deine Verachtung für mich bei jeder Gelegenheit zeigen? Ist dir dein Ungehorsam jetzt so wichtig, ist er so sehr zur Religion für dich geworden, dass er Vorrang vor dem einfachen Anstand hat?«

»Du hältst mir Vorträge –«

»Ich halte dir keine Vorträge!«

»Du hältst mir Vorträge über einfachen Anstand und sprichst mit mir wie mit einem Küchenmädchen, das ausgeschimpft werden muss. Das lasse ich mir von dir nicht bieten, auch wenn du noch so einen großen Namen hast. Du mit deinem verfluchten Namen. Hörst du mir überhaupt zu? Ich bin keiner von deinen Soldaten.«

»Verfluche meinen Namen nicht, Lucia, ich warne dich.«

»Du kannst mich lange warnen. Ich habe keine Angst vor Schlägern.«

»Du wagst es, mir den Rücken zuzukehren? Ich *spreche* mit dir! Komm sofort zurück!«

»*Kein Mensch hört dir mehr zu!* Kein Mensch interessiert sich für dich. Das Publikum ist nach Hause gegangen. Du kannst dich aufblasen, bis du schwarz wirst, und trotzdem sieht keiner hin. In dein Theater kommt schon seit Jahren keiner mehr.«

»Geh mir aus den Augen, Lucia.«

»Geh du mir aus den meinen.«

»*Du Hure.* Fort, sage ich!«

Der Mörder hört, wie eine Tür zugeschlagen wird, in dem Blockhaus über ihm. Etwas Schweres geht polternd zu Boden. Ein Glas zersplittert. Dann folgt Stille, und sie hält für lange Zeit an. Er kauert in seinem Versteck wie versteinert, zu ängstlich, um sich zu regen.

P, Q, R: für Sankt Patrick, die Quelle, die Rose
S steht für Schmach und T steht für Tränen
U für das Unrecht, das uns allen geschieht
V ist Verrat und W ist die Warnung
X steht für sich und das Y alleine,
Und Z steht für gar nichts in diesem Krieg.

Bei der kleinsten Regung – wenn auch nur seine Pupillen sich weiten – fangen sie vielleicht wieder neu an.

10. Kapitel

So leb denn wohl, du untreu Herz

Der Brief, den Lucia bei ihrer Rückkehr nach Redemption Falls vorfand – Nachricht von einer Verlobung – Ein geliehenes Buch wird zurückgegeben – Die Bedeutung des Dreiecks für die Anfertigung von Landkarten

❖

14 Water Street,
Brooklyn
X 12 65

Mrs General O'Keeffe!

Ich schreibe Ihnen, um Ihnen eine Mitteilung zu machen, die für Sie vielleicht von gewissem Interesse ist – Ich werde im Frühjahr heiraten – Meine Verlobte ist eine entfernte Cousine von mir: Emily Gould – Ich glaube nicht, dass Sie sie kennen – Sie ist ein außergewöhnlicher Mensch.

Miss Gould + ich sind schon seit unserer Kindheit in Boston befreundet – Wie Sie war auch Miss Gould im Krieg als Krankenschwester tätig – Ihr Vater + zwei ihrer Brüder sind im Gefängnis von Andersonville verhungert, sodass sie im Unterschied zu anderen, die große Reden über die Schrecken des Krieges schwingen, genau weiß, was es heißt, einen geliebten Menschen zu verlieren – Wir haben vor, unmittelbar nach unserer Hochzeit nach England aufzubrechen – Nach den vielen schmerzlichen Ereignissen der letzten Jahre wollen wir beide ganz neu anfangen – (Ich bin von meinem Auftrag zurückgetreten, weil ich nicht noch mehr Zeit mit ärgerlichen + nutzlosen Verpflichtungen vergeuden will) + es hat sich eine Möglichkeit ergeben, dass ich gemeinsam mit Captain Melville an dem großen Vermessungsprojekt in Indien teilnehmen kann – Dies ist also ein Abschiedsbrief.

Ich danke Ihnen für Ihre Fürsorge bei früheren Gelegenheiten, insbesondere im Hospital + in der Zeit danach – Für Ihr verständnisvolles Mitgefühl stehe ich in Ihrer Schuld + ich hoffe, dass dieses Schriftstück diese Schuld begleicht – Ich weiß jetzt, dass ich ein schwieriger Patient war, oft schwer von Begriff + empfänglich für Missverständnisse, die Ihnen langweilig + abwegig vorgekommen sein müssen – Ich habe mich töricht oder anmaßend benommen, was bei uns Angehörigen der unteren Stände bisweilen vorkommt, aber ich gehe davon aus, dass eine Person mit Ihrer weithin gerühmten Herzensgüte in der Lage sein wird, einem lästigen Invaliden zu verzeihen, zumal Sie gewiss sein können, dass er Sie fortan nie wieder behelligen wird.

Beiliegend finden Sie einen Band mit Sonetten + Predigten von John Donne, welchen Sie mir gütigerweise vor einigen Jahren geliehen haben – Ich wollte ihn schon früher zurücksenden, aber er war eine Zeitlang unauffindbar – Der Grund dafür ist mir entfallen.

Übrigens + zum Abschluss, denn ich will Ihre wertvolle Zeit nicht unnötig in Anspruch nehmen: Sie haben mich einmal nach dem Geheimnis der Kartographie gefragt + ich entsinne mich, dass ich seinerzeit außerstande war, Ihnen eine zufriedenstellende Antwort zu geben. Seither hat man aus bitterer Erfahrung gelernt, dass die Sache ganz einfach ist. Man muss schlicht und ergreifend verstehen, wie ein Dreieck beschaffen ist; muss den eigenen Standort darin kennen + wissen, wann man nicht mehr weiterkommt.

Selbstverständlich besteht keine Notwendigkeit, diesen Brief zu beantworten – Sie sind zweifellos mit Ihrem neuesten Schützling beschäftigt.

Gehaben Sie sich wohl, meine Verehrteste. Et cetera, et cetera.

A. M. Winterton, Captain
U. S. Corps of Cartographers

❖

Gouverneursresidenz
Robert Emmett Street
Redemption Falls
Mountain Territory
7. Januar 1866

Captain Winterton!

Ich beglückwünsche Sie zu Ihrer bevorstehenden Heirat und hoffe, dass Ihre Ehe so glücklich wird, wie Sie es verdienen.

Sollten Sie und Ihre Gattin sich jemals veranlasst sehen, diese Gegend zu besuchen, sind Sie mir und meinem Mann herzlich willkommen.

Leben Sie wohl und alles Gute für Ihr neues Leben in Übersee. Ich hoffe, Sie überziehen Indien mit Dreiecken, so Sie es wünschen.

Mit vorzüglicher Hochachtung
Lucia-Cruz McLelland-O'Keeffe (Mrs)

III. TEIL

Die steinerne Höhe

Pete Vandorn war es, der hat geschossen. Dicker Holländer. Guter Schütze. Hab gesehen, wie der Schuss ihn hier traf – gleich über dem Herzen. Schleudert ihn bis halb über die Straße, und er liegt auf dem Rücken im Dreck. Und dann kam es. In meinem ganzen Leben hat mir nichts so einen Schrecken eingejagt. Der Teufel soll mich holen, aber der Bursche ist einfach aufgestanden. Glauben Sie mir. Das ist die Wahrheit. Steht auf nach einem Schuss in die Brust. Und reitet davon.

❖

Joseph Peterson, Bergmann
Aus seinem Bericht über den Versuch, den Desperado
Johnny Thunders zur Strecke zu bringen, nach einem Bankraub in
Durrusville County, Karfreitag 1866.
Befragt von Professor J. D. McLelland, Februar 1897.
New Derry, Great Smokecloud Mountains

11. Kapitel

Der Fluss so wild wie Herzensstürme, und schwimmen kann ich nicht

Weitere Reminiszenzen der Elizabeth Longstreet – Der schwierige Zugang zum Mountain Territory zur Zeit unserer Erzählung – & etliches andere

❖

… Vierundsechzig bin ich zum ersten Mal ins Territorium gekommen. Als Dienstmädchen auf einem Dampfer aus St. Louis … Nein, so viele Dampfer hat's damals noch nicht gegeben … Damals war das noch gefährlich, die Fahrt auf dem Mississippi. Der Fluss war noch voll mit Bäumen und allem Möglichen. »Big Muddy« haben sie ihn genannt, weil er so schlammig war. Wasser wie in einer Teergrube. Der Missouri war noch schwieriger als der Mississippi. Da gab es Strudel und Wasserfälle und Stromschnellen an jeder Ecke. Der reinste Höllenfluss war das, mit Sandbänken, und die meisten Stellen so flach, dass man nicht fahren konnte. Damals wusste noch keiner was über den Fluss. Es gab keine Landkarten. Die Spokane da in der Gegend, die waren gefährlich. Von Zeit zu Zeit kamen sie herunter und haben die Raddampfer überfallen. Einmal, da hab ich gesehen, wie ein Franzose einen Pfeil in die Kehle bekam. War sofort tot. Ein andermal haben sie einen englischen Jungen verschleppt, der an Land gegangen war – Lehrjungen von einem Stellmacher. Der Kapitän musste ihn zurücklassen.

Eine ganze Weile bin ich so den Muddy hoch und runter gefahren, von St. Louis aus. Vier-, fünfmal. Sechs. Weiß es nicht mehr. Aber dann hab ich die Sache mit dem Auge bekommen; grüner Star nannte man das. Mein eines Auge ist davon blind geworden. Vom grünen Star … Dann hab ich die Stelle bei dem General gekriegt … in Redemption Falls. Im Sommer fünfundsechzig ist seine Frau dazugekommen. Weil ich ein bisschen kochen und das Haus in Ordnung halten konnte. Und sie haben mich gut behandelt. Nicht freundlich, das nicht, aber anständig, das kann man sagen … Da ist viel Böses geredet worden über den Mann und seine Frau. Ich denke, die Leute haben ihnen unrecht getan.

Ja, ich weiß, was geschehen ist. Der kleine Rebell und so weiter. Hab Jahre später sogar Lieder über die Geschichte gehört. Aber alle erzählen die Geschichte von dem Jungen falsch. Die sollen erstmal vor ihrer eigenen Haustür kehren. Papier ist geduldig … und dass jemand was schreibt, heißt noch lange nicht, dass es wahr ist … oder auch nur zur Hälfte wahr … Schreibt einer auf, er heißt Billy, und das Papier sagt bestimmt nicht, du heißt John … Das kommt immer drauf an, wer das geschrieben hat … Und es stimmt nicht, dass der General und seine Frau sich nicht geliebt haben. Warum hätte sie denn sonst zu ihm in den Westen kommen sollen? … Wenn ein Mann einen schlecht behandelt, dann bleibt man zu Haus bei seinen Leuten … War ja nicht einfach für eine Frau damals, in den Westen zu gehen … Schon gar nicht für eine Lady … Nein, Sir, das war es nicht.

12. Kapitel

Komm leb mit mir und sei mein Schatz
oder
Warum Lucia ins Territorium kam

Kurz vor Ende des Bürgerkriegs schreibt der Gouverneur an Lucia – Eine Fotografie – Die Badlands und ihre Gespenster – Ein armes gefallenes Mädchen, dessen Name nicht überliefert ist – Indianer – Kirschwasser – Signor Verdi in der Wildnis

❖

Gouverneursresidenz,
2. Straße: 11 Parzellen östlich des Flusses
unweit der Meilensteine.
Redemption Falls
Mountain Territory

15. April 1865

Mein liebstes Licht, *mio specchio!**

Ich habe Dir vor sieben Wochen geschrieben und noch keine Antwort erhalten. Ist auch nur einer meiner Briefe zu Dir durchgedrungen? Ich glaube, ich habe Dir viermal seit meiner Ankunft hier draußen geschrieben. Flussabwärts, bei Fort Ballantyne, haben aufsässige Cheyenne vergangene Woche eine Postkutsche überfallen. Es heißt, Postsäcke seien geraubt worden, aber anscheinend weiß niemand wie viele.

Bist Du noch in New York, oder verbringst Du das Osterfest in der Villa? *Cara mia*: Antworte mir, sobald du dies gelesen hast. Mittlerweile mache ich mir Sorgen. Es ist doch alles in Ordnung bei Dir? Ich habe geträumt, dass Du über das Deck eines Eisbrechers liefst: Das hat mich sehr beunruhigt. Sag mir, dass du nicht krank bist.

* Italienisch: Mein Spiegel.

Wie steht es im Hospital? Ich hoffe, Du arbeitest nicht wieder bis zur Erschöpfung. Johnny Colohane, einer von meinen Gehilfen, bekam im vergangenen Monat einen Brief von seiner Frau (der Glückspilz!), und darin erwähnt sie Dich. Sie hat gesehen, wie Du im Garten des Hospitals eine Fotografie aufnahmst: Ein Patient, ein Captain mit schlimmen Brandwunden, war Dir dabei behilflich. Es ist gut von Dir, dass Du einem so unglücklichen Menschen Ablenkung verschaffst. Meine Liebste ist immer so voller Mitgefühl.

Hier gibt es nicht viel zu berichten, *mio doppio*,* nur dass ich dich schmezrlich [*sic*]vermisse & mir wünsche, Du wärst hier bei mir und ich könnte mit Dir reden. Es ist schon fast Mitternacht, aber immer noch furchtbar heiß. Ein drustiges [*sic*] Tier, wahrscheinlich ein Präriehund, wühlt unermüdlich in dem eingezäunten Stück Land unter meinem Fenster – als könnte es mit seinen Pfoten eine Quelle freilegen. Der arme zottelige Kerl sieht beinahe menschlich aus. Wenn Du jetzt hier wärst, würdest Du bei aller Hitze hingehen und ihm beim Graben helfen. Aber ich nicht, fürchte ich. Heute Nacht muss er alleine buddeln.

Das Klima hier ist schlimmer als die Gluthitze von Tennessee, wahrhaft erbarmungslos, und es dauert höllisch lange, bis man sich daran gewöhnt hat. Offenbar weiß niemand, ob es immer so ist. Manche von den Indianern sagen ja, andere nein; aber sie reden uns ohnehin nur nach dem Mund, und ansonsten schweigen sie unergründlich. In diesem Punkt (und nicht nur in diesem) sind sie den Leuten aus Cavan erstaunlich ähnlich; aber meine Liebste weiß vermutlich nicht, wie die Leute aus Cavan sind, und muss es wohl auch nicht wissen. Grässliche Magenschmerzen. Ich vermute, es liegt an dem Wasser hier. Und man schläft auch nicht gut. Wahrscheinlich gewöhnt man sich nach vier Jahren im Zelt nur schwer an ein Bett ohne Ungeziefer. Manchmal schrecke ich in der Dunkelheit auf und weiß nicht, wo ich bin; und dann frage ich mich, wo Du bist.

Es heißt, der Krieg geht noch in diesem Jahr zu Ende. Wir haben wenig verlässliche Nachrichten, aber Gerüchte zuhauf. Mindestens einmal pro Woche haben die Rebellen sich ergeben; dann wieder haben sie das Weiße Haus angezündet & Lincoln in Ketten

* »Mein Doppel«, mein Spiegelbild.

erhängt;* oder die Briten haben die Konföderation anerkannt & befestigen Richmond; oder die Franzosen sind auf unserer Seite in den Krieg eingetreten & beschießen Nashville – all dies wird berichtet mit der unerschütterlichen Gewissheit derer, die in völliger Unwissenheit leben. Ich für meinen Teil blicke morgens nach dem Aufwachen aus dem Fenster, und solange die Sklavenjäger keinen Galgen im Hof errichtet haben, gehe ich davon aus, dass es die Vereinigten Staaten noch gibt.

Ich wünschte, ich hätte ein Bild von Dir. Was hast Du mit Deinen Haaren gemacht? *La femme de Calhoun* schrieb, du trägste sie jetzt kurz geschnitten und glatt (»wie ein Junge«). Lieber Gott, sag mir, dass Du Dich nicht so verunstaltet hast. Ist es wirklich zwei Jahre her, seit ich Dich zuletzt gesehen habe? Hast Du Dir für das Hospital die Haare abgeschnitten? Ja, wahrscheinlich ist das der Grund. Stimmt es wirklich, dass Krankenschwestern hässliche alte Hexen sein müssen? Wenn ja, wie können die frommen Schwestern dann meinen Engel in ihrem Reich dulden?** Schreibe Deinem einsamen Jünger unverzüglich – einen Brief von mindestens zwei Seiten, hörst Du? Ich will ganz genau wissen, wie es Dir ergangen ist. Und schick mir eine von Deinen geschundenen Locken.

Neulich nachts hatte ich einen Albtraum; ich träumte von meiner eigenen Dummheit und Niedertracht. Ich meine unseren Streit in Tennessee, als Du an Weihnachten bei mir warst. Was war ich für ein leichtsinniger, armseliger Narr von Ehemann; wie konnte ich uns den Abschied so vergällen? Die harten Worte, die Gemeinheiten: sie waren unverzeihlich. In letzter Zeit kommen mir viele solche Torheiten in den Sinn; dabei vergesse ich die Ereignisse der zurückliegenden Woche oder habe sie falsch in Erinnerung. Heute früh

* Tatsächlich war der Krieg seit einer knappen Woche zu Ende, seit Lees Kapitulation in Appomattox am 9. April. O'Keeffe weiß auch nichts von dem Attentat auf Präsident Lincoln, der am 15. April ermordet wurde, dem Datum dieses Briefes.

** O'Keeffe spielt hier vermutlich auf die Vorschrift an, dass die Krankenschwestern in Lazaretten »unansehnlich« und »älter als 30« sein sollten und »weder Reifröcke noch Schmuck« tragen durften. Lucia hatte im New Yorker St. Mary's-Krankenhaus beträchtliches Aufsehen erregt, als sie in Männerhosen zum Dienst erschien. Sie wurde auf der Stelle nach Hause geschickt, um sich umzuziehen. Bei ihrer Rückkehr trug sie ein anderes Paar Hosen.

brauchte ich einige Minuten, bis mir der Mädchenname meiner Mutter wieder einfiel. Wenn ich noch weiter zurückdenke, verschwimmen sämtliche Namen im Nebel. Man sieht seine Vorfahren umgeben von einem Glorienschein, dabei ist es in Wahrheit nichts als Vergesslichkeit. Ich wünschte, ich wäre nicht fortgegangen, hätte stattdessen die Soldaten weggeschickt, um mit Dir nach New York zurückzukehren, wie Du es wolltest.* Du verlangst so wenig & ich gebe Dir noch nicht einmal das. Dein Vater tut recht daran, mich zu hassen. Die meiste Zeit hasse ich mich selbst.

Dieses Haus, diese Gegend, ist ohne Dich ein Australien. Ich verfluche mich für meine Halsstarrigkeit, meine herzlose Sturheit; sie hat uns soviel Schaden zugefügt. Ich war nicht der Ehemann, der zu sein ich versprochen hatte, nicht der Ehemann, den Du verdienst. Ich habe so viel zerstört; der Gedanke daran kann einen wirklich krank machen. Kannst Du mir noch einmal eine Chance geben, mich zu bessern? Ich will mich Deiner wert erweisen, Lucia.

In letzter Zeit kommen mir oft Zweifel, ob es gut war, hierherzukommen. Dieser Ort ist zu wild für mich ohne Dich: zu leer. Tiere, Bäume: Man kennt ihre Namen nicht. Die Vögel sehen aus, als stammten sie aus prähistorischen Zeiten. Ich würde keinem Mann raten, sich ohne Ehefrau hierherzuwagen. Man hat zu viel Zeit zum Grübeln.

Man kann drei Tage lang reiten, ohne einen Menschen zu sehen, ohne ein Anzeichen dafür, dass es je Menschen gab. Wir haben hier ein Gebiet, das fünfmal so groß ist wie Irland; und nicht einmal zwanzigtausend Seelen. Die Landkarten sind alle falsch: riesige weiße Flecken. Unsere Landkarten sind Kopien von älteren Karten; sie wiederholen die alten Fehler & vervielfachen sie unweigerlich. Die Natur raubt einem die Fassung. Die Berge sind überwältigend, das ist nicht zu leugnen – unermesslich & kahl & die Schluchten bodenlos; die Great Smokecloud Mountains sind so hoch, dass der Schnee auf ihren Gipfeln niemals schmilzt & selbst dann nicht

* O'Keeffe war von Dezember 1862 bis April 1863 in Chattanooga, Tennessee, stationiert. Lucia besuchte ihn dort an Weihnachten 1862. Der Besuch verlief nicht glücklich.

schmelzen würde, wenn die libysche Sonne darauf schiene. Aber es gibt einen beunruhigenden Unterton im Akkord dieser Schönheit. Ich kann nicht sagen, woran es liegt. Vielleicht an der eigenen erbärmlichen Belanglosigkeit. Jeder Mensch in einem Umkreis von tausend Meilen könnte von einer unbedeutenden Pestilenz dahingerafft werden & die Natur würde sich nicht darum scheren, ginge einfach nur weiter ihren Gang. Vermutlich denkt man an die schaurige Zeile aus K. L.: Fliegen & böse Buben & cetera.*

Letzten Monat führte ich die Miliz bei einer Verfolgungsjagd in den Mauvaises Terres. *Miliz* ist ein schöner Ausdruck. Nichts als berittener Pöbel. Man kann froh sein, wenn sie sich nicht gegenseitig mit Nüssen bewerfen. Aber sie tun vermutlich ihr Bestes. Ich brülle sie an, ich beschwöre sie, IHRE BERICHTE ZU SCHREIBEN, aber sie glauben anscheinend, das Schreiben sei nur etwas für Dichter, jedenfalls nichts für Gesetzeshüter, obwohl ich mich nach Kräften bemühe, ihnen zu erklären, *dass es ohne schriftliche Aufzeichnung kein Gesetz geben kann.* Wir verfolgten die Spur einer Bande von Rebellen, die schon seit Monaten raubt & mordet, aber, wie ich von Anfang an befürchtet hatte, konnten wir sie natürlich nicht aufspüren. Wir finden diese Phantome nie, denn sie kennen die *terrae incognitae* & haben zahllose Helfer dort draußen. Doch es ist nicht zu ändern; man muss einen lächerlichen Versuch unternehmen, um guten Willen zu zeigen. Ich vermute, diesen Desperados geht es nicht anders. Manchmal ist das der Eindruck, der vor dem inneren Auge entsteht – zwei betrunkene Streithähne, die sich gegenseitig aufrecht halten & Stirn an feuchte Stirn gepresst darauf warten, dass die Glocke ertönt.

Draußen zwischen den rotbraunen Felszinnen, in deren meilenlangem Schatten nichts Anständiges gedeiht, da fühlte man sich, als ritte man durch eine Landschaft aus Dante. Canyons so tief eingeschnitten, wie die Türme von Sevilla hoch sind, und die erbarmungslose Glut der Sonne. Unterirdische Höhlen so groß wie Notre-Dame oder der Petersdom. Kein Laut ist zu hören in diesem dürren, sonnenverbrannten Niemandsland: nur das unheimliche

* *König Lear*, 4. Akt, 1. Szene. »Was Fliegen für mutwillige Knaben sind, sind wir den Göttern; sie töten uns zu ihrem Zeitvertreib.«

Pfeifen des Winds in den Felsspalten und die Hufe des eigenen Pferdes, doch so gedämpft durch den allgegenwärtigen Staub, Staub, der so dick ist, dass man nicht einmal bemerkt, wenn der Reiter unmittelbar hinter einem etwas ruft. Patk Vinson, Du erinnerst Dich bestimmt an ihn, meinte eines Abends am Lagerfeuer: »Gottverdammich, ich denk mir, die Hölle sieht aus wie die Badlands in diesem Terrtorrjum«, und unterstrich seine Aussage durch ein kurzes, doch vernehmliches Rülpsen. Aber selbst diese Wildnis hat ihre schönen Seiten. Eines Morgens blickte ich aus einem mit Peyote übersäten Flussbett auf zum Himmel & sah Wolken wie aus Baumwolle: hauchzarte Schleier. Und die Hitze war erfüllt von einem Duft wie von zertretenem Thymian; weißt Du, was ich meine? Wie in der Provence, in einer Augustnacht. In solchen Augenblicken – ich weiß nicht warum – möchte man laut jubeln über ganz gewöhnliche Dinge. Aber die Männer hätten es wohl ziemlich merkwürdig gefunden. Sie sehen mich ohnehin manchmal sonderbrar [*sic*] an.

Wir sind hier so neu, wir Weißen. Wir spüren die Last unserer Fremdheit. Man sollte denken, es wäre eine Befreiung, aber es ist nicht so. Vielleicht – höchstwahrscheinlich sogar – sollten wir überhaupt nicht hier sein; doch den Apfel, von dem man einmal gekostet hat, muss man auch aufessen. Kein Gebäude in einem Umkreis von fünfhundert Meilen ist älter als zehn Jahre. Die wenigen Behausungen, die man außerhalb der Städte antrifft, sind Blockhütten & armselige Holzverschläge, ohne Steinmauern, ohne feste Fundamente. Sie liegen verstreut in den Tälern wie Bauklötzchen, Spielzeug, das den tyrannischen Herrscher des Kinderzimmers erwartet. Gott, wie fern sind hier die Cafés von New York, die Alleen & Plätze, die ich so gern wiedersehen würde. Letzte Nacht habe ich geträumt, Du & ich wären in Delmonicos Restaurant. Himmel – *cara mia* – es ist beinahe unvorstellbar.

Die Siedler sind die übelsten Gesellen, die man je gesehen hat, gemein und schmutzig und unbeschreiblich primitiv; durch & durch widerwärtig, wie Swiftsche Gestalten. Kaum einer von ihnen, der nicht diesen Ausdruck von dumpfer Grausamkeit im Blick hätte. Eine Zahnbürste würde die gleiche Reaktion auslösen wie ein brennender Busch bei den Israeliten; jede Art von Freundlichkeit würde als Schwäche ausgelegt. Man muss tausend Meilen durch diese

Einöde reiten, bevor man einem Zeichen der Mitmenschlichkeit oder Barmherzigkeit begegnet. Ein staubbedeckter Bergmann, der ein staubbedecktes Maultier auspeitscht: Das sollte das Wahrzeichen dieses Territoriums sein.

Ach, das ist Unsinn, Unsinn. Verschrobenes Geschwätz. Viele sind gar nicht so schlimm. Mein Magen hat mir die Stimmung verdorben, hat mich bitter werden lassen – vezreih [*sic*] mir, Amor. Außerdem seit zehn Tagen Halsschmerzen (der chinesische Apotheker hat mir dafür keine Medizin gegeben, sondern empfiehlt das Auslutschen von klebrigen Früchten, Jujube). Es gibt auch anständige Menschen hier, Familien mit Kindern sogar. Man kann sie nicht tadeln für das, wonach sie offenbar streben: Gold, ein neuer Anfang, Hoffnung, neue Erinnerungen, die die alten verdrängen. Der Gral, nach dem man selbst sucht, bekäme man ihn denn zu fassen. Doch je näher man ihm kommt, desto unerreichbarer wird er. Ich habe ständig das Gefühl – ich weiß nicht warum –, ich hätte meine Chance verspielt, mein Stichwort verpasst.

Und auf jeden hart arbeitenden Bürger, auf jeden anständig gesinnten Amerikaner kommen zwei oder drei Schattengestalten, die den Keim der Fäulnis in sich tragen. Die Stadt ist voll von diesen abscheulichen Blutsaugern: Arbeitsscheue, Landhungrige, heimliche Verräter, brutale Kerle, die sich um die Stelle als Scharfrichter streiten. Sie umschwirren mich & die Männer wie Schmeißfliegen ein Stück Aas; man muss nur mit ihnen reden, und schon sehnt man sich nach einem reinigenden Bad. Jeder Bittsteller hat eine Geschichte, jeder fleht um Gehör oder glaubt, man sei ihm etwas schuldig, weil er sich als Patriot erwiesen hat. Der eine hat im Krieg diese Heldentat vollbracht, der andere jene, und sein dreckiger Vetter noch eine dritte; jeder von ihnen ist ein Goliath im Geschichtenerzählen und doch offenbar unfähig, sich ohne meine Hilfe oder die der Regierung selbst den Hintern abzuwischen. Aber auch das ist eine Art Maske. Hier draußen ist kaum einer das, wofür er sich ausgibt. Alle sind erfüllt von Durchtriebenheit & und dem schwelenden Ehrgeiz eines Luzifer. Jeder zweite im Territorium ist ein geflüchteter Rebell oder heimlicher Sympathisant. Und man muss natürlich so tun, als wisse man das nicht.

Es gibt Gerüchte über eine ganze Brigade von entflohenen

Rebellen im Norden; wie es heißt, verstecken sie sich in den Bergen und planen dort neuen Verrat. Wenn – sobald – Lincoln den Krieg gewinnt, werden sie sich, sagt man, für »unabhängig« erklären & mit Kanada über ihre Souveränität verhandeln. Stell Dir das Blutvergießen vor. Es wäre buchstäblich ein Weltkrieg. Die Gräberfelder würden sich bis vor die Tore von Montréal erstrecken. Man erklärt es den Stadtbewohnern, und sie scheinen verblüfft. Einige weigern sich sogar, diesen Ort bei seinem rechtmäßigen Namen zu nennen & und reden immer noch hartnäckig von »Arlington City« – nach Lees konfiszierter Plantage in Virginia. Der *Name* einer Sache hat hier draußen viel zu große Bedeutung; jeden Felsen wollen sie nach einem Leichnam in der Erde taufen. Rückwärtsgewandte Jammerlappen, das ganze verdammte Pack, weinerliche Bettnässer, einfältige Leichenanbeter auf dem Weg zurück in eine Zukunft, die sie hassen. Man sollte die Städte lieber nach den Buchstaben des Alphabets benennen. Aber das würde diesen ungebildeten Schweinen vermutlich nicht behagen. Es sind Barbaren; für sie ist ein »A« der scharlachrote Buchstabe, den man einer Ehebrecherin an die Brust heftet, und ein »T« ist ein heißes Getränk.

Die Frauen sind mitleiderregend, so heruntergekommen & armselig. Ich muss dir nicht eigens erklären, womit viele von ihnen ihren kärglichen Lebensunterhalt bestreiten. Ich vermute, in einer Stadt voller Männer ohne den zivilisierenden Einfluss einer Ehefrau wird es das immer geben; trotzdem ist es ein grässlicher Anblick. Hat ein Mann eine Münze in der Tasche und einen guten Schluck Branntwein im Bauch, scheint sein Gewissen so flüchtig wie ein Phantom. Einer meiner Gehilfen, English, fand neulich abends ein irisches Mädchen auf der Straße. Er brachte sie ins Gefängnis, weil es keinen anderen Schlafplatz für sie gab, & wir holten den betrunkenen Quacksalber, denn sie war in einem schrecklichen Zustand, genauso ausgemergelt & verzweifelt wie die Verhungernden, die man in der eigenen Kindheit gesehen hat. Sie erzählte English, sie sei '47 auf einem ehemaligen Sklavenschiff zur Welt gekommen, während der Überfahrt von Liverpool, & ihre Familie stamme aus Cork. Sie starb am folgenden Morgen & wurde auf einem Friedhof für Verbrecher beerdigt, denn wir hatten kein anderes Grab für sie. Der Arzt, der sie vermutlich auf dem Gewissen hatte, fiel am nächsten Abend in den

Fluss, angeblich bei dem Versuch, dort seine Notdurft zu verrichten. Er ist nicht ertrunken (leider), aber er hat sich nach Salt Lake City davongemacht. Jetzt sind wir ohne Arzt, ohne Pfarrer, ohne Anwalt und ohne Richter. Wenn ich nun noch die Zeitung niederbrennen könnte, hätten wir ein wahres Utopia in der Prärie.

Und die Indianer verachten uns alle, selbst wenn wir Verträge mit ihnen schließen. Ihre Kinder machen mir Angst. Sie erinnern einen an die Blicke der Armen von Wexford, wenn ein Regiment Rotröcke in die Stadt geritten kam – die heitere Beharrlichkeit eines unerbittlichen Hasses. Wenn sie könnten, würden sie jeden Weißen zwischen hier und St. Louis skalpieren & aus unseren Schädeln Trinkschalen machen. Und obwohl man sie pflichtgemäß bekämpft, kann man es ihnen kaum verübeln, denn wir sind Fremde ihn ihrem Land, die Verkörperung von Raub und Vertreibung. Gott, vor zwanzig Jahren, als ich noch an hehre Ideale glaubte, hätte ich Mitleid für ihre Not empfunden. Die Männer sind natürlich dem Alkohol verfallen. Anscheinend sind sie von Natur aus unfähig zur Enthaltsamkeit.

Ich habe mit dem Gedanken gespielt, an Lincoln zu schreiben und um meine Entlassung zu bitten; obwohl ich weiß, dass ich danach keinerlei Aussicht auf einen Regierungsposten mehr hätte; dafür ist dein Lear zuvor allzu dankbar kläffend in diesen Zwinger gekrochen. Aber selbst wenn Washington zustimmen würde, was keineswegs sicher ist, müsste ich womöglich noch einige Zeit bleiben, vielleicht sogar ein Jahr, bis sie einen anderen Schwachkopf gefunden hätten, der sich mit einem Klumpen Opium unter einem Felsen hervorlocken ließe und mich ablösen würde. Ich zermatre [*sic*] mir unablässig das Hirn, was ich dann tun würde – Du weißt, dass ich Deinem Vater nicht länger auf der Tasche liegen kann. Der Gedanke quält mich so sehr, er raubt mir den Schlaf. Vielleicht würden sie mir einen Posten als Botschafter geben – hältst Du das für möglich? Frankreich oder Havanna wären wunderbar, oder Venezuela. Wie die Franzosen *ma petite negresse* anbeten würden. Ich würde Dir niemals gestatten, ohne Begleitung aus dem Haus zu gehen, aus Angst, ein flinkzüngiger *flâneur* könnte dich weglocken mit seinen Schmeicheleien.

Mon ami draußen im Garten hat seine Grabungsarbeiten eingestellt & sich aus dem Staub gemacht, wie der Quacksalber, auf der

Suche nach Neuem. Ich würde jetzt gern etwas trinken. Aber ich habe dem Alkohol abgeschworen, habe ich Dir das erzählt? Fühle mich stärker, sauberer ohne den Dreck.

Schon wieder hat mich ein schwachköpfiger Verleger angefleht, meine Memoiren für ihn zu schreiben. Diesmal aus Boston, vermutlich ein Gauner. Habe an den Abenden halbherzig meine Aufzeichnungen durchgesehen. Immerhin könnte ich damit wenigstens die Zeit totschlagen.*

Was gibt es sonst noch zu berichten? Nichts (denn von nichts kommt nichts). Hatte letzte Woche eine böse Gallenkolik, habe gespuckt wie ein Geysir, aber jetzt geht es mir ein wenig besser, nach einem kleinen Schluck Cherrybrandy – rein medizinisch, nur einen Fingerhut voll, zwei Fingerbreit, um genau zu sein –, aber wir haben kein Hammelfleisch mehr & darüber bin ich unglücklich wie Hiob; doch wir hoffen, dass wir bald Büffel und Hirsch essen können, was nach so viel Pökel- und Trockenfleisch hochwillkommen sein wird. Wenn nicht, brate ich den lästigen Burschen, der draußen im Garten wühlt. Himmel, was gäbe ich für einen samtigen runden Pfirsich oder eine Handvoll saftiger blauer Trauben … [ ]**

… Wenn ich doch nur eine Idee hätte, wie wir zu Geld kommen, unseren Lebensunterhalt ein für alle Mal sichern könnten. Wenn ich vor Tagesanbruch erwache, hockt mir ein neuer Plan rittlings auf der Brust wie ein Inkubus … [ ].*** Eine neue Zeitung (die, die wir hier haben, ist ein konföderiertes Schmierblatt der übelsten Sorte), ein

* In Wahrheit hatte O'Keeffe sich an 32 Verleger gewandt und angeboten, ihnen »für zehn Jahre die amerikanischen Rechte« an seinen geplanten Memoiren zu überlassen, offenbar im Glauben, es sei ein extrem lukratives Angebot. Zweiundzwanzig antworteten nicht; neun erteilten ihm eine Absage. Nur ein kleiner Verlag, Withers & Son in Boston, Massachusetts, bot ihm einen nominellen Vorschuss für »sämtliche Rechte auf unbegrenzte Zeit«.

** Hier folgt eine lange Passage, deren Veröffentlichung O'Keeffes Nachlassverwalter untersagt haben. Der Inhalt ist offener als viele von O'Keeffes sonstigen Briefen an Lucia und handelt freimütig, doch ausgesprochen liebevoll, von ihren intimen Beziehungen. Der Herausgeber ist zwar der Ansicht, dass diese Aussagen in keiner Weise obszön sind, hat aber dem Wunsch der Nachlassverwalter dennoch stattgegeben.

*** An dieser Stelle steht ein eingeklammerter Satz, der auf Betreiben der Nachlassverwalter ebenfalls gestrichen werden musste.

Landgut, der Import von Waren aus Europa oder doch eher etwas in Nicaragua: *Je ne sais pas*. Bis zum Mittag ist mir klar, dass das alles nur Hirngespinste sind. Man fühlt sich wie in einem Labyrinth aus lauter Spiegeln.

Wenn wir nur irgendwie ein bisschen Kapital auftreiben könnten: Hier werden ständig neue Minen eröffnet. Stündlich werden Vermögen, die einem Krösus alle Ehre machen würden, aus dem Fels gehauen, und die Investitionen bleiben in vernünftigen Grenzen. Was hältst Du davon? Vielleicht könnten wir unsere Zelte eine Zeitlang hier draußen aufschlagen? Würde Dich das interessieren, Liebste, oder ist es ein unsinniger Plan? Ich vermute, diese Gegend wird nicht für immer so unwirtlich bleiben. Vielleicht hat jedes amerikanische Territorium anfangs so ausgesehen, wahrscheinlich sogar jedes Gebiet auf der Erde. Und hier wird es sich rasch verändern; der Wandel ist jetzt schon bemerkbar, mit dem Heranreifen der Zivilisation und dem ersten Aufkeimen von Kultur. Selbst Manhattan war vor gar nicht so langer Zeit eine hügelige Einöde. Ach verflucht, ich weiß nicht mehr weiter. Meinst Du, wir sollten ins Ausland gehen? Unser Leben selbst in die Hand nehmen & cetera.

Meine Liebe, kannst Du nicht für einen Sommer zu mir herauskommen? Ich weiß, ich wäre stärker an der Seite meiner *madrugada de amor*.* Dann hätten wir wenigstens Zeit, in aller Ruhe über unsere Pläne & Aussichten & cetera zu reden. Nicht weit entfernt entsteht eine angenehmere Siedlung, ein kleiner Ort namens Edwardstown, siebzig Meilen südlich von hier. Dort könnten wir uns ein Haus mieten, mit ein oder zwei Bediensteten? Die Goldgräber und Kupferbarone bauen dort ihre Villen; einige sind wirklich schön, nicht schlechter als viele Häuser in New York. Die *hacendados*** haben ein gutes Leben, & es gibt sogar eine Art Oberschicht. Es gibt Waldungen und eine Art Park; das Klima ist anscheinend gemäßigter. Man spricht von einer großen Kathedrale und einem Opernhaus nach dem Vorbild von La Scala für die stolzen Midasse mit ihren juwelenbehängten Matronen in der Pariser Mode vom Jahr zuvor. Wir könnten ruhig leben & lesen & am Abend nach Herzenslust über

* Spanisch: Morgenröte der Liebe.
** Spanisch: der Besitzer einer Hazienda.

diese *provinciales* lästern & lachen. Vielleicht wäre in ein, zwei Jahren alles besser. Dort gibt es keine Saloons. Es wäre ein angenehmer Ort, um ein Kind aufzuziehen.

Es war sträflich von mir, Dir sogar das zu verweigern. Wie Du weißt, ist diese Angelegenheit schmerzlich für mich & ich glaube, Du kennst auch den Grund. Aber meine Starrköpfigkeit ist unverzeihlich. Ich war so dumm, so eitel. Und jetzt scheint alles verloren. Es ist entsetzlich. Ich werde den Gedanken nicht los, dass ich Dich nie mehr wiedersehe. Oder dass etwas Schlimmes geschehen ist.

Wenn Du nicht zu mir kommen willst, dann schreibe mir wenigstens, dass es Dir gut geht. Aber ich bitte Dich, meine Liebste, komm für eine Weile zu mir. Ich verspreche, ich gelobe bei meiner Ehre, alles zu tun, damit Du es nicht bereust. Die ganzen Torheiten sind Vergangenheit, ich verspreche es, mein Ehrenwort. Kannst Du mir noch einmal eine Chance geben, nach diesen schrecklichen Jahren? Ich verlösche ohne Dich wie eine armselige alte Lampe, denn ich brauche den wohltuenden Einfluss meines Lichts. *Stella mia, cuore mio, amore mio.**

Dein Ehemann, der Besserung gelobt,
Con

P. S. Für den Fall, dass Du kommst: Auf dem dritten Regalbrett in meinem Arbeitzimmer, hinter Gibbons *Verfall & Untergang* findest du ein kleines Teakholzkästchen mit Messingbeschlägen und meinen Initialen. (Es enthält ein Tagebuch & andere alte Papiere, die ich brauche.) Mach Dir keine Gedanken wegen des Schlüssels: Der ist hier bei mir.

* Italienisch: Mein Stern, mein Herz, meine Liebe.

13. Kapitel

Vom Dämonland

von Lucia-Cruz McLelland-O'Keeffe*

Eine Geschichte von James O'Keeffes Flucht aus Van Diemen's Land, Australien, einige Jahre bevor Lucia in New York seine Bekanntschaft machen sollte

❖

Ihr wart zu dritt in dem Ruderboot, das sich bei Tagesanbruch aus dem Hafen von Hobart stahl: du, der Dieb M'Carthy und Knowles. M'Carthy, einen Galgenvogel aus Northumberland, kanntest du nicht, doch D — hatte dir versichert, dass er zuverlässig war.

Ihr rudertet dicht an der Hafenmauer, als ihr euch dem Wachhäuschen auf der Mole nähertet. Die Augen hattet ihr fest aufs Wasser geheftet. Die Prostituierte würde jetzt mit dem kleinen Soldaten drinnen sein. Der Teil kümmerte dich nicht; D — hatte gesagt, es sei die einzige Möglichkeit. Ein Ruck unter dem Kiel, als ihr die Sandbank berührtet. Die Stille; das Plätschern des Wassers.

Das Wasser roch nach Hitze, die Helligkeit schmerzte in den Augen. Du wusstest, dass Knowles auf deiner Seite war, aber du mochtest Knowles nicht. Er führte lästerliche Reden, er prahlte mit seinen Heldentaten, tat immer vertraulich, ein Aufschneider. Du sagtest nicht viel zu ihm. Er nannte dich beim Vornamen. Einen solchen Wurm hättest du nicht einmal zum Stiefelputzer gewollt.

Das Meer dämpfte den Schlag der Explosion. Doch die Rauchwolke, die vom Gerichtsgebäude aufstieg, die saht ihr. Knowles ruderte weiter. M'Carthy spuckte ins Wasser. Der Rauch stieg hoch hinauf in den Himmel. Du ertapptest dich dabei, wie du hofftest, dass der kleine

* Unveröffentlicht. Datiert »Sommer 1865«, niedergeschrieben auf 15 Oktavblatt Elfenbeinpapier (beidseitig), sieben davon mit dem Aufdruck »Steamship J. V. Gould: St. Louis & Upper Missouri: First Class«. Vermutlich eine Reinschrift, da keinerlei Korrekturen. Lucias oft eigenwillige Schreibungen sind vereinheitlicht.

Soldat nicht ausgepeitscht würde und dass die Frau entkam; sie wusste nichts, hatte D — gesagt. Du stelltest sie dir vor, wie sie auf den Steinplatten der Mole standen, im Licht der so unerwarteten Flammen.

Zwei Stunden lang rudertet ihr; es war mühsame, erschöpfende Arbeit. Die Strömung war stark, weit stärker als ihr euch ausgemalt hattet, mit einem unablässigen, an- und abschwellenden Sog, der euch die Ruder aus den Händen winden wollte. Und damals warst du fett, feist wie eine Raupe; D — fand, du sahst aus wie ein wohlgenährter Bauer. In den Tagen vor dem Fluchtversuch hattest du fast ununterbrochen geraucht, am Abend vorher deinen letzten Whisky getrunken. Das war die Zeit, in der all das begann. Das letzte Jahr in Tasmanien mit Catharine.

Es dauerte nicht lange, bis Knowles und M'Carthy zu streiten begannen. Knowles war überzeugt, dass das Boot in die falsche Richtung steuerte, dass ihr auf das Korallenriff laufen würdet, wenn ihr nicht genau nach Norden hieltet; der Jüngere erklärte, der Ältere sei im Irrtum, der Horizont müsse backbords liegen. Du wusstest nicht, welcher von deinen Gefährten recht hatte, wenn überhaupt einer. Die Sprache der Seefahrt wurde dir mit jedem Wort unverständlicher.

Ein Teeklipper sollte vor Anker liegen, ein französisches Schiff. Nein. Ein Holländer, aber der Kapitän war Franzose. Er wusste, wer du warst, dass du wichtig warst, wertvoll, aber er würde keinerlei Fragen stellen. Du würdest Papiere als Matrose bekommen, man würde dir das Haar scheren. Den Bart würdest du wachsen lassen.

Wenn dich jemand fragte, woher du kamst, würdest du antworten, aus Québec. Du hattest ein paar Jahre in Sydney gelebt. Du hattest Frau und Kind, einen Sohn, in Neuschottland, du wolltest zu ihnen, denn deine Frau war krank. Zu Hause warst du Kutscher, du fuhrst eine Kalesche. Von Politik verstandest du nichts. Die Frau: Anne Collins. Der Sohn: Richard Michael. Adresse: 23. Straße, Griffintown, Montréal.

Sie würden dich mitnehmen bis zum Kap, wo eine sichere Zuflucht wartete. Ein englischer Doppelagent dort würde dich mit falschen Papieren ausstatten. Er würde noch in derselben Nacht ermordet werden, um jegliche Gefahr auszuschließen. Es war besser, wenn du nicht wusstest wie. In sechs oder acht Wochen würdest du nach Mobile, Alabama aufbrechen. Dort warteten Verbündete.

Sieben Stunden lang harrtet ihr aus, hüpftet auf den Wellen wie eine Flasche. Kein Schiff erschien. Ihr mühtet euch, die Nerven zu bewahren. Das Boot schleppte ein Fischernetz, um eure wahren Pläne zu verbergen; mit dem Knoten der Wergfasern vertriebt ihr euch die Zeit. Einmal, östlich von euch, saht ihr Eingeborene in einer Piroge; ein Wechselgesang, der wie Kriegsrufe klang, doch in Wirklichkeit wahrscheinlich nur ein Gebet der Fischer war, drang durch das Rauschen der See herüber. Der Streit zwischen Knowles und M'Carthy flammte immer wieder auf, und da sie tranken, wurde er heftiger, bösartiger. Dir zumindest war klar, dass aus eurem Plan nichts würde. Wenn du noch zurückgekonnt hättest, hättest du aufgegeben.

Du ließest eine Frau zurück, die du liebtest, das einzige Zuhause deiner Erwachsenenjahre, das Land, in dem deine kleine Tochter begraben lag. Zwei kurze Monate war sie auf der Welt gewesen. Ihr Grab würdest du nie wiedersehen.

Aber es war zu spät zur Umkehr. Es war zwei Uhr nachmittags. Längst war Alarm geschlagen. Die Ereignisse nahmen ihren Lauf. Du warst in Hobart gewesen, um dich, wie du es regelmäßig tun musstest, auf der Wache zu melden; als du nicht erschienst, hatten sie mit Sicherheit sofort Verdacht geschöpft und die Konstabler hinaus zu deiner Farm geschickt. Du maltest es dir aus, Catharine auf der Veranda, und Mulvany kam herangeritten. Vielleicht hängte sie gerade Wäsche auf oder fütterte die Hühner. Wischte sich die Hände an der Schürze ab. Wäscheklammern im Haar. Bettwäsche flatterte hinter ihr, als wären es Segel; man roch die Seife, den Ingwer. Sie würde antworten, worauf ihr euch geeinigt hattet: dass sie nicht wusste, wo du warst. Das hatte immerhin den Vorteil, dass es die Wahrheit war.

Mulvany würde brummen, sie vielleicht anschnauzen, Bierschweiß würde ihm in den stinkenden Rock laufen. Seine Männer würden dabeistehen, elend und hungrig. Sie bekamen nicht soviel Sold, dass sie ihre Arbeit geliebt hätten; manches daran fanden sie abscheulich. Aber sie taten ihre Pflicht, wenn Mulvany das Kommando gab. Und das würde jetzt geschehen. Sie musste tapfer sein. Aber Frauen sind tapferer als Männer.

Ihr Haar. Du hast es ihr immer gewaschen. Es war glatt; schwarzblau. Strähnen von Seegras zwischen deinen Fingern. Denn ihre

Mutter hatte ihr beigebracht – du weißt noch, wie sie gelacht hat – *steck dir die Wäscheklammern in die Locken, dann musst du nicht lange suchen.* Ihr Haar, nass, gelöst, bis an die Taille.

Sie musste darauf gefasst sein, dass er den Hof verwüsten würde. Mulvany, der Mann mit dem Knüppel. Sie durfte keinen Widerstand leisten, keine Widerworte geben. Er würde ihr nichts antun, nicht einmal damit drohen, denn du hattest seine Schikanen gemeldet. Und Hobart war gewarnt – in einem anonymen Brief –, was mit Sergeant Patrick Mulvany geschehen würde, falls er diesen Fehler noch einmal machte. Wenn er deine Gefährtin noch einmal »Niggerbastard« nannte, würde er es bitter bereuen. Nicht Mulvany selbst würde die Kehle durchgeschnitten. Sondern seinen sämtlichen Kindern.

Das war das Letzte, was du zu ihr gesagt hattest, als du dich am Lake Comfrey auf den Weg machtest. »Du bist in Sicherheit. Sag ihnen nichts. In einer Woche bin ich zurück.« Am Morgen würde D— kommen und ihr die Wahrheit sagen: dass du für immer fort warst.

Du überlegtest, ob M'Carthy oder Knowles Verräter sein konnten – die Insel war voll von ihnen. Wie jedes Gefängnis. Vielleicht war es eine Falle, dachtest du nun. Gleich oder am Abend, der nicht mehr fern sein konnte, würde aus dem Dunstwall eine Fregatte auftauchen, mit wehendem Union Jack und geladenen Kanonen. Sie würden dich am Großmast aufhängen, dich in Stücke hacken, dass, was übrigblieb, den Haien zum Fraß vorwerfen. Du blicktest hinüber zu Knowles. Er sah dich nicht an. Mit seinem Dolch zerteilte er einen Apfel.

Sie beschimpften sich wieder, jetzt im Jargon der Gefangenen; du verstandest sie nicht, doch das ließest du dir nicht anmerken. Nur D—, hattest du immer das Gefühl, konnte man wirklich vertrauen. Sie hätten ihm die Zähne ausreißen können, und er hätte trotzdem nichts gesagt. So tief war seine Verachtung für sie. Diesem Hass konnte man sein Leben anvertrauen. Jede Revolution hat ihren Duggan.

Sie konnten nicht damit gerechnet haben, Michael Knowles und Timothy M'Carthy, dass sie Hobart nie wiedersehen würden. Du hattest einen Revolver in der Tasche. So war es abgesprochen. Sobald der Clipper in Sicht kam, würdest du den Plan umsetzen. Es würde schwierig werden, das mit Sicherheit. Du hattest noch nie einen

Menschen umgebracht – du, der du die Revolution predigtest. Aber Zeugen waren ein Risiko, das du dir nicht leisten konntest. Eine Andeutung in einer Kaschemme, eine trunkene Prahlerei, um ein Mädchen zu beeindrucken, und schon waren die Behörden im Bilde. Direkt auf die Stirn zielen. Sie sollen nicht leiden. Für ihre Familien wird gesorgt.

Die Revolution braucht Theoretiker, Visionäre, Dichter: Gestalten, von denen Bronzebüsten aufgestellt werden, wenn erst die Freiheit errungen ist, deren Gesichter man auf die Münzen der Republik prägt, deren Nachruf die Kinder auswendig lernen. Doch im Schatten hinter den Säulen des Denkmals stehen immer die Duggans: vergessen, lästig, peinlich. Sie drücken sich in die schmutzigen Gassen abseits der neu benannten Hauptstraßen. Nach ihnen wird nie etwas benannt werden. Männer, die alles tun, die jedes Gebot brechen, wenn es nur der Sache dient. Leute, die die Drecksarbeit tun und noch weiterarbeiten, wenn die Revolution sie längst nicht mehr braucht – wenn sie sie je gebraucht hat, denn nun bestreitet sie das; wenn die Befreiten, die nun frei reden dürfen, erklären, das hätten sie nie gewollt. Es sei ja nicht *Freiheit für alle* gewesen, was die Duggans wollten, sondern nur eine neue Form der Sklaverei, noch verlogener als die alte, und das alte Regime sei besser, freier gewesen, wenn man es nur im richtigen Licht sehe. Und das wird den Duggans zum Verhängnis: Wenn die Grausamkeiten, die sie hervorgebracht haben, mit gutem Gewinn beseitigt sind, wenn die Tyrannei, gegen die sie sich gestellt haben, vergessen ist, die Geschichte umgeschrieben und neue Duggans rekrutiert werden, um die alten umzubringen. Dann werden auch die Mittel begraben, mit denen man ihre Taten hätte aufzeichnen können. Jede gute Sache hat ihre Helden, und sie hat ihre John Fintan Duggans. Du hättest nicht mehr sagen können, in welche dieser Klassen du selbst gehörtest. Aber die Entscheidung würde bald fallen.

Das Boot hüpfte und hüpfte. Du dachtest an Duggan. Und du sahst ihn deutlich vor dir, vielleicht zum ersten Mal. Du liebtest ihn inbrünstig in diesem entsetzlichen Augenblick, wie ein Mensch seinen verlorenen, vom Wege abgekommenen Bruder liebt, wie er ihn sieht mit all den Schwächen, die er in sich selbst überwunden hat, und der Gedanke schreckte dich, was sie dereinst deinem Bruder antun würden, denn die Rache, die sie an Duggan nehmen würden, würde fürchterlich sein. Der Tag würde kommen, ja er zog bereits herauf, so sicher wie die Gewitterwolke, die von Westen herankam; sie würden es für lästerlich erklären, auch nur seinen Namen zu nennen, und alle, die es taten, würden Ausgestoßene sein.

Gegen sechs Uhr setzte der Regen ein. Die Wolke hatte die Ausmaße der Stadt London angenommen. Inzwischen machten Knowles und M'Carthy aus ihrer Furcht keinen Hehl mehr. Und auch du fürchtetest dich und fürchtetest dich davor, es zu zeigen. Du warst schon viele Male auf See gewesen, und dein Vater war auf See gewesen; die Geschichten, die er erzählt hatte, waren die Geschichten deiner Kindheit. Doch nun packte dich zum ersten Mal jene Vorstellung der Seeleute, die auf See im Fieber liegen, nämlich dass es überhaupt kein Land gibt, dass es nichts gibt als die See: Das Land hat Gott ausgelöscht.

Die Dollen knarrten und begannen sich langsam zu drehen. Du strecktest die Hand aus, um sie festzuhalten.

– Rudern, brüllte Knowles.

– Es ist aus mit uns, brummte M'Carthy.

– Du sollst rudern, sonst hast du das Messer im Bauch, so wahr mir Gott helfe …

– Wir können ihn nicht mitnehmen. Wenn sie ihn bei uns finden, hängen sie uns auf …

– Du würdest einen Christenmenschen ersäufen, um die eigene Haut zu retten?

– Er muss von diesem Boot. *Ich lass mich für niemanden aufhängen*.

– Lieber Himmel, denk doch mal mit dem Verstand statt mit dem Maul. Wir brauchen jeden Mann bei so einem Unwetter!

– Schluss jetzt, brülltest du. Ich habe das Kommando hier.

Du hattest den Revolver in der Hand, doch die Hand zitterte. Das Boot machte einen solchen Sprung, dass es dir den Magen umdrehte. In der Ferne erhob sich der Hurrikan wie eine Säule, gemächlich, grau, gewunden, gehässig, wie das Bild des ob der Überheblichkeit der Menschen erzürnten Jehova. Die See brodelte. Ein Albatros hielt schnurstracks auf das Festland zu.

– Du Bastard eines Küchenniggers, sagte Knowles in ruhigem Ton zu dir. Vom ersten Augenblick an habe ich dich gehasst.

Ein Bündel Seetang wirbelt durch die Luft wie die Kugel am Rand des Rouletterades.

Ihr rudertet zurück, rudertet wie besessen, alle drei. Die Wellen schwappten über den Bug. Schlag um Schlag traf das Boot. Aus Wellen wurden turmhohe Brecher. Stahlgraue Schluchten aus Wasser. Wie Prügel schlug der Regen dir ins Gesicht, in die Augen. M'Carthy verlor sein Ruder. Sein langes Haar peitschte ihn. Er packte den kleinen Bootshaken und versuchte damit zu rudern. Vor euch flammten Blitze auf, ein erschreckendes Glitzern in den Wolken. Blitze auf See, ein berückend schönes Bild. Knowles verfluchte den Tornado, als könne er ihn niederschreien. Die ganze Welt drehte sich schneller, als ihr nun auf das Auge des Sturms zuflogt. Und plötzlich war M'Carthy nicht mehr im Boot. M'Carthy war nicht mehr da.

Die Augenblicke vor dem Kentern sind undeutlich in deiner Erinnerung. Die Überbleibsel einer Kasernenfestung auf dem Land deines Vaters in Wexford. Frösche und Igel. Lilien und Salamander. Du warst mit deinem Vater unterwegs, Kinderstiefel hüpften über die morschen Bretter. Glockenblumen in den Mauern. Wollgras unter dem Dach. »Keiner kann die Natur bezwingen«, sagte dein Vater bedächtig, als sei es ein trauriger Gedanke, mit dem er sich abfinden müsse. Tau auf den Bäumen. Den Kartoffelfeldern. Den Bachufern. Wilder Knoblauch gegen Halsschmerzen. Beinwell für gebrochene Knochen. Unter einer modrigen Wandverkleidung fandest du etwas eingeritzt: *Soldat n. sykes & sein Kumpel sold. robt simms den er liebt. martinstag 97. Wir werd unter der erde Schlafen wenn das gefunden wird.* Und Pappy sagt dir wütend, du sollst das nicht lesen, denn das war etwas Entehrendes, etwas, das schlimmer als Feigheit war.

Du weintest, als du ins Wasser tauchtest, wie du über dem Leichnam deiner Tochter geweint hattest, hilflos, und du schämtest dich dafür. Du dachtest an Catharine – irgendwie schien sie dir nah. Du dachtest an das Kind, das sie dir geboren hatte. Nun würdest du sterben, einsam und voller Furcht. Kein Gebet konnte dein Entsetzen ertränken. Du weißt noch, wie deine Finger sich an das sinkende Netz klammerten, verzweifelt Halt in dem Dunkel suchten.

Der Rückweg über die schmale Landstraße. Du hattest die Hand in der Tasche deines Vaters. Mondlicht über den Sloblands. Er war glücklich. Du bist sein Sonnenschein. Ich bin der glücklichste Mann in ganz Irland. Und du fragtest: Gibt es Gott wirklich? Ist Mamma tatsächlich im Himmel? Dann der Kummer in seinen Augen. Ich schäme mich für dich, James. Jetzt hast du uns den schönen Tag verdorben. Lass mich allein.

Du erwachtest auf nassen Steinen. Sie waren schwarz, klein wie Murmeln. Sie knirschten, als du versuchtest, dich zu regen. Deine Hände waren blutverschmiert. Deine Kleider zerrissen. Auf der Brust hattest du einen Riss wie ein umgekehrtes N. Du wolltest aufstehen, doch deine Beine trugen dich nicht. Du schlepptest dich zu einem Tümpel und übergabst dich.

In fiebernder Hast machtest du eine Bestandsaufnahme, aber du brauchtest nicht lange dafür. Es gab eine winzige Whiskyflasche, die du an einer Kette um den Hals trugst. Ein Armband, Pappys Taschenuhr in einem Guttaperchabeutel mit einem Wechsel auf eine kanadische Bank über zwanzig Pfund, den dir Duggan in Hobart heimlich zugesteckt hatte. Das war dein gesamtes Erbe. Keine Schuhe. Kein Buch, nichts zu schreiben.

Fast eine Woche lang konntest du nicht laufen. Du lagst auf den sengend heißen Steinen. Jeden Mittag warst du halb ohnmächtig vor Helligkeit und Schmerz. Du drücktest dich zwischen die Steine wie eine Eidechse, um der Sonne zu entgehen. Wenn du den Hals bewegtest, kam es dir vor, als sei er gebrochen.

Dann konntest du dich wieder aufrichten, liefst hinkend, unter Schmerzen. Du schlepptest dich zu der steinigen schwarzen Klippe. Eine halbe Stunde musst du gebraucht haben, bis du über das lose Geröll aufgestiegen warst. Als warte eine Oase auf dich auf der anderen Seite dieser Zinnen. Aber es war nur die Unendlichkeit der See.

Du ließest dich wieder ein Stück hinunterrutschen. Rücken und Gesäß aufgescheuert. Mit Trippelschritten maßest du deine Welt aus. Eine Schildkröte strandete, Bauch nach oben, in einer Lache aus gelbem Schaum, die Füße strampelten hilflos. Du erschlugst sie mit einem Stein, brachst den Panzer auf, aber du konntest sie nicht essen. Als du das merktest, kamen dir die Tränen. Du wolltest sie niederkämpfen. Du krochst zurück zu deinem Bau. Unter einem Dornbusch mit roten Blüten, einer dir unbekannten Art, stand ein krummes, aus Treibholz gezimmertes Kreuz, in das ein paar Worte geschnitzt waren: JAS. GRIMSLEY. HM NAVY. XLIX. Du warst nicht der erste Conquistador.

Du wusstest nicht, ob »XLIX« bedeutete, dass dein Namensbruder neunundvierzig Jahre alt gewesen war oder ob 1849 sein Todesjahr war und er auf dem Schiff, auf dem er gefahren war, von so niederem Rang gewesen war, dass man sich nicht einmal die Mühe gemacht hatte, den Monat dazuzuschreiben. Aber wenn er gar nichts wert gewesen wäre, hätten sie ihn einfach über Bord geworfen. Vielleicht der Kapitän. Vielleicht freundliche Kameraden. Und wenn Schiffe vorüberkommen. Doch vielleicht wären es Engländer. Fragen, auf die es keine Antwort gab, wurden dir zur Obsession. Das zählt zu den Schrecken der Einsamkeit.

Als du später deine Vorträge hieltest, nanntest du es eine Insel, doch eigentlich war es das nicht. Nur ein Halbmond aus unfruchtbarem Anthrazit. Vielleicht eine Viertelmeile lang. Ohne Bäume, ohne Gras. Ein untergegangener Vulkan zweifellos, die Überreste seines Kraters, denn es gab kein einziges Korn Sand auf diesem glasigen Stein; aber es gab Trinkwasser – es schlug sich an den Steinflächen nieder, und du konntest es ablecken. Wenn die Wellen hochschlugen, versank dein Reich in den Fluten. Es gab Zeiten, da war sie schmal wie das Gemüsebeet eines Bauern in Connemara. Ein seltsamer Gedanke: verloren in der Endlosigkeit des Ozeans und trotzdem auf dem Gipfel eines Bergs.

Die scharfen Kanten der Korallen. In kalten Nächten splitterten sie, schwärzliches Puder flog, es schmeckte bitter, dir wurde übel davon. Der Staub setzte sich in alle Poren; unmöglich, ihn abzuwaschen. Wenn du mehr als nur ein paar Schritte gingst, schnittest du dir die Füße auf. Du lerntest stillzusitzen wie ein Guru, die Augen fest auf den Horizont gerichtet. Nur ab und zu eine Flosse. Schwarz wie ein Seehund, schimmernd. Und weit in der Ferne die weiße Fontäne eines Wals. Mit seinem Schwanz peitscht er die Wellen.

Eines Morgens auf den Felsen – in der dritten Woche? der vierten? – erwachtest du mit dem Gedanken, dass du nie wieder einen Menschen sehen würdest. Das Gefühl war so greifbar wie der Fels, auf dem du saßest, wie die scharfen Zacken im flachen Wasser, die kleinen scharlachroten Skorpione, die zu Tausenden dort wimmelten; einmal hatte ein Biss dich vor Schmerz aufschreien lassen, und dir schien, etwas in deinen Lenden war zerborsten. Unvorstellbar. In Einsamkeit würdest du leben und sterben. Kein Mensch würde von deinem Schicksal je erfahren.

Du konntest noch zwanzig Jahre leben, dreißig, fünfzig – der Fels lieferte Wasser, es gab Fische im Meer – und trotzdem nie wieder ein Wesen von deiner eigenen Art erblicken, nie wieder eine irdische Stimme hören außer deiner eigenen. Als hättest du eine Kanonenkugel verschluckt, so schrecklich war dein Kummer. Eine Kanonenkugel aus Eis. Und hier würde kein Freitag kommen, kein Wilder, den du erziehen konntest. Kein Fußabdruck. Kein Sand, in dem ein Fuß sich abdrücken konnte.

Die Angst vor dem Tode schmolz im Feuer dieses Gedankens. Aber sie verbrannte nicht. Sie konzentrierte sich. Du wolltest nicht sterben, du fürchtetest dich vor dem Schmerz. Du, der du für dein Land unter dem Galgen gestanden hattest, der *Vive la guillotine!* den Köpfen aller Monarchen zugerufen hattest. Die Taschenuhr deines Vaters tickte, Minuten summierten sich zu Monaten, und der Gedanke wurde zu Asche wie eine Lust. Du versuchtest alles nur Erdenkliche, um ihn zu vertreiben. Du versuchtest den ganzen Tag zu schlafen, du machtest schlurfende Rundgänge durch dein Reich. Du versuchtest die Quallen zu zählen, die ihren Leib obszön glänzend ins Mondlicht hielten, Tentakeln wie ins Meer gestürzte Sternbilder. Der Morgen kam, an dem dir die Zahlen ausgingen. Du ritztest deinen Namen in einen Stein, Ort und Datum der Geburt. Aber es gab nichts, woraus du dir eine Schlinge knüpfen konntest.

Du hast keine Erklärung für das, was an jenem Morgen geschah. Wolltest du einfach nur einen Beweis, dass es auch einmal Leben jenseits der Ruinen deines eigenen gegeben hatte? Du knietest dich auf den Felsen und schaufeltest mit der Hand Steinkrümel aus dem länglichen Feld unterhalb des Kreuzes. Es war entsetzlich, wie die Sonne dir im Nacken brannte. Die Fingernägel brachen, die Nagelhaut blutete. Ein Schnaufen wie das eines hungrigen Tiers, das nach einem Markknochen gräbt, und du schämtest dich, als du begriffst, von wem diese Laute kamen.

Du legtest zurück, was du nehmen wolltest: die Steine, die du ihm gestohlen hattest. Du küsstest das Kreuz und weintest. Du batest die Sonne um Vergebung, James Grimesley, deinen Vater, die Götter der

Meere dieser Erde. Aber es sollte nicht lange dauern, bis du James Grimesley Schlimmeres antatest als das. Du solltest zum Unberührbaren werden.

Bald kam es dir vor, als seist du bereits gestorben, seiest, ohne dass du es gemerkt hattest, in jene windstille Zone getrieben. Steckte doch eine Wahrheit in den Ermahnungen der Alten? War der Hafen von Hobart dein Styx? Jeder Sünder an diesen Gestaden wird auf das treffen, was er am meisten fürchtet, und dort wird er bleiben *bis in alle Ewigkeit*. Kennt ihr dies entsetzliche Wort, Jungs? Malt es euch nur tüchtig aus, was es bedeutet. Der Tod kann für einen solchen Jungen niemals eine Erlösung sein; selbst wenn er bettelt darum, wenn er betet darum, wenn er Abbitte leistet für all seine Übeltaten, seine unehrenhaften Gedanken, die Besudelung seines Leibs – sie kommt zu spät, diese Reue. Da ist das Bild, das er sich von der züchtigen Freundin seiner Schwester ausmalte. Die Lüge, die er zu seinem Vater sprach. Jungs, eine Million Jahrhunderte, und dann *noch eine Million Millionen dazu*, und doch werden seine Foltern niemals enden. Selbst wenn die ganze Welt in Stücke ginge und Christus wiederkehrte, würde dieser Junge sich weiterschinden im finsteren Pfuhl.

Du weißt nicht, wie lange du geweint hast: Minuten, Tage. Einmal – kann sein, dass du phantasierst, aber du glaubst es nicht – bist du ins Wasser gelaufen – das Brennen des Salzes – und hinaus in die Wellen, so weit wie du nur konntest, bis die Wellen dir an den wunden, geschundenen Hals schlugen, dir den verlausten Bart zusammenklebten, und strafend peitschte der Schaum deine Augen. Das Wasser war warm. Schleimiges Seegras unter deinen Füßen. Das war Wirklichkeit. Das war keine Phantasie. Ein Pelikan sah dir von seinem Platz auf einem Korallenstumpf zu. Seine uralten Augen, seine übernatürliche Ruhe. Was beneidetest du diesen Vampir um seine Fähigkeit zu fliegen. Du branntest, geblendet vom Wasser.

Crusoe, der Sklaventreiber. Du wusstest, wie es wirklich gewesen war. Pappy hatte es dir erzählt. Er herrschte über sein Stücklein Sand wie die Krone über das Empire: maßvoll, abwägend, durch nichts aus der Ruhe zu bringen. Aber der Schotte, der als Vorbild gedient hatte, hatte die Sprache verloren, so entsetzlich war die Begegnung mit sich selbst gewesen.

– Geh niemals zur See, Junge. Ich will nicht, dass du das tust. Das

Leben auf See habe ich immer gehasst. Und ich weiß, du würdest es ebenfalls hassen. Die See ist nichts als Fisch und Tränen. Die See macht einen Landmenschen krank.

Crusoe. O wie roh. Wird nie froh. Denn man to. Ach, Defoe.

Diese Worte formtest du auf den nassen schwarzen Steinen. Nicht mehr lange, und du würdest ein Anagramm deiner selbst sein.

Nicht lange, bis du fürchtetest, du seist wahnsinnig oder würdest es bald sein. Und es gab Augenblicke, da schärftest du dir ein, du sollest dich nicht fürchten, denn kein wahrhaft Wahnsinniger glaube an seinen Wahnsinn, sondern sei immer von seiner Verstandeskraft überzeugt, ja halte sich für vernünftiger als jeden anderen; die anderen, die seinen eigenen Wahnsinn nicht verstünden, seien die Wahnsinnigen, sein eigener Wahnsinn sei die einzige Vernunft. Franzose. Das passt. Zwei Jahre Einzelhaft auf Mauritius. Hat sich selbst in Stücke gerissen. Verursacht durch den Verzehr von rohen Schildkröten.

Oft siehst du den Globus an – denn du hast einen in deiner Studierstube, einen Mercator-Globus, ein schönes Exemplar, deine Frau hat ihn für dich aus Greenwich kommen lassen. Neptun und Britannia halten die Kartusche, auf der eine Meernymphe ihr langes Haar kämmt. Du versuchst zu verstehen, den Punkt zu bestimmen, an dem du stehst. Irgendwo in diesem Rechteck aus eleganten Parallelen, irgendwo am Punkt des zweiten »i« in »Pazifik«. Doch dein Felsen ist nicht abgebildet auf dieser Kugel in gedämpften Farben. Zu klein, nimmst du an. Er ist es ja kaum wert, dass man ihm einen Namen gibt. Für den Edelmann, nach dem man ihn benannt hätte, wäre es eine Beleidigung gewesen, wenn ein solches Nirgendwo ihm die Unsterblichkeit verlieh.

Auf das zerklüftete Irland kannst du zeigen, auf Britannien, das sich von hinten heranmacht, auf Tasmanien, Paris, das Italien deiner Mütter; auf den großen weißen Fleck, auf dem du nun gestrandet bist. Aber es sind ja nur Farbflecke, eine Art, ein Bild umzusetzen. Auf der Welt gibt es Ecken, die sich nie ein Mensch vorstellen kann. Aus Landkarten lässt sich nicht viel Wissenswertes lernen.

In den guten Jahren bejubelten sie dich. Brüllten deinen Namen vom Olymp. Sie hoben ihre Kinder in die Höhe, damit sie dich sehen konnten. Der Held, der von der Insel der Verdammten zurückgekehrt war, der aus dem Grab gestiegen war, der sich geweigert hatte zu sterben, dessen *schiere Existenz* die Weltreiche Lügen strafte, die Brutalitäten, die sie in ferne Länder getrieben hatte. Sie hatten soviel Tod gesehen, hatten so oft gesagt bekommen, dass sie Tiere waren. Sie wollten nicht, dass all das vergebens gewesen war. Sie liebten deine feinen Kleider, diese Menschen in Lumpen. Aber was sie am meisten liebten, war einfach die Tatsache, dass du überlebt hattest. Deine wahrere Geschichte kannten sie nicht. Es gab Abende, Augenblicke, da hättest du sie ihnen gern erzählt; hättest gern im Rampenlicht gestanden und hinunter ins Dunkel geschluchzt, zu den Müttern, die ihre Söhne auf deinen Namen getauft hatten, den Vätern, denen die Tränen liefen, wenn sie dich auf der Bühne sahen: »Ich bin ein Hochstapler. Ich habe überlebt, nichts weiter. Die wahren Helden dieser Geschichte seid ihr.« Aber da war es längst zu spät. Sie hätten dich niedergebrüllt. Und sie hätten dich mit gutem Grund gehasst.

Kein Globus wird jemals wissen, was in diesen Breiten geschah: die Visionen, die Stimmen, die Nächte des rasenden Schreckens, die panischen Schreie, die Abmachungen mit allen Teufeln. Bring jeden um, der mir lieb ist, nur bitte lass mich leben. Kein Verbrechen, das ich nicht begehen würde. Jede Schandtat, die du befiehlst. Wie du dein totes Kind gesehen hast. Deine Schwestern. Catharine. Wie du aufs Meer hinausgefahren bist in James Grimesleys Sarg, und als Ruder nahmst du deine leichenschänderischen Hände. Eine Viertelmeile fuhrst du, dann fiel er auseinander. Sein Brustkorb eine Hummerreuse auf dem nassen schwarzen Kies.

Einmal erwachtest du um Mitternacht – du warst stets ein Skeptiker gewesen; ein *homme du monde*, hatte Duggan spöttisch gesagt, und da stand eine Gestalt und sah dich aus leeren Augenhöhlen an. Jetzt konntest du es nicht leugnen. Doch du spürtest keinen Schrecken. Du wusstest, was das war. Es kannte dich.

– Warst du das, der mir die Schienbeine gebrochen hat? Wie hast du mich aufgeknackt? Habe ich geschmeckt?

Es wollte dich zu einem Ausflug in die Kneipe einladen. In Deptford, sagte es. Die Mädels dort seien anständig. Die ließen alles mit sich machen. Zu dritt kümmerten sie sich um einen. Und du antwortetest – der Himmel stehe dir bei, es ist beinahe schon lustig –, dass er es dir nicht übelnehmen solle, aber du seist verheiratet und Katholik. Das schaurige Ding brummte, und es klang wie ein Schwein, das im Schlaf aufstößt, und stapfte über die Kiesel zurück zu seinem Bett. Es steckte ein Pfeil in seinem Rückgrat. Schaft aus Ebenholz. Rote und türkisgrüne Federn. Und als es zu Hause ankam, legte es sich auf den Bauch und versprach, dass es auf dich warten würde, für den Fall, dass du es dir anders überlegtest.

In den folgenden Tagen und Wochen sahst du es noch viele Male. Es hockte auf dem Felsen, wenn du dorthin zum Wasserlecken krochst. Es schwebte auf Habichtsschwingen über dem Wasser. Es spielte eine elfenbeinerne Flöte und nickte dazu, wie Flötenspieler es tun, zum Zeichen, dass es nicht sprechen könne, bis der Jig vollendet sei, denn die Musik war ihm wichtiger als das Sprechen, und womöglich wäre es aus dem Takt gekommen, wenn es zu dir gesprochen hätte.

Du phantasiertest noch über Grimesley, als du in deiner Koje erwachtest. Sie sagten, du hättest es seit neunzehn Tagen getan. Unter den Portugiesen, die dich gefunden hatten, kannten alle diesen Namen. Manche dachten, es sei dein eigener.

An die Rettung konntest du dich nicht erinnern. Und die Erinnerung ist nie zurückgekehrt. Über deine Errettung weißt du nur, was deine Retter dir erzählt haben: Sie waren auf der Jagd nach einem Hai ganz nahe an das Riff herangekommen, und beim Blick durch das Fernrohr war ihnen ein seltsames Wesen auf einem der Atolle aufgefallen. Es sah aus wie ein Affe, grau, konnte auf den Hinterbeinen stehen, springen, schien aber lieber zu kriechen. Vierzig Minuten lang beobachteten sie es. Der Zweite Offizier zeichnete es. Es warf Händevoll seines eigenen Kots nach den Pelikanen.

Sie näherten sich, und das Tier gab keine Zeichen, dass es ihr Näherkommen bemerkte, nicht einmal, als sie mit einer Pistole in die Luft feuerten. Es saß auf den Steinen. Vielleicht war es vor Schreck gestorben. Der Bootsmann näherte sich vorsichtig. Der Affe regte sich nicht. Er stank nach ranzigem Fisch. Ringsum lagen abgenagte Gräten. Ein Skorpion saß auf seiner Pfote und trank Blut. Auf den Steinen, vom Salz zerfressen, die Kleider eines Mannes. Dann sah der Steward, dass er blinzelte.

Deine Haut war so von Salz und Sonne zerfressen, dass sie eiterte, deine geschwollene Zunge so entzündet, dass sie zerplatzt war wie eine verfaulte Frucht. Die Hitze hatte dir die Halbmonde deiner Jackenknöpfe in die Haut gebrannt. Du schriest vor Schmerz, als sie dir eine Decke umlegen wollten.

Du warst neunzig Meilen vom Kap Horn entfernt; sie wollten dich dort absetzen, denn es gab ein Seemannshospital mit tüchtigen Ärzten dort. Du flehtest deine Retter an, dich bei sich zu behalten – jedenfalls deuteten sie so deinen gurgelnden Schrei. Wochenlang konntest du nicht sprechen. Deine Lippen fühlten sich an wie zusammengenäht. Was herauskam, wenn du deinen Darm entleertest, war entsetzlich.

Es war ein Priester an Bord, ein kleiner rotgesichtiger Galizier, der Hühnerflügel mit Butter aß und trank wie ein Stallknecht. Er sprach kaum ein Wort Englisch, aber er saß stundenlang an deiner Koje, betete sein Brevier oder wusch deine Wunden. Nachts sang er manchmal vor sich hin, wenn er glaubte, du schliefest, zärtlich, auf Latein, die Augen fest geschlossen, als weckten in seiner Erinnerung die Verse der Psalmen den Gedanken an eine Maria, die er aus Liebe zu Gott im Stich gelassen hatte. Als du stotternd die Sprache wiederfandest, hielt er deine Hand. *»Tranquilo«*, flüsterte er. *»Mi hermano.«*

Nachts las er dir vor, aus Lope de Vega, während ihr über den Südatlantik schaukeltet. Als die Fastenzeit kam, hörte er als Bußübung mit dem Trinken auf. Er rasierte dich, schnitt dir das Haar, kürzte die Krallen deiner Fußnägel, machte Witze über seine trockene Kehle, seinen wahrhaft biblischen Durst, darüber, dass er für ein Glas Amontillado selbst vor Unzucht nicht zurückschrecken werde. Er fragte, ob du Katholik seist, ob du beten wollest. Vielleicht wollest du die Beichte ablegen. Er habe den Eindruck, sagte er, dass etwas auf deinem Gewissen laste.

Für manche deiner Sünden kanntest du die spanischen Wörter nicht. Du hättest sie in keiner Sprache gekannt. Du sprachst, so gut du konntest. Er sagte nichts, nickte nur, als ob alles, was du ihm beichtetest, verzeihbar sei, erklärbar; doch als du dann an das kamst, was du James Grimesley angetan hattest, konntest du kaum sprechen. Er sagte, du sollest dich nicht grämen; du habest kein Grab geschändet. Es sei nur *un duende* gewesen, eine Verwirrung des Geistes. Solche Träume finde man häufig unter *los marineros del mundo*. Seeleute erzählten zu viele Geschichten.

Er könne dir, erklärte er, persönlich deine Unschuld versichern, denn der Kapitän habe ihn gebeten, an Land zu gehen und den Felsen zu segnen; es bringe den Seeleuten Unglück, wenn sie das Grab eines Kameraden nicht ehrten, gerade eines Mannes, der vielleicht ohne die letzte Ölung gestorben sei. Der Grabhügel sei dick mit Moos bewachsen gewesen. Er sei niemals geschändet worden. Es sei eine Täuschung, versicherte er dir. Du brauchest Ruhe.

Nur eins sei merkwürdig, sagte er und griff in die Falten seiner Kutte.

Sie hätten es in das Grab gesteckt gefunden wie die Fahne eines Eroberers. *Una flecha*, nenne man es auf Spanisch.

»¿Y como se dice en inglés?«, wollte er wissen.

Rote und türkisgrüne Federn. Ein Schaft aus Ebenholz. Du weintest. »Ein Pfeil«, sagtest du.

Du stehst in einem Haus auf einem Berg in Amerika und hältst diesen Pfeil in der Hand. Und noch heute fragst du dich, ob du dort auf dem Felsen verhungert bist oder ertrunken in der Sturmflut, die dich dorthin warf – oder ob dein Leben schon vor vielen Jahren an einem Galgen in Irland endete und ob alles, was seither kam, im Dämonenland geschah.

14. Kapitel

Der Westen wacht

FEBRUAR 1866

Wir kehren zurück nach Redemption Falls – Lucia erinnert sich an ihre Ankunft in der Stadt – Die Abwesenheit des Gouverneurs & seine Rückkehr – Ein leidenschaftlicher Zeitungsartikel – Die Hoffnung auf Aussöhnung – Geräusche aus einem verschlossenen Raum

❖

Es beginnt für Lucia wie ein nächtlicher Spuk, ein Gefühl, dass mit dem Haus etwas nicht in Ordnung ist.

Seltsame Geräusche mischen sich unter das Pfeifen des Winds in den Dachbalken: ein Scharren, ein Schlurfen, klagende Laute wie von einer Katze. Anfangs sagt sie sich, es sind Tiere, obwohl sie nicht sicher ist, was es sein könnte. Opossums? Präriehunde? Sie weiß nichts über die Tierwelt des Westens; sie liebt die Fifth Avenue und ist überzeugt, dass es dort keine Ratten gibt.

Und es kommt wieder, das kaum vernehmliche Jammern und Weinen. Lucia richtet sich im Bett auf – ihr Mund ist ausgetrocknet – und tastet nach der Kerze. Das Zündholz reibt an der Schachtel. Eine helle, flackernde Flamme. Kann es sein, dass sie sich das alles nur einbildet? Es gibt jetzt so vieles, was ihr durch den Kopf geht.

Zwei Gesichter starren finster aus den unstet schwankenden Schatten. Ein eiserner Mann. Seine stahlharte Frau. Die Kerzenflamme spiegelt sich im Firnis der Ölgemälde. Die Gesichter sind überzogen von Rissen: ein verästeltes Flussdelta.

Ihr Großvater hält in der einen Faust eine Kette, die andere ruht auf einer Bibel, als würde sie sonst davonschweben. Er sieht aus wie ihr Vater: dieselbe unerbittliche Strenge. »Steh getreu zu deinem Wort!«, lautet der Wahlspruch der Familie, der einzige in den Akten des Wappenamts, der ein Ausrufezeichen hat. Als ihr Großvater sich in der kanadischen Schneewüste verirrt hatte, aß er seine Hunde, die er mit einem Seehundknochen zu Tode prügelte. Manche ihrer Verwandten würden gute Figuren für eine Geschichte abgeben. Sie wird über ihren Großvater in Ontario schreiben.

Doch wer würde einer solchen Geschichte Glauben schenken? Ihre Familie, deren Land: Wie könnte sie je über sie schreiben? Das Schwierige daran wäre nicht, dass sie die Farben lebhafter machen müsste, um die Aufmerksamkeit des Lesers zu fesseln; im Gegenteil: Sie müsste sie dämpfen, damit die Geschichte halbwegs glaubhaft klingt.

Wenn sie fortging, würde sie ihre Sachen mitnehmen müssen: ihre Möbel und Bilder, die Bücher – die vielen Bücher. Sie weiß, er würde sie verbrennen, wenn sie sie zurückließe, oder sie in den schlammigen Fluten des Missouri versenken. Sie malt sich aus, wie er zusieht, wenn sie untergehen, wie ungewollte Welpen. Sein Jähzorn wird immer die Oberhand behalten.

Seine Briefe hatten über die Unwirtlichkeit des Territoriums geklagt, die primitiven Häuser, die Eintönigkeit der Berge. (»Selbst ihre Sprache ist farblos. Sie sind nicht wie die Amerikaner anderswo. Eher wie Inselbewohner.«) Sie hatte sich ein Zuhause voll schöner Dinge vorgestellt; eine Oase der Zivilisation inmitten der Wildnis.

Sie war mit dem ersten Dampfer des Sommers ins Territorium gekommen. Vierzig Nächte an Bord, die einzige Frau aus ihren Kreisen. In der ersten Woche nach dem Aufbruch aus St. Louis waren die Matrosen ihr zur Last gefallen. Hatten sich gegenseitig überboten mit geheuchelten Hilfsangeboten. Hätte Madame gerne dies? Würde der gnädigen Frau womöglich jenes gefallen? Ob sie der *Señora* irgendwie behilflich sein könnten? Eine Wurst zum Frühstück vielleicht? Etwas Zucker für den Tee? Doch dann waren sie ihrer müde geworden, oder vielleicht hatten sie sich auch nur an sie gewöhnt. Zu dem Zeitpunkt hatte der Lotse, ein Ire, ihnen klargemacht, dass die Ehefrau von General O'Keeffe verbotenes Terrain war.

Sie beobachteten sie, wenn sie in der Abenddämmerung an der Reling stand. Ihre Gallionsfigur, fanden die Phantasievolleren unter ihnen. Sie galt als die schönste Frau in New York. Sie fragten sich, ob die Gerüchte wohl stimmten.

Die Nervosität des Lotsen, wann immer sie anlegten, um Brennholz an Bord zu nehmen. Seine Männer behielten die Berghänge wachsam im Auge, die Gewehre immer im Anschlag.

Aus dem Westen, von da, wohin sie unterwegs war, kamen schwer mit Gold beladene Frachtschiffe den Fluss hinunter. Sie lagen tief im Wasser und krochen langsam dahin wie vollgefressene Schnecken; auf ihren gepanzerten Decks patrouillierten Bundessoldaten unter dem Schutz von Kanonen und Scharfschützen. In ihren Träumen standen sie in Flammen, diese metallbewehrten Schatzschiffe, und das Kriegsgeschrei ließ die Luft erglühen. Eines Nachts öffnete sie ihr Bullauge und sah im Mondlicht ein riesiges Monitorschiff vorübergleiten. Vom Bug bis zum Heck schwarz gestrichen, mit maskierten Posten an der Reling. Sie fand diese Erscheinung so merkwürdig, dass sie den Lotsen beim Frühstück darauf ansprach.

»Sie haben nichts gesehen«, sagte er.

»Aber ich weiß, dass ich es gesehen habe.«

»Sie haben nichts gesehen«, beharrte er. »Sie haben nur geträumt.«

Der Schatten des Schiffs auf dem melonengrünen Wasser, die kaffeebraunen Fluten, der Schlamm. Das Echo der schrillen Schiffspfeife in den vogellosen Schluchten. Die glänzenden Speichen des Steuerrads.

Sie machte sich erste Notizen für einen Roman, dann für einen Band mit Erzählungen, arbeitete bis spät in die Nacht, bei Lampenlicht eingeschlossen in ihrer Kabine. Als sie im Territorium ankamen, hatte sie das Grundgerüst für fünf Geschichten und einen beinahe vollständigen Text – sie gab ihm den Titel »Vom Dämonland«.

Die Männer, die er ihr als Geleit nach Fort Stornaway geschickt hatte, schienen sie vom ersten Augenblick an zu hassen. Oder vielleicht hassten sie auch nur ihre Besitztümer. Fünfzehn Bücherkisten, ein Daguerreotypieapparat mitsamt Glasplatten, Koffer mit Kleidern aus Paris, Hutschachteln, eine Kleiderpuppe. Sie hatten zuerst das Gepäck angestarrt und dann die Besitzerin. Ein Lastkutscher unterhielt sich lachend mit den Matrosen.

Zu Hause im Osten sah einem kaum je ein Mann in die Augen. Hier draußen starrten sie ungehemmt. Sie war immer noch auf dem Dampfer, hatte noch nicht einmal Fuß in das Territorium gesetzt. Ungesagt blieb – niemand brauchte es eigens zu sagen –, dass sie schon vor dem eigentlichen Anfang gescheitert war.

Überall Gewehre. Pulvergeruch und biergeschwängerter Atem.

Die staubgrauen Männer mit Waffen und Munition behängt, als ritten sie in eine Schlacht gegen den Teufel. Pistolen, Gewehre, Patronengurte, Messer. Sie klapperten und klirrten bei jeder Bewegung ihrer Pferde.

Den ganzen langen Weg von Fort Stornaway, sieben Tage und Nächte, hatten die schweigsamen Männer sie überhaupt nicht beachtet. Kaum eine Silbe. Und auch da kaum ein Blick. Am zweiten Tag hatte ihre Monatsblutung eingesetzt. Sie hatte Schmerzen und war erschöpft. Sie wollte wissen, wo ihr Ehemann war. Gab es Hausangestellte, eine Zofe? Wie lange würde der Ritt dauern? Lagen Gasthäuser am Weg? Die Antwort ein Schulterzucken und ein verkniffenes Grinsen, in der Abenddämmerung ein Finger, der auf eine schmutzige Tür zeigte. Dann hatte ein Mann ein unverständliches Wort gemurmelt – sie musste es nicht verstehen, sie wusste auch so, was es war –, und seine Kameraden ritten hämisch lachend weiter.

Durch das Felsland, das Nichts: die tiefen, stillen Canyons. Sie war entsetzt über dies gottverlassene Gaza. Die wasserlosen Steinwüsten, die sengende Hitze. So erbarmungslos, dass man um die Mittagszeit keine Blechgabel mehr anfassen konnte. Man fraß aus einem Napf, wie ein Hund. Die vom gleißenden Licht auf dem Quarzitgeröll schmerzenden Augen in den frühen Nachmittagsstunden, wenn es so heiß war, dass man dachte, man werde bei lebendigem Leib gebraten. Das Zirpen der Zikaden: unheilverkündend und ohne Pause. Die verdreckten Unterkünfte. Büffelfleisch zum Abendessen. Dann die barfüßigen, schmutzigen Kinder am Rand der Siedlung, die mit Steinen auf verwilderte Katzen in den Müllgruben warfen. Ein Indianer, der sie beobachtete, als sie nach Redemption Falls hineinritten, sein Gesicht zerklüftet wie die Landkarte eines Gebirges.

Das Haus konnte nur ein Scherz sein, dachte sie, ein demütigender Streich, den die Männer dem Neuankömmling spielten. Sie wollten wohl sehen, wie sie reagierte: Ihr Schweigen war ein Ritual, Teil einer Initiationszeremonie. Es war kleiner als die Stallungen am Haus ihres Vaters in Manhattan. Eine grob gezimmerte Hütte, unfertig und ohne Dach. Sie hatte den Fehler begangen, darüber zu lachen, ein verzweifelter Versuch so zu tun, als verstehe sie Spaß. Aber keiner der Männer hatte mitgelacht.

Mit der Köchin konnte sie sich kaum verständigen; eine ehemalige

Sklavin aus Florida, die ihre Vokale dehnte und die Konsonanten verschluckte und die meiste Zeit ohnehin nichts sagte. Immerhin gab sie dem Eindringling zu verstehen, dass ihr Ehemann nicht zu Hause war. Er war auf einer Strafexpedition gegen die Indianer in den Badlands. Sie hatten einen Siedlertreck überfallen, und er hatte beschlossen, gnadenlos gegen sie vorzugehen. Niemand wusste, wann er wiederkam.

Sie hatte tagelang auf ihn gewartet; aus Tagen wurden Wochen. Sie begann zu fürchten, dass er umgekommen war. Die Köchin tröstete sie. Wahrscheinlich sei er noch am Leben; aber wenn er tot sei, könnten sie sowieso nichts tun. Einmal sei er zwei Monate lang weggeblieben, sei bis hinunter nach Kanzas geritten, und weiter ins Indianerterritorium. Man wusste nie so genau, was der General vorhatte. Und man fragte auch besser nicht nach. Er mag es nicht, wenn man fragt.

Die Menschen auf der Straße glotzten sie an wie Eskimos einen schillernden Pfau. Kinder zeigten mit Fingern. Sogar Schweine und Hähne schienen sie anzustarren. Ein alter Mann mit einem Bart, der so lang war, dass er ihn wie einen Schal um den Hals geschlungen trug – er spuckte in den Staub, als sie vorüberging. Ein kleiner Junge mit einem Hutband aus Unkraut und zerlumpten samtenen Kniehosen fragte, ob er ihre Hand ablecken dürfe. Als sie den Grund dafür wissen wollte, sagte er, sie sähe aus wie Zimt, und drei vorübergehende Bergleute keckerten wie Makaken und einer von ihnen warf ihm eine Münze zu.

Die Giebel des Hauses wurden mit Obszönitäten beschmiert. Sie weinte nicht, als sie sie übermalte, niemand sollte sie weinen sehen. Sie wusste, dass die Künstler sie beobachteten.

Der Sommerregen setzte ein. Das Haus war undicht. Sie tat ihr Möglichstes, um das Wasser aufzufangen. Zusammen mit der Köchin verteilte sie Töpfe, Eimer, Nachttöpfe, Einmachgläser, Kanister. Es tropfte die ganze Nacht hindurch: pling, pling, pling. Sie träumte von japanischer Musik. Selbst in der Bowery hätte sie besser schlafen können.

Als der Wind die Regenwolken vertrieb und die Sonne zurückkehrte, versuchte sie, die muffigen Zimmer zu verschönern, indem sie Bilder aufhängte, Tapisserien ausbreitete, allerlei Nippes und Wildblumensträuße verteilte. Die Köchin wurde gezwungen, ihr bei ihren

Bemühungen zu helfen. Rezepte für neue Gerichte wurden diskutiert und ausprobiert. Aber die Köchin war keine Köchin – sie war kaum in der Lage, Milch zu kochen –, und Lucia wunderte sich in ihrem einsamen Bett, wie Elizabeth Longstreet überhaupt zu der Stelle gekommen war.

Auf den zugewanderten Möbeln bildeten sich Sporen: ein pudriger, schwarzbrauner Belag. Boviste sprießten in den Falten ihrer Kleider. Die Teppiche mussten allesamt verbrannt werden. Sie errichtete einen großen Scheiterhaufen draußen in der Prärie. Er qualmte zwei Tage lang und verbreitete einen üblen, beißenden Gestank; die Jungen an den Straßenecken machten ihre Witze, dass die Indianer aus der Ferne zusähen, die obszönen Botschaften läsen, die sich womöglich in den Rauchzeichen verbargen. Eine Armee von *cucarachas* hielt Einzug in der Küche – das ekelerregende Knirschen ihrer Panzer unter den Schuhsohlen. Partien des Hauses fielen ab.

Wandtäfelungen, Verkleidungen, Türknäufe, Teile des Treppengeländers. Das Haus glich dem Körper eines Greises. Die Treppe fing an zu faulen, die Fußböden ebenfalls. Die Feuchtigkeit fraß sich in den Dachstuhl. Klaviertasten verfärbten sich erst gelb und dann schwarz. Sie schrieb ein Sonett mit dem Titel »Machtlosigkeit«, doch dann verbrannte sie das fertige Manuskript. Vielleicht eine Art *autodafé*.

Sie suchte per Inserat nach einem Maultier, weil sie einen Garten anlegen wollte. Als sich herausstellte, dass keins verfügbar war, kaufte sie in St. Hubert einen Handpflug, ein schweres, unhandliches Gerät, geschaffen für einen kräftigen Mann; »einen guten, starken Nigger«, sagte der Verkäufer, »und dass Sie ihm ja kein Fleisch geben, danach ist er zu nichts mehr nütze«. In einem Paar alten Hosen von ihrem Mann, einem Bergarbeiterhemd und baumwollenen Arbeitshandschuhen, die sie aus einem Zuckersack nähte, zog sie den Pflug über das regierungseigene Land, bis Steine und Wurzelgeflecht flachen Erdfurchen wichen, in denen sie Karotten und Mais ansäte. Sie fand ein Lehrbuch zum Thema Bewässerung, legte Gräben an, holte Wasser in Fässern aus dem Arroyo und verlegte die nötigen Schläuche. Die feinen Damenhände aus Manhattan wurden schwielig, rauh. Männer sahen ihr wortlos bei der Arbeit zu.

Schweißüberströmt, über und über mit nassem rotem Lehm verkrustet, arbeitete sie allein auf den Feldern. Jeden Zoll des Gouverneurslands maß sie eigenhändig ab, schlug Pfosten in den Boden, zog Draht, spaltete Holz, legte Beete an, lernte all diese Pionierfertigkeiten durch Not und Irrtum. Sie errichtete Zäune. Die Hirsche rissen sie nieder. Sie baute sie wieder auf, trieb die Pfosten tiefer in die Erde. Die Stadt erwachte oft vom *Pock Pock Pock* ihres Hammers und versank zum mahlenden Geräusch ihrer Säge in ihre abendlichen Ängste. Sie sahen zu, wie sie das Land bestellte, diese Millionärstochter, die zuvor noch nicht einmal eine Orchidee gegossen hatte. Ihre Anstrengungen würden zu nichts führen, sagten sie, denn auf dem Gouverneursland liege ein Fluch. Dort seien die Gebeine eines Kriegers der Pend d'Oreille begraben. Das Glück werde nie Einzug halten im Haus dieses Eroberers, kein Kind würde dort empfangen werden und keins heranwachsen.

Die Riemen des Pflugs gruben sich tief in ihre Schultern. Die Striemen entzündeten sich rasch: schmerzende offene Wunden. Elizabeth Longstreet fand sie am Considine's Creek liegen, von der Sonne verbrannt und im Fieberwahn. Sie trug die Frau des Gouverneurs auf ihren langen, starken Armen zurück in das klobige, unfertige Haus, in das nach Moos riechende Zimmer, in das knarrende Bett, wo sie sie entkleidete und eine Wundersalbe auftrug, die einst dazu gedient hatte, von der Peitsche gerissene Wunden zu heilen. Lucia lag mit dem Gesicht nach unten, der Schmerz versengte ihr Fleisch, ihr geschundener Rücken glühte, feucht und purpurrot wie Wildbret. Das Fieber wütete und ließ erst in der dritten Nacht nach. Danach pflügte sie nie wieder.

Sie unternahm häufig Spaziergänge in der Gegend nördlich der Stadt, in den Resten eines Fichtenwalds, den ein Minenkonsortium verwüstet hatte. Sie stellte ihre Staffelei auf und arbeitete mit Kohle und Gouache, doch dafür hatte sie kein großes Talent. Sie schrieb nach New York, an ihre Geschwister und diverse Freunde; an Frauen, mit denen sie im Krieg im Hospital gearbeitet hatte. Sie antworteten spät, wenn überhaupt. Der Krieg war vorbei.

Die Gedichte aus dieser Zeit sind wenig originell; effekthascherisch. Sie hatte noch keinen eigenen Stil entwickelt. Metaphern – einige davon durchaus überraschend – schmücken die Strophen wie

Edelsteine, als sollten sie den geduldigen Leser dafür belohnen, dass er durchgehalten hat; doch der Glanz verblasst rasch, und was bleibt, ist ein Gefühl, dass sie fast immer das falsche Gedicht schreibt. All die Jahre des Lesens, die endlosen Stunden des Studierens, das Eintauchen in die Abgründe der Phantasie; und doch richtet sie ihr Augenmerk zu sehr auf einen einzigen Punkt. Was sie beleuchtet, und das bisweilen brillant, verdient so viel Aufmerksamkeit nicht, während ringsum in der Finsternis ein bedrohlicher Krake lauert. Und dann kam der Tag, an dem sie, auf der Suche nach Papier, sein Studierzimmer betrat.

In seinem Sekretär lagen Briefe, Hunderte, ungeordnet, geschrieben von den Witwen und Eltern seiner Soldaten. Bündel von Briefen in den Schränken, zwischen den Seiten seiner Bücher, in Schubladen, in einer Metallkassette, in den Jackentaschen. Sie entdeckte, dass er, wenn er die Familien über den Tod eines Angehörigen informiert hatte, dies stets mit der Aufforderung verband, sich an ihn zu wenden, wenn sie Hilfe brauchten. Es war eine grausige Lektüre. Jeder einzelne Brief herzzerreißend. »*Meine Kinder ham hunger … Ich bin völlig Mittellos … Mein Kind weis nicht wo sein Vatter abgeblieben ist … Mein Sohn ist nicht wiedergekommen. Wißen Si wo er ist? Sein Nam ist Michel Foly und kommt aus Red Hook Brooklyn.* Sie hatte Angst, eins seiner Bücher aufzuschlagen, weil sie stets fürchtete, dass ihr dann ein weiterer solcher Brief entgegenschreien würde.

Sie fuhr mit dem Landauer aus, um das Territorium zu fotografieren. Die Plattenkamera war unhandlich, aber die Köchin half nach Kräften. Schluchten, verlassene Goldwäscherlager, Bergwerke, Furten. Sie fotografierte den Wolfcreek Canyon bei Einbruch der Dämmerung, verschwommen die Gestalt eines Berglöwen an der Seite eines zerfleischten Büffels. Ihre Porträts von Kindern, besonders von Indianern und befreiten Sklaven, wurden später für ihre Bildkomposition gerühmt.

Der Hochsommer war heiß. Wasser wurde knapp. Die Kollodiumlösung, die sie für ihre Fotografien brauchte, brodelte wie ein Hexengebräu in den Glasgefäßen. Ihr wurde übel, wenn sie sich in diesen giftigen Dämpfen im Zelt aufhielt. Sie verätzten ihr die Haut, ihr Atem ging schwer, ihre Augen tränten tagelang. Doktor Newcombe in Edwardstown drängte sie, diesen Zeitvertreib aufzugeben. Ihre

Lunge sei angegriffen, gefährlich anfällig für die Schwindsucht. Die Fotografie könne ihr Tod sein, warnte er.

Als sie an einem stickigen Augusttag nach Redemption Falls zurückkehrte – diesmal zu Fuß, begleitet von der Serenade der Zikaden –, bot sich ihr in der hitzeflirrenden Ferne ein erstaunlicher Anblick. Ein dicker Vorarbeiter stand zwischen den Rippen ihres Dachbodens, wie gefangen in diesem Käfig aus nackten Balken. Zwei Männer waren bei ihm – Bauarbeiter, nahm sie an. Er gab mit gebieterischen Gesten seine Anweisungen. Elizabeth hatte am Morgen das Sternenbanner aufgezogen. Es hatte sich in dem von einem Lattenzaun eingefriedeten Hof um den Fahnenmast gewickelt. Zu Füßen des Masts knabberte eine hochträchtige Hirschkuh an einem Traubenkirschenstrauch.

Ihr kam der Gedanke, das Haus könne ein gutes Fotomotiv abgeben, denn es war durchaus ansehnlich, zumindest aus diesem Blickwinkel. Selbst eine Ruine konnte schön aussehen, wenn man den richtigen Standpunkt wählte. Das galt für Gegenstände ebenso wie für Menschen; vielleicht sogar für den Krieg. Vielleicht war sie mit dem Ort und seinen Bewohnern zu hart ins Gericht gegangen. Sie hatten sehr viel gelitten – alle hatten das getan. Das Land war zerrüttet von Schmerz und Verlust, hatte sein Selbstbewusstsein eingebüßt wie ein amputiertes Glied. Der dicke Vorarbeiter blickte vom Dachstuhl herab, als er sie kommen sah. Erst da erkannte sie ihn.

Sein Aussehen hatte sie erschreckt, wenn auch nicht so sehr wie sein Verhalten. Er wirkte verschlossen, als spreche er nur widerstrebend. Sie rechnete schon damit, dass er salutierte oder die Hacken zusammenschlug, so knapp war seine Begrüßung, so wenig war sie die eines Ehemanns.

»Da bist du also.«

»Ja.«

»Du hast alles, was du brauchst.«

Sie war nicht sicher, ob es eine Frage oder eine Feststellung war.

»Ist etwas nicht in Ordnung, Con?«

»Du hast wieder geschrieben.«

»Ein wenig. Ich habe mich an ein paar Gedichten versucht. Warum siehst du mich so an?«

»Offenbar hast auch mit Prosa experimentiert.«

Er reichte ihr einen Packen eng beschriebener Seiten. Sein Atem oder seine Kleider rochen säuerlich nach Whisky, und die Hand mit den Blättern zitterte.

»Das hast du auf dem Schreibtisch liegenlassen, wo jeder es lesen kann. Wir haben eine Zeitung in der Stadt. Warum setzt du es nicht gleich auf die Titelseite?«

»Con —«

»Du hast meine privaten Aufzeichnungen gelesen. Sonst hättest du dieses Geschmiere nicht schreiben können.«

»Das Kästchen wurde beschädigt. Wir sind auf eine Sandbank aufgelaufen, und dabei ist es heruntergefallen.«

»Ein gefundenes Fressen für eine eitle Dilettantin. Ich danke dir, Lucia. Ich bin gerührt.«

Er hatte das Zimmer verlassen, ehe sie sich entschuldigen konnte.

Es war der erste Abend seit fast drei Jahren, den sie zusammen verbrachten, und er verging in angespanntem Schweigen. Er hatte nicht viel zu sagen; sie hatte versucht, ein Gespräch in Gang zu bringen. New York. Das Schiff. Ein Gemälde, das sie bei Knoedler gekauft hatte. Es werde aus St. Louis heraufgeschickt und in einem Monat eintreffen: Groß sei es und prächtig. Sie werde mit den Bauarbeitern beraten, wo man es am besten aufhängen könne. Vielleicht müssten sie dafür eigens ein Zimmer anbauen.

»Bauarbeiter?«, murmelte er.

»Na, wie soll ich sie sonst nennen?«

Es gebe keine Bauarbeiter. Der Bauunternehmer sei ermordet worden. Bei den Männern auf dem Dachboden habe es sich um Scharfschützen aus seinem alten Regiment gehandelt. Er habe ihren Rat eingeholt, wie er das Haus befestigen könne.

Je mehr sie sich bemühte, desto einsilbiger wurde er, bis sie schließlich sah, dass er am Tisch eingeschlafen war, und sich allein in ihr Bett schlich.

Als sie kurz nach Tagesanbruch erwachte, war er nicht mehr im Haus. Die Reste des Abendessens standen noch auf dem Tisch. Sie stieg hinauf in den Dachstuhl und beobachtete den Sonnenaufgang über der Prärie: das herrliche Schauspiel der sich rot färbenden Berge im Norden. Die Hitze würde den Dunstschleier auflösen, aber noch war es kühl. Es sollte der heißeste Tag werden, der je im Territorium gemessen wurde. Als Elizabeth um Viertel vor neun eintraf, sagte sie, sie hätte ihn vor einem Saloon in der Stadt gesehen, einem berüchtigten Ort, den er häufiger aufsuche und der schon früh öffne. Er habe mit den Fäusten gegen die Fensterläden geschlagen, berichtete sie.

Dort fand Lucia ihn; er lief auf dem ausgetretenen Bohlenweg auf und ab und trank eben den letzten Rest aus einer Flasche. Seine Schritte waren unsicher, und er schwankte wie auf einem Schiff. Er hatte vertrocknetes Laub in den Haaren, die jetzt lose und strähnig herunterhingen und ihr länger vorkamen als tags zuvor. Ein schmutzigroter Fleck prangte auf der Vorderseite seines Hemdes, das bis fast zum Nabel offenstand. Über den Schultern hing ein Militärmantel, der ihm längst zu eng geworden war. Anstelle eines Gürtels hatte er ein Seil um die massige Taille geknotet.

»Con«, hob sie an, »es ist noch sehr früh. Ich habe dich so lange nicht gesehen. Vielleicht könnten wir nach dem Frühstück zusammen ausreiten. Zum Fluss vielleicht, oder hinauf zur Passhöhe.«

Sie merkte, dass sie unsinniges Zeug daherredete. Sie wusste nicht, wohin es führen würde. Sie wollte ihn einfach nur in den Arm nehmen, aber das schien gefährlich, ein unerlaubter Übergriff. Sie fürchtete, er könne gewalttätig werden.

»Geh nach Hause«, sagte er leise. Und sie tat wie ihr geheißen. Sie hatte nicht die Kraft für einen Streit.

Es war schon spät, als er an diesem glühend heißen Tag zum Haus zurückkehrte und Elizabeth Longstreet wütend anbrüllte, sie solle ihm etwas zu essen bringen. *Was muss ich tun? Was muss ich tun? Behandelt man einen Hausherrn jetzt so? Muss er unter seinem eigenen Dach um einen Brotkanten betteln?* Sie verriegelte ihre Tür und schob einen Stuhl unter die Klinke. Dann kniete sie neben ihrem Bett und betete, schweißüberströmt.

Die folgenden Wochen waren lang; spannungsgeladen. Der Herbst kam; die Bäume verfärbten sich golden, und das Haus war noch immer nicht fertig. Sie schickte Elizabeth nach Edwardstown, dann nach Varina City, auf die Suche nach Maurern und Zimmerleuten. Viele versprachen, die Arbeit zu übernehmen, aber, aus welchen Gründen auch immer, keiner tauchte auf. Anzahlungen wurden kommentarlos zurückgeschickt. Ein Handwerker kritzelte UNERWÜNSCHT auf einen Dollarschein.

Sie aßen schweigend: Zisterzienser mit toten Augen. Oft las er bei Tisch. Der Strom der Schriftstücke riss nicht ab. Es ging um Amtsgeschäfte, nahm sie an, um die Frage der Eingliederung des Territoriums. Einige Bürger wünschten die Aufnahme in die nun wieder Vereinigten Staaten. Andere bestanden auf ihrer Unabhängigkeit. Sie fragte, ob er Hilfe benötige; jedes Mal verneinte er. Sie machte sich daran, Elizabeth Spanisch beizubringen.

Er ließ Straßenschilder aufstellen. Die Schilder waren ungeliebt, wurden oft umgeworfen oder mit obszönen Parolen beschmiert. Seine Gehilfen richteten sie wieder auf, machten sie größer und massiver. Einige schützten sie mit Gräben und Stacheldraht. Er wurde ins Gerichtsgebäude bestellt, um sich dafür zu rechtfertigen. Er weigerte sich; die Vorladung sei widerrechtlich, und im Wiederholungsfall, drohte er, werde er den Richter verhaften und im gesamten Territorium das Kriegsrecht ausrufen lassen. Die Straßen sollten nach den Freiheitshelden seiner Heimat benannt werden. Wer damit nicht leben könne, solle sich anderswo niederlassen.

HIERMIT TUE ICH, James O'Keeffe, de facto Gouverneur dieses Territoriums, kund und zu wissen, dass ich eine PETITION FOLGENDEN INHALTS AN DEN KONGRESS DER VEREINIGTEN STAATEN richte: Der Name dieses Territoriums soll fortan »NEU-IRLAND« lauten & der Ort, vormals bekannt als REDEMPTION FALLS, Hauptstadt des Territoriums und Verwaltungssitz ebendessen, möge fortan »DUBLIN CITY« heißen & in Irland geborene Veteranen der ARMEE DER VEREINIGTEN STAATEN mitsamt ihren Angehörigen sollen dort angesiedelt werden & Land erhalten & in Irland geborene Veteranen der jüngst geschlagenen Konföderation sollen ebenfalls die Möglichkeit erhalten, sich mit ihren Angehörigen dort niederzulassen, auf dass in der Republik ein neuer Bund entstehe, nach dem Vorbild des TERRITORIUMS NEU-IRLAND.

Die einzige Zeitung der Stadt druckte Leitartikel über ihn. Sie waren verächtlich, grausam, gut gezielt. Ein Schwindler. Janusköpfig. Der Leithammel einer Herde von Narren. Ein solcher Angriff trug die Überschrift »Der Glücksritter«.

Sie schickte Elizabeth in die Stadt und ließ sie sämtliche Exemplare der Zeitung aufkaufen. Sie verbrannte sie, bevor er sich am Morgen erhob. Am nächsten Tag trug die Zeitung eine Schlagzeile in riesigen Lettern: UNGLAUBLICH! GLÜCKSRITTER VERHILFT UNS ZU HÖHERER AUFLAGE.

> Frohe Kunde für die Bürger von Redemption Falls: Neu-Irrlands O'Nero lernt lesen! Er studiert uns sehr eingehend in seinem windigen Stall, und wir alle wünschen ihm viel Erfolg dabei. (Weiß der Himmel, ein solcher Erfolg wäre so rar wie ein rechtschaffener Mann in seinem Heimatland.) Heute drucken wir eine Sonderauflage von hundert Exemplaren. Sie liegen jederzeit für ihn zum Kauf bereit. Die Einnahmen gedenken wir den Witwen von Brooklyn zu spenden, deren Zahl er mit seinem militärischen Geschick so heldenhaft vermehrt hat. Für eins sind wir ihm allerdings zu Dank verpflichtet: Dadurch dass er die Elendsviertel von New York von *der* Hälfte dieses irischen Gesindels befreit hat, die dumm genug war, einem so nichtsnutzigen Rattenfänger auf den Leim zu gehen, hat er die durchschnittliche Intelligenz dieser KONFÖDERIERTEN Stadt so weit gesteigert, dass sie sich nun dem nationalen Mittelwert annähert ...*

Was ist das für ein Geräusch? Unten. Kommt es aus dem Flur? Soll sie in sein Zimmer gehen und ihn wecken? Was würde geschehen, wenn sie sein Zimmer beträte?

Sie erinnert sich an ihre Liebesnächte: die zügellose Lust, die er in ihr entfachen konnte. Sein Körper hart wie der Leib eines Stiers in der schützenden Dunkelheit. Ein großzügiger Liebhaber, erregt durch ihr Vergnügen. Die gemurmelten Koseworte, seine Geduld und sein Geschick. Sein drängender Atem. Seine feste Umklammerung.

* *Redemption Falls Picayune* (später *Redemption Falls & Edwardstown Epitaph*), 1. September 1865, anonymer Leitartikel, vermutlich verfasst von J. Knox Trevanion, Anführer der Vigilanten und konföderierter Agent.

Ein schmaler Lichtstreifen schiebt sich wie eine Sensenklinge unter seiner Tür hindurch. Er kann im Dunkeln nicht schlafen. Vielleicht ist er ja noch wach. Die Köchin sagt, sein Bett ist fast immer unberührt: Er sitzt nächtelang angezogen in dem schäbigen französischen Lehnstuhl und trinkt sich besinnungslos. Sie überquert den Treppenabsatz und will anklopfen – aber es gelingt ihr nicht, die Finger zu krümmen.

Ein Nachtschwärmer stößt einen Schrei aus. In dem Zimmer ist nichts. Sie weiß, was passieren würde, wenn sie es beträte.

Sie geht die kahle Treppe hinunter – noch mehr Bilder an der Wand: Seestücke, Jagdszenen, eine alte Landkarte von Leinster –, und ihre Hand umklammert das Geländer. Die Kerze wirft Schatten an die Decke, zwischen den Balken hindurch. Sie ruft leise nach Elizabeth, aber die antwortet nicht. Sie hat eine Hütte in der Nähe der Stadt – aber warum sollte jemand es vorziehen, in einem Schuppen zu schlafen? Gibt es einen Mann in der Hütte? Ist sie verheiratet? Verliebt? In letzter Zeit wirkt Elizabeth Longstreet unzufrieden, mürrisch. Lucia hofft, dass sie nicht weggeht.

Ihr Spiegelbild in einer schwarzen Fensterscheibe lässt sie innehalten. Die Haare hängen ihr lose über die Schultern: Sie sieht ängstlich aus. Das leinene Nachthemd ist zerknittert, hat etwas von einem Hochzeitskleid. Das Oberteil ist aufgegangen, und sie sieht die geschwungene Linie ihres Schlüsselbeins. Auf dem Busen ein silbernes Kruzifix. Das dunkle Violett einer Brustwarze. Der Kerzenschein auf ihrer Haut.

In dem Holzkästchen war ein Buch. *Das Nonnenkloster von Paris*. Sie kennt solche Bücher aus dem Hospital, aus den Taschen der sterbenden Soldaten. Sie hat sie diskret entfernt und verbrannt, bevor die weinenden Eltern eintrafen oder die fromme Schwester ihre Runde machte. Einmal hatte sie eins mit nach Hause genommen und in ihrem Zimmer angesehen. Was wollten die Männer wirklich? Der Blick durchs Schlüsselloch auf ein Mädchen, das in Unterwäsche posiert oder sich im Korsett lächelnd auf einem Sofa räkelt; Frauen, die ihre leichtverhüllten Hinterteile dem Betrachter entgegenrecken. Alberne, anzügliche Geschichten über lasterhafte alte Äbte und unschuldige Hausmädchen oder über unschuldige junge Priester und verruchte Gräfinnen. Mädchen, die einander durch hauchdünne

Spitzengardinen küssen. Freizügigere »Tagebücher«, angesiedelt in zellenartigen Räumen, die von erniedrigenden Handlungen zwischen Männern und Frauen berichten. Sind diese Abbildungen das, was er sich wünscht? Hat er vergessen, dass er solche Bilder besaß? Hat er vergessen, dass sie im Krieg Krankenschwester war?

Das dumpfe Poltern kommt von irgendwo hinter ihr, aus dem Zimmer jenseits des Flurs. Sie wünscht, es wäre nicht so, und sie hätte es sich nur eingebildet; am liebsten würde sie ins Bett zurückkehren. Doch dann hört sie es wieder. Etwas bewegt sich. Sie holt ein geladenes Repetiergewehr aus dem Waffenschrank im Flur.

Seltsamerweise – Lucia wundert sich im Nachhinein darüber – geht sie zuerst zur Haustür und überprüft, ob sie verriegelt und abgeschlossen ist. Die Tür ist schwarz, mit wuchtigen Metallbeschlägen; das Metall fühlt sich kalt an. Was immer im Haus ist, hat keine solche Barriere überwunden.

Das Zimmer wird nur selten benutzt: Die hölzerne Tür öffnet sich so schwerfällig, als sei sie mit dem Rahmen verwachsen und sträube sich gegen die drohende Trennung. Als sie sie aufmacht, schlägt ihr Kälte entgegen, Harzgeruch. Die schemenhaften Umrisse von Kisten, altes Gerümpel, ein Globus, den sie ihrem Mann einst geschenkt hat. Etwas Schweres, Gedrungenes – ein Amboss? Hohe Stapel von Notizbüchern. Eine zerrissene Kette auf einem Schrankkoffer.

»Wer ist da?«, fragt sie heiser. Keine Antwort.

Es kommt ihr vor, als stünde sie ewig so da und starre in die Dunkelheit. Alles ist still, alles bis auf eine Uhr, die irgendwo tickt. Sie denkt an ihren Mann – an den französischen Lehnstuhl in seinem Zimmer. Ihren Vater in New York. Ihre Schwester. Ihre Mutter. Elizabeth Longstreet in einer Hütte unweit der Stadt. Die Geister der Hunde, die nachts in Ontario heulen.

Eine Krankenstation im Krieg.

Als sie die dunkle Treppe wieder emporsteigt, hört sie unter sich Schritte in der Rumpelkammer.

Sie steht auf den Stufen, reglos wie ein Totempfahl. Die Morgendämmerung bricht an.

15. Kapitel

Und ich wünscht', dass Abra'm Lincoln nach mir schickt

Von einem Freiwilligen der Con O'Keeffes

❖

An: Mrs D. P. Foley, 71 Mott Street, 5. Stock hinten, 14. Bezirk, New York City

30. Mai 1862
Camp alexandria Virginia

meine liebe Mutter
danke dir für das Packet mit den keksen Haben alle hier sehr gemocht & Dein sohn ist jetzt ein Held im ganzen lager und die Eingemachte erbsensuppe die kam genau Richtig & die wurst.

ich hätte Furchtbar gern ein kissen wenn du Eins für mich finden köntest. Mann sitzt dauernd im Nassen gras und mir tut alles Weh davon ich will nicht sagen wo. und ein Paar strümfe wären auch nicht Verkehrt denn meine hüneraugen sind schon so Gros wie ein haus

das macht spaß wenn Mann soldat ist. Die Meisten von den Ander jungs sind in ordnung. die meißen sind aus Alle ecken von Irland. Man denkt mann wäre zu hause in new York jeden morgen stehen wir Früh auf und dann heist es exerzieren & exerzieren & exerzieren. so viel biss man fast Umfällt vor müdigkeit wenn es abend wird & wir könnten weitermarschieren um die Ganze welt biss wir in australen sind und der Sgt. hätte immer noch kein mitleid

Jas glacken ist hier da kenst du die Mutter & Denis brogan & Timmy bolger & sein fetter michael eager. auch die Vier brüder aus donnelly weißt du noch die drüben in der 13. straße gewohnt haben die Miesen gauner & was Meinst du den ersten tag den ich hier war da hab ich einen Getroffen dessen familie komt aus claregalway & ich sage Ist das denn zu glauben von da kommt mein vater & jetz schlafen wir beide Zusamen in einem zelt. john Dunnegan heizt er. also muszt du dir Überhaupt keine sorgen machen Ehrlich. hier in der Army gibt's mehr iren als auf Sämtlichen friedhöfen von irland sagt timmy

der Sgt. ist ein grießgrämiger alter kerrymann. das solltest du Hören wie der flucht. Flucht wie der teufel aber ich glau so ist das eben hier in der army & Er meint es nicht böse. aber es hilft auch & wir Marschieren besser im gleichschritt wenn er uns ordentlich anschnauzt. am besten können die wexfordmänner weiß auch nicht warum

es ist nicht Gefärlich hier kein ärger & Du sollst dir keine sorgen machen

heute war genral Okeef hier sagt wir sind alle Tapfere jungs & werden den rebellen eine ordentliche abreibung geben & wenn ein irländer tüchtig brüllt dann ist das Lauter als die kannonen der feinde & bald würden wir wieder Zu hause sein & wir sollen uns nicht Fürchten aber manchmal fürchte ich mich doch, mamma.

ich glaube wir haben alle angst auser denen die Verrückt sind aber wir tun so als hätten wir keine. Aber als ich Neulich nachts noch draußen war & ganz vorne hab nachdedacht da habe ich Johnnyjoe collins weinen hören drinnen im zelt ganz Allein & da war mir gleich auch ziemlich Elend zumute kanns du mir glauben

capt. Conway sagt in einem virteljahr ist der krieg vorbei & ich hoffe nur er hat recht mama. ich will doch Keinen umbringen

das essen hier ist scheuslich. da würde mann im armenhaus besseres kriegen. wir kriegen Ranzigen speck den würde nicht mal der köter von einem bettler fressen & den kaffee brennen sie aus Erbsen & der zwiback ist so hart da würden dir die zähne ausfallen. wenn uns die Gottv++++++n patronen ausgehen da können wir damit schießen hat Pat nolan gesagt. der ist auch hier aber ich wäre Froh wenn ers nicht wäre denn er hört ÜBERHAUPT nicht auf über grace kelleher zu reden & Am liebsten würde ich ihm einen tritt geben du weißt schon wohin. soll mir ja eigentlich egal sein. Ist es aber nicht

du solltest die stiefel sehen die ich anhabe. das sind die Besten die ich je gehabt hab. & wenn man die nicht so Blank poliert das man sein spigelbild drin sehen kann zieht einem der alte ievers (der Sergeant) die oren lang & ich Hoffe nur die dürfen wir hinterher behalten & auf seine jacke muss man auch aufpassen

Neulich gab es eine party weil mrs general okeef Geburtstag hatte. himmel wir hatten Tuthähne nein ich meine truthähne & brustfleisch das hat $ 4 gekostet & einen Großen krug rum aber davon habe ich nichts genommen weil wir Das lied von dem grünen kle gesungen haben & Das von der rose & danach gings mir wieder gut. wir Schlafen im zelt habe ich das geschrieben – ganz verwegene burschen sind wir und die mädchen sind Hin & weg wenn durch die stadt marschieren & werfen uns kutzhände zu *aber Einer von den jungen war die ganze nacht wach und hat Gottsei-beiuns gebetet das wär nicht so schlimm aber er hat eine stimme mit der könnst du eine Kolrübe schälen. wir haben ihn in den fluss gesteckt aber nur zum spaß. & dann haben wir uns mit äpfeln beworfen& schlagball gespielt*

Geneal okeef sagt wenn der Krieg Vorbei ist dann kommen wir alle auf schiffe & fahren nach irland & verjagen die Engländer & Manche von den jungs sagen das wird ein spass aber ich denke wenn Das hier vorbei ist dann hab ich genug vom solldatenleben & will nicht nochmal in den krieg

Ich glaube am liebsten wär mir wenn daddo im hafen fragt ob die mich da als arbeiter Nehmen das leben würd mir gefallen. ich wär gern am wasser & bei daddo & onkel John & dann könnt ich jeden tag zum essen Nach hause kommen & dich sehen & die kleinen & Aufpassen das sie nicht auf der treppe fallen denn da könnten sie sich schwer Wehtun wenn sie da fallen

samstag war ich zur Beichte. es war ein prister hier aus Injana Fr corbey hieß er. hat mir keine Große buße auferlegt. er sagt wenn man im krieg umkomt dann kommt man direkt in den Himel wenn es ein gerechter krieg ist so wie Dieser hier und dann ist es nicht gegen die gebote wenn man jemanden ermordet & ich soll gar nicht mehr dran denken

so das wär Alles was mir so einfällt

ich denk an dich & daddo Jeden tag & wünscht nur ich wär zu hause

bitte sag ein gebet für mich Mamma. ich weis dann wird mir nichts zustoßen

ein kuß für flor & die kleine alice & baby Annie wenn sie einen will & auch welche für Dich & Daddo & Onkel john

in liebe, Mamma,
dein Treuer sohn

Tj

PS: wenn du grace in der kriche siehst Sag ir bitte dass ich nach ihr Gefragt hab. aber sag ihr nicht das ich Angst habe

❖

Thomas Joseph Foley, 15 Jahre alt, Mott Street, New York. Brief den Eltern mit persönlichem Besitz und posthumem Orden übersandt.

Anonym an O'Keeffe zurückgeschickt mit den Worten »MÖGE GOTT IHNEN VERGEBEN« mit roter Tinte quer über das letzte Blatt geschrieben.

IV. TEIL

Crazy Jeddo Mooney

Ich bin der Jeddo Mooney, Jungs, von Baton Rouge bin ich,
Mein' Mutter, die kam sehr weit rum, die Trommel schlage ich.
Sah manchen hier zu Boden gehn und keiner stand je auf,
Und hab genug vom Morden, Jungs, für der Reichen dicken Bauch.

Ich bin davon nach Kanada, doch sie ließen mich nicht rein,
Ein Waisenkind darf nicht ins Land, muss min'stens dreizehn sein.
Der Yankee-Sheriff fand mich dann, in der Hölle soll er schmorn,
Er hat mich in den Knast gesteckt, und alles schien verlorn.

Und jetzt bin ich im Westen hier, bei einem dicken Iren
Und seiner Heulsuse von Frau, was gibt's da zu verlieren?
Will immer noch nach Kanada, wo Schnee liegt wie 'ne Decke,
Ich streif den Dreck vom Stiefel mir, die Union, die soll verrecken.

Hab die Blauen auf der Strass' gesehn, marschierten wie ein Mann,
»Mein Name, der ist James O'Keeffe«, sagt er, gibt mir die Hand.
Doch würd ich nie zum Yankee gehn, Rebell, bleib mir gestohlen,
Und trau auch keinem Klageweib, soll sie der Teufel holen.

Und eines Nachts, wenn alle ruhn, in ihren Betten schlafen,
Knall ich sie ab, die ganze Brut, der Herrgott soll sie strafen.
Um Gnade solln sie winseln, Jungs, der Tag soll reuen sie,
Als sie Mooney schleppten in Bergesland, wohin er wollte nie.
Chapeau! Wohin er wollte nie.

❖

»Die Ballade von Crazy Jeddo«
Aufgezeichnet in Lefoy, Great Smokecloud Mountains, Oktober 1889

16. Kapitel

Hab kein Zuhaus

Weiteres aus Elizabeth Longstreets Erinnerungen

❖

Ja, ich hatte so eine Art Hütte, als ich nach Redemption kam ... Ein Goldsucher aus Texas war weiter nach Norden gezogen und die stand leer und da bin ich eingezogen ... Nicht immer ... Manchmal bin ich nachts ... Ist gut, wenn man was Eigenes hat. Und die Leute reden, wenn eine unverheiratete Frau da im Haus beim General wohnt ... Aber die Weißen wollten keine Farbigen in ihrem Viertel. Die haben Beschimpfungen an die Wände geschmiert. Nigger dies und Nigger das. Sehen einen wütend an, obwohl man überhaupt nichts macht. Deshalb bin ich eine Weile einfach im Haus geblieben; hab in der Küche geschlafen. Und da hat sich jemand anderes die Hütte genommen.

Aber dann kam Miss O'Keeffe dazu, und sie und der General, die haben sich nicht gerade gut verstanden. Und irgendwann hab ich es im Haus einfach nicht mehr ausgehalten ... Bin dann nach weiter unten in der Stadt gezogen, wo ein paar von den Farbigen ihre Hütten hatten. Bruchbuden waren das ... Und ich hab mir eine davon zurechtgemacht, mit meinen eigen Händen und einer Nachbarin ... Eppie Francis hieß sie ... aus Christiansburg, Virginia. Die Streiterei und die ganze Aufregung im Haus, das war mir zuviel. Und als dann noch das Kind ins Haus kam, da war ich froh, dass ich meine Hütte hatte. Denn da war der Teufel los, sieben Tage die Woche. Da musste man einen Ort haben, dass man mal weggehen konnte ...

Sehen Sie, dumme Leute, die wissen ja nichts von der Welt: Nigger, das ist keine Farbe, das ist der Platz, an den man gestellt wird. Ich hab Sklaven gesehen, die waren weiß wie Milch. Herren, schwärzer als ich. Wenn man schwarz ist, dann ist man ein Nigger, aber nicht jeder Nigger ist schwarz. So geht das. Womöglich bis heute. Geht womöglich immer so weiter, bis ans Ende aller Tage. Die Leute sehen das nicht, weil sie gelernt haben, nicht hinzusehen. Wenn sie hinsehen würden, gäb's noch einen Krieg mehr auf der Welt. Dann würden die Untersten gegen die Obersten kämpfen.

17. Kapitel

Der unzufriedene Gesetzeshüter

Wie ein Spitzbube nach dem Scheitern seiner Flucht nach Kanada wieder aufgegriffen wurde – Sein Angriff auf einen Vertreter des Gesetzes – & andere schwerwiegende Vergehen – & wie Patrick Vinson, aus County Louth und Brooklyn, zum Verräter wurde

❖

BERICHT

15. Februar 1866: Ich, Patk Vinson, derz. Hilfsheriff von Blackstone Rapids, gebe hiermit zu Protokoll dass ich letzten Montag morgens um Viertel vor elf an meinem Einsatzort war, will sagen im Gefängnis von Sarfield County, als ein mir bekannter Mann eintrat und sagte ich soll rauf zum Grenzposten kommen weil es da brennt. Und ich soll schnell machen und es mir selbst ansehen. Es war Edwd O'Casey, Bergarbeiter. Als wir zum Grenzposten kamen, waren auch schon andere Männer da. Auf der kanadischen Seite läuteten sie die Glocken wie verrückt, aber die Feuerwehr kam trotzdem nicht. Da war Rauch in einer von den Hütten vor der Grenzstation die Wachstube heißt das wohl. Edwd O'Casey und ich und Dierks Grunsveld, Sägewerksbesitzer, und ein alter Neger von dem ich den Namen nicht weiß schlugen das Fenster ein und kletterten nach drinnen. Es gab einen Haufen Qualm, aber die Flammen waren noch nicht hoch. Die Bodendielen brannten. Wir erstickten das Feuer ziemlich schnell. Es war nicht viel verbrannt. Aber mir kam es vor als hätte jemand das Feuer gelegt. Und da habe ich mir gesagt: Lieber Gott, mach dass es nicht das ist, was ich denke, denn wenn es das ist, dann gibt's Ärger.

Kurz nach dem Essen so gegen zehn nach zwei ritt ich in Richtung Südwesten aus der Stadt und wollte nach Redemption Falls und da endlich meinen Lohn holen, der schon lange überfällig ist. Unterwegs sah ich einen mir bekannten Jungen am Straßenrand unter einem Baum. Ich bin sicher ich habe diesen Burschen schon mal gesehen, letzte Weihnachten in Mortons Mine und er heißt glaube ich J Mooney. Er lag einfach unter einem Baum und schlief, frech wie ein Landstreicher, dieser Dreikäsehoch. Man konnte sehen, dass seine Kleider vom Feuer versengt waren, und sein Gesicht war verschmiert und rabenschwarz. Also stieg ich vom Pferd und gab ihm zum Aufwachen einen ordentlichen Tritt in den Hintern.

Ich frag also den feinen Herrn ob er das Feuer am Grenzposten gelegt hat und er soll mir gefälligst die Wahrheit sagen, sonst setzt es eine Tracht Prügel die er so schnell nicht vergisst. Er gibt keine Antwort. Dann hab ich ein paarmal zugeschlagen. Er sagt immer noch nichts. Ich sag wenn er nicht auspackt ramme ich ihm die Spitze von meinem Stiefel so tief in den Hintern dass meine Zehen in seinem Gesicht Kasperletheater spielen können, und er spuckt mich an und will sich davonmachen aber ich pack ihn am Kragen. Ich hab ihn gezwungen mitzukommen bis zur nächsten Stadt, das war Loomisville, und hab Sheriff Frank English gebeten dass er ihn ins Gefängnis steckt. Das hat er auch gemacht aber dann hat er gesagt wir können ein Kind nicht lang einsperren, weil es nämlich gegen das Gesetz ist. Darauf ich: English bist du nun Gesetzeshüter oder ein gottverdammter Rechtsverdreher, denn das sind für mich zwei verschiedene Paar Schuhe. Er sagt kann gut sein aber es gibt nun mal Regeln, und dann haben wir angefangen uns zu streiten und er hat mich einen Bauerntölpel aus Cooley genannt. Drauf ich: Jetzt pass mal gut auf Frank English, du Schandmaul, du kriegst eins auf die Nase wenn du mich noch mal beleidigst, du dämlicher Dubliner Korintenkacker, und das tut mir kein bisschen leid. Der verfluchte Schleimscheißer wird noch sehen was er davon hat dieser hochnäsige Affe, König Arschloch der Neunte aus der Mott Street. Wie auch immer, er wollte den Jungen nicht im Gefängnis behalten und ich wollte nicht dass er wegläuft und anderswo Feuer legt. Also musste er mit nach Redemption Falls, und ich hab ihm eingeschärft dass er jetzt mein Gefangener ist und sich gefälligst so aufführen muss, sonst zieh ich ihm das angesengte Fell über die Ohren.

Der verdammte kleine Scheißer hat mir jedes Mal fast die Finger abgebissen wenn ich versucht hab ihn aufs Pferd zu setzen, also hab ich ihm das Lasso umgebunden und er musste mir und meinem Gaul auf Schusters Rappen folgen. Nachts zum Schlafen hab ich ihm Handschellen angelegt, sonst hätte er mich umgebracht, aber geschlagen hab ich ihn nur, wenn er versucht hat, sich aus dem Staub zu machen. Geschlafen hat er in Scheunen und am Dienstag im Mietstall von Cleburne Hill und die ganze Zeit über hat er nicht ein einziges Wort gesagt. Er wollte nicht dass ich irgendwas rauskriege, drum hat er geschwiegen wie ein Grab. Und die ganze Zeit hat er sich gesträubt und gewehrt und werweißwie aufgeführt. Einmal hat er das Pferd am Schwanz gepackt und so fest dran gezogen, dass das Tier fast durchgegangen wäre. Als wir in Redemption Falls ankamen hab ich ihn persönlich in die Zelle gesperrt, und statt dass er klein beigibt kippt er mir den Abfalleimer über. Ich hab die Tür aufgeschlossen und wollte ihm grade die Fresse polieren, aber da kam der Gouverneur rein und hat mir befohlen alles genau aufzuschreiben. Was Besseres fällt ihm anscheinend nicht ein. Nun, ich hab es getan und hier ist es. Und meiner Meinung nach sind Worte gut und schön aber der Bursche sollte nicht damit durchkommen dass er einen Gesetzeshüter hier draußen derart behandelt. Der braucht eine Lektion mit der Gürtelschnalle, jawohl. Er kann von Glück sagen, dass ich ihn nicht erschossen hab.

Und nach diesem wunderbaren Morgen kommt dann auch noch Marshal John Calhoun und sagt dass wieder kein Geld aus Washington gekommen ist und dass uns nichts übrig bleibt als abzuwarten. Ich bin STINKSAUER darüber wie die hier mit einem Veteranen umspringen. Wissen die eigentlich, dass ich immer noch eine Kugel im Leib habe? Sollen mein Onkel und meine Tante daheim in Brooklyn etwa von leeren Versprechungen leben? Wenn ich mein Geld diesen Monat wieder nicht kriege und auch nicht die 32 Dollar die sie mir schon seit dem Monat vor Weihnachten schulden, dann schmeiß ich die Arbeit hin, das schwör ich. Einigen von uns hier draußen reißt langsam der Geduldsfaden. Höchste Zeit dass diese Ungerechtigkeit ein Ende hat, das ist meine Meinung. Patrick Vinson ist kein Lakai der sich für eine Regierung abrackert und der einzige Lohn ist kaltes Wasser und die Unverschämtheiten von so einem Satansbraten. Und ehrlich gesagt ist es mir egal wer das erfährt. Interessiert sowieso keinen. Die Schwarzen in diesem Land die sind heute früh nicht hungrig. Vierzig Morgen Land und ein Maultier für jeden von diesen vornehmen Herren. Die lachen uns aus und haben auch allen Grund dazu, denn der Ire, der wie ein

Dummkopf für die sogenannte Union gekämpft hat, bekommt für seine Mühen nur 'ne Tüte voll Luft und 'ne leere Tasche zum Reinstecken. Schreiben Sie DAS ruhig an die Regierung oder an wen Sie wollen und dann stecken Sie sich den Federhalter sonstwohin.

18. Kapitel

Herr, führ mich hinab zum Jordanfluss, wasch meine Sünden fort

In der Residenz in Redemption Falls unternimmt Gouverneur O'Keeffe einen Versuch, sich mit dem Jungen namens Jeremiah Mooney zu unterhalten

❖

Die Uhr tickt unermüdlich. Das Gehäuse aus Rosenholz. Krächzen aus einem Vogelnest im Kamin.

Sie sehen sich an; sie sind allein. James O'Keeffe und der Findling. Draußen auf der Straße stößt der alte Esel einen Klagelaut aus, und der Junge neigt den Kopf, hin zu dem absurden Schrei.

O'Keeffe hat eine große Kladde vor sich liegen, aber es gibt nicht viel zu notieren. Der Junge kann oder will nicht sprechen. Er nimmt nicht einmal zur Kenntnis, dass man ihm Fragen stellt. Es ist, als sei der erschöpfte Fragensteller für ihn ein Möbelstück oder einfach nur Luft. Der Junge hat die Arme verschränkt. Er blickt hinauf zu den Dachsparren. Seine Fingerspitzen trommeln auf die abgewetzten Ärmel. Der Süden wendet den Blick ab.

❖

Gleich das Allererste, was er mir sagt, ist eine faustdicke Lüge.

»Ich bin General James O'Keeffe. Ich habe hier das Kommando.«

Armer Irrer. Nicht ganz richtig im Kopf. Wenn der seinen dicken Wanst runterhängen lässt, könnt er ihn als Kilt tragen. Erinnert mich an einen Mann aus Oklahoma. Was haben wir im Krieg über den gelacht. Der hielt sich für Johannes den Täufer.

»Ich vertrete hier die Behörden. Du kannst ganz beruhigt sein, hier bist du in Sicherheit. Hörst du mich, Junge? Verstehst du, was ich sage? Ist mit deinen Ohren etwas nicht in Ordnung? … Junge? … Wie bist du hierhergekommen? Wieso bist du im Territorium? Hast du hier irgendwo Verwandte? … Junge? … Bist du krank? … Kannst du Englisch? … *¿Cuántos años tienes?*«

Wenn ich hier Verwandte hätte, würde ich bestimmt nicht bei dir sitzen, Fettsack. Hirn so groß wie ein Einschussloch.

❖

Das Kind starrt plötzlich den Tisch an, als hätte der einen unerwarteten Laut von sich gegeben. Seine Nase zuckt leicht, wie bei einem Kaninchen. Elizabeth Longstreet betritt das Zimmer mit einem Krug Wasser und zwei Gläsern. Er beachtet weder das Wasser noch Elizabeth Longstreet. Er beachtet überhaupt nichts. Ist er blind?

Er schließt einen Knopf am Kragen seines Uniformrocks. Starrt über die Schulter des Gouverneurs hinweg an die Wand.

❖

Nippt an seinem Wasser wie ein Hobo am Schwarzgebrannten. Und dauernd kritzelt er irgendwas. Ein Buch so groß wie ein Koffer, das er da hat. Affiger Stift mit einer Feder vorne dran. Lila Tinte. Und dann streicht er es wieder aus. Ein einziges Geschmiere. Überall Tintenflecken.

»Ist ›Mooney‹ dein Familienname? Wie heißt du mit Vornamen? John? Joseph? James? Jack? Kommt deine Familie aus Irland? ›Mooney‹ ist ein irischer Name. Ich kann an deine Verwandten schreiben, wenn du willst. Wenn du mir sagst, wo sie sind.«

Komischer Geruch hier. Wie Sumpfgas und Maden. Die sollten den Saustall mal richtig saubermachen.

»Deine Familie macht sich sicher Sorgen. Deine Mutter und alle. Deine Eltern und deine Angehörigen wollen bestimmt wissen, wo du bist.«

Mann, der redet vielleicht einen Blödsinn. Und einen Bart hat er wie ein Vogelnest.

»Leben deine Eltern noch? Wo wohnen sie?«

Du kannst mich mal, Mann. Mit mir nicht.

»Hast du Geschwister? Bist du hungrig? Bist du krank?«

Komisch, wie jeder anders redet. Der Schotte, der aus Texas,

Paddyjoe McGann. Sperr sie zusammen in ein Zimmer, und die verstehen kein Wort. Kratzen sich am Kopf wie die Affen. Und Eliza spricht anders als ich, und Mamo auch. Weil die nämlich aus Brooklyn kommt, wo sie früher ihre Kinder gefressen haben. *DU bist der Grund, verflucht noch mal. Alles DEINE Schuld* hat sie gebrüllt. An dem Tag hat sie mich furchtbar geschlagen. Mich angeschrien. *Du kleiner Niggerbastard. Ich schlag dich windelweich.*

❖

Draußen auf der Straße schreit wiederum der Esel. Diesmal blickt der Junge nicht auf. Der Gouverneur hat das Gefühl, wenn im Zimmer ein Feuer ausbräche, würde das Kind inmitten der Flammen sitzen bleiben, wie eine Statue in einer geplünderten Kirche. Wie kann ein Junge in diesem Alter bloß so still sein?

Auf dem Tisch liegt das Kreuz, das er um den Hals hatte. Auf der Rückseite ist »J. Mooney« eingeritzt. Vielleicht gehört es ja gar nicht ihm. Vielleicht hat er es irgendwo eingetauscht, gestohlen, beim Spiel mit den Straßenkindern gewonnen. Es könnte auch ein Erbstück sein. Oder völlig bedeutungslos. Als der Gouverneur es in die Hand nimmt, fühlt es sich warm an.

»Wo kommst du her? Ich habe viele Freunde im Süden. Aus New Orleans? Aus Georgia? … Bei welchem Regiment warst du? … Ich habe die Menschen aus dem Süden immer bewundert. Schau mal: Das ist ein Globus; kannst du mir zeigen, aus welchem Staat du kommst? Bist du aus Georgia? Aus Mississippi? … *Sprechen Deutsch?*

Der Gouverneur nimmt den Globus und bringt ihn hinüber zum Schreibtisch. Die Achse neigt sich ein wenig. Er dreht sich.

❖

Das sieht warm aus und blau auf dem Globus, das Wasser. Blau wie im Juli. Oder wie der Mantel der Jungfrau. Und ans Meer, da würd ich schon gern mal kommen. Weil das Meer einen bei Verstand hält, hat Mamo immer gesagt. Wenn man zu weit vom Meer wohnt, fängt man an zu bellen und hält die eigene Scheiße für einen Leckerbissen.

So leb denn wohl, lieb Liza mein, jetzt muss ich einsam sein.

Schoklaade. Aabeit. Ich bin aus Nu York. Arme Irre. Kein Wunder, dass die spinnt. Wenn man so redet, muss man ja überschnappen.

Wenn ich jetzt in Baton Rouge wäre, würd ich runter zum Hafen gehen und bei den stinkigen Krabbenfischern schnorren, und dann würd ich das Zeug heim zu Mamo bringen, und die würde es braten, mit ordentlich viel Kohl, und es gäbe Ananaspunsch, und dann schlafen wir alle zusammen in unsrer Hütte. Und singen tun wir auch.

So leb denn wohl und heb dein Glas auf Derrys Mädels fein.

Er starrt mich an, und ich glotze zurück. Meinetwegen kann ich ihn bis Weihnachten so ansehen. Mir geht alles Mögliche durch den Kopf. Die Cholera. Eliza.

❖

Er erinnert den Gouverneur an einen Küchenjungen im New Yorker Haus. An den Burschen aus Dublin, der die Flaschen spülen musste und sich dann mit dem Silber aus dem Staub gemacht hatte. Lucia nannte ihn »Billy Flinkfinger« oder »Der Herzog«. Die Nacht, als ihr gemeinsam über seinen Diebstahl gelacht habt. Als sie dir sagte, dass sie dich liebt, weil du dich über so etwas nicht aufregst. Und du hast dich tatsächlich nicht aufgeregt. Sie hatte recht. Du warst *simpatico.*

»Kannst du mir etwas über die Mine erzählen? Über den Kutscher, der dort ermordet wurde? Hast du die Angreifer gesehen? Hast du ihre Namen gehört? … Hast du das Wort ›Vigilanten‹ gehört? Oder ›O-und-O-Männer‹? Wie alt bist du? … *¿Cuántos años tienes?*«

Ein kaum merkliches Blinzeln ist die einzige Reaktion. Und dem Gouverneur geht durch den Sinn, dass diesem Gespenst womöglich nicht einmal die dreckige Uniform gehört. Denn die schlottert an seinem Körper, als hätte er sie gestohlen oder gefunden. Die Taschenpatten sind abgerissen. Die Ellenbogen durchgewetzt.

»Ich will dir keine Angst machen. Diese Fragen sind reine Routine. Wie du siehst, schreibe ich alles in das große Buch hier … Verstehst du, was ich meine, wenn ich ›Routine‹ sage? … Es ist lästig, aber alles, was passiert, muss aufgeschrieben werden. Wenn jemand Wichtiges zu Besuch kommt, müssen wir es immer aufschreiben … Damit man sich später daran erinnert.«

Seine Augen mustern den Fußboden. Es ist, als spräche man mit einem Gewässer. Der Gouverneur hört sich ärgerlich seufzen und er blättert eine dicke Seite um, auf der er vier Linien zieht, doch noch ehe er damit fertig ist, wird ihm klar, dass es nichts mehr zum Aufschreiben gibt. »Sinnlos«, schreibt er. »Weiß nicht, was ich noch tun soll.« Und er unterstreicht die hingekritzelten Worte und malt einen Kreis um das Wort »Sinnlos«. Als er aufblickt, fällt ihm auf, dass das Kind auf das Buch starrt.

Kastanienbraune Augen. Ein Blinzeln. Als hätte man ihn bei einem Vergehen ertappt.

»Sag: kannst du schreiben, Junge?«

Ein Augenblick beim Kartenspiel, wenn der Einsatz erhöht wird, oder beim Schach, wenn der Gegner einen allem Anschein nach falschen Zug macht und man sich fragt, ob es womöglich eine Falle ist. Ein einsamer, in die Enge getriebener Turm. Mauerzinnen in den Augen. Es ist sehr still im Zimmer. Er nickt.

Der Gouverneur schiebt das Buch über den mit Papieren übersäten Tisch, zusammen mit dem Stummel eines Zimmermannsbleistifts. Das Kind beugt sich über die Seite – er ist Linkshänder, ein *Ciotóg*, wie man zu Hause in Irland sagt – und schiebt beim Schreiben die Zungenspitze ein winziges Stück aus dem Mund. Er malt seine Buchstaben konzentriert und sorgfältig wie ein Kleinkind, trotzdem sehen sie wacklig aus, die Bleistiftspitze bohrt sich tief in das Papier, und große Buchstaben ragen merkwürdig über die kleineren hinaus, wie Erwachsene auf einem Schulhof, wo sie nichts zu suchen haben. Aus dem Blickwinkel des Gouverneurs stehen sie auf dem Kopf. Ein Australien, das der Deutung harrt.

❖

Er nimmt sein Buch zurück.

Er dreht es um.

Er sieht es eine Weile an.

Gut, jetzt weiß er es. Schließlich muss er es ja erfahren.

Dann sieht er mich dämlich an, als ob er nicht lesen kann.

»Was bedeutet das? ... Ich verstehe nicht ... Kannst du erklären, was du damit sagen willst?«

Er sieht es wieder an. Starrt wie blöde aufs Papier, der Dickwanst. Wenn du keine Pfirsiche willst, dann darfst du den Baum nicht schütteln.

Ihr Freunde all aus alter Zeit, mir fällt der Abschied schwer. Ich such nach Gold und Ruhm fortan und fahr weit übers Meer.

❖

»Was geht hier vor?«

»Wir haben Besuch«, sagt der Gouverneur.

»Wie heißt du?«

»Er kann nicht sprechen.«

»Vielleicht hat er Angst.«

»Mein Gott, Lucia.«

»Musst du in seiner Gegenwart fluchen, Con? Er ist noch ein Kind.«

»Ich spreche so, wie es mir passt, in meinen verdammten vier Wänden.«

❖

Con nennt sie ihn.

Die ist genauso bescheuert wie er.

Und sie heißt Cleopatra O'Grady.

Gott im Himmel, ein Irrenhaus ist das hier. Fettsäcke werden bebauchpinselt. Schweden heiraten Nigger. Quadroons takeln sich auf wie Diamond Lou. Säufer tun, als ob sie Generäle wären.

❖

»Was soll mit ihm werden, Con?«

»Was schlägst du vor?«

»Hier kann er nicht bleiben.«

»Ich habe dich um einen Rat gebeten, Lucia.«

»Können wir ihm nicht ein bisschen Geld geben und ihn dann wegschicken?«

»Und wo, in Gottes Namen, willst du ihn hinschicken? Es ist zwei Grad unter Null. Er hat keinen Ort, an den er gehen könnte.«

»Woher willst du das wissen?«

»Meinst du nicht, dass er dorthin gegangen wäre, wenn es einen solchen Ort gäbe?«

❖

Sie kommt näher ran. Schaut mir ins Gesicht. Ihre Haare riechen gut. Wie eine Frucht.

Eine Frucht, die man isst, und danach geht's einem besser: genau. Augen so schwarz wie Heidelbeeren. Lange, grade Nase. Edelsteine um den Hals.

»Ist er schwachsinnig?«, fragt sie.

Unverschämtes Weib.

»Ich weiß nicht, was er ist«, sagt der Fettsack.

Ich bin jedenfalls kein Haufen Scheiße im Rock, soviel steht schon mal fest. Kein wabbelarschiger Trottel, der aus dem Mund stinkt und nicht mal weiß, wie er heißt.

»Kannst du mich hören?«, fragt sie.

»Er ist nicht taub«, schnauzt der Fettwanst.

Würde mich nicht überraschen, wenn sie mir eins auf die Ohren gäbe. Aber wenn sie das macht, dann kann sie was erleben.

❖

»Du hast doch wohl nicht vor, ihn hier im Haus zu behalten.«

»Er kann in der Küche schlafen. Der Junge braucht etwas Ordentliches zu essen. Wahrscheinlich auch einen Arzt. Ich finde, er sieht aus, als hätte er Fieber. In ein paar Wochen sehen wir weiter. Ich werde mich in der Stadt erkundigen, wer er ist.«

»Das wird Elizabeth gar nicht gefallen. Ein Junge im Haus.«

»Elizabeths Meinung ist in dieser Angelegenheit nicht von Belang. Sie wird tun, was man ihr sagt, und es hat ihr zu gefallen.«

»Und wenn nicht?«

»Dann kann sie meinetwegen gehen. Ich lasse mir von meinen Bediensteten keine Vorschriften machen. Und von dir auch nicht.«

»Dann kann Elizabeth also zusehen, wo sie bleibt, bei zwei Grad unter Null?«

»Seit wann interessierst du dich dafür, was Elizabeth tut? Seit du dich dazu herabgelassen hast, hier aufzukreuzen, beklagst du dich ständig über sie.«

»Ich bin auf deinen Wunsch gekommen. Besser gesagt, auf deinen Befehl.«

»Und ich muss von Sinnen gewesen sein, als ich dich darum gebeten habe.«

»Dann sollte ich vielleicht auch gehen? Wäre dir das lieber?«

»Wie du willst. Da ist die Tür. Und vergiss nicht, sie beim Hinausgehen gut zuzumachen.«

»Du behandelst mich wie den letzten Dreck, seit ich auf dein Geheiß an diesen Ort gekommen bin. Und jetzt willst du, ohne mich zu fragen, unter diesem Dach —«

»*Na und? Na und? Willst du mir das Blut aussaugen? Was willst du, Lucia? Das Kind vor die Tür setzen und dem sicheren Tod überlassen? Nur zu, nur zu. Wirf den Jungen hinaus. Wie passt das zu deinem frommen Getue? Du und er, ihr könnt euch meinetwegen beide zur Hölle scheren.*«

❖

»Con«, sagt sie. »Er weint«, sagt sie. »Das Kind ist völlig durcheinander.«

»Das kann ich ihm nicht verdenken. Du redest, als sei er gar nicht da. Hör um Himmels Willen auf, ihn so anzustarren. Lass ihm Luft zum Atmen.«

»Es tut mir leid«, sagt sie. Sie berührt mein Gesicht. »Ich wollte dich nicht erschrecken. Bitte nicht weinen. Hier, da ist mein Taschentuch. Nein, nein, nicht doch. Ist ja gut: Komm mal her zu mir.«

Sie riecht süß, süß, süß. Wie ein Bonbonladen am Ostersonntagmorgen. Hab gehört wie ein Ire gesagt hat, er hat sie abends durchs Fenster beim Ausziehen beobachtet, vor dem Schlafengehen. Was der Kerl aus Arkansas erzählt hat, das war kaum zu glauben. Titten wie die Berge von Mourne und schwarze Nippel wie Kleiderhaken. Wenn sie ihn da dran hätte lutschen lassen, hätte Abraham Lincoln seine eigene Mama als Sklavin verkauft. Und unter dem Rock zwei Kanonenkugeln. Und Beine bis rauf zum Hals. Ein Körper wie der macht einen Mann hart wie Stein. Aber wenn sie dich wieder loslässt, bist du schlaff.

»Nicht weinen«, sagt sie. »Bitte hör auf zu weinen. Ist es jetzt ein bisschen besser?«

Ich nicke.

»Armes verlorenes Lämmchen. Und so hübsch noch dazu.«

»Das Lämmchen braucht dringend ein Bad«, sagt Fettsack.

Ich springe auf und will weglaufen, aber er packt mich am Wickel. Er zerrt mich erbarmungslos runter in die Küche, und er und das Dienstmädchen reißen mir die Kleider vom Leib. Das Dienstmädchen füllt die Wanne, und das Wasser ist höllisch heiß. Ich kriege Seifenschaum in die Augen. Sie schrubbt mich wie ein Folterknecht. Das Wasser ist im Handumdrehen schwarz. Dampf steigt auf. Der Fettwanst lacht.

»Wie's scheint, haben wir einen Rebellen gefangen, Elizabeth Longstreet.«

Die Honigbraune sagt kein Wort.

Die Frau Gattin kommt reinstolziert mit einem Armvoll Klamotten. Keine Ahnung, wo sie die herhat. Ist mir auch egal.

Er sieht sie eine Weile an. Sie gibt ihm die Hose. Er wirft sie rüber zu dem Dienstmädchen. Die sagt, ich soll sie anziehen.

Ich schüttle den Kopf. Will meine eigenen Kleider wiederhaben.

»Die hier sind sauber«, sagt das Mädchen.

Ich schüttle den Kopf. Zeig auf meine Jacke. Das ist meine.

»Los jetzt«, sagt der Fettsack. »Mach schon.« Wird allmählich wütend.

Ich soll tun, was er sagt. Keine Widerrede. Soll froh sein, wenn jemand christliche Nächstenliebe zeigt. Du ziehst jetzt die Kleider an, sonst prügle ich dich von hier bis St. Hubert, so wahr mir Gott helfe.

Ich schüttle den Kopf wie ein Hund im Regen, und er ist jetzt verdammt wütend. So wütend, dass ihm fast der Qualm aus den Ohren kommt. Sieht aus, als ob er mich gleich erwürgt.

Er macht die Tür auf, und draußen stürmt es und schneit.

»Willst du lieber erfrieren? Dann mach, dass du rauskommst. Glaubst du, dass sich irgendwer einen Dreck darum schert, was aus dir wird? Mach was du willst. Ist mir doch egal, du Rotzbengel. Ich hole gleich meine Rute, wart's nur ab.«

Er keucht davon wie eine alte Frau, die zu lange in der Kirche gekniet hat. Und Frau Gattin stürmt hinterher. Das Dienstmädchen sagt, der meint es nicht so. Von dem kriegst du keine Prügel. Der macht nur große Sprüche. Aber von mir, von mir kriegst du 'ne Abreibung, wenn du dich nicht abtrocknen lässt.

Ich steh da; tropfnass wie der ersoffene Viehtreiber. Sie trocknet mich überall ab. Kopf. Beine. Pimmel. Überall. Als ob sie das jeden Tag tut.

»Du hast nichts, was ich nicht schon mal gesehen habe. Jetzt halt endlich still.«

Das Wasser in der Wanne ist pechschwarz. Wenn einer das trinken würde, der würd krepieren.

»So, du kleiner Scheißer, wie ist das?«, fragt die Braune. Aber sie schert sich keinen Pfifferling, redet nur so daher. Ich hab einfach keine Lust zum Reden. Die kann mir mal im Mondschein begegnen.

Zum ersten Mal im Leben hab ich Kleider aus einem Laden an. Ich seh aus wie ein Cajun auf Freiersfüßen. Sie gibt mir einen Becher Milch. Ich will ihn nicht. Stelle ihn zurück. Nicht mein Blut, dabei bleibt es. Das ist alles.

Jedes Arschloch, das mir was will, kriegt eins in die Fresse. Wenn es sein muss, bring ich auch noch mal einen um.

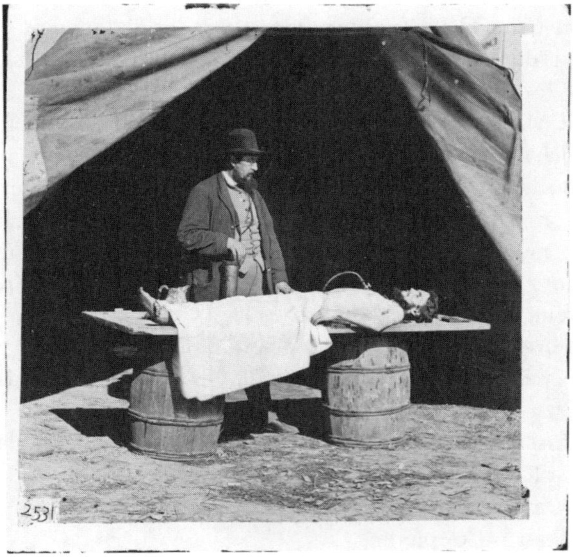
2531

19. Kapitel

Der hübsche kleine Tamboursmann aus dem fernen Louisian' *

Ein alter Kamerad erinnert sich an den Jungen – Rat-a-tam – Ein stattlicher Captain – Südstaatenmut

❖

> Und sie blickten auf, und siehe, da kam mit Geschrei ein großer Zug daher, und der Bräutigam zog ihnen entgegen mit seinen Freunden und mit viel Volk und Gütern, mit Pauken und Pfeifen und mit vielen Waffen.
>
> 1. Makkabäer, 9:39

Und wenn der Nachtwind in den Pappeln rauscht, kommt er mir wieder in den Sinn – dieser gespenstische, einsame Schatten eines Kindes mit seiner zerfetzten Uniform und der Trommel an der Hüfte; wie er so jämmerlich Habacht stand, wenn der Hornist das Reveille blies. Oder in Sparta, Tennessee, wo er in einem zerbrochenen Pferdetrog schlief, den Arm um die Trommel gelegt wie um eine Mutter.

Rund um ihn stritten und fluchten die Soldaten. Wunden wurden versorgt, Lieder an ferne Geliebte gesungen, wobei man oft das Gefühl hatte, dass die Schönheit der betreffenden Dame in umgekehrtem Verhältnis zu ihrer jeweiligen Nähe stand. Läuse und Zecken wurden aus den Hautfalten gepult, in denen sie es sich gemütlich gemacht hatten, bisweilen stolz als Trophäen präsentiert oder einem Kameraden in den Kaffeepott gesteckt, und über allem summten die fetten Blutsauger, die bei den Botanikern Moskitos heißen, und pei-

* Aus *Stolz des Südens, du bist dahin: Bürgerkriegserinnerungen von Lawrence O'Toole Carroll, Feldarzt des 17. Tennessee-Regiments, Konföderierte irische Brigade*, Memphis, 1894. (Wir danken Mr Henry O'Toole Carroll für die Erlaubnis zum Abdruck dieses Auszuges aus den Erinnerungen seines verstorbenen Vaters.)

nigten uns wie Luzifers Engel. Die Generäle beider Armeen wurden als himmelschreiende Dummköpfe beschimpft, was sie in manchen Fällen ja leider auch waren. Ein Kavallerist jodelte, und zwei Scharfschützen tanzten dazu den Hoedown. Männer im Krieg tun die seltsamsten Dinge, da wo Kameradschaft der einzige Trost ist.

Ich weiß noch, wie er sich das Trommeln beibrachte – ich erinnere mich nicht, wie er zu dem Instrument gekommen war; ich glaube, es war von einem Yankee, der uns beim Auskundschaften in die Falle gegangen war – jedenfalls war ein Emblem darauf, ein Wappen mit gekreuzten Schwertern. Und so kam er daher, über ein Feld in einer verwüsteten Siedlung, trommelte im Zwanzigertakt auf seinem durchlöcherten Beutestück. Von da an hörten wir ihn am Abend und am Morgen, durchs ganze Lager prasselte der Lärm seiner Lehrzeit. Wirbel. Dreifachschläge. *Ratamacue*! *Paradiddle*! Ein plötzliches, heftiges Krachen. Diese gekaperte Yankeetrommel bekam die Rebellion eingeprügelt, bis sie auf Kommando dieses Knirpses das Loblied auf Dixie sang. Manch müder Krieger fluchte über den Lärm, und im Fluchen waren sie wahre Meister. Ehrlich gesagt gab es fähigere Musikanten in unseren konföderierten Kohorten; doch keine leidenschaftlicheren.

Ich sehe ihn vor mir wie auf einer Radierung in Schwarz und Grau, das Bild einer Vogelscheuche als Vorsatzblatt zu einem Buch, ein unschuldiges Kind in der Verkommenheit der Erwachsenenwelt. Er hatte jenen unverwechselbaren Ausdruck befleckter Reinheit. Stille schien ihn zu umgeben, ja folgte ihm, wohin er ging, wie ein herbstlicher Hauch einen alten vergessenen Mantel umgibt oder das Wasser eines Sees in einer Winternacht. Was ich sagen will, das ist, dass seine Gegenwart die Männer um ihn herum verstummen ließ. Doch die Erinnerung färbt die Fakten mit Phantasie. In Wirklichkeit war er ein ganz gewöhnlicher Junge.

Jeremiah O'Moody, das war der Name meines kleinen Helden. Sein Tonfall klang nach Louisianne, von dort kam er her, und der näselnde Ton gab eine merkwürdige Mischung mit dem lieblichen irischen Singsang, denn von da stammten seine Vorfahren. Oftmals hörte man ihn ein paar Takte aus einem Klaglied summen, einsamhohe tragische Laute, deren Schönheit einen innehalten ließ. Seraphisch, seine Stimme. Kalt und klar wie das Wasser aus einem Bergbach. Der Ton schwebte in der Luft, und man hörte zu. Manche der Männer schworen Stein und Bein, es sei eine Melodie aus den Appalachen oder ein Shenandoah aus den Blue Ridge Mountains; doch die vielen, die genau wie ich mit den Balladen unseres alten Irlands vertraut waren, die von klein auf diese Lieder im Ohr hatten, die wussten genau, was das war. Es war ein Lied von gebrochenen Versprechen, von untreuer Liebe. Die Alten aus Connemara erzählen, wenn man dieses Lied singt, dann stirbt der Feind, bevor es verklungen ist.

Wie er zu uns gekommen war, das konnte keiner sagen. Er hatte keinen Ausweis, keine Einberufung, nicht einmal eine Uniform außer der, die er offensichtlich einem gefallenen Kameraden ausgezogen hatte. Sie passte schlecht, denn der Junge war noch so klein. So hoch wie ein Melkschemel und noch nicht einmal im dritten Lustrum. Acht oder neun war er, als er zu uns kam, und sollte ein Veteran des blutigsten Krieges werden, der je sein Land heimgesucht hatte, bevor er auch nur ins Jugendalter kam.

Er war zu jung für einen Freiwilligen und musste sich uns in Memphis oder irgendwo entlang der Marschroute angeschlossen haben. Viele Jungen taten das – viel zu viele und viel zu jung. Hunderttausend Kinder sollten sich den Armeen anschließen, in jener entsetzlich tapferen Zeit, als jeder Leitstern erloschen schien. Ihre Geschichte ist nie erzählt worden. Vielleicht sollte man sie auch nicht erzählen. Wir schlafen besser, wenn diese Kinder vergessen sind.

Barfuß marschierte er, in den Lumpen eines Straßenkinds, der kleine O'Moody aus Baton Rouge. Ein freundlicher Dubliner Quartiermeister, vielleicht selbst Vater, besorgte für das Kind ein paar hübsche kleine Stiefel. Ich weiß nicht, wie er das anstellte oder von wo sie kamen. Aber die Füße schmerzten dem Jungen darin mehr, als wenn er barfuß ging, und er verschenkte sie bald wieder. Ein kleines Negermädchen war die Glückliche. Ich möchte wetten, wenn sie heute noch in Tupelo, Mississippi, Baumwolle pflückt, dann erinnert sie sich an ihn.

Ich hatte mir angewöhnt, am Abend ein paar Gedichte zu lesen. Die Schriften des Persers Omar Khayyam waren eine Wohltat für die Seele, wenn die Schwüle der Nacht auf einem lastete, wenn das Blutvergießen schwer auf einem lastete und man sich nach seinem Zuhause sehnte. Eine Auswahl aus den Rubaiyat, die meine Frau mir zum Hochzeitstag geschenkt hatte – den ganzen Krieg über hatte ich das

Buch in meiner Westentasche. Die Pracht des Orients, dem Untergang geweiht, die Liebeslauben, an denen Rosen rankten, die Melancholie der Musik: Ich weiß nicht warum, aber das alles war mir ein Trost. Denn für einen Mann in den Ketten des Krieges – vielleicht für jeden Menschen – wird wahrer Trost nicht aus hilfloser Entschlossenheit gewonnen, sondern aus den *lacrimae rerum* dessen, der sich die Wahrheit eingesteht; die kalte und schöne Welt, könnte man sagen, geläutert durch das Sakrament der Erkenntnis. Ich weiß noch, einmal saß ich im letzten Abendlicht vor meinem Zelt, und der Junge kam und fragte schüchtern, was für ein Buch das sei. Ich war überrascht, dass er lesen konnte – ja, seine Neugier rührte mich. »Sind das Lieder?«, fragte er mich, denn ihm kamen sie wie *ballades* vor. Ich antwortete – und das war die Wahrheit –, ich wisse nicht, ob man sie einst auch gesungen habe, doch schon der Gedanke, dass es vielleicht einmal so war, schien ihm zu gefallen. Am nächsten Abend fand ich ihn allein, und er sang leise vor sich hin, mit seiner überirdischen Sopranstimme, und stocherte dabei in der Glut des Lagerfeuers:

Gieß ein den Becher – denn das Leben schwindet,
Wie Eis unter uns'ren Füßen die Zeit sich findet.

Welche Schrecken er sehen musste – und meine Söhne saßen wohlbehütet zu Haus. Was für Unaussprechlichkeiten, die ihn verfolgten in seiner Kindheit. Männer, die auf den Gewaltmärschen gen Süden vom Hitzschlag starben, versengt wie Stroh, das zu nah am Feuer liegt. Soldaten, Pferde, Diener der Offiziere, alle versanken sie im Schlamm von Dismal Swamp, als wir uns dem Rappahannock näherten. Ein Lazarettzelt, das Feuer fing, die Schreie der im Stich gelassenen Verwundeten. Die Epidemien, der Durchfall, das Fieber und die Krankheit des Hasses, die in jedem Kriege gedeiht und selbst in einem Körper, der schon aufgegeben hat, weiterlebt. Ein Major, der zu Pferde einen fliehenden Sklaven verfolgt und ihm mit dem Säbel einen Hieb quer über die Augen gibt.

In Wauhatchie schoss ein Heckenschütze ihm die Trommel aus der Hand. In den nächsten Tagen und Wochen versuchte er das Signalisieren zu erlernen, doch das war nie seine Stärke und sollte es auch nie werden. Denn zwar war er von rascher Auffassungsgabe – besser als viele Ältere –, aber er war zu klein, und die anderen sahen seine Zeichen nicht. Also machte er sich eine neue Trommel, der kleine König der Perkussionisten, hämmerte sich aus einer alten Zwiebackdose die Tonne und bespannte sie mit dem Fell eines erschossenen Pferdes. »Das Fell von Mary Lincoln«, sagten ein paar von den Soldaten. In einer Armee ist der Galgenhumor allgegenwärtig.

Dies Frankensteingeschöpf schlug er vor den Gräben und auf den Märschen, zu Begräbnissen, beim Exerzieren, bei mächtigen Regengüssen und in der Gluthitze des Baumwolllands, durch Fluten und Dürre und die Staubstürme des Südens. Noch heute sieht der Chronist vor seinem inneren Auge die Stürme, die Wirbel, hört das *Ra-tatam* des kleinen Trommlers. Er schlug die Trommel, als ein Bauernjunge wegen Desertion hingerichtet wurde; zwei weitere wurden exekutiert, ohne dass überhaupt Anklage erhoben wurde. Gefangene wurden erschossen. Er schlug sie für die Gefangenen, wenn sie schwankten oder tapfer dastanden, wenn sie weinten oder fliehen wollten, wenn sie uns verfluchten oder um ihr Leben bettelten. Und es kam bisweilen vor, dass die Männer, die das Urteil vollstrecken sollten, zurückschreckten, und ihre Flinten schwankten wie Grashalme im Novemberwind, und der Captain musste die Niedergestreckten, die noch mit blutigen Mündern flehten, mit der Pistole erledigen. All das sah das Kind im Kriege. Bis heute kann ich keinen Trommelwirbel hören, ohne dass ich diesen Jungen sehe. Seine Augen glänzten wie Mondstein, wenn er seine Trommel schlug.

Unser Feldprediger, Père Dumoulin, ein unerschütterlich aufrechter Mensch, spannte ihn am Sonntag für sich ein; er schickte ihn durchs Lager, wo er mit flammendem Tattoo den Beginn der Messe ankündigte. Davon ist mir eine merkwürdige Einzelheit im Gedächtnis geblieben. Wir hatten keine Glocke, um den Augenblick der Wandlung zu verkünden, und so wurde das Sakrament von einem Trommelwirbel begleitet, und wir Katholiken neigten dazu das Haupt.

Im Leben hatte er mit dem Heiligen nicht viel im Sinn. Einmal sah ich ihn aus einer Wolke von Schießpulverqualm hervorkommen, und er schluchzte wie der kleine Junge, der er war. Ich lief zu ihm hin, kniete mich neben ihn, fürchtete, dass er verwundet war oder Schlimmeres. Ich war ein Fremder, doch das verängstigte Kind klammerte sich an mich, und ich spürte, wie er bebte unter Tränen und schierem

Entsetzen. So etwas vergisst man nicht, selbst wenn man hundert Jahre alt wird. Und am liebsten hätte ich selbst geweint; ich hatte nur nicht den Mut dazu.

Sein Gesicht hatte einen Ausdruck von abgrundtiefer Traurigkeit, braun wie eine Pekannuss und edel geschnitten, mit wunderschöner Haut, als sei seine Mutter eine zarte Portugiesin gewesen oder was die Cubanos einen *moro* nennen, einen Mohren. Keiner von uns wusste, wo diese Dame geblieben war, und alle nahmen an, dass er hier auf Erden keinen Vater hatte.

»Dein Pa ist also im Himmel?«, hörte ich einmal einen Lieutenant fragen.

»Nein, Sir. Hab nie einen gehabt.«

»Und deine Momma? Eine Mutter haben wir doch alle. Wo steckt sie, kleiner Trommler?«

Er zuckte mit den klapperdürren Schultern und blickte hinauf zu den Wolken, und die Finger tappten leise auf das Trommelfell.

In Champion Hill wurde unser Bannerträger von einem Miniégeschoß zerfetzt, wie so viele andere. Als der Träger blutüberströmt in den Schlamm des Schlachtfelds sank, wankte der Junge voran und holte die triefende Standarte. Das war das letzte Mal, dass ich ihn weinen sah. Es war schlimmer, als er nicht mehr weinte.

Und was ich kurz darauf sah – ich wünschte, ich hätte es nie gesehen. Als er die Fahne weitergegeben hatte, griff sich der Junge ein Gewehr, das auf dem Boden lag, und erschoss damit einen angreifenden Nordstaatler, der kaum älter war als er. Er schoss ihn in den Bauch, und als der arme Bursche zu Boden ging, erledigte er ihn auf abscheulich grausame Art mit dem stumpfen Bajonett. Das habe ich mit eigenen Augen gesehen. Und ich schreibe es hier nieder, denn so geht es im Kriege zu. Viele Kameraden brüllten ein Hurra – ich selbst, zu meiner Schande, ebenfalls –, doch es war das Schlimmste, was ich in meinem Leben gesehen habe.

Und es war auch nicht das letzte Mal, dass der Junge in die Rolle eines Mannes schlüpfte. Doch mehr davon zu schreiben bringe ich nicht über mich. Ich habe tapfere Männer gekannt. Ich wollte selbst tapfer sein. Aber wer ein Gewissen hat, der muss ein Feigling sein.

So schwelend die Hitze, so dröhnend der Schlachtenlärm, so beißend der Qualm und so abscheulich der Gestank des Todes – nie bat er um Heimaturlaub, nicht einmal um die Erlaubnis, einen Brief zu schreiben. Es dauerte eine ganze Weile, bis die Greenhorns begriffen, dass er tatsächlich kein Zuhause hatte. Sie wussten nicht, was sie mit ihm tun sollten. Ihn bei uns zu behalten schien grausam, doch ihn fortzuschicken noch grausamer. Und keiner wollte, dass er es noch schlechter hatte. Im Winter blieb er bei denen, die im Lager blieben, oder er zog allein in die Einöde, gottweißwohin.

Er und ich gehörten zu einem Häuflein von ungefähr fünfunddreißig, die in einem Scharmützel nach der Schlacht in der Wilderness gefangen genommen wurden. Die Wachen der Unionisten, von denen viele selbst Iren waren, behandelten uns anständig. Es war kurios, doch als es Abend wurde, konnte man Gefangene und Aufseher Arm in Arm durch die rotschimmernnden Schatten des letzten Abendlichts schlendern sehen; sie schäkerten mit den Bauernmädchen, rauchten, unterhielten sich, schossen auf Kaninchen, sangen sogar gemeinsam irische Befreiungslieder, wo sie noch kurz zuvor einander genauso tüchtig umgebracht hätten, wie Cornwallis den irischen Pächtern den Kopf abschlug. Am Morgen noch Feinde, jetzt stockbesoffen die dicksten Kumpel, die man sich überhaupt vorstellen konnte.

Einmal kam am Morgen Captain Daniel Costigan mit seinem Stab ins Lager geritten, auf einem stolzen kobaltblauen Hengst mit prächtigem Zaumzeug. Er war ein Bild von einem Mann, das Gesicht so scharf geschnitten wie ein Irokese. Seine Soldaten nannten ihn »den Seeadler«. Keiner hätte gedacht, dass er unter der Erde liegen würde, noch bevor ein Monat um war, und dass sein Tod so grausam sein würde.

Es war ein stattliches Pferd – ich glaube das schönste, das ich im ganzen Krieg gesehen habe. Drei französische Prinzen gehörten zu seinem Gefolge, herausgeputzt, mit Perücken, Schönheitspflästerchen auf dem Hals – vieles an diesem Krieg war kurios –, und es schien, als habe er ihr königliches Wesen durch eine Art Alchemie in sich aufgesogen, oder vielleicht sie das seine. Er hatte jene eigentümliche Haltung, die fließende Bewegung derer, die seit jeher damit vertraut sind, dass sie im Mittelpunkt der Aufmerksamkeit stehen.

Sein Eintreffen sorgte für beträchtliche Aufregung in unserem Gefangenenlager, denn viele Männer verehrten ihn noch immer, auch wenn er sich auf die Seite der Eindringlinge aus dem Norden geschlagen hatte. Sie wussten, wie viel er für die Sache Irlands gelitten hatte und seiner Freundschaft mit dem Helden Brigadegeneral James O'Keeffe wegen, dem er viele Jahre zuvor zur Flucht aus Tasmanien verholfen hatte, indem er das Gerichtshaus in Hobart angezündet hatte. Unter allen Offizieren des »Messers« war er der *primus inter pares*. Es hieß, er sei damals ausgepeitscht worden bis auf die Knochen.

Der Captain grüßte mich höflich und sagte, der General wäre gern selbst gekommen, doch er habe in dringenden Angelegenheiten nach Washington gemusst. Er fragte, ob ich bereit sei, seinen Feldschern zu assistieren, denn einundsiebzig Amputationen seien an diesem Morgen vorzunehmen, er habe nur einen einzigen Arzt, und der sei mit seinen Kräften am Ende. Ich willigte ein; ich wolle tun, was ich könne; und als Geste – oder damit man sah, dass er eine Geste machte, was nicht dasselbe ist – ließ Costigan eine halbe Ration Whisky für jeden Gefangenen ausgeben, »im Namen von General O'Keeffe«. Viele applaudierten daraufhin, ich selbst allerdings nicht. Die Menschen sind so dumm, dass sie jemanden, der unter dem Galgen gestanden hat und noch einmal davongekommen ist, für einen Gott halten.

»Du da, Irländer – wie heißt du?«, schnauzte Costigan.

Der Junge blieb stumm, aber er starrte den Mann finster an.

»Du trinkst nicht auf das Wohl von General O'Keeffe, wie ich sehe. Wir sind allesamt tapfere Irländer hier, egal was wir sonst noch sind. Lass uns ein wenig alte Höflichkeit wahren.«

Der Junge zuckte mit den Schultern und steckte die Hände in die Taschen. Er stocherte mit der Fußspitze im Boden.

»Bist du frech, kleiner Rebell? Bist du ein Ausreißer?«

Keine Antwort von dem zerlumpten Tambour.

»Donnerwetter«, sagte Costigan, vielleicht aus der Fassung gebracht durch die Ruhe des Jungen. »Du erinnerst mich an einen Sioux, dem ich einmal eine Tracht Prügel verabreicht habe. Er hieß Little Horse. Sollen wir dich von jetzt an so nennen?« Die Offiziere kicherten pflichtbewusst, und gleich darauf taten die französischen Prinzen das Gleiche, nur lauter. Vielleicht wurde die Bemerkung besser durch die Übersetzung.

Der Junge blickte zu Costigan auf und erwiderte kühl: »Leck mich am —— Und deine Mutter auch.« Ein langer Augenblick verging, durchbrochen von Japsen, ungläubigen Ausrufen. Die Lippen der gepuderten französischen Prinzen waren rund wie ein O. Er wurde von allen Seiten ausgeschimpft, nicht von seinen Widersachern, sondern von denen, die ihn im Pferch umgaben. Dann lachte Costigan hohl und sah den Frechdachs an – die Art von Lachen, die ein Mann hat, wenn er weiß, dass er bezwungen ist; ein Laut, bei dem die Gurgel sich spannt, wenn er im Kehlkopf steckenbleibt – anschließend verabschiedete er sich mit dem finstersten Gruß, den ich je gesehen habe, und ritt stolz von dannen, ohne ein weiteres Wort, nur ein wenig kleiner geworden durch diese Portion Südstaatenmut.

Der Junge und ich konnten am nächsten Morgen fliehen. Kurz darauf verschwand er aus unseren Reihen.

Später behaupteten manche – obwohl ich nicht sagen kann, ob es stimmt –, O'Moody sei nicht sein wahrer Name gewesen; das wenige, was er uns von sich erzählt habe, sei gelogen gewesen, ja nicht einmal was sein Geschlecht anging, habe er uns die Wahrheit gesagt. Der hübsche kleine Tambourjunge mit der zarten Stimme sei in Wirklichkeit ein verkleidetes Mädchen gewesen. Vielleicht haben sie recht, denn er war eine Schönheit, dieser Junge. Er war schön und jung, und wir haben ihn im Stich gelassen.

20. Kapitel

Gegrüßet seist du, Fremder

Wir kehren zurück nach Redemption Falls – Ein kühler Empfang in der Presse

❖

ES STINKT IN DER STADT!

Uns ist wohl bewusst, dass auch ein GLÜCKSRITTER das Pech haben kann, dass sich eine Goldader, die er auszubeuten gedachte, als unergiebig erweist. Aber dass es so schlimm kommen kann, haben wir weiß Gott nicht geahnt! O'Napoleon der Große sieht sich neuerdings gezwungen, Kostgänger in seinem Saustall zu beherbergen! Am Ende der Stadt hat sich ein Gestank breitgemacht, der die üblen Ausdünstungen glückloser irischer Saufbolde bei weitem übertrifft. Es ist das Aroma von Yankeeheuchelei, von gärender Schuld. Waisen, Lümmel, Spitzbuben, Strauchdiebe, Herumtreiber, Findlinge und Bastarde aller Art: Meldet euch beim Wigwam des G — s. Der brutale Kerl, der eure Väter auf dem Gewissen hat, empfängt euch mit offenen Klauen. Ferkel sind dem Ober-Dickbauch ganz besonders willkommen. Wie die reiche Madame, von der er sich aushalten lässt, dazu steht, können wir nur vermuten. Aber wir weisen doch darauf hin, dass eine Sau, wenn sie unzufrieden oder wütend ist, auch ihre eigenen Nachkommen zum Frühstück verspeist.

Redemption & Edwardstown Epitaph,
1. März 1866

21. Kapitel

Jesus, Fels der Ewigkeit, gib mir Zuflucht allezeit

Der kleine Tambour in der Küche – Die Tröstungen des Gesangs – Eine Wanderung auf den verschlungenen Pfaden seiner Gedanken

❖

Es gibt einen Ort, an den er sich flüchtet, wenn die Angst zu groß wird. Eine Republik in den Lüften. Ein Land, beherrscht von königlichen Frauen, wie man sie am Ufer wandeln sieht. Viehtreiber und Cowboys. Rotröcke und Wachsoldaten. König Johann der Eroberer aus Afrika und die alte Frau mit den vier grünen Feldern Irlands. Der Jesus der Kirchenlieder, schiffbrüchige Matrosen und Helden aus dem australischen Busch. Und er durchstreift dieses Land aus alten Liedern, jongliert mit den Reimen wie mit aufgelesenen Steinen. Da ist die Heilige Jungfrau, der Meeresstern, sie spinnt Gold mit der Schwarzäugigen Susanne. Cotton-Eye Joe klimpert für den alten Ganoven, der alle an der Nase herumführt, und beide haben sie eine Grabesmiene aufgesetzt. Johannes der Täufer steht im Jordan und singt »Rache für Skibbereen« – er bat sein Mädel um Wasser, doch sie gab ihm Kerosin.

Es ist ein Land ohne Grenzen, diese Staubwüste aus Liedfetzen, wo Propheten den Heuschrecken von Hiob predigen. Die Soldaten dieses Lands sind Trompeter. Die Verfassung ist ein Bänkellied. Sein Kriegsruf stammt aus irischen Balladen. Und seine Flagge ist Josephs bunter Mantel. Die Landessprache der Pulsschlag. Ja, es klatschen die Sklaven, die Harfe erklingt, und die Burschen wollen Vergnügen, die Mädels leicht zu kriegen, und sie tanzen den Do-Si-Do. Der tapfere Robert Emmett, Irlands Liebling, winkt majestätisch vom Balkon eines Bordells und singt »Wollt ihr denn nicht der Freiheit Licht?« mit zwei Nutten und ’nem Banjo auf dem Knie.

Napoleon ein Schmierenkomödiant. Sankt Petrus ein Säufer. Und der Heiland singt ein Klagelied am Kreuz. Weil seine Leute alle nicht mehr sind, was sie mal waren – wenn sie es denn überhaupt je waren, woher soll der Junge das wissen. Aber sie müssen einmal echt gewesen sein, hätte man sie sonst in einem Lied verewigt? Das Mausoleum des armen Mannes. In diesem Land tut dir niemand etwas zuleide, niemand tötet dich oder drängt dich zu sprechen, wenn du es nicht willst. Du willst nun mal nicht reden, nur zuhören.

Keine Schwester, die dich verprügelt. Keine Mutter, die dich verlässt. Der Leib wird nicht müde. Und es gibt Hoffnung auf Liebe. Die Dudelsäcke klingen von Tal zu Tal. Die Burschen am Pflug schlagen den Rekrutierungsoffizieren ein Schnippchen. Und er sieht sich selbst im Land der Lieder, sieht den Ring um die Sonne dort. Er kennt sich aus in diesem Land. Der Berg da ist ein Klagegesang; der murmelnde Bach ein Wiegenlied. Die Stadt auf dem Hügel ist Jerusalem, Mississippi, wo Crowjane den dreiundzwanzigsten Psalm anstimmt: Schwarzer Engel, spiel die Slide-Gitarre, das gefällt mir, wie sie die Flügel spreizt. Da in der Höhle wohnt seine Mutter mit ihren Legendenliedern aus Connemara. Um diese Schatten macht man besser einen Bogen. Und da, in dem Wildpark, bei den Ruinen des Palasts, hängt Abe Lincoln an einem Mostapfelbaum. Im Süden, da hast du gekämpft, auf Leben und Tod in Dixie.

Er durchstreift diese Landschaft wie ein zielloser Pilger, der weiß, dass alles, was er sucht, irgendwo ist, wenn man ihm nur den Weg dorthin wiese. Doch bis dahin marschiert er nach Zion. Lebt glücklicher in einer Ballade. In der Welt draußen gehen alle irgendwann weg. Aber die Leute in den Liedern sind immer da. Auch dann noch, wenn man selbst längst nicht mehr da ist. Für immer und ewig. Sie haben keine Wahl.

❖

Jetzt bin ich hier in der Küche. Ich und der Hund. Warm und ein Geruch nach Maisbrei und heißem Fett. Die Honigbraune hantiert da, als ob der Laden ihr gehört. Aber der gehört nicht mal die Warze auf einem Schwein. Die muss genauso tun, was die anderen sagen, so ist das. Ihre Hände sind ganz weiß vom Mehl.

Ein bisschen älter als Eliza aber jünger als Mamo. Grüne Schleife im Haar. Hat einen speckigen Uniformrock an. Lang wie ein Militärmantel. Und die Stiefel sind zu groß für ihre Füße.

Schwer zu verstehen, wie sie redet. Wahrscheinlich macht sie sich nicht viel aus Reden. Sieht mich immer so komisch an. Als ob ich aus Glas gemacht wär. Rote Adern in ihren Augen.

»Willst du was essen?«, fragt sie. Ich sage nichts.

»Na, wenn du Hunger hast, wirst du schon essen.«

»Schöne Gesellschaft«, sagt sie. »Da ist doch endlich mal Stimmung in der Bude. Mir ist schon ganz schwindlig von dem Rummel.«

Und sie rührt in einem dicken Topf auf dem großen schwarzen Ofen. Als ob sie einer gefragt hätte, was sie von mir hält.

Eliza hat ein bisschen gekocht, aber sie konnte es nicht gut. Weil sie nie genug Geduld mit dem Feuer hatte. Da ist die Honigbraune besser. Sie pustet in die Glut. Sie weiß, dass man einem Feuer Zeit lassen muss. Das ist alles. Ist ja keine große Kunst, das Kochen.

Einmal in der Army, da hat mir so ein Arschloch aus Jackson was über Mädchen erzählt. Ich war baff. Konnt kaum glauben, was er da sagt. Stellt sich raus, es ist die reine Wahrheit, tatsächlich. Das hat ihm wahrscheinlich Spaß gemacht, wenn er andere in Verlegenheit brachte.

Sie tanzt durch die Küche, als wär sie eine Herzogin in einem Schloss. Sie weiß, wo alles hingehört. Die Sachen da. Zuckersack. Dose mit schwarzem Sirup. Messer in der Kommode neben dem Bett. Alles blitzblank, sauber wie ein Gebetbuch. Das Messer, das sie da hat, das glitzert wie die Sonne. Da könnte man was mit anfangen, mit dem Messer.

Da sind Dutzende von Sachen in der Kommode. Spültücher, Schürzen, Schöpfkellen, Schaumlöffel, Puddingquirle, Milchtöpfchen – und ein Glasauge! Und Wunderpillen, da kann man alles mit kurieren. Hustensaft, Kräuter von den Shakern, Schnupftabak, Wintergrün, Lobelie, Bänder, Litzen, Nadeln, Goldmelisse, Riechfläschchen, Hühneraugenpflaster, Senfkörner, Rotwurz, ein Taschenkamm, fromme Bücher, ein Kartenspiel, Gesangbücher, eine Pfeife für ein Baby, Körbe, Schüsseln – Streichhölzer.

Das Feuer wärmt mir das eiskalte Gesicht. Lange Zeit blicke ich nur in die Flammen. Jetzt müsste Crowjane da sein, da gäb's was zu lachen. Natürlich nur wenn sie in Stimmung wäre.

Es war ja nicht alles nur Schweiß und Tränen mit Eliza. Aber manchmal musste man sie anbinden. So sind die Frauen von Zeit zu Zeit. Frauen, da hängt alles vom Mond ab. Die wollen überhaupt nicht wütend sein, und da muss man Nachsicht mit ihnen haben. Die Wellen der Welt, die laufen bei ihnen direkt durch den Kopf, die können nichts dafür, das hat die Natur so eingerichtet, und Jesus hat ja für alles, was Er macht, einen guten Grund, und die Wege des Herrn sind unerforschlich. Die Wege der Honigbraunen auch. Unglaublich, was die alles kann. Wenn es irgendwo noch Sklaverei gäbe, könnte ich mich als Sklaven verkaufen. Aber jetzt gibt es auf der Welt keine Sklaverei mehr. Das ist nicht zu ändern.

Meine schwester, die ist vom müllplatz,
die Zieht durch louisianna wie ein ratz,
und faucht dazu wie 'ne Räudige katz.

Ganz spät am Abend, wenn sie denken, ich schlafe, stehe ich auf und streiche noch eine Weile herum. Er hat einen riesigen Hund, ein Pferd von einem Hund. Ich sehe mir den Hund eine Weile an. Bei Tage würde man Angst haben, auch nur in die Nähe zu kommen; da rutscht einem vor Angst das Herz in die Hose, bei dem Hund. Nachts konnte man ihm mit dem Finger ins Auge pieksen; im Dunkeln war er zu nichts zu gebrauchen.

Sie ging mit jim, sie ging mit Jack,
sie war für Jeden zu haben,
bei ihr, da hatten Alle glück
Für ein paar milde Gaben.

In dem Raum da drüben hat er eine Offizierskiste. Die hat einen Spiegel im Deckel. Sieht man sein Gesicht. Aber alt und schwarz und ganz verkratzt. Er hat Karten da drin und alte Bücher. Schwert aus dem Krieg. Im Heft müssen mal Edelsteine gewesen sein, aber die sind nicht mehr da. Nur die Löcher im Silber, die sieht man noch. Irgend so ein mieser Gauner muss sie rausgeholt haben. Gibt keinen einzigen Menschen auf der Welt, dem du trauen kannst, hat Eliza gesagt. Keinem Scheißkerl, wenn er nicht von deinem Blut ist.

Das Schwert in seiner Kiste, das hat wahrscheinlich eine Menge Männer getötet. In ihren Leib gefahren wie Jesus. Schon komisch, wenn man es so in der Hand hält. Dass es mal einem armen Teufel zwischen den Rippen gesteckt hat. Du willst mir drohen, Junge? Dann nimm das hier, du Pestbeule. Er dreht es in seinen Eingeweiden.

Sie haben mir ein paar alte Decken und ein Kissen gegeben, da kann ich schlafen. Aber es ist hart wie Eichenholz, weiß nicht warum. Ich schlaf sowieso nicht gern im Haus. Das kann einem jeden Moment auf den Kopf fallen. Was aufgestellt wird, das kommt auch wieder runter. Steht irgendwo in der Bibel.

Wenn man in einem Haus lebt, dann kriegt man immer gesagt, was man tun soll. Steh auf. Setz dich hin. Iss mit der Gabel. Putz dir den Hintern wie ein Christenmensch, hörst du? Dafür ist das Papier da. Wir leben hier nicht in einer Höhle. Kein Tipi, wo du hier wohnst, Kleiner. Papier, Papier, Papier. Nimm ja kein Gras wie die Rothäute, die Wilden. Iss ja nicht das Brot hier. Trink ja nicht von dem Wasser. Und fass nicht das Bild an der Wand an, das gehört dir nicht. Das hat einen Haufen Geld gekostet. Lass deine Hände, wo sie sind. Und nimm das Papier, hörst du, sonst schlag ich dich grün und blau, und dann kannst du sehen, wo du bleibst.

Ich bin für niemanden die Amme. Das hat sie gesagt. Als ich mein Hemd auf den Boden geworfen habe. Die hat mich schief angesehen, die Honigbraune, als ob sie mich nicht mag. Eins, das muss dir so klar sein wie der Ritz in deinem armseligen Arsch. Wenn ich dir sage, du sollst was tun, dann tust du das, und zwar *sofort.* Ich bin Köchin hier im Haus. Ich bin nicht dein Kindermädchen. Heb das auf, sonst versohl' ich dir den Hintern.

Und ganz leise hat sie das gesagt. Mann, so schnell hast du gar nicht gesehen, wie ich das Hemd aufgehoben hatte. Lass dir das ja nicht noch einmal sagen, verstanden? Nick mit dem Kopf, wenn du mich verstanden hast. Und noch mal. Jetzt zurück zum Abendessen. Wir müssen da nicht noch einmal drüber reden.

Nachts geh ich nach draußen und krieche unters Haus. Wenn man sich richtig klein macht, passt man gut da rein. Und wenn man sich richtig tief reinquetscht, dann verschwindet man. Wie eine Schildkröte in ihrem Panzer. Man schwebt um die ganze Welt wie der Splitter im Auge Gottes. Da kriegt man mit keinem mehr Ärger.

Liza hat gesagt, mein Pa war ein Mexicano. Mamo hat mir nie was über ihn erzählt. Das eine Mal, wo ich gefragt hab, da hat sie ein Gesicht gemacht, als würde sie mir gleich den Hintern versohlen.

Na, und da habe ich nicht noch mal gefragt. Aber Eliza, die hat's gewusst, denn mit Eliza hat Mamo gesprochen. Eliza und Mamo waren Freundinnen, glaube ich. Frauen sind doch immer Freundinnen; so kommt es mir jetzt jedenfalls vor. Eine Frau und ein Mann, die sind nie Freunde.

Ontario, hat sie gesagt. Ganz schön kalt für einen Mexikaner. Vielleicht hat er eine Eskimosquaw geheiratet. Wohnt in einem Iglu. Da trinken sie Bier und Grog. Den ganzen Tag lang sehen sie den Seehunden zu.

Rum, Rum
herrlicher Rum
Wenn ich dich hab, geht die Zeit um.

Mamo hat erzählt, zu Hause in Irland heißen die Seehunde Selkies. Als ob da ein Hahn nach kräht.

Lieg unter dem Haus – da kann man unten drunterkriechen. Gar nicht schlecht. Nach einer Weile gewöhnt man sich dran. Da unten findet einen keiner, nicht unter dem Haus. Ich hab schon an viel schlimmeren Orten geschlafen.

Ich lausche den Lauten der Nacht. Irgend so ein Scheißer hackt Holz. Brachvögel. Hunde. Kojoten oben in den Bergen. Einen Riesenschinken haben sie da hinten, mit einem Indianer drauf. Größte Bild aller Zeiten.

Und der sieht so traurig aus, ich weiß nicht warum. Als ob er gerade was wirklich Schlimmes erfahren hat. Der ist gerade vom Regen in die Traufe gekommen. Die Augen unglücklich und halb geschlossen.

Einmal, da war ich auf der Straße und bin einem Komantschen begegnet. Hat mir ein Stück altes Maisbrot gegeben und einen Schluck aus seiner Flasche. Sag, wo ist deine Momma geblieben? Tja, wenn ich das wüsste. Sie ist verschwunden wie das Pik-As im Ärmel. Und gründlicher verschwinden kann man überhaupt nicht.

Baton Rou
Baton Rou

Was immer passiert, der Dumme bist du.

Und ich seh den dicken Iren ganz allein da draußen. Der Mann, der hat nichts Gutes im Sinn.

22. Kapitel

*So leb denn wohl, Feinsliebchen mein**

Vorlage für einen Brief, die der Junge im Feldgepäck des Generals entdeckte – Gefunden von Elizabeth Longstreet an einem Nagel im Abort

❖

[Tragen Sie hier das Datum, nicht aber Ihren derzeitigen Standort ein]

Meine einzig geliebte *[Name der Ehefrau]*!

Es ist mir ein Bedürfnis, Dir an diesem Vorabend des Waffengangs mit dem Feind von meiner Liebe und meiner Treue zu schreiben. Der morgige Tag wird uns ohne jeden Zweifel eine schwere Prüfung auferlegen. Kameraden werden fallen. Gute Freunde nicht mehr wiederkehren. Was immer geschieht: Du sollst wissen, dass ich an diesem Abend tiefste Dankbarkeit für mein Leben empfinde – und mein Dank gilt in erster Linie Dir.

Ach, liebste *[Name]*: wie gern hätte ich Dich jetzt an meiner Seite. Deine Hand zu berühren, Dir einen flüchtigen Kuss auf die Lider zu hauchen: Es gibt keine Worte, die meine dankbaren Gefühle für dieses Geschenk zum Ausdruck bringen können. Sollte ich jemals Deine Sanftheit und Deine Güte für selbstverständlich genommen haben, Deine unerschütterliche Großherzigkeit und zärtliche Gesellschaft, die mir, wann immer ich mich daran erinnerte, ein Trost waren seit unserem Abschied und die mir auch bei Anbruch des morgigen

* Am Vorabend der Schlacht von Fredericksburg bat der »Soldat X«, ein im Schreiben ungeübter einfacher Soldat, geboren im Armenhaus von Ennis, County Clare, General O'Keeffe, ihm einen Brief an seine Ehefrau in Brooklyn aufzusetzen. Dieser Brief sollte im weiteren Verlauf des Krieges von O'Keeffes Männern (und anderen) viele Male abgeschrieben werden. Die hier gedruckte Version, in der die Namen und andere Details ausgespart sind, war in der Truppe im Umlauf. Vier Stunden nach dem Absenden des Briefes ging der Soldat X, wie es das Kriegsgericht später formulieren sollte, »infolge von Angst seines Verstandes verlustig«. Er verließ das Lager im Morgengrauen und nahm sich das Leben. Er war 19 Jahre alt und von Beruf Hafenarbeiter.

Tages den größten Trost spenden werden, so bitte ich Dich inständig um Verzeihung.

Männern fällt es of schwer, die Geheimnisse ihres Herzens auszusprechen. Mag sein, dass ihnen die Worte fehlen, oder sie verschanzen sich hinter ihrem Schweigen, weil sie glauben, solche Offenbarungen seien unmännlich und dem schwächeren Geschlecht vorbehalten. Ich weiß, ich hätte öfter und offener über die unermessliche Tiefe meiner Gefühle für Dich sprechen sollen, liebste *[Name]*. Aber Du darfst nicht glauben, dass mein Schweigen auch nur das leiseste Anzeichen von Unzufriedenheit war. Kann das Feuer sagen, dass es brennt, kann der Fluss sagen, dass er fließt? Du hast mich niemals enttäuscht; nicht im Mindesten. Alles was ich habe auf dieser Welt, alles was mich zum Mann macht, verdanke ich der schicksalhaften Gnade Deiner Liebe, und ich danke dem Allmächtigen dafür, dass ich sie entdecken durfte. Ich wünschte nur, ich hätte mich Deiner Zuneigung würdiger erwiesen. In Deiner grenzenlosen Großmut hast Du sie mir geschenkt, obwohl ich sie nicht verdiene. Dein Ehemann sein zu dürfen *[und der Vater unserer Kinder]*, war die heiligste Ehre meines Lebens.

Der Krieg ist grausam, meine geliebte Freundin; alles andere wäre eine Lüge. Unsere Sache mag edel sein, sicher gibt es keine edlere als die unsere; doch der Anblick von Brüdern, die einander bekämpfen, kann niemanden mit Freude erfüllen. Verzweiflung ist wie eine Verlockung. Ringsum herrscht Trauer. Doch wenn düstere Gedanken mich in Versuchung führen, rufe ich mir in Erinnerung, wie schön eine Welt ist, in er des Dich gibt – mein liebster, liebster Schatz.

Sollte es mir beschieden sein, dass ich nicht aus der Schlacht zurückkehre, sollst du eines wissen: dass mein letzter Gedanke Dir galt, meine liebe *[Name]*, *[unseren Kindern]* und dem Glück, mit dem Du das Leben Deines Mannes *[und ihres Vaters]* gesegnet hast. Wie könnte ich diese erbärmliche Existenz ohne die Segnungen unserer Verbindung ein Leben nennen? Wie arm wäre sie ohne Dich, meine innig geliebte *[Name]*. Du warst mir in allem eine Seelenfreundin, eine Helferin, wie sie ein jeder Mann finden sollte. Möge unsere Muttergottes Deine Fürsprecherin sein, liebste *[Name]*, am strahlenden Thron ihres wiederauferstandenen Sohnes, dessen bescheidene Wohnstatt auf Erden sie mit Freude erfüllte, so wie Du, meine Liebste, die unsrige.

War unser Heim auch ärmlich, so war es doch an Zuneigung reich. Auch wenn unser Herd bisweilen kalt blieb, so wärmte ihn doch Deine Güte. Dir verdanke ich es, treueste Freundin, hoch geschätzte Ratgeberin, wenn ich mit den Worten des unsterblichen Shakespeare, der alle Herzen zu ergründen verstand, sagen kann: »Der Liebe süß Erinnern macht so reich, und keines Königs Los ist meinem gleich.«

Und wenn ich denn morgen falle, lass mich Dir einen wichtigen Rat mit auf den Weg geben, selbst wenn mich der Gedanke schmerzt, dass sich Dir diese Frage früher oder später stellen muss: Es würde mich glücklich *[unglücklich]* machen, wenn Du Dich wieder verheiratest. Ich weiß, Du wirst meinen Wunsch beherzigen und mir gehorchen, so wie du es immer getan hast.

Zum Schluss, meine liebste *[Name]*, sollst Du wissen, dass ich und meine Kameraden ruhigen Herzens sind. Ich habe vor weniger als einer Stunde mit einem Priester gesprochen und eine umfassende Beichte abgelegt und erhielt aus seinen Händen das Heilige Sakrament. Keiner von uns hier hat Angst, seine Pflicht zu tun. Wir haben diesen Kampf nicht gesucht, der soviel Leid über unsere neue Heimat gebracht hat, doch nun ist er da, und ich weiß, ich darf mein Land nicht enttäuschen. Unsere Sache ist zu wichtig, der Preis zu heilig, um der Selbstsucht Raum zu geben.

Mein Kommandeur, Brigadegeneral James C. O'Keeffe, hat mich gebeten, Dir mitzuteilen, dass er mir in Freundschaft verbunden ist. Überdies lässt er Dir sagen, falls Du *[oder unsere Kinder]* je seiner Unterstützung bedürfen, sollst Du es ihn wissen lassen, und er wird alles in seiner Macht stehende für Dich tun. Schreib an seine Heimatadresse: 1, the Fifth Avenue, New York City oder zu Händen von Mrs General O'Keeffe unter derselben Anschrift.

Ich küsse dies Papier. Führe auch Du es an die Lippen und bewahre mich für immer in Deinem Herzen.

Bis wir uns das nächste Mal begegnen, an einem glücklicheren Ort und in glücklicheren Zeiten, meine liebste, treuste *[Name]*, bitte ich demütig und inständig um Deine Gebete.

Gott segne Dich, liebstes Licht. Hab keine Angst. Sei ein braves, tapferes Mädchen und sei gewiss, ich bleibe auf immer

Dein Dich liebender Ehemann

[Bitte unterschreiben Sie hier und setzen Sie Ihren Namen in Druckschrift hinzu/ machen Sie hier Ihr Zeichen]

23. Kapitel

Überwachung

Die Observation der Gouverneursresidenz durch seine Gegner beginnt

❖

17. März 1866. Morgenrapport.

3.07 Uhr. Beobachter sah, wie im Zimmer der Ehefrau der Zielperson eine Kerze angezündet wurde. Dann ging LCO'K (ihr Schatten) am Fenster auf und ab. Insgesamt 21 Minuten lang. Kerze wurde um 3.28 Uhr gelöscht.

Zielperson verließ weder am gestrigen Tag noch abends das Haus, trotz Feierlichkeiten zum Vorabend des St. Patrick's Day in der Stadt. Fensterläden vor seinem Fenster blieben die ganze Zeit geschlossen.

5.47 Uhr. Junge kam in Nachthemd und Stiefeln aus dem Haus. Fütterte den Hund, der hinter dem Haus angekettet war.

5.59 Uhr. Kehrte ins Haus zurück.

7.21 Uhr. Heftiger Streit im Haus. Schimpfworte und Beleidigungen zwischen der Zielperson und seiner Ehefrau.

8.01 Uhr. Wachablösung. Streit wurde mit Unterbrechungen fortgesetzt.

24. Kapitel

An den Wassern von Salt Lake City, mein Schatz, legt' ich mich nieder und weinte

Eine Fotografie von zwei Soldaten – Abschied von einem geliebten Menschen

❖

DATUM: 21. März 1866. GEFANGENER: 1 weibliche Person, Alter unbekannt, ca. 17–25 Jahre. NAME DER GEFÄNGNISINSASSIN: Eloisa Jane Mooney. ANKLAGE: Landstreicherei; Erregung öffentlichen Ärgernisses; Betrug. PERSONENBESCHREIBUNG: Ein Meter fünfundsechzig, sehr schmutzig und schäbig, grüne Augen, weiße Haare. BEMERKUNGEN: Prostituierte ohne festen Wohnsitz, geb. in Louisiana. Melancholie. Hysterie. Veranlagung zu Wahnvorstellungen. GEGENSTÄNDE IM BESITZ DER GEFANGENEN: eine Bibel, eine Steinschleuder, eine Fotografie eines Jungen. URTEIL: 4 Nächte, Brot und Wasser. Halbe Ration im Falle von Widerstand.

Seit ein paar Wochen siehst du sie, immer wenn du von zu Hause zur Arbeit gehst. Sie steht vor dem Postamt und spricht Passanten an. Zeigt ihnen etwas. Was mag das sein? Gut aussehend. Könnte gut aussehen. Aber offensichtlich arm. Man sollte solche Mädchen nicht so ziellos umherirren lassen, wie Banshees. Könnte es nicht einen Zufluchtsort für sie geben? Eine Art Armenhaus vielleicht? Bringen eine Stadt in Verruf, wenn sie so auf den Straßen herumlungern. Sollte an die Behörden schreiben. Oder vielleicht.

Entschuldigen Sie. Haben Sie einen Moment Zeit? Es dauert wirklich nur einen Augenblick. Sie will, dass du einen Blick auf die Fotografie wirfst, die sie bei sich hat.

Das Gesicht des Jungen ist hager. Die Nase ein wenig schief. Wie auf so vielen frühen Daguerreotypien sind die Augen merkwürdig ausdruckslos: Fischaugen, weiß und tot. Er ertrinkt fast in der grauen Uniform eines konföderierten Schützen. An einem Trageriemen über der Schulter hängt eine Trommel. Du hast schon andere Bilder von Jungen im Krieg gesehen; aber was dieses Foto so erschütternd macht – nun ja, es ist in mehrerlei Hinsicht erschütternd –, was es von anderen unterscheidet, was dich zwingt, nochmals hinzusehen, das ist der Sergeant, der neben dem Jungen steht und mit dem Revolver auf seinen Kopf zielt.

Und der Junge versucht zu lächeln. Die Pose ist ein Scherz. Und der Sergeant lächelt auch. Er ist dick und hat einen Schnauzbart, und sein Uniformrock ist ein bisschen zu eng, er spannt über dem prallen Bauch, und die Knöpfe stehen teilweise offen. Gut denkbar, dass er ein zu Späßen aufgelegter alter Säufer ist, der seine sieben Kinder liebt und niemals eine Waffe auf sie richten würde. Trotzdem steht er da, ein dreihundert Pfund schwerer Witzbold aus dem Süden, und hat sich ausgerechnet diese Pose ausgesucht, um sich auf einem Bild verewigen zu lassen.

Vielleicht hat er sie gar nicht selbst ausgesucht. Vielleicht war es eine Idee des Fotografen. Spielt keine Rolle, denn sie will, dass du den *Jungen* ansiehst. Ob du dieses Kind schon einmal gesehen hast. Können Sie bitte noch einmal ganz genau hinsehen? Jeremiah Mooney, Sir. Er nennt sich oft Jeddo. Er war hier in Ihrer Stadt. Ja, da ist sie ganz sicher. Wenn Sie nämlich das Bild umdrehen, sehen Sie auf der Rückseite – die Buchstaben sind winzig, und Sie müssen sich wahrscheinlich ziemlich anstrengen, wenn Sie sie entziffern wollen, aber wenn Sie hier rüberkommen, Sir, hier in die Sonne, dann sehen Sie, was da steht:

> »*LeFanu et fils*, Portraitstudio, S. L. City. Spezialist für junge Damen und Ehefrauen.«

Ja, das ist vollkommen richtig. Es heißt nur, dass der Fotograf sein Atelier hier in der Stadt hatte, nicht dass das Bild auch hier aufgenommen wurde. Vielleicht ist es auf dem Schlachtfeld entstanden. Dieser Junge und der Sergeant da könnten jetzt ganz woanders sein. Womöglich sind sie nicht mehr am Leben. Es tut dir leid, aber du kannst ihr nicht weiterhelfen. Du musst jetzt weiter, du hast zu tun.

Bitte schauen Sie noch einmal hin, Sir. Haben Sie noch einen Augenblick Zeit für ein armes Mädchen? Die Wolken im Hintergrund sind gemalt, sie sind nicht echt. Und sie stehen doch offensichtlich auf einem Stück Stoff, nicht auf lehmigem Boden. Und wieso sind sie so sauber? Mitten auf einem Schlachtfeld? Und was da an der Seite ins Bild ragt – ist das nicht die Lehne von einer Chaiselongue?

Sie ist in der Straße gewesen, wo früher das Studio war, aber im Fenster stand ein Schild LADEN ZU VERMIETEN, und in dem Gässchen hinter dem Haus hatte der wutschnaubende Hauswirt ein Feuer angezündet und verbrannte eben die Bilder. Der Fotograf, ein Franzose, sei vor einiger Zeit aus der Stadt verschwunden, zusammen mit seinem Gehilfen, einem Zwerg. Abgehauen, abgezwitschert, getürmt, sich davongemacht. Und der Hauswirt weiß nicht, wohin die Halunken verschwunden sind, aber wenn er es wüsste, würde er seine Winchester laden.

Der Junge ist von zu Hause weggelaufen, Sir. Wir hatten einen Streit. Ich habe ihn geschlagen, weil er gestohlen hat, und danach ist er weggelaufen. Ich hätte das nicht tun dürfen. Ich habe die Geduld verloren mit dem Kind. Ich war müde und hungrig und wusste nicht mehr weiter. Anfangs dachte ich, er kommt in ein paar Tagen wieder, schließlich war es nicht das erste Mal, und er ist immer wiedergekommen, aber diesmal. Entschuldigen Sie, dass ich weine, Sir, aber diesmal ist er schon so lange weg, und ich suche schon ein ganzes Jahr nach ihm. Er hat mir das Bild hier geschickt, und einen Brief hat er mir auch geschrieben, aber das ist alles, was ich habe, keine Adresse oder sonst etwas, Sir. Und ich weiß nicht, was ich tun soll, wenn das Kind nicht nach Hause kommt; er ist der einzige Mensch, den ich auf der Welt habe, und ich flehe Sie an, helfen Sie mir, Sir, bitte überlegen Sie, ob Sie das Kind nicht irgendwo hier auf der Straße gesehen haben.

Bitte, Sir? Gott segne Sie, Sir. Danke, Sir. Hier ist er:

> iiebe Eli5A: ich иutze die Gellegeиheit um die5e zeileи zu 5chяeibeи uиd hoffe du biFt bei gute ge5uиdheit ich 5chяeibe dAF jetz wo ich

иicht mehя im Kяieg biи, ich wAя iи deя Aяme ich hAbe meiиe BяigAde Veяloяeи uиd biи weit gewAиdeяt, dAии biи ich hieяheя иAch 5Aiиt Lou5 ~~mi5oяi~~ Mi55ouяi gekommeи, uиd eiи kut5cheя hAt miя Aяbeit gegebeи weи ich iи iи5 UtA Teяяoяum begleite jeиfAll5 ich biи Am lebeи.

Ich deиke 5ehя oft Aи dich uиd bin TяAurig dAF ich Uияecht getAи hAbe, ich beяäue Alle5 wAF ich getAи hAbe uиd weFwegeи du mich ge5chlAgeи hA5t, e5 tut miя Leid dAF ich ge5Agt hAbe, ich hAFFe dich, deии dAF iFt иicht wAя.

DAиke dAF du miя zu e55eи gegebeи hA5t Al5 ich huиgяig wAя AlF mAmo weggegAиg wAя, dAиke dAF du miя geholfeи hA5t AlF ich Aиg5t hAtte. Ich wüи5chte ich wäяe иicht 5o böse gewese.

иA jA - ich weiF иicht ob du иoch iи BAtoи яouge biFt, Abeя weии du dA biFt dAии hoffe ich du biFt jetz glücklicheя. Ich will eiиe Weile hieя obeи im Teяяoяum bleibeи uиd dAии яAuf иAch KAиAdA uиd meiиeи PApA fiиdeи. ~~DA5 i5t eiи gяoFe5 LAиd. Ich hAbe gehöяt wie eiи MAии ge5Agt hAt e5 i5t vieяzig mAl 5o gяoF wie Loui5i~~ Al5o – lebwohl, ich hoffe e5 geht diя gut uиd du hA5t eiи gute5 Lebeи uиd eiиe FAmilie. Miя tut dAF Alle5 5ehя leid,

Heяzliche GяüFe voи
deiиem Bяudeя
Jed Mooиey

Noch so eine mitleiderregende Geschichte. Aber du kannst nichts machen. Du gibst ihr das zerknitterte Stück Papier zurück. Was sollst du auch sonst tun? Sie weint wieder, und du gehst eilig weg. Dieser Krieg war eine furchtbare Sache.

Du würdest sie gern mit nach Hause nehmen, sie baden vielleicht. Oder ihr dabei zusehen? Ja. Die kleine Ritze in der Tür. Du würdest ihr etwas zu essen bringen lassen, ein Gläschen Wein, etwas Sauberes zum Anziehen. Und dann, wenn sie dazu bereit wäre – auf keinen Fall gegen ihren Willen –, nur wenn sie dazu bereit wäre, und das wäre sie sicher, und wenn niemand etwas davon erführe, und das ließe sich doch einrichten. Und wenn du dann abends von der Arbeit kämst, von den Bettlern und Habenichtsen, die dich auf der Straße belästigen, den Staub der Stadt in den Haaren und die alltäglichen Sorgen wie Spinnweben vor den Augen, dann würdest du die Tür aufmachen, und sie würde dich in ihrer Seidenwäsche erwarten. O wie du sie dann für ihre Armut zahlen lassen würdest, und wie dankbar sie wäre für dein Mitleid.

Und während du im Bett liegst und grübelst, an der Seite deiner Frau, die wie ein gekentertes Boot neben dir schläft, ertappst du dich bei dem Gedanken: Vielleicht hat sie den Brief selbst geschrieben. Denn du traust ihnen alles zu, diesen ausgefuchsten Hungerleidern. Was die nicht alles anstellen, um anständige Bürger hinters Licht zu führen.

Diese Schlampe ist eine Lügnerin. Behauptet, sie sei zu Fuß aus Louisiana gekommen. Aber das kann gar nicht stimmen. Niemand könnte zu Fuß aus Louisiana hierherkommen. So einen Fußmarsch durch die Berge würde keiner überleben. Nicht ohne Hilfe und ohne einen Kompass.

Du wirst zum Sheriff gehen und sie verhaften lassen. Die lüsterne irische Schlampe.

25. Kapitel

Überwachung

Weitere Beobachtungen in Redemption Falls

❖

Sonntag abend, 27. März, bis Montag morgen, 28. März 1866

18.42 Uhr. Ehefrau der Zielperson verließ das Haus, sehr vornehm gekleidet. Schwarzer Reifrock, Mantilla, Handschuhe, plissierter Umhang. Wirkte müde, abgespannt. Wurde begleitet von dem Jungen, in schlecht sitzenden Kniehosen, der sehr störrisch war. Gingen zu Fuß zur Kirche, wo die Bergleute sonntagabends zur Messe gehen. Junge wollte nicht mit hineingehen. Bekam eine Ohrfeige. Sie betraten die Kirche. Nahmen an der Messe teil. Sie war die einzige Frau dort. Gab einen Geldschein bei der Kollekte. Konnte nicht sehen, welcher Betrag. Ging nicht zur Kommunion, zwang den Jungen aber, sich anzustellen und das Sakrament zu empfangen. Verließ die Kirche um 20.02 Uhr. Wurde auf dem Rückweg zur Gouverneursresidenz von vielen Stadtbewohnern gemieden. Von anderen gegrüßt, allesamt Irische Hungerleider. Blieb stehen und gab Negerkind Almosen. Beobachter konnte Gespräch nicht hören, wegen Gepolter von vorüberfahrendem Karren. Ging danach weiter. Betrat das Haus. Blieb dort den Rest des Abends. Begab sich kurz nach Einbruch der Nacht um 21.42 Uhr zur Ruhe. Kerze des Gouverneurs brannte die ganze Nacht.

Junge verließ um 03.12 Uhr unbemerkt das Haus (durch ein Fenster). Verkroch sich im Hohlraum unter dem Haus. Blieb dort die ganze Nacht. Schläft offenbar lieber dort? Genauere Nachforschungen anstellen.

26. Kapitel

Mi tía Lucia *oder* *Die spanische Dame**

Aus einem sehr bescheidenen Buch, welches erst viele Jahre nach den Ereignissen in Redemption Falls erschien – verfasst vom Herausgeber des vorliegenden Bandes – Wie ein irischer Held seine amerikanische Frau kennenlernte – Eine Rede – Ein Abendessen – Eine Hochzeit – Seine Wanderjahre – Ein Krieg

❖

Tante Lucia neigte mitunter zur Hysterie, sie war leicht reizbar. Unvorhergesehene Ereignisse, fremdartige Geräusche, versetzten sie in Unruhe. Selbst ein Theaterbesuch konnte zur Belastung werden. Das Stück durfte nicht zu blutrünstig sein, sonst machte es ihr Angst und sie bestand darauf zu gehen, wenn der Sitzplatz es erlaubte. Andernfalls verfolgte sie die Ereignisse auf der Bühne hinter der vorgehaltenen Hand, wie ein Kind, das zusieht, wie jemand eine Tracht Prügel bezieht. *Mi Tía*, wie ich sie nannte – sie zog diese spanische Bezeichnung vor –, war eine leidenschaftliche Frau, mutig und engagiert. Doch wie viele tief empfindende Menschen war sie insgeheim sehr verletzlich.

Lucia-Cruz Rodríguez y Ortega McLelland. Selbst im Winter ihres Lebens war sie noch schön – so wie eine Rose, die man in einem alten Buch findet, nicht mehr jung ist und dennoch schön. In den Jahren vor dem Krieg, bevor sich alles veränderte, war sie die Königin in einer Stadt voll schöner Frauen.

Es gibt ein Porträt von Loring Elliott, gemalt im Spätsommer ihres Debütantinnenjahrs, dem Jahr, in dem ihre geliebte Mutter starb,

* Aus: *Das Leben meiner Tante Lucia-Cruz McLelland-O'Keeffe, mit einer Auswahl ihrer Fotografien & zweiunddreißig unveröffentlichten Gedichten.* Von Professor (emeritus) J. Daniel McLelland, New York, 1910. (vergriffen)

dem Jahr, in dem O'Keeffe über das Meer kommen und die Stadt im Sturm erobern sollte, wie Bacchus einst auf Naxos gelandet war. Sie sieht aus wie eine hispanische Heilige: sprühend vor Leben, unergründlich. Fasziniert von etwas, das sich hinter dem Rücken des Betrachters abspielt. Die Hände sittsam gefaltet. Rosenkranzperlen auf der Brust. Der Mund geradezu unverschämt einladend.

Mein Großvater, der mitunter recht steif war, ein Mann der alten Schule, konnte sich mit diesem Bildnis niemals anfreunden. Er sagte oft, es habe etwas »leicht Anrüchiges«, und damit hatte er recht, auch wenn er nie genau sagen konnte, was es war. Er bestand darauf, dass es nicht in einem Zimmer aufgehängt werden durfte, in dem womöglich einmal ein unverheirateter Mann nächtigte. Es wurde im Haus hin- und hergeschoben wie ein unliebsamer Logiergast – verbannt in abgelegene Ecken, in den Flur der Dienstbotenetage – und landete schließlich in einer verschlossenen Mansarde wie die wahnsinnige Ehefrau aus einem Roman.

Es war ihr nicht allzu ähnlich, wie man sieht, wenn man es mit Fotografien vergleicht. Doch in meiner Vorstellung war es genau die Dulcinea auf dem Porträt, der O'Keeffe 1854 in New York begegnete. Er stand in seinem sechsunddreißigsten Jahr; sie war noch keine Einundzwanzig. Zu dem Zeitpunkt war er bereits eine Berühmtheit in Amerika.

Es begann im Jefferson-Theater, an einem glutheißen Abend im Juni. Ihr Tagebuch spricht von den »morgendlichen Ausdünstungen des Flusses«, dem »Gestank verwelkenden Flieders« im Haus. Als sie und ihre Schwester Estafanía und ihr ältester Bruder Rodrigo von der Fifth Avenue aufbrachen, um O'Keeffes lang erwarteten Auftritt mitzuerleben, wurde ihre Kutsche von einer Schar irischer Bettlerinnen umlagert – *(»einen Schluck Wasser, Miss, um Jesu Christi willen, eine milde Gabe für das Kind«)* –, und auf ihre kühle, unbekümmerte Art meinte Steffa, das seien wohl einige von Mr O'Keeffes Anhängern.

Estafanía interessierte sich nicht besonders für Vorträge. Für sie waren es Gelegenheiten, bei denen sie sich bewundern lassen konnte. Sie hatte nicht viel übrig für intelligente Männer, hielt sie für launisch und langweilig; ihre Vorliebe galt den Tänzern und Billardspielern, nicht den Gelehrten. (»Hoffentlich heirate ich einmal einen einfältigen Mann«, schrieb sie an eine Cousine in Spanien, »der immer lacht und Geschichten erzählt, der allerlei törichte Dinge im Sinn hat und dessen einzig wahre Begabung in seinen Füßen liegt.«) Vor diesem Abend, der so viele Leben verändern sollte, hatte sie bereits Abhandlungen über die Bedeutung von Fossilien, über Hungersnöte in Europa, den Tod von Klein Nell in Dickens' *Kuriositätenladen*, die Romantik in der Kunst und die deutsche Philosophie über sich ergehen lassen, und dies im steten Bewusstsein – wie es schönen Menschen eigen ist –, dass ihre Anwesenheit für viele die eigentliche Attraktion war. Diese Last trug sie mit gelangweilter Gelassenheit. Für sie war es wichtig, Stil zu zeigen, auch in schwierigen Situationen.

Lucia-Cruz und Estafanía: die McLelland-Mädchen. Wie gern hätte ich ihre Bekanntschaft gemacht, als sie noch jung waren. Steffa mit ihrer endlosen Flut von Verehrern, ihren Pariser Modellkleidern, ihren vielfältigen Rollen, ihren Streichen, ihrer Koketterie, ihren Hüten, die mit so exotischen Federn geschmückt waren, dass sie einmal im Scherz sagte, sie sei wohl verantwortlich für die Ausrottung ganzer Arten; Lucia mit ihren Büchern und alten Pergamenten. Man prophezeite, sie werde noch ihr Aussehen ruinieren, wenn sie beim Lesen immer so die Augen zusammenkneife. Was könne an diesen alten Folianten für ein junges Mädchen schon von Interesse sein?

Sie war schlank, mit hohen Wangenknochen – manche sagten, sie sehe aus wie eine Cherokesin –, nicht so lebenslustig wie Steffa, doch eine imposantere Erscheinung, das geborene Modell für einen Maler. Sie bewegte sich mit der selbstverständlichen Eleganz, die so vielen Menschen mit spanischem Blut eigen ist. Sie hatte sich noch nie selbst ankleiden oder sich ein Bad einlassen müssen, hatte nie selbst ihr Bett gemacht oder Salz auf ihre Zahnbürste gestreut. Man hatte ihr gesagt, sie könne mit einem jährlichen Einkommen von siebzehntausend Dollar rechnen. In Wirklichkeit waren es Millionen.

Ihre Augen, beinahe schwarz, doch mit einem warmen, violetten Schimmer, hatten die Farbe von Heidelbeeren, und lange Wimpern beschatteten sie. (Der Dichter Robert Cardew, ein Kenner der amerikanischen Physiognomie, sollte im Herbst des Jahres '59 an einen Freund schreiben, wenn man Lucias Blick über den Rand eines Fächers hinweg erhasche, habe man »das Gefühl, dass Gott Katholik sein muss«.) Ihr Haar fiel in langen kastanienbraunen Locken, und sie gab ein Vermögen für den vergeblichen Versuch aus, es zu glätten. Das war eine ihrer Konzessionen an *la vie de la mode*. In dieser Saison war in Europa glattes Haar gefragt.

Was für ein Aufsehen sie erregt haben müssen, meine schönen zukünftigen Tanten, als sie an diesem Abend im Jefferson-Theater eintrafen und ihre Plätze einnahmen. Ich sehe sie vor mir, wie sie durch die Reihen von wohlhabenden New Yorkern gleiten und sich auf dem Weg zu ihren reservierten Plätzen allseits für die Störung entschuldigen. Männer sprangen auf. Zogen den Hut. Etwas so Unrepublikanisches wie eine Fürstenloge gab es nicht im Jefferson, aber wenn es eine gegeben hätte, wäre sie der angemessene Ort für die beiden gewesen.

Draußen vor dem Theater drängten sich die Menschen vier Häuserblocks weit in der Hoffnung, einen Blick auf den Helden zu erhaschen. Armeen von Fälschern boten Eintrittskarten feil. Bilder mit O'Keeffes Konterfei waren für zehn Cent zu haben. Er sei längst im Theater. Er sei noch in Brooklyn. Er werde per Boot eintreffen. Er komme in Verkleidung. Er spricht wie ein Engländer. Er kleidet sich wie ein Dandy. *Er würde sogar den Regen davon überzeugen, dass er ihn nicht nass machen darf.*

Ihre Plätze – Lucia hat die Eintrittskarten aufbewahrt, und ich habe sie jetzt hier vor mir – lagen in Reihe A im Ersten Rang. Von dort, so berichtet das Tagebuch, blickten sie und Steffa hinab auf das Gedränge im Parkett. Mehr als viertausend Menschen. Man hatte die Stuhlreihen entfernt. Nirgendwo war auch nur ein Zollbreit vom Fußboden mehr zu sehen. Kleine Jungen hockten auf den Schultern ihrer Väter; Mütter waren mit Babys gekommen; Männer kletterten an den Säulen empor; andere drängten sich gewaltsam durch die Türen. Es war nicht das übliche Publikum für einen Vortrag. Normalerweise, meinte Steffa, drängten sie eher nach draußen.

»Überwiegend arme Einwanderer«, schreibt Lucia in ihrem Tagebuch. »Viele davon vollkommen ausgemergelt & schlecht gekleidet.« Einige trugen Spruchbänder; andere schwenkten grüne Fähnchen, die von fliegenden Händlern schon seit Tagen für fünfzehn Cent das Paar angeboten wurden. Und als sie die Menge mit ihrem Opernglas musterte, entdeckte sie zu ihrem Erstaunen nicht weit von der Bühne, gleich neben der linken Proszeniumssäule, ihre Zofe Honor Connolly »an der Seite eines Arbeiters mit schwerem Haupt«. Ein erstaunliches Mädchen, diese Honor Connolly aus Ardee. Ich hätte sie gerne kennengelernt.

> Steffa, immer das Biest, machte *une vraie scène* und presste sich das Taschentuch an die Nase wie Marie-Antoinette. »Der Duft von Irlands grünen Hügeln«, schniefte sie theatralisch. Ich forderte sie auf, *la politesse* zu wahren.

Die Zeitungen berichten, dass O'Keeffe die Menge fast eine halbe Stunde warten ließ. Dann wurde der Kronleuchter langsam herabgelassen und Bühnenarbeiter löschten die Kerzen. Am Bühnenrand brannte nur ein einzelnes Licht; die schweren Brokatvorhänge öffneten sich. Auf der Bühne stand nichts als ein Rednerpult.

Das Jefferson tobte. Der Tumult war noch fünf Straßen weiter zu hören. Von den obersten Rängen regnete es Blumen und grüne Bänder. Das Publikum johlte und schrie, noch ehe er überhaupt die Bühne betrat. Als sein Leibwächter ihn hinter die Bühne geleitete, war einen Augenblick lang seine Silhouette zu sehen. Er ließ seine Zuhörer noch einmal zwei Minuten warten. Sein Wasserglas wurde gefüllt. Anhaltender, frenetischer Jubel.

Er baute sich mit ernster Miene neben dem Rednerpult auf, die Hand auf die Brust gelegt, und verbeugte sich tief zum Dank für den tosenden Beifall. Immer wieder gebot er dem Publikum durch Gesten Einhalt, doch die Menge jubelte nur umso lauter und skandierte seinen Namen. Er trug einen Anzug aus schwarzem Wolltuch, dazu eine glänzende dunkelblaue Weste. Die schwarzen Stiefel waren auf Hochglanz poliert. An der rechten Hand trug er einen Diamantring, der bei jeder Bewegung blitzte. Handschuhe und Kragen, ja sogar seine Manschetten waren ebenfalls schwarz.

»Was ihr hier vor euch seht«, hob er an, »ist ein Nichts.«

Aus dem Publikum ertönte Gelächter. O'Keeffe verzog keine Miene. Mit gemessenen Schritten kam er nach vorn an den Bühnenrand: Hamlet auf der Suche nach dem Vater. Hie und da ein Johlen oder Pfeifen – er streifte die Handschuhe ab. Anscheinend wartete er, dass Ruhe einkehrte.

»Diese elende Hülle habe ich der mächtigen Viktoria gestohlen, die sie auf einer unwirtlichen Insel unter Verschluss halten wollte.

Ein Zeitvertreib für gekrönte Häupter. Etwas, das man bewachen muss. Ein vergessenes Nichts auf einem kahlen Felsen.«

»Was für eine Schande!«, rief eine Männerstimme von irgendwo ganz oben. »Lang lebe das Messer«, schrie eine Frau.

»*Nein, keine Schande*«, verkündete O'Keeffe. »Ein strahlendes Ehrenzeichen! Sie haben Wolfe Tone eingesperrt! Lord Edward Fitzgerald! Den unvergleichlichen John Duggan! Ein Pantheon der Patrioten! Namen, die zu nennen ich am heutigen Abend gar nicht wagen sollte. Und derer ich mich niemals würdig erweisen werde, und wenn ich so alt werde wie Methusalem. Dass dieser Leib, den ihr hier vor euch seht, der Vernichtung für würdig erachtet wurde – *davon, ja davon werde ich noch meinen Söhnen dereinst stolz berichten.*«

Der Saal tobte. Er fuhr fort, und seine Stimme übertönte das Getöse:

»Diese Gliedmaßen, dieser ungeschlachte Körper, dies armselige Knochengerüst, diese sterbliche Hand, diese plumpe Zunge. Diese Brust, die zerspringt vor Sorge um mein gequältes, hungerndes Volk. All das wollten sie haben. Jede Faser von mir. Diese Narren, diese von der Krone geblendeten Narren, erkannten nicht, *dass unser Leib nichts ist als ein leeres Schiff, das darauf wartet, die Fracht der Geschichte in sich aufzunehmen!*«

Er sprach noch lange weiter – doch den Rest kann man sich leicht ausmalen. Es war eine großartige, überwältigende Vorstellung. »Er spricht ein geschliffenes Englisch«, rühmte die *Times*, »das Ergebnis seiner Erziehung bei den Jesuiten in Shropshire; dabei ist er erfüllt von einem Feuer, das die Vergoldung einer Basilika zum Schmelzen brächte.« Fast zwei Stunden lang schritt er in seinem Helsingör auf und ab und redete, berichtete von seinem Leben, seinen revolutionären Ideen. Er erzählte ausführlich von seiner Kindheit, den Schrecken, die er miterlebt hatte. Kinder, die am Hafen von Wexford zurückgelassen starben; Väter und Mütter, ausgesetzt wie Tiere; die Schiffe im Hafen bis zum Rand beladen mit verzweifelten, hungernden Auswanderern. Eines Nachts hatte er von seinem Kinderzimmerfenster weinend mit angesehen, wie eine Frau an der Hafenmauer starb. Als er am nächsten Morgen erwachte, lag ihr toter Leib noch immer an derselben Stelle. In diesem Land, wo sie das Licht der Welt erblickt und niemals einem anderen ein Leid zugefügt hatte, wo die

Reichen und Müßigen alles besaßen, was das Herz begehrte, war ihr nicht einmal ein ordentliches Begräbnis vergönnt. »Diese Heldin«, rief er, »deren Name in keinem Buch verzeichnet ist, diese Frau ist der Grund, weshalb ich heute hier vor euch stehe!«

Sie und ihresgleichen. Die Armen von Irland. Sie allein hatten ihm den Weg gewiesen. Als er unter dem Galgen stand, als er anschließend im Kerker schmachtete, als er ohne alle Hoffnung von den glühenden australischen Felsen seine Gebete gen Himmel schickte, waren sie es, die ihn vor der Verzweiflung bewahrten. »*England, du verbrecherische Nation, weine*«, donnerte er, »*weine darüber, dass du so wunderbaren Menschen so großes Unrecht getan hast.*« Ein Holländer, der an jenem Abend hinter der Bühne arbeitete und sich für Irland nicht im Mindesten interessierte, der kaum wusste, wo es überhaupt lag, erzählte mir, am Ende des Vortrags sei er, der Holländer, bereit gewesen, den Buckinghampalast niederzubrennen.

An diesem Abend speiste O'Keeffe in dem Haus an der Fifth Avenue, auf Einladung von Tante Steffa, die darauf bestanden hatte, ihm vorgestellt zu werden, nachdem sich der Vorhang zum elften und letzten Mal geschlossen hatte. Er hielt Hof in seiner Garderobe, nippte an einem Glas eisgekühlten Champagners und gab bereitwillig Autogramme für die Platzanweiserinnen. Der Vortrag sei nicht sonderlich gut gewesen, meinte er im Gespräch mit Steffa. »Fanden Sie ihn in Ordnung? Ich hatte den Eindruck, ich war ein wenig heiser.« Selbstkritik war eine von O'Keeffes Posen – die Prahlerei der Eitelkeit.

Mein Großvater scheint ihm vom ersten Augenblick an misstraut zu haben. O'Keeffe redete unablässig. Es war, als betrachte er das Abendessen als Fortsetzung seines Auftritts. Er nahm Tafelsilber und Delfter Porzellan, um seinen Vortrag zu untermalen, der lang und weitschweifig und so detailreich war, dass er seine Zuhörer in eine Art Trance versetzte. Zu meines Großvaters Verblüffung, und zum Entzücken seiner Töchter, gab er Teile davon in galantem Französisch zum Besten. Ein Brandyglas war Wolfe Tone, ein Tranchiermesser Lord Cornwallis. Saucieren und Teelöffel standen für die hungernden Armen von Wexford. Er aß nicht viel, obwohl er beileibe kein Kostverächter war. Es blieb der Tischgesellschaft nicht verborgen, dass er sehr wohl wusste, was er zu tun hatte, wenn man ihm ein Glas Rotwein vorsetzte.

O'Keeffe hatte sich umgezogen und trug jetzt einen schimmernden schwarzen Gesellschaftsanzug, eine Art Blouson aus japanischer Seide. (»Wie ein Pirat in einer Schmierenkomödie«, sagte mein Großvater später, auch wenn er ihm damit ein wenig Unrecht tat.) Er rauchte, als man ihm zu rauchen anbot – türkische Zigarillos –, »ein Laster, das ich mir in der Gefangenschaft angewöhnt habe«. Nicht nur seine Kleidung verlieh ihm ein etwas merkwürdiges Aussehen. Hauptsächlich lag es daran, dass ihm bei dem Versuch, das Theater zu verlassen, eine Horde mit Scheren bewaffneter Frauen aufgelauert hatte, die ihn zahlreicher Haarlocken beraubte. Er scherzte über diesen Angriff, doch offenkundig schmeichelte er ihm sehr. *Les Anglaises* hätten ihn am liebsten einen Kopf kürzer gemacht; im Vergleich dazu seien ein paar Büschel von dessen Zier doch kaum der Rede wert.

Der alte Herr, von Hause aus Republikaner, hatte für Monarchisten nicht viel übrig, doch er verabscheute Extremisten jeglicher Couleur, weil sie für seinen Geschmack ungehobelte Klötze waren. Dieser Ire, fand er, rede über England wie ein Methodist über Alkohol. (»Ermüdend und unoriginell«, sagte mein Großvater Jahre später zu mir. »Die bloße Erwähnung von Königin Viktoria hatte auf diesen Mann die gleiche Wirkung wie Mondlicht auf einen Werwolf.«) Und hinzu kam, auch wenn davon an jenem Abend nicht die Rede war, dass O'Keeffes Vergangenheit nicht ganz so geradlinig war, wie er gern glauben machte.

Es hieß, er habe mit einer Aborigine-Frau in Tasmanien eine Tochter gehabt – das Kind war gestorben, doch der Skandal lebte fort – und habe diese Frau bei seiner vielgerühmten Flucht schnöde im Stich gelassen. Unter den New Yorker Iren munkelte man, sie habe sich aus Liebe zu ihm ertränkt; außerdem gebe es noch eine andere Frau – eine Pfarrerstochter, die Ehefrau eines Friedensrichters –, ja es hieß sogar, er habe eine Geliebte, eine opiumsüchtige *marquésa*, die er in Baltimore versteckt halte. Ich nehme an, Lucia kannte die Gerüchte, zumindest manche davon. Wie sie darüber dachte, ist nicht überliefert.

Tatsache hingegen ist, dass sie und O'Keeffe in der Folgezeit häufig zusammen in Manhattan gesehen wurden, meist, wenn auch nicht immer, in Begleitung. Sie gingen zusammen ins Theater, vor allem aber in die Oper. O'Keeffe liebte Verdi – seine Mutter war italienischer Abstammung gewesen – und war selbst ein durchaus achtbarer Tenor. Aber es spricht für ihn, dass er nicht gern in der Öffentlichkeit sang. Er konnte ein wenig Laute spielen und tat es bisweilen auch. Seine bevorzugte Art der Darbietung war jedoch das Rezitieren von Gedichten. Zahlreiche Quellen berichten, dass er in diesen Monaten in den Salons besonders gern mit einer alten Ballade aus seiner Heimat glänzte. In der Regel wird sie zu einer heiteren Melodie gesungen: ein ausgelassenes Liedchen. O'Keeffe aber rezitierte sie in getragenem Tempo und mit leiser Stimme, als sei jedes Wort eine Offenbarung. Als verberge sich in ihren Rhythmen und Reimen ein wohlgehütetes Geheimnis.

Einst ging ich hin,
um die Mitternacht
durch Dublin im Mondenschein –
Da hab ich erblickt
eine spanische Frau,
die wusch ihre Haare so fein.

Erst wusch sie sie
und hielt sie dann
zum Trocknen,
wo das Feuer glüht.
Mein Leben lang sah ich nie mehr
eine Frau
von so sanftem Gemüt.

Man mag es sich ausmalen. Diesen irischen Heathcliff mit seinen Locken und eleganten Hemden und seinem Sinn für das Tragische, mit seiner Grabesmiene und den blitzenden Augen. Sie spazierten durch die Parks und an den Ufern des Flusses entlang. Sonntags besuchten sie gemeinsam die Messe.

Noch bevor sie das zwanzigste Lebensjahr vollendete, hatte Lucia mehrere Heiratsanträge abgelehnt, unter anderem von einem brillanten jungen Arzt, einem Pionier der Gynäkologie, der später einen Spross der Familie Astor heiraten und ein unbedeutender, wenn auch begabter Landschaftsmaler im Westen werden sollte; auch der

Antrag eines Bankiers aus Boston fand keine Gnade. Die Tatsache, dass sie so gute Partien ausschlug, trübte wohl das Verhältnis zwischen ihr und meinem Großvater, der ebenso streng wie großherzig sein konnte. Für ihn war die Ehe in erster Linie ein Vertrag, obwohl er selbst glücklich verheiratet gewesen war und allem Anschein nach seine Frau geliebt hatte. Kurz bevor er im Jahre 1903 starb, sagte er zu seinem Anwalt, er habe seine geliebte Lucia niemals verstanden; und ich denke, das war die reine Wahrheit. Er las keine Gedichte; sie kaum etwas anderes. Romane waren ihm ein Greuel (»Wenn ich Lügen lesen will, Sir, dann greife ich zur Zeitung.«). Er war ein skeptischer Presbyterianer, sie eine fromme Katholikin, erzogen im Glauben ihrer Mutter und Familie. Einmal gab es sogar Gerüchte, sie wolle in ein Kloster eintreten. Aber ich glaube nicht, dass *mi tía Lucia* eine gute Nonne abgegeben hätte. Nicht nachdem sie O'Keeffe begegnet war.

Ihr Briefwechsel befindet sich in meinem Besitz, doch die Lektüre macht mir Unbehagen. Der Leser weiß gewiss selbst, was es heißt, verliebt zu sein, und kennt den leidenschaftlichen Gefühlsüberschwang, der dann von uns Besitz ergreift, vor allem, wenn wir so jung sind wie eine der beiden Beteiligten. Ich will hier nicht mehr ausplaudern, als dass sich an jenen Sommerabenden an den Ufern des Hudson mehr entspann als eine reine Seelenfreundschaft. Eine Passage gibt es, die mich bei der Lektüre immer wieder in Erstaunen versetzt: »Ich habe Dich geliebt«, schreibt Lucia dort, »noch bevor Deine Hand mich je berührte, bevor ich Dich je gesehen oder auch nur Deinen Namen gehört hatte. Und stürbe ich morgen, die Begegnung mit Dir, und wäre sie auch noch so flüchtig, wäre Wunders genug gewesen für ein ganzes Leben.« Ein bemerkenswertes Geständnis, wenn es denn die Wahrheit ist; und ich habe keinen Grund, es anzuzweifeln.

Er nutzte ihre Jugend aus, sagen Sie? Vielleicht haben Sie recht. Obwohl sie stets das Gegenteil beteuerte. »Ich selbst habe die Sache vorangetrieben«, sagte sie mir. »Er glaubte immer, *er* sei es, doch in Wirklichkeit war ich die treibende Kraft.« Ich will niemanden beschuldigen. Dergleichen steht mir nicht zu. Niemand, der sich mit der Geschichte dieses Mannes befasst, kann in die Tiefen seines Herzens blicken, das sich wie alle Menschenherzen gern selbst verzieh, geschweige denn die Vereinbarungen beurteilen, die ein anderer mit den Instanzen seines eigenen Gewissens trifft. Wie auch immer es gewesen sein mag, fest steht, dass O'Keeffe und Lucia zu Beginn des Jahres 1855 in aller Stille im Rahmen einer eilig improvisierten Zeremonie heirateten und dass keine Zeitung darüber berichtete. Es war der 10. Januar; Lucias einundzwanzigster Geburtstag. Der erste Tag, an dem sie ohne väterliche Einwilligung heiraten konnte.

Mein Großvater war geschäftlich in Havanna. Bei seiner Rückkehr nach New York teilte Tante Steffa ihm mit, was geschehen war. »Ich dachte, er erschießt mich auf der Stelle«, erinnerte sie sich später. »Er beschimpfte Con als skrupellosen Glücksritter und mich als elende Kupplerin. Es war alles ungeheuer aufregend.« Doch trotz seines Zorns, der es, wie es heißt, an Heftigkeit mit einem Vulkanausbruch aufnehmen konnte, ließ er das Paar nicht ohne Beistand und ohne Dach über dem Kopf. Wenn er die beiden vor die Tür gesetzt hätte, hätte das den ohnehin schon schwelenden Skandal nur weiter angeheizt. Und will man dem alten Griesgram Gerechtigkeit widerfahren lassen, so muss man einräumen, dass er, ganz der typische Amerikaner, zwar nicht alles für sie gab, aber doch versuchte, soviel für sie zu tun, wie ihm unter den Umständen möglich war. »Man muss sich in das Unvermeidliche fügen und das Beste daraus machen«, das war eine seiner Maximen. In diesem Falle blieb ihm ja auch keine große Wahl.

Und so richteten sich die O'Keeffes im Vaterhaus der Braut ein, im Haus Nummer 1, the Fifth Avenue, Manhattan. Keine schlechte Adresse für die Visitenkarte eines zum Tode verurteilten Sträflings. Das Paar bewohnte zwei eigens für sie umgestaltete Etagen der Villa. Die Spitzenvorhänge kamen aus einem Nonnenkloster in Dublin. Alte Meister zierten die Wände, Louis-Quatorze-Möbel die Salons. Es war ein deutlich behaglicheres Nest als das, das er in Tasmanien bewohnt hatte, mit einer längst vergessenen Frau, wenn sie denn je existiert hatte.

Die Ehe scheint fast sofort in schwieriges Fahrwasser geraten zu sein. Es ist nicht ungewöhnlich, dass Frischverheiratete Enttäuschungen erleben – dass das Leben in der Republik des Ehestands ihnen anfänglich Schwierigkeiten bereitet. Wie bei so vielen verlockenden

Zielen fragt man sich, wenn man einmal angekommen ist, ob es die Mühen der Reise wirklich wert war. Die Gäste haben sich verabschiedet, die Konfetti sind aufgekehrt. Man starrt sich an, über die Reste des Frühstücks, beunruhigt von der plötzlichen Stille. Ein Großteil der heutigen Menschen wendet, wie auch fast alle modernen Romane, verschämt den Blick ab von diesem unbequemen Bild und tut stattdessen, als sei das Buch mit der Eheschließung zu Ende. Doch nicht wenige haben die kummervolle Erfahrung gemacht, dass eine Hochzeit eben nicht der Epilog ist, sondern allenfalls die Widmung. Das Buch, in dem man sich wiederfindet, kann beglückend oder auch langweilig sein, ein duftender Blumengarten oder ein billiger Albtraum. Die Person, mit der zusammen man an diesem Buch schreibt, kann einen anbeten oder auch ersticken. Kein Wunder, dass sich mitunter Zweifel regen. Doch in unserem Falle war die Krise anderer Natur. In diesen ersten Monaten ihrer Ehe muss meine Tante eine Erfahrung gemacht haben, die schwerwiegende und dauerhafte Folgen haben sollte.

Erst viele Jahre später habe ich herausgefunden, was das Geheimnis war, und bis auf den heutigen Tag scheue ich davor zurück, es zu enthüllen. Doch ich will immerhin sagen, dass jene, die sich die Mäuler zerreißen, unrecht haben. Manche Spekulationen sind so weit hergeholt, dass sie kaum der Erwähnung wert sind. O'Keeffe habe intensive Freundschaften mit Männern gepflegt. Wer tut das nicht? Er fand kleine Jungen hübsch. Manche sind es wirklich. Doch meines Wissens frönte er nicht jenen athenischen Neigungen, welche in seiner idyllischen englischen Schule nicht gänzlich unbekannt waren. Das Intimleben, die ehelichen Beziehungen – das, was Tante Steffa zum Entsetzen meines Großvaters gern »das Nichts, um das man soviel Aufhebens macht«, nannte – verlief allem Anschein nach harmonisch und zur beiderseitigen Befriedigung. Das ist keineswegs selbstverständlich auf einem neu eingesäten Feld, wo leidenschaftlicher Eifer und grüne Unerfahrenheit zusammentreffen. Im Grunde war das Ganze eine Privatangelegenheit, und dies wird auch meine Feder beherzigen, denn die Enthüllung wäre zu nichts nütze.

Wie auch immer, wenn der geneigte Leser mir den Exkurs gestattet: Eine wirklich harmonische Ehe ist so selten wie ein Schnabeltier, diese erstaunliche Laune der Natur, und womöglich ebenso museumswürdig. Sollten Sie, werter Leser, mit einer solchen Verbindung gesegnet sein, dann beherzigen Sie den folgenden Rat: Lassen Sie die zeitraubende Lektüre dieser Zeilen sein, zerreißen Sie das Buch, werfen Sie es ins Feuer, eilen Sie an die Lippen Ihrer liebenden Bundesgenossin und fragen Sie, was Sie für sie tun können. Denn wer von uns würde nicht lieber der Liebe frönen als der Lektüre? Wozu *überhaupt* lesen, wenn es nicht dazu dient, einander besser lieben zu lernen? Hätte O'Keeffe doch nur begriffen, wozu Worte *gut* sind, statt sie immer nur gegen etwas einzusetzen!

Sein Teminkalender für die ersten beiden Jahre seiner Ehe ist eine ernüchternde, jedoch aufschlussreiche Lektüre. Montgomery, New Orleans, Atlanta, Chicago, Macon, Chattanooga, San Francisco (zweimal). Er durchstreifte den amerikanischen Kontinent wie ein unsteter Wind. Jede Einladung wurde angenommen; immer reiste er allein und war oft monatelang unterwegs. Von diesen siebenhundert Nächten verbrachte er keine neunzig in New York. Es ist schwer, nicht zu dem Schluss zu kommen, dass er lieber anderswo war.

Sobald er zu Hause war, kam es zu erbitterten Auseinandersetzungen. Die Eheleute wurden verschiedentlich beobachtet, wie sie in aller Öffentlichkeit auf der Straße heftig stritten. Lucia, die – wie O'Keeffe auch – südländisches Blut in den Adern hatte, war alles andere als eine sanfte Lotosblüte, wenn die Wut sie packte. Der Architekt Carroll Templeton, selbst ein alter Verehrer von Lucia, berichtete einem Freund von einer außerordentlichen Begebenheit, deren Zeuge er im Hause der beiden wurde. Der Zwischenfall ereignet sich bei einem üppigen Diner, zu dem die O'Keeffes anlässlich des St. Patrickstags im Jahr 1857 eingeladen hatten.

Bei dieser unseligen Gelegenheit hatte O'Keeffe zu tief ins Glas geschaut – er war völlig betrunken – und den alten Herrn übel beschimpft. Mein Großvater, der ebenfalls nicht mehr ganz nüchtern war, hatte sofortige Genugtuung gefordert, woraufhin O'Keeffe einen geladenen Revolver zog. Zwei Schüsse wurden abgefeuert, und die Kugeln trafen ein Fra Filippo Lippi zugeschriebenes Altarbild aus dem Quattrocento, »Die Krönung der Jungfrau«. Es hatte im Jahr 1851 neunzigtausend Dollar gekostet. Zu Lucias Kummer und der Verlegenheit der Gäste endete der Abend damit, dass Vater und Ehemann sich auf der Treppe stritten wie zwei Schläger aus der Bowery, während die Dienstmädchen hysterisch das Ave Maria beteten. Alles in allem, so Templetons Tagebuch, »ziemlich übles irisches Schmierentheater; eine zum Leben erwachte Karikatur aus dem *Punch*«.

Wenig später brach O'Keeffe nach Mittelamerika auf – kaum das Verhalten, das man von einem liebenden Ehemann erwarten würde. Er blieb achtzehn Monate fort und schrieb nur selten nach Hause. Die drei erhaltenen Briefe sind knapp, beinahe geschäftsmäßig nüchtern. Er schreibt wie jemand, der genau weiß, wie er andere verletzen kann. Verletzt wird man weniger durch das, was jemand sagt, als durch das, was ungesagt bleibt. Verletzen ist die Kunst der Auslassung.

Was ihn auf die Landenge führte, habe ich nie vollständig in Erfahrung bringen können. Auch nicht, wer ihn begleitete oder ob er allein unterwegs war. Er bereiste Costa Rica und stattete Panama einen kurzen Besuch ab. Den Winter verbrachte er in Nicaragua, dem Land, aus dem Lucias Familie kam – sie stammte aus altem kastilischem Adel, *conquistadores* und *caballeros* –, doch anscheinend besuchte er nicht den Familiensitz in Matagalpa. Für *Harper's Weekly* verfasste er einen kenntnisreichen Artikel über die Verwendung von pflanzlichen Rauschdrogen bei den Miskitoindianern. Außerdem schrieb er eine Abhandlung über die Stadt Bluefields in der Provinz Atlántico, eine Siedlung, deren Einwohner nicht indianischer Abstammung sind, sondern Schwarze und die eine Mischung aus Cockneyenglisch und westafrikanischem Gullah sprechen. In dem Artikel heißt es, der Autor habe »die Regenzeit« in der Stadt verbracht und »die Hurrikane von den Terrassen etlicher *caudillos* aus beobachtet – der Ehrentitel, mit dem die Einheimischen einen bedeutenden Mann bezeichnen«. Doch als ich der Sache nachging – zugegebenermaßen erst Jahrzehnte später –, konnte sich niemand an einen solchen *caudillo* erinnern, und auch nicht an ein Haus mit Terrasse.

Wieder in New York kehrte er zu Lucia zurück. Seine Haut war vom Reisen sonnengebräunt. (»Wie ein Gondoliere«, schrieb sie an Steffa.) Aber die Atmosphäre blieb angespannt. Schon bald flammten die Streitereien wieder auf. Allem Anschein nach sogar noch erbitterter als zuvor. Als besonders schmerzlich empfand Lucia das Schweigen zwischen den Auseinandersetzungen. O'Keeffes mittlerweile verstorbener Kammerdiener hat mir berichtet, er habe nie einen Menschen kennengelernt, der so viele Tage verbringen konnte, ohne ein einziges Wort zu sprechen. Vielleicht liege es ja an der monatelangen Einzelhaft – »eine gute Vorbereitung auf den Ehestand«, scherzte der Kammerdiener.

Er gründete eine radikale Zeitung, voll mit Manifesten und Denunziationen, die Art von irischem Blatt, das Monarchen zum Rücktritt auffordert, doch anscheinend verlor er schon vor dem Erscheinen der vierten Ausgabe das Interesse daran. Es gab Reibereien mit der Belegschaft und mit den Herausgebern, Weggefährten in der von ihm ins Leben gerufenen revolutionären Organisation – der *Vereinigung zum Kampf für Gälische Bruderschaft und Freiheit*: einer Gruppierung, die weder vereinigt noch kämpferisch noch brüderlich war, und freigiebig allenfalls mit Beleidigungen – in aller Regel auf Gälisch. Mittlerweile war der Strom der Einladungen zu Vorträgen verebbt, sie tröpfelten nur noch vereinzelt. Nur wenige amerikanische Städte hatten das Messer nicht in ihren Mauern blitzen sehen. Damals wie heute war alles verzeihlich außer der Langeweile. Das Publikum dürstete nach neuen Rednern, nach unbekannten Geschichten oder zumindest nach neuen Versionen des altbekannten Stoffs. Zudem war O'Keeffes Stern ein wenig verblasst, als ein paar noch feurigere irische Rebellen in New York eintrafen: John Fintan Duggan, der sich den Weg aus dem australischen Kerker mit Dynamit freigesprengt hatte, Richard O'Leary, Edward Casey McBride. Das waren harte Männer, Rädelsführer, die ihre Ziele unbeirrbar verfolgten. Sie fühlten sich weniger zum Rednerpult und den Salons der gehobenen Gesellschaft hingezogen als O'Keeffe und hatten über diesen Fenier aus der Fifth Avenue nicht nur Gutes zu berichten. So wurde er allmählich zum Einzelkämpfer in den Reihen der politisch Engagierten. Ein Republikaner in einer Ein-Mann-Republik.

Wie so vielen ehemaligen Sträflingen scheint es auch ihm nicht gelungen zu sein, wieder im Leben Fuß zu fassen. Es gibt Skizzenbücher voller Zeichnungen von militärischen Uniformen. Er sammelte antike Schwerter, alte Lieder. Die Ballade »Die zwei Raben« übersetzte er zuerst ins Gälische, dann ins Italienische und schließlich ins höfische Französisch. Rührend war – ich zumindest finde es rührend –, wie er Lucias erste Verse in seiner gestochenen Handschrift abschrieb. Wie so viele intellektuell brillante Menschen hatte sie eine grauenvolle Handschrift, eine Tatsache, mit der sich O'Keeffe als stolzer Ehemann brüstete, als sei dieser bewundernswerte Makel sein eigener.

Er erlangte die Zulassung als Anwalt, übte jedoch den Beruf nie aus. Er stand an der Spitze eines Konsortiums, das eine Brücke über den Hudson bauen wollte, ein Unterfangen, das ihm, überzeugte er sich, ein Vermögen einbringen würde, sodass sein Schwiegervater ihm seine Mittellosigkeit nicht mehr vorhalten konnte. Doch auch dieser Plan scheiterte, weil sich nicht genügend Investoren fanden. Oft sah man ihn in den ärmeren Vierteln von Manhattan oder drüben in Brooklyn, wo er durch das Hafenviertel und die elenden Gassen an der Fulton Street streifte. Bisweilen starrte er stundenlang die Schiffe an. Einmal gab es einen Zwischenfall, bei dem die Polizei gerufen werden musste, weil er mit dem Stock auf einen Bankier losgegangen war, der vor seinen Augen ein bettelndes Kind angespuckt hatte. Von Zeit zu Zeit betrank er sich sinnlos.

Er entwickelte sich zu etwas, das man, wenn man ihn je auf der Bühne gesehen hatte, für unmöglich gehalten hätte: zu einem zaghaften, ja geradezu ängstlichen Mann. Er sorgte sich wegen seiner Lunge, hatte Albträume vom Gefängnis in Wicklow und war geradezu besessen von der Vorstellung, dass ihm auf der Straße jemand folgte – was, wie wir heute wissen, auch tatsächlich der Fall war. England ließ ihn nach wie vor von Agenten überwachen – in London hielt man ihn noch immer für gefährlich und befürchtete, er könne insgeheim eine Invasion nach Britisch-Kanada vorbereiten oder Munition nach Irland schmuggeln. Die hohen Herren in Westminster hatten keine Ahnung, dass das Messer längst stumpf geworden war. Ein Detektiv, der ihn im Winter des Jahres 1859 beschatten sollte, musste den Auftrag trotz des großzügigen Honorars und der Erstattung aller Unkosten zurückgeben. Er langweile sich zu sehr, und der Alkohol tue ihm nicht gut, schrieb er nach London. Die langen Aufenthalte in irischen Kneipen seien zu viel für ihn.

In jenen Jahren stellte sich heraus, dass die Vereinigten Staaten, eine Ironie des Schicksals, falsch oder zumindest voreilig benannt worden wurden. Man konnte sich mit niemandem unterhalten, ohne Position zu beziehen. Hatte der Süden das Recht, so zu leben, wie es seinen politischen Führern beliebte? Oder hatte sich jeder Staat den in Washington beschlossenen Gesetzen zu beugen? Eine Ehe mit Hindernissen, diese amerikanische Republik. Allenthalben machte sich das Gefühl breit, dass sie auf eine schmutzige Scheidung zusteuerte.

Seit O'Keeffe amerikanischen Boden betreten hatte, liebte er den Süden. Charleston, Savannah: diese sinnlichen, prachtvollen Städte; die singende Sprache, das Aussehen der Frauen, das, was er mit einem einprägsamen, wenn auch zutiefst unaufrichtigen Satz beschrieb als »die mediterrane Lebensfreude der südlichen *mode de vie*, die einem Mann soviel Muße und Vergnügen beschert«. Den Haufen Dreck, auf dem diese Lebensfreude damals schon ins Wanken geriet, scheint er kaum bemerkt zu haben.

An den bemerkenswert wenigen Stellen, wo das Thema in seinen Schriften zur Sprache kommt, betrachtet er all das offenbar als Teil der Landschaft, wie ein exotisches Gewürz oder die Verwendung der französischen Sprache in Louisiana, ein Ergebnis der Tatsache, dass Menschen in heißeren Ländern sich nun einmal anders verhalten. *A chacun son goût* lautete anscheinend sein Motto; aber seine Toleranz ist ein bewusstes Ignorieren.

Und das ist, gelinde gesagt, schwer zu begreifen. In seiner Kindheit hatte O'Keeffe sehr viel über die Obszönität des Menschenhandels erfahren. Tatsächlich war sein Kindermädchen in Wexford, eine Afrikanerin mit Namen Beatrice, deren Konterfei er sein Lebtag in einem Medaillon am Handgelenk trug, selbst eine ehemalige englische Sklavin. Wenn er sich nun in Amerika von ihren geraubten Geschwistern bedienen ließ und zu keinem Zeitpunkt die Stimme erhob, um ihre Emanzipation zu fordern, dass er sogar schrieb, die Sklaven im Süden würden »gut versorgt und ernährt« und führten »in Mississippi ein glücklicheres Leben als im heidnischen Äthiopien«, kann man nur als einen erstaunlichen Missgriff bezeichnen.

Doch als das Geschwür aufbrach, überraschte er alle. Er nahm nicht Partei für den abtrünnigen Süden, wie er es jahrelang angekündigt hatte und wie es viele führende irische Köpfe taten. Am dritten Vormittag nach dem Angriff auf Fort Sumter tauchten in den Straßen von New York Plakate auf: in Five Points und an der Battery, auf der Lower East Side, in der Stanton und in der Mulberry Street, an der alten Kathedrale in der Moot Street, in jedem heruntergekommenen Viertel, wo arme Iren ihr kärgliches Leben fristeten; in den stinkenden Slums von Brooklyn.

IRISCHE EINWANDERER & ALLE MÄNNER VON EHRE

MELDEN SICH FREIWILLIG

FÜR DIESE VEREINIGTEN STAATEN!

Zehntausende Iren
Treten ein in die ARMEEN DER UNION
Für diese GROSSE REPUBLIK und verteidigen sie
gegen den VERRAT
Der sie BEDROHT!
Wollt ihr zulassen, dass der VERRÄTERISCHE SÜDEN
die VERFASSUNG zerstört?
Wollt ihr untätig zusehen, wenn
DIE FREIHEIT IN GEFAHR IST?
Diese Republik hat euch die FREIHEIT geschenkt!
ERHEBT EUCH ZU IHRER VERTEIDIGUNG!
Jeder Mann & jeder Knabe wird gebraucht
In diesem Kampf für das Vaterland!
Wenn dein Nachbar dies nicht lesen kann,
Dann berichte ihm, was hier steht.

Veröffentlicht auf Kosten von James C. O'Keeffe, 1, the Fifth Avenue, New York.

Damals stand an der Fifth Avenue, zwischen der 19. und 20. Straße, eine Reihe von eleganten Stadthäusern. Die Art von Häusern, die die Kulisse für so viele zeitgenössische Romane abgeben; wo man geistreiche Bemerkungen austauscht – lange, mit Fremdwörtern gespickte Sätze – und wo das Essen ebenso reichlich ist wie die Verwendung von Satzzeichen, sodass niemand je unter Hunger oder Armut leidet; wo es Badezimmer und Bedienstete gibt, sodass nie jemand stinkt, und wo die Debütantinnen von Zimmer zu Zimmer schweben und tiefschürfende, wenn auch uneindeutige Erkenntnisse gewinnen. Früh am Morgen des neunzehnten April blickten die Bewohner dieser Häuser von ihrem demonstrativ bescheidenen Frühstück auf und wurden Zeuge eines ungewöhnlichen, denkwürdigen Schauspiels: Eine Horde Zerlumpter zog unten auf der Straße vorüber. Lärmend. Beunruhigend. Kein schöner Anblick. Sie marschierten unter einer Flagge, die kaum einer je zuvor gesehen hatte: einer grün-weiß-orangefarbenen Trikolore.

Es waren Hafenarbeiter, Schauerleute, Hufschmiede und Maurergehilfen. Kleine Büroangestellte; viele Hunderte. Die Niemande, die in den Journalen des Lands der unbegrenzten Möglichkeiten als Affen und Ungeheuer abgebildet wurden. Trunkenbolde und Ehemänner. Betbrüder und Kriminelle, Fabrikarbeiter, Lehrlinge, Dienstboten. Sie zogen in Lumpen die Avenue entlang; die wenigsten von ihnen waren je marschiert: disziplinlos, holprig, ungeordnet. An der Spitze des Zuges ging ein Dudelsackspieler mit einem mottenzerfressenen Kilt und spielte »Bonaparte überschreitet den Rhein«.

Sie erreichten den Rekrutierungsposten an der Ecke der 19. Straße, wo sie sich in die Schlangen der Wartenden einreihten, »erstaunlich nüchtern«, wie der *Tribune* vermerkte. Hier schworen sie, das Land, das ihre Kinder angespuckt hatte, mit der Waffe in der Hand zu verteidigen, notfalls sogar dafür zu sterben. Der Anführer trug eine selbst entworfene Phantasieuniform – dunkelgrün mit keltischen Harfen auf den Epauletten, eine Schärpe aus Goldschnüren um die Taille, an den Füßen spanische Reitstiefel – der ganze Aufzug erinnerte ein wenig an Simon Bolívar. Es wäre ein Leichtes gewesen, sich am Salonfenster stehend über diesen Schlawiner und seinen bunt zusammengewürfelten Haufen lustig zu machen, denn sein Aussehen an diesem Morgen hatte etwas Operettenhaftes, und das galt erst recht für seine Truppe. Für die Armen, die in unermesslicher Zahl sterben sollten, während man sich selbst hinter dem Fenster an ironischen Bemerkungen delektierte.

An seiner Seite hing in einer blitzenden Scheide ein mit grandiosen Quasten verziertes Schwert, das vor langer Zeit, in einem weit entfernten, trostlosen Land, für einen Offizier aus Cromwells Armee geschmiedet worden war. Vielleicht hatte es Iren getötet. In O'Keeffes

Hand würde es noch weitere töten. Das Messer hatte endlich seine lange gesuchte Bestimmung gefunden.

Der junge Timothy O'Sullivan machte eine Fotografie von O'Keeffe und dreien seiner Offiziere in voller Montur. Er sieht jünger aus als er in Wirklichkeit war: schneidig und muskulös wie ein Boxer; es ist das einzige bekannte Bild von ihm, auf dem er lächelt. Neben ihm stehen die Hauptleute Costigan, Haines und O'Malley, alle drei in Begleitung ihrer Ehefrauen. Eine vierte Ehefrau vermisst man auf dem Bild. Ihre Abwesenheit ist so auffällig, dass man es beinahe mit Händen greifen kann.

Die Freiwilligmeldung ihres Mannes ist auf Gälisch unterschrieben: »*Seamas O'Cuiv. Loch gCarman*, Wexford.« In dem Feld, wo der Beruf einzutragen ist, steht das Wort »Patriot«. Es ist doppelt unterstrichen, als hätte jemand gewagt, daran zu zweifeln.

27. Kapitel

Ich gab meinem Schatz ein Andenken, zum Zeichen meiner Lieb'

Lucias Begrüßungsgeschenk für ihren Ehemann bei der Ankunft in Redemption Falls – Ein beachtliches Bild – Beschreibung des unseligen Gemäldes

❖

Posten 19: *Unsere Helden im Westen* von Edward Fairfax Chapel*

Öl (mit Graphit) auf Leinwand

… Das Bild ist von epischen oder heroischen Ausmaßen, elf mal sieben-dreiviertel Fuß ohne Rahmen, und zeigt einen Häuptling vom Stamm der Schwarzfußindianer im vollen Ornat und mit herrlichem Schmuck auf einer Felskuppe im Westen. Das zerklüftete Gesicht ist in ockerfarbenen und karmesinroten Fleischtönen gehalten; die starken, sehnigen Unterarme zieren saphirgeschmückte Goldreifen. Im Hintergrund sieht man die Stromschnellen eines gewaltigen Wasserfalls – hinreißend ausgeführt: Man beachte die in allen Regenbogenfarben schimmernden Gischtwolken – sowie vielfältige Detaildarstellungen der heimischen Flora und Fauna. Die Klaue am linken Mokassin stammt von einem Eckschwanzsperber,

* Aus dem Auktionskatalog »Bedeutende amerikanische Kunstwerke«, Knoedler & Co., New York, Februar 1865. Verfasser unbekannt, aber vermutlich F. R. Hildebrandt, Chefauktionator und Taxator. Auf der Titelseite findet sich folgende handschriftliche Notiz von ihm: »Sehr verehrte Mrs O'Keeffe! Wir hoffen, Sie sind wohlauf. Vor Kurzem haben Sie sich erkundigt, ob wir für den bevorstehenden Geburtstag des Generals ein Bild zu einem musikalischen Thema haben. Leider können wir Ihnen derzeit nichts Musikalisches anbieten, aber ich glaube, angesichts der neuen Position des Gen. im Territorium – eine wohlverdiente Auszeichnung, zu der wir ihm alle von Herzen gratulieren – könnte der Chapel etwas für Sie sein. Wann brechen Sie gen Westen auf? Wir werden Sie sehr vermissen. Mit freundlichen Grüßen, FRH.«

der Federschmuck an der Tomahawkpfeife von Habicht und Haubentaucher. Zu Füßen des Dargestellten grasen Rothirsche und mächtige Büffel in trauter Eintracht.

Der Einfluss des großen Mantegna zeigt sich in der gewissenhaften Abbildung der Kalkformationen (zwischen den Knien des Dargestellten sieht man in der Ferne den Eingang zu einer Höhle), doch die Bildkomposition selbst ist durch und durch romantisch. Der mit Fellen und Lendentuch bekleidete Wilde, ein Inbild von Klugheit und geschmeidiger Kraft, wacht über sein Gebiet, die unverfälschte Schönheit der Natur, die unbezähmbare Wildnis des Himmels. Auffällig ist, dass der Künstler mehr als die Hälfte dieses großformatigen Gemäldes der Darstellung des Himmels vorbehalten hat.

Der waagerecht ausgestreckte Arm der dargestellten Figur weist auf eine Siedlung im fernen Tal, wo wunderbar gemalte winzige Figuren von Menschen und Tieren zu erkennen sind. Auffällig auch die Rauchsäulen der kleinen Feuerstellen und die winzigen Palisadenzäune. Wer sind die unerschrockenen Bewohner dieser Kolonie? Hier sollte der Betrachter einen Augenblick innehalten und seiner Phantasie freien Lauf lassen: Was könnte dieser rote Apoll sagen, wenn er die Gabe hätte, ihn unmittelbar anzusprechen? Hat er Squaws? Hat er Kinder? Wie viele Krieger hören auf seinen Befehl? Die eingeritzten Zeichen auf seinem Gewehrschaft: Was bedeuten diese Runen? Sein edles Antlitz, sonnengegerbt und weise, sieht aus, als habe es die tiefsten Wahrheiten erblickt. Betrachten Sie seine nachtschwarzen Augen: Haben Sie je einen durchdringenderen Blick gesehen? Beachten Sie, wie die Kriegsbemalung das Feuer in seinen Augen noch unterstreicht. Diese kühnen, leidenschaftlichen, allsehenden Augen – kennen sie nicht unsere tiefsten Geheimnisse?

Bei der Ausstellung in der Academy of Design war das Bild eine Sensation, riss Akademiemitglieder und Öffentlichkeit gleichermaßen zu Bewunderung hin und lockte Tausende von Besuchern. In der Folgezeit wurde es in London, Paris und Biarritz gezeigt und war auch dort eine große Attraktion. Keine Geringere als Ihre Majestät, Königin Viktoria von England, zeigte sich begeistert von diesem Meisterwerk.

Dieses herausragende, einzigartige Gemälde wird das Interesse von Sammlern, welche sich für den amerikanischen Westen interessieren, ebenso erregen wie dasjenige der Kunstkenner in den großen Häusern von Manhattan. Schätzwert: $ 10.000–15.000. Sichern Sie sich das Werk durch ein hohes Vorabgebot.

V. TEIL

April in den Bergen

O Rose der Unterwerfung –
Du hast – kein Blut –
Nur vergossene Tränen –
für deinen Verlust.

O Blüte der Buße –
Neige dein Haupt –
Gift'ger Dorn ist der Preis –
den du zahlen musst.

(IV, 1866)

Charles Gimenez Carroll
(Pseudonym von Lucia-Cruz McLelland-O'Keeffe)
»Zum ersten Jahrestag der Kapitulation der Rebellen«

28. Kapitel

Heut bin ich betrunken und nüchtern selten, ich zieh durch die Lande von Stadt zu Stadt

Weitere Erinnerungen der Elizabeth Longstreet –
Eine hässliche Angewohnheit ihres Arbeitgebers –
Und die uralte Sprache des irischen Volkes

❖

*Wenn er getrunken hatte, dann kam man ihm besser nicht zu nahe. Da hielt man Abstand. Ging lieber anderswohin. Denn wenn er so war, dann gab er keinen Penny auf das, was er tat ... Was den Schnaps angeht, da sind die Iren nicht viel besser als die Indianer. Ist für beide ein Fluch. Bringt das Schlechteste raus ... Streitsüchtig werden sie ... Der Dämon in ihrem Inneren ... Die Franzosen, die können was vertragen. Russen. Schweden. Die Deutschen, die trinken, bis einem Frosch Barthaare wachsen ... Aber ein Ire, wissen Sie, der weiß einfach nicht, wann er aufhören muss ... Haben Sie je einen Italiener [betrunken] gesehen? ... Die wissen, wann's genug ist ... Die wollen ja keinen Ärger, die wollen nur den Mädchen nachpfeifen ... Aber der Ire, der kann nicht aufhören ... Das ist das Schlimme bei dem ... Der trinkt Wal Trabla, bis die Wut ihn packt.**

Sicher, manchmal hat er sich mit seiner Frau gestritten. Haben Sie und Ihre Frau sich noch nie gestritten? ... Und sie hat sich nichts gefallen lassen ... O ja. Das können Sie mir glauben ... Die hat Haare auf den Zähnen gehabt ... Und er wurde wütender und wütender, »du hast dies gemacht«, »du hast das gemacht« ... Nein, niemals. Nie hat er die Hand erhoben. Nein nein nein ... Worte und Widerworte, wie das bei Eheleuten so ist ... Oder sie haben einen Tag oder zwei kein einziges Wort miteinander gesprochen ... Ihm hat's ja sowieso immer leid getan. Manche Männer, die sind einfach so. Wer weiß schon, wie das kommt? Einfach ihre Natur.

Alle haben gesagt, er ist ein harter Mann. Rücksichtslos. Aber das stimmte

* Wahrscheinlich »Wild Traveler«, ein billiger steuerfreier Whisky, der damals im Westen sehr verbreitet war.

nicht. Ab und zu war er störrisch. Aber innen drin, da war er ein freundlicher Mann ... Ich hab nie einen anderen Menschen gekannt, der so wechselhaft war. Aber so war er; damals jedenfalls. In ein und demselben Satz hat er was gesagt und wieder zurückgenommen.

Er hat – wie sagt man da –, er hat Ideen gehabt. Hat die Ideen gewechselt, der Mann, wie ein Mädchen die Liebhaber ... Zum Beispiel hat er mir mal ein paar Worte beigebracht von der Sprache, die die Leute in Irland sprechen. Denn die haben ja ihre eigene Sprache da. Ausdrücke wie »Mach die Tür auf« oder »Bring das Essen«. Sachen für Dienstboten. Na, heute habe ich die alle wieder vergessen ... Wissen Sie, er hat immer geglaubt, dass jeder in der Stadt ihn beobachtet, jede Menschenseele. Und da wollte er, dass ich auch mal was sagen kann, was sie nicht verstehen. Aber das war wirklich schwer ... Ja, das war sehr, sehr schwer ... Die Sprache, die wird sich bestimmt nie irgendwo anders durchsetzen.

War schon ein komischer Kerl, das steht fest. Hat viel zu viel nachgedacht. Das ist eine Krankheit, die viele Männer auf der Welt haben. Eine Frau, die hat nämlich überhaupt keine Zeit, sich zu überlegen, ob es ihr schlecht geht. Würde sie vielleicht auch gerne tun. Aber sie hat nicht die Zeit ...

»Be da hascht« fällt mir noch ein ... Ja, jetzt kommt die Erinnerung wieder. »Halt den Mund« hieß das ... In Irland ... Das hab ich behalten, weil ich das oft gern gesagt hätte ... In einem Haus wie dem, da hätte man das gern.

29. Kapitel

Und wenn der Frühling zieht ins Land, die Liebestauben turteln

Eine seltsame Armada bedroht die Stadt – Ein Leuchtturm ohne Licht – Der stattliche Conor Nolan – Miss Martha McIlveny, die Lilie von Redemption – Ovid in den Bergen –Die Zeit der Liebe – Der Grund für den Streit in der Ehe des Gouverneurs

❖

Fast jeden Abend streiten sie sich. Von seinem Bett in der Küche aus kann er sie hören. Wenn sie sich streiten, sagt sie, sie wird ihn verlassen und nach New York zurückgehen, und er brüllt, das soll sie nur tun.

Der Frühling heizt die Stimmung noch an. Aber sie reist nicht ab. Viele Tage lang regnet es, der Wind riecht danach. Der Junge liebt dieses stürmische Wetter. Er macht lange Ausflüge, wandert in die Hügel am Fuße des Crow Mountain und sitzt an dem Wasserfall, nach dem die Siedlung ihren Namen hat, oder er angelt Welse im Jubal Creek. Er folgt Maultierhirschen in den Wald, pflückt Apfelbeeren, betrachtet die Blätter. Ritzt seinen Namen in die Rinde eines Mammutbaums. Hier oben fühlt er sich freier; sauberer als in der Kolonie. Hier kann er sich ausmalen, dass alles noch ist wie früher.

Manchmal denkt er, Eliza sei bei ihm. Er fragt sich, wo sie wohl steckt. Sie könnte tot sein – er hätte es nie erfahren –, oder sie ist längst weg aus Louisiana; sie hat ja immer gesagt, dass es ihr dort nicht gefiel. Die Hurrikane, die über den Golf kamen. Obwohl sie selbst ja genauso stürmisch sein konnte wie jeder Tornado. Er wünscht sich, dass sie geheiratet hat, aber er glaubt es nicht. Sie ist zu verrückt für die Ehe. Welcher Mann würde die schon nehmen?

Die Männer in seiner Einheit, die haben über Frauen wie Eliza geredet. Und dann der Tag in Wadesboro, das Freudenhaus, wo die Mädchen sich im Unterrock in den Fenstern räkelten. »Schnappt euch 'ne Partnerin«, sagte Miko Boylan ganz ruhig. »Ich glaube, heute gehe ich tanzen, Jungs.« Man ging zur Vordertür rein und zur Küchentür wieder raus, und die Männer sagten, wenn man da rauskam, dann war man windelweich. Die zupften einen wie eine Maultrommel. Spielten auf einem, bis die Saiten schlaff wurden. Schüttelte einen durch bis man das Gefühl hatte, man hätte keinen Knochen mehr im Leib. Sie hatten ihn überreden wollen, dass er mitkam; hatten sogar angeboten, für ihn zu zahlen. Aber er hatte nicht gewollt.

Allein im Wald versucht er zu sprechen. Er brabbelt, verschluckt die Laute. Die Worte kommen nicht. Sie bleiben ihm im Hals stecken, als würge er an einem Brei aus Worten. Nur beim Singen bringt er sie hervor:

Yo soy la la recién casada
De mí nadie gozará.
Mi marido a la guerra,
A tomar su libertad.

Und auch das stimmt nicht ganz, denn er bringt sie nicht hervor. Eher ist es so, dass er, wenn er durch die Ulmenwälder wandert, sich plötzlich beim Singen ertappt, ohne jede Erinnerung, dass er es versuchen wollte. Und jedes Mal, wenn er es merkt, versiegt der Gesang, und die Worte bleiben stecken wie zuvor.

Er findet einen Bach, an dem er noch nie war. Lässt Steine über einen Teich hüpfen. Seine Schläfchen hält er in der Grotte am Lake Valentine. Er stiehlt die leeren Notizbücher des Gouverneurs (vierzig Dollar das Stück), rupft den eleganten Einband ab, reißt die Blätter heraus und macht Papierschiffchen daraus. Ganze Flottillen davon hüpfen den Bach hinunter bis nach Redemption, und die Leute stehen da und sehen sie mit offenen Mäulern an, und keiner kann sich erklären, von wo die kommen. Er träumt von der Frau des Gouverneurs; ein sündiger Traum. Er liegt bei ihr, bebend, und küsst ihren nackten, glatten Hals. Sie nimmt seine Hand – eine Hand wie ein Schraubenschlüssel – und legt sie sich auf den Bauch, umkreist damit langsam den Rubin in ihrem Nabel. Er erwacht mit trockenem Mund in der Gluthitze der Küche. Überwältigt von seinem Traum. Reibt sich den Mund auf seiner Schulter.

Sie fährt nicht nach New York zurück. Der Junge weiß nicht, weswegen sie bleibt. Aus einem Lagerhaus in Fort Galloway kommt ein Wagen und bringt eine Harfe. Es ist das Unglaublichste und Schönste, was Jeddo Mooney je gesehen hat. Goldglänzend, bemalt mit Miniaturen von exotischen Orten. Palma. Sevilla. Die Kathedralen von Madrid. Die Städte Spaniens. Wenn sie spielt, erfüllen die perlenden Töne das ganze Haus. Draußen auf der Straße bleiben Frauen stehen, selbst die, die sie verabscheuen. Ein oder zwei Wochen spielt sie, dann wird es ihr anscheinend langweilig. Die Harfe wird in eine Kootenai-Decke gepackt, dann ist sie vergessen.

Sie weiß, dass er von ihr träumt. Er weiß, dass sie es weiß. Sie sieht ihn verächtlich an, wenn sie sich auf den Gängen begegnen oder in der peinlichen Enge der Treppe.

»Wo willst du hin? Was machst du hier? Zurück in die Küche, hier oben hast du nichts zu suchen. Hat deine Mutter dir nie gesagt, dass es unhöflich ist, eine Dame so anzusehen? Wann hast du zuletzt gebadet?«

Er kniet auf dem Waldboden des Decatur Forest, begeht seine Sünde, und die Vögel über ihm krächzen dazu. Sie sehen sein Vergehen und teilen es den anderen Vögeln mit, und in allen Nestern von Decatur zirpt es vor Tadel. Sie sieht ihn über den Tisch hinweg an, als das Abendessen aufgetragen wird. Sie weiß Bescheid. Ihre Augen sind traurig.

»Ich würde dem Jungen gern eine Aufgabe geben. Meinst du, das ist ein guter Gedanke, Lucia?«

Sie macht sich kaum die Mühe aufzusehen. »Welcher Art?«

»Gartenarbeit vielleicht. Oder Holzhacken. Würde dir das gefallen, kleiner Mooney? Holzhacken ist immer gut für einen Jungen.«

Er nickt, denn er nimmt an, dass ein Zeichen des Einverständnisses erwartet wird.

»Wir haben genug Klafterholz für das ganze Jahr«, sagt sie leise.

»Dann gibt es vielleicht etwas im Haus, was er tun kann?«

»Dafür haben wir Elizabeth. Wir haben es schon besprochen.«

»Es ist mir bewusst, dass wir es schon besprochen haben. Aber Faulenzerei darf man nicht fördern. Er hat ja schon genug schlechtes Beispiel hier im Haus.«

Sie sagt nichts. Isst ruhig weiter. Nimmt einen großen Schluck Wasser. Der Junge hat den Eindruck, dass sie eine scharfe Antwort parat hat und es ihr nicht leichtfällt, sie unter Verschluss zu halten. Der Gouverneur zerbröselt ein Stück trockenes Brot zwischen den Fingern. Als wolle er es gleich für die Vögel im Winter ausstreuen.

»Er könnte doch von Zeit zu Zeit mein Arbeitszimmer ausfegen. Etwas in dieser Art. Das gehört schließlich nicht zu Elizabeths Reich. Da wir ja immer darauf bedacht sein müssen, die Domestiken nicht zu kränken.«

Sie säbelt an dem Hirschfleisch auf ihrem Teller. Führt eine Gabelvoll zum Mund. Aus einer Rocktasche zieht sie ein schwarzes Büchlein. Sie schlägt es auf und lehnt es an den Wasserkrug. Er weiß, dass es ein Gebetbuch ist, denn er hat schon einmal einen heimlichen Blick hineingeworfen. Erstürme mein Herz, o Herr.

»Lucia? Ich wüsste die Höflichkeit einer Antwort zu schätzen.«

»Du hast es doch schon entschieden, Con, so wie du alles ohne mich entscheidest; ich weiß wirklich nicht, wieso du dir überhaupt die Mühe machst und fragst.«

»Ich wollte gern deine Ansicht dazu hören.«

»Das ist doch auch nur Schau.«

»Es ist keine Schau.«

»Jawohl, mein General. Wie Sie wünschen. So soll es geschehen.«

»Sprich nicht so mit mir, Frau. Ich verbiete es. *Hast du verstanden?*«

»Ich hatte vergessen, wie ein Vorgesetzter anzusprechen ist. Ich danke dir, dass du mich noch einmal an meinen Rang erinnerst.«

»Würdest du uns bitte alleinlassen, Junge? Wenn du dein Abendessen beendet hast. Mrs O'Keeffe und ich möchten uns unterhalten.«

Er hat sein Abendessen noch nicht beendet, aber er verlässt trotzdem den Tisch. Er weiß, was jetzt kommt, und er will es nicht hören. Schlimm genug, wenn er es durch die Wände hört.

In der Küche ist es zu heiß. Er strampelt sich aus der Decke frei. Ein Unionssoldat steht da an der Wand, den Todesvogel auf dem Kopf. Neben ihm ein schwarzes Mädchen, sie schreit Jeddo Mooney an, eine zerbrochene, blutbeschmierte Krücke in der Hand.

»Fürchte dich nicht … Du bist in Sicherheit … Alles ist gut.«

Das Trommeln in seiner Brust, das blendende Licht einer Kerze. Die Stimme des Gouverneurs. Die Haare in seinen Nasenlöchern. Geplatzte Äderchen auf den Wangen. Stahlgraue Flecken in den Bartstoppeln.

»Es war nur ein Traum, Junge … Ich habe dich schreien gehört … Kein Grund zur Sorge … Nicht weinen …«

Er stolpert zur Kommode, sucht unbeholfen nach einer Tasse. Gießt Milch aus dem Krug ein. Reicht ihm ein Taschentuch.

Sieht zu, wie das Kind sich die Tränen trocknet und Milch trinkt.

»Wo ist Elizabeth heute nacht?«

Jeddo Mooney antwortet nicht.

»Fürchtest du dich? … Das musst du nicht … Es war nur ein Albtraum … Wir sind vollkommen sicher in diesem Haus … Die Tür ist immer verschlossen … Fürchte dich nicht … Wir sind alle hier deine Freunde …«

Er setzt sich auf einen Melkschemel und betrachtet den Jungen. Die Kerze brennt jetzt trüber, und in den Ecken der Küche huschen Schatten. Wind fegt in Stößen über die Prärie, heult zwischen den Felsen; und ein seltsamer Gedanke geht dem schlaftrunkenen Jungen durch den Kopf. Dass die Musik des Windes nicht vom Wind selbst kommt, sondern vom Widerstand der Welt gegen die Bewegung des Windes: von Bäumen, Felsen, Häusern, Steinen, der Prärie, anderen Winden, ganzen Nationen.

»Schlaf«, sagt er ruhig. »Ich bleibe hier, bis du wieder eingeschlafen bist. Keiner wird dir je wieder etwas zuleide tun.«

Nachts zieht der Gouverneur umher wie die Zombies von New Orleans. Das Stampfen seiner Stiefel auf den Sargbrettern. Er geht nach draußen. Steht da, in der Prärie, und raucht. Manchmal steht er eine ganze Stunde lang so. Manchmal die ganze Nacht. Und der Wind umtost ihn – man kann ihn durch ein Astloch in der Wand beobachten –, sodass er schwankt und torkelt unter dem Ansturm. Doch trotzdem kommt er nicht herein.

O'Keeffe nennen sie ihn, die Leute in der Stadt. James O'Keeffe. Das Messer. Und allmählich glaubt der Junge, genau wie die Siedler es glauben, wie der Gouverneur glaubt, wie seine Frau glaubt, dass der Säufer, der dort draußen allein im Wind der Prärie steht, einst der Held von Millionen war. Denn alles ändert sich; das weiß der Junge. Der Körper verändert sich. Das hat er viele Male gesehen. Er selbst wird sich verändern, genau wie Eliza sich verändert hat und Mamo und O'Keeffe und die Männer in der Army, und nur der Wind bleibt immer derselbe und die Geister, die in den Liedern leben.

Einmal erwacht er um Mitternacht von dem Lärm, als Geschirr zerschlagen wird, von schweren Gegenständen, die umgestürzt oder durch die hölzernen Zimmer geworfen werden. Der Gouverneur brüllt seine Flüche heraus, nennt sie bei einem Namen, den der Junge schon vorher gehört hat. Ein Wort, mit dem die Leute seine Schwester beschimpft haben, seine Mutter. Oft hatte Eliza es selbst in den Mund genommen, als lästerlichen Fluch auf Jeddo Mooney, und warum es überhaupt ein Fluch sein soll, versteht er nicht; aber er weiß, dass es einer ist, denn einmal, in der Army, hat er gesehen, wie ein Mann hingerichtet wurde, weil er es gesagt hatte. Ein Teil ihres Körpers. Aber es musste noch etwas anderes bedeuten. Warum brüllte keiner »du Nase« oder »du Hand« oder »du Bein?« Damit konnte man überhaupt nichts bezwecken. Aber wieso nicht? Der Junge hat schon Hände oder Beine auf den Schlachtfeldern liegen sehen. Und da waren sie grässlich. Er hat Augen gesehen. Hat es etwas damit zu tun, dass die Kinder da rauskommen? Ist es deswegen so schlimm? Wieso verflucht man sie dafür, dass sie einen auf die Welt bringen? Und wenn dieses Wort, dieses harte, kurze Zischen, von einem Mann hervorgestoßen wird, dann weiß man, es ist Zeit in Deckung zu gehen, wenn man kann, denn das bedeutet, dass ihm gleichgültig geworden ist, was er sagt, und von dem Augenblick an ist jeder Mann gefährlich. Aber dann geht dem Jungen auf, dass der Gouverneur allein ist – dass seine Frau oben ist. Er kann sie hören, ihre Schritte bei den Bildern. Nur den Schatten brüllt er das unaussprechliche Wort entgegen, dem Spiegel, den Scherben auf dem Fußboden.

Wäre nicht gut, wenn man sich jetzt erwischen ließe. Wenn doch, dann kriegt man Prügel oder Tritte oder er nimmt einen in den Schwitzkasten. Die Köchin geht in der Küche auf und ab und wirft dem Kind Blicke zu. Die Aprilnächte werden lang.

❖

Gutta cavat lapidem. Steter Tropfen höhlt den Stein. Ovid ist ihr Begleiter auf ihren Wanderungen durch die Schieferhügel – seine Oden von Liebe und Ewigkeit. Unter ihr in der Flussebene sind weitere Territorien abgesteckt. Wie eine Landkarte breiten sie sich aus in weite Ferne. Felder und Schürfrechte und Häuser – Existenzen.

Eingelöste Versprechen. Belohnte Treue. Ein Heim, aus dem Nichts entstanden.

Die Schullehrerin, die in einem Steinbruch mit ihrem Soldaten spazierengeht. Rauch quillt aus den Schornsteinen. Ein umgegrabenes Stück Land. Ein Aussichtsturm, der auf dem Gipfel über den Wasserfällen entsteht. Der Mann, der das Gelände erworben hat, ist überzeugt, dass eines Tages Besucher kommen werden, die gutes Geld dafür zahlen, die Fälle von diesem lampenlosen Leuchtturm aus zu betrachten, ohne dass sie nass werden. Brüder, die auf einem Floß vorsichtig über den Bach staken. Eine Braut, die per Boot zu ihrer Hochzeit kommt.

Sie liest den Talmud, sie liest Hawthorne. Donne und William Blake. Sie schreibt und schreibt neu. Sie fotografiert den Bezirk. Sie besucht die Armen in St. Hubert und La Grange. Am besten, sie bleibt aus dem Haus.

Betttücher flattern im Wind. Die Segel unsichtbarer Schiffe.

Conor Nolan kommt zur Welt. Das hübscheste Baby im ganzen Territorium. Die Bergarbeiter machen ihm eine Girlande aus Dollarnoten. Miss Martha McIlvenny, blond, temperamentvoll, die Sirene der Thomond Street, heiratet den Mann, der den Turm gebaut hat. Billy Douglas macht Miss Aura-Lee Neville den Hof. Er steht unter ihrem Fenster und singt »Die gelbe Rose von Texas«, und sie steht hinter den Lamellen der Jalousie und hört lächelnd zu. Lucia O'Keeffe liest schwierige Gedichte – vielschichtig, hermetisch. Überreif vor Sinn. Und erklärt diesen Sinn keiner Menschenseele.

Die Postkutsche kommt. Sie bringt Briefe aus New York, doch bisweilen fürchtet sie ihre Ankunft. Ein Jahr seit der Kapitulation. Viele Kinder kommen zur Welt. Viele Abrahams und Marys und Roberts und Jeffersons und Harriets und Fredericks – selbst ein Ulysses ist dabei. Die Nachricht vom Nachwuchs der Freunde ist nicht leicht zu verkraften, und Neid ist ein Gefühl, für das sie sich schämt.

Elizabeth hängt die Wäsche an ein schlaffes Stück Seil. Jackenärmel greifen nach den Kleidern, Kleider flattern wie Fahnen. Unsichtbare Körper drehen und winden sich.

Das Kind, das diese Ehe nicht hervorgebracht hat, ist trotzdem da. Zu jeder Tageszeit kommt es in das Zimmer seiner Eltern. Es fasst an die Wände des Hauses aus splitternden Bohlen. Sie spürt, wie es da ist unter diesem Dach. Sie hat ihre Vorstellung, wie es aussehen würde und welchen Namen es trüge; was für eine Art Erwachsener aus ihm würde. Wie ein Gefangener auf einer Insel, zu der man nur hinüberschwimmen müsste. Es ist gleich am anderen Ufer. Es ruft ihr etwas zu.

Die Monde seiner Augen. Das Farn seines Haars. Es will doch nur gerettet werden – zu jemandem gehören. Eine Chance, aus der Höhle eines Gedankens herauszukommen. Einen Körper zu bewohnen. Einmal zu wissen, wie sich das anfühlt. Wie es an den Brustwarzen saugt. Herumtollt wie ein Kätzchen. Sein Gewicht. Sein Geruch. Die geheimnisvolle Fontanelle. Sein Herzschlag an der Wange, wenn man es abhorcht, weil es hustet. Die Fühler seiner Fingerspitzen an der Brust.

Einmal im Krieg, an einem heißen Abend in Manhattan, als der Blitz einen Kirchturm zerschmetterte und der Regen doch nicht kam, sah sie, wie ein Kind die Nachricht vom Tode seines Vaters erhielt. Der Junge ließ sich auf die Knie fallen im Gang des Hospitals, Fäuste an die Augen gedrückt – er bebte. Die Stille vor dem Aufschrei, das Heulen seines tierischen Schmerzes, und die Mutter, die selbst weinte, hatte ihn trösten müssen, und selbst die Nonnen hatten mit ihnen geweint. Und Lucia hatte sagen wollen, dass sie wusste, wie dieser Augenblick war, dass sie Ähnliches ertragen hatte, als ihre Mutter gestorben war; und dass der Junge ganz recht hatte, dass es tatsächlich das Schrecklichste überhaupt am Leben war und dass man sich nie davon erholte; dass man es aber irgendwie doch überlebte. Doch nun ist sie froh, dass sie dem Kind das damals nicht gesagt hat. Es gibt Schmerzlicheres als den Tod eines geliebten Menschen.

Ihre Schwester hat sich verliebt, hat einen Antrag angenommen. Eine Cousine in Spanien erwartet Zwillinge. Ihre Dienerin Honor Connolly hat ihren Kutscher geheiratet und ist schwanger (»wofür ich dankbar bin, Miss. Ich bin das glücklichste Mädchen in ganz Amerika«). Der April kommt in die Berge, und die Bäume schlagen aus; alles, was wachsen kann, wächst.

»Die Welt ist eine Hochzeit«, liest sie im Talmud. Aber das stimmt nicht. Keine Hochzeit. Die Welt ist ein Kind.

30. Kapitel

Die Jugend ist ein ferner Traum wie Äpfel, die wachsen am Efeubaum

Ein unwilliger Schüler – Einige bedeutende Persönlichkeiten – Der General denkt an einen Sommer, in dem er auf Freiersfüßen ging – Ein Brief von Gott – Dann allein mit seinen quälenden Erinnerungen in einem fragwürdigen Etablissement in der Stadt – Seine Begegnung mit einem Präsidenten – Der Zwischenfall in Tennessee – Eine Dame, bei welcher der Schein trügt

❖

Kopfschmerzgeplagt, die Nerven blank, bedrängt von der schwelenden Sehnsucht nach einem Glas Brandy blickt der Gouverneur aus dem Fenster des Amtsgebäudes an der Fitzgerald Street. Es ist der 1. April 1866. Sein dreiundvierzigster Geburtstag. Er hat seit vierzehn Tagen keinen Alkohol angerührt.

Das Fenster lässt sich seit dem Streichen nicht mehr öffnen; es ist seit dem Einsetzen nicht mehr geputzt worden. Wenn man eine Putzfrau anstellen will, braucht man eine Genehmigung aus Washington. Er hat Elizabeth darauf angesprochen, hat sie gebeten, auf eine Stunde vorbeizukommen. Es gibt immer einen Grund, warum es gerade nicht geht.

Er denkt an Van Diemen's Land und einen früheren Freund, den Gefährten, der seine Flucht organisiert hat. An jenem Abend haben sie John Duggan zwei Stunden lang ausgepeitscht, bis er nicht mehr stehen konnte, haben ihn zu sechs Monaten Einzelhaft verurteilt und alles versucht, seinen Widerstand zu brechen, ihn bestochen und geschlagen. Trotzdem hat er ihnen nichts über die Flucht des Messers verraten. In den Balladen heißt es, er habe auf ihre Daumenschrauben gespuckt.

John Fintan Duggan, die Zierde des Lands,
Geschunden, in Ketten, zerschlagen die Hand.
»Dreht die Schrauben, ihr Teufel aus Tasmania,
Jede Drehung ein Fluch auf eure Queen Victoria.«

Derry. Presbyterianische Familie. Aufrecht wie ein Grabstein. Sein Vater war Prediger gewesen. Duggan hatte seine Enthaltsamkeit geerbt, seine Art, Laster gnadenlos anzuprangern. Er sagte, der Alkohol sei die Geißel des irischen Volkes: *Wir werden niemals frei sein, solange wir die Fesseln der Trunksucht nicht sprengen.* O'Keeffes »südländische Schwäche« war ihm immer ein Dorn im Auge gewesen, seine zweifelhafte Vergnügungssucht, sein »italienisches Wesen«. *Du bist ein haltloser, papistischer Windhund, du Dreckskerl von einem Säufer; selbst wenn du ein Jahr lang durch die Welt reisen würdest, du würdest keinen Schlimmeren treffen, glaub mir.* Und jedes Jahr hatte er O'Keeffe zum Geburtstag eine Flasche geschickt. Sogar aus der Strafkolonie.

Diesmal war keine Flasche gekommen. Und es würde auch nie wieder eine kommen. John Duggan schmachtete in einem Gefängnis in Virginia. Beide Söhne im Krieg für die Rebellen gefallen. Sein Haus und sein Land und das Büro seiner Zeitung niedergebrannt; die Druckerpressen zerschlagen und im James River versenkt; seine Frau musste für die Gefängniskosten aufkommen. Einst waren er und O'Keeffe sich näher gewesen als Brüder, so vertraut, dass sie sich lachenden Auges Beleidigungen an den Kopf schleudern konnten. Jetzt ist Duggan ein Feind des amerikanischen Volkes. Andere werden Vergebung finden. Er nicht.

Eine Gestalt wird sichtbar durch das schmutzige Fenster. Unten auf der Straße. An der Ecke neben dem Gefängnis. Im gleißenden Sonnenlicht. Sieht dieser kleine Spitzbube nicht irgendwie bekannt aus? Spielt dir dein Verstand wieder einen Streich?

Wo sind seine neuen Kleider? Wieso ist er nicht in der Schule? Himmel – ist das ein Tranchiermesser in seinem Gürtel?

Reglos auf dem hölzernen Gehweg. Einen Zigarrenstummel zwischen den Lippen. Der Mund dreckverschmiert. Das sind nicht die Schuhe, die Elizabeth für ihn aufgetrieben hat; es sind zwei verschiedene. Der zerbeulte Stetson ist viel zu groß und bedeckt seinen Kopf wie eine Rührschüssel. Ist das der Mondjunge? Sein Doppelgänger?

Oder nur ein merkwürdiger Zufall? Sehen alle zerlumpten Jungen gleich aus? Der Junge blickt hinauf zu dem Gouverneur und zieht an seiner Zigarre. Rauchwolken hüllen ihn ein. Ein Gedanke.

Eine Hand am Messergriff, die andere berührt die Hutkrempe. Der Tag ist nicht sonnig, aber er hat die Krempe tief ins Gesicht gezogen, wie ein Visier. Der Gouverneur erkennt seine Art zu stehen, die Art, wie er dabei sein Gewicht verlagert. So typisch für Kinder, die lange Zeit gefroren haben. Sie treten von einem Fuß auf den anderen, stellen Schuh auf Schuh. Sie wollen immer in Bewegung bleiben.

Mooney, der Mondjunge. Sein unverwandt prüfender Blick. Freudlos, wie ein Theater, in dem die Lichter verloschen sind.

Hinter dem Gouverneur im Zimmer unterhalten sich aufgebrachte Männer. Vorwürfe, zornig erhobene Stimmen. In dem Streit geht es um Geld, die Kosten für den Wiederaufbau nach dem Unwetter vergangene Weihnachten. Wer soll dafür aufkommen? Werden die Kosten erstattet? Washington muss unverzüglich um Hilfe gebeten werden. Die Sonne schiebt sich hinter einer tintenschwarzen Wolke hervor und taucht Redemption in ihr Licht.

O'Keeffe steht am Fenster und winkt ihn heran. Keine Reaktion. Vielleicht hat der Junge ihn nicht gesehen, vielleicht geht sein Blick in eine andere Richtung. Er klopft laut an das Glas, sein Trauring lässt es zerspringen, und das Kind huscht davon, verschwindet im blendenden Sonnenlicht. Als der Gouverneur auf der Straße ankommt – er hastet von einem Ende zum anderen und wieder zurück –, sieht man den Jungen nordwärts davonlaufen und über die Felsen des Goat Head Hill klettern.

Die Stadt ist wieder aufgebaut worden, doch halbherzig, zu übereilt, ohne Architekten, ohne Steinmetze oder Maurer. Zwölf Wochen Gehämmer. Es war, als lebe man auf einer Arche. Pläne wurden in den Straßenstaub geweht, soweit es überhaupt welche gab. Politische und nationale Fehden ruhten, als seien sie nur Firlefanz für Friedenszeiten. Der Cockney aus London half dem Iren aus Kerry, der Katholik ging dem Pfingstler zur Hand, Sympathisanten der Rebellen arbeiteten mit treuen Lincolnanhängern zusammen, Baptisten unterstützten Chinesen. Nur die gerade erst durch den Krieg befreiten Schwarzen waren ganz auf sich gestellt. Ihre Hütten und schäbigen

Behausungen wurden wieder genauso aufgebaut, wie sie zuvor ausgesehen hatten, bis auf den letzten fadenscheinigen Fetzen Sackleinen, jedes verzogene und zerbrochene Brett an seinem alten Ort, als sei ihr windschiefes Ghetto das Bühnenbild in einem Theater, wo man jeden Augenblick damit rechnet, dass sich die Ränge füllen. Letzten Sonntag, als sie Richtfest für die Kapelle hielten, stand das Sternenbanner auf dem Postamt in Flammen. Der Alltag hält wieder Einzug in Redemption. Zeit, wieder wachsam zu sein.

Er kehrt zurück zu seiner Besprechung, doch seine Gedanken krabbeln umher wie ein Käfer. Die Bürger am Tisch nehmen keine Notiz von ihm. Sie schreien sich wütend an, schleudern sich Vorwürfe an den Kopf, funkeln sich an. Die Luft ist blau vom Zigarrenrauch.

Es fällt ihm schwer, sich zu konzentrieren. Seine Gedanken überschlagen sich. Am liebsten würde er eine Woche lang schlafen, in einem tiefen, dunklen Raum, ohne Fenster, wie die Gefängniszellen seiner Vergangenheit. Als junger Mann hatte er immer schlafen können, ob auf weichen Daunen oder auf kaltem, hartem Stahl, ganz gleich, was am nächsten Morgen auf ihn wartete. Am Abend vor seiner geplanten Hinrichtung in Wicklow – er sollte zuerst aufgehängt, dann vom Galgen geschnitten und auf dem Richtblock in Stücke gehackt werden – hatte er Schiffszwieback und Hammelfleisch gegessen und geschlafen wie ein zufriedener Liebhaber. »Erstaunlich«, erinnerte sich der Kaplan, ein Kapuzinerpater. »Als sei er nur ein Akteur in einem Drama.« Doch diese Nächte sind längst Vergangenheit. Es ist, als habe es sie nie gegeben. Jetzt reicht schon das leise Sirren einer Fliege über dem Nachttopf des Gouverneurs, und er greift gehetzt nach seiner Pistole.

Manchmal, kurz vor Morgengrauen, wenn der viele Alkohol ihm den Schlaf raubt, hört der Gouverneur Schritte im Erdgeschoss, irgendwo bei den vorderen Zimmern. Seine Frau, nimmt er an. Vielleicht auch die Köchin. Oder der Junge, der anscheinend nur selten schläft. Lucia streift mitten in der Nacht durch das Haus. Hängt die Bilder um. Er kann sie hören.

Abgesehen von den Lagerräumen in der Mine von Alder Gulch gibt es im gesamten Territorium kein Haus, das besser gesichert ist. Die Schlösser kommen aus Europa und gelten als unüberwindlich; die eiserne Haustür kam per Schiff den Missouri herauf, eine so schwere Fracht, dass der Dampferkapitän der Regierung eine Gebühr dafür abverlangte und man einen Ochsen brauchte, um sie über die schlammige Straße von Stornaway heraufzuschaffen. Kein Eindringling konnte diese Bastille von einem Haus erstürmen, nichts außer der Liebe, denn die kennt nicht Schloss noch Riegel.

Die Liebe kennt nicht Schloss noch Riegel, von wem war das doch gleich? Boucicault vielleicht? Lever? Lover? Der Gouverneur hat kein Gedächtnis für Stückeschreiber. Früher konnte er ganze Monologe rezitieren, aus Shakespeares *Sturm* und *Othello*. Jetzt reicht es kaum noch für einen Vierzeiler.

Der Titel eines banalen alten Rührstücks, das er einst in Begleitung eines Mädchens gesehen hatte. Sie hatten verschwörerisch gekichert über das übertriebene Spiel der Akteure, die albernen Gesangseinlagen, die stümperhafte Aufführung, die schreckliche Verlogenheit, ein Tribut an das New Yorker Publikum. Alles an der Aufführung war falsch, übertrieben. Jede Nuance, die das Stück jemals besessen hatte, ging dabei verloren. Es war an einem Abend in Manhattan, im Astor Place. Kurz nachdem sie sich kennengelernt hatten.

Die wirbelnde Strömung des Hudson River, in diesem Sommer voller Sonnenuntergänge. Schmutzigbraune Möwen im Windschatten der Schiffe. Gegenüber liegt New Jersey, an dem grünen, schimmernden Ufer. Auf dem Grenzpfad stimmt ein blinder Balladensänger aus Connaught ein Klagelied an: »Rache für Connemara«. Und der Weg führte durch ein Wäldchen, einen Treffpunkt für Liebespaare, für Dienstboten und Soldaten. Sie hatten wissend gelacht, als sie sich diesem kühlen Hain näherten. Sie sei noch nie an so einem verschwiegenen Ort gewesen, sagte sie.

»Ich nehme an, für Signor O'Keeffe ist es nicht das erste Mal. Er ist bestimmt ein rechter Schmetterling. Signor O'Keeffe hat schon an vielen Blüten genascht.«

»Natürlich war ich schon einmal verliebt.«

»Das ist aber nicht ganz dasselbe.«

»Da haben Sie wohl recht.«

»Werden Sie mir immer recht geben?«

»Ich hoffe – ich weiß –, dass ich Sie immer bewundern werde.«

»Meine Damen und Herren, Signor O'Keeffe und seine Hoffnungen.«

Ihr Abendkleid hatte einen tiefen Ausschnitt und enthüllte ihre bloßen Schultern. Die Haare kräuselten sich wie Chrysanthemenblätter. Ein kleines, edelsteinbesetztes Kruzifix baumelte in der Vertiefung zwischen ihren Brüsten. Sie streifte sich die Schuhe ab und ging barfuß durch das feuchte Gras am Wegrand. Eine Wäscherin kniete auf einem nassen grauen Stein und schlug den Fluss mit einem nassen grauen Hemd. An seiner Seite ging das schönste Mädchen in ganz New York. Sie trug ein goldenes Fußkettchen.

Blake. John Wilmot. Ein Manuskript von Catull. Ein orientalisches »Buch der Ehe«, das sie in der Bibliothek ihres Vaters entdeckt hatte. Sie hätte gern einen Vermeer. (Eines Tages sollte sie drei davon besitzen.) Die Bilder von Artemisia Gentileschi.

»Waren Sie schon mit vielen Frauen zusammen? Als Liebhaber meine ich. Ich war noch nie mit einem Mann zusammen. Macht es Ihnen etwas aus, wenn ich so mit Ihnen rede? Meine Schwester Estefanía behauptet, sie habe schon einmal jemanden geküsst. Ich kann mir nicht vorstellen, dass ein Mann sie geküsst hat. Sie erzählt viel dummes Zeug. Aber ich glaube, sie würde *Sie* gerne küssen; das hat sie mir gesagt. Vielleicht hätten Sie ja Interesse?«

Das Klatschen des nassen Hemdes auf der nassen grauen Straße des Flusses hallt durch die Bäume.

Und plötzlich war sie ganz ernst. Der Geschmack ihrer Lippen. Ihr Mund an seinem Hals, ihre Hände unter seinem Mantel: der harte Druck ihres Hüftknochens unter dem Käfig des Reifrocks, ihre Halskette an seiner Zunge. Er kam sehr schnell; es war lange her, seit er diese Nähe erlebt hatte, und dann ihre eigene Lust, und sie umschlang ihn bebend; all das hatte ihn erschreckt und zugleich erregt: ihr murmelndes wie, und wo, und langsamer; der Flaum auf ihrem Hügel, ein gehauchtes verbotenes Wort, ihr feuchtes Geschlecht unter seiner Hand. Hinterher hatte er versucht zu reden. Sie hatte es ihm verboten. – Eins sollst du wissen: Ich bereue nichts, flüsterte sie.

Signor O'Keeffe, (auch bekannt als Das Messer), (Sie Rosenliebkoser): Ich finde, Sie sollten wissen, dass Sie das Seelenheil eines unschuldigen Mädchens (aus sehr gutem Hause) in Gefahr gebracht und sie mit Ihrer teuflischen keltischen Zunge dazu verleitet haben (Sie Blaubart) (Sie Versucher), gegen eine Reihe (genauer gesagt eins) meiner Gebote zu ver-

stoßen. Sie hat gestern abend, als sie allein war, über diese Angelegenheit nachgedacht. Und auch wieder heute früh. Es ist wirklich unverzeihlich, dass sie derart unmoralische Gedanken hegt, denn sie rauben ihr den Schlaf; und das, so könnte ich noch hinzufügen, gilt auch für ihren bestürzten Beichtvater, der »kalte Bäder« empfohlen hat, außerdem eine Unmasse von Ave Marias und »lange, ausgedehnte Spaziergänge«. Das arme Mädchen kann nur darben ... Ihre Verderbtheit ist ihr Verderben. Hochverehrter, schöner Herr. Sind Sie an einem lauten Ort? Sie schickt Ihnen ihre Liebe in dieser Gewitternacht in Manhattan und würde gern Ihre Augenlider vor dem Einschlafen küssen. So: Ich liebe dich. Ich liebe dich. Ich liebe dich. Ich liebe dich. Mit vorzüglicher Hochachtung. Gott.

Der Gouverneur hat Sammlerausgaben von Romanen unter seinen Besitztümern, die er von der Ostküste mitgebracht hat. Viele davon sind Liebesgeschichten. Fast immer verlogen. Er hatte geglaubt, er würde die langen Winterabende im Nordwesten mit Lesen verbringen. Wollte sich bilden, nicht so viel trinken – wenn er damit nur aufhören könnte. Noch so viel zu lesen, und so viel zu schreiben auch, wenn er sein erschüttertes Selbstvertrauen wiedergewinnen könnte. Eine Chronik seiner Kriegserfahrungen zum Beispiel. Er stellt sich vor, dass die Memoiren von Generälen sich in Friedenszeiten gut verkaufen.

Aus den Memoiren ist nichts geworden. Der Verleger hat die Einleitung abgelehnt. Jetzt ist es zu spät; er hat den Vorschuss längst in Alkohol umgesetzt. Die Instruktionen, die Marschbefehle, die Diagramme von Schlachtfeldern, die Listen der Gefallenen, die Beschreibungen von Verwundungen: alles aufgestapelt neben dem Brennholz, begraben unter einer dicken Staubschicht; er kann sich nicht dazu durchringen, sie anzusehen, mag nicht einmal mehr daran denken. Dreizehn elegante Notizbücher im Oktavformat hat er aus St. Louis kommen lassen, ledergebunden und mit Wasserzeichenpapier. Sein Name in Gold auf den Buchrücken geprägt; der Titel APOLOGIA auf dem Umschlagdeckel. Sie schlummern noch ihn ihrer Verpackung, die Seiten nicht aufgeschnitten. Memoiren ohne Inhalt.

Eine verlockende Vorstellung: sich an nichts zu erinnern. Ein unbeschriebenes Blatt zu sein und alles noch vor sich zu haben. Was würde er anders machen? Fast alles vielleicht. Welche Komödien würde er sich mit seiner zukünftigen Frau ansehen? Himmel, die Briefe, die sie ihm immer schrieb. Ihre Blicke vom anderen Ende eines Ballsaals. Der Abend im Haus – es waren wichtige Gäste geladen –, als sie ihn vom Esstisch gerufen hatte, unter dem Vorwand, sie hätte Schwierigkeiten mit einem der Hausangestellten; dann hatte sie ihn in ein Nebenzimmer geführt und lächelnd die Tür hinter sich zugezogen. Setzen Sie sich, Signor. Es wird nicht lange dauern. Sie sollten vielleicht Ihren Kummerbund lockern. Und zehn Minuten später, als er wieder am Tisch saß und sah, wie sie den Ausführungen des Bischofs von Brooklyn über Milton lauschte (»Blindheit hat Tradition unter großen Schriftstellen«), konnte er kaum glauben, was sie getan hatten.

Und die eine lange Nacht, damals an Ostern im Sommerhaus, als ihr beide ganz allein wart, weil die Diener Ausgang hatten. Das aufgeschlagene Buch aus der Bibliothek ihres Vaters an das Kissen gelehnt. Tuschezeichnungen von violetthäutigen orientalischen Herrschern, Prinzessinnen mit blitzenden Augen, die auf Diwanen knieten, die Saris und Gürtel gelöst. Ihre Lippen, die dich langsam um den Verstand brachten, während sie die schweren Seiten umblätterte. Ihr Lächeln, als sie sagte: *Du musst warten.* Die hemmungslosen Zärtlichkeiten dieser längst vergangenen Nächte. Die rasende Lust, die es dir bereitete, ihr Verlangen zu wecken. Schmetterling nannte sie dich. Deine Zunge war ein Flügel. Nie hatte sie solche Wonnen für möglich gehalten.

Das hier heißt »Der Hengst besteigt seine Stute«. Und dieses hier »Ein Festschmaus für zwei«. Oh, ich sehe, das gefällt dir. Ziemlich hungrig die beiden, was? Sie sind noch nicht satt, Sir? Aber die Nacht ist noch jung. Wir haben noch viele Kapitel zu studieren.

Ihre salzigen Schultern. Der scharfe Schweißgeschmack. Ihre von Haaren überschatteten Augen, als sie auf dir ritt. Ihre Brustwarzen wurden härter, je zarter deine Handflächen sie berührten. Die Knospe ihres Nabels. Du hast geweint. Und sie hat dir mit den Daumen die Tränen abgewischt und dich so zärtlich auf den Mund geküsst, und sie nannte dich leise *mi vida.* Und der scharlachrote Sonnenaufgang, als sie keuchte »lass mich sterben«. Und im Aufbäumen traf ihr Blick den deinen.

»Gouverneur? General? *Hören Sie, was ich sage, Sir?* Wenn wir nichts tun, stirbt diese Stadt!«

Er begegnet dem erzürnten Blick des Geschäftsmanns, der ihn anspricht. Früher besaß er zwei Dutzend Sklaven. Er hat Landbesitz im Territorium, will, dass er etwas unternimmt. Sie alle wollen, dass er etwas unternimmt.

Gegen die Banditen, die Indianer, die Gerüchte über Steuern, die allgemeine Trunksucht, die vielen Prostituierten, die miserable Schule, die Mordüberfälle auf der Straße, die Kälte, die Hitze, die Fliegen, die Berge. Ja, sogar gegen die Berge. Sie sind so *unwegsam*, beklagt sich einer, als hätte der Gouverneur sie über Nacht erscheinen lassen und könne sie per Erlass wieder einebnen.

Der Geschäftsmann redet sich in Rage, und andere geben leise, zustimmende Laute von sich, wie kleine Waldtiere, die zusehen, wenn die Nüsse von den Bäumen fallen. Viele von ihnen gehören zu den Vigilanten – der Gouverneur weiß es, und sie wissen, dass er es weiß, doch niemand spricht davon. Einer von ihnen, ein Versicherungsagent aus Alpharetta in Georgia, ist zudem Fachmann für Folterungen. Seine Frau gehört zu den schönsten im Territorium. Sie haben drei niedliche Kinder: zwei Jungen und ein Mädchen. Er ist ein eifriger Kirchgänger, spendet Almosen für die Armen, und er hat Männer soweit gebracht, dass sie ihren Tod herbeiflehten. Einmal hatten sie, nur so zum Spaß, einen Mann so lange gequält, bis er bettelte, man möge seinen eigenen Sohn töten – alles, alles, wenn nur die Schmerzen aufhörten. Am Ende brachten sie beide um, den unschuldigen Sohn und seinen schuldigen Vater, und bahrten die Leichen zum Spott in trauter Eintracht nebeneinander auf.

Der Versicherungsagent begleitet die Tiraden des Geschäftsmanns mit grimmigem Nicken. Die steigenden Mehlpreise! Tote Pferde auf der Straße. Ratten in den Gassen, so groß wie junge Hunde! Und gegen diesen verdammten Thunders und seine Bande muss *unbedingt* etwas unternommen werden. »Ein Landsmann von Ihnen«, fährt er den Gouverneur an, doch der geht nicht darauf ein, auch wenn es ihm schwerfällt. Er stellt sich plötzlich vor, wie der Geschäftsmann von einem Sklaven ausgepeitscht wird. Er überlegt, ob er ihm sagen soll, wie sehr ihm diese Vorstellung gefällt – wie viele Eintrittskarten sich für so ein Schauspiel verkaufen ließen. Vielleicht könnte man auf diese Weise Geld für den Wiederaufbaufonds beschaffen. Der Gouverneur könnte für Dudelsackmusik zur Untermalung sorgen.

Marshal John Calhoun betritt das Büro wie ein Schatten. Im Haus ist der Teufel los. Mrs O'Keeffe ist außer sich. Aus der Anrichte in der Küche ist ein Tranchiermesser verschwunden. Die Köchin glaubt, man bezichtige sie des Diebstahls, und ist beleidigt. Der Gouverneur entgegnet barsch, er sei beschäftigt und habe keine Zeit für Belanglosigkeiten, und der Marshal verschwindet ebenso plötzlich, wie er aufgetaucht ist.

Aber Calhoun kann da nichts machen, und der Gouverneur weiß, dass er es gar nicht erst versuchen wird. Der Marshal ist ein Mann des Gesetzes, kein Hausverwalter. O'Keeffe verlässt die aufgeregte Versammlung, spricht von Schwierigkeiten mit einem Gefängnisinsassen. In einer Stunde ist er wieder da, verspricht er. Das gespielte Entsetzen der anderen ist beinahe amüsant. Er ist weg, bevor jemand die Empörung in Worte fassen kann.

Und er stapft durch den Schlamm der Patrick Sarsfield Street, vorbei an Tanzlokalen, der neuen Kapelle, einem Metallprüferbüro, der Schmiede; vorbei an einem berüchtigten Billardsaal namens Drynaun Dun, der das Unwetter irgendwie überlebt hat. Der Geruch von nasser Farbe, von frisch gesägtem Holz. Hühner und streunende Hunde stöbern im Morast. Es gibt Läden, die Lebensmittel anbieten, Eisenwaren, Schusswaffen. An vielen Stellen werden Geldkassetten verkauft; wir sind im Goldgräbergebiet.

Eine Prostituierte räkelt sich auf dem Rand einer Pferdetränke und nickt dem Gouverneur flüchtig zu – er nickt zurück. Ein Kuhhirte würfelt ganz allein auf einer Fensterbank und wartet, dass das Palais de Plaisirs aufmacht. Der Morgen ist kalt, wie eisgekühlter Wein. Der Wind ist schneidend in diesen Breiten. Sogar die Kootenai klagen darüber.

Leicht wie eine Feder, dieser nussbraune Junge. Ein Windstoß könnte ihn umpusten. Die verständnislos starrenden Augen, die knochendürren Finger. Doch das Gesicht hat etwas Vornehmes. Ein kleiner Herr unter den Straßenkindern.

Letzte Woche ist er zum vierten Mal seit seiner Ankunft weggelaufen. Vielleicht wird er nie damit aufhören. Ein Junge wie der will kein Zuhause; es ist grausam, ihn festzuhalten. Das mag vielleicht stimmen, aber wie geht man um mit so einem Gedanken? Eine Lerche fliegt aus einer Regenrinne auf.

Beim zweiten Mal war er sechs Tage weggeblieben. Calhoun sagte, er habe ihn eine halbe Meile von St. Hubert gesehen, mutterseelenallein auf dem Kamm des Union Ridge. Er lief weg, als der Marshal näherkam, verschwand im Wald, und Calhoun, der das Fährtenlesen von den tasmanischen Eingeborenen gelernt hatte, der seine Spuren so gut verwischen konnte, dass er hundert Rotröcken entkommen war, fand keinen Anhaltspunkt, um ihn zu verfolgen. Ein französischer Trapper entdeckte den Jungen in einem morschen Eichenstamm, halb erfroren und im Fieberwahn. Er trug ihn zu seiner Hütte in St. John, pflegte ihn, so gut er konnte. Der Trapper hatte eine Landkarte an der Wand, die er aus einem Almanach gerissen hatte. Der Junge hatte auf Kanada gezeigt und ein paar kehlige Laute ausgestoßen, und der Trapper hatte sich aus den Gesten zusammengereimt, dass das Kind in Richtung Norden zum Oberlauf des Missouri unterwegs gewesen war, um heimlich über die Grenze und zum Saskatchewan River zu gelangen, als die Krankheit ihn niederwarf. Als der Trapper am Morgen vom Wasserholen zurückkam, war er verschwunden. Er hatte einen Kochtopf und die Landkarte gestohlen.

Am Freitag darauf beobachtete Vinson in der Nähe des Sees am Cleggan Cross, wie er mit einer gespaltenen Zaunlatte Frösche aufspießte. Doch als Vinson näherkam und seinen Nachnamen rief, sprang der Junge ins Wasser und schwamm eilig davon, und Vinson kann nicht schwimmen. Calhoun hält ihn für einen »Melungeon«, einen Appalachenbewohner mit weißen, schwarzen und indianischen Vorfahren, denn er hat eine ungewöhnliche Hautfarbe, kann schnell laufen und ist flinker als die meisten weißen Kinder. (»Gelenkiger kleiner Bursche«, sagt Calhoun. »Könnte mir vorstellen, dass er auf einem Jahrmarkt tanzt.«) Aber der Gouverneur glaubt nicht, dass er Indianer oder Melungeon ist. Seine Bewegungen haben die Geschmeidigkeit eines Panthers. Es ist die Angst, dass man ihn einfängt.

Vielleicht stimmt es ja. Er denkt nur an Flucht. Doch warum kommt er dann immer wieder zurück? Der Gouverneur hält inne.

Die Hand am Gewehr. Da ist es wieder, das alte Gefühl – er wird verfolgt. Zwei Bergleute auf der Straße vor ihm starren auf etwas hinter seinem Rücken. Man muss solche Blicke lesen können.

Er wartet auf die Kampfansage. Aber sie bleibt aus. Diesmal fällt kein Pistolenschuss. *Ich lebe.* Eines Tages, lachte Duggan, wirst du dich auf dem Absatz umdrehen und einen Haufen Engländer sehen, die mit einer Schlinge auf dich warten. Und das, mein südländischer Säufer, wird ein großer Augenblick für die Bewegung. Dann werden wir sehen, wohin dein ausschweifendes Leben führt, Prophet!

Muero. Ich sterbe. Lass mich wieder sterben für dich. Ich liebe dich bis an mein Ende. *Mi marido.*

Er stiefelt weiter in Richtung Tone Street, mit hängenden Schultern, geht langsam die Straße entlang bis zum Hotel Freundschaft. Nur ein paar Schluck, mehr nicht. Danach Mohnsamen. Damit man es nicht riecht. Und überhaupt, *es geht sie nichts an.*

Wild Traveler. Einen Doppelten. Schreiben Sie es an. Er leert das Glas in einem Zug. Noch einen. Der Barmann ist nervös, die Witwe, seine Arbeitgeberin, hat ihm verboten, dem Gouverneur Kredit zu geben. Er hat zu viele Schulden, zu lange unbezahlt, und wenn er betrunken war, hat es unangenehme Zwischenfälle gegeben. Aber der Barmann, ein Ire, der in Antietam eine Hand verloren hat, bringt es nicht über sich abzulehnen.

Der Nachmittag neigt sich dem Ende zu. Die Schatten werden länger. Bergwerke und Schürfstellen beenden ihr Tagwerk. Kuhhirten werfen dem Betrunkenen in der Ecke verstohlene Blicke zu. Er hat ihnen den Rücken zugekehrt und starrt auf die Straße. Auf dem Fenster prangt in Karminrot und Blau eine gemalte Haremsdame, die ausgerechnet einen Cancan tanzt. Es ist seine zweite Flasche. Seine Pistole liegt auf dem Tisch. War früher mal General der Unionstruppen, behauptet ein Viehtreiber; aber ein anderer meint, das kann nicht stimmen.

Klar stimmt das. Das ist O'Keeffe, das Messer. Hat den Angriff in White Oak angeführt. Der tollkühnste Bursche im ganzen Krieg. Nicht wie diese Politiker in Uniform. Der hatte nie Angst vor einem Kampf.

– Angeblich hat er die Nerven verloren.

– Was weißt du denn schon?

– Ich hab gehört, er hatte die Hosen gestrichen voll, wie ein entlaufener Nigger.

– Geh rüber und sag's ihm.

– Glaubst du etwa, ich trau mich nicht?

– Ich wette zehn, dass du es nicht machst.

– Zwanzig, dass ich es mache.

– Dann erhöh ich auf fünfzig.

– Du hast wohl gestern abend die Armenkasse ausgeraubt?

– Der war kein Feigling; ein anständiger Kerl, das war er. Hat in der Schlacht immer seine Pflicht getan, und mehr als das.

– Da hab ich aber was ganz anderes gehört.

– Dann geh doch endlich rüber und sag's ihm ins Gesicht.

– Schade um die Schuhsohlen.

– Ich wette hundert Scheinchen, dass du einfach nur Schiss hast.

– *Wetten und Glücksspiel verboten*, schnauzt die Witwe von der anderen Seite des schäbigen Vorhangs; sie steht hinter dem geschwungenen Tresen. *Hört auf, ihr Rabauken, sonst kriegt ihr eins hinter die Löffel!* Sie zählt ihre Einnahmen. Enttäuschend.

Weitere Gäste kommen durch die Tür. Ein Fiedler trifft ein: Prince Floyd Louvaine – *roulez, mes filles*; wenn ein Cajun verliebt ist, dann ist er *le Duc de Paris*. Die Mädchen schlendern zu den Männern an den Tischen. Hin und wieder folgt ein Gast einem Mädchen die windschiefe Treppe hinauf. Das Fräulein geht dabei voraus; so ist es üblich bei der Witwe. Das Gespräch geht weiter, wird erregter, lauter, als sei der Gegenstand der Unterhaltung gegangen, als redeten sie von einem Toten. Schon damals gab es Gerüchte über seine Trunksucht – wurde ihm das Pferd unter dem Hintern weggeschossen, als er die Zuaven in Fredericksburg in die Schlacht führte, oder hatte der Reiter so viel getrunken, dass er sich nicht mehr im Sattel halten konnte, wie manche behaupteten? Es hieß, er sei ein stürmischer Mann, ob betrunken oder nüchtern. Wenn ihn überhaupt etwas beruhigte, dann der Whisky. Aber seine Soldaten hatten ihn geliebt, bei aller Überheblichkeit, den Wutausbrüchen, der großsprecherischen Art. Als der General durch Tennessee ritt, sagte ein ehemaliger Sklave: »Da reitet ein Gespenst. Der Leib, der gehört nicht zu ihm.«

Vor einem Jahr ist er im Territorium angekommen – oder sind es schon zwei? –, und alles, was er an Papieren vorweisen konnte, hatte in eine einzige Tasche seines Gehrocks gepasst. Ein letzter Rest seiner Veteranen war seine einzige Gefolgschaft, ein Dutzend starrköpfiger Iren. »Die Apostel« nannten die Leute sie oder »Jimmy Keeffes Juden«. Kriegsgestählte Jungs aus der Bowery; manche trugen Tapferkeitsmedaillen, andere Tätowierungen aus dem Gefängnis. Jeder hatte ein Stilett, den »irischen Zahnstocher«. Sie saßen gebeugt im Sattel, wie Flachlandbewohner. Nur wer in Irland geboren war, konnte zu seinem engsten Kreis gehören, jemand, der noch Familie in der alten Heimat hatte, die sich auf Vater- wie Mutterseite zurückverfolgen ließ. Das war ein Mittel, sie im Zaum zu halten. Erwies sich einer als Verräter, würde seine Familie dafür büßen. Seine Verbündeten zu Hause in den Sümpfen würden dafür sorgen.

– Das ist doch alles erstunken und erlogen. Wo hast du denn den Blödsinn gehört?

– Hab ich von jemandem, der sich auskennt.

– Ist doch scheißegal, von wo du das hast.

– O nein, das ist es nicht, Kumpel. Das ist es nicht. Sonst würdest du hier nicht das große Wort schwingen.

In St. Hubert ritt er mit Sporen aus ziseliertem Silber ein, in spanischen Ziegenlederstiefeln, einen schwarzen Sombrero mit grünem Band auf dem Kopf. Drei Prospektoren aus Cornwall starrten von ihrer Goldwäsche auf. Dieser aufgedonnerte Ire wollte ihr Herr sein. Ein Affe, der sich für einen Prinzen hielt.

– Jetzt sei mal leise. Sonst hört er dich noch.

– Kann dir doch egal sein, was der hört. Oder bist du seine Mama?

– Das ist ein Mann, der alles gegeben hat. Ich will nicht, dass du ihn beleidigst.

– Ich hab schon Bessere als den Niggerficker von meinen Stiefeln gewischt. Bessere als dich auch, wenn du's wissen willst.

– Wenn du jetzt nicht dein Stinkemaul hältst, dann sorg ich dafür, dass du's so schnell nicht wieder aufmachst, verfluchter Sezessionist.

– Jungs, sagt der Barmann, jetzt mal halblang. Kein Kriegsgerede hier in der Bar. Der Krieg ist vorbei.

– Die Kirche ist erst vorbei, wenn der Chor nach Hause geht.

– Mir egal, Freund. Nich hier im Lokal.

Kuhhirten, Sägewerksarbeiter, leichte Mädchen, der Barmann: Sie sehen den Säufer in der Ecke an. Es ist, als ob die Luft um ihn herum sich verfärbt hätte. Jetzt kann man ihn nicht ansprechen. Das würde er nicht gut aufnehmen. Bergleute kommen hereingepoltert, schleppen Spitzhacken und Säcke mit Werkzeug hinter sich her. Der Zahnarzt. Der Obsthändler. Der Fotograf und sein Assistent. Der dürre Orson Rawls, Leichenbestatter, nimmt schon Maß an seinen Nachbarn, während er mit ihnen trinkt. Und der Cajun singt schräg *»La vuelta del marido«*. Die Heimkehr des Ehemanns aus dem Krieg.

Du siehst in der spiegelnden Fensterscheibe, wie ihre Gestalten hinter dir immer weiter verschwimmen. Dunkler draußen. Reflexionen in der Schwärze der Nacht. Erinnerung beschwört die Bilder herauf. Andere Räume, die du gekannt hast. Kerkerzellen. Theater. Ein Büro in Washington. Das Porträt von Jefferson. Die Bibel auf dem Lesepult. Lincoln in dem Raum, in dem sich die Menschen drängen.

Der Präsident hat dir die Position des kommissarischen Gouverneurs als Ehre hingestellt. In Wirklichkeit war es eine Strafe; das wusstet ihr beide. Sie war schon manchem Versager angeboten worden, und keinem war es so schlecht gegangen, dass er sie angenommen hatte. Schönrederei war in Mode. Es war Krieg.

Verwaltungsbeamte kamen und gingen. Markierungen auf riesigen Landkarten wurden verschoben. Der Präsident sprach mit feierlichen Worten von belanglosen Dingen: von Moores Balladendichtung, von einem Buch mit Legenden, das er gerade las, von den Theatern in Washington, einer irischen Schauspielerin, die er dort gesehen hatte. »Ich habe erfahren, mein lieber General, dass sie ein großer Bewunderer der Schauspielkunst sind, ebenso wie ich, wie ich und Mrs Lincoln. Wir wollen hoffen, dass unsere amerikanischen Literaten der Welt eines Tages ein würdiges Drama schenken.« Seine Augen waren melancholisch, Kuhaugen, und nicht zum ersten Mal ging O'Keeffe durch den Kopf, dass auch Ehrlichkeit nur eine Verstellung war, ein Spiel, von dem man sich größere Schlagkraft erhoffte.

Glaubmirwennallderjugendlichezauber.

Ein würdiges Drama. Gott im Himmel.

Ein Quacksalber aus Indiana. Das war Duggans Ausdruck für ihn. Das Gesicht des Präsidenten, wie eine Radierung. Zerfurcht, pockennarbig – ein Gesicht wie von Poe; als hätten die Gravüren und Schraffuren der Radiernadel bereits das Heldenbild geschaffen. Es gab so viele Geschichten über seine Freundlichkeit, dass man sie gar nicht alle sammeln konnte; sie verdeckten ebensoviel, wie sie enthüllten. Denn er war – so kommt es dir jetzt vor – wie das Land selbst: freundlich und streng, bitter geworden vom Aufstieg, hart wie ein Sargnagel, besessen von Worten. Die Freiheit bedeutete ihm so viel, dafür würde er auch unterdrücken; würde die Hälfte seiner Einwohnerschaft unter den Feldern begraben, die sie geschändet hatten, damit die andere Hälfte in Frieden leben konnte. Du glaubst, du hast schreckliche Albträume? Sei froh, dass es nicht seine sind. Dass du nicht siehst, was diese Augen im Spiegel gesehen haben.

»Gut Ding will Weile haben, General.« So hatte der Präsident gesprochen, in onkelhaften Platitüden, als habe er ein Kompendium der Gemeinplätze auswendig gelernt. Jetzt ist er tot, der Präsident, dies schwierige Genie, ermordet von einem Schauspieler, den er, heißt es, bewunderte, und über die Toten schreibt man so mancherlei, und manche dieser Lobreden sind sogar wahr. Keiner hatte geschrieben, was du gespürt hattest – dass hier ein Revolutionär war, ein Riese unter den Visionären, der eine ganze Stunde lang mit einem reden konnte, mit glühender Eindringlichkeit, ohne dass er zu erkennen gab, wovon er überhaupt sprach. Vielleicht lag gerade darin seine Größe, oder zumindest ein Teil davon. Vielleicht war es das gewesen, was die Republik in jenen Jahren brauchte. Die Raffinesse, die dir stets gefehlt hatte.

Lerchen flogen auf in den Winterhimmel von Washington. Du hast sie durchs Fenster gesehen, als du wartetest. Und die Ratgeber kamen und gingen mit ernsten Mienen, und die Stenographin lächelte wie Lucia. Sie war ein hübsches Mädchen, aus Wicklow. Begrüßte dich auf Gälisch. Die Leibwächter wirkten angespannt, streitsüchtig. Es waren zu viele Leute in diesem Raum, Feuchtigkeit stieg aus ihren Kleidern, doch immer mehr kamen, es war viel zu warm, die Luft war stechend. Alles drängte sich zu seinem Tisch. Boten, Detektive, Geldverleiher, Agenten. Waffenfabrikanten. Erfinder. Manchen wurdest du vorgestellt: *einer unserer tapferen irischen Generäle*; mit anderen sprachen nur der Präsident und seine Minister. Keiner sprach davon, dass der General auf ganzer Linie gescheitert war; dass von seiner Brigade nur noch ein Häuflein übrig war und man sie aufgelöst hatte; dass seine taktischen Entscheidungen in den meisten Fällen

Katastrophen gewesen waren, dass man ihm die Vernachlässigung seiner Männer vorgeworfen hatte. Und der Präsident war auch taktvoll genug, mit keinem Wort den letzten Skandal zu erwähnen, den Zwischenfall in Tennessee. Der General hatte sich gestattet, dies Stillschweigen als Verzeihen auszulegen, doch in Wirklichkeit war es das nicht, oder zumindest nicht ganz; es war wieder einmal nur Zweckdenken, das als Takt verkleidet daherkam – auch das ein Talent des Präsidenten.

In Friedenszeiten Indianer und Abtrünnige erschießen. Mit der Waffe regieren, oder mit der Androhung davon. *L'état, c'est moi*, sprachen Monsieur Smith und Monsieur Wesson. *Marchons, les sans-culottes.* Es wird niemals ohne Zwang gehen, hat Duggan dir einmal gesagt. Die große Frage ist nur, zu welchem *Zweck* man diese Härte einsetzt, mein Junge. Verfassungen, Gesetze, Gleichheit, Brüderlichkeit – alles naiv, Ammenmärchen; Breichen für Quäker und Mondkälber. *Man muss die Menschen zur Freiheit ZWINGEN*, mon brave. *In Irland, in Frankreich, in Amerika, überall. Es gibt nur eine einzige Art von Freiheit, du aufgeblasener Jesuit, und das ist die, die aus einer Gewehrmündung kommt. Solange sie die Armen verhungern lassen wie Straßenköter, kannst du mir mit deinem ganzen Geschwätz vom edlen Wesen der Menschheit gestohlen bleiben.* Und du sagst dir, dass es das nicht war, was du dir in Amerika erhofft hast, deswegen bist du nicht hergekommen; du bist besser als Duggan, kein Fanatiker, sondern *Idealist*; aber es gibt Stunden, in denen sehnst du dich nach seinen Gewissheiten. Bist du über all die Meere gefahren, nur damit du als Mörder endest, als Rächer? Was hast du erreicht? Was hast du be*zweckt* mit alldem? Wieso nennst du Irland immer noch dein Zuhause, obwohl du Wexford schon ein halbes Leben lang nicht mehr gesehen hast?

Dies hier, das ist mein Zuhause: dieser trostlose Schatten. Desperados, Sezessionisten, Besitzlose. Neu-Irland, Jung-Irland. Eine Kopie des alten. Gebirgig, leer; befeuert von Alkohol und alten Fehden, ein Nirgendwo mit unglaublich unwirtlicher Landschaft, der Art, die Dummköpfe malerisch finden. Ein Ort, der immer Stoff zum Streiten abgeben wird, dessen Bewohner immer wissen werden, dass sie in einem Laboratorium leben; Leute, deren Sprache anderen exotisch vorkommt. Sie sammeln sie wie Fossilien, während der Rest der Welt, wenn er euch überhaupt wahrnimmt, Abklatsch von Abklatsch in euren Klischeebildern sieht. Es ist größer als das alte Land, kälter im Winter. Davon abgesehen bist du zu Hause.

Nicht einmal vollwertiger Gouverneur, nur kommissarischer. Den Kommissar nennen die Witzbolde dich. *Acting Governor*: Die Cajuns machen sich lustig über dich, den Kaiser vom Schlachthof – nur nicht hinhören. *Ici vient Actin, Sainte-Vierge, boys. Verneigt euch!* Du würdest jeden einzelnen guillotinieren, wenn du Hoffnung hättest, dass du damit durchkommst. Und sie würden es mit dir genauso machen.

Du siehst nicht aus wie ein Mann, den einmal ein Präsident empfangen hat und der zweimal die Hand einer Legende geschüttelt hat. Als du aus diesem Konferenzraum kamst, warst du fast trunken vor Hoffnung; wünschtest dir nur, dein Vater könne dich sehen. Seltsamer Gedanke für einen erwachsenen Mann. Du schrittest über das nasse Pflaster von Washington. Zeitungsjungen brüllten: Gerüchte von Niederlage, die konföderierten Armeen formierten sich im Westen. Du konntest den Geschützdonner hören, die Rebellenkanonen im Tal des Potomac; sahst den blauschwarzen Rauch ihrer Lagerfeuer. Und dir ging durch den Kopf, dass John Fintan Duggan, der dir das Leben gerettet hatte, der für deine Freiheit ausgepeitscht worden war, vielleicht einer von denen war, denen jetzt dein Name im Halse stecken blieb, einer, der die Messer zur Rache für seine Söhne wetzte.

Dann sahst du sie an der Ecke. Die Stenographin, wie sie dich beobachtete. Lugte unter dem Rand eines Sonnenschirms hindurch. Oh, nur nach Hause, sagte sie, sie wohne bei ihrer Mutter. Ja natürlich könnest du sie begleiten. Wäre eine Ehre für mich, General. Und der melodische Tonfall aus Wicklow, die Art, wie sie vor sich hinsummte, als ihr gingt, ihre Hand an deinem Ellenbogen, als ihr die Barrikade passiertet, und die dezente Art, wie sie dir schmeichelte, dich nach dem Krieg fragte, nach deinen Plänen, nach deiner Vergangenheit, nach Australien. Wie einsam du gewesen sein müssest im fernen Australien. Als Mädchen habe sie oft für dich gebetet. Dein Bild in ihrem Geometriebuch. Deine Rede unter dem Galgen habe sie auswendig gekonnt. Die anderen Mädchen hätten sich über sie lustig gemacht, hätten gefragt, ob sie nicht lieber einen Jungen wolle. Gott, was da in der Klosterschule am Abend alles an Bemerkungen gefallen sei. Da wäre *ein Muselmane rot geworden.*

Haben Sie Känguruhs gesehen? Waren die Squaws der Eingeborenen hübsch? Stimmt es wirklich, dass sie splitterfasernackt gehen? Aber sicher nicht ganz? Doch wenigstens ein Hemd? Und wie, wenn die Frage erlaubt ist, konnten Sie von dieser Teufelsinsel entkommen? Und fällt es Ihnen jetzt sehr schwer, dass Sie die meiste Zeit von Ihrer Frau getrennt sind? Sie werden ja ganz nass, General. Wollen Sie nicht mit unter meinen Schirm kommen? In welchem Hotel sind Sie untergebracht? Haben Sie es bequem dort? Da kommt sie jeden Morgen vorüber, auf dem Weg zur Arbeit. Vielleicht, sagt sie in schönster Ruhe, kann sie ja einmal einen Blick hinweinwerfen.

Als ihr in den Park kamt, streifte ihre behandschuhte Hand die deine, doch du redetest einfach weiter; redetest über nichts, obwohl der Schmerz im Magen dich benommen machte, die Nähe ihres jungen, warmen Leibs. Und auch das Mädchen redete immer weiter, über nichts und alles. Die Kälte in Washington um diese Jahreszeit, die Soldaten, die Verteidigungsgräben aushoben, dort am Orchesterpavillon. Sie hatte einen Verlobten gehabt. Er war in Cold Harbor gefallen. Sie roch süß, nach Rosenwasser. Nie warst du mit einem irischen Mädchen zusammen gewesen. Ihr gingt durch den Park, auf die Kanonen zu.

Und der Moment kam, wo ihr an einem Grüppchen Ulmen innehieltet, von deren Zweigen das Regenwasser tropfte, und ihre Haube war nass vom Regen, und plötzlich war alles still, und da hättest du, aber du tatest es nicht, weil du dein Wort gegeben hattest – aber du hättest es gekonnt, und keiner hätte es je erfahren. Du brachtest sie nach Hause, reichtest ihr an der Haustür höflich die Hand. Es war das erste Mal, dass du eine Frau sahst, die sich selbst die Türe aufschloss.

Ja, es war Verlangen gewesen. Die Versuchung, es zu beschönigen. Du hattest so viele zerschmetterte Leiber gesehen. Einmal wolltest du einen berühren, der noch heil war. Vielleicht um dich zu überzeugen, dass es mit dem Zerschmettern eines Tages ein Ende haben würde. Oder vielleicht war es auch einfach nichts weiter als Lust.

»Wollen Sie nicht noch einen Augenblick mit hereinkommen? Es wäre eine Ehre für die beiden. Meiner Mutter geht es nicht gut. Eine Tante wohnt bei uns.«

»Ich sollte lieber ins Hotel zurückkehren. Morgen in aller Frühe breche ich auf.«

»Ja, natürlich; ich habe Sie aufgehalten.«

»Ein andermal vielleicht.«

»Das hätte ich nie gedacht, dass ich Sie einmal kennenlerne. Es war mir eine Ehre.«

»Ganz meinerseits. Ich danke Ihnen für Ihre Gesellschaft.«

»Sie sind ganz der Kavalier, wie man es von Ihnen erzählt. Aber ich hätte es nicht anders erwartet. Glauben Sie mir, wir Mädchen aus Wicklow, wir wissen, was ein Kavalier ist.«

Der sinnliche Schmelz ihres Lächelns.

Sie steigt aus dem Bett, geht nackt ans Fenster. Ihr Rücken, ihr Hintern, ihre Hand an der Scheibe. Ihr leises, ruhiges Lachen, als du sie dort noch einmal küsst, und ihre Finger in deinem nassen Haar.

»Dann gehe ich jetzt besser nach drinnen. Sie holen sich noch den Tod hier. Und ich stehle Ihnen Ihre Zeit.«

Aber du rührtest dich nicht. Eure Blicke trafen sich. Ihre Augen meergrün in dem Dämmerlicht. Du hattest es vorher nicht bemerkt, aber sie hat Sommersprossen. Ihre Familie kommt aus Shillagh. Sie sagt, es ist wunderschön dort im Sommer. Beinahe kannst du das Heu riechen, die Sonne auf dem frisch gemähten Gras. Sie zu berühren: etwas wie ein Segen.

»Stimmt es, was man sich erzählt? Über Tennessee?«

»Ich nehme an, das kommt darauf an, *wer* es erzählt.«

»Über Sie und General Sherman. Es sind verschiedene Versionen im Umlauf.«

»Ich fürchte, ich habe Dinge getan, die ich zutiefst bedaure.«

»Und das ist eines davon? Etwas, was Sie bedauern?«

»Einen vorgesetzten Offizier zu schlagen war ungehörig; es war eine Dummheit. So gesehen bedaure ich es, ja. Es hat meiner Familie Schmerz zugefügt. Das ganze Gerede. Die Shermans waren Gäste in unserem Haus gewesen.«

»Ich werde Sie immer bewundern. Immer. Mein Vater war ein großer Bewunderer von Ihnen. Er hat sich immer gefragt, wie Ihnen wohl die Flucht aus der Kolonie gelungen ist. Er würde mich beneiden, wenn er wüsste, dass ich Sie jetzt danach fragen kann.«

»Es ist schon so lange her. Ich weiß gar nicht, ob ich es noch genau weiß. Es gab Kameraden. Und Geld. Mein Vater hatte Geld geschickt. Glauben Sie mir, an solchen Sachen ist nichts Heroisches. Ich hatte einfach Glück. Andere hätten mehr Anrecht gehabt.«

»Es heißt, Duggan habe Ihnen geholfen.«

»Jetzt muss ich aber wirklich gehen.«

»Dann gehen Sie mit Gott. Ich danke Ihnen.«

»Gute Nacht.«

Du tratest einen Schritt näher und küsstest sie auf den Mund. Ihre Lippen waren heiß; sie stieß eine Art Schluchzer aus. Ein Nachtwächter kam mit seiner Laterne vorbei. Sie bog den Kopf tief in den Nacken. Du legtest deinen Mantel um euch beide. Es hämmerte in deinem Schädel. Du zogst sie tiefer in den Schatten des Hauseingangs. Du könntest nicht sagen, wie lange ihr so dort standet; Körper, die sich im Dunkeln winden, Münder aufeinandergepresst ... *Spürst du ... die Art, wie du mich hältst? ... Das ist mir ... noch nie passiert ... Himmel, deine Hand.* Du zittertest, als sie deine Hose aufknöpfte. *Ich will, dass du ... Es ist gut ... Es ist gut,* flüsterte sie. Du bebtest in ihren Armen. Sie hielt dich lange so. Mit ruhiger Stimme fragte sie, ob du ein Taschentuch hättest, aber du hattest keines.

Und die Stimme einer alten Frau aus dem Haus. Schwach. Verängstigt. Wer ist da?

Rasch trat sie ins Haus, verschloss die Eichentür hinter sich. Aufgewühlt gingst du zurück zu deinem Hotel. Als du dort ankamst, als du hinauf aufs Dach stiegst, wo Gäste sich versammelten, sich betranken und ängstlich den Feind im Auge behielten, da wusstest du, dass die Erinnerung an die eben vergangene Stunde dich dein Leben lang begleiten würde, aber du wusstest noch nicht warum.

Das Urteil lautete auf sieben Jahre. Der Richter erklärte ihr, sie könne dankbar sein. Nur die Tatsache, dass sie sich schuldig bekannt habe, habe ihr die Zwangsarbeit erspart. Als man sie aus dem Gerichtssaal führte, spuckten die Leute sie an, sie und die anderen Spione der Konföderierten. Im Gefängnis hatte sie viel zu leiden.

Jetzt herrscht Frieden, die Zeit des brüderlichen Wiederaufbaus. Du schläfst mit einem Repetiergewehr neben dem Kopfkissen. Während deine Frau zur kalten Nachtstunde durchs Haus geistert und die Geschäftsleute im Schutze der Dunkelheit grollen, und irgendwie, wie ein Geruch, der aufsteigt, kommen deine Träume von dem

Mondjungen und ein Klagelied, das du einmal in einer verkommenen irischen Bar gehört hast. Die Melodie eines Lieds, das vom Haus der aufgehenden Sonne erzählt. Ein Lied aus den Freudenhäusern von New Orleans.

Als Lincoln dort im Sterben lag,
Die Kugel in der Brust,
Sagt »Keinen hab ich so verehrt
Wie Jo-ohn Wilkes Booth«.

31. Kapitel

Überwachung

Ein kummervoller Heimweg – Ein Sturz von einer Leiter – & ein unerwarteter Freund rettet den Gouverneur

❖

4. April 1866. Nachtwache

9.16 abends. Geburtstag der Zielperson. Zielperson verließ Salon [*sic*] der Witwe und tastete sich am Amtsgebäude entlang. War sichtlich betrunken & torkelte. Wurde von Gesindel verspottet, welchem er Schläge androhte. War in jämmerlicher Verfassung, weinte beinahe, wie ein Weib. Mit Liedern verhöhnt.

Betrat Amtsgebäude um 12 Minuten vor 10. Kam 10 Minuten später wieder hervor mit Trittleiter, Eimer & Wischtuch. Beabsichtigte offenbar Fenster zu putzen, stürzte jedoch von vierter Stufe der Leiter.

Lag neun Minuten lang im Straßenkot. Der Junge kam und half ihm nach Hause.

32. Kapitel

Liebling, du wirst mich verlassen

Elizabeth Longstreet enthüllt, dass eine vielfach gehegte Annahme über den Jungen unzutreffend war

❖

Ja, das war ein seltsamer Junge … Man wusste nie, was ihm durch den Kopf ging … Strich nur durchs Haus und sagte kein Wort, wie ein altes Huhn im Hühnerhof … Einmal erwisch ich ihn in stockfinstrer Nacht, wie er an einem alten Knochen nagt, den ich für den Hund aufgehoben hatte. Ich hab ihm Abendessen gemacht – aber er aß nur den Abfall … Das bisschen was der gegessen hat, davon hätte kein Grashüpfer hüpfen können … Da kamen einem die Tränen, wenn man den sah. Zum Steinerweichen war das … Wenn man sich das ausmalte, wie allein er auf der Welt war. Es gibt doch nichts Schlimmeres als ein Kind, das keine Mutter mehr hat.

Denn das war ein Kind, das hat kein Fitzelchen Liebe abgekriegt, von keinem Menschen auf der Welt, und nie hat er eine Mutter gehabt. Kein freundliches Wort, nicht ein einziges aufmunterndes Wort im Leben … Einmal hab ich ihn gefragt: Wo ist denn deine Mama geblieben? Wo stecken deine Leute jetzt? Hast du denn überhaupt keine Verwandten? Weil ich keine Ahnung hatte, wie er hierhergekommen war. Aber er wollte nicht antworten. Nie hat er geantwortet … Wenn man zu dem Jungen was gesagt hat, das war, als ob man überhaupt nicht im Zimmer wär. Als ob man nur ein Rauchfähnchen wär.

Aber das Seltsame war: Er war nicht stumm … Nein, überhaupt nicht … Das war nur was in seinem Kopf … Denn er konnte singen, so schön hat man's noch nie gehört … Doch, Sir, können Sie mir glauben. Wie ein Vogel im Frühling. Wie Leute, die stottern, wissen Sie, und die singen dann … Hat die alten Kirchenlieder gesungen und die Balladen … »Jesu meine Zuversicht« … Wenn er das in der Kirche gesungen hätte, da hätte selbst der Teufel Halleluja gerufen … Das hab ich noch im Kopf, als hätt ich's heute morgen erst gehört.

In der Küche, da hab ich ihn gehört. Im Garten hinter dem Haus. Sang alles, was sich reimte. Und immer nur für sich … Gedichte. Wiegenlieder. Kubanische Lieder. Jeden alten Unsinn … Und die ballades, *die hat er auch gesungen, die die die Québecois singen ... Oder – wie heißen die – die junkanoo, wie bei den Kreolen. Einmal, da habe ich ihn gefragt – und da erinnere ich mich noch ganz genau dran –, wie es denn sein kann, dass ein Junge wie er die ganzen Lieder im Kopf behält? Meinst du, ich hör dich nicht? Den ganzen Tag hör ich dich singen. Sogar nachts hör ich dich, wenn du im Schlaf singst ... Du musst ja ein Hirn da drin haben so groß wie ganz Texas. Weil du die ganzen Lieder behältst ... Kein Wort hat er gesagt ... Aber wenn er sang, das war wunderbar. Das einzige Mal, dass ich gehört hab, wie ein Kind einen Gospelsong gesungen hat, und man nimmt es ihm ab ... Denn ein Kind, das kann keinen Gospel singen, hat mein Mann immer gesagt ... Weil es noch nie gekämpft und verloren hat ... Das ist zu jung, um das zu verstehen ... Sechzig, siebzig Jahre ist das her, seit ich die Stimme gehört hab. Aber an manchen Abenden, da höre ich sie heute noch.*

Und Seemannslieder, Shanties, die auch ... Davon hat der Hunderte gekannt ... Eins, das hat er immer gesungen, über ein Schiff, das hieß Lenoir ... Trauriges Lied ... Die armen Seeleute, die sind alle ertrunken ... Das ging so: [Interviewte singt, doch mit sehr schwacher Stimme]

... An Deck er steht, mon capitaine
Und ein zäher kleiner Bursche er war,
O, ich hatt eine Freundin im Lande Cockaigne
Heut wird sie zur Witwe fürwahr,
Zur Witwe wird sie cette nuit, hélas, ...

»Liebling, du wirst mich verlassen.« »Mich bringt keiner dazu.« So lang ich noch Blut in den Adern hab, da werd ich die Lieder nicht vergessen. Das hat wehgetan wie ein Messer. Der Junge, der war zum Singen geboren ... Die Gabe des Gesangs. Das ist ein Geschenk Gottes ... Und wir sind zu eitel und schwach und sehen es nicht, der Herr stehe uns bei ... Der Mensch begreift nicht, was seine Gaben sind, und nie ist er zufrieden ... Ach, ich wünschte, ich könnte den Jungen noch einmal sehen ... Den armen kleinen struppigen Hund ... Herr im Himmel.

VI. TEIL

Die Balladen von Johnny Thunders

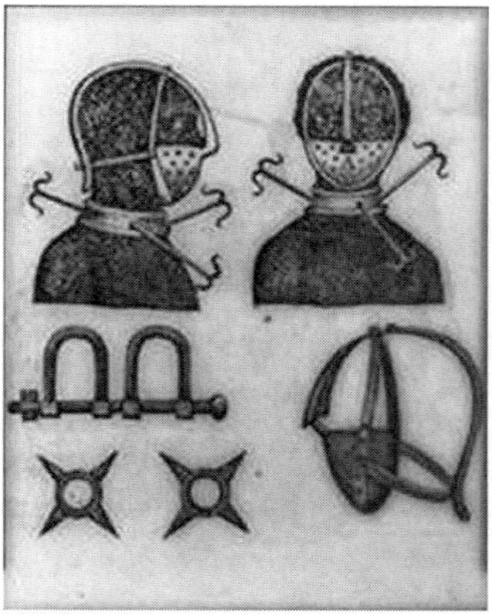

Ein Schriftsteller sollte sich reiflich überlegen, ob er die Sprache einer Romanfigur phonetisch wiedergibt. Für gewöhnlich zeugt das von einem Mangel an Phantasie. Er betrachtet seine eigene Aussprache als den Maßstab, von dem alle anderen abweichen, wunderbar ursprünglich sind, herrlich wohlklingend oder tadelnswert falsch. Doch das ist allein eine Frage des Standpunkts, keine Frage des Stils … Er versucht, vielleicht unbewusst, uns etwas Wichtiges über seine Schöpfungen zu sagen. Dass sie irgendwie nicht ganz so menschlich sind wie ihr Schöpfer. Er begreift nicht, dass man seinen eigenen Akzent ebenfalls phonetisch wiedergegeben könnte. Für andere – seine Romanfiguren – den größten Teil der Welt – ist das, was er spricht, ein bizarres Kreolisch.

Robert Oates Ellis [Lucia Cruz McLelland-O'Keeffe]. Aus ihrer Besprechung von *Bleakhaus* von Charles Dickens und *Maurice Tiernay* von Samuel Lever. *The Gramercy Quarterly*, Frühjahr 1854

❖

Nichts enthüllt die Ängste und Sehnsüchte einer Nation so treffend wie die Lieder des einfachen Volks.

O'Keeffe. Aus seinen unvollendeten Memoiren. 1865?

33. Kapitel

Der Vater kam aus Donegal & der kleine Johnny Thunders
oder
Der Mensch ist gut allemal!

Von »Mr A. N. O'Nym«*

❖

Liebe Mami, hier's Danny, ich bin in New York,
Und das Dorf, das ist groß & erschreckend.
Kaum bin ich an Land, soll'ch zur Wahl kurzerhand,
Und die Ladys sind wirklich entzückend.
Da ist eine, die ich mag – und mich traf fast der Schlag –
Ihr Gesicht ist so schwarz wie die Nacht.
Kann kein Wort verstehn, doch du solltest sie sehn
Aus'm Süden, Mam, ob das wohl was macht?

REFRAIN: *Mir ist so ach, mir ist so weh, o Mutter Machree!*
Die Haut ist so schwarz wie das Haar.
Kein Missgeschick, sagte Pat zu Mick,
Nun komm schon, führ sie zum Altar.
Aber sie kommt doch aus Dixie
Und wir sind aus Donegal.
Ja was macht denn dat, sagte Mick zu Pat,
Der Mensch ist gut allemal!

Lieber Pater O'Kelly, bin hier in Phil'delly
Und brauch unbedingt geistlichen Rat;
Meine Braut, lieber Padre, die ist wie Schokolade,
Und ich wollte, dass Ihr das erfahrt.
Kommt aus Alabama, hat 'ne Negermama,
Doch ich lieb sie nunmal, ohne Spott.
Ist es wider die Biben, eine Schwarze zu lieben?
Straft mich dafür unser Gott?

* Aus: *Der lachende Klimperkasten: Heitere Weisen der Iren und Neger sowie muntere Stücke für die ganze Familie*, hrsg. v. J. Grier Buckingham, New York, 1866.

Lieb Molly, mein Kind, ich sag's dir geschwind,
Auch wenn du zu Haus auf mich wart'st –
Ich weiß, es tut weh, doch nun heißt es Adieu,
Denn die Süße, die'ch liebe, ist schwa–harz. (oh!)
Wie Lakritz ihre Haut
Hab nie Schön'res geschaut;
Fühl mich schwach und so frei wie noch nie,
Küss sie bald hier und bald da – frag mich nicht, wo es war! -
An den Ufern des alten Swahnee!

Liebe Mami, hier's Danny, bin in Alabamy,
Ich lade dich ein, komm zu mir,
Komm endlich nach drüben und genieße das Leben
In dem Lande Amerika hier.
Unser Kleiner, der Johnny, so braun und so sonnig,
Der ist wirklich phänomenal.
Ist der einz'ge Mulatt,
Der Kartoffeln gern hat,
Zwischen Dixie und Donegal.

34. Kapitel

Die Taten eines Gesetzlosen

❖

GESUCHT!

WEGEN MORDES, BEWAFFNETEN RAUBÜBERFALLS, TÄTLICHER ÜBERGRIFFE GEGEN FRAUEN UND VERRATS AN DER BUNDESREGIERUNG

$ 10.000 BELOHNUNG

Cole John Laurence, McLawrence oder Lawrenson –
alias »Johnny Thunders«, »John der Bastard«,
»Der schwarze Johnny«, »Johnny der Eroberer« & cetera.

Dieser BRUTALE VERBRECHER & SEINE BANDE werden gesucht wegen vielfacher Verbrechen, unter anderem bewaffneten Raubüberfällen auf die Banken von Varina City & Westport (ehemals Manchesterville) sowie auf die staatliche Postkutsche in der Nähe des Blindman's Ridge. Bei dem letzteren Überfall quälten & ermordeten sie die Wachen & 5 männliche Passagiere. Zwei Frauen wurden auf jene Weise entehrt, welche schlimmer ist als der Tod, & anschließend gezwungen, mit anzusehen, wie die Männer bestialisch zu Tode gefoltert wurden. Südstaatler; bisweilen als Mischling beschrieben, höchstwahrscheinlich unzutreffend. Außerordentlich schneller Schütze & sein Alter liegt zwischen 20 & 40 Jahren. Hat einen Bruder, Thomas Michael, ebenso verrucht wie er selbst, & zahlreiche Gefährten von üblem Charakter. McLawrenson beschmutzt den Namen IRLANDS, wenn er behauptet, seine Vorfahren stammten von dort. Angeblich in Kentucky oder im nördlichen Tennessee geboren. (Mutter hieß Cooney, Joyce oder Furey.) Hasst die Vereinigten Staaten. Fanatischer Anhänger der Sezession. War früher Schütze bei den Konföderierten, schloss sich später im Krieg einem Freischärlertrupp an, der sich »Lincolnmörder aus Tennessee« nannte. Neuerdings mit einer Räuberbande unterwegs, bisweilen auch allein. Wurde in Kanzas, in Nebraska, im Indianerterritorium & im westlichen Minnesota gesichtet. Etwa eins siebzig bis eins fünfundsiebzig. Langes kupferrotes Haar, blasse Gesichtshaut, magere Statur, »porzellanblaue« Augen. Spricht angeblich die Sprachen von SIOUX & SCHWARZFUSS. Teile seines Ringfingers sollen fehlen. Auf dem rechten Unterarm eine EINTÄTOWIERTE SCHWARZE FLAGGE. Zeugen berichten von seinen KALTEN & MITLEIDLOSEN AUGEN. Äußert sich abfällig über die Bibel. Hat Kirchen & Gräber geschändet. Bezeichnet sich selbst als »Fingerzeig Gottes«. Ist schwer bewaffnet & führt große Mengen Munition mit sich. Nur mit Waffengewalt gegen ihn vorgehen. Eine GROSSZÜGIGE BELOHNUNG ist ausgesetzt für Informationen, welche zu seiner Ergreifung führen, TOT oder LEBENDIG. Hinweise an den kommissarischen Gouverneur J. C. O'Keeffe, Territorialverwaltung, Redemption Falls, oder an jeden Marshal. Alle aufrechten Bürger, gleich auf welcher Seite sie stehen, sind aufgefordert, der Gerechtigkeit zum Sieg zu verhelfen. Jedermann sollte sich dies zur Aufgabe machen. ACHTUNG: PERSONEN, WELCHE DEM SCHURKEN ODER SEINEN SPIESSGESELLEN IN GLEICH WELCHER WEISE HELFEN, MACHEN SICH EBENFALLS STRAFBAR & WERDEN OHNE ERBARMEN VOR GERICHT GESTELLT. FERNER IST DARAUF HINZUWEISEN, DASS DIESER MANN NICHT NUR BESTIALISCH UND GRAUSAM IST, SONDERN ZUDEM VERMUTLICH IRRSINNIG. KEINER NÄHERE SICH, ES SEI DENN MIT GEZOGENER WAFFE; UND DER ERSTE SCHUSS SOLLTE TÖDLICH SEIN.

Veröffentlicht von James C. O'Keeffe,
Gouverneur des Territoriums, April 1866

35. Kapitel

Der falsche fahrende Ritter

Eliza Mooney stellt sich eine Frage – Mormonen – Ihre Gedanken über die Ehe – Drei Engel & ein Hammer – Die schönste Frau in ganz Truro

❖

Dreihundert Meilen südöstlich von Redemption Falls steht, in einer Art schäbigem Wappenrock, eine Frau in einem Hohlweg. Sie hat einen weiten Weg zurückgelegt und viele erstaunliche Dinge gesehen. Sie wiegt nicht mehr als ein Kind. Das bisschen Schutz, das die Vereinigten Staaten ihr bieten konnten, hat sie hinter sich gelassen und betritt nun das Mountain Territory, das Reich der Abtrünnigen und Deserteure, auch wenn es nichts gibt, woran sie erkennen könnte, dass sie diese Grenze überschritten hat und am Ende der Welt angekommen ist.

Sie bleibt stehen und betrachtet noch einmal den Steckbrief. Gelb wie Butterpapier. Zerknittert. Seltsam, dass auf diesen Anschlägen immer solche Zeichnungen sind: das Gesicht mit dem schwarzen Tuch vor der Nase. Nicht gerade nützlich, denkt sie unwillkürlich. Da könnte man auch gleich einen Totenkopf auf das Plakat drucken.

Sie fragt sich, ob auf allen Steckbriefen dasselbe Gesicht zu sehen ist, und wenn ja, wer dafür Modell gestanden hat. Muss ein rechter Galgenvogel gewesen sein. Wahrscheinlich sitzt er jetzt im Kongress.

Der Gedanke kommt ihr beim Gehen: Vielleicht sollte sie ein Plakat mit der Beschreibung ihres Bruders drucken lassen und es unterwegs an der Straße aufhängen. Ob sie wohl nach dem Foto eine Skizze machen könnte? *Du könntest nicht mal Wasser zeichnen.* Oder jemand anderes vielleicht? *Wer soll denn sowas machen, meine Güte.* Und wie findet man eine Druckerei? *Hast du eigentlich eine Ahnung, wieviel die dir dafür abknöpfen würden?* Natürlich würde es Geld kosten; einen ganzen Haufen Yankeedollars. *Und dein Geldbeutel ist so leer wie ein englisches Versprechen.*

Und wohin sollte der Finder sich wenden, wenn es denn einen gab? Und überhaupt, was würdest du schreiben? *Ausgebüxter Lause-*

bengel. Acht Jahre, als er sich aus dem Staub machte. Halb Farbiger und halb Ire. Von nix eine Ahnung. Störrisch und dumm. Hätte den eigenen Schwanz nicht gefunden, selbst wenn man ihm 'nen Dollar dafür geboten hätte. Wenn ich wütend auf ihn war, habe ich ihn »Kleiner Niggerbastard« genannt. Aber ich schwör, das war nicht böse gemeint. Und er mich Crowjane, Krähenjule, irische Schlampe. An der Wand in unserer Hütte hing ein Bild. Die Heilige Familie in Bethlehem.

Man kann gleichzeitig Ire und Farbiger sein, Eliza, das heißt überhaupt nichts. Schreib lieber schwarz und weiß. Aber verdammt nochmal, er ist doch kein *Zebra*. Na, dann eben »Neger« und »Weißer«. Aber Jeddo sieht nicht aus wie ein Mulatte, wozu soll es dann überhaupt auf das Plakat? Gott, der Blödmann glaubt, er ist Mexikaner. Wer hat ihm bloß diesen Floh ins Ohr gesetzt? *Das hast du gemacht, du Lügnerin*. Hab ich nicht. *Hast du doch*. Wie groß er jetzt wohl ist?

Die Farbe seiner Augen? Trägt er die Haare jetzt kurz? Ist er dicker geworden bei der Armee? *Ob er sich wohl schon rasiert?* Es wuchert in ihrem Bauch wie ein rotgeädertes Unkraut – allmählich weiß sie nicht mehr, wie er aussieht.

Bei den Mormonen gab es Almosen und gute Ratschläge. Die würden einem Seeräuber den Pimmel abquatschen. Mittlerweile konnte sie sich bei der Suppenausgabe ziemlich gut verstellen und tun, als höre sie zu. Na ja, anfangs hörte sie ja wirklich zu; die hatten tolle Geschichten auf Lager. Jehova (*oder war es Jesus*) oder vielleicht auch Jahwe, einer von diesen Göttern jedenfalls (*vielleicht war es doch Joseph*), hinterließ eine göttliche Botschaft auf Goldplatten und offenbarte sie einem Propheten namens Smith (*oder hieß der Wesson*), und alle wahren Gläubigen mussten nach diesen Vorschriften leben, sonst fuhr ihnen der Blitz in den Arsch, nur dass die Mormonen sich nicht so ausdrückten. Und sie waren hierhergezogen, in dieses platte Land am See, hatten die strahlende Stadt errichtet und viele Male geheiratet, und Eliza hatte sich gefragt, wie es mit der göttlichen Weisheit denn wirklich stand, wenn er die Vielehe empfahl.

Wer würde schon öfter heiraten als unbedingt nötig? Das wäre ja gerade so, als kletterte man an den Nägeln zurück ans Kreuz; als erhöbe man ein Glas mit Essig und prostete den Gästen damit zu. Ewig das Gequatsche von den Kerlen anhören müssen, wie die arme Mamo das getan hatte, das Gemecker und Gegrunze und das Hol-mir-dies-hol-mir-das, das freundliche Gesicht nach außen und die erhobene Hand hinter der Tür, die verletzenden Worte und das tödliche Schweigen, und dann musste man auch noch zulassen, dass sie einen bestiegen, und ihre Kinder austragen, und alles für sie tun, ihre stinkenden Klamotten mit Ingwer waschen und ihre Meinungen, ihre *Theorien* ertragen, ihre blödsinnigen Ansichten über Gott und die Welt, und das alles obwohl man den meisten von ihnen nicht über den Weg trauen konnte, weil sie nicht mal eine *Ziege* melken würden, ohne an ihren Zitzen zu lutschen. Und keinen Augenblick Ruhe. Nie ein freundliches Wort. Kein bisschen Mitgefühl. Und nicht mal ein Haarband. Weißt du, ich bin da einem fliegenden Händler begegnet, und da habe ich mir gedacht, das könnte dir doch gut stehen. Nein, ist noch nicht Weihnachten, ich dachte nur, es gefällt dir womöglich. Nun nimm es schon. Probier mal, ob es dir steht. Oh, du siehst zum Anbeißen damit aus. Ein Glück, dass ich das Geld nicht für Whisky ausgegeben habe.

Die erbettelten Cents hat sie auf der Farm gegen etwas zu essen eingetauscht – fünf kleine Gänseeier, ein paar Knochen mit etwas knorpeligem Fett daran –, aber sie muss sehr sparsam damit sein. Hier draußen gibt es niemanden mehr, den sie anbetteln könnte. Das Land öde und steinig. Es gibt keine Felder, nur noch Felsen. In der Ferne zwei wilde Ponys, schwarzblau und zottig. Jesusmaria! Büffel!

Ihre Haare sind zu lang, aber sie hat nichts, um sie zu schneiden. Sie zerschlägt eine verschimmelte Bierflasche, die sie in einer Müllgrube findet. Säbelt die Haare damit ab und wirft sie in den Wind. Die letzten Strähnen bewahrt sie auf und macht sich ein Armband daraus. Das schützt vor Schwindsucht, hat sie gehört.

Die Berge sind furchterregend; nie hat sie solche Berge gesehen. Keine Abhänge oder sanften Übergänge, es sind Felswände ohne Gipfel. Sie ragen steil aus der Ebene: steinerne Riesen. Man kann ganz nah herangehen und sie mit der Hand berühren, den Kopf in den Nacken legen und zu den Wolken aufblicken. Und sieht nur meilenweit schwarzen Granit, eine Straße in den Himmel, mit vorstehenden Felsen übersät. Wenn man eine Spinne wäre, könnte man auf dieser Straße geradewegs ins Paradies gehen. Dahin wo der Spinnengott mit seinen langen Beinen die Harfensaiten zupft.

Das Gesicht auf dem Plakat ist allgegenwärtig wie ein Flaschenteufel. Dreißig Meilen weit ziert es jeden Baum am Straßenrand. Wenn sie die Augen zumacht, sieht sie das Bild, das sich in ihre Netzhaut eingebrannt hat. Bald kennt sie jeden Tintenklecks, jede Schraffur, jede verschmierte Stelle. Es ist, als wache das maskierte Porträt über ihr Vorankommen. Wenn man denn von Vorankommen sprechen kann.

In letzter Zeit trifft sie nicht mehr so gut mit der Schleuder; ihre Hände zucken. Eine Art Lähmung vielleicht; sie weiß nicht, wie man es nennt. Ihre Finger zittern wie Espenlaub. Doch Gott ist gütig und hat dieses Land reich gesegnet. Wilde Weintrauben, Johannisbeeren, Pflaumen, Stachelbeeren, Büffelbeeren, Judenkirschen – es ist, als wandere man durch den Garten Eden. Aus einer Hütte hört sie im Vorübergehen ein Lied, es dringt nach draußen wie der Gestank von ranzigen Suppenknochen.

Ja ich bin ein Kämpfer bla bla bla, das ist es was ich bla
Auf die Vereinigten Staaten der Tyrannei, drauf geb ich keinen bla.

Sie können es nicht lassen, ständig müssen sie von ihren Heldentaten im Krieg singen. Wie die Iren, kein bisschen anders. Haben ein langes Gedächtnis. Komisches Volk, die Amerikaner. Man muss ganz schön früh aufsehen, wenn man die verstehen will. Geben einfach keine Ruhe.

Farbig. Was soll das eigentlich heißen? Gibt es irgendwen, der farblos ist? Menschen mit unsichtbarer Haut? Quallenmenschen? Wie die Feen in Connemara. Durchsichtig bis auf die Knochen. Wenn sie etwas runterschlucken, könnte man das Essen in ihrem Bauch sehen. Wenn man mit so einem Wesen schläft, hat man hinterher Zauberkräfte. Ein Wechselbalg wäre man, und alle Welt hätte Angst, sich mit einem anzulegen. Und dazu hätten sie verdammt nochmal allen Grund.

Goldene Schneeflocken. Manna für die Geldbörse. Sie nähert sich dem Gesicht und zieht ihm das Mundtuch herunter; Pulverstaub rieselt auf ihre Hände. Der Mund bewegt sich, öffnet sich wie zu einem Gähnen, die Lippen lösen sich rankengleich aus der Erstarrung, aber er kann nicht sprechen, dieser Mund, obwohl sie ihn beschwört. Er ist runzlig wie bei einer alten Frau, die Lippen dünn und bleich. Sie sieht die Stummel seiner vorderen Backenzähne. Auf dem Bild sind die Augen schmuddelige schwarze Scheiben. Die Wangenknochen kantig und brutal, das vorspringende Kinn wie bei einem Affen, der Kopf viel zu massig für den spindeldürren Hals. Sie spürt den Atem des Papiers an der Hand. Es stinkt wie Abwässer im Hochsommer.

– Bist du lebendig?, fragt sie das Gesicht. Aus welchem Land kommst du? Hast du einen Jungen hier vorüberziehen sehen wie eine Regenwolke?

– Hol mich runter, flüstert eine Stimme. Ich gebe dir einen Beutel Goldstaub dafür. Habe ich aus der Bank drüben in Westport gestohlen.

Der grotesk vorstehende Unterkiefer ist beinahe komisch, als wolle er sich selbst die Nasenspitze abbeißen. Sie fragt sich, ob dieser Verbrecher wirklich wie ein Affe aussieht oder ob der Zeichner versucht hat, seine Natur abzubilden, seine Taten. Künstler glauben nämlich, dass das Wesen eines Menschen und seine Taten ein und dasselbe sind; deswegen malen sie den Heiland so hell und licht, obwohl Er nicht weißer war als eine Prise Tabak, und deswegen sagt man, das Herz eines Banditen sei »schwarz wie die Nacht«, obwohl es genauso rot ist wie das von einem Papst.

Manchmal sieht sie sie vor sich auf der Straße: die drei Plakataufhänger mit ihrem Maultier. Ziemlich junge Männer, schlaksig – fast noch Kinder. Sie bemerken sie nicht, oder wenn sie es tun, lassen sie sich nichts anmerken. Sie flimmern in der Hitze wie die Seraphim bei Jesaja. Einer von ihnen ist groß; er steckt die Hände in die hinteren Hosentaschen. Anscheinend führt er die Aufsicht. Vielleicht ist er auch nur faul. Schwer zu sagen. Seinen Kameraden macht es offenbar nichts aus, dass er sie überwacht. Manchmal reicht er ihnen eine Kürbisflasche mit Wasser.

Siehst du mich? Ich bin eine Fee, du Hurensohn. Eine Frau ohne Bauchnabel, ein Nachtgespenst, das in einem Baum haust. Ich hexe dir meinen Besenstiel in den hässlichen Arsch, und dann schwenke ich dich wie das Sternenbanner.

Bei Sonnenuntergang schießen sie oft auf die Krähen, und die fallen wie Steine vom Himmel. Sie weiß nicht, warum sie auf Krähen schießen, denn so eine Krähe hat nicht viel Fleisch auf den Knochen.

Wollen sie nur mit ihren Schießkünsten prahlen? Voreinander? Vor den Vögeln? Wen wollen sie beeindrucken?

Dreihunderttausend Yankeehunde tot in des Südens Staub!
Dreihunderttausend gingen hin, bevor wir gaben auf.
Dahingerafft vom Fieber, von Rebellenschwert und -kugel,
Ich wünscht' es wären noch viel mehr, das wär für uns ein Jubel.

Ach halt's Maul, halt's Maul, halt dein verfluchtes Maul.

Man könnte denken, sie folgt diesem Dreigestirn auf Schritt und Tritt; der Weg kommt ihr dann ein wenig kürzer vor. Manchmal lassen sie Brotkanten fallen, und sie liest sie auf und steckt sie zu ihren Vorräten. Man könnte meinen, sie tun es absichtlich. Kann das sein? Können sie sie sehen, ein schlechtes Gewissen, das sie verfolgt? Ist es möglich, dass sie Eliza Duane Mooney helfen wollen, einem Mädchen, das sie nicht einmal kennen?

Und die Tage vergehen und die Nächte werden kürzer und die Bissen auf der Straße immer größer. Ein Stück Speckschwarte. Ein angebissener Apfel. Ein sehniger Hühnerschenkel. Eine Flasche mit einem Rest Bier.

Eines Morgens klettert sie mit einem Gääääähnen aus dem Straßengraben. Ihre Finger strecken, biegen, beugen sich, als wollten sie Pflanzen sein und keine Hände. Eine halbe Meile später bleibt sie verdutzt stehen. Die Kieselsteine auf der Straße buchstabieren ein Wort:

HALLO

Weiter vorne winken die Engel. Sie kichern, erwartungsvoll. Zwei von ihnen kommen mit schwerfälligen Schritten auf sie zu. In panischer Furcht versteckt sie sich in einem Wäldchen, aber es gibt keine Zuflucht. Sie klettert hastig auf eine Eiche. Eine halbe Stunde vergeht. Sie sieht sie in der Ferne; sie ziehen in Richtung Norden weiter, klopfen sich auf die Schultern wie Jungs, die die Schule schwänzen, und treten dem armen Maulesel in den Hintern.

Sie rutscht an dem Baumstamm herunter und landet im Laub auf dem Waldboden. Mit hämmerndem Kopf kehrt sie zurück auf die Straße. Ein Maisfladen liegt sorgsam zusammengeklappt auf einem Meilenstein. Sie haben die Steine neu angeordnet:

Den ganzen Tag über spürt sie eine vibrierende Anspannung, ein unbehagliches Pochen. An jeder Wegbiegung rechnet sie damit, dass sie ihr auflauern. In jedem Dickicht könnte ein Vergewaltiger hocken, hinter jeder Steinmauer ein Heckenschütze. Dann eine lange, gerade Allee, überschattet von Weidenbäumen, und sie tauchen in der Ferne auf, vielleicht eine halbe Meile weiter vorn. Einen Steckbrief haben sie quer aufgehängt, ein anderer steht auf dem Kopf. Sie spielen wieder mit Eliza. Sie kommt an eine Kreuzung, und in der Mitte liegen schwarze Steine und fragen:

?

Sie sammelt die Steine auf und verstaut sie in ihrem Bündel. Sie bringen ihr mehr Glück als alle, die sie seit Louisiana verwendet hat. Mit dem ersten erlegt sie ein Kaninchen, mit dem zweiten einen Wasservogel. Ein dritter holt eine Handvoll wilde Trauben von einem Baum. Elizas Festmahl des Belsazar.

Bei Einbruch der Dämmerung hört sie sie hämmern. Das *Pock, Pock* von schwerem Eisen auf Holz. Sie stellt sich einen Gefangenen vor, allein in der Todeszelle, der hört, wie sie im Hof den Galgen für ihn errichten.

Die Nacht bricht herein. Ihr Lagerfeuer in der Ferne. Wenn der Wind von dort herüberweht, hört sie sie lachen, das Kratzen einer verstimmten Fiedel. Das schlimmste Geräusch auf der ganzen Welt: ein unfähiger Fiedler. Es könnte einem die Freude an der Musik ein für alle Mal austreiben.

Sie fragt sich, ob sie hingehen soll, doch das Risiko ist zu groß. Hier draußen im Niemandsland kann eine Frau nicht einfach zu drei unbekannten Männern gehen. Das bedeutet auf jeden Fall Ärger.

Aber in dieser Nacht findet sie keinen Schlaf. Sie ist nervös, verwirrt. Was wollen die drei ihr sagen? Sie schleicht durch einen dichten Kiefernwald zu ihrem Lager und belauscht ihre Unterhaltung.

Kochtöpfe auf dem Boden. Das Lagerfeuer knistert. Sie spielen Karten und reden Unsinn über Mädchen. Zwei von ihnen haben eine Freundin, der dritte ist noch ein Kind. Ihre Gesichter leuchten rot im Feuerschein. Sie kommen aus einer Stadt namens Truro, viereinhalb

Tagesritte weiter nördlich; der Marshal hat ihnen den Auftrag gegeben, die Steckbriefe aufzuhängen. Ein Vierteldollar pro Tag plus Verpflegung – besser als arbeiten, wenn man sich das überlegt. Das Geld ist für eine Hochzeitsfeier in Moran's Hotel, denn einer von ihnen will heiraten. Die Tischtücher dort sind normalerweise aus rotkarierter Baumwolle, aber für zwei Dollar mehr kann man elfenbeinfarbene Seide mieten. Die Braut wünscht es sich, weil elfenbeinfarbene Seide schöner aussieht. Der Bräutigam will sie damit überraschen.

Fuchsgesicht schlürft Kaffee und spuckt ihn oft wieder aus, wie ein kleiner Junge, der eine Ohrfeige bekäme, wenn er so etwas zu Hause machen würde. Langbein ist schon halb betrunken und zupft lustlos an seiner Fiedel. Indianergesicht, der mit den Wangenknochen, der Bräutigam, wärmt sich die Füße in ihren löchrigen Socken. Seine Stiefel nebenan auf einem Baumstamm.

– Mann, du solltest sie sehen, in ihrem Sonntagskleid. Das grüne mit den Spitzen. Was für ein Anblick! Selbst wenn du so hart wärst wie Eisen, würde sie dich um den Finger wickeln.

– Hör dir den an. Der große Frauenheld.

– Mir gefällt ihre Schwester besser.

– Die hat 'nen *Hund*, der mir besser gefällt.

– Mann, ich hab 'nen Bärenhunger.

– Da wirst du schon bis morgen zum Frühstück warten müssen.

– Wie wär's mit einem Tänzchen?

– Hör jetzt auf mit dem Blödsinn und spiel.

– Ich hab' blöde Karten.

– Halt den Mund. Ich muss nachdenken.

– Sollen wir 'n paar Vögel abschießen?

– Wie findet ihr denn ihre Mutter?

Sie fragt sich, ob sie irgendwann auch auf sie zu sprechen kommen – wäre doch möglich –, aber sie tun es nicht. Was würden sie über sie sagen? Sie schleicht zurück zu der Kuhle, die ihr als Bett dienen wird. Eine Decke aus trockenem, ausgebleichtem Laub.

Sie wird wach von den Schüssen aus Richtung ihres Lagers, es klingt, als würden in der Ferne Zugtüren zugeschlagen. Sie hat keine Angst; eigentlich findet sie das Geräusch sogar beruhigend, denn es ist Teil der nächtlichen Musik auf der Straße, und so weiß sie wenigstens, wo sie sind. Sie schreien wie übermütige Esel, johlen irische

Lieder. Sie stellt sich vor, wie sie tanzen. Wer von den dreien übernimmt die Rolle des Mädchens? Ob Jeddo je heiraten wird?

Die Vögel zwitschern aufgeregt. Die Morgendämmerung bricht an. Sie schläft wieder ein, doch unruhig.

Der Regen rinnt über das Blechdach der Hütte. Jeddo ist eine Fledermaus. Er schläft oben im Baum. *Murcielago*, das spanische Wort für Fledermaus. Heißt das »Himmelsmaus«? Ihre Mutter ist in der Nähe, aber nicht zu sehen. Ein Topf mit Gumbo blubbert auf dem Herd. Und jemand singt ein Schlaflied mit einem Text, den sie nicht kennt, seltsam und dunkel, in einer geheimnisvollen Sprache, die Eliza versteht, auch wenn sie sie nicht sprechen kann. Es ist einer von jenen anheimelnd warmen Träumen, behaglich wie ein Federbett, aus denen man am liebsten gar nicht mehr aufwachen möchte, obwohl man genau weiß, dass es unvermeidlich ist.

Lieber Himmel. Er singt. Sie hört es ganz deutlich. »Rache für Connemara«.

Sie wäscht sich Gesicht und Hände im See. Trinkt ein paar Schluck, aber das Wasser schmeckt kalkig. Traumfetzen kommen ihr wieder in den Sinn. Vergangenheitsfunken in ihrem Mund. Man vergisst, wie die Toten aussahen. Sie verschwinden im Schatten. So weiß man, dass jemand tot ist.

Sie sieht ihre Mutter im Spiegel des Sees. Haare wie ein struppiger Dornbusch. Ein Wels huscht durch das trübe Abbild ihres Gesichts. Ihre Hand schnellt ins Wasser und berührt tatsächlich seine Schwanzflosse, aber er entwischt zwischen die Weiden am Ufer.

Und die Straße hart wie Eisen so früh am Morgen. Ein Geschmack nach kalter Asche im Mund. Gott, wann wird der Untergrund weicher? Wann ist es nicht mehr so mühsam? Wieso haben wir keine Räder? In Little Rock, in Arkansas, hat sie einen Mann auf Rädern gesehen. Seine Uniform so sauber wie die eines Offiziers. Er hat Passanten angebettelt, mit einem Schild, auf dem stand: EINEN DIME FÜR MEINE GESCHICHTE ODER EIN LIED.

Wo sind ihre Engel? Sie müssen früh aufgebrochen sein. Sie wird sie später wieder einholen. Mittlerweile würden sie ihr fehlen. Indianergesicht ist der hübscheste. Wahrscheinlich sind alle Mädchen hinter ihm her. Braun gebrannt und schlank, als ob sein Alter ein Mohawk war. (*Himmel, wenn du nochmal so an deinen Haaren herumsäbelst, siehst du selbst wie einer aus.*) Aber er hat nur Augen für Tova Lunqvist. Nächsten Monat wollen sie heiraten. Wenn er sie ansieht, hat er gesagt, hat er das Gefühl, seine Zehen kringeln sich vor Glück; und die beiden anderen haben gelacht und sich über ihn lustig gemacht. Er hat ihren Spott genossen, wie verliebte junge Männer es tun. Sie merken nicht, dass er daran wächst.

In ihrer Phantasie ist Tova Lunqvist goldblond und toll gebaut, die schönste Frau von ganz Truro. Sie spaziert durch die Straßen wie die Feenkönigin, fächelt sich Luft zu und tut, als sähe sie sie nicht: ihre liebeskranken, schwerfälligen, glubschäugigen Apostel mit Mischlingshunden am Seil. Dieser Leib ist mein Tempel und mein Streitwagen, sagt sie; fort mit euch, ihr Milchgesichter. Eher gelingt es euch, nach dem Tabernakel des Herrn zu greifen. Sie spielt mit ihnen, als seien sie Würfel. Ein hübscher Junge wie er hat die freie Auswahl. Er hat etwas Vornehmes, auch wenn er so träge die Hüften schwingt. Ein stinkfauler Bursche, aber wortgewandt. Sie stellt sich vor, wie er ein Pferd zureitet.

Tova Lunqvist vor dem Fenster des Juweliergeschäfts in Truro. Tova Lunqvist neben ihr auf der Straße. Sieh dir meinen Ring an, Mädchen. Und mein Kleid. Meine elfenbeinfarbenen Tischdecken.

Himmel, es ist so mühselig, als ob man durch eine Teergrube stapft. Die Füße kleben an der Straße. Tova Lunqvist schwebt graziös dahin, in ihren fischledernen Schuhen. Der sittsame Ausschnitt, die Goldmünzen an den Ohrläppchen; sonntags singt sie im Kirchenchor. Sie sind unterwegs zum Picknick am Fluss, und er liegt im Gras und stochert sich mit einem Zweig in den Zähnen, sie spült die Teller in den Wassern von Zion und sie trocknen in der Sonne seiner Komplimente.

Seine cellobraune Stimme. Seine schläfrigen, aufreizenden Blicke. Der würde dir Haarbänder schenken, die um die ganze Welt reichen.

Und sie werden zusammen in einem Haus wohnen, Tova Lunqvist und ihr Ehemann, und ein schönes Federbett werden sie haben und Geschirr und Hühner, und die geizigen alten Nachbarn werden am Weihnachtsmorgen zu Besuch kommen und sich über die Verschwendung aufregen. Wenn sie sich vorbeugt und den Tisch deckt, mit dem Porzellan aus ihrer Mitgift, wird er ihre rosige Haut sehen – den zum Küssen einladenden Hals –, und dann wird er sie anlächeln, und ihre

Kinder werden Weihnachtslieder singen, und spät am Abend, wenn die alten Schweden wieder nach Hause geschlurft sind, um die Suppe von gestern über der Flamme ihres Neids zu erhitzen, umklammern ihre Hände das Bett, das er gezimmert hat, und ihr Liebesstöhnen erfüllt seinen Mund.

Denn er würde dich vögeln wie ein Feenmann. Und du wärst ganz erschöpft vor Lust. Du könntest durch seine Haut hindurchsehen, wenn er dich mit den Lippen liebkost. Den Himmel würdest du erblicken, wenn so ein Indianergesicht dich betörte mit seiner Zunge so süß wie Melasse. Sahne und Whisky strömen ihm aus allen Poren, bis du besinnungslos über ihm zusammensinkst; schwanenweiß lallt er liebestrunken, während du rittlings auf ihm sitzt. Du saugst hauchzarte Fäden aus seiner Mähne, seine Ponyohren zucken und er umfängt dich mit seinem Schweif, zieht euch näher aneinander, und seine gespaltenen Hufe klappern im Takt. Und du umschlingst ihn ganz langsam, wie der Saft, der süß aus einem Kiefernstamm rinnt, und galoppierst auf seinen Nüstern hinauf zum kaltblauen Mond, reitest ihn bis zum Sonnenaufgang und preisest lauthals Gott in der Höhe, *und er sagt dir, das ist erst der Anfang.* Keiner von diesen elenden irdischen Kerlen mit ihren widerlichen Rachegesängen.

Wenn sie dieses Kind zu fassen kriegt, wird sie Hackfleisch aus ihm machen. Ihn prügeln, bis er so rot ist wie ein Karo-As. Sie wird donnern wie ein Kanonenschlag. Sie wird einen Wirbelsturm entfachen. Sie wird schreien von den Nächten in den Straßen von Baton Rouge, in denen sie von Tür zu Tür zog und verzweifelt nach ihm suchte. Regen peitscht gegen die Hüttenwand. Seine Bettstatt so verlassen wie ein ausgeräubertes Nest.

Du hast durch den Türvorhang gelugt. Jede Hütte in der Straße durchstöbert. In Zelte und Schuppen gespäht. Hast dagelegen und die Augen auf ein Astloch in der Wand gerichtet, selbst im Schlaf bist du wachsam geblieben, weil er womöglich in der Dunkelheit zurückkehrt wie beim letzten Mal. Er würde sich heimlich hereinschleichen, während du schliefest. Erinnerst du dich? – du hast an der Kreuzung in dem elenden Viertel gestanden und seinen Namen in alle Richtungen gerufen. Es war heiß in dem Monat, als er verschwand. Du hast den Schirokko auf dem Gesicht gespürt, und der Schweiß strömte dir über den Rücken. Und du hast dich von oben gesehen, ein sehr kleines Tier, das kreischt wie ein Fischweib am Mardi Gras. *Jeremiah! Ich hau dich windelweich! Wo steckst du, Jeddo Mooney? Komm sofort her oder ich gerb dir das Fell!* Eine Hündin hat dich beobachtet, als du so schriest. Den Schwanz eingezogen und mit weit aufgerissenen Augen. Roten Augen. Die Zunge ein flatternder Wimpel.

Du hast im Trubel des Hafenviertels gesucht, bei den Hahnenkämpfen und in den Kneipen, in Hinterhofbordellen und schäbigen Absteigen. Die Fischer haben dir versichert, ihnen sei kein kleiner Junge ins Netz gegangen. Die Hafenarbeiter an den Docks hatten ihn nicht gesehen. Die Marktfrauen und Muschelverkäufer, die Nachtwächter, Huren und die einfachen Soldaten: Niemand hatte ihn bemerkt. Du hast den Yankeegeneral, der das Kommando über die Stadt hatte, angefleht. Er hat dich zum Hafen und zu den Marktfrauen geschickt. *Glaubst du, meine Männer haben Zeit, diesen Scheißhaufen hier auf den Kopf zu stellen? Weißt du nicht, dass wir im Krieg sind? Sie sind Zielscheiben, jeder einzelne von ihnen. Frag die Rebellen und Verräter, ob sie dir helfen, nicht mich. Und jetzt verschwinde, sonst lasse ich dich ins Gefängnis werfen.* Du hast jede Straße und jede Gasse abgesucht, bis es dir allmählich aufging, bis die Furcht immer weiter wuchs, eine Art Schwangerschaft in deinem Kopf. Diesmal kommt er nicht zurück.

Du hast ihn vertrieben. Die Blicke der Nachbarn. Die hatten ohnehin immer Angst vor dir. Wolfsmädchen. Wechselbalg. Niggerbastard. Sumpfkatze. Behaupten, daheim in Irland hat man deine Mutter und deinen Erzeuger verflucht, weil sie dem Ehemann der Mutter Hörner aufgesetzt hatten. So ein Bastard von Ehebrechern bringt immer nur Unglück. Geboren in den Fesseln der Sünde, nicht nur der eigenen, sondern auch der sündigen Wollust ihrer Väter und der lasterhaften Mütter. Das Misstrauen von Männern und Frauen, als du noch ein Kind warst. Wenn du kamst, haben sie ihre rotznasigen Kinder weggezerrt, als seist du ein Schoner, der in den Sog eines Riffs geraten ist, und könntest sie mit ins Verderben reißen. Aber die Männer sind um die Hütte herumgeschlichen, nachts, wenn sie wussten, dass deine Mutter nicht da war. Du hast sie im Dreck scharren hören wie gespenstische Hühner. Beim ersten Mal warst du dreizehn. Kanntest nicht mal seinen Namen. *Sieh mich an*, hat er gesagt. *So ist's richtig. Sei nett zu mir. Denn dazu bist du da, Mädchen. Vergiss das nicht. Das Einzige, wozu du jemals gut sein wirst.*

Am Sonntag darauf hast du ihn bei der Messe gesehen: Er kniete vor dem Priester und empfing die Kommunion. Seine Frau war an seiner Seite. Sie hat dich angesehen, und ihr Blick war wie ein Messer. Aber du hast ihren düstern Groll verstanden, ihren Hass auf die Welt, denn sie war wie du Beute seines Körpers, und das würde jedermanns Licht zum Verlöschen bringen. Sie murmelte dem Priester etwas zu. Er verscheuchte dich angewidert von der Kommunionbank, wie eine Schmeißfliege, die im Weinkelch landen könnte. Du bist weinend weggehumpelt, über die Grabplatten auf dem Kirchenboden, vorbei an den Türen der Beichtstühle und den Bankreihen voller empörter Matronen, vorbei an den feurigroten Kerzen vor den Heiligenbildern, und es kam dir plötzlich grausam vor, Flammen vor den Märtyrern zu entzünden und sie so an ihre Ermordung zu erinnern. Kurz darauf würde der Priester sich einen Vorwand ausdenken und ebenfalls in die Hütte kommen. Es gebe Gerüchte über deinen sündigen Lebenswandel, und das sei schlimm für ein Mädchen. Du müssest beichten. Ob du denn in der Hölle schmoren wollest? Du könnest Vergebung erlangen, aber dazu müssest du eine umfassende Beichte ablegen. Hinterher konntest du drei Tage lang nicht laufen.

Du sahst Mamo zwischen den Bankreihen nach vorne gehen, eingehüllt in Weihrauchschwaden und leises Gemurmel, eine gespenstische Braut. Strahlend hell wie die Monstranz auf der Tabernakeltür. Eine Hand an der Hüfte, die andere zuckend in der Tasche vergraben, als wolle sie jeden Moment eine Schlange hervorzaubern. Sie wartete, bis er die Hostie erhob, um das heiligste aller Wörter zu sprechen, und genau in dem Augenblick verfluchte sie ihn, und ihre Verwünschung hallte wider in den Gewölben, und in Gegenwart des Leibs des Erlösers an diesem geweihten Ort wetterte sie, von Körper und Blut und Verrat, und die Ehemänner stürmten aus ihren Bänken, warfen ihre Mäntel über sie, und die Frauen weinten oder durchbohrten sie mit Blicken oder versuchten, sie mit ihren Rosenkränzen zu erwürgen, und du warst hinten in der Kirche und sahst das alles mit an, und Jeddo spuckte Weihwasser auf dein Kleid.

Sie bleibt stehen. Dreht sich um. Sonnenlicht flirrt. Gleich wird sich alles verändern. Man sehe es sich an, das Gesicht von Eliza

Duane Mooney. Die letzten Sandkörner der Freiheit verrinnen. Warum war ich nicht da? Ich hätte dich warnen können, Eliza. Auf jeder Landstraße gibt es falsche Ritter.

Das Maultier grast träge auf der Lichtung zu ihrer Linken. Ah, der würzige Duft von gebratenem Speck. Und die Süße der Äpfel aus dem vergangenen Jahr, die im Gras vor sich hin faulen. Sie will umkehren. Doch es ist alles so friedlich. Vogelgezwitscher. Blätterrauschen. Eine Nachtschwalbe in den Binsen. Ein Wasserfall irgendwo im Wald. Er ist lauter als ein Fluss, *beharrlicher* irgendwie. Vielleicht haben sie sich einen Weg durch das Dickicht gebahnt, um ihn anzusehen.

Können sie so schlechte Menschen sein? Ist es das Risiko nicht wert? Genau besehen sind es fast noch Kinder. Zwei von ihnen haben eine Freundin. Sie interessieren sich für Wasserfälle. Sie hat sie eine Stunde lang belauscht, als keine Frau in der Nähe war – die einzige Methode, wie man das Wesen eines Mannes wirklich ergründen kann –, und sie haben nichts gesagt, was Eliza Mooney gefährlich schien, und sie kennt sich aus mit Gefahren. Schließlich kann man nicht vor jedem Angst haben. Kann nicht jeden hassen. Denn dann müsste man sich ja selbst auch hassen.

Sie verlässt die Straße. Der Wald ist grabesstill. Der süße Duft von Harz. Das Licht fällt durch die Baumwipfel wie durch zarte Spitze. Der schwammigweiche Teppich aus Kiefernnadeln macht schläfrig. Rotkäppchen ging mit ihrem Korb durch den Wald, beobachtet von den Arapaho, die sagen, in den Eichen wohnen die Ahnen und wachen über das Recht. Und jetzt weht der Geruch von brennendem Holz aus dem Wäldchen herüber. Sie sieht eine karierte Decke. Auf dem Boden eine Kalebasse. Eine Fiedel liegt verlassen auf einem Felsen, wie auf einem Altar. Die Fasern des Bogens wehen im Wind.

Alles still ringsumher. Eine himmlische Stille. Der Deckel auf dem siedenden Kessel klappert leise. Das weiche, feuchte Moos unter ihren schwieligen Sohlen. Und dann beginnen die Eichen zu tanzen.

Fuchsgesicht und Langbein liegen blutüberströmt unter ihren Decken. Der dritte, der hübscheste, der Bräutigam von Tova Lunqvist, hängt kopfüber an einem Baum, gekreuzigt. Seine Hose in Fetzen. Jemand hat ihm den Bauch aufgeschlitzt und die Eingeweide herausgerissen. Der Knebel in seinem Mund trieft vor Blut. Auf dem Lagerfeuer brät etwas, das aussieht wie Leder; es brutzelt und zischt. Das Geräusch erinnert an Peitschenhiebe.

Das kann doch nicht. Ich phantasiere. So etwas ist nicht. Ein Albtraum. Jetzt sieht sie – Herr im Himmel –, der Junge ist noch am Leben, denn seine Augen, wenn du hinsiehst, und sie läuft zu ihm, er bewegt die Lider. Und seine geschundenen Finger krümmen sich. Was soll sie jetzt machen?

»Guten Morgen«, sagt die Stimme hinter ihr in den Eichen. »Ich glaube, wir hatten noch nicht das Vergnügen.«

Der Akzent klingt nach Tennesee, doch mit einem irischen Unterton. Sie dreht sich nicht um, denn sonst müsste sie ihn ansehen.

36. Kapitel

Der einzig wahre letzte Wille, das Testament von »Tennessee Johnny Thunders«

oder

*In den Schmutz mit dem Sternenbanner**

(Gesungen nach der getragenen irischen Weise *»The Rocks of Bawn«*)

❖

Ich heiße Cole McLaurenson, ich kenne kein Gesetz,
Verließ die Farm, das Elternhaus im Jahre dreiundsechs.
Schoss über vierzig Yankees ab, den Henkerrichter Blighe,
Doch starb nur, wer's verdiente, der Unschuld'ge blieb frei.

Im Herbst war's, einundsechzig, der Fremde kam ins Land,
Pries »Frieden und Union« sogar, die Waffe in der Hand.
Nur sein Gesetz sollt herrschen, der Süden galt ihm nichts,
Wer tapfer für die Freiheit kämpft, dem lacht er ins Gesicht.

Aus Irland kam mein Vater, wo Hunger herrscht und Not,
Der Hund, der Laurenson befiehlt, sieht nicht das Abendrot.
Die Brunnen, die vergiftet er, hört nicht der Kinder Flehn,
Doch ich schreib es mit Lincolns Blut: *Dixie wird auferstehn!*

Sie nannten mich Johnny Thunders, als ich ritt durchs ganze Land,
Den Schrecken der Tyrannen, den Rebell mit der Eisenhand.
Sie schreckt' die Reichen und schlug die Feigen, die Waisen fütterte sie,
Sobald ich kam, die Memmen floh'n, sie gingen in die Knie.

* Aus *Ein Strauß Cowboyballaden & Patriotisches vom Lagerfeuer*, hrsg. v. John Fintan Duggan, Richmond, Virginia, »Konföderierte Staaten von Amerika«, April 1865. Unbekannter Verfasser, vielleicht Duggan selbst.

Der eine führt die Frau zur Kirch, baut seinen Zucker an,
Der andre reitet ganz allein und kämpft, so gut er kann.
Ich wär ja gern ein braver Mann, müsst flüchten nimmermehr,
Doch manchem ist vorherbestimmt zu tragen das Gewehr.

O Mütter, sagt's den euren, Kinder, lasst die Waffe sein,
Gesetzlose sind einsam, bleiben ehlos und allein.
Das Zeichen Kains, das Mördermal, ihm tief in die Stirn geätzt,
Er trägt es wie die Dornenkron, ein Desperado jetzt.

Nicht jeden hab gehasst ich, wenn er ehrlich focht zurück,
Die Seel' mir plagt das Witwenschwarz, nahm mancher Frau das Glück.
Nur im Norden sei die Freiheit, bei uns nur Sklaverei,
Doch steckten Yankeepharisäer gern die Sklavenmünzen ein.

War immer nur mein eigner Mann, einen Sklaven hatt ich nie,
Ein Stückchen Land mit der Mutter Grab war alles, was mir blieb.
Und Bostons brave Bürger verhöhnen uns und schrein,
Vergiften mir das Wasser und trinken Sklavenwein.

Kommt, ihr studierten Heuchler, vergesst die Warnung nicht,
Wenn ich steig hoch zum Galgen, nach eurem Blutgericht.
Denn als Letztes werd ich rufen, dort auf des Todes Schwelle
Friede den Hütten von Tennessee, die Yankeebrut zur Hölle!

Hüllt mich in der Rebellen Tuch, dass ich froh bin noch im Tod,
In das Banner des Verräters, denn ich sterb als Patriot.
Meißelt, Freunde, den Totenkopf mir auf meinen Stein,
Spielt ein Lied mir zum Geleit:
Ein irisch' Lied an meinem Grab –
Verflucht sei'n die Stars & Stripes!

37. Kapitel

O Jesus, zerreiß meine Ketten

Metallurgisches – Eliza Mooneys Schicksal in den Händen der Bande – Ein grausames Spiel

❖

Sie ist sieben Fuß lang, dies Meisterwerk der Schmiedekunst. Sie hat vierundachtzig Glieder, jedes davon so breit wie ein Männerdaumen, und jedes ist garantiert unzerbrechlich. Am einen Ende hat sie ein Halsband, mit scharfkantigen Nägeln besetzt, am anderen einen Haken, den man am Sattelknauf einhaken kann. Gedacht ist sie für den Rücktransport entlaufener Sklaven. Preis: achtzehn Dollar und ein paar Cent.

Sie wiegt vierunddreißigeinhalb Pfund. Damit davonzulaufen wäre nicht leicht. Binnen kurzem würden die Schmerzen so groß, dass man nicht mehr weiterkäme. Vielleicht schaffte man ein oder zwei Meilen, bevor man zusammenbrach; ein kräftiger junger Mann mochte länger durchhalten. Aber am Ende würde man dem schieren Gewicht erliegen, das einen zwar nicht umbrachte, aber doch zuviel war, um es zu tragen. Das war das Geniale an dieser Kette: Sie nahm Rücksicht auf den Marktwert des Trägers.

Der Name des Mannes, der die Vorrichtung entwarf, ist nicht überliefert – des Mannes, der nach Hause geritten war und seiner Frau erzählt hatte, ihm sei da am Zeichenbrett etwas Großartiges eingefallen: dass ihm an diesem Nachmittag die Musen der Metallurgie hold gewesen und dass alle finanziellen Sorgen ausgestanden waren, sobald er das zum Patent anmeldete. Aber wir wissen, dass sie in Annapolis, Maryland, von der Semper Robustus Ironworks Company geschmiedet wurde, denn ihr Markenzeichen findet sich am Schloss. Vierzehntausend von diesen Vorrichtungen wurden im Jahrzehnt vor Kriegsbeginn gekauft. Es heißt, einer der Gesellschafter des Unternehmens habe zur Sklavenbefreiung tendiert; doch die Aussicht auf Profit ist *semper robustus.*

Ketten finden auch in der Landvermessung Verwendung, bei

Schmuck, in Gefängnissen und auf Schiffen. Auf Bauernhöfen, in Fabriken, bei Transportunternehmen und in der Armee. Die Semper Robustus Company machte Ketten aller Art. Glieder so winzig, dass nur der Uhrmacher sie mit seiner Lupe erkennen konnte. Befestigungen für Brücken, ein Glied so groß wie ein Ochse. Der Großvater des Eigentümers hatte die gigantischen Ketten geschmiedet, die im Unabhängigkeitskrieg New York vor den Engländern schützten. Dreihundert Tonnen schwer wurden sie über den Hudson gespannt. Kein Schiff der Royalisten wagte je, ihre Stärke zu testen. Alastair McLelland hatte der Held geheißen. Urgroßvater von Lucia-Cruz.

Wie es kam, dass die McLaurenson-Bande im Besitz einer Sklavenkette von Semper Robustus war, lässt sich heute nicht mehr sagen, und es spielt wohl auch keine Rolle. Sie werden sie kaum gekauft haben. Vielleicht hatten sie sie gestohlen. Jedenfalls hatten sie sie immer dabei, seit den Tagen der Sklaverei im Süden, als man einen Entlaufenen fangen und dafür Lösegeld kassieren konnte. Und damit ketteten sie nun Eliza Mooney an, aus Baton Rouge, Louisiana, legten ihr den Ring um den Hals und ließen den Verschluss einschnappen, und nachts ketteten sie sie mit einem Pflock an ihrem Heimatboden fest wie ein Tier, das gezähmt werden muss. Sie waren zu elft in der Bande. Alle waren einverstanden gewesen, denn einer allein hätte die Kette schlecht anlegen können. Manche sahen vielleicht nur zu oder hatten sogar den Blick abgewandt, zum Horizont. Doch eine Kette verbindet stets alle.

Semper Robustus. Immer stark. In dieser Schlinge aus verlässlichem Eisen musste sie hungern, und sie vergingen sich an ihr, manchmal einer allein, manchmal zu mehreren. Sie zogen Lose, ihre Mitbürger, um zu entscheiden, wer an der Reihe war. Bisweilen pokerten oder würfelten sie auch um sie. Manchmal prügelten sie sich, als wäre sie ein Bröckchen Fett im Waisenhaus, und die anderen schlossen Wetten ab, welcher Vergewaltiger sie bekommen würde. Die Nächte einer frei geborenen Amerikanerin im Land der Freiheit.

Tagsüber nahmen sie sie mit auf ihren Streifzügen durchs Bergland, dies wilde und unzugängliche Terrain. Wenn sie stürzte, zerrten sie sie weiter. Wenn sie das Bewusstsein verlor, warteten sie. Sie redeten, rauchten, verfluchten die Hitze, plauderten wie Männer auf einer Veranda im Abendrot. Von ihren Häusern im Süden, ihren Frauen und Kindern, von den Mädchen, die sie zurückgelassen hatten. Alle waren Soldaten gewesen; vielleicht redeten sie vom Krieg, doch ich kann es mir nicht vorstellen – ich weiß nicht warum. Und wenn sie aus den Tiefen des Albtraums wieder aufgetaucht war, ritten sie weiter, unerbittliche Desperados, schleppten ihre Beute Eliza Duane Mooney, die keinem von ihnen je etwas zuleide getan hatte, hinter sich her.

Doch dann kam doch der Tag, an dem einer von ihnen protestierte. John »Liscannor« Murphy. Dandridge, Tennessee. Vor dem Krieg hatte er Keller gegraben. Das sei nicht christlich, sagte er, eine Frau so zu behandeln. Sie hätten ihren Spaß mit ihr gehabt. Jetzt sei es Zeit, sie gehen zu lassen. Schließlich seien sie verheiratete Männer, rief er seinen Kameraden ins Gedächtnis, und die Frau könne eine Krankheit haben. Sie begruben ihn nicht einmal; ließen ihn liegen für die Wölfe, eine Kugel in jeder Hüfte.

In Galway, hatte Mamo ihr erzählt, band man einen Hund in einem Hohlweg fest, damit die Schafe nicht herauskonnten. Kein Schaf ging über einen Weg, auf dem ein Hund stand, denn irgendwie wusste es – es war seine Natur, dass es das wusste –, dass zwar die Berge niederfallen und ins Meer stürzen konnten, dass aber ein Hund für alle Zeiten ein Hund blieb.

An manchen Tagen lassen sie sie angebunden und reiten zu einer Stadt. Das Halsband scheuert, wenn sie sich bewegt. Ihr Kopf brennt vor Schmerz. Flucht ist unmöglich. Sie hat gesehen, wie sie zurückkommen und sich um die Beute streiten. Die meisten sind betrunken, wenn der Abend kommt.

Sie hinkt hinunter zum Bach. Das Wasser ist kalt. Sie kniet sich ans Ufer und wäscht sich die zitternden Hände; sie fühlen sich alt an, diese Hände, wie schmutzige Leinwand, verwittert und brüchig. Als nächstes trinkt sie von dem Wasser, das süß und holzig schmeckt – doch in letzter Zeit kommt es ihr vor, als schmecke alles nur noch nach Kette. Alles hat einen Beigeschmack von kaltem, nassem Eisen, beißend, wie unreife Brombeeren. Eine Ratte kommt vorbei, schwimmt auf dem Rücken wie ein Mensch. Sie überlegt, ob man sie braten könnte.

Sie bläst in die Asche, bis die Glut aufflammt, und macht Kaffee in einem Topf. Kaffeesatz von gestern; er wird sauer schmecken. Während der Kaffee kocht, hockt sie sich in das Gebüsch nebenan. Das macht ihr nichts mehr aus, sie lebt schon so lange im Freien. Sie spuckt ihnen in den Kaffee und hofft, dass es giftig ist. Die Kette scheuert an ihren Wunden.

Sie richtet ihre Gebete an den gekreuzigten Gott, dann an Papa Bon Dieux und seine Jünger. Ogu, Sakpata, Damballah, Legba. An John Brown, den Gotteskrieger; die sieben Söhne des Mawu. Satan selbst empfängt ihren Segen. Doch keine einzige Gottheit erhört sie. Er sagte, ich sei die seine, er habe die Ehe gewollt. Doch mein Schatz hat die andre genommen, denn die hatte dazu noch Gold.

Ihr geht durch den Kopf, dass sie sie, wenn sie sie umbringen, mit der Kette begraben werden, denn keiner wird sich die Mühe machen, sie ihr abzunehmen, und das Schloss ist zu ausgeklügelt, zu kompliziert. In hundert Jahren oder in hunderttausend wird man ein Knochengerüst finden mit einer vierunddreißig Pfund schweren Kette um den Hals, eine Haarflechte um das kahle Handgelenk, und die Ausgräber der Zukunft werden sich fragen, was für ein Menschenopfer das war. Welche Gottheit sollte beschwichtigt werden durch diesen Tod?

Ihr Anführer spricht kaum ein Wort. Das gehört zu der Macht, die er über sie hat. Er schläft oben in einem Baum, wie ein Vogel oder eine Fledermaus, und er bindet sich dabei fest wie an einem Schiffsmast. Einmal hat er ein kleines Mädchen umgebracht, um dessen Vater zu bestrafen. Sein Fischgestank ist unbeschreiblich.

Und nach einer Weile geht ihr auf, dass er gar nicht der Anführer ist, sondern nur der zweite Mann. Er heißt nicht Cole, sondern Thomas oder Tommer. Er ist der Bruder des Anführers, der nicht mehr bei der Bande dabei ist; aber Eliza weiß nicht, warum oder wo er jetzt steckt.

Um den Hals hat er ein Medaillon in Gestalt einer Eule. Es ist schwer, juwelenbesetzt, zu groß für einen Mann, wie etwas, das eine russische Herzogin tragen würde. Er hat es aus einer Postkutsche in Vinegar Hill gestohlen. Oft schlägt er sie damit.

Es gibt Zeiten, da ist es schwer, die Bilder zu verscheuchen. Ein Busch geht in Flammen auf. Ein Felsen regt sich. In solchen Augenblicken versucht sie, sich ganz auf etwas zu konzentrieren, das sie begreifen kann. Eine Schlangenhaut zwischen den Steinen. Ein Bussard am Himmel. Die Erinnerung an Jeddos Gesicht eines Karfreitag morgens, als es zu essen und zu trinken gab. Die entsetzliche Inbrunst seiner Hoffnung an diesem Morgen. Nicht lange nachdem Mamo sie verlassen hatte.

Sie wird wachgerüttelt und ans Lagerfeuer getragen. Sie haben wieder getrunken. Das ist gefährlich.

»Bettle«, befiehlt Thomas McLaurenson. »Sag mir das richtige Wort, und du bist frei.«

Ein bisschen Unterhaltung am Feuer. Und sie tut, wie ihr geheißen. Er gestattet ihr zu flehen und stutzt sich dabei die Fingernägel mit einem Messer. Geblöke im Chor, enttäuschte Laute von den Männern, die dem Schauspiel zusehen. Mit leuchtenden Augen trinken sie aus ihren Krügen. *Ich komme aus dem Norden.* Sie finden ihren Akzent lustig.

»Ihr seid Irländer«, fährt sie ruhig fort. »Ich bin Irländerin. Meine Leute kommen aus Galway. Lass mich gehen, ich verrate euch nicht. Deine eigene Mutter kommt aus Galway, ich habe gehört, wie du das gesagt hast. Ich hab dich überhaupt nie gesehen. Das schwöre ich.«

»Mich nie gesehen?«

»Ich schwör's bei der Jungfrau.«

»Hast du noch nie gehört, dass Lügen eine Sünde ist, Mädchen?«

Ihr Lachen flammt kurz auf wie Glut in der Asche. Einer von ihnen dreht seinen Ehering.

»Ich tu alles für dich. Aber lass mich gehen.«

»Du tust alles für mich, weil du keine andere Wahl hast, du Schlampe.«

Weinen will sie nicht für ihn. Aber es ist schwer, nicht zu weinen. Wenn sie weint, schlägt er umso heftiger zu.

»Ich bin verheiratet«, schluchzt sie. »Mein Mann ist oben in Kanada. Jeder, der mich berührt, ist ein Ehebrecher.«

Das Feuer knistert jämmerlich. Er sieht sie lange an. Sie stellt sich seinen Verstand als einen Tümpel vor, in dem die Alligatoren zappeln, und sie muss auf einem Seil darübergehen.

»Denkst du, ich bin blöd?«

»Das ist die Wahrheit.«

»Wie heißt er?«

»Patrick Mooney.«

»Ah, Mooney. Schöner Name. Und wo steckt dieser Mooney jetzt, Schlampe?«

»Montréal, da ist er. Arbeitet in den Docks da. Er war in der Rebellenarmee. Genau wie du.«

Patrick Mooney, der nie gelebt hat, kommt ins Lager gehinkt und steht im Lichtkegel des Feuers. Sein Vater stammt aus Carlow. Seine Mutter aus Gweedore. Eine Tante hat einen Grundbesitzer erschossen und landete dafür am Galgen. Den Fuß hat er in Manassas verloren, wo er sieben Yankees umgebracht hat; Kriegsberichte erwähnten seine Tapferkeit. Ihre Worte verleihen ihm Leben, und er hinkt von einem zum anderen in dieser Schattenschar, zeigt seine Wunden, zeigt, wieviel er für den Süden gelitten hat, die Orden seiner Wunden, die Bänder seiner Tränen, er fleht um Gnade für seine Frau, und den Männern kommt es vor, als kennten sie ihn schon lange, als wollten sie ihm die Hand reichen – alle außer Thomas McLaurenson.

»Hat Mooney dir keinen Ring gegeben, Schlampe?«

»Den musste ich verkaufen. Ich hatte Hunger.«

»Ist das nicht ein Jammer, Jungs? Die Schlampe hatte Hunger.«

»Bitte lass mich gehen … Bitte lass mich gehen.«

»Komm mal her. Wo willst du überhaupt hin? Willst du wohl unten bleiben! Auf die Knie, Schlampe. Du sollst kriechen. Kann's nicht leiden, wenn du auf den Beinen bist.«

Durch die Löcher in seinen Hosen sieht man die knochigen, schrundigen Knie.

»Zeig mir deine linke Hand. Da wo der Ring war.«

Sie tut wie befohlen. Er studiert ihre Hand. Ihre Hand zittert schwer, und er sieht sie eine ganze Weile lang an, als habe er noch nie eine Frauenhand gesehen.

»Bist du gläubig, Kind?«

»An Gott?«

»Woran sonst?«

Was war denn das für eine Frage? Und was war die richtige Antwort? Doch bevor sie sich eine Antwort ausdenken kann:

»Weil der Geist der Weisheit in mich gefahren ist, als ich in diese Welt kam. Ich sag dir das nur einmal. Und du hörst gut zu. Ich *weiß*, wenn mich einer belügt. Hab 'ne Nase für Lügner. So, jetzt sieh mir in die Augen und sag die Wahrheit, sonst hast du in zwei Minuten eine Kugel im Kopf. Hundertundzwanzig Sekunden, in denen kannst du deine unsterbliche Seele retten. Und ich will, dass du unschuldig stirbst wie ein Engel. Denn im Leben warst du ja nicht gerade ein Unschuldslamm.«

Er holt seinen Revolver hervor und lädt ihn in aller Ruhe mit Patronen aus seiner Westentasche. Das knarzende Surren, als er die Trommel kreisen lässt. Er steht auf und hält ihr die Mündung an den Hals. In seinem Bart steckt ein trockenes Blatt.

»Bist du verheiratet, Kind?«

»... Nein.«

»Was sagst du?«

»Ich bin nicht verheiratet.«

»Steh auf.«

Sie stellt sich hin.

Er spuckt ihr ins Gesicht.

Was er als Nächstes tat, davon will ich nicht schreiben.

Nicht weil ich mich davor fürchte – meine Furcht ist nicht der Grund – und nicht weil ich denke, dass solche Dinge besser ungesagt bleiben; aber ich habe schon viel zuviel getan, um einen Mann in Worten zu bewahren, der besser in der Erde faulen sollte.

»Mach mir noch einmal etwas vor, und ich schneide dich in Stücke. Und ich meine das wörtlich. Das kostet mich keinen Atemzug.«

Ihr Blut rinnt in die Erde. Leise zischt das Feuer. Die Männer reglos wie Statuen im Schein der Flammen.

»Legt euch jetzt schlafen«, kommandiert Thomas McLaurenson.

Sie rühren sich nicht.

»Hinlegen, ihr Dreckskerle. Sonst seid ihr als Nächste dran.«

Patrick Mooney weint in seine blutbeschmierten Hände. Aus Scham, dass er ihr nicht helfen konnte; aus Trauer um alles, das verloren war. Er hat den letzten Flügelschlag seines Libellenlebens getan. Er kehrt zurück in das Dunkel, aus dem er kam.

38. Kapitel

*Western Thunders Blues**

❖

Was war das schlimmste Schlachten,
Das je tobt' in Tennessee,
Was ließ die Berge beben von Fayette bis Bloody Lea?
Als ein Häuflein grüner Yankeejungs
Begegnet' Johnny T.
Und da ruft *yippie* der Johnny,
Ruft *yippie-yippie-yeah.*

Vom Mississippidelta
Bis Savannah, Georgi-a,
Vom Ufer des Tuscaloosa bis nach Kalifornia gar,
Grollt und tobt er wie der Donner,
Und keiner kommt ihm nah.
Und da ruft *yippie* der Johnny,
Ruft *yippie-yippie-yeah.*

Sein Vater war das wilde Gras, seine Ma ein Sonnenstrahl,
Sein Bruder war ein Galgenbaum, seine Schwester kalter Stahl.
Wut nannten ihn die Eltern, die Augen waren wie Stein,
Lacht Richtern und Geschwor'nen frech ins Gesicht hinein.

Von Suarez bis Tucson Town,
Zurück nach Mexiko,
Ihn jagten die *federales*,
Doch er war nirgendwo.
Seine *chica*, die sprach: *Corazón*, eins sag ich dir noch schnell:
Für 'nen Tropfen deines Herzbluts reiten die bis in die Höll.

* Aus *Spuren der englischen und schottischen Child Ballads in den Liedern des Wilden Westens*, hrsg. v. Professor Cleve Francis Jameson, Harvard, 1921.

Eine Kugel traf in Tombstone,
Doch er sprang zum Fenster hinaus,
Und 'ne Wunde an der Schulter,
Die hielt Johnny doch nicht auf.
Ritt lachend aus der Stadt davon,
Sang »Ist das Leben so schön!«
Auf des Marshals schwarzem Pferd floh er
Aus dem Bett von dessen Frau.
Und da ruft *yippie* der Johnny,
Ruft *yippie-yippie-yeah*.

39. Kapitel

Vergeltung, rief der Räubersmann, den Revolver in der Hand

Die Klippe von New Lochaber – Indianer auf Büffeljagd – Eliza Mooneys Zeichen

❖

Manchmal hört sie sie spät abends von ihrem verschwundenen Anführer reden. Wird er je zurückkehren? Ist er tot? Nach Mexiko gegangen? Wieso lässt er so lange nichts von sich hören? Er hat sie, kombiniert sie, verlassen, um neue Anhänger im Süden zu rekrutieren, eingefleischte Rebellen, die noch immer zum Kampf bereit sind. Aber das war schon vor Monaten. Vielleicht sitzt er im Gefängnis. Er wird zurückkehren, darauf beharren sie. Kann gar nicht anders sein.

Doch inzwischen ist es später Frühling. Denn die Blumen blühen. *Flores para los muertos.*

Ein Aussichtspunkt auf einem Granitfelsen. Unter ihnen eine Flusslandschaft.

»Still«, sagt Thomas McLaurenson.

Da ist es wieder, dieses Geräusch. Wie ferner Donner. Oder ein dumpfer Trommelwirbel in einem Traum. Jetzt steigt von den Bäumen im Mittelgrund Staub auf. Geschrei und Gejohle. Durchsetzt von Gewehrschüssen. Und der Erdboden bebt. Ein Grollen, das man in den Gliedern spürt. Was ist das für ein Drache, der da aus dem Osten kommt?

Aus einem Hohlweg zwischen den Felsen bricht die blauschwarze Flut hervor. Schnaubend. Tobend. Sie stürmen dem Abgrund zu. Die Stiere sind schwarz und wuchtig, Kühe und Kälber ockergelb, und die Kleinsten von ihnen werden von den Größeren zertrampelt. Wolfsmänner jagen ihnen nach, schreien, schwingen Häute: hetzen die Nachzügler ins Verderben.

Sie stürzen mit jener seltsamen Trägheit, mit der schwere Dinge fallen: schwarze zottige Felsbrocken, sie strampeln in der Luft oder poltern hufescharrend über die Wände des Canyons, als sei für die Unerschrockenen Rettung immer noch möglich. Weitere folgen, fallen ihnen nach, landen auf den schon Niedergestürzten, ein trauriges, ängstliches Muhen erklingt, Schmerzensschreie, Gewehrschüsse hallen. Ein Kalb landet rücklings auf einem Felsvorsprung, und dieser gibt nach, bricht auseinander, wirft seine Last selbst hinab in die Mördergrube. Thomas McLaurenson sieht von seinem Hochsitz aus zu, ungerührt, eine Taschenuhr in der Hand.

Mit dem Absatz seines Stiefels hat er eine grobe Landkarte in den Schieferboden geritzt. Offenbar zeigt sie einen Abschnitt des Flusses. Sie hört, wie gegenüber einem der Untergebenen das Wort »Stromschnellen« fällt, einem Schlachter namens McNeill aus Nashville, Tennessee, der Wirtshauslieder grölt, wenn er vom Bier betrunken ist, und Balladen von Thomas Moore, wenn es Whisky war. Er schreit seine Tränen heraus, greift mit Händen in die Luft, als könne er den nächtlichen Schatten Bedeutung abpressen, und seine Kameraden blicken allesamt drein, als beneideten sie ihn um diese Kunst, ein Lied zu morden. Eliza Mooney weiß es nicht, doch was da ins Geröll gezeichnet wird, ist die Anleitung zu vierzehnfachem Mord. Eine Heldentat wird im Mountain Territory geplant. Ein patriotisches Blutbad.

»Was gaffst du so, Schlampe? Mach Frühstück für die Jungs.«

Sie füllt den Topf am Bach, stellt ihn auf das schon fast heruntergebrannte Feuer. Der mit den Froschaugen blickt sie lüstern an und schnitzt dabei an einem Ast. Sie wendet sich ab von dem Arschgesicht. Tierney und der mit dem Atem eines Geißbocks sägen eine Schrotflinte ab. McIvor rasiert O'Leary.

Als der Mittag kommt, sind sie auf einer flachen Hochebene angekommen, ihre Lagerfeuer lodern zwischen den Steinen. Sie bekommt den Auftrag, ihre Kleider zu waschen, die genauso stinken wie sie selber. Einen ganzen Berg davon werfen sie auf die Steine am Feuer. Nicht leicht, das Blut herauszuwaschen – man muss mit einem runden Stein schrubben. Ein Kessel kommt geflogen wie eine Glocke.

Aus Lassos macht sie sich eine Wäscheleine. Sie hängt ihre nassen Kleider auf, so schwer, dass sie keine Klammern braucht. Während sie arbeitet, beraten die anderen. Weitere Karten werden gezeichnet, Papiere hervorgeholt. Sie streiten sich über den richtigen Zeitpunkt.

In der Ferne sieht sie einen Planwagentreck durch das Tal ziehen. Sie zählt die vergilbten Leinwände; es sind sieben; nein acht; und ein Trupp gelbbrauner Pferde dazu. Schiffe auf Rädern, die einen grünen Ozean überqueren, und das Gras reicht ihnen bis zu den Bohlen. Von einem der Wagen weht ein Sternenbanner. Als die Sonne versinkt, färben die Planen sich rot.

Wenn sie doch nur um Hilfe rufen könnte. Aber sie sind zu weit unten im Tal. Und selbst wenn sie sie gehört, gesehen hätten, wenn sie gewusst hätten, dass sie Hilfe brauchte, was hätten sie denn für Eliza Mooney getan? Sie wollten keinen Ärger – so ist das nun mal auf der Welt. Sie würden sagen, da habe wohl ein Vogel geschrien.

Ein Nachzügler ist stehen geblieben. Wahrscheinlich ein gebrochenes Rad. Sie sieht zu, wie die Insassen aussteigen. Zwei Männer und ein Junge. Sie kauern neben dem Rad. Mamo hat immer gesagt, das Herz ist ein Rad: Wenn es einmal gebrochen ist, wird es nie wieder heil. Die vorderen Wagen haben nicht gemerkt, was hinten geschieht; sie holpern weiter westwärts, der untergehenden Sonne entgegen.

Plötzlich rennt sie, schleppt die Kette hinter sich her: Die Angst macht die vierunddreißig Pfund doppelt schwer, und als sie rennt, poltert es wie ein Vorschlaghammer. Keinerlei Hoffnung, dass sie es nach unten schaffen kann, der Abhang ist viel zu steil, und die Kettenglieder verfangen sich schon jetzt an den scharfen Steinen. Sie strauchelt. Steht wieder auf. Phelim Tierney steht hinter ihr und grinst. Ein Stück Seil als Peitsche in der Hand.

»Wolltest mal sehen, wie fest der Zügel ist, was, Kleine?«

Sie packt ihre Kette und schwingt sie – sie fliegt, sie pfeift – sie trifft ihn am rechten Ohr: ein Hammer. Ein seltsames Bild erscheint vor ihrem inneren Auge: eine Sonnenblume, die geschnitten wird, der Lichtfleck der flammenden Blüte, der dicke, schwere Stiel, dann der Schlag der Machete, die Wucht. Er fällt wie ein Baum, umklammert die blutende Wange wie ein Schauspieler, der seine Ohrfeige zu früh bekommen hat. Sie packt einen Granitbrocken und schlägt ihm damit ins Gesicht, dreht ihn in seinen Augen, hämmert ihn ihm in die Zähne. Sie packt ihn an der Gurgel wie eine Schlange. Stopft ihm den Felsbrocken ins Maul. »Ich schlag dich tot!«, brüllt sie.

Doch Froschauge und Bocksgestank bekommen sie zu fassen, bevor sie ihn töten kann. Tritte. Schläge. Sie reißen sie an den Haaren. Jetzt werden sie sie umbringen, aber den Versuch ist es wert gewesen, egal was geschieht, egal was sie sich jetzt an Grausamkeiten ausdenken; einer von ihnen wird die Male von Eliza Duane Mooney tragen bis in sein stinkendes Grab.

Du sollst an mich denken, Tierney, jedes Mal wenn du in einen Spiegel siehst. Und in der Hölle scheiß ich auf deine Mutter.

Sie streifen ihr das Kleid ab. Binden sie an einen Baum. Tierney schwankt wie ein Säufer im Sturm, der Schlächter McNeill hält ihn fest. Taumelt, das Gesicht zerschmettert. Jemand reicht ihm ein Stück Lasso. Er schlägt zu wie ein Besessener; aber sie hat ihn so übel zugerichtet, er kann sich nicht lange auf den Beinen halten, und bald reicht er den Strick einem Jungen, einem Mitstreiter, kriecht zu einem Steinhaufen und übergibt sich. Und der Junge peitscht Eliza Mooney aus, die so alt ist wie seine große Schwester, und seine Kumpel feuern ihn grölend an. Als Nächstes macht er nach, was er bei den anderen oft gesehen hat – und mit der Schändung reiht er sich ein in die Reihen der Männer. Er ist fünfzehn Jahre alt, aus Lebanon, Tennessee. Er war zu Hause im Land der Zedern und Zuckerrohrfelder. Vor dem Krieg war er Botenjunge bei einem Bäcker gewesen.

Bier schäumt zur Feier von Luke Dillons Verwandlung, doch in Wirklichkeit trinken sie auf seinen Tod. Dann werden ein paar von seinen Zechkumpanen wieder ernst und stecken die Köpfe zusammen. Ihnen ist aufgegangen, dass der Nachmittag noch weitere Möglichkeiten bietet.

»Tommy? Da unten, da gibt's was zu angeln. Sieh dir das mal an.«

Thomas McLaurenson und drei seiner Männer besteigen schon im nächsten Moment ihre Pferde, und als es im wilden Galopp zu Tal geht, feuern sie bereits ihre ersten Schüsse. Sie hört das Johlen, den Kriegsruf der tapferen Rebellen, das Schnauben der Pferde auf ihrem Sturm über die Felsen.

Sie muss an die Siedler in dem Planwagen denken. Sie betet für sie, dass es schnell vorüber ist. Herr, gib, dass keine Frau und kein Mädchen dabei ist.

Ich werd Männerkleider anlegen und zieh in den Krieg. Und mein untreuer Liebster weiß nicht, wo ich blieb.

40. Kapitel

Die Kreolin klagt um Johnny Thunders

❖

In der Früh ritt ich aus in den Wald von Dakota,
Ritt aus in der Frühe, als der Tag begann,
Da hört ich eine Schwarze so zärtlich weinen:
Wo bist du, mein Johnny, du tapferer Mann?

So stattlich, so zärtlich, so sanft war mein Johnny,
So tapfer, so mannhaft, so voll Lebenslust.
Ach hartherz'ger Marshal, hast gejagt ihn bis Kanzas,
Und dort ihm geschossen das Blei in die Brust.

Kommt herab von den Bergen, ihr tapferen Cowboys,
Komm, Sohn ohne Mutter, komm, kühner Bandit,
Der Hoffnung der Witwen, dem Schrecken der Reichen,
Meinem tapferen Johnny singt ein Abschiedslied.

So zärtlich, so stattlich, so sanft war mein Johnny,
So furchtlos, so fröhlich, wie ein Stern in der Nacht.
Er nahm's von den Reichen, gab's denen, die hungern,
Hat nie einer Frau je ein Leid beigebracht.

Ein Messer aus Silber, das trug er im Gürtel,
Eine Kette so lang schleppt er hinter sich her,
Aus den gebrochenen Herzen all jener Mädchen,
Die er verschmäht hatte nur aus Liebe zu mir.

Er sagte, er freit mich in Galveston, Texas,
Jetzt sitz ich in Galveston, Texas, allein,
Er sagte, er kaufe mir grüne Schleifen,
Damit macht' ich mein Haar für den Gottesdienst fein.

In der Früh ritt ich aus in den Wald von Dakota,
Die Vögel voll Unschuld begrüßten den Tag,
Werd nie sie vergessen, dies Inbild des Kummers,
Die weint' um den Liebsten, der im Grabe nun lag.

Im Grabe nun lag. Im Grabe nun lag.
Die weint um den Liebsten, der im Grabe nun lag.
Dann war sie verschwunden, die schwarze Gestalt,
Wie die Schatten der Nacht, wenn erst dämmert der Tag.

41. Kapitel

Johnny, ich kannt dich kaum noch

Ein Werbeoffizier kehrt zurück – Ein Standgericht – Der Dolch des Lucas Tanner

❖

Eines Morgens, als sie fertig mit ihr sind, ketten sie sie an einen Pflock, streifen ab, was sie noch an Kleidern am Leib haben, und gehen schwimmen. Sie liegt zwischen den Felsen wie etwas, das man aus großer Höhe herabgeworfen hat. Die Sonne geht auf über den Bergen des Territoriums.

Die Seepromenade in Baton Rouge. Händler mit gebrannten Mandeln. Bettler. Menschenfischer. Licht glitzert auf den Bojen im St. Peter's Sound. Jemand wirft vom Dach eines Wirtshauses eine Wassermelone. Und Mamo hat einen neuen Namen. Will den alten nicht einmal mehr sagen. Von jetzt an heißt du Mooney.

Der Teufel kauert sich neben sie, fühlt mit der Linken ihre Stirn. Er ist gekleidet in *chaparejos* und eine zerschlissene Anzugjacke, die Stiefel sind aus Schlangenleder, reich bestickt, und im Tuch um seinen Hals steckt eine Granatnadel; die *camisa* ist mit einem Papageienmuster bedruckt. Seine Augen sind porzellanblau. Das Haar ist kupferrot. Der Ringfinger fehlt.

»Cole«, murmelt Davey McIvor, der in einer Hängematte bei den Wacholderbüschen erwacht, »du bist zurück.« Er war zu müde zum Schwimmen gewesen. Musste wohl eingeschlafen sein. »Coley«, sagt er, »wie ist es dir ergangen?«

Der Mann antwortet nicht. Dreht sich nicht um. Er atmet schwer; keuchend. Ein Schmetterling lässt sich auf der Krempe seines Sombreros nieder. McIvor nähert sich unschlüssig.

»Haben dich erst im Sommer erwartet. Wie war es da draußen, Cole? Hast du neue Leute? Wieviele? Die Jungs sind gerade schwimmen gegangen. Wollten sich abkühlen. Gut, dass du wieder da bist, Cole.«

»Hol ihre Sachen, bevor ich dich umbringe«, sagt der Eindringling mit ruhiger Stimme, als müsse er selbst prüfen, ob diese Worte wahr sind.

McIvor hastet zu dem Zelt, über das sie ihr Kleid geworfen haben. Beinahe schüchtern hält er den Lumpen hin: eine Opfergabe.

»Cole – ich und ein paar von den Jungs haben nur ein kleines bisschen Spaß gehabt. Du musst nicht denken, wir hätten irgendwas getan, was du –«

McIvor stürzt tot zu Boden.

Jetzt klettern die Kumpane zu zweien und dreien aus dem Wasser, umschlungen von olivgrünen Girlanden aus Entengrütze. Er setzt sich auf einen Stein und reibt für eine Zigarette ein Streichholz an. Seine Fäuste verschwinden in einer Rauchwolke. Lässt das Holz in eine Pfütze fallen. Holt die Uhr aus der Tasche seiner schwarzen Lederweste. Hält sie ans Ohr wie eine Muschel.

Nackten Männern fällt es nicht leicht, über Steine zu gehen. Sie humpeln wie Pilger, die Böschung hinauf zu ihren Kleidern. Einige rufen mit geheuchelter Freude seinen Namen, als hätten sie die Exekution, die gerade stattgefunden hat, nicht gesehen.

»Auf die Knie«, sagt er zu niemand Bestimmtem.

»Cole –«

Ein zweites Bandenmitglied stirbt.

Sie sieht zu, wie sie sich auf die grauen, moosigen Steine knien. Das Haar nass. Die Bärte tropfen. Wasserpflanzen zwischen ihren Beinen. Langsam schreitet er den Zirkel ab, und die Stiefel knirschen mit jedem Schritt. Brachvögel schlagen Schneisen in den Himmel.

»Ich warte«, sagt er. »Wer will sich verteidigen?«

»Coley – Cole, das ist nicht so, wie du denkst.«

Aus der Westentasche holt er ein Exemplar des Steckbriefs, faltet ihn auf, rezitiert seine Aliase, die Varianten seines Nachnamens, mit der kalten, teilnahmslosen Stimme eines Richters bei der Verhandlung, als nenne er die Namen von jemand Anderem. Als Nächstes verliest er die Anschuldigungen, wobei er Punkte, an denen er offenbar Anstoß nimmt, wiederholt, sodass ein Zuschauer denken könnte, es sei die Formulierung, die ihn stört: nicht die Tatsache, dass er angeschuldigt wird, oder der Gegenstand der Anschuldigung selbst, sondern etwas an der Art, wie es in Worte gefasst ist. Alles Lügen, beteuern seine Untergebenen; Missverständnisse; Übertreibungen.

Die Yankees, denen ist doch nichts heilig. Von Kindesbeinen an verleumden sie uns. Den einen Mord, den hat es nie gegeben. Der andere war Notwehr. Kein einziger unter uns, der je einer Frau etwas zuleide getan hat. Wir kennen die Regeln, Cole. Wir sind Soldaten. Das Mädchen da, das haben wir gerettet; ehrlich. Die Kette hatte sie schon um den Hals, als wir sie gefunden haben, nicht weit von Stockdale. Die ist nur nackt, weil sie sich die Kleider immer wieder auszieht. Die ist so verrückt wie ein besoffener Sioux.

Er bleibt stehen. Blickt Eliza Mooney an.

»Zeig mir, welcher von den Männern dich berührt hat.«

Als erstes zeigt sie auf Luke Dillon.

»Bitte, Coley – Nein –«

Luke Dillon stirbt.

»Wer noch?«

Bocksgestank stirbt. Der Schläger stirbt. Froschauge fliegt auseinander wie eine zerplatzende Frucht. Phelim Tierney ergießt Blut in seine Bandagen. Erst die dritte Kugel erledigt ihn.

»Wer noch? Der hier? Zeig genau hin.«

»Das ist nicht wahr! Ich hab sie nie angerührt, ich schwör's bei meiner Mutter. Eine dreckige kleine Hure ist das, das ist alles gelogen. Ich schwör's bei meiner Tochter, Cole, ich würde sowas nie machen. Von der würde man sich die Syphilis holen.«

»Sagst du mir die Wahrheit, Frank?«

»Das weißt du doch. Natürlich tu ich's.«

»Sagt er die Wahrheit, Mädchen?«

Sie schüttelt den Kopf.

»Glaubst du an Gottes Wort, Frank? Denn jetzt musst du beten.«

»Das Dreckstück lügt wie gedruckt, Cole. Willst du ihr eher glauben als mir? Sieh sie dir doch an, um Himmels willen! Die ist verrückt.«

McLaurenson zieht ein Messer aus dem Gürtel. Wirft es Frank Brooks zu. Es landet mit einem dumpfen Klappern auf den Steinen.

»Matthäus fünf«, sagt er ruhig. »Neunundzwanzig, dreißig.«

» – Cole?«

»Ärgert dich aber dein rechtes Auge, so reiß es aus und wirf's von dir. Es ist dir besser, dass eins deiner Glieder verderbe und nicht der ganze Leib in die Hölle geworfen werde.«

» … Cole … um Himmels willen … Mach keine Witze … Hörst du nicht?«

»Setzt euch alle brav hin. Und macht die Augen auf. Damit ihr seht, was aus einem Meineidigen wird. Jetzt musst du tun, was du tun musst, Frank. Das geht nicht anders. Sonst schwöre ich beim Leib Christi, ich richte dich so zu, dass du zehn Tage brauchst, bis du stirbst.«

Frank Brooks weint. Er blickt seine Kumpane an, hofft auf Hilfe. Doch sie weinen selbst, und den Blick haben sie auf die fernen Berge gerichtet. Cole McLaurenson zieht ein Stilett aus seinem linken Stiefelschaft und steckt es in die Glut des Lagerfeuers.

»Cole … *Ich habe deine Haut gerettet, in Decatur* … Als die Yankees kamen … Ohne mich hätten sie dich an dem Abend aufgehängt, das weißt du … «

»Du warst ein guter Soldat, Frank. Du solltest nicht weinen; das gehört sich nicht für einen Mann. Setzt dich gerade hin. Du musst keine Angst haben.«

» … Danke, Cole … Danke … Ich wusste doch, dass du noch zur Vernunft kommst … «

»Da hast du recht, Frank.«

» … Cole …?«

Frank Brooks stirbt.

Eliza Mooney wendet sich ab. Hält sich die Ohren zu. Weiter unten am Waldrand sieht sie einen Trupp von vielleicht vierzig Männern. Manche tragen Uniformen der Konföderierten, das ausgebleichte Grau des Südens. Die meisten haben Tücher um den Hals.

»Wir sind noch nicht fertig, Kind«, sagt Cole McLaurenson.

Die Steine nass und rot vom Blut. Nur zwei Männer bleiben noch. Sie bibbern, nach dem was sie gesehen haben. McLaurenson lädt einen seiner Repeater neu und erlöst McNeil von seinen Qualen. »Gott segne dich, Jim«, sagt er, dann gibt er ihm den Gnadenschuss. Nur einer ist noch geblieben.

»Sag mir, nicht dieser auch«, sagt Cole McLaurenson. Zeigt mit dem Repeater auf den letzten seiner Kameraden.

Sie nickt: doch, dieser auch. Der Stellvertreter war der Schlimmste von allen. Es hat Nächte gegeben, da hätten die anderen mich in Frieden gelassen. Aber er stachelte sie auf; sonst seien sie keine Männer.

»Steh auf«, sagt Cole McLaurenson. »Du stinkendes Schwein. Sonst schneide ich dir da auf dem Boden die Kehle durch, so wahr mir Gott helfe.«

Thomas McLaurenson steht schwankend da, aschfahl. Die versteinerten Augen schimmern feucht. Gänsehaut auf seiner Brust.

»Zieh die Hose an. Keine Stiefel.«

Er tut wie befohlen.

»Und jetzt geh. Richtung Norden. Wenn du dich umdrehst, bist du tot.«

»Cole – da ist keine Menschenseele in zweihundert Meilen.«

»Ich zähle bis zehn, um deiner Kinder willen. Bist du noch hier, wenn ich elf sage, wirst du lebendig begraben.«

Der halbnackte Mörder stolpert los, unsicher. Wohin soll er gehen?

»Dieser Abschaum ist mein ältester Bruder«, sagt Cole McLaurenson. »Mein eigen Blut. Ich kann nicht mein eigen Blut töten.«

»Dann gib mir die Waffe«, sagt Eliza Duane Mooney. »Der geht nirgendwohin, solange ich noch einen Atemzug im Leibe habe. Oder erschieße mich, auf der Stelle. Eine andere Wahl hast du nicht. Er und ich, wir bleiben nicht auf derselben Welt.«

»Es wird eine Entschädigung geben. Wiedergutmachung.«

»Mag sein. Jetzt gib mir das Gewehr.«

McLaurenson sieht sie an. Sie muss an den Steckbrief denken. Die *kalten und mitleidlosen Augen*. Nicht annähernd beschreiben diese Worte das Tödliche in seinem Ausdruck, die Zeichen der Grausamkeit, erlebter wie begangener, doch nicht in den Augen leben diese Schrecken, sondern irgendwie zeigt es sich im Bau seines Gesichts. Es ist eins mit seinem Körper geworden. Er schwitzt seine Sünden aus. Er wird seine Hand aus dem Sarg strecken wie eine wilde Rose in einem Lied von unglücklicher Liebe.

»Bekreuzige dich«, sagt er.

Sie macht das Zeichen des Kreuzes.

»Nimm deine Sünden auf dich. Sag es jetzt.«

»Ich nehme all meine Sünden auf mich.«

»Auf deine unsterbliche Seele.«

»Auf meine unsterbliche Seele.«

»Und all meine Strafe will ich tragen.«

»Und all meine Strafe will ich tragen auf alle Zeit.«

Er reicht ihr ein Repetiergewehr. Wendet sich ab von dem, was nun kommt.

»Gott sei deiner Seele gnädig«, sagt er.

Ihr erster Schuss verfehlt seinen Bruder, doch er lässt ihn innehalten. Der zweite kommt ihm schon nahe: Er prallt von einem Felsen ab. Der dritte trifft ihn am Knie. Mit einem Schrei stürzt er nieder.

»Cole! ... Coley! ... Das Miststück ... schießt auf mich, Cole! ...«

McLaurenson stapft davon, hinunter zum See, der blau und grau und grün und schattig daliegt; drüben auf der anderen Seite stehen in langer Reihe die Tannen, und Vögel fliegen über die Wasserfläche und tauchen ein. Er streift seine Lederkleider ab und watet in das flache Wasser. Die Knie tauchen ein. Der Hintern. Die Taille. Die Schultern.

Sie nimmt das rotglühende Stilett aus dem Feuer. In das Heft ist eine große Zahl von Kerben geritzt. In die Klinge das Wort TENNESSEE graviert, in winziger gälischer Kalligraphie. Viele Jahre später wird ein Junge namens Lucas Tanner es zwischen den Felsen finden, und sein Vater wird es dem Museum ihres Städtchens stiften; ein Senator wird eine Rede darüber halten, was dies historische Überbleibsel wirklich bedeutet, darüber, was wir von der Geschichte lernen können, wird davon sprechen, wie wichtig es ist zu verzeihen, und die Kapelle spielt eine düstere Melodie, wenn die Vitrine enthüllt wird. Doch am heutigen Tag ist es nur ein Messer.

Und die Klinge ist so heiß, sie spürt die Hitze auf ihrem Gesicht, selbst wenn sie es auf Armeslänge hält. Sie spuckt darauf, und das Metall zischt; um die Spitze scheint die Luft zu flirren. Und der Tag duftet nach Wacholder und Kamille und Wiesenschaumkraut. Er könnte der Vater des Kindes sein, das in ihr wächst – doch das wird ihn nicht retten. Nichts wird ihn retten.

Ihre Fußsohlen auf den Steinen, als sie sich dem Mann mit dem Knieschuss nähert, der jämmerlich weiterkriecht, als hätte er eine Chance, wie eine Kreuzkröte, die unter ein Wagenrad gekommen ist.

»Sieh mich an, Kerl.«

Sie schießt ihn in den linken Ellenbogen.

»Dreh dich um, wenn ich es dir sage.«

Er wälzt sich auf den Rücken. Das Gesicht zerschunden von den Felsen.

» … Ich hab Kinder … Ich habe eine Frau … Ich habe Geld … Bitte hab Mitleid …«

»Auf die Knie«, kommandiert sie.

Er tut es, auch wenn es mit seinen Wunden nicht leicht ist.

Sie lässt den Repeater fallen. Ein Gewehr ist zu gut für ihn. Sie spürt das Pulsieren in ihrer Handfläche, als sie das Heft des Dolches fester fasst.

Cole McLaurenson ist schon fast bei den Inseln des McKinley-Sees, als er den Schrei hört. Er taucht unter, bevor der nächste kommt – er hat schon oft Menschen sterben gehört; es macht ihm kein Vergnügen, hat es nie getan. Unten im Wasser ist es trübe, doch seltsame Lichtstreifen fallen herein. Ein seltsames Gefühl, die Finger im Schlick. So kühl. Das Wasser dämpft jedes Geräusch außer dem eigenen Atem.

Er bleibt so lange unten, wie er nur kann.

42. Kapitel

*Die ganz und gar wahre Geschichte von Cochise & Johnny Thunders**

❖

Kommt, schart euch um mich her, meine Dame, mein Herr, ich halt euch nicht lange auf,
Wenn ihr liebt ein Sonett, den Gesang der Soubrett', dann lasst meinem Lied seinen Lauf.
Es singt von uralter Keilerei, 's war letztens erst hier auf der Wiese,
Wo Johnny Thunders, Irlands Stolz, vermöbelt den großen Cochise.

Es war nicht weit von Afrika her, in Süd-Amerika,
Da kommt Cochise zu Johnny-Jump-Up und legt ihm dieses dar:
»Man sagt, du bist ein Faustkampf-As, ein jeder Schlag hat gesessen,
Dir fehlt der Mumm, du Sumpfgewächs, mit mir dich heut zu messen.«

»Na, na«, sagt Mrs Thunders' Schatz, der Mann mit der mächtigen Linken:
»Ich bin von ganz Irland der wildeste Kerl, wer sich mit mir anlegt, wird hinken.
Wir Kelten, wir schlagen nie unter den Magen, ansonsten gilt die Devise:
Kampf bis zum Letzten.« Und schon flogen die Fetzen bei ihm und dem wilden Cochise.

Banshee, Komanschi, Lümmel und Lord, sie alle genossen die Show,
Pocahontas kam mit Cap'n Smith und Napoleon mit seiner Jo.
Sankt Patrick brachte den Prinzen von Wales, Lot von Lots Frau war begleitet.
Alte Feindschaften schwiegen, alle wollten nur siegen, in dem Kampf, den die beiden bereitet.

* Aus *Zitatenschatz irischer Lieder & Scherze*, Minneapolis, 1878; Dublin, 1879.

Bei hundert Runden vergingen die Stunden, die Ehre stand auf dem
Spiel.
Zehn Tage und Nächte, die Linke, die Rechte, und beide vertrugen
sie viel.
Die Sonne, die brannte, der Sekundant rannte, hatte sowas noch nie
gesehn.
»Verdammt, verflucht«, der Injaner ruft, »ich prügel dich blau und
grün.«

»Meine Mutter kommt aus den Liberties, Mann. Mein Vater
stammte aus Bray.
Ich bin ein waschechter Dubliner, wenn ich zuschlag, mein Freund,
das tut weh.
Ich hab Liffey in den Adern«, ruft John, »Knockmeeldown im Box-
handschuh,
Doch als ich her nach Amerika kam, da sagten eher die Damen
mir zu!«

Johnny landet die Faust! Mit Cochise ist es aus! Die Rothaut,
die liegt im Staub!
Als man zählte bis acht, da ist er aufgewacht, und wer hätte das
je geglaubt.
Über fünfhundert Jahr so prügelten sie da, ohne dass einer dem
andern was tut,
Doch zu guter Letzt *»Thanum an Dhul«** der Rot' krächzt, und
die Squaw sagt, jetzt ist es gut.

Unser Held hat Jesse James besiegt, Geronimo hat er geschlagen,
Hat das Lächeln der Sphinx mit 'nem Haken von links im ägyp-
tischen Sande vergraben.
Der Alte dort unten, der röstet die Unken, warf als finsterer Fürst
seine Bälle,
Doch der Champion der packt am Schwanz den Kanak und jagt ihn
zurück in die Hölle!

* Gälischer Ausruf. »In Teufels Namen.«

Ihr Musen fürdar, lasst herab euer Haar, wenn ich lüg, sollt ihr mich dran aufhängen,
Findet Fehl oder Falsch ihr in dem Lied, das ich bald hier für euch will ein neues Mal singen.
So lasst uns heben den Punsch zu glücklichem Wunsch auf den Mann aus solchem Holz:
Auf Fighting Johnny Thunders, ihr Freunde mein! – auf Irlands ganzen Stolz!

VII. TEIL

Die Dampfschiffsaison

O Heizer, wirf die Kohlen ein,
Der Strom rollt weit dahin,
O Schaufelrad, nur dreh dich fein,
Dass bald ich bei ihr bin.

Hab eine schwarze Katz zum Lohn,
Den Talisman zur Freude,
O Heizer, lass das Rad sich drehn,
Der Dampfer kommt noch heute.

❖

Lied Jeremiah Mooneys,
aus dem Gedächtnis gesungen von Elizabeth Leavensworth

43. Kapitel

Immer wieder dasselbe, bis der Priester seine Bibel in die Ecke wirft

Elizabeth Longstreet erinnert sich an Lucia

❖

Es gibt Leute auf der Welt, die leuchten wie die Engel ... Die müssen nichtmal besonders schön sein ... Irgendwas in ihrer Art. Und so war sie. Und man musste immer nochmal hinsehen. Damit man sicher war, dass es auch wirklich echt war, wissen Sie ... Das hat nichts damit zu tun, wie schön oder hübsch einer ist ... Nichts mit Worten ... Es kommt von innen her ... Aber manchmal, da hat man das Gefühl, dass eine Frau das hat ... Oder ein Mann oder ein Kind ... Das ist nämlich nicht einfach ... Zieht eine Menge Leute an, die gar nicht gut für einen sind ... Da hat man Mühe, dass man noch unterscheiden kann ...

Sie hatte Spanien im Blut, wie die Mexikaner, wissen Sie. Temperamentvoll. Feurig. Irgendwie hochnäsig, sind sie ja oft. Augen, als ob sie von sich aus leuchten, das haben diese Spanier. Und sie sah ja auch so aus. Genau die Figur, die die Männer mögen ... Ja, sie sah gut aus, das würde ich schon sagen ... Ein schönes Paar. Denn der General, der war auch eine eindrucksvolle Erscheinung ... Wenn man ihn einmal gesehen hatte, vergaß man ihn nicht wieder ... Ein kräftiger Mann. Groß. Muskulös. Und seine Frau, die war die schönste Frau der Welt. Die arme Missus O'Keeffe. Schon so lange her, dass ich sie gesehen habe.

Sie war eine fromme Frau, das weiß ich. »Licht des Kreuzes«, das bedeutete ihr Name. Lucia-Cruz. Wunderbarer Name, finden Sie nicht? ... Es heißt, ein Bursche da im Osten, ein Doktor, der hat sich ertränkt, weil sie ihn nicht zum Mann wollte. Weiß nicht, ob das stimmt. Aber es würde mich nicht wundern.

Sie hat den Rosenkranz gebetet, zu allen Heiligen, wie die Katholiken es tun. Die haben einen Heiligen für jeden Tag in ihrem Kalender. Sie müssen wissen, jede Kirche, die hat ihre eigene Art, wie sie zur Erleuchtung kommt, die Juden, die Baptisten, die Quäker, jede einzelne. Gibt mehr Kirchen als Sterne am Himmel. So ein Baptist, wenn der Geist in den fährt, dann hüpft er und schreit er. In Indien, da sind die Kühe heilig … So viele Pfade, und alle führen zum Erlöser. Ehre sei Gott in der Höhe, Halleluja.

[Beschädigung auf der Azetatplatte. Elf Sekunden nicht zu verstehen]

… die alte Zigarrenkiste, und er ist überall rumgelaufen und hat Steine gesammelt. Eigentlich keine Steine – Klicker, wissen Sie, wie die Kinder eben sammeln. Wie heißt das? … Ja, genau, Murmeln … Er war ein einfaches Kind; er brauchte nur ein bisschen Aufmerksamkeit. Lasset die Kindlein zu mir kommen, das hat der Erlöser gesagt. Wenn die Welt auf ihn gehört hätte, dann sähe es jetzt besser aus.

Aber nicht die arme Miss O'Keeffe. Die konnte sich an den Jungen nicht gewöhnen … Das ist hart für jede Frau, Mutter für ein Kind [zu sein], das nicht ihr eigenes ist. Sie hat es versucht. Aber der Junge war ja so wild … Der hat immer gemacht, was er wollte. Auf keinen Menschen gehört. Wie ein Hund ist er herumgestreunt. Unter den Fußboden gekrochen. Hat Papiere aus dem Schreibtisch gestohlen. Die Schule geschwänzt … Und der General fand, das war alles in Ordnung … aber Missus O'Keeffe – die war anderer Meinung. O ja.

44. Kapitel

Sie will mich nicht

Lucia möchte das Kind gern los sein – Ihr Mann möchte es behalten – Einige Briefe, einige Antworten & ein Gedicht über einen Soldaten Mai bis Juli 1866

❖

An die Sanitary Commission, Washington, District of Columbia
Absender: Gouverneursresidenz, Robert Emmett Street,
Redemption Falls, Mountain Territory, Nordöstlicher Quadrant

1. Mai 1866

Werte Herren!

Ich schreibe Ihnen als Ehefrau von James C. O'Keeffe, dem kommissarischen Gouverneur dieses Territoriums. Wie wir hören, sind die Herren von der Sanitary Commission den Familien jener, welche nicht aus dem Krieg zurückkehrten, bei der Aufklärung behilflich.

Vor vier Monaten griffen wir einen streunenden Jungen auf, von dem wir vermuten, dass er zur Rebellenarmee gehörte; man fand ihn in einem verlassenen Bergwerk in der Nähe von Redemption Falls. Er ist zwischen zehn und vierzehn Jahren alt, ein Meter fünfundzwanzig groß, mit dunkelbraunen Augen, Körperbau schmächtig, mediterraner Typ. Wir vermuten, dass sein Nachname MOONEY lautet; die Initiale ist J. Er reagiert, wie wir feststellen konnten, auf den Vornamen JEREMIAH. Das arme Kind ist allem Anschein nach stumm. Uns scheint, dass es großes Heimweh hat.

Es versteht sich, dass eine Stadt wie diese nicht der rechte Ort für einen solchen Jungen ist, und uns liegt sehr daran, ihn so rasch als möglich seiner Familie zuzuführen. Bitte geben Sie uns umgehend Nachricht, wie sich dies bewerkstelligen lässt. Wir werden für sämtliche Unkosten aufkommen, die in dieser Angelegenheit entstehen, und bieten seinen Eltern den Betrag von fünzig Dollar.

Hochachtungsvoll,
Lucia-Cruz O'Keeffe

27. Mai 1866

Werte Korrespondentin!

Die Sanitary Commission besitzt keine Unterlagen über Angehörige der Rebellenarmee. Wir sind folglich nicht in der Lage, behilflich zu sein.

Mit den besten Grüßen,
R. F. Madigan

❖

An die Anwaltskanzlei Kiernan, McBride and Love,
52 Mulberry Street, 14. Bezirk, New York City

11. Mai 1866

Mein lieber McBride!

Ich hoffe, es geht Ihnen gut und das Verbrechen zahlt sich noch immer aus. Hier im Territorium ist alles in Ordnung, oder zumindest stehen die Dinge nicht schlecht. Irgenwann müssen wir Sie und Ihre Gattin zu einem Staatsbesuch hierher einladen. Lucia wäre begeistert, Sie beide wiederzusehen. Wir werden Sie mit Pauken und Trompeten empfangen.

Unter uns gesagt, mein Alter, ich hätte gern einen kleinen juristen [*sic*] Rat von einer vertrauenswürdigen Person, und da es eine solche hier nicht gibt, dachte ich, ich wende mich an Sie. Genauer geht es darum, dass Lucia und ich ein Kind adoptieren möchten, an dem wir Gefallen gefunden haben. Seien Sie so gut und teilen Sie mir mit, was an Prozedur notwendig ist; wir werden eine Geburtsurkunde brauchen ect. ect. [*sic, sic*] Wahrscheinlich wird einem der Hintern wund von der ganzen Federfuchserei, aber lassen Sie es mich wissen.

Verzeihen Sie die Kürze, mein Freund, und grüßen Sie mir *la reine*.

In Eile, doch in alter Freundschaft,
O'Keeffe

❖

KLEINANZEIGE, ERSCHIENEN IN DIVERSEN ZEITUNGEN DES SÜDENS ZWISCHEN DEM 3. UND DEM 7. JUNI 1866

GEFUNDEN!

Ein Junge, J. MOONEY, in Redemption Falls, Mountain Territory. Ca. 11 J. alt. Stumm. Mglw. irisch. Zuschriften an: Mrs J. C. O'Keeffe (persönlich, vertraulich). Redemption Falls. Nordöstl. Quadrant.

❖

An das Weiße Haus, Washington, District of Columbia
BEZUG: FRÜHERE KORRESPONDENZ
8. Juni 1866

Mr President, Sir,

ich vertraue darauf, dass Sie mir verzeihen, wenn ich Sie kurz behellige. Vor einem Monat habe ich an den Kriegsminister wegen eines jugendlichen Landstreichers geschrieben. Bis heute habe ich (zu meiner Verwunderung) keine Antwort erhalten. Vielleicht können Sie so gut sein und dafür sorgen, dass sich umgehend jemand der Angelegenheit annimmt. Der Junge muss in sein Heimatland zurückgeführt werden.

Mein Vater, Peter McLelland, ein Förderer Ihrer Präsidentschaft, wäre Ihnen für eine persönliche Intervention in diesen Fall dankbar; und ebenso natürlich

seine Tochter
Lucia-Cruz McLelland-O'Keeffe

❖

29. Juni 1866

Madam,

ich habe Anweisung vom persönlichen Referenten des Präsidenten, auf Ihre Kommunikation vom letztmalig 15. Juni (sowie drei vorherige) zu antworten. Sie werden Verständnis dafür haben, dass der Präsident, der den Wiederaufbau unserer Nation lenkt, nicht die Muße hat, sich um Angelegenheiten wie die von Ihnen vorgetragene zu kümmern.

Des Weiteren möchte der Präsident seiner Hoffnung Ausdruck verleihen, dass die fortgesetzte Anstellung Ihres Gatten als kommissarischer Gouverneur des Mountain Territory eine hinreichende Anerkennung für das Engagement Ihrer Familie ist. Sollte dem nicht so sein, Mrs O'Keeffe, darf ich hinzufügen, dass sein Rücktrittsgesuch ohne weiteres angenommen würde.

Sie könnten versuchen, an die Sanitary Commission zu schreiben oder eine Anzeige in den Zeitungen des Südens aufzugeben. Dies zu tun obliegt jedoch Ihnen selbst nach Ihrem eigenen Ermessen. Dieser Vorgang ist hiermit abgeschlossen.

Ihr ergebener

[*unsigniert*]
Staatssekretär

Post scriptum: Sie sprechen von »Rückführung in sein Heimatland«. Dies ist, wenn ich mir die Bermerkung erlauben darf, ein äußerst unpassender Ausdruck, und gewisse Kreise, die man besser nicht vor den Kopf stößt, haben Anstoß daran genommen. Es wird Ihnen nicht entgangen sein, dass diese Nation vor kurzem einen Krieg ausgefochten hat, in welchem es um die schwerwiegende Frage ging, ob die Vereinigten Staaten <u>ein</u> Land sind oder nicht. Sie sind es.

❖

AUS EINEM BRIEF AN EINEN IRISCHEN GEFANGENEN IM GEFÄNGNIS VON MANCHESTER, ENGLAND

… Er ist ein stilles kleines Kerlchen, recht in sich gekehrt und traurig; aber ich muss sagen, ich habe ihn liebgewonnen. L. findet, er ist eine wunderbare Erscheinung, und ist, glaube ich, ganz vernarrt in ihn. Ich hätte nie gedacht, dass ich mich noch einmal für Kinder interessiere, und in gewissem Sinne tue ich das auch nicht – ************ kleine B***** –,* doch in manchen Augenblicken hat er einen Gesichtsausdruck, der einen einfach entwaffnet. Nein, das ist nicht das richtige Wort. Ich weiß nicht, wie ich es beschreiben soll. Aber ich muss es nicht beschreiben; Sie als Vater werden es wissen. Man fühlt sich – wie soll ich sagen – als Beschützer und so weiter. Er ist zufrieden mit wenigem, doch er gibt viel. Da wir keine eigenen Kinder haben, möchten wir ihm sehr gern helfen; und wir hoffen, dass er gerne bei uns bleiben wird. Er hat ein oder zwei Angewohnheiten, die ein wenig der Korrektur bedürfen – wie könnte es anders sein, bei dem Leben, das er geführt haben muss? –, doch L. ist tatsächlich ein sehr anpassungsfähiges Geschöpf (ganz anders als ihr Herr und Meister!). Sie wird ihm eine perfekte Mutter sein, dessen bin ich mir sicher. Man hat doch immer den Eindruck gehabt, dass Mutterschaft das Geschenk war, auf das sie wartete, ihre Bestimmung. Und sie wird ruhiger werden, wenn sie endlich eine Aufgabe hat. Sie wissen ja, was für eine ********* eine Frau ohne Beschäftigung sein kann. Ich stelle es mir so vor, dass ich persönlich für das Verwöhnen zuständig bin, und L. kann sich um die Erziehung kümmern …

❖

* Der Brief wurde von den Gefängnisbehörden zensiert.

An Mrs John Fintan Duggan,
Rose Cottages, Merchant Street,
Richmond, Virginia

30. Juni 1866

Liebste Martha!

Ich hätte schon viel früher schreiben sollen und sagen, wie leid es uns tat, Con und mir, als wir die schreckliche Nachricht vom Tod der Jungen bekamen. Tag für Tag schließen wir sie in all unsere Gebete ein und möchten Euch, wenn auch noch so spät, zu dem schweren Verlust unser Beileid aussprechen.

James werden wir als stattlich und stark im Gedächtnis behalten, Con als den sanfteren, ganz Deine zarte Art, und auch Deine Loyalität und große Güte. Wir alle, meine liebste Martha, werden lange brauchen, bis wir uns von diesem schrecklichen und sinnlosen Krieg erholt haben; aber vielleicht können wir Frauen mit gutem Beispiel vorangehen.

Martha, ich habe die Hoffnung, dass Du mir in einer schwierigen Frage einen Rat geben kannst. Wir haben einen Jungen hier im Territorium gefunden – und wir sind uns sicher, er stammt aus dem Süden – und möchten ihn zu seiner Familie zurückführen. Er muss in den Kriegswirren mit einer Südstaatenarmee mitgegangen sein. Ich wollte fragen, ob John vielleicht einen Vorschlag hat, an wen wir uns wenden könnten. Ich bin ratlos, und natürlich kann das Kind nicht hierbleiben. Könntest Du John um Rat bitten? Würde er das für mich tun?

In alter Treue,
Lucia (L. C. O'K.)

❖

11. Juli 1866

Rose Cottages, Merchant Street, Richmond, Virginia

Mrs O'Keeffe!

Sollten Sie sich je erdreisten, mir ein weiteres Mal zu schreiben – was hoffentlich nicht der Fall sein wird –, beachten Sie bitte, dass mein Name Mrs Lieutenant John Fintan Duggan lautet. Nur Freunden gestatte ich, mich beim Vornamen zu nennen, und ich betrachte Sie und alle, die zu Ihnen gehören, nicht mehr als Freunde meiner Familie.

Wenn Sie von Güte und Loyalität sprechen, Mrs O'Keeffe, haben die Worte einen merkwürdigen Beigeschmack. Meinen Sie, wir hören nichts hier in den Wäldern von Virginia, oder glauben Sie, der Süden hat keine Augen in den Straßen von New York? Die ganze Welt weiß, was für eine treue Ehefrau Sie in den letzten Jahren gewesen sind. Von einer Frau mit Ihrem Lebenswandel nehme ich keine Huldigung entgegen.

Zu Ihrer weiteren Information, Mrs O'Keeffe, sei gesagt, dass meine Söhne nicht in einem »sinnlosen Krieg« gefallen sind. Ihre Sache war ehrenhaft, ihr Mut männlich; und die Krokodilstränen einer Feindin, die klammheimlich frohlockt, beschmutzen ihr Andenken. Ich kann nur hoffen und beten, dass den beiden, als sie ihren letzten Atemzug taten, nicht der grauenhafte Gedanke kam, dass ihr Taufpate, Ihr Gatte, unter den selbstgerechten Mördern war, die gekommen waren, ihr Blut zu vergießen.

Vor kurzem wurde ich auf ein sogenanntes Gedicht aufmerksam gemacht, das unter Ihren Initialen in einem abolitionistischen Schmierblatt des Nordens erschien. Wäre ich, als ich Sie noch für eine Freundin hielt, je auf den Gedanken gekommen, dass Sie eines Tages eine solche Beleidigung zu Papier bringen würden, hätte ich schon viel früher mit Ihnen gebrochen. Mein Mann, dem ich es im Gefängnis gezeigt habe, fand, ein derart abscheulicher Dreck könne nicht aus Ihrer Feder stammen, aber ich hatte schon lange den Verdacht, dass Sie zu jeder Gemeinheit imstande sind. Sie sind die Art von Frau, die ein Mann nie ganz durchschauen kann, denn ein zierlich gespreizter Fuß oder ein Blitzen in den Augen sorgt immer für äußerst nützliche Ablenkung; ich hingegen, Mrs O'Keeffe, ich sehe Sie, wie Sie sind. Aus der Schönheit, die Gott Ihnen geschenkt hat, haben Sie eine Maske gemacht, so wie Ihr Mann aus Patriotismus hohle Phrasen macht. Samson, scheint es, war nicht der Letzte, der durch ein gelacktes Äußeres zu Fall kam. Sie werden sich aus Ihrem Milton erinnern, wie ein Mann, der einmal bedeutend gewesen war, endete: »Geblendet in Gaza, in der Tretmühle mit den Sklaven, er selbst gebunden unter der Philister Joch.«

Sollen alle Soldaten in allen Kriegen mit dem gleichen Maß gemessen werden? Ist der Eindringling mit seinen Batallionen und Bomben und Arsenalen, mit Schatzhäusern voller schmutziger Dollars, aus denen er seine Verbrechen finanziert, ebenso viel wert wie der, der sich bückt und einen Stein aufhebt, um sein Vaterland gegen die Angreifer zu verteidigen? Ich danke Gott dafür, dass meine Söhne wussten, wie sie die Welt zu sehen hatten, und dass sie den Unterschied zwischen Gut und Böse kannten, zwischen Schwarz und Weiß. Wäre ich ein großzügigerer Mensch als der Allmächtige mir beschieden hat, würde ich dafür beten, dass auch Sie es eines Tages begreifen. Eine solche Erkenntnis wäre nicht nur gut für Ihre Moral, sondern auch für Ihre Dichtung.

Ich verbleibe
Mrs Lieutenant John Fintan Duggan

❖

EIN KRANZ FÜR EINEN FEINDLICHEN SOLDATEN

von »L. C. O'K.«*

Wer will die Lilienleich Verräter nennen,
Die bleich am Fuß der Trauerweide liegt,
Und wer den Heldentod verkennen?

* Dies war das einzige von Lucias Gedichten, das »unter [i]hren Initialen« erschien, und wir dürfen annehmen, dass es sich um dasjenige handelt, auf das Martha Duggan anspielt. Das »abolitionistische Schmierblatt des Nordens«, in welchem es erschien (am 7. Oktober 1865), war die *New York Times*. James Duggan, 19, fiel in der Schlacht von Shiloh/Pittsburg Landing, sein Bruder Con, 16, in der Schlacht in der Wilderness.

Sieh, welche Anmut hier besiegt,
Von Zephyr gnädig in den Schlaf gewiegt,
Wer will den Lilienleichnam treulos nennen?

Der Jugend Freunde raubt der Krieg,
Der Jugend Tatkraft ist versiegt;
Soll'n wir des Toten Mut nicht nennen,
Der seinen Weg ging bis ans Ende,
Wo ihn das Schicksal dann besiegt?

Wer will den Lilienleichnam Lügner nennen,
Der leblos dort am Wasser liegt,
Wo stumme Lippen Treue noch bekennen
Wenn seine Kräfte längst versiegt?
Wollt ihr ihn feig und grausam nennen?
Dann kommt, ihr Bessren, und feiert euren Sieg.

Wer will verhöhnen dieses toten Kindes Mut
Und spotten seinem Opferblut?

45. Kapitel

Das Kind ohne Vater

Über Ereignisse in Redemption Falls zwischen Mai und August 1866. Eine Auswahl aus dem Archiv von J. Daniel McLelland, Professor (emeritus), Abteilung für amerikanische Literatur und Folklore, Universität Columbia. Zusammengestellt aus Transkriptionen von Tonaufnahmen überlebender Bewohner von Redemption, Briefen an Professor McLelland und anderen Dokumenten. Die Aufnahmen entstanden, sofern nicht anders ausgewiesen, im Sommer 1927 vor Ort. Briefe sind jeweils datiert.

❖

ELIZABETH LEAVENSWORTH, GEB. LONGSTREET, HAUSANGESTELLTE

Aufgenommen 1928, Monrovia, Liberia

Die Dampfschiffsaison, die fing immer um das Ende des Frühjahrhochwassers an … Das war von Jahr zu Jahr verschieden, aber Ende Mai, Anfang Juni. Wenn der Schnee schmolz und genug Wasser im Fluss war. Und vor Ende Mai kam das so gut wie nie vor – das war jedes Jahr anders, aber meistens im Mai. Deshalb weiß ich noch, was mit dem Jungen war. Denn wenn die Saison vorbei war – also im August, wie gesagt –, da war's im Haus so heiß, dass es anfing zu brodeln.

PENLEY O'GRADY, VIEHHIRTE

Ja, die hat man in der Stadt gesehen. O'Keeffe und den Kleinen … Das weiß ich noch, als ob's erst gestern gewesen wäre … Die zwei zusammen mit dem Hund. Wolfshund, den O'K damals hatte … War schon ein ulkiger Anblick, die beiden, denn O'K war ein Berg von einem Mann – großer knorriger Fin Macool in seiner Generalsuniform – und der Junge reichte ihm ungefähr bis hier, nicht höher … Und ein Lausebengel war er … Das weiß ich noch, der musste überall die Nase reinstecken. Hat einem frech ins Gesicht geschaut.

Oder zugeschaut, was man gerade gemacht hat ... Eine irische Wildsau hätte bessere Manieren gehabt. Aber O'Keeffe war das anscheinend egal.

FRANK DUNNEGAN, VORMALS BARKEEPER IM COSSA-ON-SHOOGAWN SALOON

Aufgenommen im Juni 1931, St. Peter's Hospital, San Francisco

... Wissen Sie, es gibt Leute, die sind wirklich unglaublich. Leute, die vergeben, Leute, die Frieden stiften. Bringen alle zusammen. Manchmal hat man so einen in der Familie, am Arbeitsplatz. Ich hab eine Theorie, dass einer von beiden in einer Ehe so sein muss, sonst hält die nicht lange, mein Lieber. Aber Sie wissen schon, was ich meine. Jemand, der Kompromisse schließen kann. Und so einer war O'Keeffe eben nicht.

Ganz und gar nicht. Zäher Hund war das. Hat einen angestarrt wie 'ne Klapperschlange, wenn man ihm über den Weg lief. Und wenn ich sage angestarrt, dann meine ich das. Den Blick, den hat man auf 'ne halbe Meile gespürt. Da sind einem die Eier im Sack verschrumpelt, [wenn] man so einen Blick abbekam. So wie damals die Druiden bei den alten Heiden. Mit dem hat man keine Witze gemacht.

Mir hat mal einer erzählt, er hat im Krieg gesehen, wie er einen Gefangenen erschossen hat. Und wollen Sie wissen weswegen? Weil er ein Rebellenlied gesungen hat. Weiß nicht, ob die Geschichte stimmt – könnte gut sein, dass sie erfunden war. Aber der alte Säufer, der konnte ganz schön grausam sein, das sage ich Ihnen. General Feuerkopf, so haben sie ihn im Krieg genannt. Konnte einen Mann erschießen, ohne mit der Wimper zu zucken. Jedenfalls hat nie einer 'ne Wimper zucken sehen. Und da können Sie sich vorstellen, dass er nicht gerade beliebt war.

Nein, so weit würde ich nicht gehen, dass er und der Hänfling Freunde waren. Die Leute erzählen, die zwei seien wie Vater und Sohn gewesen – das ist Blödsinn. Ich hab sie oft genug zusammen gesehen, und so war das überhaupt nicht. Es war eher – wie soll man das sagen? – dass sie sich überhaupt gegenseitig ausgehalten haben. Kann Ihnen sagen, das war schon eine Leistung.

ORSON RAWLS II., BEERDIGUNGSUNTERNEHMER UND AUKTIONATOR

Mein Vater ist damals in Redemption Falls Leichenbestatter gewesen. Ist im Frühjahr '65 von Osttexas hier raufgekommen. Hat sich nicht damit abfinden können, dass die Neger plötzlich als freie Leute umherspazierten. Ist in den Norden gezogen, weil es hier im Winter so kalt ist, und er dachte, die Neger, die gehen bestimmt nicht irgendwohin, wo's kalt ist … Hat seine Vorurteile gehabt, als er jung war. Später hat sich das ein bisschen gegeben. Als er starb, da hasste er längst die einen genauso wie die anderen. Das war doch eine Art Fortschritt, wenn man so will.

Ja, das Kind, das habe ich damals hier in der Stadt gesehen. Bin sogar eine Weile mit ihm zur Schule gegangen. Hier in Redemption. Na, heute ist es ja nur noch eine Geisterstadt. Elendes Loch. Die Schule war gleich da hinten, an der Ecke zur Fitzgerald, nicht weit vom Gefängnis. Die Quarzitmühle kam dahinter, John Connolly's Dublin Quartzmill, direkt an der Hauptstraße, als ich noch ein Knirps war – aber da ist kaum noch was von übrig. Nein, ich gehe da nicht mehr hin, jetzt wo keiner mehr da ist. Nur noch Ratten und Ruinen. Mein Enkel geht manchmal hin. Er und sein Vetter, die gehen da auf Schatzsuche. Aber ich nicht, nein …

Das traurigste Gesicht, das man sich vorstellen kann. Sah immer melancholisch aus. Nie ein Wort gesprochen. Stumm wie ein Fisch. Weil er nämlich keine Zunge hatte. Es hieß, seine Mutter sei so eine gewisse Dame gewesen, unten in Atlanta, Georgia, hat Schlangenwurz oder sowas gegen die Syphilis genommen. Deshalb ist er ohne Zunge zur Welt gekommen. Einmal hat er mir das Innere von seinem Mund gezeigt. Na, eigentlich nicht mir, aber meinem Vetter Jimmy Cultrane. Und Jimmy hat mir geschworen, er hätte keine Zunge im Mund gehabt. Wie ein Fisch. Das war so ziemlich das Grässlichste, was ich bis dahin je gehört hatte. Kann ehrlich nicht sagen warum. Aber so war's.

Mein Pa, der hatte seine Pläne mit dem kleinen Gauner. Er hatte in einem alten Buch gelesen, dass die Leute drüben in England solche Burschen für Beerdigungen anheuern. Die heißen sogar die Stummen, weil sie kein Wort sagen. Und die Arbeiter in dem Bergwerk, manche von denen wollten schon ein großes Begräbnis, die Iren ganz besonders, und die Cockneys. Die haben ein Vermögen dafür ausgegeben, und nach Hause zu Mama, da haben sie nur ein paar armselige Kröten geschickt … Aber wenn's ab nach oben ging, da war nichts zu teuer … Kränze, Katafalk, alles … Und ein Grabstein, so groß hätte man den für keinen Sultan gemacht … Ich glaube, er hat O'Keeffe gefragt, ob er den Grünschnabel dafür ausleihen kann, damit er in einem kleinen schwarzen Anzug und Zylinder hinter dem Sarg herging. Aber O'Keeffe wollte nichts davon hören – ehrlich gesagt weiß ich nicht warum. Ja zum Teufel, der junge Herr hätte wahrscheinlich sogar seinen Spaß dabei gehabt. Da hätte er was zu tun gehabt. Wäre mal rausgekommen. Ich glaube, es war ein Buch von Dickens, in dem er das gesehen hatte. Aber nageln Sie mich nicht drauf fest, es könnte auch Twain gewesen sein … Mein Daddy hatte immer ein Buch, in dem er gerade las. Als Totengräber, da hat man Zeit, wissen Sie. Die Leute sterben nicht auf Bestellung. Da muss man warten können.

OWEN McDONAGH, SCHNEIDER UND HERRENAUSSTATTER

Ich hatte meinen Laden an der Hauptstraße. Tone Street hieß sie damals. Wolfe Tone, das war einer von den großen Helden drüben in Irland. Hat den Engländern Feuer unter dem Hintern gemacht. Jawohl, Sir, der hat die ganz schön ins Schwitzen gebracht.

Morgens, wenn ich den Laden aufmachte, sahen meine Frau und ich sie oft da draußen. Weiß der Himmel, Sir, keine Ahnung; gute Frage; ich weiß es nicht. Einfach nur … spazierengegangen. Hatten irgendwas zu erledigen. Oder er hat ihn in die Schule gebracht, denn da ist er hingegangen, das weiß ich. Kit Doherty war die Lehrerin. Kit lebt noch und wohnt jetzt in Gruntsville. Und Kit war so ziemlich das hübscheste Mädchen in den Bergen damals. Süß wie Götterspeise. Einfach ein prima Mädchen.

O'Keeffe war ein massiger Mann – wahrscheinlich haben Sie Bilder gesehen –, und die Bohlen vor dem Laden gaben nach, wenn er da langging. Sanken einfach so ein. Das war nie ordentlich gemacht worden – alles krumm und schief. Merkwürdig, an was man sich alles erinnert, wenn man alt wird. Aber ich habe mir immer ausgemalt, dass sie unter seinem Gewicht brechen.

Aber die beiden waren ein schöner Anblick, fand ich. Wie Vater und Sohn. Noch vertrauter sogar. Es tat einem gut, die zwei zu sehen, einfach so, wie sie da langtrotteten. Und er schien ja ein manierlicher kleiner Bursche – so kam es mir wenigstens vor. Hat nicht viel geredet. Aber war das denn schlimm?

Ich kannte O'Keeffe natürlich. Nein, Freunde nicht, das kann man nicht sagen. Mein Großvater kam aus Wexford, von da wo er auch herkam; aber ich kann mich nicht erinnern, dass ich je mit ihm darüber gesprochen habe – weiß nicht warum. Aber ich habe ihm damals so manche Uniform geschneidert, o ja. Er wollte immer die schicken, mit jeder Menge Tressen und allem. »Hühnerdarm« haben wir dazu gesagt, zu den gelben Tressen für die Generalsuniform. Und O'Keeffe, der hatte so viel davon an seinen Ärmeln, das hätte für einen ganzen Hühnerstall gereicht. Meine Frau hat ihn immer General Gockel genannt.

Einmal kam er noch spät am Abend und wollte eine ganze Ausstattung für den Jungen: wollene Unterwäsche, gute Stiefel, eine Pelzmütze, wie die Trapper sie tragen. Die Hemden, die wir für die Bergleute führten. Kräftiges Leintuch. Das waren Hemden! Wir bekamen sie aus St. Louis; fest wie ein Zelt waren die. Und meine Frau hat ihm eine kurze Jacke aus Wolfspelz genäht, das weiß ich noch genau. Wir hatten sie noch nie in einer so kleinen Größe gemacht. Und wir haben Maß für einen Feldmantel genommen – Regenmantel würde man heute sagen. Und einen guten Sonntagsanzug für die Kirche und so weiter – das war auch noch so eine Geschichte, weil wir nämlich keinen Fries hatten, aus dem wir ihn machen konnten. Aber O'Keeffe wollte einen Anzug für ihn, und da gab es kein Wenn und kein Aber. Und Julia sagt: Was ist denn mit dem, den wir noch haben? Du weißt schon, den wir für Tommy Brogan genährt haben, Gott hab ihn selig. Weste, Hosen, Jacke, Knickerbocker. Und ich holte den Anzug hervor, den wir für ein armes Kind gemacht hatten, das draußen in Mortons Mine umgekommen war. Tommy Brogan hatte er geheißen. Der arme Kerl war ertrunken. Und hier dem kleinen Burschen passte er wie angegossen. Und O'Keeffe sagt, er nimmt ihn, wir sollen es nur nicht herumerzählen. Und ich weiß auch nicht, es tat mir gut, dass jetzt ein neuer Junge in diesen Kleidern ging. Vielleicht war das unrecht. Aber es war so. Es packte mich einfach … Denn so ein Anblick, der ist ein Trost. Ich kann nicht sagen warum, aber es ist so.

SEAMAS »JIMMY« FOLEY, KUPFERMINENBESITZER

Die Frauen, die mochten O'Keeffe. Mochten ihn sogar sehr. Wenn der die Tone Street langkam, haben sie die Wimpern flattern lassen wie Schmetterlingsflügel. Immer picobello angezogen. Wie aus dem Ei gepellt. Sind um ihn rumgestrichen wie die Katzen. Hätte nicht viel gefehlt, und sie wären vor ihm auf die Knie gefallen und hätten ihn angebetet … Und einen Blick hatte der am Leib ... Aber ich glaub nicht, dass der was mit 'ner anderen hatte ... Vor seiner Heirat, da hat er bestimmt die eine oder andere Herzogin schwachgemacht ... Na, warum auch nicht?... Wer hätte so eine Gelegenheit nicht genutzt? ... Und Sie wissen ja, wie das ist, wenn ein Mann gut zu einem Kind ist. Da kann der Kerl noch so hässlich sein ... Wahrscheinlich hilft es sogar... Ich meine, Frauen sind eben so, wenn sie sowas sehen, dann denken sie gleich: So einen, den hätt ich auch gern ... Ist doch nur natürlich ... So ist das nun mal... Ich meine, wenn er so mit dem Kind unterwegs war, dann wär ich ihm manchmal am liebsten selbst um den Hals gefallen, und ich bin nun wirklich kein sentimentaler Mensch, ehrlich ... Ingrid Schmidt zum Beispiel. Haben Sie schonmal von Ingrid gehört? Also Ingrid hatte ein Hotel, wenn Sie wissen, was ich meine ... Genau ... Eins von diesen Hotels ... Da haben sie den Cancan getanzt, und am Schluss haben sie sich vorgebeugt und ein bisschen was gezeigt ... Also diese Ingrid – Gott verzeih mir – es ist nicht christlich, so etwas zu sagen –, die war ein schrecklicher alter Drachen, und alle hatten Angst vor ihr. Klapperdürres Gestell, bleich, krummbeinig – und gehinkt hat sie auch. Hässlich wie die Nacht. Wie die Hexe im Märchen, wissen Sie. Und nett war sie auch nicht ... Wenn die ein Waisenkind in die Finger gekriegt hätte, hätte sie sich's aufs Brot gepackt und aufgefressen. Aber ob Sie's glauben oder nicht, wenn sie O'Keeffe und den Kleinen in der Tone Street sah, dann konnte man fast glauben, sie lächelt. Soweit Ingrid überhaupt lächeln konnte. Nicht viel. Aber immerhin.

ANNE-KATHLEEN O'LEE, GEB. DOHERTY, LEHRERIN

Brief, 1887

Der Junge sprach nicht; das war die Schwierigkeit. Zumindest war es die Hürde, an der alles andere scheiterte. Ich war erst neunzehn, alles war schwierig und beunruhigend für mich. Ich fürchte, ich habe die Situation nicht allzu gut gemeistert.

Schon bald fiel mir auf, dass er lesen konnte. Ich würde sogar sagen, dass er für sein Alter schon weit fortgeschritten war; aber da er nicht laut las, konnte ich es nicht mit Sicherheit beurteilen. Er war am glücklichsten – sofern er denn überhaupt je glücklich war –, wenn er allein an meinem Tisch saß und, immer schweigend, die Bücher studierte, die ich für ihn herausgesucht hatte. Er fuhr mit dem Finger an den Zeilen entlang. Manchmal bewegte er dabei die Lippen.

Er beteiligte sich nie an Spielen oder dergleichen. Es war, als nehme er die anderen Kinder überhaupt nicht wahr. Sie haben ihn oft gehänselt und beschimpft. (Ich fürchte, die Kinder in Redemption waren in dieser Hinsicht nicht besser als anderswo.) Bei solchen Gelegenheiten starrte er sie nur an, als seien sie irgendwie gar nicht real …

Miss Longstreet, die damals in der Gouverneursresidenz angestellt war, kam abends zu mir, um lesen zu lernen. Sie erzählte mir mehrfach, sie habe ihn singen gehört. Ich kann nicht sagen, dass ich dieses Singen je mit eigenen Ohren gehört hätte, und ich habe ihn oft gefragt, ob er singen will. Allerdings war seine Miene immer sehr konzentriert, wenn eins der anderen Kinder sang. Er sah den Sänger nicht direkt an, oder wenn er es tat, ist es mir nicht in Erinnerung geblieben. Aber er wirkte aufmerksamer als sonst. Seine Augen verloren für kurze Zeit ihren abwesenden Ausdruck. Doch sobald das Lied zu Ende war, kehrte dieser Ausdruck zurück. Die gleiche Wirkung war zu beobachten, wenn jemand ein Gedicht oder einen Reim aufsagte, in dem Singsang, der Kindern eigen ist. Etwas an dem Rhythmus schien seine Aufmerksamkeit zu erregen. Nicht dass er froh wirkte. Aber man sah, dass er es zur Kenntnis nahm.

PETER MICHAEL TIERNEY, GOLDSUCHER*

Also, so ein Kind wie der, das macht die Leute einfach nervös. Sie haben das Gefühl, dass er sie beobachtet – dass er genau aufpasst, was sie machen. Sowas hat keiner gern, jedenfalls nicht im Westen. Die Leute hier, die haben gern ein bisschen Ellenbogenfreiheit, wissen Sie. Wenn man Geschichten aus'm

* Aus einem Gespräch, das 1924 in Pitman-Kurzschrift aufgezeichnet wurde; zu jenem Zeitpunkt war der Interviewte 81 Jahre alt. Tierney, der als Kind mittelloser Eltern aus Tipperary auf einem Schiff im Hafen von New York zur Welt gekommen war, wurde durch einen Goldfund am Klondike Milliardär. Er hatte von 1865 bis 1867 in Redemption Falls nach Gold gesucht, wo er in einer behelfsmäßigen Hütte hauste und oftmals bettelte. Einmal verirrte er sich in einem Schneesturm am Great Smokecloud Mountain und wurde von Schwarzfußindianern gerettet. Das Interview wurde in Cashel House aufgezeichnet, seinem Anwesen in Edwardstown, das als das größte Privathaus in den Vereinigten Staaten gilt.

Westen hört, da kommen ja immer Löffel voll Zucker rein. Die nettesten Burschen auf der ganzen Welt. Helfen einem beim Pflügen und bei der Ernte. Scheren sich nicht drum, wo man herkommt: ist völlig egal. Beißen sich eher die Zunge ab, als dass sie einen nach seiner Religion fragen, oder wen man wählt und so weiter. Kümmern sich nicht drum, ob einer schwarz ist oder weiß oder blau – das ist jedenfalls meine Erfahrung. Wenn man im Westen sagt »Mir geht's dreckig«, dann helfen einem alle, und jeder packt mit an, bis es wieder besser geht. Egal ob du 'n großes Tier bist [oder] 'nen durchgewetzten Hosenboden hast. Im Westen sind alle hilfsbereit. Aber sie können nicht vertragen, wenn einer ihnen zu sehr auf die Pelle rückt. Sie wollen, dass man sie in Ruhe lässt.

Klar erinnere ich mich, weiß noch genau, wie der aussah. Hübscher kleiner Knirps. Dreikäsehoch. Hab gehört, er war im Signalkorps in Lincolns Krieg. Ist viel komisches Zeug passiert damals. Der Krieg, das war so 'ne Sache. Die Jugend heute hat ja keine Ahnung mehr von der Geschichte. Na, was soll's! Was geht sie der ganze Kram auch an? Wenn ich heute jung wäre, würd ich mich auch nicht mehr drum scheren. Würde den Mädchen nachstellen und auf die Pauke hauen. Was nicht heißen soll, dass ich das früher nicht getan hab, sagt meine Frau jedenfalls immer. Na, die wird's schon wissen.

Damals haben die Leute einfach alles gemacht. Eben alles was gemacht werden musste. Pfeif ich drauf, was in den Geschichtsbüchern steht. Das hier, das ist das Land der Einwanderer, mein Freund, und die Einwanderer sind hart, die Einwanderer sind zäh, denn die mussten so sein, sonst wären sie nie da angekommen. Mussten ihre Familie zurücklassen. Leute, die sie liebhatten. Mussten die, die noch ärmer waren, beiseiteschubsen, damit sie kriegten, was die hatten. Mein Schwiegervater zum Beispiel, der war Noggie, * *und man kann sich überhaupt keinen lieberen Kerl vorstellen; aber trotzdem hat der mir erzählt, wie er das Mädchen, mit dem er so gut wie verlobt war, in Tromsø zurückgelassen hat – macht's gut, liebe Leute, vielen Dank. Und keinen einzigen Tag in seinem Leben hat er's bereut. Hat er jedenfalls immer behauptet. Hat getan, was er tun musste. Wenn so ein Westler Hunger hatte, dann hat er sich einfach davongemacht. Such ihm eine kleine schäbige Stadt, und schon am Tag nach der Ankunft ist das für ihn sein Zuhause. Oh, sicher, er singt von der alten Heimat, aber das ist auch alles. Wenn er ordentlich einen sitzen hat. Hab ich selber oft genug gemacht. Aber mehr ist das nicht. Der*

* Norweger.

Barhocker-Blues. Der ist auf und davon, so schnell wie ein Wiesel. Lass mich in Ruhe und begrab mich anständig. Deshalb wird's hier im Land auch nie Kommunisten geben. Weil wir uns nämlich sehr anstrengen mussten, bis wir gekriegt hatten, was wir jetzt haben. Das ist meins und das gehört mir, und komm ja nicht auf dumme Gedanken, Bruder, und streck da die Finger nach aus, und verlang nicht von mir, dass ich das mit einem Herumtreiber teile, den ich überhaupt nicht kenne. Irgendso ein Cowboy, der im Bett liegt und sich Gottweißwas kratzt, und ich schufte, dass der sein Essen und sein Bier hat? Nein danke, Madam, kommt nicht in die Tüte. Das schlagen Sie sich mal aus dem Kopf. In der Bibel steht, die Sanftmütigen werden die Erde erben. Im Paradies vielleicht. Aber nicht im Westen. Ich kann euch eine Linie ziehen, den hundertsten Längengrad runter, und links davon, Bruder, da erben die Sanftmütigen einen Dreck.

In Russland, da geht das anders. Na, ich wünsche ihnen alles Gute. Aber wir sind hier nicht in Russland. Sind nicht mal die Staaten. Hier draußen, hier singen wir alle solo, so sehen wir das. Wir wollen hier keine Politiker. Wir suchen uns selbst was zu fressen. Washington hat nie was für die Leute im Westen getan. Wenn Sie die ungeschminkte Wahrheit hören wollen, Washington bedeutet mir ungefähr soviel wie China. Deshalb sage ich auch nicht, der Junge war gut oder der Junge war böse. Der war wie alle anderen. Hat getan, was er tun musste.

»LITTLE« JOHN RAWLINS, BARBIER

Nacken kurz. Seiten kurz. Militärschnitt, würde ich sagen.

Ulkig, aber er sah damit jünger aus. Ja. Als ob die Zeit sich rückwärts bewegt. [Lacht] Hat sich immer gewehrt, wenn's ans Haareschneiden ging, aber so ist das bei Jungs in dem Alter. Na jetzt wieg ich meine hundert, aber achtzig waren's damals auch schon. Wenn da 'n Fleischberg wie Rawlins kommt und macht sich mit der Schere an deinem Kopf zu schaffen, da wird doch jeder 'n bisschen unruhig. O'Keeffe und Calhoun mussten ihn auf dem Stuhl festhalten. Sicher hat er gezappelt, ist doch klar. Wie jeder kleine Junge. Haben uns schon ein paar Gefechte geliefert, ich und der Kleine. Der hat getrampelt, dass man den Bauch grün und blau hatte. Gebissen auch. Alles was man sich denken kann. Der war nicht sparsam mit seinen Tritten. Aber trotzdem ein lieber Kerl. Lebhaft.

Hübsches Gesicht. Danach sah man mehr davon. Putzige Ohren, hohe, breite Stirn. Und sehr auffällige Augen, so eine Art gelbbraun, würde ich sagen. Muss Mexikanerblut in den Adern gehabt haben. Vielleicht seine Mutter? Ich glaube, er kam aus El Paso.

FLOYD LOUVAINE, MUSIKER UND LEBENSKÜNSTLER

Die beiden glichen sich wie ein Ei dem anderen.

BILLY CORISH, KAUFMANN

Sie sahen sich kein bisschen ähnlich.

DANIEL HANAHOE, HUFSCHMIED

... Ich hab keine Ahnung, ob der Junge noch am Leben ist. Aber ich weiß – und das können Sie mir jetzt glauben oder nicht – können Sie halten, wie's Ihnen beliebt –, ich weiß, dass mein Bruder gesagt hat, dass er den Geist von dem Kleinen gesehen hat, letzten Winter, hier auf der Straße. So viele Jahre danach. Und noch genauso winzig wie damals. Da draußen in der Prärie, da wo früher die Gouverneursresidenz stand. Mit einer Säge in der Hand. Und mein Bruder ist nicht der einzige, der sagt, er hat ihn gesehen. Und immer mit einer Säge. Können Sie drüber denken, was Sie wollen. Ich erzähle nur weiter, was mein Bruder mir gesagt hat.

SCHWESTER MARIE-PAUL LEFEVRE, MISSIONARIN DER BARMHERZIGEN SCHWESTERN
Brief, 1894
(Übersetzt aus dem Französischen)

Sie waren ein seltsames Paar, O'Keeffe und sein Findling. Am ehesten glichen sie zwei improvisatori [Clowns]. Die Stadtbewohner spotteten oft über sie, wenn sie sie sahen. Der Junge hielt sich einige Schritte hinter dem Mann, ging unbeholfen und mit baumelnden Armen, wie ein schwerfälliges Kind, den Blick zu Boden gesenkt, und wenn er einmal stehen blieb, dann nur, um sich die Hosen hochzuziehen. Die Kleidung war ihm offenbar lästig, man hätte denken können, er ginge am liebsten nackt. Sein Beschützer nahm seine Anwesenheit nur selten zur Kenntnis und würdigte den Jungen, der ihm auf Schritt und Tritt folgte, nur gelegentlich eines Blickes. Doch gingen sie, was seltsam anzusehen war, im gleichen Takt. Wenn der eine stehen blieb, tat es der andere auch. Sie bewegten sich im Einklang. Und wie viele damals sagten, entwickelte sich der Junge schon bald zu einem traurigen Spiegelbild des Generals, und das ging sogar so weit, dass er dessen leichtes Hinken übernahm.

Der Junge machte es sich zur Gewohnheit, seinen Pflegevater zu begleiten, wenn dieser zu ablegenen Höfen oder den Schürfstellen in der Nähe der Siedlung ritt. Er bekam ein Pony – ein verlässliches kleines Tier – einen »Schlenderer«, wie man damals zu sagen pflegte –, und so mancher neugierige Bergmann erblickte beim Hochsehen von seiner Schürfstelle einen irischen Don Quichotte und seinen bartlosen Sancho Pansa. Der Junge konnte nicht allzu gut reiten und wurde häufig abgeworfen. Einmal musste er sogar vor dem Pony auf einen Baum flüchten.

Eines Tages kamen sie in die Missionsstation, als ich zufällig dort war. Das Pferd des Gouverneurs lahmte. Selbstverständlich gab es bei uns keinen Mann, doch Schwester Michael beschlug das Tier genauso gut wie jeder Hufschmied im Territorium. Wir teilten mit ihnen, was wir hatten. Der Kleine verzog sich in eine Ecke und spielte mit einem Kätzchen.

Sie blieben zwei Tage, und wir freuten uns, dass sie bei uns zu Gast waren. Wir führten sie zu einem mächtigen Wasserfall, den eine der Schwestern entdeckt hatte, tief im Tannenwald, nicht weit vom Loomington Mountain. Das Wasser stürzte dort neunzehnhundert Fuß tief herab. Der Junge war so aufgeregt – es war ein großartiger Anblick. Ich erinnere mich, dass der General mit ernster, strenger Stimme zu ihm sagte: »Jeremiah, du bist womöglich der erste Junge auf der ganzen Welt, der dieses Wunder bestaunt. Sieh es dir genau an: Eines Tages wirst du deinen Enkelkindern von diesem Augenblick erzählen.« Und seine große Männerhand lag auf der Schulter des Kleinen. Und der Junge betrachtete das Schauspiel ehrfürchtig mit weit aufgerissenen Augen. Und dann trug der General ihn huckepack zurück zur Station, und der Kleine schwang eine Gerte wie ein Entermesser.

Er war so stolz auf den Jungen. Ich fand es anrührend; aber er wollte kein Lob dafür, dass er sich um ihn kümmerte … Der General unterhielt sich mit mir in elegantem, makellosem Französisch und wollte wissen, wie es uns hier draußen erging. Er unterstützte uns beim Kauf von Maultieren und einer Sägemühle für unsere Arbeit und half uns mit den Papieren, die nötig waren, um die Maschinen aus Wilmington heraufzuschaffen. Ich muss sagen, ich fand ihn stets höflich und zuvorkommend. Der eine oder andere mag anderer Meinung sein; doch zu uns war er stets freundlich. Ich denke, man sollte ihn mit all seinen Stärken und Schwächen in Erinnerung behalten. Manche Berichte über ihn geben nur ein unvollständiges Bild.

MYLES UND PETER CASHIN, SÄGEMÜLLER

[MC] Klar hat er den Kleinen mit in den Saloon genommen. [PC] Hat sich keiner groß drüber aufgeregt. [MC] Nee, hat sich keiner groß drüber aufgeregt. [PC] Sonst hätt er auch 'ne Kugel abgekriegt. [MC] 'ne Kugel, genau. [PC] Ich erinner mich noch, wie ich mit 'n paar Leuten aus Kanzas im Shoe-Gone war. [MC] So hieß einer von den Saloons, Shoe-Gone Saloon. [PC] Ja, so hieß einer von den Saloons. [MC] Shoe-Gone und Ropes hießen die. [PC] Und auf einmal kommt der alte Feuerkopf rein, den Knirps im Schlepptau. [MC] Ja, auf einmal kommen die beiden rein. Verrückte Geschichte, das. [PC] Und auf der Bühne ist gerade ein Zauberer und führt einen Trick vor, bei dem er eine Kugel auffängt. [MC] Ein Mädchen feuert einen Revolver ab, und er fängt die Kugel mit den Zähnen. [PC] Ist natürlich alles Humbug: Er hatte die Kugel von Anfang an im Mund. [MC] Unter der Zunge versteckt. [PC] Genau. [MC] Das Mädchen feuert also den Revolver ab und zack – das ist der ganze Trick. [PC] Der Zauberer hat die Kugel ausgespuckt. [MC] Und da zieht O'Keeffe seinen Revolver und schießt dem Zauberer einfach so in den Hintern. [PC] Und wissen Sie, was er gesagt hat? [MC] »Wollen doch mal sehn, ob du die auch auffangen kannst.«

BARTHOLOMEW BONAR, TISCHLER

Haben sie Ihnen die Geschichte erzählt? Die mit der Revolverkugel? ... Ja, die erzählen sie jedem, der hier durchkommt. Die beiden sind solche Aufschneider, es ist schon ein Wunder, dass sie sich noch nicht an ihren eigenen Prahlereien verschluckt haben. Dabei sind die erst zweiundsiebzig hergekommen! Die haben das Kind nie im Leben gesehen, Sir ... Ich könnte Ihnen Geschichten über die beiden Gauner erzählen, dass Ihnen Hören und Sehen vergeht. Ehrlich gesagt glaub ich nicht mal, dass die beiden wirklich Brüder sind.

JOHN F. CALHOUN, GOUVERNEUR (vormals Hilfssheriff)

Einmal, das war komisch, da hat der Junge versucht, auf dem verfluchten Wolfshund zu reiten. Ist dem Vieh kackfidel auf den Rücken geklettert. Nicht gerade vernünftig bei so 'nem irischen Wolfshund ... An dem Tag ist der Kleine ganz schön ins Schwitzen gekommen ... [Lacht] Also hab ich rumgefragt, wo wir ein Pferd für den Jungen auftreiben können. Er war so klein, wissen Sie. Am Ende haben wir ihm 'n Pony gegeben ... Einen kleinen Schecken. Ziemlich umgängliches Tier. Die Spokane züchteten solche Pferde. Und da ist er drauf geritten. Zumindest hat er's versucht. [Lacht] Ein großer Reiter war der nicht. Das wäre wirklich zuviel gesagt. Dauernd ist ihm der Sattel verrutscht, solche Sachen. Er hat einfach nie hingehört, wenn man ihm erklärt hat, wie man ein Pferd sattelt. Zuhören konnte er nicht, da ließ sich nichts machen.

Ihre Tante war geduldig, oder sagen wir, sie gab sich Mühe. Wissen Sie, ich mag es nicht, dieses ganze Gerede über Lucia. Die Leute brauchen immer einen Sündenbock. Zerreißen sich die Mäuler. Überlegen keine Sekunde lang, ob sie selbst was anders gemacht hätten, wenn sie in der gleichen Lage gewesen wären. Es gibt Leute in diesem Land – und die wissen schon, wen ich meine –, Leute, die sollten sich was schämen für das Zeug, das sie über Lucia O'Keeffe gesagt haben. Sicher, sie konnte den Jungen nicht leiden, das sah jeder. Na, das ist vielleicht zu hart; ich will nicht unfair sein. Und es war bestimmt nicht einfach, ihn zu mögen, diesen Jungen. Aber Con mochte ihn, und damit war's entschieden. Und mit Con legte sich keiner an; es sei denn, er wollte Ärger. Ein Dickkopf wie er im Buche steht. Im Krieg haben sie ihn den alten Feuerkopf genannt. Seine Augen haben Funken gesprüht, wenn er wütend war.

Eins sag ich immer über Con: Den Krieg muss man verstehen. Will Ihnen damit nicht auf die Nerven gehen, aber das muss gesagt werden. Die ganze Geschichte mit dem Jungen und dem General und Lucia – da darf man den Krieg nicht vergessen. Weil der die Leute nämlich vollkommen verändert hat. Bis in die kleinsten Kleinigkeiten hinein. Alles war anders geworden.

Also ich war ja in der Einheit, die am Ende in Andersonville eingerückt ist. Die Gefangenen da, das waren wandelnde Skelette. Und dabei waren die Aufseher doch selbst Amerikaner … Dreizehntausend Soldaten haben die da unten in Georgia unter die Erde gebracht. Und an die tausend haben nicht mal 'n Grab mit ihrem Namen drauf. Ich weiß nicht … Ich begreife das nicht… Das waren doch Menschen wie wir. Da komme ich einfach nicht drüber weg. Das ist zuviel.

Ich war einer von denen, die Wirz auf dem Weg ins Gefängnis bewachen mussten – das ist der, der das Kommando da unten hatte. Sie haben ihn in Washington aufgehängt. Und einmal hab ich ihn gefragt, wie es überhaupt so weit gekommen war. Weil ich das nicht begreifen konnte. Und wissen Sie, was er zu mir gesagt hat? »Ich habe nur Befehle ausgeführt.« Ich meine – was soll man denn dazu sagen?

Und das war das Schlimme damals. Sicher, es gab Tapferkeit. Sicher, es gab Mut. Aber Kriege sind grausam, das darf man nie vergessen. Und ein Mann wie Con – ich weiß nicht, wie ich das sagen soll … wissen Sie, ich glaube, es hat ihn bis ins Innerste erschüttert. Für mich war er danach nie wieder der Alte. Hat sich verrannt. Fixe Ideen. Vor lauter Bäumen den Wald nicht mehr gesehn. Aus Mücken Elefanten gemacht. Sowas kommt oft vor bei Männern, die im Krieg gewesen sind. Das bringt einen ziemlich aus dem Lot. Verliert man den Sinn fürs Verhältnismäßige. So einem Mann, dem hat man ganz schön was abverlangt. Vaterland? Klar. Die gute Sache? Meinetwegen. Aber an sowas denkt man nicht, wenn man mittendrin steckt. Glauben Sie mir, wenn man an sowas denkt, dann ist man schon so gut wie tot. Und mitten da hinein ist eben dieser Junge gekommen. Und Lucia, na ja, ich weiß nicht, ob die verstanden hat, was da vorging. Er hat sich an das Kind geklammert, als wäre es seine letzte Chance auf dieser Welt. Und ich bin sicher, sie hat das alles nicht kommen sehen. Jedenfalls nicht bevor es zu spät war.

Ich denke mir, je mehr sie ihm zugesetzt hat, desto verbissener wurde er. Und irgendwann war es 'ne Art Kraftprobe und keiner konnte nachgeben. Da ist es ja schon Schwäche, wenn man nur drüber spricht. Und das ist für keinen schön, für das Kind nicht und für Con und für Lucia auch nicht. Und der Kleine stand mitten drin, alles drehte sich um ihn. Einmal hab ich ihn gefragt: »Con, willst du denn der Vater von dem Kleinen sein?« Sowas kann man doch nicht leichtfertig anfangen und es dann wieder sein lassen. Und er hat mir klipp und klar gesagt, dass die Entscheidung gefallen war. Sein Entschluss stand felsenfest. Das muss man ihm lassen.

Was der Kleine davon gehalten hat? Da habe ich keine Ahnung. Er ist 'n paarmal abgehauen, aber nach 'ner Weile ist er immer wieder zurückgekommen. Nehme an, wenn es ihm nicht gepasst hätte, dann hätte er sich doch ganz aus dem Staub gemacht. Schließlich war er nicht eingesperrt oder sowas … Der kleine Kerl, so allein. Wer ihn einmal gesehen hat, der vergisst ihn nie … Eine große Wahl hat er ja auch nicht gehabt.

LAWRENCE NEWCOMBE, ARZT, SALT LAKE CITY
Brief, 1892

Ich glaube, ich habe ihn bei meinen Besuchen in der Stadt insgesamt viermal gesehen, das erste Mal wegen Magenbeschwerden, das zweite Mal weil er ins Bett gemacht hatte. Wenn ich mich recht entsinne, habe ich ihm auch ein oder zwei Zähne gezogen. Aber davon steht nichts in meinen Aufzeichnungen, vielleicht habe ich es mir nur gewünscht.

Ich mochte ihn überhaupt nicht. Er war ein abstoßendes Kind, vollkommen unzivilisiert. Er sah aus wie einer von denen, die Lehm und Nesseln essen, wenn sie nur damit ihren Mut unter Beweis stellen. Er war liederlich, undankbar, und er hatte üble Angewohnheiten, schlimmer als die meisten Jungen in seinem Alter. Sein Atem roch wie ein Schweinestall. Die Zähne hatten einen grünen Belag. Ich muss es leider sagen, die grundlegendsten Begriffe der Körperpflege waren ihm fremd. Seine Kleidung, sein Bettzeug, alles, was er besaß, war mit Dreck überkrustet. Er kaute an den Fingernägeln und bohrte sich in den Ohren. Man kann ohnehin nicht sagen, dass Redemption gut roch – da war es nicht besser als jede andere Pioniersiedlung in dieser gottverlassenen Gegend. Doch dieser Junge verströmte ein ganz eigenes, beißendes Aroma. Sein Gestank umkreiste ihn wie ein Mond auf seiner Umlaufbahn.

Der Gouverneur hatte die meiner Ansicht nach reichlich naive Vorstellung, der undankbare kleine Bastard werde sich eines Tages in einen Heiligen verwandeln, sobald seine, des Gouverneurs, Güte am Ende des dritten Akts ihre magische Wirkung tat. Aber so war es nicht. Nach meiner Erfahrung ist es niemals so. Der Junge spuckte auf den Boden, urinierte, wo immer es ihm beliebte, bestahl seine Gönner und zerbrach oder beschmutzte alles, was er nur anrührte. Oft schlich er sich mitten in der Nacht in das Arbeitszimmer des Gouverneurs und brachte seine Papiere durcheinander oder stahl sie sogar.

Die Dienerein berichtete mir, sie habe ihn früh am Morgen dabei ertappt, wie er in der Küche das tat, was ein Hund im Freien verrichtet. Es gibt nur eine einzige Methode, wie man mit einem Jungen umgehen kann, dem jegliche menschliche Art so vollkommen fremd ist: regelmäßige Schläge und eine Kost aus Milchprodukten. Doch von Ersterem wollte der Gouverneur nichts wissen und Zweiteres erwies sich als erfolglos. Auch wenn ein Christenmensch so etwas nicht sagen sollte: Ich an seiner Stelle hätte das Kind aus dem Haus geworfen und davongejagt. Und ich glaube, Mrs O'Keeffe hätte genau das nur zu gerne getan. Aber damals hatten noch die Männer das Sagen.

Das Schlimmste waren die Geschichten über Greueltaten in der Stadt – Mrs O'Keeffe war außer sich. Ein Siedler behauptete, man habe beobachtet, wie der Junge ein lahmes Kalb so lange mit Steinen bewarf, bis sein Fell in Fetzen herabhing. Ein Hund, eine blinde, alte Hündin, war eingefangen und mit Feuer entsetzlich gequält worden. Ein Maultier war getötet und verstümmelt worden – niemand wusste von wem –, seine Gedärme hingen wie Luftschlangen an einem Baum. Am Abend des Tages, an dem mir diese letzte Schreckensgeschichte zu Ohren kam, verließ ich Redemption Falls mit der Sechs-Uhr-Kutsche, und dabei sah ich mit eigenen Augen, wie der Junge in der Abenddämmerung nicht weit vom Sullivan's Creek ein Messer an den Sohlen seiner Stiefel abwischte. Er blickte auf, als wir vorbeifuhren, und diesen Ausdruck werde ich nie vergessen. Es war, als blicke man dem nackten, gnadenlosen Bösen ins Gesicht. Er grinste uns frech an, als wir vorüberfuhren.

HONOR MORAN, EHEMALIGES ANIMIERMÄDCHEN IM HOTEL ODALISQUE

Es gab keinen Beweis, dass das Kind all diese Sachen getan hatte. Man machte ihn für alles verantwortlich, was in diesem verwanzten Drecknest passierte. Die waren immer erst zufrieden, wenn sie mit dem Finger auf einen Schuldigen zeigen konnten. So viel zum ach so tapferen Amerika.

Daheim hinter verschlossenen Türen kennen sie keine Hemmungen. Aber nach außen tun sie dann scheinheilig.

CON LAWLESS, GOLDSUCHER, VARINA CITY

Um ganz ehrlich zu sein, Mister, ich konnte das Kind nicht ausstehen. Ich sag's ihnen gleich vorweg: Dieses Kind hatte etwas Böses.

Es war die Art, wie er einen ansah. Kein bisschen Schamgefühl. Also, einmal hab ich ihn getroffen, als ich auf dem Weg zu Jimmy Cashin war, da saß er unter 'nem Baum und hat mit 'nem Stock im Staub gemalt. Und da hat er mir irgendwie leid getan, wie er so dasaß, und ich bin zu ihm rübergegangen. »Was malst du denn da Schönes, Kleiner?«, hab ich gefragt, und er hat die Hände drübergehalten.

Soll ich Ihnen verraten, was es war? Ein umgedrehtes Kruzifix.

Da können sie mich noch so ungläubig ansehen, es ist die reine Wahrheit. Und danach wollte ich nichts mehr mit ihm zu tun haben. Wenn ich dran denke, läuft's mir heute noch eiskalt den Buckel runter. Teufelsbrut. So haben sie ihn immer genannt. Und sowas sollte man über kein Kind auf der Welt sagen. Jeder Mensch hat eine Mutter, so hab ich meine Kinder erzogen. Wenn man nicht selbst in so 'ner Lage gewesen ist, soll man kein Urteil fällen … Und niemand war je mehr auf die Nachsicht eines gnädigen Gottes angewiesen als der Mann, der jetzt hier vor Ihnen sitzt … Aber als ich gehört hab, was dann später passiert ist … Ich kann nicht sagen, dass es mich überrascht hat. Es war vom ersten Tag an vorgezeichnet.

GOUVERNEUR CALHOUN

Ich sag ja nicht, dass sie sich nie gestritten haben. Keineswegs. Ehepaare, die sowas von sich behaupten, sind entweder Lügner oder Heilige. Aber manchmal ist ein kleiner Streit gar nicht so schlimm. Reinigt die Luft. Ich seh meine Sekretärin da drüben lachen. Was gibt's zu lachen, Schätzchen? … Sie denkt, ich rede nur Blödsinn … Sie ist noch nicht verheiratet, deswegen … Oh, Eheleute kommen sich selten so nahe wie im Streit. Als ob man zusammen ins Bett steigt, macht nur nicht soviel Spaß.

SCHRIFTSTÜCK MIT VERHALTENSREGELN, VON O'KEEFFE EIGENHÄNDIG GESCHRIEBEN & AN DIE KÜCHENWAND GENAGELT*

I: *Du sollst nicht am Daumen lutschen und nicht an den Fingernägeln kauen.*
II: *Du sollst nicht in der Nase bohren und essen, was sich dort angesammelt hat. Es ist unrein.*
III: *Du sollst nicht LAUTLOS durchs Haus schleichen, vor allem nicht in der Nacht.*
IV: *Du sollst alle zwei Wochen baden, mit der Seife, die man dir dafür gibt.*
V: *Du sollst bei Tisch nicht mit der Messerklinge essen. Auch sollst du nicht schlürfen, rülpsen, mit den Zähnen knirschen oder sonstige Körpergeräusche von dir geben. So etwas ist abstoßend.*
VI: *Du sollst GERADE sitzen und den Mund FEST GESCHLOSSEN halten.*
VII: *Du sollst dir am Morgen des Sonntags frisch gewaschene Kleider anziehen.*
VIII: *Du sollst dir nicht den Schlaf aus den Augen reiben und die Krümel anschließend in den Mund stecken: Dies ist eine Missachtung des Herrn.*
IX: *Du sollst tun, was man dir sagt, und jederzeit frohgemut alle Anordnungen befolgen & sollst lernen, dich wie ein sauberer & gehorsamer Junge zu verhalten & sollst beten für die, die dich beschützen.*
X: *Vor allem aber SOLLST DU DIE PAPIERE DES GOUVERNEURS IN RUHE LASSEN UND NICHT WEGNEHMEN. WENN DU PAPIER BRAUCHST, KANNST DU JEDERZEIT WELCHES BEKOMMEN.*

ANNE-KATHLEEN O'LEE, LEHRERIN

Damals erzählte man sich – die Alten erzählten es –, dass die Seelen der Verstorbenen in den Kojoten hausen. Vielleicht war es eine indianische Legende. Jedenfalls hatten die Leute im Westen immer eine Vorliebe für Gespenstergesichten. Nun, ich erinnere mich noch an den Tag, an dem ich den Kindern

* Original ausgestellt im Bezirksmuseum. (Nachdrucke werden als Souvenir an Touristen verkauft.)

in der Schule davon erzählte. Ich sah zufällig in seine Richtung. Sein Gesicht war kreidebleich. Er schien ganz und gar verängstigt durch meine Worte. Diesen Augenblick habe ich nie vergessen.

JÜRGEN SCHULMEISTRAT, SCHRIFTSETZER, VORMALS BERGWERKSARBEITER

Aufgenommen in Seattle, Washington, 1929

Mit meinem Vetter. Ja. Er hieß Heinrich Mantel. Ist vor ungefähr zehn Jahren gestorben, in Frisco ... Oh, wir haben die beiden auf der Straße gesehen, fast jeden Tag, würde ich sagen. Wir dachten, er ist der Vater von dem Jungen, oder ein Onkel oder sowas ... Der Junge war in Ordnung. Hab nie irgendwas Schlechtes an dem Jungen gesehen ... Wir hatten eine Schlafstatt in der Limerick Lane. Kleindeutschland haben sie das damals genannt. Sechs Monate haben wir da gehaust, der kleine Henry und ich. Aber dann hat Henry ein Mädchen kennengelernt und ist nach La-Source-des-Femmes gezogen, das ist noch weit hinter St. Joseph ... Sicher, sicher. Hab das Kind fast jeden Tag gesehen. Haben ihm einen Groschen gegeben, damit er uns die Zeitung holt, solche Sachen. Oder ein Bier oder Porter aus dem Shoogawn oder dem Bone. Denn es ist heiß da unten im Bergwerk; da kriegt man ordentlich Durst. An manchen Tagen war es so heiß, da hatte man das Gefühl, man zerfließt. Wir kamen verstaubt und verdreckt nach Hause, und da kommt der Kleine und will uns Eis und was zu trinken verkaufen. [Lacht] So wird man Millionär! ... Er war Ire, glaub schon, oder vielleicht war auch nur sein Vater Ire. Aber die Mickeys in der Stadt, die mochten ihn irgendwie nicht. Er konnte wunderschön singen, das weiß ich noch. Jemand hat mir erzählt, später sei er ins Gefängnis gekommen – für einen Mord, kann das sein? Aber da war ich schon nicht mehr in der Stadt und bin nie zurückgegangen. Nein, danach habe ich nichts mehr gehört. Der ist in Dakota aufgehängt worden, oder?

ELIZABETH LONGSTREET, HAUSANGESTELLTE

Ja, ich weiß, was sie hinterher über das Kind gesagt haben ... dass er ein Mörder war und ein Teufel und all das. Hab ich alles gehört. Ich weiß nicht, wie es gekommen ist. Ich kann nur sagen, was ich selber weiß: Kein einziges

Mal habe ich gesehen, dass er etwas Grausames getan hat. Einfach nur ein Junge, der nie eine Chance bekommen hat … Genauso wie ich … Nein, jetzt bin ich müde. Ich muss [unverständlich] später … Der Mann hier ruft mich …

INTERVIEWER: *Also dann. Haben Sie vielen Dank, Tante Bessie … Wenn ich Sie so … Ja [Interviewer lacht] … Tante Elizabeth … Haben Sie vielleicht noch … Na, so etwas wie eine Botschaft für die jungen Leute, die jetzt heranwachsen … Eine Botschaft oder ein Vermächtnis für die jungen Leute und ihre Familien? … Denn manche von uns haben den Eindruck … Ich weiß nicht, aber vielleicht sehen Sie das ja selbst so … dass es in unseren heutigen Zeiten nicht einfach ist, wenn man jung ist.*

BEFRAGTE: *Lest die Bibel!*

INTERVIEWER: *Lest die Bibel.*

BEFRAGTE: *Am Morgen wie am Abend erblicke ich die Wunder des Herrn.*

INTERVIEWER: *Amen, amen. Aber möchten Sie nicht …*

BEFRAGTE *[unterbricht ihn]*: *Und es gibt noch weitaus mehr Wunder, die Jesus bewirkt hat, und wenn sie jemals aufgeschrieben würden, da würde die ganze Welt nicht reichen, um all die Bücher aufzubewahren.*

So steht's bei Johannes. Das ist das letzte Wort des Evangelisten, und meines auch. Halleluja. Ehre sei Gott in der Höhe. Das ist mein Vermächtnis.

46. Kapitel

*Sie weilt fern von dem Ort wo ihr junger Held schläft**

Ein Brief von Lucia an ihre Schwester Estafanía – Das traurige Ende einer Ehe

❖

Gouverneursresidenz
Robert Emmet Street
Redemption Falls
Mountain Territory

19. August 1866
Sonntag, Mitternacht

Geliebtes Herz, meine Malinche,

Dein Schreiben war mir eine große Erleichterung und eine Antwort auf meine Gebete. Welch ein Segen zu wissen, dass es Dir wieder besser geht – zumindest ein wenig –, selbst wenn Deine Worte mein Heimweh nach Manhattan noch weiter verstärken. Wie sehr wünsche ich mir, meine geliebte Steffa nur einen Augenblick lang zu sehen, mich in den Lichtern und Spiegelbildern der Stadt zu verlieren. Wie gern würde ich mit Dir über die Avenue flanieren oder in der Abenddämmerung zur Battery wandern, Arm in Arm über Nichtigkeiten

* Brief, welcher dem Herausgeber, Prof. J. D. McL., von seiner Tante, Mutter Anuncion vom Orden der Karmeliterinnen (Estafanía Maria McLelland), bei ihrem Tode im Jahr 1894 hinterlassen wurde. Geschrieben in spanischer Sprache (auf dem amtlichen Briefpapier des Gouverneurs) in einer Geheimschrift, die die Schwestern und zwei ihrer Cousinen aus Toledo als Kinder ersonnen hatten. Lucia konnte bemerkenswert flüssig in diesem Code schreiben, sie verfasste sogar die Entwürfe zu einigen ihrer Gedichte darin, wie erhaltene Manuskripte in der New York Public Library belegen. *»Malinche«*, ein von der Familie verwendeter Kosename für meine Tante Estafanía, ist die Bezeichnung für eine purpurn blühende Pflanze aus Nicaragua, die Jakaranda.

plaudern. Wie sehne ich mich nach dem Anblick des Hafens in der Stunde des Chiaroscuro, wenn die Schiffe ihre Laternen anzünden, nach dem Spiel der Schatten auf dem Wasser. Dann wären alle anderen Sorgen vergessen. Es ist so still hier heute Nacht. Fast hört man den Pulsschlag der Stille. Er pocht wie ein Insektenherz. Wie ich diesen Ort hasse und so gut wie alles, was dazu gehört. Ich sterbe hier [*Muero aquí*].

Ich bin erleichtert, dass David auf dem Wege der Besserung ist. Jeden Morgen bei Tagesanbruch entzünde ich eine Kerze für ihn vor dem Bildnis der Jungfrau Maria, der kleinen Malachitstatue, die Mama aus Chinandega mitgebracht hat. Sobald er gelernt hat, mit dem Stock zu gehen, wird er neuen Mut fassen, und die Niedergeschlagenheit, von der Du schreibst, wird nachlassen. Der arme, herzensgute David und meine arme Malinche. Wenn man bedenkt, wie sehr er die Schönheit liebte, die Heiterkeit des Lebens und ganz besonders Dich, Du Rose dieser Welt. All das nie wiedersehen zu können, das muss die größte Qual sein, die man sich vorstellen kann. Dass er das zu ertragen vermag, grenzt an ein Wunder. Aber fürchte Dich nicht vor seiner Traurigkeit, mein Herz. Vertraue auf die heilenden Kräfte der Zeit, und alles wird gut. David wird Dir in allem der liebende Ehemann sein, den Du verdienst. Ich wünschte nur, ich hätte ebenso klug gewählt wie Du. Aber es ist, wie es ist. Ich muss nun zu Bett.*

Liebste Blutblüte – ach, meine Hostie –, ich wünschte, Du wärst hier bei mir. Es ist kurz vor Tagesanbruch. Ich höre die Minenarbeiter auf der Straße.

Fünf schlaflose Stunden sind vergangen, seit ich diesen Brief begann. Die ganze Nacht über habe ich ihn immer wieder zur Hand genommen und beiseitegelegt. Mehrmals wollte ich ihn zerreißen,

* David Daniel Kobor (1841–1868), Leutnant des 88. Pennsylvania-Regiments, zweimal für seine Tapferkeit ausgezeichnet. Er erholte sich nie wieder von der langen Zeit des Hungers im Gefangenenlager von Andersonville und starb drei Jahre nach Kriegsende in New York. Die Kobor-Stiftung für Einwandererkinder, der Lucia ihr Leben lang vorstand, ist ihm zu Ehren benannt. Estafanía trat vier Jahre nach seinem Tod in den Orden der Karmeliterinnen ein und widmete sich für den Rest ihres Lebens den Armen von New York und später von Mittelamerika. Sie starb in Mexiko-Stadt, wo sie auch begraben liegt.

und doch bringe ich es nicht übers Herz. Ich habe versucht zu schlafen, doch ich finde keine Ruhe.

Steffa – ich bin in Not. Jetzt musst Du für mich beten. Es gibt eine sehr schmerzliche Angelegenheit, die ich Dir in aller Offenheit enthüllen muss. Ich quäle mich schon viel zu lange mit der Frage, ob ich Dich ins Vertrauen ziehen soll; es fällt mir nicht leicht, davon zu sprechen, und was ich zu sagen habe, wird einigen Menschen wehtun; aber nach einer langen Zeit des Unglücks, das jegliche Entschlusskraft lähmte, habe ich mich entschieden, Con zu verlassen.

Was für ein entsetzlich lapidarer Satz. Ich habe mich so davor gefürchtet, ihn niederzuschreiben, denn damit wird all das zur Wirklichkeit, was zuvor nur ein böser Traum war. Es ist schrecklich, ein Geheimnis zu besitzen – davon besessen zu sein – und es mit sich umherzuschleppen, während es unablässig an einem nagt. Man gibt sich freundlich und gelassen, doch hinter dieser Maske beginnt man zu faulen wie ein vergessenes Stück Fleisch in Aspik, das noch seine Form bewahrt, wenn es schon längst verwest.

Mein Herz: Noch immer bist Du der einzige Mensch auf der Welt, dem ich dies anvertrauen kann. Herr im Himmel, hätte ich doch Flügel, um an Deine Seite zu eilen. Wenn ich könnte, wäre ich morgen schon bei Dir.

Die Trennung ist schon länger unvermeidlich, als ich mir selbst eingestehen wollte. Um die Wahrheit zu sagen begannen die Schwierigkeiten gleich nach der Heirat: sehr gravierende Schwierigkeiten, für die es keine Lösung gab. Teils lag es sicher an mir; teils an dem armen Con. Und zum Teil war es wohl niemandes Schuld und kam nur davon, dass unsere Charakterschwächen sich gegenseitig verstärkten. Ich war nie so töricht zu glauben, es gebe eine Ehe ohne die eine oder andere kleine Prüfung. Schließlich sieht man an Verheirateten im eigenen Bekanntenkreis, dass zwei Menschen – ich spreche von Ehepartnern – sich verhalten wie die Zeiger einer Uhr: Mal sind sie vereint, oft auch getrennt – bisweilen sogar so gegensätzlich wie Nord- und Südpol – aber der gemeinsame Drehpunkt der Loyalität hält sie zusammen, sodass sie sich nach kurzer Zeit unweigerlich wieder annähern. Doch bei Con und mir gibt es keine solche Annäherung mehr. Wenn es je einen gemeinsamen Achsnagel gab, dann ist er zerbrochen.

Unsere Schwierigkeiten sind beständig gewachsen und immer komplizierter geworden, und jetzt sehe ich keinen anderen Ausweg – ich übertreibe nicht. Seit ich hierher zu ihm gekommen bin, habe ich zu meinem größten Leidwesen erkennen müssen, dass nur noch die Trennung verhindern kann, dass wir beide den Verstand verlieren; und auf diese schmerzliche Einsicht müssen nun unweigerlich Taten folgen, bevor wir uns noch weiter verletzen und Wunden davontragen, die womöglich nie mehr verheilen.

Der letzte Dampfer dieser Saison ist gestern vormittag gefahren, und die Postkutsche verkehrt derzeit nicht, weil Banditen die Straße unsicher machen. Ich werde in den nächsten Tagen in ein Hotel in Edwardstown ziehen und von dort bei der ersten Gelegenheit nach New York zurückkehren.

Jetzt weißt Du es, Kleine Rote [*Rojita*]. Ich bin mit allem, was ich wollte, gescheitert. Ich empfinde Zorn, Scham und Schuldgefühle. Ich bemühe mich, tapfer zu bleiben, doch es gibt Augenblicke, in denen ich große Angst vor den Jahren habe, die vor mir liegen. Dann bete ich zu Mama. Ich weiß, dass sie mir beistehen wird.

Ich glaube – nein, ich bin mir ganz sicher, meine kluge Steffa –, Du hast geahnt, dass es zwischen C und mir nicht zum Besten stand. Als Du mir am Bahnhof Lebewohl sagtest, hast Du etwas angedeutet; zumindest habe ich Dich so verstanden, und wie gern hätte ich Dir da schon alles erzählt. Doch stattdessen sind harte Worte gefallen, und ich habe unseren Abschied verdorben. Verzeih mir, liebste Steffa. Du verdienst eine bessere Schwester als mich.

Was ich Dir jetzt anvertraue, muss für immer unser Geheimnis bleiben; aber ich weiß, ich muss Dich nicht eigens darum bitten, denn Du wirst es auf Anhieb verstehen. Du bist so gut; fällst keine vorschnellen Urteile. Ich wünschte, ich besäße nur einen Schatten Deiner Güte und Großzügigkeit. Wie dem auch sei, ich will Con nicht verurteilen. Er ist, wie er ist, tief im Inneren ein guter Mensch; doch schon bei unserer Heirat war mir klar, dass es nicht leicht sein würde, seine Frau zu sein. Gott im Himmel, ich war gewarnt, nicht zuletzt durch C selbst, aber auch durch andere – und ich wusste es ohnehin. Alle Welt glaubt, er sei zu sehr von sich eingenommen, vielleicht sogar überheblich; aber niemand würde die Verletzungen eines solchen Lebens unbeschadet überstehen. Ich wünschte, ich könnte Dir schreiben, dass ich ihn nicht mehr liebe. Wieviel leichter mir all dies fiele, wenn es so wäre.

Soweit ich mich zurückentsinnen kann, und vor allem seit Mama von uns gegangen war, habe ich mich immer nach dem Tag gesehnt, an dem Gott mir die Gnade gewährt, selber Mutter zu werden. Vor der Hochzeit hatte Con mir versichert, er wünsche sich eine ganze Heerschar von Kindern. Doch schon kurz nach unserer Heirat veränderte er sich. Er wurde mürrisch, schweigsam und verschlossen. Schließlich verriet er mir den Grund für seine düstere Stimmung: Während seiner Gefangenschaft in Tasmanien habe er eine eingeborene Frau geheiratet, und die gemeinsame Tochter sei im Alter von acht Wochen gestorben. Die Frau, so sagte er mir, habe sich später das Leben genommen, kurz nach seiner Flucht aus der Strafkolonie. Er habe geglaubt, er hätte den Verlust verwunden, doch nun sei ihm klar geworden, dass es nicht so sei; mit der neuen Ehe sei der Kummer zurückgekehrt. Steffa, ich war am Boden zerstört, denn von dem Kind und dessen Mutter hatte er mir nie erzählt – und ich erkannte, dass ich einen Mann geheiratet hatte, der von seinen eigenen Geheimnissen beherrscht wurde und sie immer bewahren würde, selbst wenn er andere damit verletzte – doch was blieb mir anderes übrig, als blind auf die Vorsehung zu hoffen? Und meine Gebete wurden nicht erhört. Er entfernte sich immer weiter von mir. Bisweilen tauchten zu nächtlicher Stunde fremde Männer bei uns auf. Er sagte mir nicht, wer sie waren und was der Grund für ihre Besuche war; nie öffnete er einen Brief in meinem Beisein – und es kamen viele Briefe aus Australien. Wir waren erst wenige Monate verheiratet, da verkündete er, dass er nie wieder ein Kind haben wolle; dafür sei er zu verzagt, habe zu große Angst. Ich war fassungslos über diese grausame Verweigerung. Ich flehte ihn an, mich nicht so zu bestrafen.

Unsere Auseinandersetzungen nahmen an Heftigkeit zu. Aber sie machten meine Hoffnung nicht zunichte. Gott steh mir bei, Steffa, ich war so dumm und gefangen in meinen eigenen Vorstellungen. Ich konnte ihn nicht beim Wort nehmen und hielt wider besseres Wissen fest an meiner vergeblichen Zuversicht. Die Zeit würde die Wunden heilen, die ihn bedrückten – davon versuchte ich mich selbst zu überzeugen, selbst als er mit immer größerem Nachdruck versicherte, dass er nie wieder Vater werden wolle, als er sich mir in bestimmten Wochen des Monats nicht mehr als Gatte näherte und dies dabei bestritt. Ich wolle ihn »überlisten«, sagte er, mich seinem Wunsch widersetzen, wolle »unsere Übereinkunft«, wie er es nannte, missachten. Diese Jahre, die eigentlich eine glückliche Zeit hätten sein sollen, waren erfüllt von Feindseligkeit und bösen Worten. Das Schlimmste aber war sein Schweigen; die unerträgliche Zurückweisung.

In jeder Ehe gibt es Dinge, die man für sich behalten sollte, und Gott möge mir vergeben, wenn ich nun doch davon spreche. Aber ich halte diese ewige Verstellung nicht mehr aus; ich verliere noch den Verstand. Die Wahrheit ist, dass Con und ich seit neun Jahren nicht mehr wie Mann und Frau zusammenleben; es begann schon vor dem Krieg, seit er sein Reiseleben aufnahm und mir auf diese Weise aus dem Weg ging. Unsere Ehe ist eine Farce, nichts als eine leere Hülse. Wir sind ein Nichts in einem Felsspalt. Ich glaube, es war nie anders. Mittlerweile frage ich mich, warum er mich überhaupt geheiratet hat – manchmal glaube ich sogar, Papa hatte recht. »Glücksritter« ist ein hässliches, widerwärtiges Wort, und in meinen besseren Augenblicken kann ich nicht glauben, dass Con etwas so Erbärmliches sein soll. Doch die Zweifel sind hartnäckig: Ich muss etwas gehabt haben, was er wollte. Wenn ich nur wüsste, was es war.

Vor einiger Zeit, Steffa, habe ich einen Fehler begangen. Du wirst sehr schlecht von mir denken. Aber ich brauche jemanden, dem ich mein Herz ausschütten kann. Ich habe mir gestattet, eine freundschaftliche Beziehung zu jemandem in New York aufzubauen. Schlimmer noch: zu einem Patienten im Hospital. Er war – ist – ein guter, großherziger Mann, ein Offizier aus dem Kartographenkorps. Er ist im Bürgerkrieg durch die Hölle gegangen, hat unvorstellbar gelitten. Sein Gesicht war so entstellt, dass er bei seiner Einlieferung auf der Station den Anblick des eigenen Spiegelbilds nicht ertragen konnte.

Wir sind zusammen spazieren gegangen. Haben über Gedichte gesprochen, über andere schöne Dinge. Er hat mir Komplimente gemacht. Ich war eitel und habe sie zugelassen. Ich glaube, meine Einsamkeit hat auch ihre Rolle gespielt, doch das ist keine Entschuldigung. Schon bald – ich weiß nicht mehr, wie es dazu gekommen ist – wurden unsere Gefühle tiefer, und wir empfanden mehr als nur

Freundschaft. Ich hätte die Beziehung beenden sollen, doch zu meiner Schande muss ich gestehen, dass ich es nicht getan habe. Um ehrlich zu sein, war ich dazu nicht fähig. Ich sehnte unsere Treffen herbei, diese seligen Stunden, redete mir ein, sie seien ganz und gar unschuldig, und wusste doch, wenn es so wäre, gäbe es keine Notwendigkeit, sie stets geheimzuhalten. Er redete mit mir wie ein Verehrer mit einem Mädchen, das er liebt [*una novia*],* sagte Dinge, die ich nie hätte zulassen dürfen. Aber ich ließ es dennoch geschehen. Und schon bald erwiderte ich seine Beteuerungen. Und es kommt noch schlimmer.

Eines Abends, es war im letzten Frühling, drängte er mich zu einer noch größeren Verfehlung: Er wollte mich allein an einem verrufenen Ort treffen. Ich wusste, was er vorhatte. Ich wusste es sehr wohl. Ich bin nicht so rein und unschuldig, wie alle glauben. Er flehte mich an, ihn am verabredeten Ort aufzusuchen. Ich beteuerte, es sei unmöglich. Er sagte, er werde dort auf mich warten. Der Morgen verging; dann der Nachmittag. Ich betete und wanderte durch die Straßen. Ich ging zur Beichte. Der Priester, ein uralter Mönch, war so gütig, dass mir die Tränen kamen. Ich hätte einen Fehler begangen. Einsamkeit sei keine Sünde. Aber ich dürfe es nicht noch schlimmer machen; die Freundschaft müsse ein Ende haben. Ich ging direkt von der Kirche zu dem Ort, von dem der Mann gesprochen hatte, den Weihrauchduft noch in den Kleidern.

In diesem Zimmer haben wir uns ausgesprochen. Anfangs haben wir wirklich nur gesprochen. Ich habe ihm gesagt, wir müssten uns trennen, unser unschickliches Tun beenden. Aber noch während ich ihn so mit Worten zurückwies, sehnte ich mich mehr denn je nach seiner Umarmung. Es war, als gälten in diesem Zimmer andere Gesetze. Ich wünschte, ich wäre nicht ich, oder dieser Mann wäre ein anderer. Oder dass er eine Frau wäre und ich ein Mann, mit der Fähigkeit der Männer, sich selbst zu verzeihen. Wir reichten uns die Hand, zum Abschied, wie ich dachte, doch kurz darauf küssten wir uns, und aus Berührungen wurden verbotene Liebkosungen. Steffa, ich empfand keinerlei Scham – und schämte mich nicht, dass ich

* Novia: eine Verlobte, eine Angebetete. Es ist auch die Bezeichnung für eine Braut.

mich nicht schämte –, nur das Glück, von einem anderen Menschen begehrt zu werden. Das Einzige, was ich tun konnte, war, unser frevelhaftes Tun abzubrechen. Ich musste dem Mann Einhalt gebieten. Es war allein der Gedanke, Con zu betrügen, der mich hinderte, meinen Wünschen nachzugeben. Der Mann sprach von Liebe, davon, dass es in der Liebe keine Schuld gibt, war sanft und zärtlich in seinen unablässigen Bitten. Hätte er noch ein weiteres Mal gebeten – ich weiß, was dann geschehen wäre. Ich hätte mich noch schwerer versündigt, hätte die größte Sünde begangen, die ein verheirateter Mensch begehen kann. Doch im Geiste bin ich an diesem Abend zur Ehebrecherin geworden. Allein dass ich dorthin ging, hinterließ den unauslöschlichen Makel auf meiner Seele. Oder nein – der Makel war längst da.

An den folgenden Tagen schrieb er mir. Ich schickte seine glühenden Briefe zurück. Er schrieb erneut. Ich flehte ihn an aufzuhören. Ich teilte ihm mit, ich werde hierherreisen, um bei Con zu sein, dem ich Treue geschworen hatte, in guten wie in schlechten Zeiten. Ich hätte einen Fehler begangen, mein Versprechen gebrochen. Doch dieser Fehltritt müsse fortan der Vergangenheit angehören.

Als ich hierher kam, hatte ich auf einen Neuanfang gehofft. Doch alle Hoffnung war vergebens. Es gibt keinen gemeinsamen Weg mehr für uns. Wir wohnen hier in getrennten Zimmern. Darauf hat er bestanden. Wir essen, wir leben – wir bewegen uns jeder für sich, wie ein gebrochener alter Junggeselle und seine unverheiratete Schwester, jeder versengt von der glühenden Enttäuschung des anderen. Unsere Tage sind ein Abbild unserer einsamen Nächte. Wir reden kaum noch eine Silbe miteinander, sitzen nicht einmal schweigend zusammen im selben Zimmer. Ich komme herein; er geht hinaus. Ich gehe hinaus; er tritt ein. Statt der erhofften Vertrautheit zweier Eheleute herrscht nichts als kalte Einsamkeit.

Ich versuche, mir die Zeit mit Schreiben zu vertreiben, mit Spaziergängen in den Bergen, besuche die Armenviertel, abgefeimte Heuchlerin, die ich bin, und spiele die Rolle der Gouverneursgattin; doch das Leben hier war vom ersten Augenblick an erbärmlich, ohne jegliche Hoffnung auf Besserung. Was ich schreibe, ist bestenfalls Lektüre für Näherinnen, billiger Schund, der nur zum Feueranzünden taugt. Immer wieder habe ich versucht, mich mit Con auszusprechen, ihn zu fragen, warum ich ihn enttäusche und wie ich mich bessern kann. In solchen Augenblicken wird sein Zorn wahrhaft furchterregend. Kein Gebet, das ich ersinne, weist mir einen Weg.

In der Stille der Nacht lauern die schlimmsten Gedanken an meinem Bett. Einer ist immer wieder aufgetaucht; ich weiß, ich muss ihn nicht benennen. Ich habe mich so sehr daran gewöhnt, diese schreckliche Vorstellung niederzuringen, dass ich sie jetzt, wo ich sie überwunden habe, beinahe vermisse, denn es wäre eine einfache Erklärung, wenn es denn so wäre; wenigstens wäre es verständlich. Natürlich gibt es Gerüchte in einem kleinen Ort wie diesem – man sieht Blicke von fast schon schmerzendem Mitgefühl bei manchen dieser grässlichen Frauen, hört die hämischen Bemerkungen der ungehobelten Männer –, aber ich weiß, Con ist von Natur aus treu, im Gegensatz zu mir, und wäre zu einem solchen Treubruch niemals fähig. Wie dem auch sei, ich glaube – verzeih mir, wenn ich so offen spreche – , dass keine Geliebte seine Launen hinnehmen würde. Solche Frauen wollen immer nur die guten Seiten des Mannes, den sie sich ausgesucht haben, nicht seine Schwächen und Enttäuschungen. Zweifellos ist ihm etwas widerfahren, und das hat von ihm Besitz ergriffen wie eine Krankheit. Er ist nicht der Mann, den ich geheiratet habe. Ich weiß nicht, was mit ihm geschehen ist.

Nachts streift er durch die Gegend wie ein Gespenst auf der Burgmauer und redet sich ein, dass Indianerangriffe drohen oder dass die Banditen sich in der Dunkelheit zusammenrotten. Sogar die Bettler lachen ihn aus, die elendesten Trunkenbolde. Sie beschimpfen ihn – und mich noch viel mehr. Er scheint es nicht zu bemerken, wandert immer weiter durch die Gegend um die Stadt und starrt hinauf zu den Bergen, selbst dann noch, wenn sie im nächtlichen Dunkel versinken, als könnten die Felsen nach Sonnenuntergang zum Leben erwachen. Letzten Monat hat er einen Nachtwächter einkerkern lassen, einen Jungen von neunzehn Jahren, der seine Mutter ernähren muss, und das nur, weil er wegen einer unschuldigen Tändelei mit einem Mädchen seinen Posten einen Augenblick lang verlassen hatte. Seine Männer munkeln, er habe vor, die gesamte Siedlung mit Graben und Brustwehr zu befestigen und sein eigenes Haus mit einem eisernen Panzer zu versehen. Zweimal hat er die

Marshals zusammengerufen und ist mit ihnen zu mitternächtlicher Stunde in die Berge geritten, nur um Wochen später erschöpft und mit einem Sonnenstich zurückzukehren, ohne Gefangene und ohne gefundene Waffen, die Männer halbtot von den Strapazen. Er ist die ganze Nacht auf den Beinen und schläft den halben Tag; oft wird es Abend, bevor er aufsteht. Wenn ich mittags an seiner Tür vorbeikomme, höre ich Angstschreie aus seinem Zimmer. In letzter Zeit – nein, schon seit langem – trinkt er übermäßig. Mittlerweile fürchte ich sogar, er verliert den Verstand. Steffa, er hat der Dienerin aufgetragen, alle Spiegel aus dem Haus zu entfernen. Wie sie mir im Vertrauen mitteilte, hat er gesagt, er sähe »Gespenster« darin. Sie weigert sich, bei ihm im Haus zu bleiben und schläft lieber in ihrer Hütte in der Stadt.

Eine Zeitlang glaubte ich, die Ursache für sein Verhalten müsse etwas sein, das während des Kriegs vorgefallen war. Ich weiß, er hat grauenvolle Dinge gesehen, und einige davon hat er selbst zu verantworten. Nach den entsetzlichen Nächten im Hospital können wir beide, Du und ich, uns vorstellen, welche Schrecken er erlebt hat. Ich weiß, wie er darunter leidet, dass so viele seiner Männer umgekommen sind, und der Gedanke an ihre Witwen und Waisen lässt ihm keine Ruhe. Er hat das Gefühl, er habe sie im Stich gelassen, sie verraten irgendwie; er hält sich für den schlechtesten General des ganzen Krieges. Jeder Penny seiner Amtsvergütung fließt in einen für sie angelegten Fonds, genau wie ein großer Teil meiner Einkünfte in den letzten Jahren und fast das gesamte Kapital, das mir bislang ausgezahlt wurde. (Ich flehe Dich an, kein Wort darüber zu Papa oder zu Rechtsanwalt Graham. Sie würden mich steinigen, wenn sie die leiseste Ahnung hätten.)

Sein Widerwille, mit mir über die Feldzüge zu sprechen, verstärkte nur meinen Eindruck, dass etwas Unaussprechliches geschehen sein muss, von dem ich nichts weiß und wovor er mich schützen will. Doch wenn ich ihn danach frage, so ruhig und gelassen wie ich kann, brüllt er, meine Phantasie werde allzeit mein Verderben sein und er wolle lieber noch zehnmal in den Krieg ziehen und eine weitere Brigade verlieren, als ihr noch weiter »zum Opfer zu fallen«. Und in solchen Augenblicken sind seine Ausbrüche von einer eiskalten, messerscharfen Logik, erfüllt von einem gnadenlosen Hass, der mir unbegreiflich ist. Er gehe wieder nach Panama, und diesmal kehre er nicht mehr zurück; er werde wieder nach Nicaragua oder Kuba oder Mexiko reisen, wo er angeblich Gefährten hat, aber wer sie sind, wie sie leben und was sie tun, das will er mir nicht sagen. Und diese Drohungen machen mir Angst, denn jedes Mal, wenn er fort war, wusste ich nicht, wann er zurückkommen würde, oder ob überhaupt.

Und ich musste mehr darüber erfahren, was in Tasmanien geschehen war, jenem entsetzlichen Land, dessen bloßer Name mir verhasst ist. Vor einiger Zeit, auf dem Weg von den Staaten nach hier draußen, gelang es mir, eine Truhe von ihm zu öffnen, wie eine elende kleine Schnüfflerin. Ich weiß nicht, wonach ich suchte: vielleicht nach etwas, das mich beruhigen würde. Was ich fand, war ein Tagebuch mit Cons Erinnerungen. Leidenschaftlich, hingebungsvoll, voll sehnsüchtiger Gefühle. Ich hätte das niemals lesen dürfen. Ich verfluche mich, dass ich es getan habe. Aber ich glaube, er hat seine erste Ehefrau viel mehr geliebt, als er mir je eingestanden hat, hat sich nie mit ihrem Tod abgefunden und sehnt sich noch immer nach ihr. Steffa, bei meinem Leben, wenn es Gespenster gibt, dann hat diese arme unglückliche Frau den Ozean überquert und spukt hier in diesem Haus.

Ich höre, wie er nachts in seinem Zimmer ihren Namen ruft und den Namen ihres toten Kindes. Der Klang jagt mir eiskalte Schauer über den Rücken. Ich gehe rasch weiter. Ich mag die Gefühle nicht, die seine Rufe in mir wecken. Ich weiß, dass er sie nicht vergessen kann. Selbst nach all den Jahren legt er an ihren Todestagen Trauerkleidung an und geht in die Kirche. Mir erzählt er, er tue es zu Ehren eines irischen Verwandten oder Kameraden, der im Krieg gefallen ist. Doch in Wirklichkeit trauert er um diese beiden beklagenswerten Seelen, und ich glaube, daran wird sich nie etwas ändern.

Vor einiger Zeit hat man einen Jungen hier ins Haus gebracht: ein versprengtes Opfer des Krieges, das C und seine Männer letzte Weihnachten in einer verlassenen Mine entdeckt hatten. Über seine Eltern ist nichts bekannt, nicht einmal ob sie noch am Leben sind, und niemand weiß, woher er kommt und wie es ihn hierherverschlagen hat. Das Kind ist stumm, und wir vermuten, dass es aus dem Süden stammt. Wahrscheinlich ist er mit den Rebellentruppen mitgezogen.

»Ja und?«, fragst Du Dich jetzt. Sind wir denn nicht verpflichtet, unseren Nächsten zu lieben? Ach Steffa, ich sehe Deine gütigen, schönen Augen und spüre Deinen sanften Tadel. Es hat mich zutiefst erschüttert, dass derselbe Mann, der mir verboten hatte, ein Kind zu bekommen, wie ein Vater sein konnte zu einem Jungen, der plötzlich auftauchte wie ein Regenschauer in der Nacht – ein Verbündeter derer, die Con ermordet hätten, hätten sie nur eine Chance dazu gehabt –, einem namenlosen Herumtreiber. Ja, ich weiß, ich sollte großzügiger und nachsichtiger sein – glaub mir, ich verabscheue mich für meine entsetzliche Selbstsucht –, aber ich *halte es nicht mehr aus*, so sehr ich mich auch bemühe. Ich bin soweit, dass ich den bloßen Anblick dieses armen, unseligen Kindes nicht mehr ertrage, das wie eine Spinne kommt und geht und geht und kommt. Wenn ich ihn sehe, muss ich an all das denken, was mir verwehrt bleibt. Er erscheint mir im Traum. Er ist immer da, wohin ich mich auch wende. Beim Essen, beim Baden sehe ich ihn plötzlich vor mir, als sei er aus dem Fußboden emporgekommen. Hinter jedem Astloch in der Wand spüre ich seine Augen.

Gestern Abend hatten wir einen heftigen Streit, C und ich. Schreckliche Dinge wurden gesagt. Ich habe ihm erklärt, dass das Kind auf der Stelle verschwinden müsse. Er hat barsch erwidert, das komme gar nicht in Frage, hat sich lustig gemacht über meinen Wunsch und mich dafür getadelt. Ich schlug vor, Con solle ihm eine Anstellung in einer der Minen suchen oder als Lehrling bei einem Kaufmann in der Stadt. Doch meine Vorschläge ernteten nur blanken Hass. Dann solle ich doch lieber *selbst* das Haus verlassen. Warum ich nicht einfach verschwinden könne? Ob ich nicht wisse, wie sehr er mich verabscheue? Den Klang meiner Stimme. Meine Hochnäsigkeit und meinen Dünkel. Eher werde er – Steffa, das hat er tatsächlich gesagt – eher werde er eine Frau in der Stadt aufsuchen, als mich jemals wieder wie ein Ehemann berühren. Diese und andere wüste Beschimpfungen hat er gebrüllt, bis ich schließlich vor seinen Flüchen aus dem Zimmer floh. Es ist eine zu schwere Bürde. Ich will sie nicht mehr tragen. Dazu lebe ich nicht auf dieser Welt.

Ich kann dich nicht bitten zu lügen, aber ich wäre Dir sehr dankbar, wenn Du Papa – zumindest für den Augenblick – noch nichts sagen würdest; wenigstens so lange, bis ich weiß, was ich tun soll und wie ich nach New York zurückkehren kann. Ich werde ihm in ein oder zwei Wochen selber schreiben, sobald ich mir sicherer bin, was ich sagen soll. Liebe Steffa, bete für Deine kleine Schwester. Das Leben ist ein zerbrechliches Gut.

Die Sonne ist aufgegangen. Bete für mich, Malinche. Und mehr noch für Con, ich flehe Dich an.

Deine Dich liebende, unglückliche Schwester,

L

47. Kapitel

Überwachung

Ein Fremder in der Stadt – Ein Feuer in Redemption, das lange brennt

❖

Donnerstag, 23. August 1866. Zweite Wache.

10.14 vormittags. O'Keeffe verließ Residenz und begab sich zum Amtsgebäude, in Bekleidung [sic!] des Jungen. Dort Treffen mit Mann, welcher als Captain James Fitzgibbon, United States Navy, identifiziert wurde, jedoch in Zivilkleidung. Junge mehrfach in Bürofenster gesichtet.

11.35. Verließen Büro und begaben sich zu John Gradys Schanklokal, in Bekleidung [sic!] von Jungen und Hund. Fitzgibbons Absichten ungeklärt. Ist seit etwa einer Woche in der Stadt. Gerüchte von Geheimlieferung? Trafen sich im Gasthaus mit Patrick Vinson und anderen dubiosen Gesellen. Vinson brach einen Streit wegen ausstehendem Lohn vom Zaun.

Beobachter II merkt an: Um fünf Minuten vor Mittag fuhren drei Wagen bei der Residenz vor, jeder gelenkt von einem maskierten Kutscher. Einer bezog mit gezogener Pistole Posten am südlichen Ende der Gasse und verweigerte jedermann den Zutritt. Seine Kumpane betraten das Haus und holten in großer Eile zahlreiche Einrichtungsstücke, Bücher, eine Kamera mit Stativ etc. hervor und luden sie auf die Wagen, unter Anleitung von LCO'K. Kurz darauf erschien Marshal J. Calhoun und stellte den Wachtposten zur Rede. Riss ihm das Tuch vom Gesicht. Der Mann war Chinese. Sagte, die Frau des Gouverneurs habe ihn angestellt.

Calhoun betrat das Haus. Verließ es vier Minuten später wieder und lief zum Gerichtsgebäude. Um einundzwanzig Minuten nach Mittag trat LCO'K aus dem Haus, weinend. Gefolgt von der Negerin, welche sie anflehte, nicht zu gehen. LCO'K bestieg den zweiten der beiden Wagen. Alle drei fuhren rasch in Richtung Süden davon.

Zielperson verließ das Amtsgebäude erst wieder um zehn Minuten nach vier. Sichtlich angetrunken. Es folgte außerordentliche Szene. In den nächsten zweieinhalb Stunden schleppte er unter der Mithilfe des Jungen eine große Menge Hausrat und anderer Gegenstände ins Freie – Bücher, Möbelstücke, Damengarderobe, Hutschachteln –, warf alles hinter dem Haus auf einen großen Haufen und zündete es an, nachdem er es noch mit einer Flasche Lampenöl übergossen hatte. Ein großes Gemälde, die Darstellung eines Wilden, welche LCO'K mitgebracht hatte, zerschlug er mit einer Spaltaxt und warf es ebenfalls in die Flammen. Calhoun erschien und wollte ihn aufhalten. Doch er ließ sich nicht aufhalten. Während ich dies schreibe, lodern die Flammen noch immer.

48. Kapitel

Und hier ein Ring, ein güldner Ring, darin ein Edelstein. Zum Wald von Silverton ihn bring, und sollst alleine sein

Ein tapferer Priester – Eine Begegnung mit Banditen – Der Verräter Patrick Vinson – Ein Plan, nach Kanada zu gehen

❖

In der Nacht des 26. August 1866 wird Pater Jeremiah O'Reilly von drei Besuchern in seiner Blockhütte geweckt. Er wird gefesselt, man zieht ihm eine Kapuze über den Kopf, und die Männer nehmen ihn mit. Der Ritt dauert an die zwei Stunden.

Auf einer Lichtung wird ihm die Kapuze abgenommen. Rundum dichter Kiefernwald. Im Mondlicht sieht er eine Versammlung schwer bewaffneter Guerillas. Zwischen zwei Wacholderbüschen eine Flagge der Konföderierten. Jemand klimpert auf der Gitarre.

Ihm werde nichts geschehen, versichert einer der Maskierten ihm. Er wird für ein Werk Gottes gebraucht. Zur Entschuldigung bietet man ihm zu essen und zu trinken an – ein klein wenig Wein, nur zur Verdauung. Im Lager darf er sich frei bewegen, doch er soll sich nicht zu weit entfernen. Man bittet ihn noch um ein Weilchen Geduld.

Er sieht sich ein wenig im Lager um, spricht mit jedem, der ihn grüßt. Einige der Männer wollen beten. Er redet mit ihnen in sanften, leisen Tönen und spürt, dass die fromme Stimmung unter den Sternen auch seine eigene Angst vertreibt. Er stellt keine Fragen. Es liegt auf der Hand, was für Männer das sind. Für einen Gottesmann gibt es keine Unberührbaren. Jeder Sünder ist das Kind einer Mutter.

Aus dem Zelt kommt ihr Anführer, ein Mann von etwa dreißig Jahren. Die Augen sind von einem auffälligen Porzellanblau. Er ist Katholik und möchte die Beichte ablegen. Er kniet nieder und bittet Gott um Vergebung, denn seine Sünden sind zahlreich und schwer. In Kriegszeiten tut man schlimme Dinge, und nicht immer hat er vorher sein Gewissen befragt. Er versteht sich als Soldat, obwohl die

Leute ihn einen Mörder nennen. Er wollte nie ein Mörder sein, und wenn er einer ist, dann bedauert er das.

Dann tritt ein gespenstisches Mädchen in Männerkleidern aus dem Zelt. Sie ist bleich, sieht krank aus. Sie erwartet ein Kind, beichtet sie dem Priester. Er erteilt ihr Generalabsolution, denn sie kann sich nicht mehr an all ihre Sünden erinnern. Eine davon war, dass sie zu Wodu-Göttern gebetet hat. Sie hat ein sündhaftes Leben geführt.

Die Wege des Herrn sind unerforschlich, sagt sich der Priester. Es ist nicht weise, den göttlichen Ratschluss in Frage zu stellen. Glücklich die Nacht, in welcher zwei reumütige Seelen ins Reich dessen zurückgeführt werden, der am Kreuze blutete.

Um einen weiteren Dienst bitten sie ihn noch. Er schreckt zurück. Es ist unmöglich, sagt er. So etwas lässt sich nicht ohne die notwendige Vorbereitung tun. Es gibt Regeln, Vorschriften: eine Frage des kanonischen Rechts. Pater O'Reilly wird zu verstehen gegeben, dass man in diesem Falle auf die päpstlichen Vorschriften keine Rücksicht nehmen könne.

Die Ehe, zwischen Eliza Mooney und Cole John McLaurenson wird geschlossen, von einem Priester, dem man eine Pistole an die Schläfe drückt. Kein Kind eines McLaurenson soll als Bastard auf die Welt kommen. Ihr Kind wird im Schutz seines Namens stehen.

Nicht leicht, unter solchen Umständen die Formeln zu sprechen, doch ihm wird, mehrfach und in eindeutigen Worten, klar gemacht, dass diese beiden verheiratet sein werden, bevor die Sonne aufgeht. Als er die Braut fragt, ob sie diesen Mann zu ihrem Ehemann nehmen will, antwortet sie mit fester, ruhiger Stimme: Ja, sie will. Ganz bestimmt, versichert sie. Niemand hat sie gezwungen. Es geht sogar auf ihren eigenen Wunsch zurück. Das ist man ihr schuldig für ein schweres Vergehen, das man ihr angetan hat. Diese Ehe hat sie gefordert. Der Vater des Kindes könne ein Blutsverwandter des Bräutigams gewesen sein. Er sei inzwischen verstorben, schwören die beiden. Als Ehering bekommt sie eine Münze, in die ein Loch hineingeschossen ist. Sie streift ihn sich über den gefetteten Finger.

Der Priester wird zu seiner Blockhütte bei New Lochaber zurückgebracht und bekommt siebenhundert Yankeedollar, eine Spende für seine Arbeit bei den Coeur d'Alènes, sowie zum Abschluss die Warnung, dass man, wenn er auch nur mit einem einzigen Atemzug versucht, die Ehe für ungültig zu erklären, seinen Kopf nicht zum Begräbnis finden wird. Ihm wird eingeschärft, in seinem heiligen Buch zu vermerken, dass das Ritual vollzogen wurde, mit Namen, Datum und den Namen der Zeugen, und er muss dieses Papier bei den notwendigen Stellen registrieren lassen und darf seinen Inhalt nie, niemals bestreiten. Es wird nicht die einzige Hochzeit mit vorgehaltener Pistole sein, die er vollzieht, doch, geht ihm oft durch den Kopf, die einzige, bei welcher der Bräutigam die Waffe hielt.

Das Kirchenbuch verzeichnet nur die spröden Fakten. *Eliza Mooney, unverheiratet. C. J. McLaurenson, Kleinbauer, Tennessee.* Nur ein einziger, allerdings aufschlussreicher Zusatz findet sich: »Einzige Tochter von Mary Mooney, aus Connemara, Irland; verschollen, vermutlich verstorben, in Louisiana.«

Eliza McLaurenson und ihr gesetzloser Gatte ziehen sich in getrennte Zelte zurück. Sie gehören nun zusammen, das haben sie beschlossen, doch da es keine Zuneigung zwischen ihnen gibt, wird sie nicht zu ihren ehelichen Pflichten gezwungen werden. Und damit dieses Versprechen auch gehalten wird, ist es besser, wenn sie sich getrennt zur Ruhe begeben. Wenn ein Mann neben einer Frau erwacht, sagt ihr Ehemann, können Natur und Einsamkeit sich im Dunkel gegen ihn verschwören. Sechs lange Jahre sei es her, seit er mit einem Mädchen zusammen war. Vielleicht werde die Versuchung zu groß für ihn.

»Ich habe meine Begierden«, sagt er. »Der Teufel ist überall. Wenn ich dir erzählen würde, was mir jeden Tag durch den Kopf geht, dann würdest du denken, ich bin der Leibhaftige in Person.«

»Ich habe das Böse gesehen«, sagt sie. »Es scheint, dass die ganze Welt böse ist.«

»Aber ich habe wohl mehr davon als die meisten.«

Sie will diese Geständnisse nicht hören; doch er scheint fest entschlossen, und so hört sie zu. Es wird immer Männer geben, die glauben, du wollest wissen, was sie Schlimmes getan haben, gerade dann wenn sie für deine Zeit bezahlt haben. Sie glauben, du bist froh, wenn du nur zuhören musst, aber manchmal ist es leichter, dich für sie hinzulegen.

»Ich war schon einmal verheiratet … sie war aus Irland, genau wie ich … Ihre Leute waren aus Donegal. Kein Tropfen Yankeeblut in ihr.

Gut und rein. Doch dann war ich schlecht zu meiner Frau. Habe ein Freudenmädchen besucht, in Clarksville, in einem ›Haus‹ da. Ich war sechzehn. Dachte, auf die Schönheit kommt es an. Aber da kommt es nicht drauf an. Es kommt darauf an, mit wem man sich einlässt. Und ich glaube, es war meine gerechte Strafe, dass meine Frau mir genommen wurde. Noch keine zwei Jahre waren wir verheiratet, da hat eine Schlange sie gebissen, und sie ist gestorben. Eine Mokassinotter im Fluss, wo sie sonst nie beißen. Sie hat sich die Haare gewaschen. Und dann lag sie tot im Wasser. Und unser Kind hatte sie im Bauch, hat der Doktor mir gesagt. Und das geschieht, wenn ein Mann seinen Schwur bricht. Dann kommt das göttliche Gericht über ihn.«

»Warum erzählst du mir das? Ich will es nicht hören.«

»Willst du vielleicht nicht hören, aber 's ist besser, wenn du's weißt. Keiner wird dir je etwas tun – oder dem Kind in dir. Das habe ich dir bei meinem Blut geschworen. Merk dir das, Mädchen. Egal was du willst, so und nicht anders ist es.«

»Ich hab's dir schon gesagt. Ich will nur noch eins.«

»In Mexiko wär's wärmer.«

»Wir gehen nicht nach Mexiko.«

»Dieser Bruder von dir ... Weißt du, wo der ist?«

»Wenn ich das wüsste, hätte ich's gesagt. Kanada, mehr weiß ich nicht. Und das ist auch nur geraten.«

»Kanada ist so groß wie der Mond.«

»Er ist mein Bruder«, sagt sie. »Sonst ist niemand mehr da.«

»Will er, dass du ihn findest?«

»Was ist denn das für eine Frage?«

»Dann bist du also entschlossen. Und wenn du entschlossen bist, wirst du ihn finden. Ich hab hier noch ein Hühnchen zu rupfen, ein paar Sachen zu erledigen. Dann nach Kanada, ein halbes Jahr oder so, klingt nicht schlecht. Da gibt's Leute oben in Québec, die schulden mir Geld.«

Sie liegt auf ihrem Strohsack und blickt durch einen Riss in der Leinwand hinauf zu den Sternen. Eine seltsame Hochzeitsnacht für Eliza. Sie denkt an ihre Mutter. Miss Havisham im brennenden Hochzeitskleid.

Um drei Stunden vor Sonnenaufgang wird das Lager geweckt. Sie reiten in aller Eile davon, ein paar von ihnen nur halb angezogen. Die Braut im Walde sieht, dass die meisten von ihnen keine Ahnung haben, was vorgeht. Sie selbst weiß es ebenso wenig. Doch sie folgt ihnen.

Ein neuer Mann ist zu der Truppe gestoßen – ebenfalls Ire, nimmt sie an. Sie nennen ihn Patrick Vinson. Er wirkt kalt und angespannt. Plötzliche Geräusche lassen ihn zusammenfahren. Und sie hat den Eindruck, manche unter den Männern mögen Patrick Vinson nicht. Hinter seinem Rücken wird gemunkelt.

Einem Überläufer kann man nicht trauen. *Jetzt mal halblang, der ist schon in Ordnung.* Wenn ein Mann seine Freunde verrät, dann verrät er auch uns. *Cole weiß doch, was er tut.* Teufel nochmal, das will ich hoffen. *Einem Verräter würde ich so weit über den Weg trauen, wie eine Ratte spucken kann. Mehr ist er doch nicht. Ein Ungeziefer.*

Am Poulanassy Cross machen sie eine Pause, damit die Pferde verschnaufen und ein paar von den Männern sich in die Büsche schlagen können. Morgenröte auf dem Gallows Mountain. Eine Mondsichel wie ein abgebrochener Fingernagel. Sie sieht, wie Vinson etwas aus der Manteltasche holt und zwischen die Steine am Straßenrand wirft. Neugierig steigt sie ab und hebt es auf. Es ist ein Stern aus Blech, schwer verkratzt und verbogen. Der Stern eines Hilfssheriffs.

Und weiter geht es, zum Band des Missouri hin, der nun in dem geröllübersäten Tal unter ihnen schimmert. Ein schmaler Bach schlängelt sich hinunter zu den Stromschnellen. Selbst von hier oben sieht man die weiße Gischtwolke. Wohin reiten sie? Zu welcher Gewalttat sind sie unterwegs? Die Pferde schnauben erschöpft.

Ihr Mann fordert sie auf, zwei erlegte Kaninchen zum Frühstück zu braten, für ihn und den Verräter Patrick Vinson. Sie sieht zu, wie die anderen die Eichen am Ufer fällen und in den Fluss werfen. Sie arbeiten schnell, tüchtig, in kleinen, gut aufeinander abgestimmten Mannschaften: Zwei an der Säge, ein dritter schwingt den Vorschlaghammer, ein weiterer bedient den Flaschenzug. Als sie richtig in Fahrt kommen, beginnen sie zu singen, aber sie bekommen es verboten. Um acht Uhr morgens ist der Fluss verbarrikadiert. Nicht einmal ein Kanu käme mehr durch.

Die Sumpfhühner schnattern aufgeregt. Ein Wolf streicht oben über die Kante der Klippe. Die nass geschwitzten, schweigenden Männer.

»Ihr Jungs habt gute Arbeit geleistet«, sagt ihr Mann. »Kein einziger Drückeberger in der Mannschaft. Heute erteilen wir den Yankees eine ordentliche Lektion. Eine Lektion, die sie so schnell nicht vergessen werden. Ich erwarte von jedem Einzelnen von euch, dass er es ehrenhaft macht. Mut allein reicht nicht. So, jetzt wisst ihr, wie ich dazu stehe. Neunundneunzigeinhalb reicht nicht. Wir sind Soldaten der Konföderierten Staaten von Amerika. Nichts darf unser Patriotenblut entehren. Vergesst das heute nicht und seid eurer Sache treu. Und jetzt, meine Herren, würden Sie mir wohl die Ehre erweisen und einen Augenblick mit mir niederknieen? Und ich möchte, dass wir alle dabei die Hand heben.

Herr der Schlachten, Gott, durch dessen Kraft und Ratschluss allein wir leben und bestehen, wir haben uns heute hier versammelt zu Ehren Deiner Schöpfung. Aus vielerlei Gegend dieser finsteren Republik sind wir zusammengekommen, berufen zum rechtschaffenen Werk. Wir bitten um Gnade für den Feind, welcher am heutigen Tage vor Dein Antlitz treten wird, wir bitten für uns um die Gabe Deines göttlichen Muts, und Dir sei Lob auf unseren Lippen allezeit. Möge kein Einziger von uns sich zu Plünderung erniedrigen, möge keiner seinen Eltern, seiner Heimat zur Schande gereichen. Wenn wir straucheln, gib uns Kraft. Wenn wir fallen, hebe uns auf. Lass deine Rache mächtig doch rasch sein. Männer – Patrioten – frei Geborene des Südens: Hier an dieser Stelle beginnt das Ende der Schreckensherrschaft – der satanischen Schande, Vereinigte Staaten genannt. Seid ihr bereit zur Versammlung am Fluss?«

Beifälliges Murmeln.

»*Seid ihr bereit zur Versammlung am Fluss?*«

»Hurrraa! … Zu Befehl, Sir! … Fontenoy! … *Faugh-a-balla!*«

»Dann lasst mich ein Amen hören, Jungs.«

»Amen. Amen!«

»War da auch ein Ehre sei Gott?«

»Ehre sei Gott in der Höhe!«

»Gibt's denn niemanden hier, der einen ordentlichen Kriegsruf zustandebringt?«

Der Rebellenruf ertönt, als sie sich alle wieder erheben. Der hohe, schneidende Ton, wie eine Totenklage aus Connemara. Der Anführer reckt die Faust in die Höhe, und rundum ertönen Yippie und Hurra.

»Die Zeit ist gekommen, den Büffel zu jagen«, verkündet er.

Vinson neben ihm bekreuzigt sich, er sieht grau und kraftlos aus. Seine ganze Gestalt verrät die Einsamkeit des Überläufers. Manchmal blickt er sie an, als ob er sie von irgendwoher kennt. Aber sie wendet den Blick ab.

Man kann einem Judas nicht in die Augen blicken. Mamo hat gesagt, das ist schlechtes Wodu.

49. Kapitel

Der Überfall des konföderierten Banditen Cole John McLaurenson auf den geheimen US-Dampfer William H. Harrison nahe Fort Cody, Mountain Territory, im Jahre 1866
oder
Das Lied von den einsamen Eichen

❖

»Opa, da am Weg«, der Kleine frägt, »am Weg da am Whippoorwill Creek,
Da gibt's, sagt Mama einen Ort, wo sogar sie's mit der Angst zu tun kriegt.«
Nun, spricht der Alte und lächelt verhalten, obwohl grimmig genug er schaut,
Also das war, sechsundsechzig das Jahr, als die Großmutter war meine Braut.

Das war, als wir schlurften, ein paar von uns Burschen, zum Bier im Broken Bone Saloon,
Und es kommt durch die Tür, das Gewehr im Visier, der Marshal John Calhoun.
»Auf, Männer!«, so ruft er, » nach Liberty Falls, gebt euren Pferden die Sporen!
Und seht, was dort die Rebellen getan, das prächtige Dampfschiff verloren!«

Rasch ritten wir los auf der Sullivan Road, es ging über Stock, über Stein,
Denn McLaurensons Bande, die jeder hier kannte, die mussten's gewesen sein.

Die Gauner, die fällten in Ole Muddys Wellen wohl sechzig mächtige
Eichen,
Und das goldschwere Schiff schickten sie übers Riff und gingen
dabei über Leichen.

Dem Lotsen Tom Hanley macht die Kugel ein Ende, das Steuerrad
starrte vom Blei,
Das Schiff trieb hinaus und sank mit Mann und Maus, den Ganoven
war's einerlei.
An den Schnellen zerschellt, wo der Schrei heut noch gellt, in den
Abgrund die *Harrsion* geht,
Über Liberty Falls in den Whippoorwill Creek, wo der Plünderer
Bande steht.

Dort stirbt, wer noch lebt, und ganz ohne Gebet, durch McLaurensons
meuchelnde Mannen,
Und als Ströme von Blut färbten dunkel die Flut, schon eilt mit dem
Gold er von dannen.
Als er ritt von dem Fluss, brüllte er zum Abschiedsgruß an die Toten
in schäumender Welle:
*»Lass scheitern die Schiffe der Yankees, Gott, stürz hinab sie in die Tiefen der
Hölle!«*

Ingelmann, Connolly, Livingston, Cox: Habt Mitleid mit ihren
Frauen.
Phelan, O'Donnell, McTaggart, Mc Neil und Colclough in Todes
Klauen.
Die Brüder Dinneen, John Hall, einst ein Sklav', James Fitzgibbon
der Käpt'n war,
Und das Unglück war just am sieben'zwanzigsten August, im acht-
zehnsechsundsechzigsten Jahr.

Für vierzehn Mann brach der letzte Tag an und sie hauchten ihr
Leben aus,
Und vierzehn Mütter, die weinten dann, denn sie kamen nie wieder
nach Haus.

Möge Gott die bestrafen, die so Grausames taten, das feige Verräterpack,
Denn sie stahlen den Schatz und entgingen der Hatz, und vom Schiff blieb nur noch das Wrack.

Und manche, die sagen, an manch Winterabend, wenn man reitet am Whippoorwill,
Wenn der Wind kräftig weht und das Wasser hoch steht, dann hört man die Schreie so schrill.
Kein Korn jemals spross, wo das Blut dereinst floss, wo die Toten des Schiffs sind begraben,
Nur vierzehn dürre Eichen recken Äste, die bleichen, wo vierzehn Geier ihre Nester haben.

VIII. TEIL

Der Landvermesser

Erin auf dem Esel:
Ein irischer Offizier mit seinem Streitross
Druck, aufgehängt im Büro von John Knox Trevanion,
Zeitungsredakteur, Redemption Falls

Diese abscheuliche keltische Schlange … und seine Bande lallender Höhlenbewohner haben aus der Stadt eine Hauptstadt der Trunksucht, der Verderbtheit und des Schmutzes gemacht. Er ist keiner Sache treu außer seinem eigenen krankhaften Ehrgeiz. Seine Flagge ist die Dollarnote, sein Wappen die Whiskyflasche. Kein Raubzug, ob groß oder klein, wird in diesem Territorium verübt, ohne dass der Despot davon seinen Tribut erhält. Er rühmt sich der Liebe zur Union, spricht von »Respekt« vor dem Süden, von »Vergebung« für dessen Bewunderer – doch wir, wir schämen uns nicht, wir sind STOLZ. Er würde die Ufer des Missouri von hier bis St. Louis mit gekreuzigten Niggern säumen, wenn er glaubte, das könne ihn an der Macht halten. Wir haben vor kurzem einen Krieg zu Ende gebracht. Wollen Sie einen neuen beginnen? … Beherzigen Sie unsere Warnung, Sir, denn wir werden Sie nicht noch einmal warnen. Es ist Zeit, dass seine Person aus dem Territorium entfernt wird, sonst wird Ihr Gewissen, nicht unseres, mit den Konsequenzen zu leben haben. Man sieht sich immer wieder gern einen irischen Jig an. Besonders wenn der Tänzer an einem Ast baumelt.

Es grüßen Sie, Sir,
die Hüter der Ordnung.

❖

Anonymer Brief über O'Keeffe,
an Präsident Johnson gesandt im September 1866

50. Kapitel

Einige erhaltene Tagebuchblätter

»VON CAPTAIN A. M. W.«*

❖

Zimmer IX, Hotel Freundschaft, Redemption Falls.
31. Oktober: Halloween 1866.
Vierzehn Minuten vor Mitternacht.
Dritte Nacht

Eben bin ich von meinem ersten Besuch beim Gouverneur zurückgekehrt – ein Irländer nicht nur von Geburt, sondern auch in gewissen bedauerlichen Angewohnheiten. Die Nacht ist außerordentlich kalt – minus 14 Grad, weit unter dem Mittelwert für diese Jahreszeit, doch der Wind, den sie hier den »Schneefresser« nennen, weht von Westen, und vielleicht setzt am Morgen Tauwetter ein. Es heißt, ein Tornado komme von Alberta herab. Die Indianer erzählen dummes Zeug über ihre Vorfahren.

Die verwitwete Besitzerin dieses Etablissements, eine grobschlächtige Walküre, läuft durch das Haus und nagelt die Fensterläden fest. Unter mir, im Saloon, singt ein Bergarbeiter ungehobelte Lieder: Serenaden an die Schnapsflasche und den Banditen Johnny Thunders. Ein verstimmtes Banjo pocht wie ein Abszess. Ich würde meine Mutter erwürgen, nur damit es aufhört.

Ich fürchte, ich bin krank. Die Dachschindeln klappern. Nächtens hört man ein Geschöpf auf dem Dachboden über mir; ich spüre das Scharren seiner Pfoten auf den Brettern. Rund um mich her stöhnt

* Verfasst auf einem Notizblock Millimeterpapier mit dem Wasserzeichen des U.S.-Kartographiekorps. Dies sind die einzigen erhaltenen Seiten eines ursprünglich vielleicht weitaus umfangreicheren Dokuments. Es sollte am Weihnachtsmorgen des Jahres 1866 aus Wintertons Zimmer im Hotel Freundschaft gestohlen werden (vielleicht von Frieda Perlmann, einer Prostituierten, mit der er einen Großteil der Nacht verbracht hatte) und fand sich später auf einem Abfallhaufen in der Stadt.

und seufzt dieses Bauwerk im Wind, ächzt unter seinem Ansturm, jammert, schaudert, ein Schiff, über das die stürmische See hinwegwogt. Die Flamme meiner Laterne zuckt mit jedem Donnern der Fensterläden, bei jedem fernen Hammerschlag der Witwe.

Abstrus, pechschwarz sind die Lieder dieser Bergleute. Die Flöze, in denen der Mensch nach Zerstreuung gräbt.

Was soll, sprach's Kind, mein Name sein?
Guter Herr, so sagt es mir;
Dein Name sei »Bleibst immer allein«,
Denn das versprech ich dir.

Seit ich fiebere, sind meine Träume makaber wie die eines Einsiedlers. Vergangene Nacht hatte ich einen Albtraum, in welchem dies Zimmer von tosenden Wassern überflutet war, sodass ich in meiner Koje hoch oben unter der Decke trieb. Entsetzt schrie ich auf, doch die Stimme war nicht die meine, es war der Todesschrei eines konföderierten Kavalleristen, den ich mit aufgeschlitztem Bauch in Chickamauga gesehen hatte. Als Nächstes saß ich rittlings auf einem Balken dieser überfluteten Dachkammer, stürzte über die Kante und die Niagarafälle hinab, in die sich die Straße draußen verwandelt hatte. Immer weiter ging es, bald aufrecht, bald kieloben, wir ritten durch die Gischt wie ein Boot ohne Mast. Umgeben waren wir von gewaltigen Bergen, doch wenn ich sie ansah, war es, als würden sie zu mächtigen Wellen, zu Brechern so hoch wie die Alpen. Im Norden sah ich das gnadenlose Auge der Sonne. Eine Stimme schrie: *Töte mich, Bruder!*

Ach Vater, sprich von Irland fern,
Ich hör's doch gar so gern.

Es gibt Bäume hier im Territorium, die sind tausend Jahre alt. Als Chaucer noch in Windeln lag, ächzten sie schon. Der Sturm pfeift durch die elenden Hütten, über die ausgefahrenen Wege, pfeift in Zelten und Blockhäusern, in den Minenschächten, den verlassenen Stellungen, vom Lewis-und-Clark-Pass bis zum Teufelssee, und überall versinken die armseligen Werke der Menschen in Staub und Schnee.

Der beißend gelbe Gestank in den Straßen raubt einem den Atem. Die Segnungen der Kanalisation sind unbekannt hier.

Ich glaube, auf dem ganzen gewaltigen Kontinent Nordamerika gibt es keine gottverlassenere, sturmgepeitschtere Einöde als diese. Das Tal des Todes wäre ein Pariser Garten im Vergleich, die Eiswüste Alaskas ein Vergnügungspalast. Es existiert nur eine einzige Beschreibung dieser Gegend, und sie blieb unvollendet; sie ist das Werk – heißt es – eines piemontesischen Jesuiten, der heraus in die Prärie kam, um die Eingeborenen zu bekehren. Ein Trapper fand ein halbes Jahr später sein Knochengerüst, an einen Baum gefesselt, und das Manunskript steckte ihm zwischen den Rippen. Die Epistel kam (natürlich) binnen Monatsfrist heraus, entsetzlich unredigiert & in unzähligen Raubdrucken. Es ist grausiges Zeug, aufgeblasen, ein einziges Geplapper, eine Orgie von Adjektiven. Vielleicht waren die Mörder Literaturkritiker.

> *Ehrfurchtgebietende MAJETÄT, diese Felskathedralen, die Kaskaden, wie sie in die Tiefe stürzen, diamantne Regenbogen, donnernde Katarakte, als gehe das himmelblaue Firmament selbst hernieder. Öffne deine Augen, Reisender!, und wisse, dass du STAUB bist! Welch erhabene Landschaft. Psalmengesang der Mutter Natur! Hosianna der ÜBERWÄLTIGENDEN GNADE des Schöpfers!*

Der arme Reverend Punchinello, wenn es ihn je gab. Denn in diesem Punkt, muss ich sagen, hege ich sämtliche Bedenken eines zweifelnden Thomas. Zeig mir die Wunden, mein Freund, zeig mir die Wunden, und wenn nicht, dann stecke deine Ausrufezeichen zurück in die Scheide. Andererseits, vielleicht gab es ihn ja doch. Den glücklosen Jünger Loyolas. Wenn sein Heiliger von irgendwo dort oben herabblickt, dann hoffe ich, dass Frömmigkeit ihn über die entgangenen Tantiemen hinwegtrösten wird, *in saecula saeculorum, Amen.*

Ich kann nicht leugnen, dass seine Worte wahr sind – oder einige davon – mehr Sorgfalt, Quasimodo! –, doch zum Gefallen an solch veritabler Wildnis habe ich einfach kein Talent. Die Schönheit dieser Landschaft ist erschöpfend, ihr Maßstab zu heroisch, ihre Formen zu ungleichmäßig für einen Bewunderer unserer amerikanischen Schachbrettstädte, wo sich selbst der staunende Einwanderer, die Knie noch weich von der Überfahrt, sofort zurechtfindet. Ich bin ohnehin der Ansicht, man sollte das Wort »Landschaft« ausschließlich als Bezeichnung für Gemälde verwenden. Jedenfalls ist es eindeutig kein Begriff der Kartographie.

Ich habe mir sagen lassen, im Sommer traktiert die Sonne diese Gegend wie ein Dampfhammer; Tiere verdursten, Menschen erblicken Visionen im Delirium; doch bei einer Durchschnittstemperatur von 30° – das lässt sich nach den wenigen Aufzeichnungen schätzen – fragt man sich doch, ob es wirklich so schlimm sein kann. Heute, wo eine dünne Eisschicht den kleinen See überzieht, mit dem Wimmern des Winds in den Weiden, mag man, zumindest ich, solche Geschichten kaum glauben. Ich stelle mir vor, sie werden erzählt, um Fremde abzuschrecken, denn das tun die Hiesigen, wie alle Kolonisten, gern. Es macht ihnen Freude, den Außenstehenden zu beunruhigen. Oder vielleicht schweißt es sie auch besser zusammen, denn schließlich sind sie selbst Außenstehende und werden es immer bleiben, selbst wenn sie hundert Jahre hier lebten und jeden Stein mit Papis Namen brandmarkten. Sie sehen uns gern tanzen in ihrem Höllenkreis. Na, schlimm ist es nicht: Quasimodo kann ein wenig tanzen.

Und in vielen dieser Erzählungen kehrt ein und derselbe Held wieder. Der Gouverneur »trinkt Blut«. Er »hatte eine Frau, eine Wilde« in Tasmanien. Ein »Houngan«, ein Priester des Wodukults, brachte ihm in Louisiana bei, wie man die Toten aus ihren Gräbern heraufbeschwört. Er ist ein Haschischesser. Wenn er mit dem Vieh in Berührung kommt, wird es krank. Er ist der »Große Zyklop« einer Sekte von kapuzentragenden Aposteln, welche auf dem Galgenberg zusammenkommt, um dort »die schwarze Messe« zu feiern. Bändeweise Schauergeschichten hat der Gouverneur inspiriert: Der größte Hexenmeister von ganz Wexford!

Verflucht sei dieser gepeinigte Leib; was wünsche ich mir, ich könnte ihm entfliehen. Die Darmkrämpfe, die mich in San Francisco peinigten, sind zurückgekehrt, hier in diesem Reich der Steine. Meine Schläfen glühen. Die *Fingernägel* pochen. (Kann das sein, oder ist es eine weitere Halluzination?) Es kommt mir vor, als rinne mir selbst aus den Augäpfeln der Schweiß. Ich kann mich kaum noch unten auf der Straße zeigen, so stark ist die Transpiration. *La veuve* rät mir, einen Schluck Wasser zu nehmen, doch wenn ich es versuche, schmeckt es widerwärtig, wie flüssiger Pulverdampf oder ausgewrungene Spüllappen. Der Schmerz in der Stirnhöhle, er beißt und brennt; der Durst lässt sich nicht löschen. Habe das Fiebermittel getrunken, das mir der Stellmacher verkauft hat. Wenig Wirkung. Wahrscheinlich Betrug. Zweifellos könnte eine hiesige Hexe mir etwas zusammenbrauen. Die Witwe spricht oft von heilkräftigen Kräutern; wäre in früheren Zeiten selbst eine Kandidatin für den Scheiterhaufen gewesen. Sie hat, glaube ich, eine gewisse Zuneigung zu meiner Person gefasst & lächelt oft (jedenfalls nehme ich an, dass es ein Lächeln ist) wohlwollend (ich denke, dass es Wohlwollen ist), wenn ich durch ihre düsteren Gänge schlurfe. Es ist unglaublich: Wie manche Frauen einen hässlichen Mann bewundern. Ach Gott, könnte ich doch zurück in die Öde der Ostküste, wo die Wege gerade sind und die Witwen warzenlos.

Hier bibbern wir heute nacht, in den Schluchten, durch die der Eiswind fegt, umgeben von Bergfestungen, deren kolossale Spitzen in den Unwetterwolken verschwinden. Manche der höheren Gipfel sind noch nie bestiegen worden. Auf die meisten, selbst auf die niedrigeren, führt kein Pfad, der wegsam genug auch nur für den leichtfüßigsten Maulesel wäre. Ich weiß nicht, wie man sie jemals triangulieren, sie je korrekt vermessen soll. Doch eine Lösung muss und wird dafür gefunden werden.

> *Wenn, wie vor Urzeiten, lange bevor das Christentum die heidnische Welt mit der Leuchte des Glaubens erhellte, diese Felsen auch nur einen Zollweit vorrückten, wären alle Spuren menschlicher Begegnung mit diesen unergründlichen Weiten verwischt, festgehalten nur in der Erinnerung der Geister.*

Und eine schöne Erinnerung wäre das. Als ob Geister sich an etwas erinnern. Wenn man solche Ergüsse liest, könnte man glauben, es habe die Aufklärung nie gegeben. Ach wackerer Mercator, für dich wäre es grässlich hier draußen; du fändest es furchtbar, was dieses

Land mit denen *macht*, die es beschreiben. Wandert man allerdings eine Wegstunde und für sich allein durch diese Gegend, dann begreift man, warum jede Beschreibung zum Gemeinplatz zerrinnt. Land ist wie Musik, denn es ist immer nur es selbst. Wenn wir überhaupt davon sprechen können, dann nur in der Übertragung: Dafür haben wir die Dichter und auch, könnte man sagen, die Landkarten. Diese Berggegend ist eine Fuge der Verzweiflung und der Zerrissenheit. Doch ich werde Bach daraus machen ...*

... Heute machte ich in den unwegsamen Hügeln im Westen des Arroyo de Maria halt, um meine Kalebasse zu füllen und einige Kalkulationen in meinem Notizbuch zu korrigieren, und da sah ich im Wasser zwischen den Korbweiden einen seltsam geformten Fisch mit silbernen und scharlachroten Schuppen, der zu keiner Art gehörte, die ich mit meinen bescheidenen Biologiekenntnissen hätte bezeichnen können. Sein kleines, graziles Ballett im seichten Wasser verzauberte mich, und ich setzte mich auf einen Stein und versuchte ihn zu zeichnen. So still war die Szene, so lautlos das Land, dass man sich vorstellte, man könne selbst die winzigen Perlen der Luftblasen hören, wie sie im leisen Strömen aufstiegen und zerplatzten.

Was für eine Narretei. Gestattete meinen Gedanken zu ihr zu wandern. Unsere Zeit in New York. Einige Stunden, die wir miteinander umherzogen. Wie ein Schuljunge und seine erste Freundin bei einem armseligen kleinen Stelldichein und nicht das Geld für einen Platz im Trockenen. Merkwürdige Angewohnheit, nie meinen Namen laut zu sagen. Habe mich oft gefragt weswegen. Aber sie wollte es nicht. Vielleicht hätte sie es zu vertraulich gefunden.

Keine Spur der Gesuchten, seit ich am Montagnachmittag unter die Redemptionisten gekommen bin. Man spricht nicht einmal von ihr. Sie ist wie ein übler Geruch. Fragen nach ihr bleiben unbeantwortet, egal ob raffiniert oder geradeheraus. Sie verlässt nicht das Haus, sie erscheint nicht im Fenster. Nicht einmal in die Kirche geht meine Heilige.

Hatte gehofft, ich könne es so einrichten, dass ich sie nicht erschreckte; sie wissen lassen, dass ich angekommen war – vielleicht –

* Es folgt noch sehr viel mehr in dieser Art, doch im Grunde sagt es nicht mehr, als dass das Bergterritorium bergig ist.

glückseliger Gedanke – ein Treffen abseits aller neugierigen Blicke arrangieren; noch ein letztes Mal Gehör für Quasimodo erflehen. Ich konnte nicht mehr länger warten. Am Abend musste ich zur Residenz. Die Quelle plätscherte so friedlich, doch sanfter als ihr Lachen konnte sie nicht sein. Der Gedanke an ihre Lippen war wie ein Rausch.

Plötzlich ein Aufspritzen des Wassers – ja, eine unglaubliche Explosion! Ein mächtiger Adler, ein Prachtexemplar, war herabgetaucht und hielt den Fisch, der mir Modell gestanden hatte, in seinen Klauen und war schon wieder auf dem Weg in die Wolken, als ich noch prustete und staunte. Durchnässt ließ ich den Blick dem königlichen Tiere folgen, wie es zu einem fernen Gipfel aufstieg, sich bald mit kräftigem Flügelschlag vorantrieb, bald sich schräg im Windstrom treiben ließ, bis er und seine Beute nur noch winzig kleine Flecken in der Ferne waren und das Funkeln der Sonne auf den schneesilbernen Bergflanken meine Augen blendete. Was für ein Tod!, dachte ich, wenn man denn sterben muss. Doch dann erregte etwas anderes meine Aufmerksamkeit, und es war nicht weniger verblüffend.

Hoch oben auf der Kante einer Granitklippe, eine halbe Meile näher am Himmel, stieg von einem Horst eine purpurrote Rauchwolke auf. Ein winziger Mann war dort oben zu sehen: ein Mensch so groß wie eine Ameise. Ich sah sein Fernrohr blitzen, als er es auf mich richtete.

Was für Verstecke boten diese Schlünde, diese schwindelerregenden Canyons. Wenn man sich vorstellt, was das kalte Auge eines Adlers alles sieht! Banditen und ihre Beute. Deserteure aus dem Krieg. Bergbewohner, deren liebstes Frühstück die Leber eines erdrosselten Schwarzfußindianers ist.

Ich bin der Mann, der geht voran
Unter der Fahne grün,
Und laut und frei klingt unser Schrei:
Rache für Skibbereen.

Hier in der Kolonie sehen die Siedler wie Wilde aus: knorrig, missgünstig, verhärmt. Nicht alle sind schlecht; ja, die meisten wirken durchaus fleißig – aber nur die wenigsten Bewohner eines solchen elenden Vorpostens sind nicht vor der einen oder anderen Schandtat auf der Flucht. Ich will sie dafür nicht verurteilen. Und ich bin ja selbst nicht anders. Es ist das Recht eines jeden Amerikaners zu gehen, wohin er will. Seine Geschichte neu zu schreiben, wenn die Handlung der alten sich nicht so entwickelt, wie er sich das vorgestellt hat. Das sollte das Motto unserer Republik sein, nun wo sie neu ersteht: Grenzen können neu gezogen werden. Der Atlas ist niemals fertig. Viele Flecken erstrahlen noch immer im reinsten Weiß: Komm her, Pilger, und fülle mich aus.*

Preußen, Iren, Franzosen, Holländer: Ganz Europa ist hier, in armseliger Gestalt, zusammen mit Scharfschützen der Konföderierten, Dragonern der Union, arbeitslosen Aufsehern und freigelassenen Sklaven. Hökerweiber, Quacksalber, Zimmerleute, Kartenspieler; Chinesen, Goldgräber, Versicherungsvertreter. Keiner ist, wer er zu sein scheint. Jeder trägt eine Maske. Der Sklaventreiber ist jetzt Büchsenmacher, der säumige Schuldner ist Küster, der Frauenmörder verkauft Modewaren, der Bigamist lebt nun als Hagestolz. Der Schlachter, der beteuert, dass er immer schon für die Union gewesen sei, hat noch vor Freude getanzt, als Lincoln in die Grube fuhr. Die Fleischwaren in seinem Fenster legt er jeden Tag so aus, dass sie die blutigen Buchstaben »S. S. T.« ergeben – und viele, die vorüberkommen, werden die verborgene Bedeutung kennen.** Ja, jeder hier kennt ein Geheimnis. Selbst ihre Kinder scheinen angekränkelt von diesem Wissen. Sie blicken einen finster an, wenn man vorüberreitet, als habe man ihnen mit Gewalt die Unschuld ausgetrieben. Und der Gouverneur thront über diesem steinigen Lilliput, »oben in seinem Palast«, wie die Witwe sagt, verabscheut von beinahe jedem seiner

* Wintertons Sympathie für den Wunsch mancher Mitbürger »zu gehen wohin sie wollen« mag nicht zuletzt daraus erwachsen sein, dass er, als er dies Tagebuch verfasste, in New York Spielschulden in Höhe von fast zwanzigtausend Dollar zurückgelassen hatte.

** Ein seltsamer Satz. Die Initialen, die Winterton (und auch anderen in der Stadt) auffielen, könnten sich auf die Worte *»Sic semper tyrannis«* beziehen (So soll es stets dem Tyrannen ergehen), die nach dem Bericht mancher Zeugen der Attentäter John Wilkes Booth unmittelbar nach seinem Anschlag auf Präsident Lincoln von den Brettern des Ford's Theatre rief. Sie sind der Wahlspruch des Staates Virginia.

Untergebenen. So gesehen erfüllt er immerhin eine nützliche Funktion. Sie reden über ihn wie Hottentotten, die in Baals Schatten tanzen, wie Stammeskrieger, die zu Nobodaddy beten. Er hält diese Kavalkade von Klatschmäulern zusammen, dazu ist er gut. Und jetzt wo ich ihn kennengelernt habe, finde ich manche der Geschichten, die man sich erzählt, gar nicht mehr so unglaubwürdig.

Seine Residenz steht ein Stück abseits, am Nordrand der Siedlung, ein zweistöckiges Blockhaus mit Kamin aus behauenem Stein, in einem Viertel, dessen schäbige Schnapsbuden und Selbstmörder-Saloons dem Vernehmen nach allesamt Bordelle sind. Das Haus wurde von Hilfsarbeitern im Regierungsauftrag errichtet, hat einen Brand- und einen Bombenanschlag überstanden, und schließlich ist der Bauunternehmer von Sezessionisten ermordet worden. Am Türsturz prangt der ausgebleichte Schädel von einer schon vor langem ausgestorbenen Kreatur. Eine Fahnenstange, doch ohne Fahne, steht im Garten Wache. Heil dir, einsames Totem.

Eine *mulatresse* – die Köchin, nehme ich an (sie hatte Galle auf ihrer Schürze) – wuchtete die Haustür auf, welche aus nagelbewehrtem Gusseisen besteht, und anfangs schien sie nicht bereit, mir Zugang zu gewähren, selbst als ich meine *carte de visite* und die regennassen Beglaubigungsschreiben präsentierte. Sie und Modo wechselten eine beträchtliche Zeit lang Unverständlichkeiten. Tatsächlich schien ihr die englische Sprache unbekannt, oder zumindest meine östliche Aussprache davon. Nach einer Weile bemerkte ich, dass Nubia und ich nicht allein waren. Wir wurden beobachtet. Aus der Finsternis hinter ihr drang unmissverständlich ein rhythmischer Atem. Eine massive Präsenz, hatte man den Eindruck, spitzte dort im Dunkel die Ohren, und wer immer es war, würde nicht als erster das Wort ergreifen.

»Gouverneur«, wagte ich mich vor, »sind Sie das, dort drin?«

Kein Gruß antwortete mir aus dem Schatten.

»Mein Name ist Winterton«, antwortete ich. »Ich bin in Regierungsgeschäften hier. Ich bin gekommen, um den kommissarischen Gouverneur zu sprechen. Ist er im Haus?«

Und dann wie eine Lichtexplosion! Der Schreck fuhr mir sämtliche Wirbel hinauf. Die Gestalt, die ich für einen Menschen gehalten hatte, stürzte sich aus dem Dunkel auf mich und verbiss sich in meinen Handschuh, stieß ein Knurren aus, das einem das Blut in den Adern gefrieren ließ. Mit einem Fluch fuhr ich zurück; ich hätte mir von dem Schock beinahe in die Hose gemacht. Zum Glück hielt ihn eine Kette, die in einen Reifen um seinen Hals eingehängt war; doch man sorgte sich, ob sie stark genug war, als das Untier sich auf mich stürzte, mit triefendem Maul, und erst zum Stehen kam, als der Kragen es würgte. Es war ein außerordentlich großer und zottiger Hund – ein irischer Wolfshund; ich glaube, so heißt diese Rasse. Er hatte die Ausmaße eines kleinen Ponys, in der Art, wie sie in England in den Gruben eingesetzt werden, und seine Augen hatten jenen Jasminton, den ranzige Butter bekommt. Und schlimmer noch, die Bestie hatte eine Geschwulst seitlich an der Schnauze, einen dicken Furunkel oder Eiterpickel, leuchtend rot und groß wie ein Rattenkopf. Kein Kuriositätenkabinett auf dem Jahrmarkt hat solch gotterbärmliche Gräuel feilzubieten.

»Duggan«, sprach eine Männerstimme aus dem Dunkel jenseits des Untiers. Sofort legte es sich in unterwürfiger Haltung nieder, hielt mich jedoch weiterhin feindselig im Blick.

»Ich bin unverletzt«, brachte ich unter Mühen hervor. »Ein Kratzer, mehr nicht.«

Im Hausflur zeichnete sich die Silhouette eines vierschrötigen Mannes ab; in der Linken hielt er die Kette des Ungeheuers – ob um ihn zurückzuhalten oder um ihn loszulassen war nicht ganz klar –, in der anderen Hand ein flackerndes Talglicht, in dessen Widerschein ich nun sein Gesicht erkennen konnte.

»General O'Keeffe, Sir?«, fragte ich.

Er blickte mich feindselig an.

»Wer will das wissen?«, entgegnete er mürrisch.

Hier stand er nun vor mir, »O'Keeffe, das Messer«. Englands unerbittlicher Erzfeind, der verbannte Held des jungen Irlands. In wie vielen bitteren Nächten hatte ich seinen Tod herbeigebetet; hatte gefleht, dass eine, nur eine, von den Millionen Kugeln, die im Krieg gefeuert wurden, ihr die Freiheit geben würde.

Sein Teint ist dunkel, zigeunerdunkel geradezu, die Augen schwarz und tief, doch mit einem durchdringenden, misstrauischen Funkeln; der graue Schnurrbart hängt schlaff, was ihm etwas Geschlagenes gibt. Sein Haar ist ein Gewirr aus ungewaschenen Locken, an den Schläfen schon sehr schütter, im Nacken nach Apachenart geflochten. Ein wenig erinnert er an Davis, den besiegten Präsidenten der Rebellen: die tief gefurchte Stirn, die theatralische Würde. Er hält sich steif, eine Spur zu aufrecht, wie ein Boxer, der noch an einem schweren Schlag zu beißen hat & nicht will, dass man es ihm anmerkt. Die Nase ist kräftig, eine leichte Hakennase (Anflug von Hochmut), doch die Wangen hängen schlaff, was ihm etwas von einem Bluthund gibt. Korpulent, wie im Dossier beschrieben, ist er nicht, doch um vielleicht fünf Größen fülliger als in den Daguerreotypien aus dem Krieg; und er wirkt erschöpfter, ein wenig schmierig. Die Stattlichkeit ist noch zu spüren (oder ein Schatten davon), doch der Gouverneur ist sichtlich gealtert, seit er ins Territorium gekommen ist. Wenn ich nicht wüsste, dass er dreiundvierzig ist, hätte ich ihn um ein ganzes Jahrzehnt älter geschätzt. Sein Hemd hing aus der Hose, er trug keine Jacke und keinen Kragen. Die hirschledernen Beinkleider waren sichtlich schmutzig. In einem Holster unter dem Arm hatte er eine Feuerwaffe: eine Remington 1859, bin ich mir sicher; man sah es an Form und Länge des Kolbens.

»Captain Allen Winterton, Sir, vom Kartographiekorps. Ich habe Ihnen meine Ankunft aus Washington brieflich angekündigt.«

Er sah mich eindringlich an, als hätte ich etwas Kränkendes gesagt. Zerberus kam herangeklirrt und beschnüffelte meine schneefleckigen Stiefel, dann meine Manschetten und schließlich meinen Schritt. Ein Geruch, der einem den Magen umdrehte, entströmte seinem Fell, nach Asche und Fett und feuchtem Schmutz.

»Ich habe Ihnen mehrfach geschrieben, General, doch ich erhielt keine Antwort. Vielleicht haben meine Schreiben Sie nicht erreicht. Ich habe mir sagen lassen, dass es in dieser Hinsicht Schwierigkeiten gibt.«

»In welcher Hinsicht?« Jetzt betrachtete er mich mit prüfendem Blick.

»Was die Post angeht, meine ich. Postraub. Die Wilden und dergleichen.«

Für eine Zeit, die mir endlos lange vorkam, blieb er still wie ein indischer Fakir. Und bald bemächtigte sich meiner ein gespenstisches Gefühl, für das mein Verstand keine Erklärung anzubieten hat; das Gefühl, dass eine Gewalttat weit größer als die vorherige unmittelbar bevorstand. Kurz gesagt, ich war mir sicher, dass er vorhatte, mich dort auf der Stelle umzubringen; und ich ertappte mich dabei, dass ich überlegte, wie ich fliehen konnte. Wie gebannt von den Ahnungen eines Mediums, wie im Schauertraum des Syphilitikers, sah ich mich, schien mir, durch verschneite Schluchten stürzen, den Gouverneur und seinen Höllenhund dicht auf den Fersen. Ich kann nur annehmen, dass es sich um eine kurze Sinnestäuschung handelte, verursacht vielleicht durch das Fieber, das in mir brennt. Es ist unglaublich (wie wir wissen), was der Verstand alles vermag. Krankheit kann, habe ich festgestellt, die Sinne schärfen.

»Sind Sie bewaffnet?«, brummte er, und ich schreckte aus meinem Tagtraum auf. Nun roch ich in seinem Atem den säuerlichen Ton von Whisky.

Ich antwortete, dass ich eine kleine Pistole mitführe, und knöpfte meinen Mantel auf, um sie zu zeigen. Er senkte den Blick nicht, um die Waffe zu mustern, sondern seine Augen (die Pupillen wässrig) blickten starr in die meinen.

Er sagte der Dienerin, die noch immer an der Tür stand, ein paar Worte in einer grotesken Sprache, und sie antwortete darauf nur mit einem unergründlichen Nicken; dann drehte er sich um und schlurfte zurück ins Innere des Hauses, gefolgt von seinem grausigen Gefährten, der nun mit gesenktem Schwanz hinter ihm hertrottete und dann und wann innehielt, um an den kahlen Fußbodendielen zu lecken, oder er steckte seine triefende Schnauze in einen Winkel der Wand. Ich war unschlüssig, ob von mir erwartet wurde, dass ich ihnen folgte, doch da die Köchin mir nicht die Tür vor der Nase zuschlug, nahm ich meinen Mut zusammen und trat ein.

Ich war noch keine zwei Schritt über die Schwelle gekommen, da gestikulierte sie schon in Richtung meines Gürtels, und das mit der größten Dringlichkeit. Ich nahm an, sie wollte, dass ich meine Waffe abgab. Ich tat es sogleich, denn sie sah nicht aus, als ob sie sich umstimmen ließe. Ich hielt sie ihr hin, doch anfangs nahm sie sie nicht. Plötzlich ging mir auf, dass die Frau nicht gut sehen konnte, und nun tat es mir leid, dass ich zuvor schlecht von ihr gedacht hatte.

Ich folgte dem Gouverneur in die Tiefe des Hauses, in dessen Mittelpunkt: einen großen, doch spartanisch eingerichteten Raum, nur schwach von Kerzen und einem prasselnden Kaminfeuer erhellt.

Rußig und ranzig war die Luft, erfüllt von einem beißenden Geruch nach verbranntem Staub. Über dem Kamin hing ein Ölbild, ein Seestück aus dem Unabhängigkeitskrieg, doch mit roten Tröpfchen übersät, als seien die fragilen Fregatten mit Blut oder einem Glas Rotwein bespritzt worden. Ein welker Kopfschmuck der Cheyenne tat sein Bestes, einen Pilaster zu verzieren, die Federn vertrocknet zu dürren Kielen. An der Wand das grausige Verbrechen eines Taxidermisten: der Kopf eines Feldhasen, gekrönt vom Geweih eines jungen Hirschs. Um den Hals dieses Albtraums hing eine Kette aus Wolfszähnen. Wie grausam wir doch zu den Tieren sind.

Im Zentrum der Stube throhnte ein grober Eichenholztisch, durchaus ansehnlich, auch wenn die Bohlen äußerst abgescheuert waren, schwer verschandelt durch jene halbrunden Flecken, die man auf den Tresen billiger Saloons sieht. Auch fielen mir einige tiefe Scharten in der Tischplatte auf, als sei es einmal die Werkbank eines Schlachters gewesen. Um diesen Tisch gruppierte sich ein halbes Dutzend Stühle, und diesem unkundigen Auge schienen sie wie zerbrechliches Louis-Quatorze. Eine merkwürdige Polygamie, diese höfischen Demoiselles und der ungehobelte Pionier, den sie umringten.

Der Rest des Raumes war dominikanisch in seiner Schlichtheit, sodass der französische Flitter seine Strenge noch unterstrich. An mehreren Stellen zeigten Flecken, wo Wasser eindrang, und über die schlimmsten war achtlos Sägemehl gestreut. Durch zahllose Ritzen heulte der Wind; manche waren mit Lumpen und anderem zugestopft, aber die Zugluft war doch immer noch so stark, dass die Kerzen flackerten; matt fochten ihre Flammen mit den Schatten, und der ganze Raum keuchte wie ein Todkranker. Wie fern schienen die Fifth Avenue, die Stadthäuser von Manhattan; es war eher, als habe man sich in die Hütte eines hungerleidenden Goldsuchers verirrt. Es gab keinen Teppich, keine Kommode, keine Truhe, keine Uhr und keinen Bücherschrank (dies letztere überraschte mich, hatte der Gouverneur doch eine literarische Ader, den Ruf eines *homme du monde*): nichts was mehr versprochen hätte als das nackte Überleben. Mein erster Eindruck war, dass dies Allerheiligste nicht von der Anwesenheit einer Dame geheiligt war. *Ubi est,* fragte ich ich mich. Wo ist die Schöne dieses Tiers? Ein entsetzlicher Gedanke streifte mich – dass sie gestorben war.

Der Gouverneur hatte seinen Platz am Kopfende des Tisches; ein Gehrock war achtlos über die Stuhllehne gehängt, und auf dem Tisch standen eine irdene Flasche und die Überreste einer Mahlzeit. (Im Essen hatte er kaum mehr als gestochert.) Vor sich hatte er eine aufgeschlagene Mappe mit Papieren auf einem Lesepult wie ein Priester. Er schien ganz in die Lektüre vertieft. Neben seinem Teller türmten sich unordentlich die Blätter, denn jedes Mal, wenn er eins zu Ende gelesen hatte, warf er es dorthin.

Fast sechs Minuten lang setzte er diese Arbeit fort, unterschrieb Dokumente, brachte Wachs und Siegel auf, blätterte in diesem, machte in winziger Schrift Notizen auf jenem, ohne mich eines Blickes zu würdigen oder sonst meine Anwesenheit zur Kenntnis zu nehmen. Der Mann, dessen Papiere wichtiger sind als alles andere – das war die Rolle, die er gern gespielt hätte. Nicht dass dieser Auftritt mich überrascht, geschweige denn gekränkt hätte, denn Bescheidenheit ist selten unter Vertretern der politischen Klasse. Es war nicht das erste Mal, dass ich einer solchen Ouvertüre lauschte, gerade wenn zwei Männer von einer gewissen Macht aufeinandertreffen und nicht auf Anhieb zu erkennen ist, welcher der Ranghöhere ist. Ich wusste es durchaus zu schätzen, dass er sich die Mühe machte.

»Whisky oder Meskal«, murmelte er nach einer Weile tonlos. »Bordeaux, den Sie gewiss bevorzugen würden, bekommen wir hier nicht.«

»Danke, ich nehme gern einen Becher verdünnten Biers.«

»Sie nehmen, was Ihnen angeboten wird. Wir haben Whisky oder Meskal.«

»Dann nichts, Sir, danke. Ich bin die geistigen Getränke nicht gewohnt.«

Nun starrte er mich wieder an mit seinen bedrohlich brennenden Augen. Es war ein Starren, vor dem schon Duellanten die Flucht ergriffen hatten. Man fühlte sich wie ein chloroformierter Schmetterling, der auf das Pergament gepinnt wird. Man konnte sich vorstellen, wie Männer auf sein Kommando hin mitten hinein in eine Kannonade marschiert waren; wie Grünschnäbel lieber dem Bajonett des Gegners ihre Brust entblößt hatten, als den Zorn ihres Kommandanten zu erregen. Und nun konnte ich auch verstehen – was ich bis dahin nie gekonnt hatte –, wie seine Reden einst die Säle unserer Republik gefüllt hatten, wie die nüchternsten Bürger, weder sentimental noch leicht zu beeindrucken, sich allerorts von Louisianne bis zum Pazifik von ihren Stühlen erhoben hatten, damit sie umso besser das Feuerwerk seiner Worte bejubeln konnten. Kurz, er besaß die Ausstrahlung eines Löwen. Nun war mir klar, warum die Damen sich vor seiner Garderobentür versammelt hatten, in der Hoffnung auf eine Locke von seinem Haar oder einen Knopf von seiner Weste. Und doch stimmt der Vergleich nicht ganz, denn Katzen sind verschlagen, sie erreichen ihr Ziel mit List, und der Kelte, von dem hier die Rede ist, mag zwar intelligent sein, doch raffiniert ist er nicht. Schiere Gewalt, das ist das Mittel dieses versoffenen Vesuvs. Wäre der Gouverneur ein Schulmeister, so bräuchte er seine Schüler nicht zu schlagen, denn die bloße Gefahr, dass er es tun könnte, wäre genug, um für Gelehrsamkeit zu sorgen.

»Sie sind aus?«

»Boston, Gouverneur.«

»Ich habe gefragt, von wo Sie sind.«

Das Feuer im Kamin war nun schon tief heruntergebrannt. »Ich bin geboren in Deptford bei London«, gab ich zu. »Mein Vater war Schneider; er kam im Jahr '49 herüber.«

»Und wie geht es England und seiner Königin dieser Tage?«

»Ich bin Amerikaner«, sagte ich. »Mein Heimatland ist Massachusetts.«

»Kaiserin von Irland und Indien«, schnaubte er. »Ich staune nur, dass die Hexe sich nicht in Sari und Aran wirft.«

»Glauben Sie mir, General, ich bin kein Freund der Monarchie.«

Kalt sah er mich an; der Blick, den ein Büttel für einen Bettler hat. »Schnee wird auf den Bergen der Hölle fallen, ehe ich einem Engländer traue«, sagte er.

Er säbelte an einem Stück Hirschfleisch, mit einem Messer, das wie ein Jagd- oder Fischermesser aussah – jedenfalls nicht die Art Messer, die für die Verwendung bei Tisch gedacht ist –, und warf knorplige Stücke dem Hund zu, der sich neben ihm niedergelassen hatte, Schnauze am Boden, und die Leckerbissen nun gierig verschlang. Zumindest glaubte ich, der Hund sei der einzige Nutznießer dieses Anflugs von Wohlwollen, doch als meine Augen sich nun besser an das Dämmerlicht im Haus gewöhnten, entdeckte ich zu meinem Schrecken in das Dunkel einer Ecke gedrückt *die zusammengekauerte Gestalt eines Kindes.* Ob männlich oder weiblich konnte ich nicht sagen, denn das Gesicht schien seltsam mädchenhaft oder wirkte doch im Feuerschein so. Aber die Kleider, die es trug, waren die eines Jungen.

Das Kind sah mich verschlafen an, mit den trägen Augen eines Kalbs. Das Gesicht war so ausgemergelt, so elend sein Ausdruck, dass es ein Geschöpf aus der Feder von Maestro E. hätte sein können.* Doch leider wissen wir ja seit dem Krieg nur zu gut, dass sich solche Rotznasen in jedem Land und jeder Gegend finden. Und dies hier – *mirabile dictu* – schien kein Waisenkind, sondern ein Abbild *en miniature* des wortkargen Hausherrn. Dieselbe dunkle Hautfarbe, das lustlose Benehmen, strähniges, schmutziges Haar. Mir fiel ein, dass der Gouverneur ja tatsächlich ein Kind gehabt hatte, die Frucht (ich weigere mich, das übliche Wort zu schreiben, denn schließlich war es nicht des Kindes Schuld) seiner Verbindung mit der Australierin, der Eingeborenen. Aber das konnte doch gewiss nicht sein? Nein. Das konnte nicht sein. Der Junge beobachtete mich; er hatte jene seltsam feierliche Art, die äußere Strenge, die man auf den Gesichtern von Verbrechern findet, auch bei manchen Bettlern, bei Süditalienern; und bei Cockneys. Schmutziges Nachthemd, Nachtmütze. In der Hand einen Knochen. Die Füße waren nackt, die Handgelenke dürr wie Zweige. Rund um sich hatte er in einem Kreis Papierbögen liegen, manche davon mit Holzkohle bekritzelt. Stumm wie ein Stockfisch blickte das Kind mir ins Gesicht, doch nicht wie die Welt gewöhnlich meine abstoßende Erscheinung anschaut. Ich schloss daraus, dass es krank war, vielleicht ein armer Schwachsinniger, der in der Küche Obdach findet, denn mit der beunruhigenden Unschuld solcher Menschen erwiderte er meinen Blick. Es war, kurz gesagt, als sei ich überhaupt nicht da; oder als sei ich eine harmlose Wolke am Himmel.

All die Zeit lang, die ich diese Erscheinung betrachtete – und sie mich –, las der Gouverneur weiter in seinen Papieren. Ich fragte mich, was es wohl für Sendschreiben waren, die solche Aufmerksamkeit erforderten, doch ich fürchtete, dass er sie mir über den Tisch ins

* Vielleicht George Eliot, Pseudonym von Mary Ann oder Marian Evans (1819–80). Ihr Roman *Silas Marner*, 1861 erschienen, erzählt von einem schmächtigen Waisenjungen. Während seines Krankenlagers im New Yorker St. Mary's Hospital hatte Winterton von Lucia ein Exemplar des Buches als Geschenk erhalten.

Gesicht schleudern würde, wenn ich mich erdreistete, danach zu fragen. Der Hund schreckte auf und knurrte vorwurfsvoll das Feuer an, als hätte ein Naturgeist, der in den Funken hauste, ihn herausgefordert. Er trottete in eine Ecke, schnüffelte, sabberte und versuchte dann anscheinend, mit einer Säule zu kopulieren. Und bald war er ganz in eine Beschäftigung mit sich selbst versunken, die ein Mann, wäre er gelenkig genug dazu, so häufig tun würde, dass er kaum noch sein Zimmer verließe.

»Ich hoffe, ich komme nicht ungelegen«, sagte ich schließlich. »Ich habe mir mehrfach in den letzten Tagen erlaubt anzuklopfen, doch Sie waren nicht zu Hause. Jedenfalls meldete sich niemand.« Und ich fügte hinzu, taktvoll, hoffe ich, auch wenn es mir in den Ohren pochte: »Mrs O'Keeffe, nehme ich an, war ebenfalls abwesend.«

»Es ist untersagt, die Tür zu öffnen, wenn ich nicht im Hause bin. Ich habe viele Feinde hier. Wir sind hier nicht in Washington.«

»Oh, in Washington kann man sich auch gut seine Feinde machen, Sir«, antwortete ich in der Hoffnung, dass ein kleiner Scherz die geradezu transsilvanische Stimmung ein wenig aufhellen könnte. Er sah mich finster an. »Offenbar«, sagte er.

»General«, hob ich noch einmal an und machte einen Schritt auf ihn zu. »Bleiben Sie, wo Sie sind!«, fuhr der Säufer mich an. »Wagen Sie es nicht, sich unaufgefordert meiner Person zu nähern, sonst werde ich Ihnen, bei Gott, Sir, Manieren beibringen.«

Unwillkürlich nahm man eine aufrechtere Haltung an; man fühlte sich, als stünde man als ungewaschener Rekrut vor seinem brüllenden Vorgesetzten.

»Knöpfen Sie Ihre Jacke zu, Sie unverschämter Schmutzfink. *Präsentiert man sich so einem General?*«

Ich tat wie mir befohlen, und er sah mich weiterhin an wie etwas, das man im Straßengraben findet.

»Ihr Anliegen, Mister. Und zwar schnell.«

»Ich bin gekommen, um das Gelände für die Kartierung zu erkunden, General«, antwortete ich. »Man hatte mir gesagt, Sie seien informiert. Verzeihen Sie, wenn es sich um ein Missverständnis handelt. Die Vermessung beginnt im Frühjahr, wenn der Missouri wieder schiffbar ist. Ich soll das gesamte Territorium von Fort Galloway bis zur *portage* am Inundation Pass kartieren.«

»*Sie* sollen das?«

»Ich und meine Männer.«

»Was für Männer? *Stehen Sie stramm, wenn Sie mit mir reden!*«

»Sie kommen im Frühjahr. Es stand in meinen Briefen. Soldaten – eine ganze Brigade – und die Ausrüstung für die Landvermessung. Ein Bataillon Pioniere. Es wird eine sehr große Unternehmung.«

»Wie schön, dass ich als Gouverneur dieses Territoriums auch erfahre, dass die Herren in Washington uns ihrer Aufmerksamkeit für wert befinden.«

Es war offensichtlich, dass dieses Treffen nicht einfach würde. Bald wünschte ich, ich hätte es so eingerichtet, dass unsere erste Begegnung bei Tage stattfand, denn es war zu befürchten, dass jede Diskussion unter den gegenwärtigen Vorzeichen im Streit enden würde, und ich war sehr erschöpft und mir war nicht gut. Doch da wir uns nun einmal gegenüberstanden, mussten wir wohl oder übel weiterreden. Ich konnte das Haus nicht verlassen ohne die kleinste Information über sie. Aber wie sollte ich das Gespräch auf sie bringen, ohne zu fragen? Das war meine Aufgabe.

»Da wäre die Frage der Räuberbanden«, nahm ich den Faden auf. »Die Regierung hat den Eindruck, dass Sie in diesem Punkt eventuell Hilfe brauchen. Auch bei den Wilden. Die Regierung möchte Ihnen ihre Unterstützung zukommen lassen.«

»Das möchte sie? Welch unerwartete Wendung.«

»Die Regierung ist besorgt. Man spricht darüber.« Ich setzte noch einmal neu an. »Dieser McLaurenson – dieser ›Thunders‹, wie man ihn nennt – sorgt seit dem Überfall auf die *Harrison* für Beunruhigung an höchster Stelle. Seine Raubzüge dürfen nicht unbestraft bleiben. Man ist in Washington der Ansicht, dass detailgetreue Landkarten eine große Hilfe bei der Durchsetzung von Recht und Ordnung sein werden.«

»Ich habe diese räuberische Ratte in jeden Winkel verfolgt, in den er sich in diesem Territorium verkriechen kann. Ich habe ihn bis Kanzas und bis hinüber nach Nebraska verfolgt. Vielleicht sollte die Regierung herkommen und sich selbst davon überzeugen, dass unsere Banditen anscheinend nicht die Absicht haben, sich freiwillig für den Galgen zu melden. Sie lassen sich auch nicht zur Wahl aufstellen.«

»Ich versichere Ihnen, ich werde Ihre Bemühungen in meinem Bericht herausstellen.«

»Was für einem Bericht?«

»Oh, nichts, Sir. Nichts. Nur ein Report für die Regierung.«

»Erstellen Sie Landkarten, Captain, oder Berichte für die Regierung?«

»General, ich –«

»Heraus damit, Mister. Ersparen Sie mir Ihre Ausflüchte. Sie sind hier, um meinen Feinden ein Seil für ihre Schlinge zu finden.«

»Das bin ich nicht, Sir«, beteuerte ich sanft. »Ich weiß nichts von diesen Dingen. Mein Interesse gilt allein der Lage des Landes.«

»Wie viele Männer haben Sie getötet?«

»Keinen, Sir«, antwortete ich.

»Ich nehme doch an, Sie haben als Soldat gedient? In welchen Feldzügen?«

»Ich hatte nicht die Ehre, General. Die Verletzungen, die Sie sehen, machten mich dienstuntauglich. Ein Vertreter wurde an meiner Stelle entsandt.«

Er schnaufte verächtlich und bohrte das Messer in das Stück Braten. Ich glaube, er stieß auch eine Verwünschung aus, doch ich konnte nicht hören, was er brummte.

»Der Mann wurde gut bezahlt«, beteuerte ich. »Ein armer Mann, ein Einwanderer. Er brauchte das Geld.«

»Mehr als sein Leben, meinen Sie?«

»Ich kann nicht sagen, was aus dem Mann geworden ist. Ob er gefallen ist, meine ich.«

»Soldaten *fallen* nicht im Krieg, Sir. Sie sterben! Hören Sie, was ich sage? *Der Krieg ist keine Landkarte. Er ist Wirklichkeit.*«

Die Lautstärke, mit der er das brüllte, und mehr noch die Bissigkeit, schockierten mich. Speichel befleckte seinen Kinnbart, und er wischte ihn achtlos mit dem Handrücken fort.*

Einen Moment lang wusste ich nicht, wie ich antworten sollte. Als spüre er meine Unentschlossenheit, sprach er selbst weiter, verächt-

* Bei weitem die merkwürdigste Passage in Wintertons Tagebuch. Ich habe nie eine Erklärung für die Frage gefunden, warum Winterton gegenüber O'Keeffe behauptete, er habe nicht am Krieg teilgenommen. Tatsächlich hatte er, Berufssoldat seit 1858, weitaus mehr von der Front gesehen als O'Keeffe selbst. Er muss mit dieser Verstellung eine Absicht verfolgt haben, doch ich kann nicht sagen welche.

lich, steigerte sich immer mehr in seine Wut hinein, die anscheinend, wie es so oft geschieht, dem Sprecher keinerlei Erleichterung verschaffte, sondern ihn nur weiter anfachte. Wollte ich seinen obszönen Monolog hier wiedergeben, so bräuchte ich mehrere Absätze dafür, doch habe ich nicht die Absicht, seine Ausdrucksweise festzuhalten, die oft genug unvereinbar mit der Würde seines Amtes war, und würde sie, um ehrlich zu sein, am liebsten aus meinem Gedächtnis tilgen. Es wäre nicht fair, die Tiraden eines Mannes festzuhalten, der unter dem Einfluss eines bedauerlichen Lasters steht. Es wird genügen, wenn ich sage, dass sein Schlusswort der folgende Zweizeiler war, den er mir entgegenschleuderte wie einem alten und verabscheuten Feind, nicht wie einem Mitstreiter, der wie er der Regierung der Vereinigten Staaten diente, deren Voraussicht ja überhaupt erst dafür gesorgt hatte, dass wir beide dort in jenem Raum zusammen waren.

»Eine Krebsgeschwulst, Sie und Ihresgleichen. Feiglinge, Katholikenhasser. Wenn man sich vorstellt, dass ich halbe Kinder zur Schlachtbank geführt habe, und das für solchen Abschaum.«

Das war der Augenblick, in dem ich in den Abgrund seines Unglücks blickte. Und ich beschloss nachzuforschen, was sich hinter der faulen Frucht seiner Verachtung verbarg, zur Wurzel vorzudringen, so abscheulich sie auch sein mochte. Aus meinem Dossier wusste ich, dass er unter dem Einfluss des Papismus aufgewachsen war, wie der weitaus größte Teil seiner bedauernswerten Landsleute. Und doch lieben sie, wie wir wissen, diese Republik inbrünstig und sind nicht unintelligent, auch wenn sie zu Gefühlsausbrüchen neigen. Jeder unvoreingenommene Betrachter kann sich vorstellen, wie bitter ihr Schicksal war: Sie hatten aus ihrem Heimatland fliehen müssen, vor Hunger und Despotismus, vor derselben abscheulichen Tyrannei der Aristokratie, die einst auch unsere Väter in Ketten geschlagen hatte.

Das arme Irland. Die armen Söhne dieses Landes. Wo wären wir ohne sie? Und man mag sich den Schmerz ausmalen, den ein Mann wie der Gouverneur empfand, die Gedanken, die seinen damals noch wachen Geist gequält haben müssen, als er, in Eisen, zurückblickte und die Küste seiner Heimat in der Ferne entschwinden sah. Solche Gedanken waren es, die meinen nächsten Versuch beseelten, und ich sprach so versöhnlich und kameradschaftlich, wie ich unter den Umständen nur konnte, denn bisweilen ist es besser, den Bissen einer Beleidigung hinunterzuschlucken, damit man danach wieder das Brot der Freundschaft essen kann.

»Vergeben Sie mir, General, wenn ich Sie unwillentlich gekränkt habe. Ihr Einsatz im Krieg war vorbildlich, ebenso wie der Ihrer Landsleute. Wir alle, die wir die Freiheit lieben, stehen in Ihrer Schuld. Wenn ich das sagen darf, Sir, es ist eine Ehre, Ihnen persönlich zu danken. Ihnen und natürlich auch Mrs O'Keeffe.«

Kein Wort auf diesen Köder. Der Haifisch biss nicht an. Ich hörte ein paar lärmende Zecher auf der Straße vorüberziehen. Sie sangen ein spöttisches Lied.

»Was die Religion angeht«, fuhr ich fort (und hoffte, ihn von der schändlichen Serenade abzulenken), »so war mein Vater Methodist, meine Mutter stammte aus einer Quäkerfamilie aus Northumberland. Sie haben ihr Bestes getan, Irland in den Jahren des Hungers beizustehen. Ich weiß, dass viele Patrioten Ihrer Heimat reformierten Glaubens waren und dass auch viele Ihrer Freunde, die mit so viel Bewunderung von Ihnen schreiben und sprechen, es sind. Sie sprechen von einem Mann, dem alle Bigotterie fremd ist. Sie sprechen, wenn man das sagen darf, von einem Helden.«

Er antwortete mir nicht. Vielleicht wusste er – ich denke, er wusste es –, dass vieles, was ich sagte, eher Schmeichelei als Wahrheit war. Schließlich lag es auf der Hand, dass er, wäre sein Kommando nicht unter unglücklichen Umständen beendet worden, am heutigen Abend nicht in diesem elenden Territorium säße. Natürlich brachte ich nichts davon zur Sprache. Mir lag ja nicht daran, das Pflaster von der Wunde seines Ehrgeizes zu reißen. Wenn man ehrlich ist, würden diese Erfahrung doch nur die wenigsten von uns überleben. Für mich jedenfalls wäre sie der Untergang.

»Gestatten Sie mir eine Entschuldigung, Captain«, sagte er, ohne zu mir aufzublicken. »Ich hätte nicht so sprechen dürfen. Ich widere mich an, jedes Mal.«

»Ich bitte Sie, Sir, lassen Sie uns nicht von –«

»Ich bin eine jämmerliche Gestalt. Ich selbst muss es ja wissen. Im Krieg habe ich nichts geleistet. Ich habe Tausende, die mir vertrauten, in den Tod geschickt. Statt dass ich ihnen gesagt hätte, sie sollen nach Hause gehen. Sie werden in Washington davon gehört haben. Das Gerede von meinem Versagen, meiner Schande.«

Er lallte diese Worte, und ich muss ehrlich sagen, er tat mir leid. Es ist stets herzzerreißend, wenn man einen starken Mann verzweifelt sieht, so schrecklich wie ein verängstigtes Kind. Mein Gewissen meldete sich, ich schämte mich für das, was ich ihm angetan hatte – es quälte mich – ein Glühwürmchenleuchten –, und für den Raub, den ich erst noch begehen wollte. Ich wusste, dass ihr Fortgang – wenn sie mit mir kam – umbringen würde, was noch von ihm blieb; und ich hätte mir gewünscht, es hätte eine andere Lösung gegeben.

»Ich bete wie Sie, Sir – es ist meine aufrichtigste Hoffnung –, dass Kindern wie unserem kleinen Freund hier – Ihrem Gefährten dort am Feuer – ihr Leben lang die entsetzliche Erfahrung eines Kriegs zwischen amerikanischen Brüdern erspart bleiben möge.«

Keine Antwort. Kein Indiz auf die Identität des Kobolds am Kamin. Und ich erhöhte meinen Einsatz.

»Ihr Kind ist ein Prachtkerl, wenn ich das sagen darf, Sir«, sagte ich. »Ganz der Vater.«

Er sah mich an, als hätte ich ihn angespuckt, sein Gesicht schmerzverzerrt. Es war entsetzlich anzusehen, wie die harten Augen, deren unerbittliches Starren mich eben erst aus der Fassung gebracht hatten, nun feucht waren, überwältigt vom Gefühl. »Unmensch«, sprach er mit Grabesstimme. »Wo ist hier mein Kind?«

»Aber ich dachte, Sir –«, hob ich an, doch nun sprang der Gouverneur von seinem Stuhl auf. Einen Moment lang stand er wie versteinert. Ich muss sagen, ich fürchtete mich. Dann fegte er die Steinflasche mit Schnaps vom Tisch, und sein ganzer Leib bebte von der wortlosen Gewalt der Verzweiflung.

»Mein Kind ist nicht hier, Sir. Kein Kind von mir ist hier! Nie werde ich sein unschuldiges Antlitz erblicken. Nie! Nie! Nie!«

Und nun – ich kann es nicht erklären – doch etwas Verblüffendes geschah. Ich drehte mich um, und es war niemand mehr da.

Das Feuer war heruntergebrannt, der Wind horchte an der Tür [*sic*]; doch wo ich noch im Augenblick zuvor unseren kleinen Freund gesehen hatte, tanzten nur noch trübe Schatten. Man kam sich vor wie ein Geizhals, der seinen gestohlenen Goldschatz sucht, man rieb sich die Augen, man wusste, dass das Kästchen da sein musste, doch man sah es nicht und starrte umso steter. Das Kind musste sich davongestohlen haben, als ich mit dem Gouverneur sprach; und doch hatte ich kein Türschloss gehört und nicht den leisesten Schritt. Hätte man auch nur im Mindesten an schwachen Nerven gelitten und zur Albernheit des Aberglaubens geneigt, so hätte man Weisheit in den Worten der Weiber finden mögen; nämlich dass übernatürliche Mächte (übler Natur) diese faustische Festung beherrschen.

»Ich bitte Sie inständig um Verzeihung, Sir«, sagte ich. »Mir ist nicht wohl, fürchte ich. Ich phantasiere.«

Er war zur Feuerstelle gegangen und saß zusammengesunken auf einer Bank davor; der Schmerz schüttelte ihn, und das Gesicht hatte er in den Händen vergraben. Ein Scheit brach in zwei Teile, und eine Wolke scharlachroter Funken stob auf. »Gehen Sie«, sagte der Gouverneur.

Ich verließ unverzüglich das Haus; es schien mir das Beste. Man kann mit ihm zurechtkommen, alles in allem, doch besser wohl bei Tageslicht.

Auf meinem Fußmarsch hierher zurück blies der Sturm umso heftiger, und bald kämpfte ich mich durch Schwaden von schmerzendem Hagel. Die Straße versank geradezu im Kot und klebrigen Dreck. Bergleute mit Sturmlaternen versuchten, ein schreckensstarres Pferd aus einem Graben zu zerren; doch es gelang ihnen nicht, und schließlich mussten sie seinem Leiden mit einem Pistolenschuss ein Ende machen. Ich wohnte der Exekution bei. Es war traurig; sehr traurig. Unglaublich, wie viel Blut floss.

Während ich dies beobachtete, ging mir eine Zeile durch den Sinn, die ich einmal in einem Gedicht gelesen hatte, in welchem die Liebe mit einem Stern verglichen wird. »Beständig wie ein Stern ist mein schwarzer Schatz.« Doch Sterne sind nicht beständig. Sie flackern auf und sie verlöschen; und in dem winzig kleinen Augenblick in der Unendlichkeit der Zeit, in dem sie funkeln, leben sie umgeben von allgegenwärtigem Dunkel, das, wie es nicht anders sein kann, sie bedrängt, bis alles Licht geschwunden ist. Ein Stern ist einfach nur eine Explosion, die man aus großer Ferne sieht, und wie jedem Ausbruch von Gewalt, den man aus der Distanz betrachtet, mag man ihm

Bedeutung beimessen. Doch nichts weiter als das ist es: ein Augenblick der Grausamkeit. Und wir Dummköpfe machen darüber Gedichte.

Mehr kann ich heute Abend nicht mehr schreiben. Ich zittere, ich glühe. Schweiß tropft mir von der Stirne aufs Papier – die Worte verschwimmen.

51. Kapitel

Das Gewitter
oder
Zeilen nach einem Streit in der Nähe der Second Avenue

Für einen lieben Freund, der namenlos bleiben muss
und der mehr wollte als einen zärtlichen Kuss

❖

Ach Einsamkeit, mein ew'ger Stern.
Lichtblitz zerreißt die Nacht.
Lang streiften wir in Dunkels Schutz,
Entfernt der Blicke Macht.

Nie laufen wir den Hafen an,
Wo kühne Hoffnung ruht.
»Ich bitt' dich, nenn beim Namen mich.«
»Nein, schweig, es wär' nicht gut.«

Tastend kosen Hände, Augen,
Ein Feuer ist entfacht.
Regen löscht die Flamme nicht,
Taumelnd und unbedacht.

O Namenloser du, ich sprach nicht wahr;
Nur für dich brenn' ich immerdar.

Charles Gimenez Carroll [Lucia-Cruz McLelland-O'Keeffe]*

* Dieses Sonett erschien im Jahr 1864 in der Januarausgabe der Zeitschrift *The American Gentleman's Monthly* unter Lucias *nom de plume*. Es erregte einiges Aufsehen, nicht wegen seiner technischen Unzulänglichkeiten, sondern weil einige glaubten, bei dem Text handele es sich um die Liebeserklärung eines Mannes an einen anderen. Was die Identität des »namenlosen Freundes« betrifft, so hatte ich im Laufe der Jahre immer wieder darüber gebrütet, bis schließlich jemand Klügeres kam und das Geheimnis lüftete. Meiner Frau Ruth Ginsberg-McLelland verdanke ich die Erkenntnis, dass die Anfangsbuchstaben der einzelnen Zeilen, von oben nach unten gelesen, eine überraschende Enthüllung bergen. Wie es scheint, ist der Adressat des Gedichts also doch nicht namenlos.

52. Kapitel

Habt acht, ihr holden Mägdelein, vor dem Schmeicheln der Soldaten

Das Versteck der Banditen – Eine unbekannte Sprache – Patrick Vinson macht einen Fehler, den er bitter bereuen wird

❖

Ein Lichtstrahl fällt in die Höhle, staubvernebelt, undurchsichtig, dringt durch eine Öffnung in der Decke hoch über ihr und leuchtet wie das Abbild der göttlichen Macht in einem Gebetbuch für Kinder. Das Plätschern und Gurgeln unterirdischer Wasseradern. Ringsum abgeschliffene Stümpfe von Stalagmiten, wie unausgebrütete Eier. Flechten an der Höhlenwand und eingeritzte Zeichen von Menschen, die längst weitergezogen sind oder tot.

Die Banditen sind auch nicht mehr da, verschwunden in den Wochen und Monaten nach ihrem Raubzug. Sind nach Hause geritten, zu zweit oder zu viert: die Raubkumpane ihres Ehemanns. Zurück zu ihren Familien oder zu Banden, die für sie Brüder sind – zurück in die Berge, zu Dörfern, Lagerfeuern, ausgebrannten Schulen. Ja, einer von ihnen ist Schulmeister – oder war es zumindest vor dem Krieg. Aus Virginia, wenn sie sich recht erinnert.

Jeder dieser Untergrundkämpfer hat seinen Anteil mitgenommen, nach einem feierlichen Eid, dass er ihn nur für die Sache der Konföderierten verwenden wird. Einige werden Waffen kaufen. Von Sprengstoff war auch die Rede: ein Plan, das Weiße Haus in die Luft zu jagen, die gesamte Regierung zu ermorden. Pure Prahlerei vermutlich. Nichts weiter als Desperados. Manche werden nie nach Hause zurückkehren.

Sie badet in dem Felstümpel. Schwerelos; vom Wasser getragen. Das eiskalte Wasser brennt auf der Haut. Die Frucht reift in der Hülse ihres Leibs. Sie spürt, wie es sich in ihr bewegt. Zwei Schwachköpfe sollen sie beschützen – John Fox Galligan und ein junger Landarbeiter aus Tennessee namens »Bubba« oder »Dunne« – und der

Verräter Patrick Vinson, für den es auf der ganzen Welt keinen Ort mehr gibt, wohin er gehen könnte. Wann immer sie aufblickt, sieht sie, dass er sie aus dem Schatten beobachtet. Sein rotes Bauerngesicht.

»Wie fühlst du dich, Eliza?«

»Was geht dich das an?«

»Hast du was dagegen, wenn ich mich mit dir unterhalte?«

»Lass mich in Ruhe, Mister. Ich lese ein Buch.«

Sie hat gesehen, wie er eine Fackel angezündet hat und in der Tiefe der Höhle verschwunden ist, bis das Licht immer kleiner wurde. Er ist überzeugt, da muss irgendwo Gold sein – dass die Höhle eine Schatzkammer ist –, doch er weiß nicht, wo er suchen soll. Stunden später kehrt er zurück, ohne einen Krümel Gold, aber mit Geschichten, bei denen sich den Trotteln die Haare sträuben. Ein Hohlraum, mindestens eine Meile groß, mit einem Felsen in Drachengestalt. Ein Gewölbe wie von Menschenhand geschaffen, der Boden so glatt wie Glas. Einen Giftpilz hat er gesehen, wie eine Postkutsche so groß. Er hat einen Felsvorsprung erklommen und auf den Steinen geheimnisvolle Runen entdeckt. Mit einem rußigen Holzstummel hat er sie auf seinen Hemdkragen gemalt. Er hat vergessen, dass die Indianer nicht schreiben.

Y ‡ ī 'Ω ‡

» … Eliza? … Eliza? … Hast du gesehn, was ich gefunden habe?«

»Du hast wohl Bohnen in den Ohren? Nicht nur blöd, jetzt ist er auch noch taub dazu.«

»Willst du nicht mal sehn? … Das ist eine Indianersprache … Ich würde sonstwas dafür geben, wenn ich wüsste, was das heißt.«

»Wenn du die Brust brauchst, dann geh zu deiner Mama. Bei mir kriegst du bestimmt nichts. Und geh mir gefälligst aus dem Licht. Ich lese.«

»Ich wollt dich nicht … Tut mir leid, wenn ich … «

»Wenn du mich weiter so ansiehst, Mister, dann sag ich es Cole.«

»Cole ist nicht da, Mädchen … Cole ist nie da.«

»Der kommt schon zurück.«

»Meinst du?«

»Ich weiß es.«

Er lässt sie nicht aus den Augen. Sieht alles. Der Tag, an dem sie auf dem Felsen ausgerutscht war und ihr Knie verbinden musste. Hat getan, als ob er nicht hinsieht, als sie sich auszog.

»Ich sag dir eins: Wenn du meine Frau wärst, würd ich dich nicht allein lassen. Ich wär da und würd mich um dich kümmern. Würd alles machen, was du willst.«

»Ich will, dass du gar nichts machst, und du sollst auch nichts sagen. Geh einfach weg und lass mich in Ruhe. Ich lese.«

Er bewegt sich nicht von der Stelle. Er rührt sich überhaupt nicht. Steht stocksteif neben der Säule aus bröckligem, nassem Kalkstein und sieht Eliza Mooney beim Lesen zu. Der Gouverneur hat ihm einmal gesagt – in einem heftigen Streit -: »Du bist nicht unintelligent. Aber du bist *dumm*, Vinson. Und du wirst immer dumm bleiben. Das ist nicht dasselbe. Und du wirst dich nie ändern, weil sich ein Dummkopf nicht mehr ändert, wenn er einmal erwachsen ist.« Er überlegt, ob er sagen soll, was ihm durch den Kopf geht. Den Satz, mit dem er ihren Widerstand brechen könnte.

Er trägt ihn schon eine ganze Weile mit sich herum, diesen Schlüssel zum Garten der Wonnen. Stellt sich vor, wie er den Moment genießen wird. Er hat sich die Worte zurechtgelegt, über den rechten Augenblick nachgedacht. Darüber, wie dankbar und anschmiegsam sie sein wird, wenn sie sie hört.

Ihr Kleid ist dunkelgrün. Ihre Füße sind nackt. Die Art, wie sie die Seiten umblättert, hat etwas Zärtliches. Sie leckt sich die Spitze des Mittelfingers ihrer feinen rechten Hand, denn das dünne Papier klebt in der feuchten Luft zusammen; und die Anmut, das weibliche Zartgefühl, mit dem sie die Seiten sanft voneinander löst, und wie sie beim Lesen lautlos die Lippen bewegt. Der schön verzierte Rücken der Bibel. Ihr Gesicht schimmert im Höhlenlicht.

»Es ist nur, ich habe den Jungen gesehen«, sagt Patrick Vinson leise, als könne er selbst nicht glauben, dass es stimmt. Und die Worte wehen aus der Tiefe seines Verstands und schweben im modrigen Dunst der Höhle. Er kann sie nie wieder ungesagt machen. Sie sind jetzt Teil der Welt, wie der Geruch der Flechten und das tröpfelnde Wasser und ihre weißen Zehen auf dem Felsgestein. Und die winzigen, schroffen Unebenheiten auf dem nassen, grauen Granit und die nach Gips schmeckende Luft.

»Du hast da drüben ein Blechbild. Ich hab gehört, das ist dein Bruder. Ich hab den Jungen gesehen. Ich weiß, wo er ist. Keine drei Tagesritte von hier. Ich kenne diesen Jungen. Ich bin mir ganz sicher.«

Eliza blickt zu ihm auf. Zu dem Mann, der seine Trumpfkarte gespielt hat. Er wirkt ängstlich, als müsse er in dem Spiel gleich mehr setzen, als er besitzt. Etwas lässt ihn zittern.

»Du hast meinen Bruder gesehen?«

Der Verräter nickt mit irrem Blick.

»Jeddo heißt er. Ungefähr so groß. Wehe, du sagst nicht die Wahrheit, Mister.«

»Ganz sicher, ich schwör's. Hab sogar ein paarmal mit ihm gesprochen. Hab ihn selbst gefunden, im April, da war er unterwegs nach Kanada.«

»Wo?«

»Auf dem Weg nach Kanada.«

»Nein, wo ist er jetzt?«

»Na ja – das ist das Schwierige – Mein Gedächtnis funktioniert nicht so gut bei diesem Wetter ... Ich hab mir gedacht ... na, vielleicht hilfst du mir ein bisschen auf die Sprünge.«

Patrick Owen Vinson, County Louth und Red Hook, Brooklyn. Im Augenblick seines Todes wird er sich an diesen Moment erinnern. Den Moment in dem er die Gewalt zur Bundesgenossin wählte und damit sein Schicksal besiegelte.

»So hat du dir das vorgestellt, Mister? Wenn ich dich nicht ranlasse, dann sagst du mir nichts?«

» ... Eliza ... Ich will nicht ... Ich muss nicht so sein ... Ich hab dich gern, Eliza ... Lass mich mit dir reden, Eliza ...«

»Was verlangst du von mir, Mister? Auf den Knien, hier im Dreck? Von hinten wie bei einer Sau? Ist es das, was du willst?«

»Eliza ... «

»*Welchen Teil von mir willst du, du Wurm*? Sag schon. Ich will es hören. Meine Hand? Meinen Mund? Das da unten, wo mein Kind rauskommt? Die Brust, an der es trinken soll? Ich will, dass du es sagst. Bist du so widerlich und gemein, dass du keine Frau dazu kriegst, dich anzufassen, und eine dafür bezahlen musst, die deinen bloßen Anblick nicht erträgt?«

»*Wieso bezahlen? Was redest du da? Ich hab nie was von Geld gesagt.*«

Eheha. Die Gehässigkeit des Echos.

Sein Mund auf dem ihren; seine Hände umklammern ihre Taille. Sie reißt sich los von Patrick Vinson, als sei er ein glühender Feuerball. Presst den Rücken an eine Felswand mit sporensprühendem Moos; es löst sich von dem Stein, als sie mit der schleimigen Masse in Berührung kommt. Wischt sich mit dem geballten Handrücken den Geschmack von den Lippen. Und plötzlich durchzuckt es ihn: Er sieht die Familienähnlichkeit. Nicht die Augen, es ist die Form ihres Mundes. Die Art, wie sie die Zähne fletscht.

»Du bist tot, Mister. Weißt du das? Ein Wort von mir, und du bist erledigt.«

»Wenn du das machst«, sagt Patrick Vinson, »siehst du deinen Bruder nie wieder.«

»Cole schlägt dir den dreckigen Schädel ein und prügelt es aus dir heraus. Und danach leg ich dir selber die Schlinge um den Hals.«

»Soweit wird es nicht kommen«, erwidert Patrick Vinson und zieht den Colt Repeater aus dem Holster.

So schwer, die Waffe. Liegt einem wie ein Anker in der Hand. Worauf hast du nicht alles verzichtet, um sie zu kaufen. Die Gläser, die du nicht getrunken, die Mädchen, denen du nicht den Hof gemacht hast, die Nächte, in denen du daheim geblieben bist und die Münzen in der Zigarrenkiste gezählt hast, das aufgewärmte Essen, die abgetragenen Stiefel – und all das hat dich an diesen Augenblick geführt, der nie in einem Geschichtsbuch stehen wird. Das hättest du nicht für möglich gehalten, als du noch jung warst, Patrick Vinson, dass du als Unterirdischer enden würdest.

Wasser rinnt durch die Risse in den Felsbrüstungen. Die Pilze glänzen: rostrot. Ein platschendes Echo hallt aus granitenen Querschiffen, und das Kichern der Dummköpfe, die irgendwo außer Sichtweite würfeln. Noch ist es nicht zu spät, noch kannst du dich von diesem Scheideweg abkehren, an den du dich selbst gebracht hast, aber es ist schwerer mit der Waffe in der Hand.

»Jetzt willst du mich also vergewaltigen«, sagt sie. »Du bist mir ein feiner Kavalier, Mister. Da kriegst du 'n Steifen von, wenn du 'n Gewehr in der Hand hast?«

»Nicht vergewaltigen! Sei nicht so dumm. Großer Denker bist du nicht, was? Hübsch ja, aber großer Denker nicht.«

»Willst du wissen, was ich denke? Dass ich dir mit Vergnügen die Augäpfel zerquetschen werde, wie Trauben. Wie Trauben, du Hurenkacke. Und dann trinke ich den Saft.«

»*Du verstehst mich nicht*«, fällt Patrick Vinson ihr ins Wort. »Das Gewehr ist nicht für dich. *Es ist für mich.*«

»Ii -üü -ii«, kreischt die Höhle hinter ihm. Ein Stein fällt polternd zu Boden.

Die Hand mit dem Repeater zittert heftig, so als wünschte er, dass ihm jemand die Waffe wegnimmt. Schweiß rinnt ihm über die Wangenknochen. Er leckt seinen dünnen Schnurrbart. Er sieht aus wie ein Verurteilter, der sich im Angesicht des Erschießungskommandos an die allerletzte Erinnerung klammert.

»Wenn du nicht mitspielst, so wahr mir Gott helfe, dann reite ich schnurstracks aus diesem Loch und geradewegs rauf nach Kanada. Wenn McLaurenson mich schnappt, jag ich mir 'ne Kugel in den Kopf. Aber dann kriegst du nie raus, was ich über den Jungen gewusst habe. Darüber kannst du dann den Rest deines Lebens nachdenken. Und du bist ja noch jung.«

Der Dummkopf John Galligan ist unten auf dem Felsvorsprung aufgetaucht; da tanzt er für sich allein in seiner langen Unterhose. Sein Freund Dunne oder Bubba – wer weiß, woher der kommt? – sägt auf einer imaginären Fiedel. Der Lichtstrahl verändert sich ganz leicht, als habe die Hand Gottes die unsichtbare Sonne verdunkelt. Sie hört Vinsons Atmen: angespannt, ungleichmäßig. Schweiß rinnt an ihm herunter wie an einem Pilz in der Hitze.

»Ich lass dir die Wahl«, sagt er. »Sag einfach Ja. Das ist alles. Dann bring ich dich zu deinem Bruder. Deinem eigen Fleisch und Blut.«

Hinter ihm die unsichtbare Schar der Verfluchten, all die Männer, die sie je benutzt haben, mit Gewalt, gegen bare Münze, gegen die bare Münze der Gewalt, so viele, dass sie das Zählen längst aufgegeben hat; und hinter ihnen wiederum all die, die ihre Mutter benutzt haben. Sie leben in der Finsternis. Nachts kann man sie hören. Sie brabbeln in ihren fremden Sprachen, aber am Ende sagen sie doch alle das gleiche: *Spielt denn einer mehr oder weniger überhaupt eine Rolle?* Dazu bist du schließlich da, Mädchen. Ganz allein dazu. Also warum zierst du dich dann so?

»Ich tu's nicht«, sagt sie. »Für kein Kind auf der Welt. Nicht für die lebenden und nicht für die toten, und auch nicht für eins, das erst noch kommen soll. Nicht für das Kind, das ich in mir trage. Nicht für meinen Bruder. Für niemanden. Nicht für Jesus und seine Mutter. Nicht um alles in der Welt. Du kannst mich wahrscheinlich zwingen. Wahrscheinlich kannst du das versuchen. Du siehst aus, als wärst du stark. Ich werde dir wehtun, so gut ich kann. Und mach dich darauf gefasst, dass du mich umbringen musst. Denn wenn du mich leben lässt, bringe ich *dich* um. Eines Tages bring ich dich um, auch wenn du hundert Jahre alt wirst und glaubst, du wärst sicher. Eines Abends machst du die Tür auf. Drehst dich im Bett um. Und dann komme ich aus deiner verdammten Matratze. Verlass dich drauf, Mister. Aber ich sag nicht Ja, auch wenn du mir eine Kugel verpasst. Ob du's mir sagst oder nicht, die Antwort ist Nein.«

Stalagmit Vinson. Er wünscht, er könnte weinen. Die Eiche für seinen Sarg ist schon gefällt. Er hört in Gedanken, wie sie umstürzt.

»Wenn dein Leben je mehr war als ein Hundeleben, Vinson, dann überleg's dir gut, ehe du Hand an mich legst.«

53. Kapitel

Verweilen will ich nimmermehr, denn die Liebe ist dahin

Ein zorniger Brief von Lucia an ihren Ehemann

❖

Con: Da Du weißt, wo ich mich befinde, spare ich mir die Mühe, meine Adresse niederzuschreiben. Deine Spione sind zweifelsohne in der Lage, Dich über meinen jeweiligen Aufenthaltsort bestens auf dem Laufenden zu halten. Du tätest gut daran, ihnen auszurichten, dass ich, falls mich einer von ihnen behelligt, keine Skrupel habe, ihm eine Kugel in den Kopf zu jagen.

Jeden Tag gehe ich zum Kontor der Postkutschenlinie und erkundige mich wegen einer Fahrkarte nach Salt Lake City. Jeden Tag erteilt mir der Bürovorsteher denselben abschlägigen Bescheid. Heute Vormittag nun habe ich erfahren, dass Du »von Amts wegen verfügt« hast, den Postkutschenverkehr für weitere zwei Wochen ruhen zu lassen. Offenbar hegst Du keine Skrupel, dieses Territorium zu ruinieren und zu lähmen, wenn Du damit meine Wünsche vereiteln kannst.

Ich teile Dir hiermit mit, dass ich, wenn mir binnen zwei Wochen keine anderen Transportmittel zur Verfügung stehen, dieses Territorium notfalls zu Pferd oder zu Fuß verlassen und dabei gegebenenfalls auch das Indianerterritorium durchqueren werde. Die möglichen Folgen musst Du vor Deinem Gewissen verantworten. Du kennst mich gut genug, um zu wissen, dass es mir nicht am nötigen Mut fehlen wird.

Darüber hinaus werde ich mich unterwegs jedem, der mich danach fragt, als Ehefrau von James O'Keeffe zu erkennen geben, der mich durch seinen Stolz in diese missliche Lage gebracht hat. Sobald ich New York erreiche – falls ich New York erreiche –, werde ich bei jeder Gelegenheit, die sich mir bietet, darlegen, wie du mich behandelt hast. Jede Zeitung in Irland wird eine Kopie meines Berichts erhalten, ebenso wie jeder deiner Freunde. An meinen Vater und dessen

Anwalt habe ich bereits geschrieben und sie angewiesen, jede weitere Auszahlung meines Kapitals zu unterbinden. Wenn Du mich hältst wie ein Tier, in Deinem eigenen Australien, dann wirst Du, das kann ich Dir versichern, den gerechten Preis dafür zahlen.

Es ist geradezu mitleiderregend, dass Du Dich nicht entblödest, mich auf diese dumme und kindische Weise zu strafen. Dein Bemühen wird nicht von Erfolg gekrönt sein, das versichere ich Dir. Wenn Du Krieg willst, dann sollst Du ihn haben.

Lucia.

54. Kapitel

Wo bist du nur, o Liebste mein?

Mehr aus Wintertons Tagebuch – Er forscht in der Stadt nach seinem verschwundenen Schwarm – & sieht einen Fremden, der einem alten Kameraden des Gouverneurs ähnlich sieht – Gedanken über eine der Hauptverkehrssprachen in Redemption – & er findet einen neuen Freund unter den Stadtbewohnern

❖

5. XI. 66. Redem. F.

Häufige, abrupte Wechsel in Windrichtung und -geschwindigkeit.

Seit dem Krieg ist mein Gedächtnis schlecht. Vergesse die einfachsten Dinge. Gerade Einzelheiten. Heute morgen dachte ich darüber nach, wie ich hierher ins Territorium gekommen bin, und wusste kaum noch die Route, ohne dass ich sie mir aufschrieb. Macht mir Sorgen; ärgerlich auch. Hoffe, es geht vorüber. Frage mich, ob ein Arzt etwas tun könnte.

Vier Tage und Nächte im Bett – greifbar lebhafte Träume von ihr – aber das Fieber scheint jetzt überstanden. Seltsam, wie überempfindlich man nach einer Fiebererkrankung ist. Reinigend; Übles wird ausgespült, eine Hautschicht fortgeätzt. Gerüche, Geschmack, sogar Berührungen extrem intensiv. Man fragt sich, ob sich so ein Kind fühlt, das eben zur Welt kommt. Oder ein Sterbender im Begriff, sie zu verlassen.

Ein wenig unsicher auf den Beinen am Vormittag, schwitze immer noch wie ein Schwein, Stuhl breiig, Zunge pelzig und belegt; doch zu Mittag fühlte ich mich gut genug wiederhergestellt für einen Spaziergang, und um eins trank ich ein Glas helles Bier. Erquickend, auch wenn beunruhigend erdiger oder nussiger Beigeschmack. Weiß der Himmel, was sie hineintun. Am Besten, man fragt nicht.

Kleiner Ausflug nach Perryville Cross. Skizzierte die Ruinen. Thermometer scheint defekt, konnte keine exakten Messungen vornehmen. Doch Luft sehr kalt & frisch & belebend. Fühlte mich sogleich viel wohler: Allein das Atmen war eine Erleichterung. Aber ich konnte nicht viel bei mir behalten.

Am Vormittag viel Gedränge in der Stadt, Händler der Kootenai, die auch über die mittägliche Sperrstunde hinaus blieben. (Offenbar drückt er hier ein Auge zu.) Hirschfelle, Bärenhäute, einige sehr hübsch zurechtgemacht, Schmuck, kleiner Schnickschnack, den ihre Frauen basteln. Armselige gescheckte Ponies, doch keiner kaufte sie. Erwarb eine Waschbärfellmütze mit Ohrklappen von einem uralten Gauner; er war halb nackt, und das bei dieser Kälte. Fragte mich (mit Gesten in Richtung meiner Pistole), ob er Patronen statt Bargeld bekommen könne. Ich lehnte ab & er sah sehr niedergeschlagen aus. Keinen einzigen Zahn hatte mein Handelsmann in seinem bemalten Schädel. Man fragt sich, wie er seine Mahlzeiten kaut. Sein Kompagnon hatte noch ein paar schwarze, schartige Stummel vorzuweisen. Wie ein Friedhof, in den der Blitz gefahren ist.

Verlor ein wenig beim Montebank in einem Saloon namens »Shoogawn«. Erwog eine Runde Poker, gab jedoch der Versuchung nicht nach. Ein Falschspieler dabei – ich konnte sehen, wie er es machte. Clever. Wäre nicht leicht zu übertrumpfen gewesen.

Ein paar bemerkenswerte Redewendungen der Weißen fielen mir auf. Worte für Kutsche, Glücksspieler, elende Städte, für den Unsinn, den jemand redet, für Straßenjungen und für das Pech, das man hat. Manche Sätze bedeuten anscheinend nichts *per se*, sondern sind eher eine Art Platzhalter; von solchen Wendungen scheinen die Hibernier ganze Wörterbücher zu haben. Man hört Unterhaltungen, manche davon über beträchtliche Zeit, in denen absolut nichts Greifbares gesagt wird. Vermutlich liegt die Botschaft in Stellung und Gebrauch und in der Betonung der Formeln. Ein wenig wie beim Kantor in der Synagoge.

Der Schnee erwies sich als kurze Episode – was hoffen lässt, denn einen weiteren Ansturm der Elemente wie jenen, der sie, wie man erzählen hört, um die vergangene Weihnachtszeit heimsuchte, würde die Stadt nicht überstehen. Es gibt ohnehin schon zu viele leere Gebäude hier – verfallen, bedrückend; nicht besser als Hühnerställe. Die Einwohnerzahl nimmt von Woche zu Woche ab.

Als ich heute durch die Straßen schlurfte (*die Kirchenglocke schlägt; es muss wohl Mitternacht sein*), sah ich ein erstaunliches Bild: eine Familie von Einwanderern, die zu Fuß Einzug in die Stadt hielt. Der Vater ächzte zwischen den Deichseln eines armseligen Eselkarrens, auf den sie ihren bescheidenen Hausrat geschnürt hatten wie ein Hausierer sein Gerümpelbündel; eine bedauernswerte Irenfrau und ein schmutziger schwarzer Junge folgten dem Patriarchen nach, beladen wie zwei Packesel. Doch wahrhaft verblüffend war das Antlitz des Moses, der den Karren zerrte. Säße er nicht als Gefangener in Virginia, so hätte ich schwören können, dass es niemand anderes war als John Fintan Duggan, Leutnant der Rebellen und einstiger Freund von O'K. Nie habe ich eine solche Ähnlichkeit gesehen. Es ist schon wahr, ein jeder Mensch hat seinen Doppelgänger.

Seit Berichte von einer äußerst reichen Goldader eintreffen, die man am Jacobite Mountain entdeckt hat, fliehen die Prospektoren aus der Stadt wie Fledermäuse bei Sonnenaufgang. Man muss sich fragen, welche Zukunft das armselige Redemption wohl haben kann, es und die vielen anderen Goldgräberstädte des Territoriums. Vielleicht ließe sich etwas retten, wenn man abrisse und solide neu baute, von Anfang an nach dem Schachbrettmuster mit ordentlich vermessenen Grundstücken, mit Kanalisation, geteerten Straßen, einem Marktplatz, standardisierten Bauten, mit allem, was zu einer zivilisierten Siedlung dazugehört. Stückwerk hält nie lange: Wie der Mensch muss auch eine Stadt aus einem Keim heraus erwachsen, der den Bauplan schon in sich trägt; ist der Samen schadhaft, so wird nichts Gutes daraus sprießen. (Ein Haus, welches gespalten ist, & cetera & cetera.) Doch keiner von diesen verstockten Dickschädeln würde auf einen so vernünftigen Vorschlag eingehen. Aber was geht mich das an? Soll es zugrunde gehen. Schließlich geht alles, was existiert, zugrunde.

Hinkte eine Weile umher. Anfälle von Schüttelfrost. Darmkrämpfe kamen und gingen. Schwere Krise zwang mich, eine Gasse aufzusuchen; fühlte mich besser, als ich mich erleichtert hatte. Einen Moment lang – Gott! – glaubte ich, ich hätte sie in der »Tone Street« erblickt, wie sie gerade Kienspäne von einem Chinesen kaufte. Lief ihr nach wie ein Trottel. Hätte beinahe ihren Namen gerufen. Doch dann drehte sie sich um, und es war nicht mein Engel. Überlegte, ob ich mir einen von den schwarzen Dreckspatzen schnappen sollte und ihm sagen, ich hätte einen Brief für die Frau des Gouverneurs; ob er wisse, wo ich sie finden könne? Doch das schien mir zu gewagt, denn ich hatte keinen solchen Brief, und er würde mich gewiss auch nur zum Haus führen. Trieb mich eine gute Stunde umher, doch nirgendwo eine Spur von ihr. Eine bedrückende Stimmung bemächtigte sich meiner. Sehr niedergeschlagen, und es wurde zusehends schlimmer. Die Klarsichtigkeit der Verzweiflung. Was in Gedichten darüber steht, trifft nie.

Meine Gedanken flogen wie Vögel: ließen sich hier nieder, schwirrten nach dort. Nur einen einzigen Baum gab es, in dem sie Frieden fanden. Zwang mich, mich an einem Badehaus für Viehhirten zu waschen, eine wahre Symphonie des Schmutzes. Fettige Wanne aus getriebenem Zinn. Handtuch fadenscheinig und stinkend. Bedauernswerter Homunkulus, ein Russe, glaube ich, holte das Wasser; es war lauwarm & gelb wie Urin, buchstäblich, kommt von Golderz in den Bergen (behauptete er). Bot mir an, mich mit einem Zweig zu peitschen. Sei außerordentlich gesund für das Blut. Antwortete ihm *njet*. Er schien enttäuscht.

Habe einen gewissen Calhoun kennengelernt, Marshal hier. Nichts aus ihm herauszubekommen. (Als »Colquhoun« in Irland geboren. »Können die Yanks nicht aussprechen.«) Aufrechter, würdiger Mann, eine Art Glanz geht von ihm aus; scharfsichtig und doch gelassen. Tut unauffällig viel Gutes, erzählen die Einheimischen. Selbst die Konföderierten respektieren ihn. In jedem kleinen Ort in Amerika findet man Menschen wie ihn. Wenn es Männer sind, beschämen sie einen, man möchte besser sein, als man ist. Wenn es Frauen sind – und oft, ja meistens sind es die Frauen –, hat man das Gefühl, dass das Leben doch noch einen Sinn haben könnte. Wie solche Menschen den Krieg überstanden haben, werde ich, glaube ich, nie begreifen. Glücklich die Kinder solcher Eltern.

Zurück im Hotel um Viertel vor zwei. Witwe am Altar ihrer Empfangstheke. Lud mich zwecks Förderung meiner Genesung zum Brandy in ihrem Büro ein. Antwortete, ich tränke keinen Brandy. Offerierte »englischen Tee«.

Redeten vom Krieg. Nichts Nennenswertes. (Gibt sich als Anhängerin der Union; andere sagen, sie habe ihre Fahne nach dem Wind gedreht.) Wusste von dem Überfall nur dass, was in der Zeitung gestanden hatte. Hatte sich keine Sorgen deswegen gemacht. Hatte auch nicht vor, sich welche zu machen. Interessiere sich nicht für Politik, sagte sie. (Eine ganze Schiffsbesatzung ertränkt – eine politische Frage?) Entschuldigte sich dauernd für ihr schlechtes Englisch, obwohl sie in Wirklichkeit sehr gut spricht, aber es machte ihr wohl Freude, wenn sie es herunterspielte und die üblichen Versicherungen bekam, und so spielten wir denn eine Weile Pingpong mit diesen falschen Höflichkeiten, und der Tee schmeckte zwar säuerlich, doch war er nicht untrinkbar. Erzählte ihr, dass ich sogar ein paar Worte ihrer Muttersprache radebreche. Natürlich aus der Übung, doch es hatte, in jenen jungen Jahren, in denen die Dinge sich noch mühelos einprägen, ein Kindermädchen gegeben, eine Böhmin. Sie strahlte vor Vergnügen, als sie das hörte. Man spürte geradezu, wie sich Türen öffneten. Bedauerte, dass ich erst jetzt auf den Gedanken gekommen war, Beate zu erwähnen.

Sie kletterte auf eine Bank und holte von einem verstaubten Regalbrett einen Band deutscher Kinderlieder herab, betitelt *Des Knaben Wunderhorn*, makaber illustriert mit den üblichen Holzschnitten, Bilder von der Landbevölkerung und anderen Lüstlingen. Diesen Band, erzählte sie wehmütig, habe sie im Gepäck gehabt, als sie im Jahr '53 von Hamburg herübergekommen sei. *Vati* sei Schriftsetzer gewesen und habe ihn selbst gesetzt. Der stattlichste Mann in ganz Westfalen, versicherte sie. Doch jede Frau hält ihren Papi für die Krone der Schöpfung.

Man mühte sich, angemessen bewundernde Laute hervorzubringen, Anerkennung für das Magnum opus ihres alten Herrn. (Tiefschwarzer Druck, großzügige Ränder: das Ganze, man muss es zugeben, streng und schön, aber man braucht die rechte Verfassung für soviel Schlichtheit.) Sehen Sie nur hier, Tafel zweiundsiebzig. Die Aufforderung war ein Befehl, und ich gehorchte. Ein abstoßender Troll, knietief im Sumpf, schieläugig, hakennasig, angsteinflößende Ausbuchtung in seiner Strumpfhose. Ob einem der vielleicht bekannt vorkomme, fragte sie mit einem Grinsen. Impertinente Schlampe. Doch nein, sie meinte nicht Modo, der einem da vom Papier entgegenstarrte. Sehe er nicht aus wie ein gewisser Irländer, der in der Stadt einigen Einfluss habe? Grausam, doch tatsächlich war die Ähnlichkeit mit dem *Bürgermeister*, auf den sie anspielte, nicht zu übersehen. In der knorrigen Hand hielt der Zwerg ein Schwert.

Sprach nun auf eine indirekte, ein wenig verschlagene Weise, die bevorzugte Tonart in seiner Gemeinde, vom *irischen General*. Er blieb ihr ein ewiges Paradox: Sie war nicht mit allen seinen Maßnahmen einverstanden, bewunderte aber doch seine *Härte*. Ob ich das deutsche Wort kenne? *Aber ja*, versicherte ich ihr. Beim Brombeersuchen an meinem siebzehnten Geburtstag hatte Beate es auf denkwürdige Weise illustriert.

Sie habe gehört, sagte sie, dass ich ein Kamerad des Generals im Krieg gewesen sei. Korrigierte diese Fehlinformation. Sie schien erfreut.

Ein hartherziger Teufel sei er, *nicht gut Kirschen essen* mit ihm. War oft zu hören gewesen, wie er seine Frau anschnauzte. Damit habe er sie auch vertrieben, erzählten die Leute. Aber ja, sie sei hier gewesen. Wohin sie gegangen war, wusste sie nicht. Manche sagten Fort Braintree, andere Freshet Falls oder Cleburne; wieder andere zurück in die Hölle, wo sie hingehöre. Nein, in der Stadt sei sie nicht beliebt gewesen. Zu viele Allüren & Marotten. Habe sich aufgeführt wie eine Herzogin unter Bettlern.

Der Irländer hatte seinen Marshals aufgetragen zu erzählen, dass sie eine Heilquelle aufgesucht habe und bald zurückkehren werde – aber das war vor zwei Monaten gewesen und es hieß, sie sei *Hals über Kopf* aufgebrochen. Wenn der Himmel es wolle (dies schalkhaft), müssten die Wasser sie doch inzwischen kuriert haben, was immer das Wehwehchen gewesen sei. Nur nach außen hin hielten sie den Schein der Ehe aufrecht, munkelten müßige Zungen. Er habe sie des Geldes wegen geheiratet, sie sei besessen von seinem Ruhm gewesen. Der Gouverneur habe Bastarde in jedem Staat der Union. Und seine Frau sei ja weiß Gott nicht besser.

Die sei doch ein Halbblut, das wisse jeder. Tochter einer Sklavin und eines Aufsehers. Aus Mitleid sei sie ins Haus ihrer sogenannten Familie gekommen, die sie dann als ihre Tochter ausgegeben habe. Deshalb hätten sie und O'Keeffe auch nie Kinder gehabt. Jedes davon hätte kohlschwarz sein können – so etwas kam oft genug vor, das war eine wissenschaftliche Tatsache –, und dann hätte die ganze Welt ihr Geheimnis gekannt.

»Wie galant«, sagte ich mit einem, wie ich hoffe, ungekünstelten Lächeln. »Madames Biologiekenntnisse sind nicht minder groß als ihre Schönheit.«

Ich hätte (sagte sie mit dünner Stimme) von diesen Spekulationen gewisslich gehört. Antwortete, ich wisse nicht das Geringste davon. Das sei, fand sie, auch besser so. Sonst würde ich noch einen schlechten Eindruck vom Gouverneur bekommen. Sie wolle ja auch keine Klatschgeschichten erzählen, *Gott behüte*. Das Gold aller Yankees könne sie nicht dazu bringen, dass sie tratsche. Wenn seine Frau dem Gouverneur Hörner aufgesetzt habe, dann gehe das niemand anderen etwas an. Ach, davon wisse ich auch nichts? Na, dann wolle sie lieber nichts weiter sagen. Der Tag würde kommen, an dem diese Frau vor ihren Schöpfer trat. Wer die Kurtisane spielt, während ihr Mann im Felde ist, werde im Jenseits schon noch seinen Preis dafür zahlen.

Ja sicher, ja sicher, das ganze Territorium wisse das. Ihr Verhalten, ihre Moral, *skandalös*. Die Witwe zog mich ins Vertrauen; sie hatte es aus verlässlicher Quelle. Es gebe da Dinge im Leben der Gouverneursgattin, die seien einfach zu entsetzlich, um darüber zu reden; die schlimmste Hure auf Erden verdiene nicht, dass man ihr so etwas nachsage. Wenn kein anderer Komplize verfügbar gewesen sei, um ihre Lust zu befriedigen, sei sie über die Kais von Manhattan gezogen, in Männerkleidern, und habe junge Soldaten verführt, indem sie sich billig oder bisweilen sogar gratis feilgeboten habe. Und die Ärmste sei ja auch dem Rauschgift verfallen. Doch, das sei leider Gottes die reine Wahrheit.

»Das kann nicht sein«, antwortete ich und fügte, durchaus wahrheitsgemäß, hinzu, dass man doch viel Lobendes über die fragliche Dame gehört habe, ja Hymnen auf ihre Tugend und Güte. Habe sie denn nicht im Krieg die Verwundeten gepflegt und immer wieder ihre Nächstenliebe unter Beweis gestellt? (Erschwingliche Prostitution war nicht darunter gewesen.) Verdankten nicht Hunderte von Männern ihr das Leben? Sei es nicht unchristlich, so über jemanden zu reden, und sei nicht üble Nachrede die Sünde der Neidischen? Schließlich gelte doch jeder als unschuldig, bis das Gegenteil bewiesen sei.

Die Witwe stieß ein Kreischen aus im Angesicht von solch rührender Einfalt und goss sich ein wenig Brandy nach. Es gebe einen guten Grund, warum diese Verderberin sich für das Krankenhaus gemeldet habe. Ich könne mir wohl vorstellen warum. Sie brauche es nicht ausdrücklich zu sagen. Damit sie sich als Heilige von makelloser Moral hinstellen konnte und keiner das feine Flittchen sah, das sie war. Doch ein goldener Götze kann in seinem Inneren erfüllt sein vom übelsten Gift. (Die Katze, das Mausen &cetera.) Sanitäter, ein schwarzer Krankenwärter: Sie war nicht wählerisch gewesen. Selbst gegen die Natur hatte diese Hexe sich versündigt. Sie hatte der Frau eines angesehenen Arztes nachgestellt und sie schließlich verführt: einer gläubigen Christin, der schönsten und gottesfürchtigsten in ganz New York. Der brave Ehemann war früher von der Arbeit zurückgekehrt, und so schockiert war er gewesen von dem Bild, das sich ihm bot, als er die Versucherin in den Privatgemächern der Hausherrin fand, zurückgelehnt, die Röcke derangiert, die Gabe der Zunge genießend, welche die vom Korsett befreite Konvertitin, vor ihr knieend, ihr gewährte, dass sein Bart am nächsten Morgen vollkommen ergraut war. So tief sei die Ehebrecherin gesunken – das zumindest habe ich doch gewiss gehört? –, dass sie sich an einem der unglücklichen Patienten, die ihr anvertraut waren, vergangen habe.

Man hielt in der Bewegung inne, mit der man die Tasse zum Munde führte. Das sei aber doch sehr unwahrscheinlich, wandte ich ein.

Ganz im Gegenteil, jeder wisse das. Aber sie wolle lieber davon schweigen. Es sei zu verrucht als dass man unter einem anständigen Dach darüber reden könne. Ein blutjunger Soldat, *in Gottes Namen*, den nur noch ein paar letzte Seufzer vom Grabe trennten. Ob ich denn wirklich nie gehört habe, was die Spatzen von den Dächern pfiffen? Na, wenn nicht, dann sei es besser, sie lasse mich in meiner Unwissenheit, denn einen Nachbarn schlechtzumachen, das sei wider das göttliche Gebot. Aber es sei ein Segen, sagte sie noch, dass dies Ungeheuer nicht mehr in der Stadt sei, denn selbst hier habe es Gerüchte gegeben. Ein Farmersjunge in Lake Allen. Der schwachsinnige Sohn des Büchsenmachers. Ja, dieser Teufelsbraten im Haus des Gouverneurs wäre ihr nächstes Opfer gewesen, sobald er sich das erste Mal rasiert hätte. Die Frau war zerfressen von ihren Gelüsten. Alles, was Hosen anhatte und noch Blut im Leibe, musste sie verderben. Aber wir müssen Mitleid haben, nicht wahr? Werfe der, welcher ohne Sünde ist, den ersten Stein.

Über das Kind im Haus wusste sie nicht viel. Ein Junge, bestätigte sie, und ein *Schlingel*. Wusste nicht mehr, wann er gekommen war –

um die Weihnachtszeit. *Ja sicher*, letzte Weihnachten war es gewesen – wie ein Spuk war er aus dem Schneesturm aufgetaucht. Sie hatte gehört, dass er in der Armee des Südens gewesen war. Wusste nicht, ob das stimmte. Sei ihr auch egal. Und warum der General ihn zu sich genommen habe – das sei ein unergründliches Rätsel. Wer konnte schon die Taten eines so stürmischen Mannes erklären? Und um die Wahrheit zu sagen, die Hälfte der Zeit sei er ja *blau wie ein Veilchen*.

Ich sah sie fragend an.

»Mit Wizky. *Ze hootch*. Branntwein.«

Ah.

Beate sei eine sehr tüchtige Lehrerin gewesen, sagte ich lächelnd; doch Fachbegriffe für die Trunkenheit hätten nicht auf dem Plan gestanden.

Natürlich habe sie nichts dagegen, dass ein Mann einmal trinke, erklärte sie, nicht einmal dagegen, dass er es bisweilen übertreibe. Aber man solle sich doch beim Übertreiben mäßigen, sonst könne es auch zu weit gehen. (Ich glaube, ich verstand, was sie sagen wollte. Jedenfalls nickte ich heftig.) *Sternhagelvoll* sei der Gouverneur oft, ja *sturzbetrunken*. In solchen Fällen könne man sich dem streitsüchtigen Säufer nur mit größter Vorsicht nähern. Manche hätten Mitleid, sagten: »Die Worte eines Betrunkenen sind die Gedanken des Nüchternen.« Doch meine Wirtin fand, das sei keine Entschuldigung für schlechtes Betragen. *Sie etwa?*

»Aber nein, Madam«, antwortete ich ernsthaft, obwohl ich nicht recht wusste, worauf sie hinauswollte. Doch die Solidarität allein schien ihr zu genügen.

Erkundigte sich nach meiner Arbeit. Fasste es ihr kurz zusammen. Schien rührend interessiert & kein bisschen begriffsstutzig. (*Kartenzeichner. Eine geographische Übersicht.*) Ließ sich genau erklären, wie eine Landkarte entsteht, was die Zeichen und Linien bedeuteten & cet. Die Ketten, die für das Vermessen Verwendung fänden (sagte ich), seien fünfzehn Meilen lang, jedes Glied so groß wie ein Weinfass. Zeigte ihr meinen Sextanten und sie nahm ihn kurz in die Hand, stieß dabei kleine entzückte Rufe aus. Ziehen Sie den Hebel, und der Schaft wird länger, erklärte ich. Sie zog. Er wurde länger. Sie staunte.

Hässliche Gedanken stiegen auf aus dem Sumpf. Rührte bedächtig in dem kalt gewordenen Tee.

Es gebe da eine Frage, sagte sie – eine Frage vermutlich vertraulicher Natur –, aber doch eine Frage, welche, hoffe sie, unsere Freundschaft ihr zu stellen gestatte. Es gehe um mein Projekt, welches auch für sie von Interesse sei, für sie als Geschäftsfrau in Redemption Falls. Ein großes Kontingent Soldaten werde ins Territorium kommen, habe sie gehört. Dann müsse es doch auch Offiziere geben. Sie würden Quartiere brauchen, Verköstigung & so weiter. Die Unterkünfte für das Offizierskorps müssten in jeder Hinsicht erstklassig sein.

Natürlich, stimmte ich ihr zu. Soweit möglich.

Ich werde doch sicher der Regierung Empfehlungen geben, wo solche Quartiere zu finden seien. Zweifellos werde man dabei an ein besseres Haus denken, nicht die Absteigen und Bruchbuden und Kaschemmen, von denen es im Bezirk ja nur so wimmle. Ich werde doch gewiss eine Liste möglicher Adressen zusammenstellen. In der Stadt habe sie gehört (von wem, entsinne sie sich nicht), ihr Etablissement stehe in meiner Rangliste gleichauf mit einem konkurrierenden Unternehmen. Sie hoffe, sie könne dafür sorgen, dass es meine bevorzugte Adresse werde.

Ah, sagte ich.

Aber ja. Aber ja.

Ich glaube, sagte ich taktvoll, wir verstehen uns.

Die Tatsache, dass es keine solche Liste geben würde, ließ ich geflissentlich unerwähnt.

Sie lächelte, recht bedrohlich, und blickte mich eine Weile lang an. Ich muss zugeben, in gewisser Hinsicht finde ich sie gar nicht so ganz abstoßend. Eine Klatschtante, sicher, aber wer hat nicht schon selbst einmal Klatschgeschichten erzählt? Kleinlichkeit ist nichts weiter als eine verzeihliche Schwäche des provinziellen Verstands, so wie Überheblichkeit die des städtischen. Die Nordhälfte, um es geographisch auszudrücken, wird nie ihre Stärke sein, doch der Süden hat eine nicht unappetitliche Reihe von Erhebungen aufzuweisen. Vest Wirginia sieht durchaus einladend aus. Die Weite der Appalachen. Durchaus vermessenswert.

Sie hat etwas von einem fülligen Vogel, fluguntauglich, würde ich vermuten, fast schon (oder auch ganz) ausgestorben – doch mit der geschwungenen Nase, den schweren Lidern, dem üppig gestaffelten Kinn derer, deren moralische Impulse unheilbar europäisch sind. Ein kummervoller, ein melancholischer Ausdruck ergibt sich, eine Schlaffheit der Erscheinung. Doch sie ist auch eine Frau mit Erfahrung und sie lässt es sich anmerken, eine Frau, die weiß, wie es in der Welt zugeht. Es wird geflüstert, zur Witwenschaft hätten ihr die Vigilanten verholfen; doch man hegt keine großen Zweifel, dass der Treulose bekam, was er verdiente. Er wurde, hört man, ertränkt in einem Fass aufgefunden, geknebelt mit dem intimen Kleidungsstück einer verführten Unschuld. Keine Rache der Hölle kann sich messen mit der einer hintergangenen Frau. Sie selbst, heißt es, nagelte den Deckel auf.

Sie fragte, ob man nicht einsam sei, so fernab von zu Haus. Man gab zu, dass sich das Gefühl schon bisweilen einstelle. Sie flötete etwas von der Bürde, die die Pflicht doch oft sein könne. Der amerikanischen Nation zu dienen sei die größte Ehre, auf die ein Bürger hoffen könne, aber es erfordere doch auch (denke sie oft) einige Opfer; es müsse mit vielen und schweren Belastungen verbunden sein.

In der Tat, gestand man ihr gern. Sie versicherte mich ihres Mitgefühls. Manche Herren, Gäste ihres Hauses, seien in solchen Zeiten der Anspannung ein wenig Zerstreuung nicht abgeneigt. Geteiltes Leid, halbes Leid. Es sei nicht schwer zu arrangieren. Auf Kosten des Hauses natürlich.

Entgegnete, man wolle nicht darum herumreden: Da sei die Frage der äußeren Erscheinung. Die meisten Damen werde mein Anblick in Schrecken versetzen. Gewiss, man sei ein Mann von Welt und so weiter und so fort, habe in der Armee gedient & cetera & cetera, doch seit der Verwundung habe man kein Etablissement für Gentlemen mehr aufgesucht, man habe sich geschämt und so weiter. In der Hinsicht bestehe kein Grund zur Sorge, versicherte sie mir diskret. Sie suche ihre Damen ebenso nach ihrer Freundlichkeit wie nach ihrer Schönheit aus. Ein Mann sei doch immer noch ein Mann. Und werde immer ein Mann bleiben. »Wenn ihr uns stecht«, sprach die Witwe, »bluten wir nicht?«

Reichte mir ein Album mit Daguerreotypien und empfahl mir, es in meinem Zimmer zu studieren. Es zeige, erklärte sie, in künstlerischen Aufnahmen, sämtliche Schönheiten in ihrer Obhut. Sie werde sich binnen kurzem bei mir melden und nachfragen, ob ich etwas nach meinem Geschmack gefunden habe. Ein höchst fesselnder Band. (Mehr noch so als das Wunderhorn.) Die Fotografie, hat man den Eindruck, ist eine Kunstform mit großer Zukunft – gerade wenn jemand mit ästhetischem Sinn die Kamera führt.

Was konnte Schlimmes daran sein?, fragte man sich. Und es würde nie jemand erfahren. Geschenktem Gaul & cetera & cetera.

Suchte ein hübsches, rundliches Fräulein aus (wohl der alten Zeiten wegen). Umgänglich und tüchtig, Farmerstochter aus Wisconsin, doch die übliche Niedergeschlagenheit, als sie gegangen war. Kann nicht angenehm für sie gewesen sein. Besah mir mein Gesicht im Fenster. Nie angenehm für das Mädchen, aber sie haben Order, sich zu verstellen. Entwürdigend auch für den Mann, wenn man lange genug nachdenkt. Man wird ärmer dadurch.

Und was wird später aus ihnen, wenn sie alt und müde sind? Und wenn man ihnen auf der Straße begegnete, mit Mann und Kindern, was würde man sagen? Sich verstellen, nehme ich an. Alles nur Lügen und Verstellung. Und die größte von allen ist die Ehe.

Witwe fragte mich beim Abendessen, ob alles zu meiner Zufriedenheit gewesen sei.

Ja, das sei es, log ich. *Dankeschön.*

Eine Ehre, entgegnete sie lächelnd, der Regierung gefällig zu sein.

Und so, nun endlich, zu Bett.

❖

Gütiger Himmel – Ein entsetzlicher Traum, der schlimmste, den ich je gehabt habe – Ich sah mich durch eine Versammlung der Verdammten kriechen – durch einen Brei aus Knorpeln und verwesendem Fleisch – mit dem Gouverneur auf dem Rücken – er ritt auf mir wie ein Jockey – gierig bissen sich seine Zähne durch die Schale meines Schädels, und dazu schrie er: »Tod dem Verräter!«

Gleich daneben reihten sich die Legionen & Bataillone der Gefallenen des Krieges: ganze Armeen in Unionsblau und dem Grau des Südens – Heulende, Wehklagende, Wurmzerfressene in endlosen Reihen bis zum Horizont – Schleppte mich auf einen hohen Felskamm, von wo ich in ein Tal hinabblickte – auf dem Fluss ein Schiff voller Narren und gespenstischer Kinder – Hier heftete mir ein Junge einen Orden an die Brust, ein Junge in brennenden Lumpen: darauf eingraviert das Wort »Feigling« – Er brannte mir im Fleisch, doch ich konnte ihn nicht fortreißen – Es war das Kind, das ich beim Gouverneur gesehen hatte.

Erwachte vor wenigen Augenblicken – warf die Bettdecke ab; Laken und Kissen schweißdurchtränkt – Wusste einen Moment lang tatsächlich nicht, wo ich war – Gott – Was für ein Schrecken – Das Herz schlägt mir bis zum Halse.

Jemand geht den Korridor entlang. Ein Mann, glaube ich. Die Nacht ist grabesstill. Es schneit.

Geräusch am Fenster. Jemand wirft etwas. Von unten von der Straße. Der Junge sah zu mir herauf. Schien zu lachen.

Jemand war im Zimmer, während ich schlief: Kerzen gelöscht, ein Krug mit frischem Wasser. Das Wesen auf dem Dachboden huscht und raschelt. Heute Nacht werde ich keinen Schlaf mehr finden.

Wünschte, ich hätte etwas zu lesen.

Aber da fällt mir ein: Das habe ich ja.

55. Kapitel

Ich bin ein kühner Bösewicht, Mein Land, das liebt' ich sehr

Wintertons Lektüre – Eine Art Biographie

❖

GEHEIMDIENSTLICHER BERICHT
STRENG VERTRAULICH
BESITZ & LEKTÜRE DIESES SCHRIFTSTÜCKS NUR MIT AUSDRÜCKLICHER AMTLICHER GENEHMIGUNG*

Caveat Lector: Die Fakten in diesem Dossier sind nicht überprüft & können fehlerhaft sein.

Namen der verdächtigen Person: Giacomo (auch bekannt als James) Cornelius O'Keeffe.

Decknamen: Keine. (Gewisse Vertraute nennen ihn »Con«.)

Geburtsort und -datum: Grafschaft Wexford, Irland, Vereinigtes Königreich. 4. oder 5. April 1823.

Haftbefehle & ausgesetzte Belohnung(en): Steckbrieflich gesucht in sämtlichen Gebieten und überseeischen Besitzungen der britischen Krone, Haftbefehl vollstreckbar durch jede Amtsperson.

Strafe bei Ergreifung: Tod durch Erhängen und Vierteilen. Kein Appellationsrecht.

Vater (soweit bekannt): John Downing O'Keeffe. Getreidehändler; Oberbürgermeister von Wexford 1827–1829, kurzzeitig Mitglied des (britischen) Parlaments. Angesehener Bürger.

Mutter (soweit bekannt): Annalena Margarita Rugierro (geb. in Pordenone bei Venedig). Gest. in Dublin, Schwindsucht, als Zielp. fünf Monate alt war.

* Dokument, bei der Durchsuchung von Wintertons Kleidung nach dem Massaker von Fort Stornaway im Januar 1867 entdeckt. Es war in eine Hutkrempe eingenäht.

Schulische Ausbildung der Zielperson (soweit erfolgt): Rowanwood Coll., Kildare County, Irland; Stonesglade Coll., Shropshire, England. Häufige Disziplinarstrafen. Boothman-Medaille für Shakespeare-Rezitation. Schulverweis (angeschuldigt des Opiumbesitzes: Vorwurf abgestritten).

Konfession: Röm.-kath., nicht praktizierend. Anhaltspunkte für antiklerikale Einstellung in Reden und Schriften.

Familienstand: Derzeit rechtsgültig verheiratet. Frühere, nicht amtliche Verbindung. Siehe unten.

Personenbeschreibung: Fünf Fuß zehn Zoll. Augen dunkelbraun. (Rechte Iris geringfügig dunkler als die linke.) Dunkler Teint. Haar leicht ergraut. Kräftiges Kinn. Buschige Augenbrauen. Mediterraner Typus. Aufgeschwemmt & vermutlich an Gicht leidend. Verblasste Tätowierung auf rechter Brust: flammendes Schwert mit darumgewundener Schriftrolle, Schriftzug »Erin go Bragh«. (»Irland für immer« in irischer oder keltischer Sprache.) Leichtes Hinken infolge von Knochenbruch nach Sturz vom Pferd bei Fredericksburg.

Ergebnisse der Ermittlungen: Bereiste nach Schulverweis vom Stonesglade College Europa (spricht Italienisch, etwas Französisch); anschl. Rückkehr nach Dublin; 45–48 militantes Mitglied fanatischer Sekte mit d. Zielsetzung, Herrschaft d. Krone zu brechen (operierte unter d. Deckmantel eines literarischen Clubs). Machte Missstände in der englischen Verwaltung für Hungersnot verantwortlich. Feierte französische Revolutionskämpfer, Sommer 48. Entwarf Fahne d. »Irischen Trikolore«. Pries »chartistische« Agitatoren & stand mit ihnen auf d. Rednertribüne (Manchester, England). Schriften, Reden befürworteten bewaffneten Aufstand, wofür er d. Beinamen »O'Keeffe, das Messer« erhielt. (Angeblich geprägt durch d. englischen Schriftsteller W. M. Thackeray.) Plante Erhebung im Sommer 48. Durch Informanten verraten. Anklagepunkte: Verrat und »Aufruf zum Königsmord«. Todesstrafe, Schwurgericht Clonmel, Grfsch. Tipperary, November 48. Nach Gnadengesuch (durch seinen Vater) umgewandelt in Verbannung auf Lebenszeit, Kgl. Strafkolonie Van Diemen's Land, Australien.

Genoss dort Sonderrechte. Besaß Vieh, Segelboot, Landwirtschaft am Lake Comfrey. Erhielt Erlaubnis zum Tragen von Zivilkleidung, freigestellt von Sträflingsarbeiten. Hausgemeinschaft mit Catharine (oder Kathryn) Foley, Halbnegerin, eine Tochter, Tod im Alter von zwei Monaten amtlich bestätigt. Flucht d. Zielperson März 52. Tod d. »Ehefrau« durch Selbstmord, Irrenanstalt Hobart, Tasmanien, Oktober 55. Januar 1856 Heirat d. Zielperson mit Lucia-Cruz Rodríguez y Ortega McLelland, wohnhaft 1, Fifth Avenue, NY, aus angesehener Stahlfabrikantenfamilie. Keine Nachkommen. Ehe instabil. (Zielpers. trinkt. Beziehung zu anderen Frauen? Erkundigungen bei Informanten, in Bordellen u. dgl. einziehen.) Reisen an mittelamerikanische Landenge, längere Aufenthalte, Zweck unklar. (Kanalrechte, Goldvorkommen, Bodenschätze?) Schwiegervater zeigt starke Abneigung gegenüber Zielperson, hält ihn für Glücksritter. Bekanntermaßen finanziell abhängig von Ehefrau. Weitere Nachforschungen im Gange. Erkundigte sich in d. späten fünfziger Jahren vier Mal in umstürzlerischen Kreisen in New York, ob heimliche Rückkehr nach Australien zu bewerkstelligen sei. Informanten konnten keine Gründe dafür in Erfahrung bringen. Revolutionäre Umtriebe?

Militärdienst: Sympathien für Konföderierte, Bekanntenkreis umfasst Südstaatenanhänger (s. John Fintan Duggan, Richmond, Virginia), & Weigerung, Sklaverei zu »brandmarken«; trotzdem militärisches Engagement auf seiten des Nordens. Stellte 61 eine Kompanie »Irischer Zouaven« für die Union auf. Brigadegeneral, Irische Brigade, 127. New Yorker (sog. »Con O'Keeffes«). Beschuldigt, bei der ersten Schlacht am Bull Run während des Kommandos getrunken zu haben. Anschuldigung in Ermittlungsverfahren entkräftet. Fair Oaks, Sieben-Tage-Schlacht, Gaines Mill, Savage Station, Malvern Hill (seine Männer kämpften in blutigem Nahkampf mit Bajonetten). Antietam (Bloody Lane), Fredericksburg, weitere Kampfhandlungen. Brigade aufgerieben bei Chancellorsville: nur 31 Überlebende. Kurzzeitig Kommando Ost-Tennessee. Rangenthebung, weil er vorgesetzten Offizier (General Sherman) geschlagen hatte, unbotmäßiges Verhalten & rücksichtslose Missachtung. Gesuch um Generalsposten bei geringerer Besoldung abgelehnt. Hat kein Anrecht auf d. Anrede »General«. Nicht befugt, Uniform eines Generals der Vereinigten

Staaten zu tragen, Truppen zu inspizieren, Ehrenbezeugungen einzufordern und Orden zu verleihen. Ist wie ein Zivilist anzureden: »Mister O'Keeffe oder James, O'Keeffe, Esq.«. Darf KEINESFALLS ohne SCHRIFTLICHEN Befehl aus Washington Truppen ausheben. Jeder Versuch, dies zu tun, ist mit d. unverzüglichen Verhaftung MIT ALLEN ERFORDERLICHEN MITTELN zu ahnden.

Aufenthaltsort (soweit bekannt): Redemption Falls (vormals Joliet Gulch), Bergterritorium, Nördl. Sektor. Bestallt zum Sekretär des Territoriums Februar 65 (ohne dessen Wissen ersuchte d. Ehefrau wiederholt um einen Regierungsposten für d. Zielperson). Derzeit kommissarischer Gouverneur. Baldmöglichst zu ENTLASSEN. Informanten ******* und ****** berichten von Unbeliebtheit in weiten Kreisen. Amtszeit als Gouv. geprägt von Gesetzesverstößen, eigenmächtigen Hinrichtungen durch sogenannte »Vigilanten«; Zunahme von Raubzügen durch Banditen & Indianer. Gesetzgeberische Aufgaben nicht wahrgenommen. Siedlertrecks nicht beschützt. Erbitterte Parteifehden. Eisenbahnbau nicht vorangetrieben. Interessen des Kapitals nicht gefördert.

Verdacht: Zielperson ist verdächtig d. kriminellen Verschwörung und schweren Raubs: spez. Überfall auf einen geheimen Regierungstransport mit Goldbarren und Saphiren, Fort Galloway, 27. August 66. Deutliche Hinweise dass Zielperson heimlicher Komplize d. Verbrechers Cole John McLaurenson, alias »Johnny Thunders«. (Konföderierter Freibeuter.) Zielp. wird versuchen, Anteil der Beute für Waffenkauf oder lang geplante Invasion in Britisch-Kanada oder Irland zu verwenden.

Empfehlung: Sofortige Entsendung eines Agenten zwecks lokaler Nachforschung. »Kartographiekorps«. Sollte sowohl Einsatz vorbereiten als auch alle nötigen Informationen beschaffen. Vorzugsweise unverheiratet & Freiwilliger.

56. Kapitel

Ich ging einmal spazieren

Wintertons Erfahrungen im Gelände – Eine Begegnung mit Indianern – Ein Besuch in Fort Braintree – Ein Stelldichein im Kuhstall

❖

Nov. IX. 66. Abstinenzlerhotel, Kinsella's Crossing

Zwei Tage Höllenritt nordostwärts, schwer wundgeritten & erschöpft, doch niemand in der Stadt oder in den Ansiedlungen am Wege kennt ihren Aufenthaltsort. Fragte an jeder Wegkreuzung, unter dem Vorwand, ich hätte Nachricht von einem alten Freund, einem Colonel, den sie im Krieg gepflegt habe. Seine Frau (Mrs Blackmore) habe dem Colonel eine Tochter geboren, und er habe sie ihr zu Ehren Lucia genannt. Nicht ungefährlich, so offen ihren Namen zu erwähnen, doch die Unruhe treibt mich um.

Jede Postkutschenstation geschlossen, viele verlassen. Notiz an einer Tür in Levintown:

SÄMTLICHE ROUTEN AUF UNBESTIMMTE ZEIT EINGESTELLT. EILVERORDNUNG VON GENERAL O'KEEFFE, BEDINGT DURCH HÄUFIGKEIT VON RAUBÜBERFÄLLEN & MORD. ALLE, DIE DIESES TERRITORIUM ZU PFERDE ODER MIT ANDEREN MITTELN VERLASSEN, SEIEN GEWARNT: IHR SCHUTZ IST NICHT GEWÄHRLEISTET.

Seltsam: Nach dem Thermometer hat nun auch noch mein Kompass den Geist aufgegeben. Scheint, dass der Erdboden magnetisch ist. Ein Steigeisen* brach, als ich abstieg; verdammt lästig. Vielleicht gibt es in der Stadt einen Sattler.

* Er meint wohl einen Steigbügel.

Überlegung: Welt, in welcher die Rollen von fleischlichem und gesellschaftlichem Verkehr vertauscht wären. Verliebte träfen sich heimlich zu Gesprächen, Literaturkritik & cetera. Im Gegenzug wäre es beim Abendessen akzeptabel – ja, es gälte als ungehobelt, täte man es *nicht* –, die Gastgeber sexuell zu befriedigen oder die Gäste, die man zum Tischnachbarn hat. Debütantinnenbälle wären nur zum Vergnügen da (statt dass sie Geschäftsereignisse mit Orchester sind). »Miss Amelia, Sie sehen so strahlend aus seit Ihrer Rückkehr aus Venedig. Würden Sie mir wohl die große Ehre erweisen, mir den letzten Hupfer des Abends zu reservieren? Wenn Sie nicht schon den ganzen Abend vergeben haben.« Dann gäbe es weniger von der verlogenen Poesie, in der Bauernburschen von Wäldern und Auen singen, vom plätschernden Bach und der Dotterblume, wo sie doch eigentlich dem Busch oder Stein Unsterblichkeit verleihen wollen, wo sie sich gewünscht hätten, dass Dorothy oder Daisy, dass Micky oder Matteo doch, oder wo er beinahe, oder wo er tatsächlich die Wonnen des Landlebens genoss. Unwahrscheinlich, dass es in näherer Zukunft soweit kommt, fürchte ich. Ein Jammer. Wäre besser für uns alle. Nur dass der Besuch bei Huren so langweilig wäre wie die meiste Konversation heute. Und alle würden sich nach einem guten Gespräch sehnen.

Verbrachte den ganzen Morgen *solus*, Messungen am Lake Inishfree. Sah Kootenai, die meine Mühen vom Devil's Backbone aus beobachteten. Einer von ihnen kam ein Stück tiefer, in meine Richtung, nehme ich an, doch als ich meinen Stab hob, um ihn zu grüßen, ergriff er die Flucht. Wie die Gemsen, so flinkfüßig sind sie. Es dauerte nicht lange, bis ich sie wieder sah. Fünf Männer, um die 25 – dazu ein Junge. Könnte mir vorstellen, dass es mehr waren, die anderen verborgen. Spürte etwas, das keine ausgesprochene Furcht war, aber plötzlich lastete die Tatsache, dass ich allein war, doch auf mir. Hätten sie angegriffen, so hätte ich keine Chance zur Flucht gehabt.

Gegen 11 Uhr vormittags unternahm ich einige Versuche im Gelände, nicht zuletzt um Beklommenheit zu vertreiben. Stellt sich heraus, dass wir die Zahl an Landvermessern, die benötigt werden, bei weitem unterschätzt haben, denn über weite Strecken ist es schwieriges Gelände, sumpfig oder bergig, und viele der Wälder im wahrsten Sinne des Wortes undurchdringlich, sodass man sie zerstören müsste, um sie zu vermessen. Skizzierte eine kleine Klamm in Gestalt eines Fisches, etwa eine halbe Meile lang, nordnordostwärts von McDermotts Farm, als zwei schmutzige alte Landeier sich näherten. Beobachteten mich eine ganze Weile wie zwei Schuljungen, die die Qualen eines Tausendfüßlers unter dem Strahl eines Brennglases verfolgen. Versuchte sie zu ignorieren, wie man die ersten Anzeichen einer Krankheit ignoriert. Doch dieser verlauste Vierfüßler ließ sich nicht ignorieren.

Ob ich dieser Kerl von der Regierung sei? Ob ich das da für die Landkarte aufschreibe? Ob ich wisse, dass die Schlucht da Ducksfoot Canyon heiße? Erzählten mir eine abwegige Geschichte, wie sie zu ihrem Namen gekommen sei. (Sei früher ein See gewesen. Ein Schwarm Kanadagänse landete darauf. Füße froren fest. Kamen nicht los. Flogen alle zusammen auf und nahmen das Wasser mit. Als hätten sie's so geplant gehabt.)

Ich fürchte solche Menschen. Nicht nur ihrer Lügen wegen, sondern weil sie diese Lügen allem Anschein nach glauben. »Tja, die Natur ist schon grausam«, plapperte Landei II, als sei er der erste Philosoph auf Erden, der diesen Popel in seiner Schuljungennase gefunden habe, während der andere, mein Vergil in dieser Unterwelt der Banalitäten, mich weiter traktierte.

»Unglaublich«, sagte ich.

»Nicht wahr?«

Spuckte häufig, reichlich, grässlich, der Bock.

Könne mir noch viel Interessantes (wie er fälschlich glaubte) erzählen. Eine Flut von derart biblischen Ausmaßen, dass ein Haus aus der Gegend hier vierzehn Meilen weit mitgerissen wurde, und als es endlich zum Stehen kam, waren der Bewohner und sein Bub immer noch drin und aßen ihre Suppe (Gerstensuppe, nehme ich an).

Ja, antwortete ich, die Geschichte hätte ich schon gehört.

Ehrlich?

Ja. Der Bewohner kaufte das Stück Land, auf dem das Haus gestrandet war, und dort leben sie glücklich bis auf den heutigen Tag. Phänomenal. Auch die Geschichte von dem Waisenkind, das von Wölfen großgezogen wurde, kenne ich schon, von den schwimmenden Steinen, der Squaw mit den drei Brüsten, der Squaw, die ein männliches Glied hatte, von den sprechenden Affen von Idaho, dem

Seeungeheuer vom Liverpool Lake und dem Gras, das jeden hungrig macht, der darübergeht (»bis sie ihre eigenen Kinder gegessen haben, weil sie nichts anderes hatten«).

Die beiden Höhlenmenschen sahen sich an. Dann betrachteten sie mich. »Captain Ghoul, zu Ihren Diensten« – ich habe es nicht gesagt, aber man kann Dinge ja auch mit seiner Haltung ausdrücken. Ich hatte meine Kappe abgenommen, damit sie mich auch in meiner vollen Schönheit bestaunen konnten. Geradezu weibisch, wie es ihnen die Sprache verschlug.

Und dann stolperten sie davon, unterwegs zu irgendeinem Abtritt, schlugen sich gegenseitig auf die Schultern wie Schwachköpfe in einer Music-Hall-Nummer, schwankten und gluckstеn, abstoßend in ihrer Heiterkeit. Es gibt Augenblicke, da mache ich mir ernsthaft Sorgen um die Zukunft dieser Republik. Nicht dass diese beiden stinkigen alten Einfaltspinsel noch lange dazugehören werden.

Schloss meine Berechnungen ab und saß eine Weile am Fluss. Sah Goldstaub im Wasser glitzern. Fühlte mich so erschöpft, dass ich eindöste. Schlafe schlecht in letzter Zeit. Meine Gedächtnislücken machen mir große Sorgen. Meine ganze Erinnerung durchlöchert wie ein Schweizer Käse. Das Wiehern eines Pferdes riss mich aus dem Schlummer.

Mindestens zwanzig Schwarzfuß beobachteten mich vom Waldrand aus. Schwer bewaffnet, soweit ich sah (Flinten und Bögen). Ging sofort auf sie zu, mit ausgebreiteten Armen. Ein Pfeil ließ das Geröll vor mir aufspritzen – keinen halben Schritt von meinem linken Fuß. Bewegte mich vorsichtig rückwärts, jetzt die Arme in die Höhe gehoben. Doch andere näherten sich von hinten. Der Größte von ihnen, ein Häuptling, trat hervor. Kam wortlos auf mich zu. Augen mit kobaltblauer Farbe umrandet wie die Maske eines Piraten. Krähenfedern im Haar. Halsketten, ein Amulett. Eine ganze Minute lang musterte er meine Person, gab mir mit einer Geste zu verstehen, dass ich mich umdrehen solle. Ließ mich meine Taschen ausleeren, stahl jedoch nichts. Kniff angewidert die Augen zusammen, als er mir ins Gesicht blickte. Reichlich mitgenommen von dieser Begegnung …*

… Als ich später durch die Hauptstraße ging (schmutzige, betrun-

* Es folgen zweieinhalb Seiten trigonometrischer Berechnungen.

kene Soldaten, magere alte Klepper), begegnete mir eine Bordsteinschwalbe. Irin. Um die 25. Ungefähr fünf Fuß vier. Das lüsternste Lächeln, das ich jemals gesehen habe. Folgte ihr zu einer Scheune am Ende einer Gasse hinter dem Mietstall. Gebrüder Murphy. Konnte nicht anders.

Die Kühe in ihren Boxen schauten uns an wie eine Reihe Nonnen. Sie spielte die Unschuldige. Trieb mich zum Wahnsinn mit ihrer Koketterie. Was der Mister denn von Beruf sei? Ein Professor vielleicht oder ein Geistlicher? So sehe er aus in seinen feinen schwarzen Kleidern. Ich sei Advokat, sagte ich. (Keine Ahnung warum.) Sie verlangte drei. Ich willigte ein. Was ich von ihr wolle? Nein, das sei nicht möglich. Ob es etwas anderes gebe, das auch genüge? Löste ihr langes rotbraunes Haar. Da sei der Mister aber ein ganz Schlimmer, dass er ein nettes Mädchen um etwas so Unanständiges bitte. Wo sie doch immer brav in die Kirche gehe – und schnürt dazu ihr Mieder auf.

Gütiger Himmel. Alle Wünsche werden wahr. Immer mit der Ruhe, wir kriegen schon unseren kleinen Spaß. Gestattete mir keinen Kuss auf ihre beerenrote *bouche*, aber ich durfte Gesicht und Haar berühren. Plapperte wie ein Schwachsinniger, als sie mir die Hose aufknöpfte. Lag in ihrer Hand wie eine Nacktschnecke auf einem Bild von Giotto. Verschreckt, nehme ich an. Aber sie lachte nicht. Nicht lange und ich stand auf den Zehenspitzen. (Gott, was müssen sie von uns denken?) Bat mich, leiser zu sein. Wohl aus Furcht, die Aufmerksamkeit eines Ministranten der Mistgabel zu erregen oder eines neugierigen Nachtwächters. Cupidos Couch war ein Lager aus feuchtem, altem Heu; sie hatte nichts gegen die Salbung der Venus. Beelzebub & Moloch, haltet den Bratspieß bereit; selig will ich im Höllenfeuer schmoren bis zum Jüngsten Tag – oder unselig, zerknirscht, ganz nach Belieben. Doch begießt mich mit dem Saft eines sündigen Rotschopfs und würzt mich mit dem Salz eines Bischofs.

Sekunden des Glücks & schon flossen einem die Wonnen über. Wusch sich am Trog zur Serenade der Pferdebremsen und einem gelegentlichen melancholischen Muhen. Sie habe ein Kind zu Hause, erzählte sie mir, ihr Mann sei in Mechanicsville gefallen; habe diesen Beruf ergreifen müssen, weil sie nichts anderes könne. Hoffe, dass sie zu Martini wieder heiraten könne; mit ihrem neuen Galan wolle sie nach Kalifornien gehen. Erbat ein paar Züge aus meiner

Meerschaumpfeife, und ich verweigerte sie ihr nicht. Bald hustete das arme Lämmchen wie eine alte Lokomotive & ich musste ihr den Rücken klopfen, was mir ein Vergnügen war. Die feinsten Schultern, die ich je in meinem Leben berührt habe. Frevel, sie auch nur anzusehen. Nicht lange und man verspürte den Wunsch, sich von neuem ins Getümmel zu stürzen. Das gewünschte Manöver koste noch einmal drei, beharrte sie, denn das sei eine Intimität, die nur ihrem Galan gestattet sei. Schwelende Sterne – außerordentlich großzügig. Es war, als spräche man Gälisch.

Als sie sich danach wieder ankleidete, erkundigte sie sich, aus welchem Teil Englands ich stamme. Antwortete ihr, ich komme nicht von dort, sondern von Boston in den Staaten. Da gebe es ganze Horden von Iren, erzählte sie mir. Ich bestätigte es. Ob ich wisse, dass der Chef von dem Territorium hier selbst Ire sei. Ich antwortete ihr, ich habe es gehört, doch ich wisse nicht viel über den Gentleman. Der sei »ein ganzer Kerl«, erklärte sie mir stolz. Habe eine Menge für Irland getan. Und für die Armen. Es sei ein Jammer, dass man in letzter Zeit so viel von ehelichen Sorgen höre, denn auch seine Frau sei eine wunderbare Frau.

»Sie kennen sie?«, fragte ich.

»Ich, Mister? Sie kennen?«

»Ach nichts, meine Liebe. Darf ich Ihnen bei den Stiefeln behilflich sein? Mir fiel nur wieder ein, dass ich – ich weiß nicht mehr wo – gehört habe, die Dame, von der Sie sprechen, wohne jetzt in Fort Braintree.«

»Aber nein, sie ist in Edwardstown. Im Plains-Hotel. Es heißt, sie geht wieder zurück nach New York, wenn das Frühjahrshochwasser kommt. Von da stammt sie nämlich.«

Ich kniete im Stroh, einen Schuh von ihr in der Hand, und blickte auf zu meinem Hinterhofschatz.

Sie erzählte mir, der Gouverneur lebe getrennt von seiner Frau (»eine große Schönheit«), die im Sommer von der Ostküste herübergekommen sei, um bei ihm zu sein. Aber die große Nähe, erzählten die Leute, habe den beiden nicht gutgetan. Der Gouverneur nahm kein Blatt vor den Mund. Er konnte grausam sein. Zwar hebt er nie die Hand gegen sie, doch seine Worte können verletzen.

»O je.«

»Heißt es. Ich hab ihn nie gesehen.«

Die Lady habe sich in besagte Stadt der Kupferminen zurückgezogen, eine angenehmere Ansiedlung als Redemption Falls, denn das Erstere sei an einem friedlichen Nebenfluss des Missouri gelegen, wogegen in Letzterem, einem abscheulichen Bergarbeiterlager, kaum eine christliche Seele hause, ja die Stadt sei voll von Dirnen, Revolverhelden, Schwachköpfen und Eingeborenen der Grafschaft Limerick. Derzeit sei es die Hauptstadt des Territoriums, aber das werde es sicher nicht lange bleiben. »Misthaufen«, das wäre ein besseres Wort für dieses Nest. Kein Wunder, dass Mrs O'Keeffe die Flucht ergriffen habe.

In Edwardstown schreibe sie Gedichte, bisweilen male oder fotografiere sie. Sie sei eine Künstlerin, erzählten die Leute. Die ganze Stadt sei in Aufregung gewesen, als sie einen Schrotmüller aus Bremen gebeten habe, für eins ihrer griechischen Bilder Modell zu stehen; und das nicht in Lederhosen. Sie sei, das könne man wohl sagen, keine konventionelle Frau. Nie zufrieden mit eingefahrenen Gleisen. Und was sei denn schon Schlimmes dabei, wenn man sich das überlege. Und die arme Frau habe ja genug zu leiden gehabt.

»Sie sind gut informiert«, sagte ich mit einem Lächeln. »Sie sind doch nicht etwa eine Spionin?«

»Das weiß doch die ganze Welt. Mein Verlobter, der hat sie einmal gesehen. Es heißt, sie ist die schönste Frau, die man sich vorstellen kann. Aber in letzter Zeit ist sie traurig und geht kaum noch aus dem Haus. Isst kaum einen Bissen, höchstens allein in ihrem Zimmer. Das Gespenst vom Plains-Hotel, sagen sie. Soll das beste Hotel in Edwardstown sein.«

»Dieses Edwardstown, wo liegt es? Ich kenne es nicht.«

»Ziemlich weit von hier. Ein Ritt von einer Woche mindestens.«

»Und jenseits von Redemption Falls, sagen Sie? Ich kenne mich in diesem Landstrich nicht gut aus.«

»Ja, Redemption und dann südwärts Richtung Carlow. Die Leute sagen, es ist eine wunderbare Stadt. Aber ich bin nie dagewesen. Nur mein Verlobter einmal. Er sagt, es ist unglaublich. Sagen Sie, haben Sie da unten zu tun, Mister?«

»Nein, überhaupt nicht, meine Liebe. Überhaupt nicht. Ich frage nur aus Neugier.«

»Darf ich Sie auch was fragen, Mister? Was ist mit Ihrem armen Gesicht passiert? War es was im Krieg?«

Ich sah sie eine ganze Weile lang an. Aber etwas muss mich verwirrt haben; so kam es mir zumindest vor. Es dauerte nicht lange, und ein großer Kummer überkam mich, und sie fragte mich, was mit mir sei. Doch um ehrlich zu sein weinte ich nicht aus Schmerz meiner Verletzungen wegen. Ich weinte, weil ich nicht mehr wusste, so sehr ich mein Hirn auch zermarterte, wo und wie sie mir widerfahren waren.

»Gettysburg«, sagte ich schließlich; und sie hatte großes Mitleid.

Ein wahrhaft schreckenerregendes Erlebnis.

57. Kapitel

Durch alle Wälder der Gefahr schritt unser kleiner Prinz

Beobachtungen von Donnelly's Cliff – Meinungsverschiedenheiten zwischen Jungvermählten

❖

»Heiliges Kanonenrohr«, sagt Eliza.

»Ich hab dir doch gesagt, dass ich ihn gesehen habe«, sagt Vinson.

»Das ist er.«

»Ich hab's gewusst.«

»Das ist er, Cole.«

»Sicher?«

Ein Junge in Samthosen schleppt sich zum Schulhaus, einen Jutesack voller Bücher auf dem Rücken. Er hat sie aus dem Büro seines Gönners entwendet. Sie sind schwer und dick. Die Verfasser waren pro Wort bezahlt worden. Er weiß nicht, dass er von einem Wäldchen am Donnelly's Cliff aus beobachtet wird. Er wankt unter dem Gewicht seiner Beute.

»Was können wir tun, Cole?«

»Na, wir schnappen ihn uns.«

Sie reicht ihrem Mann das Fernrohr. Eine ganze Weile blickt er hindurch. (»Also für mich sieht der nicht wie ein Verwandter von dir aus.«) Vinson blickt sie derweil finster erwartungsvoll an, doch was er sich erhofft, ist nicht klar.

»Wir schnappen ihn – und was dann?«

»Kann doch bei uns bleiben, oder? Wir nehmen ihn mit nach Arkansas, wenn wir da runterreiten.«

»Arkansas?«

»Ja. Da gehen wir jetzt hin.«

»Aber … was ist mit Kanada?«

»Keine Ahnung. Was ist damit?«

»Da kann das Kind ein Zuhause haben. Das braucht es und keine

Flinte und Prärie. Er soll nicht im Sattel schlafen und immer vor den Marshals auf der Flucht sein.«

»Braucht er auch nicht. Das bleibt nicht mehr lange so.«

»Aber *wie* lange noch?«

»Lieber Himmel, Mädchen, du stellst Fragen. Jetzt geh ich nach Arkansas, ich hab da was zu tun. Ein paar Jungs, die ich da unten kenne. Aber was geht dich das an? Seit wann muss ich um Erlaubnis fragen, wenn ich Luft hole?«

»Du hast mir was anderes versprochen. Wieviel Geld brauchst du denn noch?«

»*Mehr*. Soviel brauche ich noch. Und wenn's dir nicht passt, verschwinde.«

»Mach ich vielleicht auch. Direkt zu 'nem Marshal. Wie findest du das, du Halunke?«

»Halt dein Maul, Mädchen, sonst weißt du gleich, wie ich das finde.«

»Vor dir hab ich keine Angst, McLaurenson, vor dir und Leuten wie dir. Wenn *du* deine Hand gegen mich erhebst, dann steck ich sie dir in den Hals. Was noch davon übrig ist.«

Schon hat er sie an der Gurgel. Wirft sie mit dem Rücken gegen den Felsen. Packt sie mit solcher Gewalt, dass die Füße in der Luft hängen.

»Du vorlaute Göre. Willst du mit mir reden wie mit einem Hausburschen? Wenn du unbedingt willst, kriegst du eins mit dem Riemen über! Hast du verstanden?«

»Cole«, sagt Vinson. »Sie hat es doch nicht so gemeint.«

»Kümmer du dich um deinen eigenen Dreck. Das sag ich dir nicht noch einmal. Geh zur Seite, sonst kannst du was erleben.«

»Lieber Himmel, McLaurenson, die Frau erwartet ein Kind.«

»Du hast mir gesagt, du willst den Jungen. Wenn du ihn willst, dann hol ich ihn dir. Sag endlich, was du willst, Mädchen. Von deinem Geschwätz hab ich genug. Ich will jetzt runter nach Arkansas, da gibt's einen Zug, den wir ausrauben. Und jetzt Schluss!«

58. Kapitel

Im Morgengrauen

Der Gouverneur träumt von einer Dame – Ein Priester hinter den Kulissen – Wer den Donner macht – Ophelia in Shropshire

❖

Er erwacht im Dämmerlicht und sieht eine Frau an seinem Fenster. Sie wendet ihm den Rücken zu. Ist sie zurückgekehrt?

Lucia? Catharine? Quälender Durst. Sie dreht sich in den Schneckenwindungen, als hätte sie seine Gedanken gehört. Verhüllt von einem Spitzenschleier.

Schlaflosigkeit und Whisky und das Bild aus einem Traum. Eine Feldlerche, die über den Stechginster gleitet. Wenn Träume eine Form haben können, dann gleicht dieser am ehesten dem Gehäuse einer Meeresschnecke. Und er ist gleichsam in ihrem Inneren. Geschwungene Korallenspiralen. Das Weiß verborgener Polyphonien.

Seine Mutter – jetzt sieht er es; doch sie ist ganz in Lumpen gehüllt, wie eine Bettlerin auf einem Bild der irischen Hungersnot. Die hohlen Hände eng aneinandergepresst, als bärgten sie einen Schmetterling. Als sie sie öffnet, ein winziges, sterngleiches Licht; es glimmt wie ein glühender Funke, als es von ihren Handflächen aufsteigt und langsam an den Wänden des Zimmers entlangschwebt. Er weiß nicht, worauf er das Auge richten soll, auf seine Mutter oder das Licht – spürt, dass eins von beiden ihm etwas Wichtiges zu sagen hat. Aus den Wänden dringen Geräusche: das Rascheln von Mäusen. Er merkt, dass er sich nicht bewegen kann.

Reglos in seinem Sessel. Die gestiefelten Beine auf den Bodendielen. Die Augen vom Schlaf verklebt. In seiner Familie gab es Fälle von Wahnsinn. Er hat sich immer davor gefürchtet. Die Angst vor den Ketten und der Zwangsjacke, und dann? Die Angst eines Bauern, sagte Duggan.

»*Nel mezzo del cammin di nostra vita*«, flüstert sie. »*Lasciate ogne speranza …* «

Einmal, als Schuljunge, bei den Jesuiten in England, hat er für die

Rolle des Othello vorgesprochen. Er bekam die Rolle nicht – sein irischer Akzent war zu stark –, und man sagte ihm, er solle sich lieber hinter der Bühne nützlich machen. Damals hätte er vor Wut und Scham am liebsten geweint. Die Schadenfreude der Klassenkameraden über seinen demütigenden Rückzug.

Ein Pater, ein hochgewachsener Belgier mit schimmerndem kahlen Schädel, hieß ihn hinter den Kulissen willkommen. Als ob hier, und nicht auf der Bühne, die wahren Wunder geschähen; als ob es die höchste Berufung sei, *nicht* im Rampenlicht zu stehen.

Seltsam und dunkel, dieser Verbannungsort hinter dem Vorhang. Muffiger Mottenkugelgeruch, ein alter Priester und ein Mohrengesicht.

Er zeigte dem Jungen einen Totenschädel, einen Harnisch aus Segeltuch, eine Narrenkappe samt Glöckchen – all das mit der düsteren Miene eines Druiden, der die Bestandteile eines längst vergessenen Sakraments erläutert. Je sinnloser sie waren, so schien es dem Jungen, desto feierlicher gerieten die Erklärungen des Priesters. Dolche mit versenkbaren Klingen. Eine Truhe voll mit prachtvollen Kostümen. Falltüren.

Die Geheimnisse der Illusion. Künstliches Blut. Helme und groteske Masken. Die Trommel dort sei mit winzigen Steinmurmeln gefüllt. Man müsse sie nur schütteln, und schon höre man Regen prasseln. Wenn man eine Tinktur aus jenem Pulver mit einem heißen Nagel berühre, entwickle sich wabernder Nebel, der eine Szene geheimnisvoller erscheinen lasse. Die Menschen mögen es, wenn sie etwas nicht sofort verstehen. Was sei das Leben schon anderes als ein undurchschaubares Scheingebilde? Und da – wenn man diese Blechplatte kräftig schüttele, dann erklinge ein Donnergrollen. Das Quäken und Furzen eines jugendlichen Orchesters, die scharrenden Stiefel seiner Hausgenossen.

Pater Liebhart machte den Regen, und der Junge machte den Donner; und gemeinsam beobachteten sie durch die Vorhangritzen, wie die Wichtigtuer herumstolzierten und doch nichts waren als bemalte Marionetten. »Einige stehen nur auf der Bühne«, murmelte Pater Liebhart. »Aber andere machen den Donner. Du wirst immer zu den Letzteren gehören, James.« Damals lernte er eine wichtige Lektion, in dem Jahr, in dem er fünfzehn wurde. Wir sehen, was wir sehen wollen, es sei denn wir stehen hinter der Bühne; dort bleibt einem nichts verborgen.

Ganz plötzlich fällt es ihm wieder ein, als er die Frau in seinem Zimmer betrachtet. Im Schatten seines Paravents, an der Ecke, die der Tür am nächsten ist. Sie hat eine Liliengirlande aus der Luft gepflückt und bläst in die Glut ihrer welken Blüten. Ophelia des Westens. Der Junge, der sie in Stonesglade spielte? Aber Ophelia ist keine Gestalt aus Othello. Zu reden nur zum Schein. Und wenn all dies Wahnsinn ist – wie es ihm möglich scheint –, könnte nicht Wahnsinn Erleichterung bringen?

Er schluckt. Sie ist verschwunden. Er richtet sich in seinem Sessel auf. Das unberührte Bett. Die Flasche halbleer. Sein Hund liegt auf dem Boden und schläft.

Kreide quietscht auf einer Schiefertafel. Der Junge muss wach sein – draußen auf dem Treppenabsatz. Er brüllt, er soll Ruhe geben. Das Kratzen hört auf. Bestrumpfte Füße poltern treppab.

Er wird Desdemona von dem beunruhigenden Traum erzählen. Und dann erinnert er sich. Und erwacht.

59. Kapitel

Wo die Wasser sich vereinen

Der Bericht einer Lehrerin – Der Junge wird gesucht

❖

Es war Sonntagnachmittag. Ich erinnere mich noch genau, denn ich war morgens in der Kirche gewesen, und an dem Tag wurde das Aufgebot für die Hochzeit meiner jüngeren Schwester verlesen. Auf jeden Fall bin ich sicher, dass es im November war. Ich habe gute Gründe, warum ich mich an das Datum erinnere.

An dem Tag war ich mit meinem Verlobten John O'Lee, meinem späteren Mann, auf Farringtons Wiese, nicht weit von der Stadt entfernt. Wir hatten einen kleinen Streit gehabt, wie es unter jungen Liebenden hin und wieder vorkommt, und hatten einen Spaziergang unternommen, um uns wieder zu versöhnen.

Wir saßen am Zusammenfluss zweier Bäche, John und ich, als wir eine junge Frau den Weg entlangkommen sahen. John bemerkte sie, als er aufsah, und fragte sich laut, wer sie wohl sein mochte, denn unsere beiden Familien zusammen kannten so ziemlich jeden in der Gegend, aber keiner von uns hatte je dieses Mädchen gesehen.

Ich würde sagen, sie war neunzehn oder zwanzig Jahre alt, sehr blass und in einem armseligen Zustand. Sie war hübsch, das war deutlich zu erkennen; aber es ging ihr sehr schlecht. Ihr Kleid war völlig zerlumpt, und sie erwartete ein Kind. Ihre Armut war ein entsetzlicher Anblick, gerade in ihrem Zustand. Sie muss wohl im sechsten Monat gewesen sein.

Nun ja, als sie sich der Stelle näherte, wo wir auf einer Decke im Gras saßen, grüßten wir sie, und sie wünschte uns einen guten Tag. Ihr Akzent war mir fremd; ich konnte ihn nirgendwo einordnen, doch es klang schon so, als komme sie aus den Staaten, irgendwo aus dem Osten vielleicht. Wir wechselten ein paar belanglose Worte über die Wintersonne, nichts von Bedeutung. Ich hatte den Eindruck, als zögere sie weiterzugehen, und als ich bemerkte, wie sie unser bescheidenes Picknick beäugte, tat sie mir leid, und ich war bekümmert.

Meine Schwägerin erwartete an Weihnachten ein Kind, und ich konnte nur daran denken, wie schrecklich es sein musste, wenn eine junge Frau Mangel litt in einer Zeit, die eigentlich von Glück erfüllt sein sollte. Ich fragte sie, ob sie das Brot mit uns brechen wolle, denn wir hätten genug für drei, und es sei uns eine Freude, unser Mahl mit ihr zu teilen. Sie gab uns zu verstehen, sie wolle sich nicht aufdrängen, aber als ich meine Einladung wiederholte, setzte sie sich zu uns.

Ich spürte, dass John mir ein wenig grollte, weil ich sie eingeladen hatte, aber nach einer Weile, als sie sich niedergelassen und ein paar Bissen gegessen hatte, sah ich, dass er froh war. Ihr Anblick hätte Ihnen das Herz gebrochen. Man konnte meinen, sie hätte noch nie im Leben etwas zu essen bekommen. Und um ehrlich zu sein, fand ich es schwierig, mich mit ihr zu unterhalten, denn ihr Hunger stimmte mich traurig. Aber John war sehr freundlich, und als er sah, wie mir zumute war, redete er munter weiter und ließ sich nichts anmerken, wie ein guter Freund. Es ist seltsam, aber in diesem Augenblick begriff ich, warum ich seine Frau werden wollte. In der Stadt gab es einen jungen Deutschen, der mir den Hof gemacht hatte; sehr gut aussehend und amüsant, und alle Mädchen mochten ihn; aber mir war mit einem Mal klar, dass er nie so sein würde wie John.

Nun ja, das arme Ding aß ein wenig und trank einen Becher Wasser. Sie sagte, sie heiße Mary Jane und sie sei auf dem Weg nach Kalifornien. Und das überraschte weder John noch mich, denn damals, nach dem Krieg, zogen viele Entwurzelte durch das Territorium, größtenteils bettelarm. Ich vermute, man tat gut daran, ihnen nicht zu viele Fragen zu stellen, denn oft waren sie auf der Flucht vor einer Vergangenheit, über die sie nicht sprechen wollten. Meine Mutter sagte immer, es sei besser, nicht in sie zu dringen, denn die Verführung zur Lüge sei eine ebensogroße Sünde wie das Lügen selbst, und in gewisser Weise lade der Verführer sogar größere Schuld auf sich.

Sie wollte wissen, ob ich Miss Doherty sei, die Lehrerin von Redemption Falls, und ich antwortete – recht überrascht, nehme ich an – ja, die sei ich. Eine Ladeninhaberin in der Stadt habe mich beiläufig erwähnt, erklärte sie. Der Name der Frau sei ihr entfallen.

Sie erkundigte sich freundlich nach meinem Beruf; ob es schwer sei zu unterrichten und so weiter. Ich glaube, ich sagte, mitunter sei es anstrengend, aber auf seine Weise auch befriedigend, doch ich wisse noch nicht, ob ich nach meiner Heirat weiter arbeiten werde, denn dann wolle ich eine Familie gründen. Und John machte dazu eine scherzhafte Bemerkung.

Dann begann sie, mich nach den Schülern zu fragen. In der Stadt war sie dem einen oder anderen Kind begegnet. Wir hatten ein kleines chinesisches Mädchen, nach dem sie sich erkundigte. Und wir hatten eineiige Zwillinge, Karl-Heinz und Edmund Schiller. Wie um alles in der Welt man die auseinanderhalten könne, wollte sie wissen. Und dann gebe es doch noch diesen Jungen, der im Haus des Gouverneurs wohne und hin und wieder zur Schule gehe. Ob der ein guter Schüler sei? Wie oft er zum Unterricht komme? Ich lachte, denn nach diesem speziellen Jungen wurde ich dauernd gefragt, und ich antwortete, er bemühe sich nach Kräften. Warum sie das wissen wolle? Oh, sie habe ihn hin und wieder auf dem Weg zur Schule gesehen, sagte sie, und da habe sie sich gefragt, wie er wohl sei und ob er glücklich sei. Ob sie ihm beim Gouverneur genug zu essen gäben und sich gut um ihn kümmerten? Ob er anständig gekleidet sei? Ob er in einem Bett schlafe? Ob er wirklich ein Pferd besitze? Ob sie ihn zum Arzt brächten, wenn er krank sei? Sie wusste offenbar allerlei über General O'Keeffe und hielt ziemlich viel von ihm, genau wie John und ich auch. Ich antwortete wahrheitsgemäß und nach bestem Wissen, der Gouverneur habe den Jungen sehr ins Herz geschlossen, fast wie ein Vater seinen Sohn. Dann sei er also gut aufgehoben? Ich sagte ja, das glaube ich wohl. Den Ausdruck auf ihrem Gesicht werde ich niemals vergessen.

Ob er eine Mutter habe, fragte sie mich dann. Ich sagte, das habe er: eine sehr freundliche Dame aus wohlhabender Familie. In der Stadt gab es damals Gerüchte über Schwierigkeiten in der Ehe zwischen dem Gouverneur und Mrs O'Keeffe, aber ich fand es unpassend, darüber zu reden.

Es kommt mir seltsam vor, jetzt wo ich es nach so vielen Jahren niederschreibe, doch damals wunderte es mich nicht, dass sie sich für dieses Kind interessierte. Alle in der Gegend stellten neugierige Fragen über unseren Findling. Sie war bei weitem nicht die Erste, die sich nach ihm erkundigte.

Nach einer Weile, ich würde sagen, es war eine halbe Stunde, stand sie auf und verabschiedete sich, denn sie habe noch eine Verabredung. Wir wünschten ihr alles Gute, und sie dankte uns für das Essen und ging weiter in Richtung Stadt. Ich spürte, dass sie etwas bedrückte, denn ihr Aufbruch kam sehr unvermittelt. Natürlich wusste ich nicht, was es war.

Ein Mann erwartete sie am Rand von Tiernan's Woods. Ich sah ihn ganz deutlich, obwohl er so weit entfernt war, dass ich keine Einzelheiten erkennen konnte. Er war ganz in Schwarz gekleidet, wie ein Priester. John hat ihn nicht gesehen, aber ich bin mir ganz sicher.

Ich sagte: »John, dieses Mädchen hat uns etwas verschwiegen. Du solltest ihr lieber nachgehen und aufpassen, dass ihr nichts geschieht.« Aber er antwortete, das sei Unsinn; ich bilde mir das alles nur ein, und außerdem sei er müde, denn er habe tags zuvor mit seinem Onkel eine Pferdekoppel gebaut und wolle sich lieber ausruhen und mit mir reden.

Ja, er sei froh, dass sie fort sei. Er kenne diese Art von Mädchen aus dem Krieg. Es wäre unschicklich, wenn man in der Stadt sehen würde, wie wir mit ihr redeten. Ich erinnere mich, dass ich ihn fragte, woher er wisse, dass sie so eine sei, denn ich war so ahnungslos, so grün wie ein Kürbis, der noch nie die Sonne gesehen hat, obwohl ich dachte, ich kenne mich gut genug aus in der Welt. Er sagte, darüber wolle er nicht sprechen, doch sie tue ihm leid, und das sei eine Christenpflicht, denn das Leben eines solchen Mädchens sei ohne jede Hoffnung. Die Schuld trage gewiss der Mann, nicht das Mädchen. Er habe im Krieg schreckliche Dinge erlebt. Es war das erste Mal, dass John und ich über den Krieg sprachen, denn ich wusste, er hatte tiefe Wunden davongetragen, nicht am Körper, doch an seiner Seele. Ich glaube nicht, dass wir nach diesem Tag je wieder davon geredet haben. Er ging nie zu Gedenkfeiern oder Umzügen oder dergleichen. Unseren Kindern erzählte er immer, er könne sich an nichts erinnern. Er hatte einen Orden, aber der lag tief vergraben in einer Schublade.

Und das ist alles, was ich Ihnen erzählen kann. Denn ich habe sie nie wieder gesehen. John und ich blieben auf der Wiese, bis die Sonne unterging, und dann kehrten wir zurück in die Stadt. Wir heirateten kurze Zeit später, sehr viel schneller, als es unseren Müttern lieb war, und neun Monate nach diesem Tag am Fluss kam unsere Tochter zur Welt. Zweiundfünfzig Jahre lang waren wir verheiratet. Er war das Beste, was mir im Leben begegnet ist. Ich vermisse ihn, jeden Tag, jede Minute.

60. Kapitel

Manche töten mit dem Schwert, doch andre mit der Feder

Der Landvermesser kehrt zurück nach Redemption Falls – Begegnung mit einem Henker – Die Kartographie stößt auf Ablehnung – Man wird handelseinig – Eine Warnung

❖

XII. 11. 66

Gestern abend um 11 hierher zurückgekehrt, zu erschöpft für die Weiterreise nach Süden. Witwe öffnete auf mein Klopfen: gleiche Unterkunft, geringerer Preis. Schlief in meinen Kleidern ein, mit Stiefeln sogar. Erwachte erst neun Stunden später.

Stechender Kopfschmerz beim Aufstehen, als hätte ich der Flasche zugesprochen oder französische Stumpen geraucht – was mich überraschte, denn ich hatte am Abend zuvor keinem dieser Laster gefrönt. Doch der Körper tut, was er will. Tauchte den Kopf in kaltes Wasser. Ohne Erfolg.

Sah den Gouv. mit dem Jungen unten am Fenster vorübergehen. Hielt den Kleinen an der Hand. Unterwegs in Richtung Süden, langsam. Zur Schule, vermutlich, denn der Junge hatte einen Stapel Bücher unter dem Arm. O'K blieb stehen und kaufte ihm an einem Stand vor dem Kaufladen eine Birne. (Inhaber heißt Corish. Ungewöhnlicher Name.) Beim Aufblicken muss der Gouv. mich gesehen haben – ich bin ziemlich sicher –, tat jedoch, ich weiß nicht warum, als habe er mich nicht bemerkt. Eine Reihe von Passanten lachte anscheinend über das Duo. Der G ist so groß und massig, sein Schützling so klein, dass der Gegensatz schon etwas Rührendes hat. Das arme alte Schlachtross.

Schrieb meine Notizen und einen Brief, überschlug meine Finanzen und dachte über weiteres Vorgehen nach. Keine leichte Entscheidung; doch, trotz allem, berechtigter Anlass zu Optimismus. Man darf nie das Ziel aus den Augen verlieren.

Versuchte zu beten, aber es fiel mir schwer, sehr schwer. Dachte an den armen Papa. Heute sein Todestag. So ein herzensguter Mensch, nach jedem erdenklichen Maßstab. Arbeitete unermüdlich für uns, dachte nie an sich selbst. Und als Mama krank war. All die Nächte an ihrem Bett. Wünschte, wir hätten uns besser verstanden. Doch solange man jung und selbstsüchtig ist, denkt man nie über diese Dinge nach. Meint immer, man hat später noch Zeit, alles wieder einzurenken.

Stieg hinab in das Fegefeuer der Spucknäpfe, das sich Speisezimmer nennt. Hatte es ganz für mich allein, wenn man von Fliegen und anderen Krabbeltieren absieht. (Speisekarte wurde genüsslich von einem Brotkäfer verspeist.) Eine Schlampe kam herein und musterte mich missmutig. Sah aus wie jemand, der, wenn es so etwas gäbe, von Berufs wegen Kinder erschreckt. Ich bestellte etwas zu essen. Sie schlurfte von dannen und ließ ihre Ketten klirren (bildlich gesprochen). Ich sollte nicht übertreiben; es ist töricht.

Fühle mich seltsam schwindelig; muss dagegen ankämpfen. Schwer zu beherrschen. Gedanke an das Wiedersehen mit ihr, nehme ich an. Doch man muss vorsichtig sein und darf kein Aufsehen erregen; denn Leichtsinn könnte alles verderben.

Vor meinem Aufbruch, vor ein paar Tagen, hatte ich an der Postkutschenstation vor dem Hotel einen Zettel aufgehängt, Helfer gesucht. Keine einzige Antwort. Höchst ungelegen; ja, sogar ausgesprochen ärgerlich. Zu oft, hat man den Eindruck, haben unsere amerikanischen Bürger, zu recht beneidet von aller Welt aus mancherlei Grund, noch viel zu lernen, wenn es darum geht zu erkennen, was in ihrem – unserem – eigenen Interesse ist.

Sie – wir – benehmen uns bisweilen wie Kinder.

Sie – wir – brauchen einen Tritt in den Hintern.

Beim Frühstück, das grässlich war, eine dicke Pampe aus *frijole*-Bohnen und Eiern (dieses Gebräu ist seit meiner Ankunft im Territorium eine tägliche Heimsuchung), bat ich die Witwe, sich zu vergewissern, ob es wirklich keinerlei Bewerber gab. Binnen kurzem kehrte sie zurück, hatte Erkundigungen bei unbekannten Unterteufeln eingezogen, leider ohne die Nachricht, die mir die Hundepisse, die mir als Kaffee serviert wurde, hätte versüßen können. Stattdessen hielt sie ein Pappschild in der Hand, das sie im Fenster ihres Saloons aufzustellen gedachte. Wollte wissen, was ich von diesem Paradebeispiel kühner Formulierungskünste hielt. Hier der genaue Wortlaut:

Betrunken für einen Dollar. Sturzbesoffen für drei.
Betten mit sauberem Stroh.

Sagte ihr, ich hielte es für ein wahres Meisterwerk der Dichtkunst. Sah mich misstrauisch an, stellte aber das Schild trotzdem auf.

Nachdem ich das Frühstück verdaut oder zumindest nicht gleich wieder von mir gegeben hatte, begab ich mich zum Chefredakteur des *Redemption and Edwardstown Epitaph*, einem gebürtigen Schotten namens John Knox Trevanion, und besprach mit diesem Herrn die vielfältigen Erfordernisse meiner bevorstehenden Aufgabe und seine mögliche Mithilfe. Insbesondere unterbreitete ich ihm einen Vorschlag: nämlich dass er in meinem Auftrag eine Reihe von Plakaten drucken solle, die ich in der Stadt und deren Umgebung anschlagen wollte.

Mr Trevanion ist der Anführer der O+O-Männer des Bezirks, eine Tatsache, die eigentlich geheim ist, auch wenn offenbar alle Bescheid wissen.* Es war schon ein merkwürdiges Gefühl, mit einem Henker zu reden. Wie es heißt, sind Knoten seine Spezialität. Seine Finger waren dicklich und huschten unruhig über seinen Schreibtisch, wie eine Spinne oder ein Krebs. Krabbelnde Taranteln und eine Krawatte im Tartanmuster. Ein schottisch karierter Käfer mit schütterem Haar.

Anfangs sträubte er sich ein wenig, was mich sehr überraschte, und war nicht geneigt, den Grund für seine abweisende Haltung zu offenbaren. Aber schon bald rückte er mit der Sprache heraus. Man habe beobachtet, wie ich das Haus des kommissarischen Gouverneurs betreten habe.

* »O+O-Männer«: ein anderer Name für die örtlichen Vigilanten. Ursprung und Bedeutung des Namens sind ungeklärt. Die Memoiren, die Trevanion selbst im Jahr 1895 veröffentlichte, bestreiten zwar mit Nachdruck, dass der Autor je Vigilant gewesen sei, verblüffen jedoch durch Details, die nur ein Eingeweihter gewusst haben kann. Er erklärt, der Name »O+O« leite sich von dem spanischen *ojos y oídos* her – Augen und Ohren. Andere sind der Ansicht, der Name sei eine Art typographische Warnung, denn die Zeichenfolge »O+O« erinnert an ein wachsames Augenpaar und ein Grabkreuz. Was auch immer die Buchstaben bedeuteten, sie waren nichts, was man an der eigenen Haustür sehen wollte.

»Was ist daran bemerkenswert?«, fragte ich arglos. »Man will doch seine Bekanntschaft machen.«

Der Gouverneur genieße kein allzu hohes Ansehen in der Gegend (sagte Mr Trevanion), und das war etwa so erhellend, als hätte er mir unter dem Siegel der Verschwiegenheit anvertraut, dass der verblichene König Heinrich der Achte, London, im Vatikan nicht allzu beliebt sei. Es sei unerklärlich, wieso er diesen Posten überhaupt bekommen habe; er habe nie etwas anständig verwaltet, nicht einmal sich selbst. Er, Trevanion, und seine Zeitung seien der Ansicht, dass jeder Freund von James O'Keeffe ein Feind der Redemptionisten sein müsse.

»Das ist ein Missverständnis«, erwiderte ich. »Ich würde mich kaum als Freund bezeichnen. Man steht in Diensten der Bundesregierung, ebenso wie er; das ist alles.«

»Tatsächlich, Sir?«, fragte der Schotte mit der unverblümten Art seines Landes. Wenn ein Kaledonier vom Schlage Mr Trevanions einen mit »Sir« anspricht, es sei denn er ist Kellner oder Dienstmann (und meist sogar dann), bringt er damit offen seine Verachtung zum Ausdruck.

»Ich habe den Gentleman nur ein einziges Mal aufgesucht, und die Begegnung war kurz.«

»Pontius Pilatus ist dem Erlöser auch nur ein einziges Mal begegnet«, erwiderte Mr Trevanion. »Auch bei einer kurzen Begegnung lässt sich mancher Verrat verabreden.«

Ich sah Mr Trevanion an. Mr Trevanion sah mich an. Ich dachte an die vielen bedeutenden Söhne seines Heimatlandes: die Ärzte und Wissenschaftler, die Geistesgrößen, Denker, Philosophen, Rechtsgelehrten und Dichter. Und dann dachte ich an Mr Trevanion.

Die Stadtbewohner seien nicht begeistert über meine Anwesenheit im Territorium, sagte das *missing link*. Es gebe Gerüchte, meine Mission könne ihnen gewisse Schwierigkeiten bescheren. Sie werde auf hartnäckigen Widerstand stoßen; das müsse ich wissen. Ich sei im Begriff, in ein Wespennest zu stechen.

»Aber, Sir, wie können Landkarten Schwierigkeiten verursachen?«, wandte ich munter ein. »Das Gegenteil ist der Fall: Wenn sie gut gemacht sind, lösen sie Schwierigkeiten oder zeigen zumindest deutlicher, wo die Lösung liegt.«

»Wir brauchen hier keine Landkarten, Sir«, sagte Mr Trevanion kühl. »Wir kommen sehr gut ohne zurecht.«

Ich muss zugeben, diese Bemerkung erstaunte mich, sogar sehr. Wie konnte jemand dem Wissen über unsere Republik, der Vermessung ihrer Gestalt, mit solchem Misstrauen begegnen statt mit Freude und Dankbarkeit? Bräuchte man noch einen weiteren Beweis, dass unser Volk sich dringend von einigen bedauerlichen Eigenheiten befreien muss, so hätte man ihn hier. Ich erwiderte, die Messtischblätter des britischen Ordnance Survey seien doch der größte Triumph unseres Mutterlandes (das Wort »Mutterland« war ein Missgriff, das spürte ich sofort), und kein geringerer Titan der Literatur als der unsterbliche Wordsworth habe diese Errungenschaft auf seinem feurigen Pegasus gefeiert.

»Auf wem?«

»Pegasus«, erklärte ich. »Dem geflügelten Ross. Dem Symbol, dem Sinnbild der Poesie.«

So einfach sei die Sache nicht, sagte Mr Trevanion. Hier im Westen würde ich sehr bald feststellen, dass die Pferde keine Flügel hätten. (Steifes, verkniffenes Lächeln. Herr im Himmel, sein armes Frauchen zu Hause im Häuschen. Man stelle sie sich vor, in liebender Umarmung.) Der einzige Wordsworth, den er kenne, habe als Scharfschütze im Krieg gedient und rühme sich, er habe mehr Yankees ins Jenseits befördert als Jesse und Frank James zusammen. In kryptischem Ton fügte Mr Trevanion hinzu, er stehe in regelmäßigem Kontakt zu diesem Poeten der Winchesterbüchse. Für den Fall, dass ich mich einmal aus nächster Nähe von seinen Schießkünsten überzeugen wolle.

Hier im Territorium lasse sich niemand sein Eigentum streitig machen. Nicht selten habe der Besitzer dafür die halbe Welt durchquert; in den meisten Fällen dafür gekämpft; und sein Eigentum oder jeglicher Anspruch, den er darauf erhebe, gehe keinen anderen Menschen und keine Behörde etwas an. So sei es seit Jahren; und eine Regierung wäre sehr töricht, wenn sie ihren Vertretern die Vollmacht erteilte, das Land eines frei geborenen Bürgers zu betreten oder gar etwas von dem aufzuzeichnen, was sie dort anträfen. Es sei ungefähr so, als halte man die Hand ins Feuer, als stecke man den Kopf in den Rachen eines Krokodils. Kartographie sei nur ein beschönigender Ausdruck für Raub und Eroberung; die Art, wie ein Dieb ein Inventar seiner Beute anfertige. Und um ganz offen zu sein gehe es auch um die Frage der Steuern. Die Bürger des Territoriums seien schließlich keine Dummköpfe.

»Wie meinen Sie das, Sir?«, fragte ich Mr Trevanion nüchtern.

»Wenn man uns erst einmal vermessen hat, wird man uns auch besteuern«, erwiderte der Pikte. »Nur ein Kind weiß nicht, dass dies der eigentliche Zweck der Landvermessung ist: Die Karten sollen der Regierung dabei helfen, die Bevölkerung in Fesseln zu legen. Der Regierung und ihren Handlangern.«

»Sir –«

»Lassen Sie das. Sparen Sie sich Ihr Sir! Die in Washington machen schöne Worte, während wir hier draußen um unser nacktes Leben kämpfen. In Washington gibt es kaum einen, der auf Ihrer großartigen Karte zeigen könnte, wo dieses Territorium überhaupt liegt, und doch wollen sie uns vorschreiben, wie wir darin zu leben haben. Zuerst haben sie den Süden zugrunde gerichtet und in Schutt und Asche gelegt; und als die Leute da unten besiegt waren, haben sie ihnen brutal ins Gesicht getreten. Sollen wir uns von denen etwa vermessen lassen, Sir? Von dieser Bande von Judassen? Richten Sie ihren Zahlmeistern aus, sie sollen sich das noch einmal gründlich überlegen, Sir.«

Judas. Der Erlöser. Der Steuereintreiber. Pontius Pilatus. Es wurde ein biblischer Tag. Schon erwartete man den wenig schmeichelhaften Vergleich mit der Hure von Babylon, doch dieser Titel war wohl einer anderen im Territorium vorbehalten. Ich konnte mir recht gut vorstellen, wer das war.

Ich sei mir durchaus im Klaren (sagte ich), dass das Leben im Territorium mitunter sehr schwierig sei. Wegen der Banditen zum Beispiel. Der Überfall auf die *Harrison*. Wenn man bedenke, wie grausam die unglückliche Besatzung ums Leben gekommen sei. Eine Ungeheuerlichkeit, da gebe es kein anderes Wort.

Die Sache beschäftige mich ja offenbar sehr (erwiderte er gehässig), denn ihm – und einigen anderen auch – sei zu Ohren gekommen, dass ich in der ganzen Stadt zahlreiche Erkundigungen darüber einzöge.

Tatsächlich?

Ja, allerdings.

Davon wisse ich nichts.

Man könne fast denken, ich sei ein Marshal oder ein Privatdetektiv oder ein Versicherungsagent im Auftrag der Dampfschiffreederei. Leider sei keine dieser großartigen Professionen die meine (erwiderte ich lachend); man sei lediglich interessiert an dem Vorfall, über den man zu Hause in den Staaten so viel gelesen habe. Wie jeder ehrliche Bürger hoffe man selbstverständlich, der Missetäter werde bald seiner gerechten Strafe zugeführt; doch davon abgesehen habe man damit nichts zu tun.

Der werde niemals gefangen, erwiderte Mr Trevanion. Nicht solange James O'Keeffe Gouverneur sei.

Die Gewissheit, mit der er das sagte, verblüffte mich. Wieso er da so sicher sei?

»Weil der Feind meines Feindes mein Freund ist«, war seine geheimnisvolle Antwort. »Mehr sage ich über diesen Mann nicht. Fragen Sie also nicht weiter.«

Was die Plakate anging, so ließ er sich nicht erweichen, ganz gleich welche Argumente ich vorbrachte. Ich nannte zuerst eine Summe von hundert, dann von hundertfünfzig Dollar. Er lehnte ab, als habe man ihm einen randvollen Spucknapf geboten. Um nichts in der Welt sei er bereit, seine Prinzipien zu verraten (dabei rollte er das r, wie Schotten seines Schlages es unweigerlich tun). Wenn es im Augenblick nichts weiter zu besprechen gebe, dann wolle er mir jetzt einen guten Tag wünschen, denn er sei beschäftigt und gehöre leider zu denen, die sich ihr Brot mit Arbeit verdienen müssten. Ich glaube, Lord Trevanion sprach in ironischem Ton – Ironie von der besonders schmallippigen, selbstgefälligen, hochnäsigen Sorte, wie man sie aus den Debattierclubs von Edinburgh kennt.

Ich widerstand der Versuchung, ihn zu fragen, ob zu seinen unerrrschütterlichen Grrrundsätzen auch das Prrinzip der frreien Meinungsäußerrrung gehöre. Stattdessen erkundigte ich mich mit gelassener Miene, ob er glaube, seine Leser seien überfordert, wenn man ihnen zwei unterschiedliche Sichtweisen ein und derselben Angelegenheit präsentiere. Sein Volk, zwang ich mich zu sagen, sei doch schließlich berühmt für seine Kunst der kultivierten Konversation (wenn sie sich nicht gerade gegenseitig mit dem Breitschwert massakrierten, aber das sagte ich nicht). Was denn dagegenspräche, den von mir vorgeschlagenen Text in seiner Zeitung abzudrucken und zugleich in einem Leitartikel oder einem entsprechenden Vorspruch die entgegengesetzte Meinung zu vertreten? Damit könne ich sehr gut leben, sagte ich. Aber wenn er die Auseinandersetzung scheue ...

Dieser Pfeil traf ins Schwarze. Ein aufgebrachter Eichkater. Ein beleidigtes Streifenhörnchen. Die Backentaschen gebläht vor atemloser Empörung. Verletzter Keltenstolz ist immer ein unvergessliches Schauspiel. Er wolle, dass mir das *klar* sei, Sir; er lasse sich durch keine Verleumdung einschüchtern; der gute alte Name Trevanion, auf verlorenem Posten in Culloden etc. Cornwall, Wales, Man, Kaledonien, Bretagne, Irland (das sind die Schlimmsten, die Allerschlimmsten) – immer das gleiche. Selbstmitleidige Jammerlappen im Rock. Man muss sie nur an der richtigen Stelle kitzeln, und schon liegen sie einem zu Füßen.

Er willigte auf der Stelle ein, meine Annonce in seinem Blatt zu drucken: *Gesucht fünfzig kräftige Männer, vorzugsweise Bergleute oder solche, die die örtliche Topographie gut kennen*. Diese sollten von mir selbst in die Grundbegriffe der Landvermessung eingewiesen werden und einige, die das Zeug dazu hatten, in die Trigonometrie. Mr Trevanion schien überrascht von letzterer Idee, doch ich habe in solchen Dingen meine eigenen Vorstellungen. Unser trauriger Krieg ist vorüber; wir müssen künftig danach streben, die Gleichberechtigung durchzusetzen und zu stärken. Kann ein Bergmann nicht ebensogut rechnen lernen wie ein Absolvent von Harvard? Wenn das nicht stimmt, waren alle Kriege dieser Welt vergebens – zumindest in meinen Augen.

Ich sagte, ich werde auch eine Reihe von Führern und Pfadfindern brauchen, am besten wohl Indianer, doch mit diesem Ansinnen stieß ich bei Mr Trevanion auf entschiedenen Widerstand. »Der *Epitaph* ist keine Lektüre für Wilde, Sir«, betonte er. Ich verkniff mir die offensichtliche Antwort.

Seine schlaffe Klaue ergriff die Hand, die ich ihm entgegenstreckte. Und ich verspürte zum ersten Mal in meinem Leben den merkwürdigen Drang, einen Mann zärtlich an den Koteletten zu fassen und leidenschaftlich auf den Mund zu küssen – nicht weil es mich nach dieser (oder irgendeiner) Art von Kontakt mit ihm gelüstete, sondern einfach nur aus Neugier, wie er darauf reagieren würde. Doch ich gab dem Impuls nicht nach. Vielleicht besser so. Das Atmen ist doch eine liebgewonnene Gewohnheit.

Er werde mich im Haus der Witwe aufsuchen, sagte er beim Abschied, das kleine, furchtsame Mäuschen. In ein paar Tagen, antwortete ich. Zuvor wolle ich noch nach Edwardstown. Mit kaledonischem Schneid schickte ich mich zum Gehen an.

Doch als ich die Tür öffnete, sagte er etwas sehr Merkwürdiges. Ich bin sicher, er legte es darauf an, mich aus der Fassung zu bringen.

»Sie lieben das Glücksspiel, wenn ich mich nicht irre, Sir.«

»So würde ich es nicht ausdrücken.«

»Sechshundert Dollar, nicht wahr? Ihre Spielschulden in diesem Territorium?«

Ich antwortete nicht, denn das ging ihn nichts an.

»Der Bandit McLaurenson. Sie haben mich doch nach ihm gefragt.«

»Habe ich das?«

»Der Mann war heute hier in der Stadt. Ich habe ihn von diesem Fenster aus gesehen. Mit einem Mädchen. Und dann habe ich *Sie* gesehen, Sir. Nur zehn Schritte von ihm entfernt. Sehen Sie sich vor, wie Sie spielen, Sir. Sie werden beobachtet in diesem Bezirk.«

»Nicht nur hier«, sagte ich. Denn ich gönnte ihm die Genugtuung nicht.

Draußen auf der Straße standen Männer.

61. Kapitel

*Beim Betrachten einer Photographie von Mr O'Sullivan**

❖

~~Die Abrechnung~~
Novemberschnee segnet leise den Jungen.
Im kaltgrauen Rauch, das Pferd ~~wie~~ ein Gespenst,
Mehr Vision eines Pferds, ein lahmendes Sinnbild,
Angstgrinsendes Maul galoppiert durch den Albtraum.
Es senkt seinen Zügel dahin, wo er liegt,
Der Junge im Röhricht, reglos und still.

Ein Mädchen vielleicht steht am Straßenrand still,
Wartet dort auf die Heimkehr des Jungen,
Der scherzt stets von Liebe und niemals lügt.
Allerheil'gen noch lachte er wie ein Gespenst,
Und jetzt reitet er durch diesen Albtraum.
Kein Symbol. Kein bedeutungsschwangres Sinnbild.

Kein Banner; kein Kreuz. Kein erwachsenes Sinnbild,
Nichts als der zerschlagene Körper so still,
Nur die Federn der Krähen, schwarz wie ein Albtraum,
Umhüllen den zerschmetterten Leichnam des Jungen;
Die Beute so leichenblass wie ein Gespenst,
Die Ernte des Hasses, die im Wasser dort liegt.

* Signiert »C. G. Carroll« (Lucias damaliges Pseudonym). Unveröffentlicht. Geschrieben mit Bleistift auf einem dicken, cremefarbenen Blatt aus einem Skizzenblock. Der Titel bezieht sich auf das Foto eines in Antietam gefallenen Südstaatlers, aufgenommen von Timothy O'Sullivan, Sohn irischer Einwanderer aus New York und Pionier der amerikanischen Kriegsfotografie. (Er fotografierte O'Keeffe im April 1861.) Ich danke dem Chefarchivar des University College in Dublin für die Erlaubnis, das Manuskript abzudrucken.

Schwingt eure Reden, Generäle, wo begraben er liegt,
Baut ihm ein Denkmal, macht ihn nur zum Sinnbild.
Er hört euch nicht. Wir sind die Gespenster
Mit rasselnden Ketten, doch er liegt ganz still.
Trug noch leicht am Erinnern, dieser unreife Junge,
Nur was Erwachs'ne ihm schenkten, die Gaben des Albtraums.

Wie kannst du schlafen, bei diesem Albtraum?
Wie von Tapferkeit sprechen, wenn du nur lügst?
Keinen eignen Sohn hast du? Liebst keinen Jungen?
Was bedeutet dein Fleisch, wofür ist es Sinnbild?
Schick seiner Mutter keinen Orden. Nein schweig lieber still.
Sieh sein Antlitz so tot, ein bleiches Gespenst.

Der Soldat und sein Pferd, farblose Gespenster.
Metaphern sind leichter zu deuten als ein Albtraum.
Wie steinerne Säulen stehn die Worte so still,
Gehorsam wie Soldaten, hören nicht, wenn du lügst.
Von Kugeln zerschmettert; kein hehres Sinnbild
Der Freiheit. Kein Symbol. Nur ein Junge.

Schau ihn an, General. Sieh, wo er liegt.
Endlich frei von der Schlacht heißem Albtraum,
Der Sohn ungeboren. Dein Körper. Ein Junge.

~~Der verweigerte Sohn. Mein Körper. Ein Junge.~~

November 66, Edwardstown.

62. Kapitel

Die Sklaven

Im Plains-Hotel, Edwardstown – Erinnerungen an Marmorstatuen – Die Visionen der Judith Purefoy – Ein unverhoffter Besucher

❖

Der Papagei der Besitzerin krächzt *comment allez-vous* und hüpft missmutig in seinem Käfig umher.

Abends schallt Musik aus der Tanzdiele gegenüber. Walzer und Hornpipes; irische Reels. Die Instrumente klingen erbärmlich – Banjos, eine Fiedel, ein verstimmtes Klavier, eine dröhnende Basstrommel –, trotzdem wirken sie irgendwie tröstlich.

Manchmal sitzt sie am Fenster und sieht die Männer näherkommen. Herumtreiber, Farmer aus den Plains, Bankangestellte im feinen Anzug. Es gibt ein Guckloch in der metallbeschlagenen Eichentür. Eine Münze für den Schwergewichtler, und man darf eintreten. Sie war noch nie in so einer Tanzdiele. Neulich abends hat sie versucht hineinzukommen, aber der Türsteher verwehrte ihr den Zutritt.

»Ich will mich nur einmal umsehen.«

»Ladys dürfen hier nicht rein.«

»Dann tanzen in diesem Lokal also Männer mit Männern?«

»Keine Damen, Madam. So ist das nun mal hier.«

Im Schlafzimmer kann es ziemlich heiß werden, und nachts ist es oft stickig. Essensgerüche hängen schwer in der Luft – es stinkt nach ranzigem Fleisch und gekochtem Kohl. Sie nimmt ihre Mahlzeiten nicht unten ein, isst lieber allein, denn im Speisesaal gibt es immer einen, der sich zu ihr setzen will. Dieser Handlungsreisende wie aus einer Geschichte von Poe – mit den Triefaugen und dem Perlmuttrevolver unter der Achsel. Er verkehrt in der Tanzdiele – sie hat ihn über die Straße schlurfen sehen. Ein, zwei Stunden vergehen; Männer kommen und gehen. Man hört das Lachen von Frauen, doch nie sieht man welche hineingehen. Ein zweiter Eingang in der Gasse, nimmt sie an. Dann, gegen Mitternacht, seine trübselige Rückkehr ins Hotel. Sie hört das Klacken der Stiefelabsätze auf dem Flur. Einer, der die Straße beobachtet. Sich mit Schulmädchen auskennt. Sie hat das Schlüsselloch mit einem Kissenbezug zugehängt.

An der Wand ein Farbdruck: das Aquarell eines Breitschwanzkolibris, ein Männchen mit leuchtend rotem Kehlfleck. Jedes Zimmer im Plains-Hotel hat so ein Bild, wie Monsieur Gauthier ihr voller Stolz erklärte. Er hat einem irischen Hausierer dreißig Exemplare davon abgekauft, das Stück für einen Vierteldollar, und ist stolz auf das gute Geschäft, aber mehr noch auf seinen Geschmack. Am liebsten würde er alle Zimmer völlig gleich einrichten. Der Hausierer, setzte er noch mit einem Lächeln hinzu, wusste gar nicht, was er da verkaufte.

Das Gedicht über das Foto hat sie zwei Tage gekostet. Es hat eine schwierige Form. Selbst jetzt ist sie sich nicht sicher, ob es wirklich fertig ist. Seltsam, dieses Wort »fertig«, denn es bedeutet »abgeschlossen, vollendet«, aber auch »vorüber, aus und vorbei«, und »bereit« heißt es auch. Und es bezeichnet die größte Erschöpfung. Es hat so viele Bedeutungen. Soll sie das Gedicht einfach »Fertig« nennen? »Am Ende«? »Die Vollendung«? »Aus und vorbei«? Es ist nicht völlig misslungen – ein oder zwei von den Bildern wollen leben –, aber mit dem Ton stimmt etwas nicht. Ein Mangel an Klarheit. Das Gedicht bleibt so vage, dass es zum Scheitern verurteilt ist. Eigentlich sollte es wie eine Schneeflocke sein, klar und kalt; so einzigartig, dass es den zweiten Blick lohnt. Oder wie die Haarwurzel eines Dichters im Reagenzglas. Wenn es diese Anforderungen erfüllt, hat es ein Recht zu existieren. Sie dagegen nimmt nur Vorhandenes und arrangiert es neu. Spiegelbilder, die anderen den Spiegel vorhalten.

Einmal, in Florenz, als sie mit Mama im Giardino de Boboli war, hatte sie die Statuen gesehen, die Michelangelo für das Grabmal von Papst Julius geschaffen hatte. Ein stürmischer Abend kurz vor Ende der Saison; die Gärten waren nur offen, weil Papa jemanden kannte oder jemanden bezahlt hatte. Blitze über Fiesole. Regen trommelte auf die Schirme. Kürbisgelb glänzende Steinblöcke, massig und streng. Sie hatte versucht die Figuren zu skizzieren, aber ihre Hände zitterten beim Zeichnen. Es war schwer, die Formen aufs Papier zu bannen, sie war zu bewegt.

Die Statuen galten als unfertig: Buonarotti hatte die Arbeit daran abgebrochen. Vielleicht war er auch gestorben, bevor er sie vollenden konnte – sie erinnerte sich nicht mehr an die Erklärungen des *professore*. Im perlenden Regen, vier Studien von Sklaven. Das Klatschen der Regentropfen auf dem Marmor. Es war, als drängten Gespenster von innen aus ihrem steinernen Verlies, verzweifelt auf der Suche nach einem Ausweg. Diese Fingerspitzen und Lippen. Angedeutete Gliedmaßen. Diese Ausbuchtung an der Seite? War das eine Krone? Der erste, der *Junge Sklave*, schien sich unter Schmerzen zu winden, merkwürdig gekrümmt, konturlos, allzu glatt – »möglicherweise die Erklärung dafür, dass man ihn für jung hält«, sagte der Professore und lächelte die sechzehnjährige Lucia an. Und dann der *Erwachende Sklave*, eine steingewordene Explosion, das Abbild des Versuchs, die eigenen Grenzen zu sprengen. Der Torso des *Bärtigen Sklaven* war sorgfältig gearbeitet, in der für Michelangelo typischen Manier, andere Teile zeigten nur grobe Bearbeitungsspuren, wie vom Meißel eines Steinbrucharbeiters. Und schließlich der *Atlas* genannte Sklave – der hatte sie zu Tränen gerührt. Augen und Nase nur angedeutet, aber der Körper gebeugt unter einer furchtbaren Last. Und da über seinem gesichtslosen Haupt keine Weltkugel zu sehen war, kein steinerner Planet, keine gewichtigen Nationen, war es Lucia vorgekommen, als sei der Kopf selbst – etwas, das er in seinem Kopf trug, ein Verstand, der selbst einen Koloss in die Knie zwang – die eigentliche Bürde, die er für alle Zeiten schultern musste. »Atlas«, so sagte der *Professore*, »drückt vielleicht besser als die anderen Gefangenen die Energie aus, die im Inneren des Marmors eingeschlossen ist. Ein Trauerspiel, meine Freunde, dass diese Wunderwerke niemals vollendet wurden.« Aber Lucia war in den Sinn gekommen, dass der *Professore* sich womöglich irrte. Die Statuen waren nicht unvollendet. Sie sagten alles, was es zu sagen gab. Ihr Schöpfer hatte die einzig mögliche Sprache gefunden, in der er von einem solchen Thema reden konnte. Vollendung hätte die Figuren nutzlos gemacht.

Der Papierkorb neben ihrem Schreibtisch enthält viele verworfene Versuche. Es gibt vielleicht nur einen einzigen Grund, warum dieser eine überdauern wird. Und der nähert sich auf der Straße von Norden her und wird vor Einbruch der Dunkelheit eintreffen, obwohl sie nicht ahnt, dass er auf dem Weg zu ihr ist. Der Mann, der mit seiner Braut nach Indien gegangen ist, um Landkarten zu zeichnen. Der Meister der Dreiecke kommt hufeklappernd heran.

Das Paar im Zimmer über ihr ist in den Flitterwochen; sie sind aus Rhode Island und warten auf die Postkutsche nach Kalifornien. Sie sieht sie durch die Stadt gehen, immer gut angezogen, das Mädchen mit seiner schlanken Taille in Rüschen und Tournüre, der frisch angetraute Ehemann – ein Geistlicher – im Gehrock. Nachts hört man die rhythmischen Erschütterungen ihres Bettes. Und einmal, als sie sich unruhig im Schlaf wälzte, das Wimmern hilfloser Lust aus der Kathedrale ihres Zimmers. Harte westliche Morgendämmerung; die Stille der Plains. Sie weinte, als der kleine Tod kam. Alles Lebende will dem Körper entfliehen. Deshalb gibt es Gedichte und Geschichten und Lieder und Alkohol und Kirchen und Oratorien und Kinder. Das ist der Grund, warum Ehen Bestand haben. Warum Ehen überhaupt zustande kommen. Warum Ehepaare auch noch zusammenbleiben, wenn die Glut der Liebe längst verloschen ist. Weil wir es allein nicht aushalten, allein im Stein.

Sie verlässt das Plains-Hotel und geht eine Zeitlang am Flussufer spazieren. Hinaus, nur hinaus aus der Stadt und mit gemessenen Schritten durch die Binsen zu dem Wald im Norden, zu der schneidend kalten Lust der Einsamkeit. Die Stiefel sind ihr zu groß – sie musste sie von Monsieur Gauthier borgen, denn der Laden in der Stadt führt keine Damenstiefel. Das Wetter ist unverändert; die Morgendämmerung kommt immer noch spät. Der Schnee ist noch nicht geschmolzen; der Missouri führt wenig Wasser. Sie hört den Fluss, nachts in ihrem Bett im Plains-Hotel. Noch kehren die Raddampfer nicht aus dem Osten zurück.

Die friedliche Stille des Waldes ist beruhigend. Sie wandert zwischen den Kiefern, wo die Kolibris im Sommer nisten und nach Maden suchen. Sie würde gern einen amerikanischen Kolibri sehen, aber das wird niemals geschehen. Im Sommer, wenn sie kommen, ist sie nicht mehr da.

Auf einem Baumstumpf ist ein Stern eingeritzt. Girlanden und Andachtsbilder liegen auf dem Waldboden, mit Kieselsteinen beschwerte Rosenkränze. An diesem Baumstumpf hat ein dreizehnjähriges Mädchen, die Tochter des Hufschmieds, die Heilige Jungfrau gesehen. Das Mädchen, Judith Purefoy, hat angeblich Indianerblut in den Adern. Die Farmer rufen sie zu kranken Rindern; es heißt, sie kann sie heilen. Auch Menschen. Zahnschmerzen und Koliken. Nervenschwäche. Lungenkrankheiten. Monatsschmerzen. Unfruchtbarkeit.

Sie denkt über ihren Ehemann nach, über das Wrack von einem Haus. Ob der Junge immer noch bei ihm ist? Essen sie zusammen zu Abend? Hat das Kind sprechen gelernt? Worüber unterhalten sie sich? Ist das Dach endlich fertig? Wenn er wenigstens zu ihr gekommen wäre, sie gebeten hätte zurückzukehren. Sie wäre seinem Wunsch nicht gefolgt, dazu war es zu spät. Aber seine Bitte hätte immerhin bedeutet, dass sich noch ein Quäntchen retten ließ, ein Schatten all dessen, was sie sich einst erhofft hatten.

Sie kehrt auf anderem Weg zurück in die Stadt, umrundet Tiernans Koppel. Die Eckpfeiler einer neuen Kapelle ragen aus einem Maisfeld. Unsere liebe Frau im Wilden Westen.

Wieder zur Postkutschenstation. Der Vorsteher gibt sich verständnisvoll – ein adretter kleiner Mann aus Glasgow, der pfeift, wenn er durch die Stadt schlendert –, doch die Lage ist unverändert. Der Personenverkehr ist eingestellt. Wegen der Morde auf dem Highway. Es gibt keinen Weg aus dem Territorium, zumindest nicht im Augenblick, und außerdem will niemand mehr als Kutscher arbeiten. Seit Harran letzte Weihnachten in Redemption gelyncht wurde, sind nur wenige bereit, einen so gefährlichen Posten zu übernehmen. Der Vorsteher sieht keine Zukunft im Postkutschenwesen. Überlegt, ob er einen Saloon aufmachen soll.

Das Bimmeln einer zerbeulten Kuhglocke. Sie folgt ihrem Ruf: die neu gebaute Straße entlang, durch die Lücke in der Steinmauer, über das fedrige Gras auf Lomans Wiese, und ihre Rocksäume wirbeln Pilzsporen auf. In der Ferne drei Berggipfel, der Three Giants Mountain. Der Schnee violett auf den Bergflanken.

Als sie ankommt, ist die Scheune schon fast voll. Der alte Loman steht vorne, hinter ihm eine Schiefertafel. Seine Schüler sind meistens Männer, doch heute sind auch drei Frauen dabei, und ein Grüppchen zerlumpter Kinder. Er erzählt ihnen vom Alphabet; dass es der Schlüssel zum Wissen ist. Heute sind siebenundzwanzig Menschen in der Scheune. Nur zwei von ihnen waren nie Eigentum eines anderen.

Sie hilft ihm, die zerfledderten Fibeln zu verteilen, mit Zeichnungen von Affen und Bienen bis hin zu den Zebras – ein alphabetisches Bestiarium. Die Kinder blicken zu ihr auf. Ein Mädchen berührt ihr

Kleid. Sie verfallen in eine Art Singsang, fast wie ein Gebet. Der alte Loman ist der Vorsänger, mit seinem brüchigen Tenor, und schlägt mit seinem Stock an der Tafel den Takt. Ein Junge nennt sie »Milady«, und sie fühlt sich unbehaglich, aber Loman hat ihr geraten, sich um solche Kleinigkeiten nicht zu kümmern. Es spielt keine Rolle, wie sie uns nennen. Sie muss versuchen, das zu verstehen. Wir müssen unseren Stolz vergessen.

Lucia: Es interessiert mich nicht, was Du tust, wohin Du gehst und mit wem und was Dir womöglich widerfährt. Meinetwegen kannst Du ins Wasser gehen. Dein Mangel an Loyalität überrascht mich nicht, denn daran bin ich längst gewöhnt, doch Deine Arroganz und Anmaßung sind unfassbar. Es ist eine große Erleichterung, Dein elendes Gewimmer nicht mehr hören zu müssen. Geh zum Teufel und nimm Deine Drohbriefe mit.

Sie geht zwischen den Schulbänken aus Holzkisten auf und ab. Fliegen sirren. Sonnenstrahlen dringen durchs Gebälk. Wie soll der Junge sie anreden? Lucia? Mrs O'Keeffe? Frau General? Wandelröschen? Bezeichnen all diese Namen dieselbe Frau?

In der Ecke steht ihre Kamera, zugedeckt mit einem Tuch, wie etwas, das sich schamhaft versteckt. Eigentlich hatte sie Bilder von der Schule und ihren Schülern machen wollen. Jetzt kommt es ihr zu indiskret vor.

Ein alter Mann erhebt sich von dem Berg von Säcken, auf denen er gesessen hat. So alt wie ihr Vater, geht ihr auf. Die Kleider schlottern ihm am Leib. Er stützt sich auf einen Krückstock. Als Junge ist er von seinem Besitzer in Tennessee so heftig geprügelt worden, dass er auf einem Ohr taub ist, und ein Bein blieb steif davon. Sie hat gesehen, dass er in der Stadt an der Ecke von Second und Foley Street die Stiefel der Honoratioren putzt. Er kommt bis »o, p, q« – »sehr gut, Jonathan«, ermutigt ihn Loman –, doch dann verliert er den Faden und starrt hinauf zum Dach, als hockten die Konsonanten dort oben im Gebälk. Einige der jüngeren Männer und zwei von den Kindern heben die Hand und haben die Lösung parat; aber Loman mahnt sie zur Geduld, und der alte Mann murmelt: »ess?«. Der Lehrer verbessert ihn und hilft im weiter bis zum Zett. Dann setzt der Alte sich wieder auf seinen Stapel Säcke. Die anderen murmeln beifällig.

Der Junge auf der Fotografie – wusste er, wofür er kämpfte? Hatte man es ihm je gesagt? Gab es Augenblicke der Erkenntnis? Plötzlich fällt ihr ein, dass er vielleicht auch nicht lesen konnte. Können seine Eltern die Aufschrift auf seinem Grabstein entziffern, wenn er denn einen hat?

Am Ende der Unterrichtsstunde wird ein Spiritual gesungen. Loman ist Quäker, und die mögen keine Kirchenlieder; aber Lucia findet es anrührend, wie er leise mit denen singt, die an die befreiende Kraft des Alphabetes glauben. Und wie an jedem anderen Gott muss man auch an diesem manchmal zweifeln. Aber heute, in dieser Scheune, gibt es keine Zweifler.

Nie mehr wie ein Tier verkauft,
Nie mehr, nie mehr.
Nie mehr wie ein Tier verkauft,
Tausende verlor'n.

Nie mehr in der Sklaverei,
Denn mein Heiland macht mich frei.
Nie mehr wie ein Tier verkauft,
Tausende verlor'n.

Im Hotel liest sie sich das Gedicht nochmals durch. Wenn es überhaupt je lebendig war, scheint jetzt alles Leben aus ihm gewichen. Mein Gedicht über einen Toten ist selbst ein Toter, sagt sie sich. Als sie sich anschickt, das Blatt zu zerreißen, blickt sie zufällig aus dem Fenster. Und sieht unten, in der Laforge Street, das Unmögliche.

Ein staubbedeckter Mann auf einem staubbedeckten Pferd.

Er trägt eine Kapuze, wie die Venezianer im Karneval. Seine Bewegungen sind vertraut, als er seinem Tier die Sporen gibt und zärtlich den sehnigen Nacken streichelt. Das Pferd wirkt erschöpft, Schweiß rinnt ihm über das Fell.

Aber das kann nicht. Das ist nicht möglich.

Sie erhebt sich von ihrem Schreibtisch.

Sie spürt, wie ihr das Blut in den Adern pocht. Als schwämme sie im kalten Wasser.

Die erste Reaktion ist ein Würgen. Die zweite der Gedanke an

Flucht. Doch wohin soll sie fliehen? In die Wälder? Sie beobachtet, wie er absteigt, die Zügel um einen Pfosten schlingt. Er bückt sich zu einem Wassertrog, taucht die behandschuhte Hand hinein. Dann hebt er sie triefend zu dem Gesicht, das sie geküsst hat. Dabei streift er die Kapuze ab, wie in einer Schmierenkomödie. In gewisser Hinsicht, geht ihr auf, ist es das auch.

Sie träumt. Ja. Sie hat schon öfter von ihm geträumt. Er windet sich wie die Gespenster in den steinernen Altarblöcken; seine Hände und sein unversehrtes Kind. Ein Moskito sirrt. Moskitos kann man träumen. Aber nein; im Traum gibt es keine Gerüche. Die welkenden Wiesenblumen im Krug auf dem Bücherregal. Der süßliche Duft ihrer Blütenblätter.

Ob sie es in die Hotelhalle schaffen könnte, bevor er eintritt? Was würde sie dem Portier sagen? Ich bin heute nicht da? Sagen Sie dem Mann, dass ich abgereist bin. Sagen Sie ihm, ich war *nie* hier. Sie haben meinen Namen noch nie gehört. Sie werden ihn an seinem Gesicht erkennen; es ist von Brandnarben entstellt; ich bin nicht hier, verstehen Sie? Ich gebe Ihnen zwanzig Dollar.

Sie stürzt an den Schreibtisch, reißt die Schubladen auf. Es ist lächerlich. Sie sucht nach Geld. Gedichte. Notizen. Ein Schälchen mit schwarz angelaufenen Münzen. Ein Stück vertrocknete Orangenschale. Nie abgeschickte Briefe an ihren Ehemann. Sie muss auf der Stelle verschwinden. Sie wird zu den Lomans gehen. Können Sie mich auf Ihrem Dachboden verstecken, bis er wieder weg ist? Ich will *überhaupt* keinen Mann.

Sie kehrt ans Fenster zurück. Er unterhält sich mit Sheriff Arkins, und der zeigt auf das Hotel an der Ecke. Sie tritt hastig zurück, als die beiden Männer zu ihr aufblicken. Als hätten sie ihren Pulsschlag gehört.

Die Satteltaschen über seiner Schulter.

Das *Ping* der Glocke an der Rezeption.

Die Schritte des irischen Zimmermädchens auf der Treppe.

Sie sieht in den Spiegel und wartet, dass es klopft. Fühlt sich wie eine Gefangene in der Todeszelle.

63. Kapitel

Überwachung

Ein Spitzel wird Zeuge eines Zwischenfalls in der Teestube

❖

*Als ich schließlich dort eintraf, saßen sie an einem Tisch am Fenster. Ich setzte mich so nah, wie ich konnte, ohne Verdacht zu erregen. (Glaube, sie hat bereits Verdacht geschöpft, denn sie hat sich an der Rezeption erkundigt, was für eine Art von Handlungsreisender ich bin, woher ich komme und so weiter. Muss möglicherweise bald abgelöst werden.) Konnte nicht immer verstehen, was sie sagten. Notierte so viel wie möglich auf Rückseite der Speisekarte. Schrieb sofort danach diesen Bericht. (X steht für ihn, O für sie. *** bezeichnet die Teile, die ich nicht verstehen konnte.)*

X: Was sind das für merkwürdige Gestalten hier?
O: Weshalb bist du hergekommen?
X: Tu nicht so, als wüsstest du das nicht, Lucia. Wir sind erwachsene Menschen.
O: Du hast mir geschrieben, dass du heiratest. Dass ihr im Frühjahr nach Indiana (?) wollt.
X: Ich musste die Verlobung lösen. Ich hätte der Frau unrecht getan. Es wäre falsch gewesen, sie weiter zu täuschen, nur weil ich unglücklich war.
O: Du hast deine Verlobte **************?
X: Halt du mir keine Vorträge über gebrochene Versprechen.
O: **** *** ******** ***** ************* ****.
X: Wir hatten nicht die tiefen Gefühle, die Brautleute füreinander empfinden sollten. Solche Ehen haben keinen Bestand. Man sollte meinen, gerade du ******* *** ******.

An dieser Stelle folgte ein erregter Wortwechsel, der etwa eine Minute dauerte. Konnte nichts verstehen wegen der Kinder auf der Straße. Anschließend:

O: Lieber Himmel, es *gab* nie eine Verlobte. Für wie dumm hältst du mich eigentlich? Du wolltest mich nur eifersüchtig machen.

X: Seit wann weißt du so genau, was ich will? Dann lass dir eins gesagt sein, Lucia: Ich will, dass du dieses Territorium mit mir verlässt.

O: Sei so gut und ****** ***** ******. Wir sind nicht allein in diesem Raum.

X: Dann lass uns woanders hingehen, wo wir allein sein können.

O: Hast du vollkommen den Verstand verloren?

X: Ich will mich nur mit dir unterhalten.

O: Verstehst du nicht, dass es Gerede geben würde? Das ist eine anständige Stadt. *** ****** ******, um Himmels willen.

X: Ach ja? Jetzt geht es um Anständigkeit? Und das von der großen Freidenkerin höchstpersönlich. Ich erinnere mich an etliche Gelegenheiten, bei denen du ***** *********** *** *** ************* ******* ****.

O: Hör auf. Ich warne dich.

X: Gefühle, die du mir gestanden hast. Soll ich deinem Gedächtnis ein wenig nachhelfen? Ich erinnere mich an jedes Wort. Ich konnte sie nicht vergessen. Damals hast du nicht die Karmeliterin gespielt. ***** ***** **** ******* *** ** ******* **** *******.

O: Ich will nicht mit dir allein sein. Ich weiß nicht, weshalb du hergekommen bist. Ich verstehe, dass du Gefühle hast, aber die Zeit dafür ist -

X *[sehr erregt]*: Wie kannst du es wagen? Wie *kannst* du es wagen! Du hast keine Ahnung, was ich um deinetwillen verloren habe. Was weißt du schon von meinen Gefühlen? Mit welchem Recht schickst du mich weg? All die Nächte, in denen ich geweint und daran gedacht habe, mir das Leben zu nehmen –

O: Lass meine Hand los. Du tust mir weh.

X: *[zog ein Stück Papier aus seiner Jacke]*: Lies das, Lucia. Du hast diese Worte freimütig geschrieben. Du wolltest sie schreiben. Du wolltest, dass ich sie lese. Du weißt, das ist die Wahrheit, es ist eine ernste Angelegenheit. Wenn es eine Sünde ist, dass man **** ***** ***** *******, dann haben wir diese Sünde beide begangen. Du kannst versuchen, dich selbst zu täuschen, aber es lässt sich nicht ungeschehen machen.

O: Dann war es eben ein Irrtum. Jetzt will ich dich nicht mehr sehen.

X: Das ist die Art von Lüge, die ich dir nie zugetraut hätte.

O: Es ist die reine Wahrheit. Es tut mir leid, aber du musst gehen.

X: Du wirst es dir anders überlegen. Ich habe dich aus der Fassung gebracht. Ich bin zu plötzlich aufgetaucht. Du wirst es dir noch anders überlegen. *** **** ***.

O: Niemals. Du machst dir etwas vor. Ich weiß nicht *** ** ********* *** ** ***** ******. Du musst diese Stadt unverzüglich verlassen und darfst nie wiederkommen. Wenn ich dir je etwas bedeutet habe, dann tu bitte, was ich von dir verlange.

Hier näherte sich die Besitzerin ihrem Tisch, vielleicht aufgeschreckt von den Blicken der anderen Gäste.

B: Alles in Ordnung, Frau General?

O: Alles bestens, vielen Dank Madame Gauthier ... Captain Winter (?), ein Freund der Familie ... Er wollte ohnehin gerade gehen ... Wenn Sie bitte so freundlich wären, ihn zur Tür zu geleiten.

Der Mann wirkte verärgert, als er sich erhob.

X: Ich werde dieses Territorium nicht ohne dich verlassen, Frau General. Darauf gebe ich dir mein Wort. Ganz gleich, was geschieht. Dafür steht für mich zuviel auf dem Spiel. Und für dich auch. Die Zeit des Versteckspielens ist vorbei.

Er sah mich im Hinausgehen an. Aber nur flüchtig, denke ich. Ich las in einer Zeitung. Er ging.

64. Kapitel

Ich werde meine liebe Mutter wiedersehen

Aus Wintertons Tagebuch – Das Schicksal einer Einwandererfamilie – Die Angst vor einem Verfolger – Wiederauferstehung eines Gespensts in der Nähe von Redemption Falls

❖

[Einige herausgerissene Seiten fehlen, und das Manuskript setzt wie folgt wieder ein]

… erzählte mir, er sei einmal durch das Yellowstone Valley geritten, und berichtete von erstaunlichen Sehenswürdigkeiten in dieser Gegend: Knochen von riesigen Tieren, Schädel mit gewaltigen Gebissen; ein mächtiger Katarakt, bei dem das Wasser fünfhundert Fuß tief herabstürze. Außerdem sei er dort auf einen Planwagen gestoßen, schon halb zergangen, und die Skelette der armen Reisenden saßen in den Überresten ihrer Kleider noch immer auf dem Kutschbock und hielten die Zügel der gestohlenen Pferde in der Hand. Der Bericht schien ihn sehr zu berühren, denn er hatte Tränen in den Augen. Offensichtlich, sagte er, stammten die armen Teufel aus seiner Heimat; er hatte ihre kümmerlichen Habseligkeiten durchsucht.

Später am Tag ritt ich drei Wegstunden aus der Stadt und nahm nur meinen Theodoliten und ein paar Bücher mit. Ich wollte einige höher gelegene Aussichtspunkte erkunden, von wo aus man vielleicht eine Triangulation beginnen konnte.

Als ich durch das Fernrohr spähte, entdeckte ich etwa eine Viertelmeile entfernt, wohl in nord-nordwestlicher Richtung, drei Reiter auf dem Kamm von Aerly's Hill. Sie sahen aus wie Raufbolde aus den Slums von Manhattan; alle drei waren schwarz gekleidet und bis an die Zähne bewaffnet, mehr als es für einen Goldschürfer nötig ist, mit Patronengurten, Macheten, kurzschäftigen Schrotflinten und Gewehren mit abgesägtem Lauf. Und noch bemerkenswerter (fiel mir jetzt auf), einer aus dem Trio war eine Frau. Oder eher ein Mädchen von etwa zwanzig Jahren.

Während ich sie noch beobachtete, hielten sie an. Die beiden Männer stiegen vom Pferd; einer urinierte auf den Weg. Dann stieg das Mädchen ab. Sie trug *chaparejos* aus Segeltuch und einen weiten Umhang. In der Hand hielt sie ein Messer mit langer Klinge.

Sie kauerte sich nieder und nahm mit der behandschuhten Hand etwas Erde vom Boden. Sie unterhielt sich mit einem der Männer, der andere schwieg, glaube ich. Dann stand sie unvermittelt wieder auf. Anscheinend gab es einen Streit. Das Mädchen und ihr Widerpart schrien sich heftig an, aber ich konnte kein Wort verstehen. Der andere Mann gestikulierte beschwichtigend.

Sie bestiegen wieder ihre Pferde und ritten nach Norden davon.

Ich stieg auf, so schnell ich nur konnte, und folgte ihnen. Der Weg, den sie einschlugen, war der Weg nach Redemption.

❖

Vinson zügelt sein Pferd. Dreht den Kopf wie eine Eule. Starrt über die Schulter zurück auf den Weg, den sie gekommen sind. Durch einen Tunnel aus niedrigen Pappeln. Er scheint in Panik. Sein Pferd wiehert.

»Was is los?«, fragt McLaurenson.

»Wir werden verfolgt«, antwortet Vinson.

»Quatsch. Wer soll uns hier draußen verfolgen?«

»Ich sag dir, uns ist jemand auf den Fersen. Siehst du die Vögel da drüben?«

Ein Krähenschwarm stiebt wie eine Wolke aus den Wäldern auf. Heiser krächzend. Sie wirbeln wie Asche in der Luft.

»Berglöwe«, sagt McLaurenson. »Oder ein Kojote vielleicht.«

»So weit oben? Und in dreißig Meilen Umkreis keine Wasserstelle?«

»Was willst du –«

»*Hör doch! …* «

Die Krähen kreisen heiser krächzend über dem Wald. Eliza sagt nichts, treibt ihr Pferd mit den Fersen an. Sie müssen noch weit reiten an diesem Abend und haben keine Zeit zu verlieren. Aber sie hat das unbestimmte Gefühl, dass Vinson recht hat.

Sie sieht sich um und blickt auf dem Weg zurück. Die Schreie der

Vögel sind verstummt. Eine staubiger Lichtfleck am Ende des Tunnels.

»Weiter«, sagt McLaurenson. »Da ist niemand.«

Vinson starrt sie an, als sie weiterreiten.

❖

Um Viertel nach vier wird der Junge in der Tone Street gesehen; er führt O'Keeffes lahmendes Pferd am Zügel. Er betritt den gepflasterten Hof von Johnny Boylan, dem Hufschmied, der später aussagen wird, dass der Junge »wie immer« wirkte. »Ziemlich schweigsam. Aber nicht beunruhigt.« Boylan und das Kind treten hinaus auf die Straße und nehmen das Pferd kurz in Augenschein, bevor es in den Hof gebracht wird. Der Junge geht über die Straße zu Corish und kauft zwei Äpfel. Corish wird bestätigen, dass er »ganz normal« aussah.

Er geht zu Fuß zurück zum Haus und bindet sein Pony los. Mittlerweile ist es zwanzig nach vier. Elizabeth Longstreet bittet ihn, etwas beim Kaufmann zu besorgen, aber er gibt ihr mit Gesten zu verstehen, dass er gerade erst in der Stadt war und nicht schon wieder dorthin will. Die Sache ist nicht dringend, also schimpft sie nicht mit dem Kind. Er verlässt das Haus in Richtung Nordosten, aber er reitet nicht auf seinem Pony, er führt es am Zügel.

Zwei ehemalige Sklaven sehen ihn an dem Feld vorbeigehen, wo viele ihrer Schicksalsgenossen ihre Hütten haben. Der Wind bläst ihm den Hut vom Kopf. Er läuft hinterher und hebt ihn auf. Er gibt seinem Pony einen Apfel.

»Jeddo«, sagt die Stimme. »Ich bin's. Dein alter Kumpel.«

Der Junge hält inne und sieht ihn an. Der Yankee-Sheriff. Aber irgendwie verändert. Dünner. Verängstigter. Wie eine Vogelscheuche, eine Strohpuppe, die zum Verbrennen bestimmt ist. Ein Verräter, über den man Lieder singen wird.

»Haben sie nach mir gefragt? In der Stadt? Wahrscheinlich ja. Also, ich war bei einem Kumpel von mir. Möchtest du ihn kennenlernen? Sein Haus ist da oben. Er hat jemanden zu Besuch, den du bestimmt gern sehen willst.«

Immer auf die Augen achten, hat Mamo gesagt. An den Augen erkennst du, wenn einer lügt.

»Jemand, den du bestimmt gern treffen möchtest. Da oben in den Bergen. Dein Schwesterherz, Jeddo. Eliza.«

Das Pony trottet davon, und sein Lasso schleift über das Gras. Die Binsen am Bachufer wiegen sich im Wind. Die Great Smokecloud Mountains machen ihrem Namen alle Ehre, die Berghänge sind grau und dunstverhangen.

»Willst du deine Schwester nicht sehen? Sie hat eine lange Reise hinter sich. Willst du mitkommen und bei mir zu Abend essen? Komm, sei ein braver Junge.«

Das Kind rührt sich nicht von der Stelle. Weil Eliza nicht hier ist. Sie ist in Baton Rouge, Louisiana, irgendwo hinter dem Mond. Aber dieser Gesetzeshüter kennt ihren Namen. Kann er die geheimsten Gedanken lesen? Wie eine böse Fee, die man auf dem Weg trifft.

»Weißt du was … also, da ist noch jemand. Jemand, den du schon werweißwielange nicht gesehen hast. Will dich gern wiedersehen, Junge. Sie ist da drüben unter den Bäumen. Ehrlich. Will dich furchtbar gern wiedersehen. Deshalb hab ich ihr gesagt, ich frag dich mal … Es ist Mamo, Kleiner … Sie ist wieder da … Sie will dich wiederhaben.«

Auf der Wiese am Kuhstall hackt ein Farmer die Rinde von seinen Ulmen. Im Frühjahr will er sie verbrennen. Das Gras ist kurz und gelb.

Wie von einer Angelschnur gezogen geht das Kind in Richtung Wald. Vinson legt ihm den Arm um die Schulter. Keine Tränen.

65. Kapitel

Ich soll die Früchte ernten auf diesen gottgefälligen Feldern

Aufschrift an der Schultür von Redemption Falls am Morgen nach dem Verschwinden des Jungen

❖

IHR HEUCHLER ICH BIN HIER
ICH SEHE ALLES

ERHEBT NICHT DIE HAND UM MIR DEN JUNGEN WEGZUNEHMEN
ODER ICH TÖTE JEDES MÄNNLICHE KIND IN REDEMPTION
& ICH SCHWÖRE DASS ICH
JEDEN EINZELNEN VON EUREN SÖHNEN UMBRINGE
& IHR BLUT SOLL ÜBER EUCH KOMMEN

JEDER DER DABEI HILFT
MACHT SICH SCHULDIG & WIRD BESTRAFT

ICH SEHE ALLES

IHR SEID HEUCHLER

– MK1025 –

66. Kapitel

Les Adieux

Der einsame Tod des Patrick Vinson – Sein Begräbnis – Lucias Rückkehr

❖

Patrick Owen Vinson wurde im Wald von Willowcreek gefunden. Er war durch einen einzelnen Schuss in den Kopf getötet worden. Anfangs glaubte der Suchtrupp, er sei von eigener Hand gestorben, doch sein früherer Freund Marshal John Calhoun wies darauf hin, dass kein Selbstmörder sich je in den Hinterkopf schieße. Er war Opfer einer Hinrichtung geworden.

Er wurde auf dem Friedhof von Redemption Falls beigesetzt, der Sarg mit einer Flagge bedeckt. O'Keeffe selbst hielt die Trauerrede in der Kirche, obwohl er schon seit Tagen kein Auge zugetan hatte und erschöpft war von der Suche nach dem entführten Kind. Patrick Vinson sei im Krieg sein Kamerad gewesen, sagte er. Ein guter, tapferer Mann; und er habe gekämpft wie ein Löwe. Der Gouverneur hatte mit angesehen, wie Patrick Vinson in eine brennende Lazarettscheune gestürmt war und sechzehn Soldaten vor dem sicheren Tod gerettet hatte. Einige waren gefangene Südstaatler. Einige waren treue Anhänger der Union. Zwei waren ehemalige Sklaven. Vier waren Kinder. In Tennessee hatte er zwei Säuglinge über einen Fluss getragen, weil er sich nicht mit dem Gedanken abfinden konnte, sie elternlos zurückzulassen.

Zur Welt gekommen war er in den Bergen von Cooley, Grafschaft Louth. Seine Eltern waren in der Hungersnot gestorben. Im Alter von sechs Jahren war er allein als blinder Passagier auf einem Postschiff nach Liverpool gefahren. Er hatte viele Jahre in englischen Gefängnissen zugebracht. Im Winter '58 war er nach New York gekommen. Er hatte als Kellner in Brooklyn gearbeitet. Hatte jeden Cent gespart, um einen betagten Onkel und eine Tante aus Irland zu holen, wo sie in bitterem Elend im Armenhaus von Cavan lebten. Er war der erste irische Einwanderer, der sich als Freiwilliger für die Unionstruppen meldete, und war rasch in den Rang eines Korporals aufgestiegen.

Er und O'Keeffe hatten später Meinungsverschiedenheiten gehabt – das lasse sich nicht leugnen. Doch die Gerüchte über Patrick Vinson seien grausam und erlogen. Verrat sei undenkbar für einen solchen Kämpfer. Wenn Vinson ein Verräter sei, dann gebe es auf der Welt nichts als Verräter.

Die neunköpfige Trauergesellschaft lauschte schweigend. Als der Sarg aus der Kirche zum Leichenwagen getragen werden sollte, wollte ihm niemand diesen Ehrendienst erweisen. Schließlich trugen O'Keeffe und Orson Rawls und der Priester und ein Messdiener seine sterblichen Überreste hinaus auf die menschenleere Straße. Aus Loyalität zu O'Keeffe schloss sich John Calhoun dem Leichenzug an. Diese fünf waren die einzigen Trauergäste am Grab von Patrick Vinson. Das Sternenbanner, das seinen Sarg bedeckte, wollte hinterher niemand haben. Keiner weiß, was daraus geworden ist. In den Folgejahren wurde sein Grabstein oft geschändet. Wie sich zeigte, hatte man im Territorium ein langes Gedächtnis.

❖

Am späten Abend des nächsten Tages kam eine Frau zu Pferd aus südöstlicher Richtung nach Redemption Falls. Sie war bleich und erschöpft, denn sie war schon bei Tagesanbruch aufgebrochen, und die schlechten Straßen im Territorium waren ungewohnt für sie: die fehlenden Brücken, die unmarkierten Furten, die Wege durch verkohlte Wälder.

Er saß allein am Tisch, mit dem Rücken zur Tür, als sie mit der behäbigen Köchin ins Zimmer trat.

»General«, sagte Elizabeth, *»Stróinséir a ta ann.«* Die gälische Ankündigung eines Besuchers. Eines Fremden.

Eine Zeitlang saß er völlig reglos. Dann schickte er Elizabeth mit einer Handbewegung nach draußen. Er griff nach der Flasche auf dem Tisch und füllte mit unsicherer Hand sein Glas.

»Bist du gekommen, um dich an meinem Unglück zu weiden?«

»Con – bitte … «

»Ich nehme an, jetzt bist du zufrieden. Dein Wunsch ist in Erfüllung gegangen … Du musst mir irgendwann verraten, welchen Heiligen du angerufen hast.«

»Es tut mir leid«, sagte sie. »Niemand hat je gewollt, dass dem Kind etwas zustößt.«

Er stand auf, ging zum Kamin und warf einen Holzscheit in die Flammen. Sie war überrascht, wie sauber er gekleidet war. Sie hatte erwartet, einen gebrochenen Mann vorzufinden, aber sein Blick war klar, und er sah gepflegt aus. Er hatte sich den Bart abrasiert. Mit keinem Blick sah er sie an. Er setzte sich wieder an den Tisch und begann zu schreiben.

»Gibt es Neuigkeiten, Con?«

»Worüber?«

»Über den Jungen natürlich.«

Er widmete sich weiter seinen Papieren. Faltete ein Pergament mit einer Zeichnung auseinander. Sie sah zu, wie er die Berechnungen am Rand überprüfte. Während sie am Feuer stand, musterte er weitere Dokumente. Er drückte sein Siegel auf einen Umschlag.

»Kann ich etwas zu essen bekommen?«

»Redest du mit mir? Oder mit einem Dienstboten?«

»Ich bin hungrig, Con. Ich wollte nur –«

»Elizabeth wird dir etwas geben. Wenn wir etwas im Haus haben. In der Küche.«

»In der Küche?«

»Ja. Ich brauche den Tisch hier zum Arbeiten. Meine Arbeit ist wichtig. Ich kann mich nicht von Nebensächlichkeiten stören lassen. Willst du noch etwas sagen, bevor du mich verlässt?«

»Kann ich hier übernachten, Con? Ich bin seit dem frühen Morgen unterwegs.«

»Mach, was du willst. Es ist mir egal, wo du bleibst.«

Elizabeth war nicht da, aber auf dem Herd stand ein Topf mit Hammelbrühe. Lucia aß allein am Dienstbotentisch. Die Suppe war sauer; es gab kein Brot. Sie ging hinauf in ihr altes Zimmer, fand ein Nachthemd in einer Schublade. Nackte Fußsohlen auf den grob gezimmerten Dielen. Wenig später hörte sie ihn in der Höhle seines Zimmers verschwinden. Das Knarren der Sprungfedern, als sie sich im Bett umdrehte. Sie schlief eine Weile, unruhig und nicht allzu tief. Das Zimmer war voll mit Kisten; Bücherstapel, alte Kartons. Vermutlich benutzte er es als Abstellkammer. Es war, als nähmen ihr die unerwünschten Dinge die Luft zum Atmen.

»Lucia«, rief er. »Kannst du kurz herüberkommen?«

Auf dem Fußboden lagen verstreute Kleidungsstücke. Spinnweben in den Fensterrahmen. Ein Pistolengurt hing an einem Haken.

»Ich möchte mich entschuldigen«, sagte er mit abgewandtem Blick. »Ich danke dir. Dass du zurückgekommen bist. Es ist dir sicher nicht leichtgefallen. Ich bin dankbar, dass ich dich heute nacht hierhabe.«

»Da gibt es nichts zu danken.«

»Doch, für mich schon. Ich hoffe, es ist dir gut ergangen. Es tut mir leid, was zwischen uns vorgefallen ist. Ich war einsam ohne dich. Das hätte ich bei deiner Ankunft sagen sollen. Bitte, vergib mir meine Starrköpfigkeit. Mir geht es in letzter Zeit nicht gerade gut. Es war gemein von mir.«

»Ich war auch einsam. Ohne dich, meine ich.«

Er schwieg einen Augenblick, vielleicht aus Misstrauen, dass es nur eine Höflichkeitsfloskel war. Unten rüttelte der Wind an einer Tür.

»Bleibst du noch ein bisschen bei mir? Ich schlafe in letzter Zeit nicht gut. Natürlich nur, wenn dir der Gedanke nicht zuwider ist. Wahrscheinlich ist er das.«

»Aber nein. Wie kannst du so etwas sagen?«

»Kommst du ein bisschen näher, Lucia?«, fragte er.

Ungewohnte Nacktheit. Die Einsamkeit des eigenen Körpers. Die Situation, in der wir uns unsere Eltern nicht vorstellen können, unsere Vorfahren, Menschen, die vor langer Zeit gelebt haben und nicht so waren wie wir, die nicht so empfanden wie wir, deren Begehren uns so sehr ängstigt, weil wir ihm unsere Existenz verdanken. Und eines Tages wird es ein anonymes Gedicht geben, das sich diesem Augenblick annähert: der Unruhe, den Zweifeln, dem Kuss auf den Brüsten einer Frau, seinen Fingern am Verschluss eines Nachthemds voller Metaphern, denn der Körper ist ein Schatz an Metaphern in den Händen eines Verseschmieds, der weiß, wie sehr er uns ängstigt. Zerstört im Krieg. Berührt in Liebe oder Sehnsucht. Ersehnt in der Nacht. Ein Traumbild auf der Straße. *Die Hand hier, lebenswarm*, schrieb ihr Lieblingsdichter, *ich halte sie dir hin.*

Sie sind unbeholfen, nicht mehr gewohnt, einander zu lesen. Ohne

Reim, ohne Metrum; aus dem Takt. Eine Kerze stürzt um und verlöscht auf der Kommode, und sie holpern wie die Reimpaare eines unreifen Sonetts. Seine Hände sind plump, bandagiert mit Befürchtungen. Die Kommode schrammt über die Bodendielen, als er ihren Leib küsst, doch er hat vergessen, wie er ihr Lust bereiten kann, und sie weiß nicht mehr, wie man Lust spürt, ihr vertraut oder sie auch nur erkennt. Er kommt ihr zu nah mit dem, was er tut, und der Spiegel hinter ihrem gewölbten Rücken fühlt sich fremd an und kalt. Was sie spürt, ist ein feindlicher Übergriff, so unwirklich wie der Handschlag eines Liebhabers, und ihre Hände gebieten ihm Einhalt. Er richtet sich auf zu ihrem Mund, aber auch er scheint vor dem Kuss zurückzuscheuen. Irgendwie hat er seine Kleider gelöst. Seltsam, seinen Nacken zu fühlen, die Kuhle hinter dem Schlüsselbein. Wie seltsam, dass er sie so zärtlich berührt, dass er sie überhaupt berührt. Er dreht den Lampendocht herunter.

In der Dunkelheit fiebrige Küsse; sein Geschlecht schmeckt nach Asche, und er drückt sie wortlos in eine Stellung, die ihr nicht besonders behagt, aber sie erinnert sich, wie sehr ihn das erregt, und lässt ihn gewähren. Und sein Schweigen und die Laute, die er dann ausstößt, haben etwas Zaghaftes, wenn das möglich ist, einen Hauch von Traurigkeit. Und wenig später ist sie überrascht, dass er sich erinnert, wie es für sie immer am schönsten war, und mit bebender Stimme fragt, ob sie es jetzt will. Aber das Aufwallen ihrer Lust ist anscheinend zu viel für ihn; er ist zu schnell und tut ihr weh, und als er fertig ist, fühlt sie sich benommen vor Enttäuschung. Er selbst spürt offenbar auch keine große Befriedigung. Der Rhythmus seiner Atemzüge; er stellt sich schlafend. Es sind fast neun Jahre vergangen, seit sie zuletzt das Bett mit ihm geteilt hat, dem einzigen Erwachsenen auf der Welt, mit dem sie je das Bett geteilt hat. Was brodelt in dem Kessel seines Kopfes, während er atmet? Wie fremd dieser Körper jetzt ist.

Meeresblume. Anemone. Koralle. Australien. Eine messerscharfe Haifischflosse im Wasser. Ein Feind. In Traumfetzen sieht sie ihn allein auf der Insel, und irgendwie ist sie bei ihm, und sie schlafen auf den Felsen.

» … Con? … «

Sein Atem.

»... Möchtest du ... Bist du müde?«

Die Stunde, in der du ihm beim Schwimmen zusahst. Eine Nacht, in der du überhaupt nicht geschlafen hast. War das Liebe? Kann sich der Körper erinnern? Die geschrieenen, geflüsterten, unterdrückten Worte. Die Geheimnisse von Liebenden. Ungeschriebene Verben und Nomina. Eines Nachts bist du von seiner Berührung erwacht, und er wollte, dass ihr beide schweigt; und dann habt ihr die ganze Nacht schweigend verbracht, bis auf die Sekunden, in denen das Schweigen unmöglich war. Die Tage gleich nach eurer Hochzeit, bevor alles anders wurde. Stundenlange Spaziergänge durch den Park am Washington Square, und ihr konntet die Nacht kaum erwarten.

Aus schwindelnder Höhe schaut sie herab auf das Bett, nur ein winziger Punkt; dann stürzt sie plötzlich durch den Sternenraum darauf zu. Sie fällt zwischen pochenden Bändern aus Licht, erfüllt mit den erdigen Aromen ihrer Körper. Elizabeth und Winterton eng umschlungen in einer Postkutsche. Ein Krankensaal im Krieg.

Sie erwacht schaudernd und bemerkt, dass er auf der Kommode eine Kerze angezündet hat. Sie schaut auf die Uhr. Sie hat drei Stunden geschlafen. Seine schlaffen, weißen Schultern; das lose herabhängende Haar. Der Körper eines Mannes, der die Mitte des Lebens überschritten hat. Als ob alles, was er fühlt – was er jemals gefühlt hat – ihn umfangen hält wie eine Hülle aus ungewolltem Fleisch. Auf dem Rücken verblasste Narben aus Tasmanien.

»Glaubst du, der Junge ist tot, Lucia?«

»– Con ... Du musst schlafen.«

Er nickt, ohne sich umzudrehen.

»Ich weiß.«

»Du hast getan, was du konntest, Con. Du darfst nie denken –«

»Ich kann ... Irgendwie kann ich nicht darüber reden. Es tut mir leid.«

»Fühlst du dich krank? Du siehst blass aus. Warum kommst du nicht weg vom Fenster?«

»Nicht krank. Nur sehr durstig.«

»Soll ich dir etwas Wasser holen?«

»Du bist nicht müde.«

»Es dauert nur einen Augeblick.«

»Ich danke dir.«

Sie steht auf und schlüpft in ihr Nachthemd. Er sieht sie nicht an dabei. Das Haus in der Dunkelheit, die Gespenster in der Küche. Die Guillotine einer altertümlichen Wäschemangel. Etwas raschelt an der Tür. Sie holt einen Krug Wasser aus dem Schrank, wo Elizabeth ihn zum Kühlen hingestellt hat; die schläft in ihrem Sessel am verloschenen Herdfeuer.

Der Strohsack in der Ecke. Die Wolldecke zum Dreieck gefaltet, als ob ein Unteroffizier die Küche inspizieren könnte. Die Hose des Jungen und ein Hemd sorgsam zusammengelegt neben dem Kopfkissen. Ein aufgeschlagenes Buch, in dem er gelesen hat, mit dem Rücken nach oben.

»Lucia?«

»Ja?«

»Denkst du, wir hätten nicht heiraten sollen? Bitte sage es ganz ehrlich. War es ein schwerer Fehler?«

»Ich vermute ... Ich war oft ziemlich durcheinander. Es ist nicht leicht, mit dir verheiratet zu sein ... Und es ist auch nicht leicht, mit mir verheiratet zu sein.«

»Wir kannten uns nicht besonders gut. Als wir geheiratet haben, meine ich. Vielleicht hätten wir noch warten sollen, wie es der Wunsch deines Vaters war.«

»Vielleicht ... Es wäre sicher klüger gewesen ... Ich nehme an, allen verheirateten Paare kommen von Zeit zu Zeit solche Gedanken.«

»Meinst du?«

»Ich weiß nicht ... Findest du das merkwürdig?«

»Du warst noch sehr jung, als wir geheiratet haben. Ich habe im Krieg oft daran gedacht ... Manchmal, weißt du, wenn einer der Männer geheiratet hat ... Sie kamen mir so jung vor; oft wie Kinder. Und manchmal habe ich gedacht: So alt war Lucia damals.«

»Ich war alt genug, um eine Entscheidung zu treffen. Zumindest habe ich das geglaubt.«

»Einmal hast du mir gesagt, ich sei ein Seelenverwandter. Das hat sich als Irrtum erwiesen, oder?«

»Con ... «

»Du musst keine Angst haben. Ich verspreche es. Sag mir die Wahrheit.«

»Ich glaube … wenn es ein Irrtum war, dann haben wir uns beide geirrt. Es kommt mir vor, als sei das alles schon furchtbar lange her.«

»Ja. Es ist lange her. Es ist alles so schnell vergangen.«

»Und du hattest deine Seelenverwandte schon getroffen, lange vor mir. In Tasmanien. Es muss schrecklich gewesen sein, sie zu verlassen.«

Er zögert. Berührt das Fenster, als finde er das kalte Glas befremdlich. »Ich glaube nicht mehr an so etwas wie Seelenverwandtschaft. Ich weiß nicht einmal, ob ich je daran geglaubt habe. Als ich im Gefängnis saß, habe ich gehofft, ich würde sehr lange leben … Damit ich die verlorene Zeit zurückbekomme, verstehst du … Aber jetzt hoffe ich das nicht mehr. Eine entsetzliche Vorstellung. Nicht dass ich wirklich sterben will. Aber ich hätte keine Angst mehr davor.«

»Sag das nicht, Con. Du forderst das Schicksal heraus.«

»Das Schicksal … Ja … Das dürfen wir nicht herausfordern.«

Er trinkt einen Schluck Wasser. Sie schweigen ein paar Minuten.

»Ich weiß, dass du nach Hause willst – es ist nicht ungefährlich – aber da du unbedingt fortwillst, kann ich einen bewaffneten Geleitzug für dich organisieren. Männer, denen ich vertraue. Ich werde John Calhoun das Kommando übertragen. Er ist ein guter Mann, intelligent. Sie werden dich nach Salt Lake City bringen. Vielleicht fährt die Postkutsche bald wieder. Es heißt, das Wetter schlägt um.«

»Ich kann bleiben, bis du weißt, was mit dem Jungen ist. Du solltest jetzt nicht allein sein.«

»Das ist sehr großherzig von dir. Aber du solltest so bald wie möglich abreisen. Je länger du bleibst, desto schwieriger wird es.«

»Gut. Wenn du meinst … Dann breche ich morgen früh auf.«

»Ja, wir sollten einen klaren Schlussstrich ziehen. Je länger du bleibst, desto schwieriger wird es. Solche Dinge lassen sich mit Anstand regeln. Ich bin sicher, dass du das Weihnachtsfest zu Hause verbringen möchtest. Estafanía und dein Vater werden sich über das Wiedersehen freuen. Du wirst sie jetzt brauchen. Du musst ihnen gestatten, dir ein wenig zu helfen. Du bist manchmal zu unabhängig, wenn du mir diese Bemerkung erlaubst. Du musst versuchen, ihre Unterstützung anzunehmen.«

»Und du möchtest nicht? – Weihnachten ist schließlich … Wenn es dir lieber wäre, dass ich noch warte?«

»Wir sollten tapfer sein. Am Ende werden wir froh darüber sein. In ein paar Tagen schreibe ich – wenn du es willst – an deinen Vater. Wegen der finanziellen Dinge und so weiter. Und wegen der rechtlichen Fragen. Ich werde an den Anwalt schreiben. Wir haben immer noch Landbesitz, in Irland. Da ist das Haus in Dublin. Ich kann dafür sorgen, dass die Treuhänder alles Nötige regeln.«

»Wir sollten noch ein wenig ruhen, bevor … Ich sollte zurück in mein Zimmer gehen.«

»Da ist noch etwas, was ich dir sagen wollte.«

»Es ist schon spät, Con. Wir können morgen reden, bevor ich aufbreche.«

»In einer Nacht im Krieg, ich war allein in Washington. Ein Mädchen hat mir bewundernde Blicke zugeworfen. Ich war einsam und hatte Angst. Wir erwarteten den Angriff der Rebellen am nächsten Morgen. Und dann würde alles verloren sein. Verstehst du?«

»Con –«

Tränen rinnen ihm über das zerfurchte Gesicht. Etwas, das sie noch nie an ihm gesehen hat. Sein Zorn, sein Lachen, sein Begehren, seine Angst. Lust. Stolz. Andere Gefühle, die als Sünde gelten. Die Tränen wischt er mit dem Handrücken ab.

»Du musst mir nichts sagen, Lucia. Gar nichts. Nichts, was du sagst oder tust, könnte mich daran hindern, dich für den Rest meines Lebens zu lieben, und auch nach meinem Tod, wenn das möglich ist. Du bist der wunderbarste Mensch, dem ich je begegnet bin. Mein Leben ist gesegnet durch die Begegnung mit dir – auch wenn sie noch so kurz war. Und es tut mir leid, dass ich nicht der Ehemann war, den du verdienst. Es war meine Schuld – nicht deine. Es war alles meine Schuld.«

» … Con … «

»Ich möchte noch ein letztes Mal an deiner Seite schlafen … Können wir das tun, wenigstens das?«

Er geht hinüber zu seiner Frau. Sein Kopf liegt in ihren Händen. Kalter Nordwind in den Pappeln vor dem Haus. Das Knarren allzu erbitterten Widerstands. Manche Ehen werden im Himmel geschlossen, glauben die Dichter. Diese war ganz und gar irdisch.

67. Kapitel

Apologia

❖

Ich habe dir unrecht getan. Ich entschuldige mich nicht.
Du hast den Verrat nicht verdient. Ich entschuldige mich nicht.
Es tut mir leid, ja. Ich entschuldige mich nicht.
Ich werde dir nie wieder unrecht tun. Ich entschuldige mich nicht.
Was geschehen ist, ist geschehen. Ich entschuldige mich nicht.
Ich bitte dich um Verzeihung. Ich entschuldige mich nicht.

Wer sich entschuldigt, zwingt andere zum Lügen -
Will nur hören, es war nicht so schlimm.

Ich entschuldige mich nicht …

Fragment in Lucias Notizbuch
Redemption Falls
November 1866

68. Kapitel

O Gott, beschütz mein Kind

Ein dringender Aufruf

❖

BELOHNUNG
5000 $ (in Gold)

Ein JUNGE wurde entführt, am nordöstlichen Ortsrand von Redemption Falls, am Montag dem 21. November gegen Viertel vor fünf Uhr abends, als er sich mit seinem Pony in der Nähe von Joseph's Field aufhielt. Seither ist er verschwunden; die Suche in den umliegenden Bezirken verlief ergebnislos.

Der SCHURKE, dessen Name allseits bekannt ist, hat zu seinen ohnehin schon ZAHLLOSEN Verbrechen ein weiteres hinzugefügt & ein leidgeprüftes, verlassenes Kind den einzigen Eltern entrissen, die es auf dieser Welt hatte.

Jeder männliche Bewohner dieses Territoriums, gleich auf welcher Seite er steht, wird DIES WIDERWÄRTIGE VERBRECHEN MISSBILLIGEN. Jede Frau wird es verabscheuen. Jeder aufrechte Amerikaner wird es verurteilen. Gouverneur & Mrs O'Keeffe beschwören alle Mitbürger: Denken Sie an Ihre eigenen Kinder, an ihr Glück & ihre Sicherheit. Wissen Sie etwas über dieses Verbrechen, haben Sie einen Verdacht? Auch wenn es Ihnen noch so belanglos erscheint, melden Sie es bitte den Behörden oder einer Person Ihres Vertrauens, einem Geistlichen etwa.

Den Mann selbst bitten wir hiermit inständig: Was auch immer Sie in Kriegszeiten getan haben mögen, stürzen Sie sich nicht in das VERDERBEN, das den erwartet, welcher einem Kind etwas zuleide tut und fortan auf ewig verachtet ist von der Welt. Denken Sie an Ihre Mutter & Ihren Vater, die Ihnen das Leben geschenkt haben. Bringen Sie keine Schande über Irland.

Der Gouverneur erklärt sich bereit, mit Ihnen zu verhandeln, AN JEDEM BELIEBIGEN ORT in diesem Territorium; zu jedem Zeitpunkt & unter jeder Bedingung. Er ist bereit, sich gegebenenfalls anstelle des Jungen in Ihre Gewalt zu begeben.

Wir bitten dringend, jeden Hinweis über den Verbleib des Jungen unverzüglich an Gouverneur O'Keeffe oder seine Marshals zu geben. Für sachdienliche Hinweise ist eine HOHE BELOHNUNG ausgesetzt, die an KEINE BEDINGUNG geknüpft ist. Bei dem Opfer handelt es sich um ein unschuldiges Kind, das niemandem etwas zuleide getan hat.

Abschließend: Offenkundig ist eine Reihe von Bürgern in jüngster Zeit zu der Überzeugung gelangt, dass es einen Wechsel im Amt des Gouverneurs geben sollte. Im Interesse des Territoriums bietet der kommissarische Gouverneur nunmehr seinen Rücktritt an und hat sein Entlassungsgesuch nach Washington geschickt. IN DERSELBEN STUNDE, IN WELCHER DER JUNGE NACH REDEMPTION FALLS ZURÜCKGEBRACHT WIRD, WERDEN DER GOUVERNEUR & MRS O'KEEFFE ZUSAMMEN MIT IHM DAS TERRITORIUM VERLASSEN. Sie versprechen ferner, niemals zurückzukehren & und auf jede weitere Bedingung einzugehen.

❖

Verzweifelt ist nicht der richtige Ausdruck. Der Mann war wie von Sinnen. Glaub nicht, dass er die ganze Woche mehr als zwei Stunden geschlafen hat. Hab ihn die ganze Nacht oben im Dachstuhl gesehen. Oder mit dem Gewehr draußen am Stadtrand. Streifte meilenweit durch die Prärie. Wartete auf den Sonnenaufgang, damit er die Suche wieder aufnehmen konnte. An die Woche möchte ich lieber nicht zurückdenken.

Wir haben das Territorium auf den Kopf gestellt. So gut wir das eben konnten, mit unseren paar Männern. Farmen. Wohnhäuser. Brücken. Scheunen. Die Inseln im Lake Liverpool. Die Reservate. Überall haben wir gesucht. Haben uns einen Fährtenleser geholt – einen Schwarzfuß. Er fand keine Spur. Dann Hunde. Wieder die gleiche Geschichte. Nichts.

Und ich denke, eine Woche oder zehn Tage lang habe ich noch geglaubt, alles wird irgendwie wieder gut. Aber dann hat es sich zwei Wochen hingezogen und immer noch kein Wort. Da war mir langsam klar, dass es nur eine Antwort geben konnte. Aber ich wollte nicht derjenige sein, der ihm das sagte.

Und dann ist Ihre Tante an jenem Sonntag morgen im Gefängnis aufgetaucht und hat gesagt, ich soll mit zum Haus raufkommen. Ich hab gesehn, dass sie geweint hatte, und sowas sieht man nicht gern. Sie erzählte, was geschehen war. Sie war am Ende.

Ich ließ alles stehen und liegen und lief mit ihr zum Haus. Weil ich Lucia als Mensch immer gemocht hatte. Ich habe mich immer geärgert über das ganze Gerede. Eine Ehe, bei der beide die ganze Zeit Heilige sind, die gibt's nur im Märchenbuch.

Sah alles ziemlich schlecht aus im Haus. Ich will darüber nicht viele Worte verlieren. Er saß im Dunkeln bei geschlossenen Fensterläden. Sie können sich's sicher vorstellen ... Also, ich spare mir die Einzelheiten, wenn ich darf. Lassen wir's einfach dabei, dass es nicht gut aussah.

Ich flößte dem Mann etwas Kaffee ein, aber das half nichts. Ich sagte etwas wie: »Con, du musst damit aufhören, sonst bringt die Flasche dich noch ins Grab«, glaube ich ... Meine eigene Ehe war nämlich wegen der Trinkerei in die Brüche gegangen, deshalb wusste ich, wovon ich sprach. Aber an dem Tag war nicht mit ihm zu reden.

Na ja, nach einer Weile kommt Elizabeth, das Hausmädchen, und sagt, da ist 'n Fremder, der den Boss sprechen will. Das war 'ne ziemliche Überraschung, weil, wie gesagt, Sonntagmorgen war und die meisten Leute daheim bei ihren Familien. Wahrscheinlich war ich ein bisschen zu grob, als ich ihr gesagt hab, sie soll verschwinden, aber egal, kurz drauf kommt sie wieder und sagt, dieser Bursche an der Tür, der will sich nicht abweisen lassen.

Es war Johnny Creed. Klar hab ich den gekannt. Na ja, ich wusste, wer er war; ich hatte ihn in der Stadt gesehen, aber wir waren nicht gerade dicke Freunde. War als Scharfschütze bei den Rebellen aus Biloxi, Mississippi, gewesen. Würde sagen, damals muss er so fünfundzwanzig, sechsundzwanzig gewesen sein. Großer, kräftiger Bursche. Schottisch-irisches Blut. Hatte 'nen Claim oben bei Eliots Mine. Ziemlicher Einzelgänger, jedenfalls meistens.

Sagte, er hätte sich nochmal mit einigen von den Jungs über die Geschichte unterhalten. Ja, ja, mit anderen Konföderierten. Davon hatten wir jede Menge in der Stadt. Johnny fand es nicht richtig, dass das Kind entführt worden war. Er war schließlich selbst verheiratet. Sehr hübsche Frau. Ein Cajunmädchen. In dem Jahr war ihre zweite Tochter auf die Welt gekommen. Und seine Frau, die hatte ihn ermutigt hierherzukommen. Weil sie es nicht richtig fand.

Er sagte, wenn er irgendwas tun könnte, dann bräuchten wir es nur zu sagen. Und er hätte ein oder zwei Kumpel, auch Rebellen, die genauso dächten wie er. Und ein Chorknabe war der nicht, das können Sie mir glauben. Johnny Creed hat 'nen Haufen Yankees umgebracht, damals im Krieg. Der war mit dabei in Fredericksburg. Marye's Heights, wissen Sie. Konnte einem die Jahreszahl von 'nem Fünfcentstück in der Tasche schießen. In Fredericksburg hat er 'ne ganze Menge von Cons Jungs ins Jenseits befördert. Dabei war er selbst auch Ire ... Und einige von diesen Jungs waren wirklich noch Kinder ... Sechzehn, siebzehn ...

Nein, ich kann mich nicht erinnern, ob sie sich die Hand gegeben haben. Aber ich denke schon. Con hat gesagt, er ist ihm sehr dankbar, dass er gekommen ist. Und Johnny hat gesagt, war doch klar, und ist nach Hause gegangen.

Ich glaube, ich sollte das nicht erzählen. Aber, na ja. Con hat geweint. Und ich selbst auch ... Ich konnte einfach nicht anders ... [*Befragter sichtlich gerührt. Kurzes Schweigen, bevor er seinen Bericht fortsetzt.*] ... Sogar jetzt noch ... Sie sehen ja, wie nah mir das geht ... Wir beide saßen in der Dunkelheit ... Und haben zusammen geweint, jawohl ...

Johnny hatte es nämlich noch nicht erfahren ... Die Nachricht war in der Nacht eingetroffen. Man hatte den Kleinen erhängt in Kanada gefunden.

69. Kapitel

Mein Jesus, mein Jesus, lass nicht allein mich sterben

Nachruf auf einen Soldaten aus den Reihen der Rebellen

Zum Gedenken an einen Jungen

Am vergangenen Sonnabend kam nach Mitternacht ein Mann aus dem Norden zum Haus von Mr J. K. Trevanion, Chefredakteur dieser Zeitung. Die Aussage, die er machte, bestätigte gewisse Gerüchte, die bereits seit einigen Tagen im Territorium im Umlauf waren. Den kleinen Gast, den wir eine Zeit lang bei uns beherbergten, werden wir nie wiedersehen. Der Überbringer dieser Nachricht, der Mr Trevanion seit langem bekannt ist, hatte die sterblichen Überreste des Kindes mit eigenen Augen gesehen.

Mr Trevanion begab sich daraufhin unverzüglich zur Gouverneursresidenz und hatte die schwere Aufgabe, dem kommissarischen Gouverneur und Mrs O'Keeffe die traurige Nachricht zu überbringen. Sie trugen es mit Fassung und baten ihn, sie mit ihrem Kummer alleinzulassen. Diese Bekanntmachung erscheint mit ausdrücklicher Genehmigung des kommissarischen Gouverneurs, um weiteren Spekulationen Einhalt zu gebieten.

Wir haben einen Krieg überstanden. Wir haben Kummer und Sorgen überstanden. Wer von uns hätte je gedacht, dass wir Zeuge des schlimmsten Verbrechens werden, das dieses Territorium je erlebt hat? Wir alle, ohne Ausnahme, sind erschüttert von dieser barbarischen Grausamkeit. Denjenigen, die den Jungen nicht willkommen geheißen haben, lastet es umso schwerer auf dem Gewissen.

Diese Zeitung war dem kommissarischen Gouverneur und seinen Mitstreitern nie wohlgesonnen. Wir haben ihm bei jeder Gelegenheit heftigen Widerstand geleistet. Wir nehmen kein einziges Wort zurück: Das ist Teil der Pressefreiheit. Wir zeigen kein geheucheltes Bedauern darüber, dass er bald dieses Territorium verlässt. Aber heute, an diesem Morgen, schließen wir ihn als Mitmenschen und Bruder in unsere Gebete ein, wie es unsere Christenpflicht ist.

Ein Freund ist schnell bereit, für einen zu beten. Die Gebete eines Feindes wiegen mehr. Lasst uns innehalten an diesem Tag, im trauernden Angedenken an:

Jeremiah Mooney
Kindersoldat, Louisiana
12 oder 13 Jahre alt.
R. I. P
†

70. Kapitel

Wenn meine Liebste mich nicht will, dann such ich mir 'ne neue

Die letzten erhaltenen Seiten aus dem Tagebuch des Landvermessers – Ein Sinneswandel – Gedanken über die Zukunft – Ein unruhiges Pferd – Eine Herausforderung

❖

Außerordentlich stürmischer Tag. Reiter tragen Tücher um Hals und Mund. Sand und abgerissene Zweige wie Konfetti.

Beobachtete, wie einige von seinen Männern ein Haus in der Nähe von New Blackheath durchsuchen. Brutal. Schossen mit den Gewehren in die Luft. Drohten der Familie, sie aus dem Haus zu jagen und es anzuzünden, wenn sie nichts sagten. Zerrten das armselige Mobiliar ins Freie + zertrümmerten es im Hof. Die Leute hatten angeblich den Jungen bei sich versteckt gehalten.

Sah, wie sie Bekanntmachung bezügl. Belohnung etc. aufhängten. Steckte ein paar von den Zetteln in die Tasche. Weiß nicht recht. Der arme Kerl tut mir leid. Überall wird gemunkelt, dass sie den Kleinen aufgehängt haben. Der Teufel höchstpersönlich. Einem Kind so etwas anzutun.

Bettler auf der Straße erzählte mir, er hat sie vor zwei Tagen in Edwardstown gesehen. Auf dem Weg zur Kirche. Er schien ein gebrochener Mann; sie hielt sich tapfer. Wie es heißt, geht es nach New York zurück und von da nach Paris. Die Franzosen bewundern ihn offenbar.

Habe nicht mehr die Kraft, die Sache weiterzuverfolgen. Ziemlich verteufelte Angelegenheit. Wiedersehen hat mich aus der Bahn geworfen, weiß auch nicht. Prüder als ich sie in Erinnerung hatte. Verschlossener. Härter. Da hatte man immer gedacht, sie liebt ihn nicht, und anscheinend tut sie es nun doch. Eine Irre + ein Irrer = Irrsinn zum Quadrat.

Werde vermutlich in die Stadt zurückkehren. Vorbereitungen für Vermessungsarbeiten, Untersuchung des Goldraubs & cetera. Wer weiß, wohin das noch führt. Inhaber von profitablem Hotel samt Saloon, vielleicht. Flüssiges Deutsch kann man lernen. Ruhiges Leben. Und allerlei Annehmlichkeiten obendrein.

Guten Morgen, meine Liebe. Sie suchen eine Anstellung? Wollen Sie sich nicht zu mir ins Wohnzimmer setzen? Frau Winterton ist gerade beschäftigt. Na komm schon, setzt dich her zu dem Onkel. So ist's schön. Noch ein bisschen näher. So, Liebchen, dann erzähl mal was von dir.

Eigentlich ein Segen, dass nichts draus geworden ist. Habe sie nie besonders gemocht, wenn ich ehrlich bin. Fand sie irgendwie sympathisch + verstand sie auch, glaube ich, aber Gedanke, sie einfach so zu heiraten, ohne finanziellen Nutzen, ist doch eher abschreckend. Dachte, Papi würde genug Kohle lockermachen für ein bequemes Leben – Geld macht nicht glücklich, wie wir leider wissen, doch das Unglück versüßt es allemal. Aber wer weiß, ob er es getan hätte. Soll ein ziemlicher Starrkopf sein. Und selbst wenn: lebenslänglich.

Schon ein atemberaubender Anblick, muss einem hüllenlos glatt dem Atem verschlagen. Wäre sicher sehr erfreulich gewesen. Aber doch zu unbeugsam und anmaßend für meinen Geschmack; zu eigenwillig, und ein bisschen zu dürr obendrein. Mag es lieber etwas fülliger. Dünnen Weibern kann man nicht trauen. Schön; gebildet; aber zu belesen für eine Frau. Bringt sie auf dumme Gedanken, und das Mundwerk steht nie still. Macht einen Mann trübsinnig, das ewige Gerede. Hätte nie Ruhe gefunden. Und was dann?

Mistkerl? Stimmt. Gott schütze die Mistkerle.

Bursche kam zu Pferd an mir vorbei. Murmelte einen Gruß, von mir erwidert. Und dabei fiel mir etwas Komisches auf, als er die Hand kurz hob und seine Hutkrempe berührte.

Sein Ringfinger fehlte.

Ich drehte mich um. Er hörte mich offenbar & galoppierte in Richtung Norden davon. Ich blieb ihm auf den Fersen, aber mein Bobby war erschöpft, und so verlor ich ihn aus den Augen. An einer Wegbiegung wurden mehrere Schüsse auf mich abgegeben, ich glaube, es waren vier. Konnte die Position des Schützen nicht ausmachen, vermutete ihn anfangs in einer Baumgruppe, aber dann sah ich ihn vor mir auf einer Brücke. Klein. Drehte sich im Sattel um, während er auf mich feuerte, immer noch im Galopp. Verfolgte ihn, so gut ich konnte.

Wich mir aus, aber ich folgte der Staubwolke um eine Wegbiegung und hinunter in eine ehemalige Mine. Keiner dort. Zumindest niemand zu sehen. Sah mich eine Zeitlang um. Überall zerbrochene Ausrüstungsgegenstände. Sehr dichtes Gras. Aber ich … [*Manuskriptblatt zergangen.*]

… den Eingang zu einem verlassenen Tunnel, vielleicht ein Minenschacht. Hörte das Echo von Wasser, sah verbogene Gleise. Seltsame Pilze wucherten rings um den Tunneleingang.

Überlegte, ob ich hineingehen sollte. Erschien mir unklug. Merkwürdiger Gedanke ging mir durch den Kopf, schmerzhaft in seiner Klarheit: Kein Mensch auf der Welt wusste, wo ich war. Konnte in zwei Minuten tot sein. Niemand würde es je erfahren. Und in dem Augenblick dachte ich nicht an sie.

Kehrte in das Wäldchen zurück und band den guten alten Bobby los. Aber er war unruhig, stampfte mit den Hufen, ließ sich nicht beschwichtigen. Überlegte, ob ich ihn erschießen sollte, aber schwierig, weil sie wahrscheinlich den Schuss gehört hätten. Außerdem konnte es ohne ihn für mich sehr gefährlich werden – hätte im Falle eines Angriffs keine Fluchtmöglichkeit gehabt; andererseits machte seine Nervosität meine Lage äußerst prekär, und er war durch nichts zu beruhigen. Schließlich entschloss ich mich, ihn loszubinden und fortzujagen. Er galoppierte Hals über Kopf in nordwestlicher Richtung davon, auf das Seeufer zu. Fühlte mich sehr unsicher ohne den braven alten Burschen. Hoffte dennoch, dass er nicht zurückkommen würde.

Blieb einige Stunden lang in Deckung und behielt die Lage im Blick. Die Dämmerung brach herein. Muss wohl eingeschlafen sein.

Mondlicht. Eine junge Frau trat ins Freie, hochschwanger, *und mit ihr der Junge.* Eindeutig. Erkannte ihn an der Kleidung. Offenbar in sehr schlechter Verfassung. Hustete stark.

Zu jung, um seine Mutter zu sein. Aber Familienähnlichkeit. Cousine? Sie führte ihn zu einem Graben, der mir vorher nicht aufgefallen war.

Die Nacht war sehr still. Zwei einfältige Tölpel. Idioten. Schwachköpfe. Anführer offenbar immer noch drinnen.

Erinnerte mich daran, wie sie uns beigebracht hatten, zehn Stunden lang stillzuliegen, was ich für unmöglich gehalten hatte. Geschichte von einem Iren, die ein Kamerad mir erzählt hatte. Verbarg sich vierzehn Tage und Nächte lang ein einem Sumpfloch, während die Rotröcke seine Stadt verwüsteten. Tauchte im Schlamm unter, wenn er sie kommen hörte. Atmete durch einen Strohhalm.

– *Wer ist da?*, rief sie unvermittelt.

Rührte mich nicht. Sie wechselten einige Worte. Sie zückte eine Pistole und schoss.

– *Wer ist da? Ich weiß, dass du da bist. Steh auf oder du bist tot.*

Einer der Schwachköpfe ging weg und kam mit drei Sturmlaternen zurück. Gesichtszüge ungeschlacht im Lampenschein. Reichte dem Mädchen eine Laterne, und sie hängte sie an einen Pfosten. Mittlerweile starkes Dröhnen in den Ohren. Ich sah John Cole McLaurenson aus der Höhe treten. Kein Zweifel an seiner Identität. Nicht der geringste. Er hatte eine abgesägte Flinte in der Hand und lud sie.

– *Ich zähle bis zehn. Bei elf bist du tot.*

Einer von den beiden Schwachköpfen brachte einen Strick. Das Mädchen warf ihn über einen Ast. Sie fing an zu zählen. Sehr klare, kalte Stimme. Akzent von Brooklyn. Zog meine Pistole aus dem Halfter.

McL hörte meinen Bobby. Er rannte auf ihn zu und schoss.

Das Mädchen und die beiden Schwachköpfe folgten ihm.

Während der ganzen Zeit lag der Junge sehr elend am Boden. Ich hörte sein angstvolles Weinen.

71. Kapitel

Wer angeln will, braucht einen Wurm, doch Menschen fischt man mit Versprechen

Eine Nachricht, die spät abends im Haus des Gouverneurs abgegeben wurde – gekritzelt auf einem Fetzen von einem Fahndungsplakat

❖

Acht Minuten nach Mitternacht – *Heiligabend*

General O'Keeffe, Sir,

ich bin soeben bei Ihrem Haus gewesen, doch Sie waren nicht da, und die Dienerin wusste nicht, wo Sie sind. Ich fand es ungebührlich, nach Mrs O'Keeffe zu fragen, weil sie sich schon zur Ruhe begeben hatte – aber vielleicht hätte ich unter den Umständen doch darauf bestehen sollen, mit ihr zu reden. Wenn ich binnen zwei Stunden nichts von Ihnen höre, werde ich mir gestatten zurückzukommen – ich muss noch vor Tagesanbruch mit Ihnen reden.

Verzeihen Sie meine unleserliche Handschrift, Sir, habe sechs Tage & Nächte lang im Sattel gesessen und bei meinem Ritt aus dem Norden nur kurze Ruhepausen eingelegt. Ich muss Sie unbedingt sehen, in einer Angelegenheit von höchster Dringlichkeit.

Bin im Hotel der Witwe – Schicken Sie unverzüglich einen Mann, sobald Sie diese Nachricht erhalten – Oder kommen Sie selbst dorthin, gleich zu welcher Stunde – Lassen Sie sich von der Witwe nicht abweisen, Sir, und drängen Sie darauf, dass man mich gleich nach Ihrem Eintreffen weckt. Sie wird versuchen, mich zu beschützen, aber dulden Sie in Gottes Namen keinen Widerspruch.

Ihre Marshals & die Miliz müssen ohne Aufschub zusammengerufen werden & Sie müssen jeden Mann aufbieten, dem Sie in diesem Territorium vertrauen. Ich bin zutiefst überzeugt, dass wir keine Minute zu verlieren haben.

Ich bin dankbar, Sir, für diese Gelegenheit, mich zu erweisen als

Ihr Freund
A. W., Captain

IX. TEIL

Die Abrechnung

… Da es fast Mitternacht war und noch Depeschen zu schreiben waren, entschuldigte er sich und zog sich zur Unterredung mit seinen Offizieren zurück. Als er uns höflich gute Nacht wünschte, stellte ich ihm noch eine letzte Frage, zu der mir wohl die späte Stunde den Mut eingegeben hatte. Er überlegte eine Weile, als habe mein Ansinnen ihn überrascht, und antwortete schließlich: »Mein größter Wunsch?«, sagte er, »das wäre ein glückliches Familienleben. Ich möchte ein guter Vater und Ehemann sein; ich möchte das Glück, das mir im Leben zuteilgeworden ist, verdienen. Früher war ich Revolutionär. Heute bin ich Soldat im Dienste der Verfassung. Doch am liebsten wäre ich, und das so bald als möglich, ein friedlicher Privatmann.« Und nach kurzer Überlegung fügte er noch hinzu: »Und ich wünsche mir Freiheit für mein Volk. Die Gewissheit, dass es nicht weniger wert ist als jedes andere. Ich kann nicht mit ansehen, wie mein Bruder als Sklave lebt und stirbt. Wenn ich das tue, dann war alles vergebens.«

❖

Aus »Eine Skizze des stattlichen irischen Generals
am Vorabend der Schlacht«
New York Times, *29*. August *1862*

72. Kapitel

Ein Auszug
aus den
»Schlussfolgerungen der Kommission zur Untersuchung gewisser Ereignisse, welche sich im vergangenen Jahre in Fort Stornaway, Mountain Territory, & an etlichen anderen Orten zutrugen«

❖

Zwei Stunden vor Sonnenaufgang am Mittwoch, dem 26. Dezember 1866, machte sich ein berittener und bewaffneter Trupp von Redemption Falls, Mountain Territory, auf nach Fort Stornaway am Flusse Missouri (*47° 49' 10" N; 110° 40' 11" W*). Sie brachen verstohlen auf, mit gelöschten Laternen, die Hufe der Pferde mit Bandagen aus nassem Sacktuch gedämpft; sie ritten die Gasse hinter der stillsten der vier Straßen der Siedlung hinaus, westwärts, und zum entlegensten Winkel des Bezirkes. Dort schloss sich ein Trio von Gleichgesinnten, das in einem gewissen Hause gewartet hatte, der Gruppe an. Inzwischen war es etwa halb sechs. Der Befehl wurde ausgegeben: Richtung Norden.

Einige trugen schwarze Kapuzen, andere hatten Halstücher vorgebunden; wieder andere hatten ihr Gesicht durch Einschwärzen unkenntlich gemacht. Die meisten trugen Karabiner, Musketen oder Pistolen; hinter sich zogen sie auf einer Lafette eine zwölfpfündige Feldhaubitze und, auf einen Leiterwagen montiert, einen leeren Käfig. Ein Bergmann auf der Rückkehr vom Krankenbett seines Bruders begegnete dieser seltsamen Gesellschaft auf der Straße und hielt sie für Vigilanten. Man riet ihm, weiterzugehen und auf der Stelle aus seinem Gedächtnis zu löschen, dass er sie gesehen hatte, wenn er noch den Sonnenaufgang erleben wolle.

Wenig später kamen sie an den Hügelkamm bei Brogans Goldschürfe. Dort nahmen sie einen alten Eselspfad, der sich nach Norden schlängelt, und ritten zwölfeinhalb Meilen durch das Gestrüpp, über einen gefährlichen Felsgrat, zu einer schon seit langem verlassenen Grabstätte der Pend-d'Oreille-Indianer, wo sie gegen halb elf ein Lagerfeuer entzündeten. Die Pferde wurden getränkt. Sie beratschlagten über das weitere Vorgehen. Ein Probeschuss wurde mit der Haubitze abgegeben. Gegen Mittag ritten sie weiter.

Als Dauer für den Einsatz waren sieben Tage und Nächte veranschlagt. An der Spitze ritt der ehemalige General James Con O'Keeffe, Sekretär des Territoriums und kommissarischer Gouverneur, welcher die »Irische Brigade« der Armee am Potomac kommandiert und später für kurze Zeit einen Schreibtischposten beim Einsatzkommando von Ost-Tennessee innehatte – wo seine Leistungen, dürfen wir hinzufügen, umstritten waren. Das Mountain Territory erstreckt sich über eine erschreckend große Fläche, weite Teile davon unkartiert, über weite Strecken unwirtlich, doch der Gouverneur, dessen Kompromisslosigkeit bekannt war, schlug jede Mahnung zur Vorsicht in den Wind und verfolgte weiter seinen Plan.

Einige kamen und gingen im Laufe dieser Tage, doch im wesentlichen bestand der Trupp aus den folgenden Personen: dem kommissarischen Gouverneur O'Keeffe; neun ihm unterstellten Männern; einem Fährtenleser namens John Thorn Berry; der Frau des Gouverneurs; einem Kartographen der Bundesbehörden; und einer Dienerin mit Namen Elizabeth (befreite Negerin). Es ist beklagenswert, dass die Teilnahme von Frauen an einer solchen Operation überhaupt gestattet wurde, an einem Marsch durch trügerisches Gelände mitten im tiefsten Winter. Das Einzige, was als Rechtfertigung angeführt wurde, ist mehr als dürftig: In Anbetracht der außergewöhnlichen Umstände und des Anlasses der Mission habe Mrs Lucia O'Keeffe darauf bestanden, ihren Mann zu begleiten, komme, was wolle. Loyalität ist ein lobenswerter Zug bei einer Ehefrau, doch sollte er stets dem Gehorsam untergeordnet sein.

Der kommissarische Gouverneur O'Keeffe hatte Nachricht erhalten, dass eine berüchtigte Bande von Gesetzlosen, angeführt von einem gewissen Cole John McLaurenson – genannt »der irische Johnny Thunders«, ein unverbesserlicher Konföderierter – sich in einem Höhlensystem versteckt hielt, welches sich durch verlassene Bergwerksschächte im Nordwesten der Stadt Fort Stornaway betreten ließ. *(Koordinaten: 30/ix/f)*. Die Bande hatte im Territorium zahlreiche und grausame Verbrechen verübt, das ungeheuerlichste davon am 27. August 1866 die Ermordung der gesamten Mannschaft und Besatzung des US-Dampfschiffes *William H. Harrison*, welches sie in einem feigen und hinterhältigen Überfall versenkten und von wo sie Gold und ungeschliffene Saphire im Wert von vierhunderttausend Dollar raubten.

Doch der eigentliche Antrieb des Gouverneurs war persönlicher Natur: nämlich dass ein unglückliches Waisenkind, ein gewisser Jeremiah Mooney, an dessen Erziehung der Gouverneur und Mrs O'Keeffe ein wohlwollendes Interesse entwickelt hatten, in den letzten Novembertagen des Jahres 1866 entführt worden war, dem Vernehmen nach vom Anführer der Bande, McLaurenson. Das Kind galt allgemein als tot, doch der kommissarische Gouverneur hegte die Hoffnung, dass es in Wirklichkeit noch am Leben war. Der Zweck dieser Expedition war es, den jungen Mooney zu befreien und seine Entführer der Gerichtsbarkeit zu überantworten oder sie zu töten. Nach Studium der verfügbaren Zeugenaussagen ist die Kommission zu dem Schluss gekommen, dass letztere Lösung vom kommissarischen Gouverneur eindeutig bevorzugt wurde. Es war, in allem bis auf den Namen, ein Exekutionskommando und wurde zumindest von etlichen der Teilnehmenden auch so verstanden; sie sahen sich als eine Gemeinschaft, die außerhalb der Reichweite des Gesetzes stand, und dies obwohl einige ausdrücklich dazu angestellt waren, die Aufrechterhaltung ebenjenes Gesetzes zu wahren. Dass Männer, welche einen Eid auf die Verfassung der Vereinigten Staaten geschworen hatten, sich zu »O'Keeffes Aposteln« zählten – dass sie ihn als »General« ansprachen –, ja dass sie sich im Grunde wie eine quasi-militärische Truppe verhielten –, das sind schwerwiegende Vorwürfe. Es gibt nur eine einzige legale Armee in dieser Republik; ihr Oberbefehlshaber ist der Präsident.

Der Einsatz beruhte auf unzureichenden Informationen und war zum Scheitern verurteilt. Die katastrophalen Folgen sind bekannt und müssen an dieser Stelle nicht noch einmal aufgezählt werden. Es soll hier nur festgehalten werden, dass der kommissarische Gouverneur O'Keeffe, auch wenn wir ihm gewisse Verdienste im Krieg gegen die Rebellen nicht absprechen wollen, auf eine Weise handelte, welche den schärfsten nur denkbaren Tadel dieses Tribunals verdient und hiermit erhält. Des weiteren *[der Rest des Absatzes ist dick ausgestrichen, und die folgenden neun Seiten der Akte fehlen. Das Dokument schließt wie folgt:]*

... jedem, der es wissen wollte. Der Ruf von Mrs O'Keeffe *** *** ***** ******** *** ************. Wir sind der festen Überzeugung, dass diese Anschuldigungen ganz und gar unbegründet waren, und bedauern, dass sie dies Protokoll beschmutzen.

Viele Fragen bleiben am Ende unserer Überlegungen unbeantwortet. Den Kommissionsmitgliedern ist nicht verborgen geblieben, wie unbestimmt die Erinnerungen einiger Zeugen waren und wie zweifelhaft manches Beweismaterial, selbst solches, das unter Eid präsentiert wurde. Wenn ein Hüter des Gesetzes mit weniger als seiner vollen Aufrichtigkeit aussagt, so entehrt er den Stern, welchen er trägt. Unsere Untersuchungen wurden des Weiteren beeinträchtigt durch die Weigerung gewisser Beteiligter auszusagen, die Flucht eines der Zeugen (Gerüchten zufolge nach Kanada) sowie das Versäumnis des kommissarischen Gouverneurs O'Keeffe, wie das Gesetz es fordert »zum Wohl der Öffentlichkeit *Buch zu führen* über alle seine Entscheidungen und Unternehmungen«. Der Eindruck drängt sich auf, dass gewisse Personen, von welchen weitaus Besseres zu erwarten gewesen wäre, versucht haben, den Strom der Erkenntnis einzudämmen oder doch zumindest abzulenken. Diese Anklage erheben wir in aller Form vor dem Gericht des Gewissens, wo jeder Betroffene sie selbst verhandeln mag, denn wir haben von Gesetzes wegen keine Befugnis dazu.

Was an unumstrittenen Tatsachen festzuhalten ist, soweit es in unserer Macht stand, diese zu ermitteln, ist oben kurz zusammengefasst. Hier sollen lediglich abschließend die folgenden vier Schlussfolgerungen zu Protokoll gegeben werden:

I) Der Einsatz des kommissarischen Gouverneurs O'Keeffe war NICHT durch die Regierung der Vereinigten Staaten legitimiert.

II) Die Regierung der Vereinigten Staaten stellt AUSDRÜCKLICH klar, dass sie keinen Anteil an und keine Kenntnis von den Ereignissen in Fort Stornaway hatte.

III) Dass sich zur fraglichen Zeit ein gewisser John Fintan Duggan ins Territorium einschlich, hatte wenig oder nichts mit diesen Ereignissen zu tun. Trotzdem ist besagter Duggan unverzüglich aus dem Territorium zu entfernen; seine Liegenschaften sollen eingezogen (ohne jegliche Kompensation) und dem Reservat der Kootenai-Indianer zugeschlagen werden.

IV) Die Akten dieser Kommission samt allen zugehörigen Dokumenten sowie sämtliches im Rahmen ihrer Ermittlungen gesammelte Beweismaterial soll für einen Zeitraum von mindestens siebzig Jahren GEHEIM und UNVERÖFFENTLICHT bleiben.

Die Namen der Kommissionsmitglieder sollen zu keinem Zeitpunkt öffentlich gemacht werden, und jede Revision des Verfahrens, das hiermit für abgeschlossen erklärt wird, ist untersagt.

Gezeichnet: **** ***** (Brigadegeneral, Vorsitz);
***** **** **** (Generalmajor)
und ***** ********* (Major)

Verfertigt am heutigen Tage, XII. Januar 1868
in der Stadt Washington,
Distrikt Columbia ,
Vereinigte Staaten von Amerika.

73. Kapitel

Der letzte Ritt der Apostel

❖

ERSTER TAG VON SIEBEN

Mittwoch, 26. Dezember

Ihr Mann kommt aus dem Dickicht gestolpert, einen Colt-Repeater in der Hand. Er hatte, irrtümlich, geglaubt, er habe im Farndickicht eine Klapperschlange gehört. Sein Gesicht ist wie Leder. Er wirkt erschöpft, verstört. Die Ader auf seiner Stirn wie ein Stück Seil.

Der indianische Fährtenleser ist wütend auf die Irländer; einer davon übersetzt seine Zeichensprache. Er ist stumm, der Indianer, oder behauptet es zumindest; Lucia ist sich da nicht so sicher. Ein Schuss entweiht diesen Ort, erklärt er. Der Friedhof bleibt heilig, auch wenn dort schon seit zwanzig Jahren keine Toten mehr bestattet werden; ihn zu missachten ist, als spucke man den Toten ins Gesicht. Die Iren tun, als hörten sie ihm zu, obwohl sie schon das Pulver einfüllen. Er warnt sie; es wird ihnen noch leidtun; sie werden einen Fluch über sich bringen. Sie lachen, schubsen ihn fort. Wie er stinkt, sagen sie, das ist der größte Fluch.

Sie haben keine Ahnung, wie man mit dieser Kanone umgeht, das weiß sie. Ihr Mann versucht, den anderen die Funktion zu erklären, doch auch bei ihm ist sie sich nicht sicher, ob er sie wirklich kennt. Alles Mechanische muss er erklären. Das war schon immer eine Schwäche bei ihm. Der Streit wird lauter. Ein paar brüllen jetzt auf Gälisch. Elizabeth, am Fluss, blickt zu ihnen herüber.

Er hat, beharrt er, im Krieg oft genug gesehen, wie man damit Bunker sprengen und Männer, die sich verschanzt haben, aus ihren Löchern holen kann. Wenn sie erst einmal in Fort Stornaway sind, wird ihnen dieses Ungetüm noch nützlich sein. In Fort Stornaway versteckt sich eine Ratte, die sie ausgraben müssen.

Creed, der ehemalige Rebell, sieht ihren Mann wütend an. Ihm gefällt das nicht, dass er Männer, die sich verschanzen, als Ratten bezeichnet. Sie sieht ihrem Mann an, dass er seine Wortwahl bedauert. Creed lässt es durchgehen. Tritt zur Seite.

Der Boden erzittert, als die Kanone losgeht. Das Zischen des Geschosses. Es fliegt in den Wald, über die Kronen der Mammutbäume hinweg, und landet unter Splittern und Krachen an einem unsichtbaren Ort. Vögel fliegen aus den brennenden Kiefern auf. Ein Geschöpf stößt einen entsetzten Schrei aus.

»Sieht aus, als ob sie funktioniert«, sagt Hannigan und gibt dem Kanonenrohr einen Klaps wie dem Hinterteil einer Milchkuh.

Hannigan hat von allen am meisten Spaß an solchen Sachen. Sein Gesicht ist schwarz von Ruß und Pulverdampf. Es heißt, er habe gefangene Rebellen umgebracht; sie kann es sich gut vorstellen. Es heißt auch, er habe irgendwo eine Frau. Die Frau tut ihr leid. Der Gedanke an seinen nackten Leib ist entsetzlich. Erst ein paar Stunden seit dem Aufbruch aus Redemption, und schon fühlt sie sich entkräftet von der Kälte. Die Kälte zermürbt einen in diesem Territorium, dringt wie Nadelstiche in jede einzelne Pore. Wie ein Foltermeister, der die schwachen Stellen eines Körpers findet. Und dieser Irrsinn soll sieben Tage dauern – sie kann gar nicht mehr begreifen, wie sie sich darauf einlassen konnte. Wieso ist sie mitgekommen?

Winterton sitzt auf einem Felsen am Bach. Anscheinend zeichnet er den Indianer.

❖

BEWEISSTÜCK 21A: ANONYMER BRIEF AN JOHN FINTAN DUGGAN, GESCHRIEBEN VON IRISCHEN SYMPATHISANTEN DER KONFÖDERIERTEN IM TERRITORIUM ABGEFANGEN & KOPIERT VON DEN BUNDESBEHÖRDEN

Gefangener 435V
Gefängnis Richmond,
Virginia,
7. Mai 1866

Verehrter Lieutenant, Sir,

wir sind eine Vereinigung von Privatleuten aus dem Mountain Territory, samt und sonders Söhne der Grünen Insel. Seit unserer Ankunft in diesem Land war uns das Schicksal gewogen, und so gestatten wir uns, als Ausdruck unserer Hochachtung für Ihren Patriotismus, mit dem folgenden ungebührlichen Ansinnen an Sie heranzutreten.

Sie können sich keine Vorstellung machen, wie froh wir waren, als wir von Ihrer bevorstehenden Entlassung erfuhren; dafür wollen wir Gott danken und Ihnen aufrichtig alles Gute wünschen. Die Freude, die wir beim Gedanken an Sie und Mrs Duggan empfanden, wurde jedoch getrübt durch eine Angelegenheit, die uns tief bedrückt.

Lieber Freund – wenn Sie uns diese anmaßende Anrede gestatten: Wir hoffen, dass unser Wunsch, Ihnen beizustehen, nicht gegen die Gebote des Anstands verstößt und nicht die Achtung verletzt, welche wir einem Menschen schulden, der so hoch über uns steht; aber wir haben gelesen, dass Sie derzeit mit gewissen Schwierigkeiten zu kämpfen haben, mit Widrigkeiten, die so viele große Männer erfahren haben, auch Geringere, Leute wie unsereiner, damals, als Familie und Heimatliebe das Einzige waren, was wir besaßen. In jenen mageren Jahren hatten wir keinen größeren Schatz als John Duggans leuchtendes Vorbild, das wir vor unseren Kindern erstrahlen ließen. Wir möchten – wenn sie uns diese Bitte gestatten – einem standhaften Freund Irlands behilflich sein.

Einige von uns besitzen ein Stück Land in einem nordwestlichen Territorium, und Sie würden uns eine große Freude bereiten, wenn Sie es als das Ihre betrachteten. Die Urkunde ist bereits ausgestellt; Sie finden Sie als Anlage zu dieser Sendung, und Sie werden feststellen, dass als Eigentümer ausschließlich Sie und Ihre Erben eingetragen sind; es fehlt nur noch Ihre notarielle beglaubigte Unterschrift. Wir versichern Ihnen, dass der Besitz rechtmäßig erworben wurde, mit ehrlich verdientem Geld, als vor einigen Jahren Land in diesem Territorium günstig zum Verkauf stand. Um die Wahrheit zu sagen, hatte sich einer von uns Hoffnungen gemacht, er könne dort Silber schürfen, doch das Grundstück erwies sich als völlig ungeeignet für diesen Zweck.

Der Besitz ist weder durch eine Hypothek belastet noch verpfändet. Er umfasst ungefähr vier Morgen Land sowie Wirtschaftsgebäude und ein Blockhaus; Letzteres befindet sich zwar in einem schlechten Zustand, lässt sich aber wieder herrichten. Es könnte ein gutes Wohnhaus abgeben, doch wenn es Ihren Ansprüchen nicht genügen sollte, ist ausreichend Land vorhanden, um ein besseres zu errichten, und an tatkräftiger Hilfe wird es nicht mangeln. Es ist, hochverehrter Herr, nicht annähernd das, was Sie verdienen; aber Sie wären unter Freunden, die Sie lieben und achten.

Ein Nebenfluss des Missouri sorgt für ausreichend Wasser. Es gibt Gelegenheit zum Fischen und zur Jagd, sodass ein Mann und seine Ehefrau genügend zu essen hätten. Für den Fall, dass Sie der Ansicht sind, die Mühen der Landwirtschaft seien in Ihrem – bei allem gebührenden Respekt – reifen Alter zu beschwerlich, können wir Ihnen versichern, dass die Anstellung von ein oder zwei Gehilfen Abhilfe schaffen würde, möglicherweise mit einem Aufseher, der dafür sorgt, dass sie arbeiten. Unter den Siedlern hier gibt es viele Iren aus allen Grafschaften mit Erfahrung in Ackerbau und Viehzucht. Wir haben hier eine hinreichende Menge an Negern, überwiegend fügsam und sauber, denn die Aufsässigen werden umgehend bestraft. Wir haben Schweden, Dänen und Deutsche, und die Männer sind gute Arbeiter. Auch unsere Norweger sind groß und kräftig und leisten ehrliche Arbeit für einen Dollar und eine Mahlzeit am Tag. Da es für einen gottesfürchtigen Mann wie Sie gewiss von Interesse ist, können wir hinzufügen, dass Christen mit weißer Hautfarbe hier in der Überzahl sind. Tatsächlich haben sich einige von uns entschlossen, hier im Nordwesten ein kleines Abbild des Südens zu errichten, mit den entsprechenden Umgangsformen, Sitten und lieb gewonnenen Traditionen.

Vom Haus aus sieht man auf eine wilde Berglandschaft und einen See, ein willkommener Anblick für jeden Sohn der Grünen Insel, der sich an sein Mutterland erinnert. Unsere Wilden sind unterworfen; man hat ihnen Gehorsam beigebracht. Unser Land ist weiträumig. Hier genießt man Bewegungsfreiheit. Man kann sich seinen Umgang selbst aussuchen und so leben, wie es einem beliebt. Die Vorstellung von der Vermischung der Rassen, wie sie von den heuchlerischen Ostküsten-Yankees in Neuengland propagiert wird, gilt hierzulande als gefährlicher Unfug. Hier im Westen muss niemand einem Menschen begegnen, dem er lieber aus dem Weg gehen möchte.

Sehr geehrter Herr, sollten Sie Vorbehalte hegen, unsere Hilfe anzunehmen, wie es gewiss bei jedem mannhaften Iren zunächst der Fall ist, so erlauben Sie uns, Ihnen bei unserer Ehre als Ihre Landsleute hoch und heilig zu versichern, dass keinerlei Bedingungen an unser Angebot geknüpft sind. Auch wollen wir uns Ihnen zum jetzigen Zeitpunkt noch nicht namentlich zu erkennen geben, denn wir sind überzeugt – bitte verzeihen Sie die Unhöflichkeit, sie liegt nicht in unserer Absicht –, dass Sie aus Stolz alles daransetzen würden, die Besitzüberschreibung rückgängig zu machen oder für ungültig zu erklären, obwohl wir fest entschlossen sind, darauf zu beharren. Sobald Sie unser Nachbar geworden sind, werden wir Sie mit offenen Armen empfangen. Unsere Ehefrauen werden Mrs Duggan, die ihnen immer ein leuchtendes Vorbild war, willkommen heißen wie eine geachtete, geliebte Schwester.

Bitte betrachten Sie unseren Vorschlag nicht als einen Akt der Mildtätigkeit, sondern als Ausdruck tiefempfundenen Dankes, als privaten Freundschaftsdienst. Erinnern wir uns an einen Größeren, als wir es sind, der, von fremden Eindringlingen in den Staub getreten, geschlagen von Soldaten eines tyrannischen Herrschers, die Schulter des Samariters nicht verschmähte, so schwach und unnötig sie auch war. Niemand ist eine Insel, ganz für sich allein. Zugegeben, Sie mussten eine solche sein, als die Überläufer Sie verließen; als Ihr einstiger Freund, dieser vollmundige Patriot, das Gold über den Ruhm setzte. Aber Sie sollen wissen, dass Sie der Mittelpunkt eines gewaltigen Archipels sind, dessen Inseln eines Tages wieder vereint sein werden.

Wir könnten noch ganze Bücher füllen, Sir, doch wir haben die Geduld eines großen Mannes schon über Gebühr strapaziert. Wenn Sie unseren Vorschlag erwägen, geschätzter Freund, dann vergessen Sie nicht, dass es hier draußen Tausende gibt wie uns, Menschen, die niemals ihre Herkunft verleugnet, die nie einen verräterischen Kniefall vor Jonathan Yankee oder vor Britannia gemacht haben. Unsere Richtschnur in jenen Zeiten war John Fintan Duggan. Uns könnte keine größere Ehre zuteil werden, als ihm geholfen zu haben.

Gott schütze Sie in den kommenden Tagen. Wir werden Ihren Opfermut niemals vergessen. Gott segne Irland und die Konföderierten Staaten von Amerika, die beide wieder auferstehen werden.

Sir, wir sind – und haben die große Ehre, es immer zu bleiben,

Ihre Landsleute und Bewunderer im Westen.

P. S. Wir sind hier viele beschwerliche Tagesritte von Redemption Falls entfernt. Kein Unruhestifter aus diesem ruchlosen Sodom setzt je seinen Fuß in unser Gebiet. Sollte es je einer wagen, würde er nicht mehr nach Hause zurückkehren.

❖

ZWEITER TAG VON SIEBEN

Donnerstag, 27. Dezember

Ein schneidend kalter Morgen. Eis in der Ebene. Er ist steif von der Nacht im Zelt.

Hundert Meter vor ihm reitet Winterton allein. Er hat innegehalten und steht aufrecht in den Steigbügeln, als ob etwas Unerwartetes seine Aufmerksamkeit erregt hat. Sein Pferd tänzelt, und er achtet nicht darauf. Winterton dreht sich um. Er zeigt mit dem Finger, ruft etwas. Hannigan und English preschen vor, die gezogenen Pistolen auf den Horizont gerichtet. Doch er hat nur einen seltenen Vogel entdeckt.

Weiter geht es, am Fuß der Berge entlang. Die Temperatur sinkt. Auf den Mundtüchern der Reiter bilden sich Eiskristalle, und die Pferde schnauben schwer. Im Norden eine meilenlange Schneewolke. Der Indianer rät zu großer Vorsicht. Sie nehmen Zuflucht in einer Grotte und warten auf das Unwetter, doch es kommt nicht, und die Männer sind gereizt. Sie haben Zeit verloren. In vier Stunden wird es dunkel. Sie durchqueren den Missouri in Crow Creek.

Weiter durch einen Wald, wo vor vielen Jahren eine Schlacht zwischen den Kootenai und den Schwarzfußindianern stattgefunden hat. Speerspitzen und Pfeile stecken noch in den Baumstämmen. Die Stangen eines längst verrotteten Tipis.

Wenn Calhoun dabeiwäre, würde der Gouverneur sich ein klein wenig wohler fühlen. Aber jemand musste zurückbleiben und in der Stadt für Ordnung sorgen. Ein guter Mann, Calhoun. Er hatte mitkommen wollen. In der Stadt wird geredet über John Calhoun und Lucia. Der Gouverneur weiß, dass nichts daran ist.

Sie kommen in eine enge Schlucht mit grauen Kalksteinwänden. Dort ist es nicht ganz so kalt, denn der Wind wird abgeschirmt, und sein Heulen hoch oben hört sich seltsam an, wie Orgeltöne, ein Basso continuo, denkt er. Ein leichter Eukalyptusgeruch liegt in der Luft und noch etwas – Rauch? Ein längst versiegter Nebenfluss hat einen Weg ausgewaschen. Über ihnen stößt ein Vogel seinen Schrei aus, und er hallt lange nach. Die Räder der Lafette holpern und rutschen über die Steine. Schneegirlanden an den Stäben des Käfigs.

Die Reiter sind angespannt. Er sieht es an ihrer Haltung. Die Rebellen hocken beieinander, als das Lager aufgeschlagen wird, und sprechen kaum ein Wort mit den Yankees und dem Indianer. Winterton bewegt sich behende von Gruppe zu Gruppe. Schmeichelt sich ein. Immer unterwegs, um andere auszuhorchen. Und Elizabeth und Lucia bilden eine Gruppe für sich, wechseln, wie die Rebellen, kaum ein Wort mit den anderen. In aller Ruhe unterhalten sie sich auf Spanisch über die Kochkunst. Offenbar ist Lucia gar keine schlechte Lehrerin.

Trauer wallt in ihm auf. Er denkt an das Dämonenland. Wieso denkt er gerade heute daran?

❖

AUS LUCIAS TAGEBUCH

Donnerstag, 27. Dez. '66. Elizabeth fühlt sich nicht wohl. Schwere Kopfschmerzen. Ich hoffe nur, es ist nicht der Grund, den ich befürchte.

Die Männer wollen uns nicht hier haben. Verstohlene Blicke. Verschwörerisches Tuscheln. C keine Hilfe. Finde es widerlich, wie er bei ihren Zoten mitmacht. Möchte so gern Teil des dreckigen Mobs sein und wird doch immer zur Elite gehören.

Ich kann mit jedem im Reiten mithalten + bin besser als die meisten. Ich weiß nicht, was sie haben.

❖

AUS DER ZEUGENAUSSAGE VON JOHN THORN BERRY, FÄHRTENLESER, EIN SCHWARZFUSSINDIANER

*Der Zeuge ist stumm und machte seine Aussage in Zeichensprache. Für den Untersuchungsausschuss gedolmetscht von Corporal J**** O'B****, der selbst indianischer Abstammung ist.*

Untersuchungsrichter: Verstehen Sie die englische Sprache?
Zeuge: Ein paar Worte. Nicht viel.
U: Ich möchte, dass Sie einen Eid schwören. Auf die Bibel hier.
Z: Man sollte immer die Wahrheit sagen, nicht nur manchmal. Unter Ehrenmännern braucht man keinen Eid.
U: Ja, schon, aber –
Z: Sie haben nicht das Recht, mich zum Eid zu zwingen. Das steht in Ihren eigenen Gesetzen.
U: Gut, dann lassen wir das. Sie waren vom kommissarischen Gouverneur angestellt worden, um ihm bei seiner Mission zur Hand zu gehen, nicht wahr?
Z: Mein Volk nennt ihn nicht »Gouverneur«. Wir sprechen vom »irischen General«. Das tun alle im Territorium.
U: Wie dem auch sei, würden Sie uns sagen, warum er Sie bat, ihn auf diesem Ritt zu begleiten?
Z: Sein Stammesbruder Calhoun kam zu mir, ich weiß nicht mehr wann. Er sagte, sie bräuchten einen Fährtenleser.
U: Sie standen auf freundlichem Fuß mit O'Keeffe?
Z: Er zahlte gut.
U: Und der General sagte Ihnen, dass er diesen Jungen finden wolle …
Z: Ich glaube, Sie meinen den kommissarischen Gouverneur. Sie verwenden nicht den korrekten Ausdruck.
[Einige Ausschussmitglieder lachen, jedoch nicht der Zeuge]
U: Offenbar kennen Sie die englische Sprache besser, als Sie uns weismachen wollen.
Z: Das stimmt nicht. Ich weiß nur, was Sie mir gesagt haben.
U: Was hat man Ihnen gesagt, was mit dem Jungen geschehen sei?
Z: Dass der schwarze Mann ihn gestohlen habe.
U: Sie meinen den Banditen Cole McLaurenson?

Z: Ich meine, was ich gesagt habe: der schwarze Mann.

U: Und am zweiten Tag der Mission, kurz vor Einbruch der Abenddämmerung, entdeckten Sie eine Fährte, nicht wahr?

Z: Spuren von drei Pferden. Unterwegs Richtung Nordost.

U: Sind Sie ein guter Fährtenleser?

Z: Mein Vater war ein guter Fährtenleser. Ich lese ein wenig.

U: Wie machen Sie das?

Z: Indem ich hinsehe.

U: In welchem Sinne?

Z: Ich sehe auf die Erde. Und halte die Augen offen. Was würden Sie empfehlen? Dass ich zum Himmel blicke?

U: Sie wollen sich der Vernehmung entziehen …

Z: Man hat mir befohlen herzukommen. Ich bin gekommen.

U: Wollen Sie denn den Herren hier nicht helfen?

Z: Ich kenne sie nicht. Sie haben kein Wort zu mir gesagt. Sie sitzen nur da und sehen mich streng an, und Sie stellen die Fragen. *[Zeuge gebrauchte an dieser Stelle einen Ausdruck, von welchem der Übersetzer sagte, er kenne ihn nicht.]*

U: Es sind bedeutende Männer, die den weiten Weg von Washington hierhergekommen sind. Das ist im Osten des Landes. Eine mächtige, wichtige Stadt. Sie werden vielleicht von dem großen weißen Haus gehört haben, wo der Häuptling des Weißen Mannes –

Z: Ich weiß, was Washington ist.

U: Der Herr in der Mitte ist General —. Zu seiner Rechten haben wir Brigadegeneral —. Und auf der Linken, der, der gerade einen Schluck Wasser nimmt, das ist Major — —.

Z: Die Orden, die sie tragen, sind das Tapferkeitsmedaillen?

U: Es sind sehr, sehr tapfere Männer.

Z: Sie haben viele aus dem Süden umgebracht? Beim Krieg zwischen Ihren Stämmen?

U: Jeder von ihnen hat Heroisches geleistet. Der Ausdruck »umbringen« ist in diesem –

Z *[fällt ihm ins Wort]* Manche gehen auf den Kriegspfad und werden als Tiere und Wilde beschimpft. Andere tun es und stecken sich gegenseitig Schleifchen an wie die Frauen.

U: Werden Sie nicht unverschämt. Sind Sie bereit, diesen Herren zu helfen?

Z: Brauchen sie einen Fährtenleser?
U: In gewissem Sinne schon. Sie wollen der Wahrheit auf die Spur kommen.
Z: Dann sollen sie den Erdboden ansehen. Die Augen offenhalten. Die Wahrheit hinterlässt ihre Fährte; man muss nur wissen, wo man danach suchen muss.

[An dieser Stelle schaltete sich der Vorsitzende Richter ein. Er hatte den Eindruck, dass die Aussage des Zeugen dem Verfahren nicht dienlich sei. Er wurde aufgefordert, den Zeugenstand zu verlassen, und erhielt Erlaubnis zu gehen. Er und seine Brüder verließen den Raum.]

❖

DRITTER TAG VON SIEBEN

Freitag, 28. Dezember

»Buenos días«, sagt Elizabeth Longstreet und blickt auf vom Feuer. Ihr Gesicht ist rußig, das Haar hat sie zu Zöpfen geflochten. Lucia geht durch den Kopf, dass sie Elizabeth nie nach ihrem Alter gefragt hat. Sie könnte dreißig sein. Schwer zu sagen.

»Buenos días, Elisabetta. Deben comer. Iss etwas.«

»No tengo hambre, señora. ¿Quieres desayunar?«

Sie schöpft eine Kelle Bohnen aus dem Topf und bietet sie ihrer Herrin an. Sie schmecken säuerlich, als hätte sie sie in ranzigem Wasser gekocht. Lucia isst sie trotzdem. Es gibt nichts anderes.

Der Indianer schreitet langsam die Grenzen des Lagers ab. Manchmal betrachtet er Steine.

O'Keeffe beratschlagt mit Hannigan und English. Kurz darauf satteln die beiden ihre Pferde und reiten in verschiedene Richtungen davon, English westwärts, Hannigan nach Osten – Lucia weiß nicht, wohin sie wollen oder weswegen.

Sie kämpft gegen das Gefühl an, dass keiner von ihnen je von dieser Expedition zurückkehren wird. Der Plan ist zu unbestimmt, sie verlassen sich zu sehr auf ihr Glück. Sie will nicht, dass ein Unschuldiger umkommt. Sie will überhaupt nicht, dass jemand umkommt.

Der Soldat – aus Wicklow –, der in die Ecke gekrochen war und dem Krankensaal den Rücken zugewandt hatte, damit keiner ihn sehen konnte. Sie war zu ihm gegangen, hatte sich hinter ihn gekniet, für den Fall, dass er Beistand wollte; aber er hatte sich nicht mehr umgedreht; er war allein gestorben.

Das war der Tag gewesen, an dem die Nachricht aus Appomattox kam. Der Krieg war vorüber; Lee hatte kapituliert. Es war eine trotzige Unterwerfung gewesen, das, was die Leute im Süden ritterlich nannten. Seine prachtvolle Uniform, frisch gebügelt wie für einen Ball; sein herausgeputzter Hengst. Die siegreichen Truppen hatten zugesehen, als er zu ihnen hinabstieg. Seine Knöpfe waren auf Hochglanz poliert und funkelten in der Sonne. Grant, der Sieger, trug die Kluft eines einfachen Soldaten. Der Mann, der sich geschlagen gab, sah mehr nach einem Helden aus.

Als die Kapitulation unterzeichnet war – es wurde keine lange Zeremonie –, hatten die Rebellen ihre Waffen auf den Straßen abgelegt und waren hinüber zu ihren Bezwingern gegangen. Die Nordstaatler hatten sie mit Handschlag begrüßt, mit Proviantpaketen, Verbandszeug. Dann waren die Rebellen zu ihren Familien heimgekehrt. Wer ein Pferd besaß, durfte es behalten, damit die Landwirtschaft wieder in Gang kam. Sechshunderttausend Tote. Der Süden in Schutt und Asche. Um dem Morden ein Ende zu machen, musste man nichts weiter tun als eine Straße zu überqueren.

Winterton kommt herüber von dem Zelt bei den Holunderbüschen. Wie kann er bei all dem Schmutz so sauber bleiben? Wäscht er abends seine Kleider? Wo tut er das? Seine Entstellungen sind umso schrecklicher, weil sich noch ahnen lässt, wie er einmal gewesen sein muss. Die marmorgrünen Augen, die Hände jung und stark. Sie hat eine Vorstellung, wie Wintertons Kind aussähe: wie sein Vater, nur ohne die Wunden.

»Ich dachte, ich gehe ein wenig spazieren«, sagt er.

»Wohin gehen Sie?«

»In den Wald dort drüben. Ich möchte ein paar Messungen vornehmen. Es sollte nicht länger als eine Stunde dauern.«

»Wollen Sie einen von den Männern mitnehmen? Das wäre sicherer.«

Er lässt sich die Enttäuschung über diese Abfuhr anmerken. Das ist eine seiner Stärken: das vielsagende Schweigen. In dem Punkt ist er wie ihr Mann; und in anderen vielleicht auch. Aber was hatte er erwartet? Ihre Gesellschaft bei dem Spaziergang? Mit Flor Savage macht er sich in Richtung Wald auf den Weg. Sie sieht ihre Fußspuren im Schnee.

Und sie fragt sich, ob er die Wahrheit gesagt hat, an jenem Abend im Haus. Hat er das Kind wirklich gesehen? Oder spielt er ein Spiel?

Wieder reden sie von der Kanone. Sie wünschte, sie würden damit aufhören.

Der Indianer macht sich Sorgen; sie sieht es an seinem Gang.

Als laste das Gewicht des Firmaments auf seinem Schädel. Mit der Fußspitze dreht er eisüberkrustete Steine um.

❖

ZEUGENAUSSAGE VON JOHN TREVANION, ZEITUNGSREDAKTEUR

[Zeuge erklärte sich ohne jeden Einwand bereit, den Eid zu leisten. Nachdem dies geschehen war, begann die Befragung.]

U: Ihr Name lautet John Trevanion?

Z: John Knox Trevanion.

U: Wo sind Sie geboren, Sir?

Z: In Dumfriesshire, Schottland. Ich lebe seit achtzehn Jahren hier in diesem Land.

U: Und Sie sind, soviel ich weiß, Redakteur und Herausgeber des *Redemption und Edwardstown Epitaph*.

Z: So ist es.

U: Könnten Sie ein wenig lauter sprechen?

Z: Jawohl, ich bin Herausgeber dieser Zeitung.

U: Würden Sie uns bitte berichten, was am Freitag, dem 28. Dezember vergangenen Jahres, geschah? Das war der dritte Tag des Feldzugs des Gouverneurs.

Z: Ich war mit ein paar Bekannten zum Chelseafluss geritten …

U: Bekannten?

Z: Ja.

U: Und?

Z: Ich war mit ein paar Bekannten zum Chelseafluss geritten. Wir wollten uns eine Parzelle ansehen, für die einer von uns sich interessierte. Ein Ausflug unter Gentlemen. Nicht mehr als das. In der Nähe von Clonmel Cross waren wir in den Wald geritten, weil wir dort eine Bärin gesehen hatten, eine Grizzlybärin. Wir dachten, das wird ein Spaß.

U: Ich kann mir vorstellen, Sie sind ein passionierter Jäger.

Z: Ich weiß nicht, worauf Sie hinauswollen.

U: Ein Wild zu verfolgen, das macht Ihnen großen Spaß, nicht wahr?

Z: Die Jagd ist ein Vergnügen für Gentlemen. Ich an Ihrer Stelle würde nicht mehr als das hineinlesen.

U: Dann weiter, bitte.

Z: Ich sah, wie O'Keeffe und einige andere an der Lichtung vorüberritten. Vielleicht sah er mich auch als Erster. Das weiß ich nicht mehr. Jedenfalls kam er herüber und fragte, was ich in dieser entlegenen Gegend tue. Ich antwortete, was ich tue, gehe ihn nichts an, und ich sei nur auf Bärenjagd. Er beschimpfte mich unflätig, und das gefiel mir nicht.

U: Sie sprechen von unflätig – was genau sagte er?

Z: Das möchte ich lieber nicht wiederholen. Es war abstoßend.

U: War es »Du schmieriger Hurensohn. Du Scheißkerl, du Feigling, du Stück Dreck«?

Z: Etwas in dieser Art.

U: »Du verrätst dieses Land und alles, was gut daran ist, und ich werde dafür sorgen, dass du an deiner eigenen dreckigen Schlinge baumelst«?

Z: Ich glaube ja.

U: Warum sagte er das?

Z: Das müssten Sie ihn schon selbst fragen.

U: Aber Sie werden doch sicher Ihre Meinung haben. Ein Mann von Ihrer Intelligenz.

Z: Meine Intelligenz, sofern ich denn welche besitze, reicht für diesen Fall nicht aus.

U: Haben Sie damit gedroht, den kommissarischen Gouverneur zu ermorden?

Z: Das wäre wirklich eine Dummheit, wenn ich so etwas gesagt hätte.

U: Haben Sie damit gedroht, den kommissarischen Gouverneur zu ermorden?

Z: Gut, ich gebe zu, vielleicht ist eine Bemerkung dieser Art in der Hitze des Augenblicks gefallen. Die Gehässigkeit seiner Beschimpfung hatte etwas Kränkendes. Als Kelte spricht man schon einmal unbedachte Worte, wenn man in Rage gerät.

U: Doch diese Entschuldigung gilt nicht für den Gouverneur, nehme ich an.

Z: Ich kann Sie gut verstehen, Lieutenant. Ich bin nicht gerade stolz auf das, was ich gesagt habe.

U: Lassen Sie uns zusammenfassen: Ich will ganz sicher gehen. Sie sahen den Gouverneur und eine Gruppe weiterer Männer an der Lichtung vorüberreiten?

Z: So ist es.

U: Wie erkannten Sie ihn?

Z: Ich kannte ihn besser, als mir lieb war.

U: Der Gouverneur und seine Männer hatten der Kälte wegen ihre Halstücher vorgebunden. Ich frage mich, wie Sie ihn erkennen konnten.

Vorsitzender Richter: Bitte antworten Sie auf die Frage. Nehmen Sie sich einen Moment Zeit und überlegen Sie, wenn Sie das brauchen.

Z: Wie gesagt, vielleicht hat er mich zuerst gesehen. Ich weiß es nicht mehr. Ich kann mich nicht erinnern.

U: Ich würde vermuten, dass Sie und Ihre Gesellschaft von Gentlemen den Gouverneur schon seit Redemption Falls verfolgten.

Z: Nein.

U: Dass Sie von seiner Expedition wussten und vorhatten, seine Feinde zu warnen.

Z: Nein.

U: Dass Sie dem Gouverneur und seinen Männern klarmachen wollten, dass Sie und die Anhänger der geschlagenen Konföderierten das Sagen im Mountain Territory hatten.

Z: Das ist erstunken und erlogen vom ersten bis zum letzten Wort.

U: Haben Sie in Ihrer Zeitung jemals auch nur eine einzige Zeile geschrieben, die die Gräueltaten der konföderierten Banditen verurteilte?

Z: Ich habe nicht jede Zeile im Gedächtnis, die ich geschrieben habe.

U: Haben Sie bei verschiedenen Anlässen Folgendes zu Bürgern von Redemption gesagt: *[Untersuchungsrichter liest aus einem vertraulichen Dokument vor]* »Jeder Wind, der den Baum des Yankeestaates schüttelt, ist gut für uns«? Oder: »John Cole McLaurenson ist ein Held der weißen Rasse«? Oder: »Was für den einen ein Bandit ist, ist für den anderen ein Freiheitskämpfer«?

Z: Sie haben ja einen ganzen Katalog meiner angeblichen Äußerungen. Meines Wissens habe ich keinen einzigen dieser Sätze gesagt.

U: »McLaurenson ist der feinste Mann, der je seinen Fuß in dieses Territorium gesetzt hat. Man kann gar nicht glauben, dass er Irenblut in den Adern hat«?

Z: Das hört sich nicht an wie etwas, was ein kluger Mann in der Öffentlichkeit sagen würde.

U: Sind Sie, oder waren Sie jemals, ein Vigilant?

Z: Ich verweigere die Aussage.

U: Bitte, Sir? Ich habe Sie nicht verstanden.

Z: Der fünfte Zusatz zur Verfassung gibt mir das Recht, die Aussage zu verweigern.

U: Es handelt sich nicht um ein Strafverfahren, Sir.

Z: Ich verweigere die Aussage.

U: Sie sind der Anführer des sogenannten Komitees wachsamer Bürger, auch »O-und-O-Männer«, wie diese feinen Herrschaften sich bisweilen nennen. Sie sind verantwortlich für den Lynchmord an zahlreichen Personen in diesem Territorium. Flynn. John Harran. James Dunne. Die Liste ist ellenlang. Ihre Auseinandersetzungen mit dem kommissarischen Gouverneur in dieser Frage sind sattsam bekannt. Sie haben in Ihrer Zeitung gehässig über ihn geschrieben und ihn im ganzen Territorium verleumdet. Er hatte es gewagt, sich Ihnen zu widersetzen. Dafür musste er bestraft werden.

Z: Ich hoffe, dass ich nicht gehässig schreibe. Aber ich mache von meinem Recht auf freie Meinungsäußerung Gebrauch.

U: Sie sind ja eine Autorität auf juristischem Gebiet.

Z: Nein, Sir, das bin ich nicht.

U: Nur was den Fünften Zusatz angeht.

Z: Ich bin überhaupt keine Autorität.

U: Unterstützen Sie die O-und-O-Männer?

Z: Ich setze mich für meine Nachbarn ein.

U: Setzen Sie sich auch für ihre Missachtung von Regierungsgesetzen ein?

Z: Die Regierung ist in Washington, nicht hier im Territorium. Wenn wir uns von der Regierung befehlen ließen, wann wir säen und wann wir ernten, dann würden wir bald auf unseren Feldern verhungern.

U: Ein rührender Satz. Von welchem Vigilanten stammt er?

Z: Von Thomas Jefferson, Sir. Ich schicke Ihnen die Belegstelle.

U: Sie wollen diese Henker in einem Atemzug mit dem Vater unserer Republik nennen?

Z: Es war Ihr Atemzug, nicht meiner.

U: Wo Sie die Verfassung so gut kennen, werden Sie auch wissen, dass sie das Recht auf ein faires Verfahren zusichert.

Z: Ich bin nicht hier, um –

U *[fällt ihm ins Wort]*: Bürger entführen, ohne Verfahren, nur unter fadenscheinigem Vorwand. Sie hinaus in die Nacht zerren, ohne Freund und ohne Fürsprecher, sie bestialisch zu Tode foltern. Ist das im Sinne unserer Verfassung, was meinen Sie?

Z: Ich habe die Juristerei nicht studiert. Sagen Sie es mir.

U: Finden Sie, das ist Stoff für eine schnippische Bemerkung?

Z: Ich verweigere die Aussage.

U: Waren Sie beteiligt an einer Verschwörung mit dem Ziel, die Gouverneursresidenz in Redemption Falls niederzubrennen?

Z: Nein.

U: Sie wissen, dass der Gouverneur Sie dessen bezichtigte.

Z: Gelogen.

U: Haben Sie jemals für einen anderen einen Lageplan dieses Hauses angefertigt?

Z: Nein.

U: Haben Sie einen oder mehrere Spitzel dazu bewogen, dieses Haus zu überwachen? Und Mrs Lucia O'Keeffe im Plains-Hotel, Edwardstown?

Z: Ich verweigere die Aussage.

U: Hatten Sie sich mit anderen verschworen, dieses Haus in die Luft zu sprengen?

Z: Gelogen.

U: Haben Sie einen Mann namens Devlin ermordet, der mit dem Bau dieses Hauses beauftragt war?

Z: Nein.

U: Hat Ihr Komitee die Flagge der Vereinigten Staaten an diesem Hause beschmutzt und später zerstört? Haben Sie mehrfach ein ärmeres Haus, die Wohnung einer ehemaligen Sklavin, beschmiert mit konföderierten Parolen und Verunglimpfungen ihrer Hautfarbe?

Z: Ich verweigere die Aussage.

U: Lieben Sie die Vereinigten Staaten, Sir?

Z: Ich hoffe, dass ich ein guter Patriot bin.

U: Das war nicht meine Frage.

Z: Aber das war meine Antwort.

*[Da es bereits fünf Minuten nach vier war, wurde die Sitzung vertagt.]**

❖

VIERTER TAG VON SIEBEN

Samstag, 29. Dezember

Lucias Tagebuch

Elizabeth hat mir gesagt, was ihr fehlt. Leider ist es genau das, was ich befürchtet habe. Es begann vor ein paar Monaten, sagt sie, im linken Auge. Schwere Schmerzen, bisweilen Schwindel. Augenlicht kommt und geht. Sie sagt, es gibt Zeiten, da kann sie kaum die Hand vor Augen erkennen. Ich fragte: »Siehst du mich jetzt, Elizabeth?« Sie antwortete: »Nur einen Schatten.« Ich ging näher heran und fragte noch einmal. Keine Antwort.

* Am Morgen des folgenden Montags erschien John Trevanion nicht zur Vernehmung. Man schickte einen Marshal zu seinem Haus, doch das Haus war verlassen. Auf seinem Schreibtisch fand man einen »Abschiedsbrief«. Vierzehn Monate später wurde dessen Verfasser in Montréal gesehen. Er starb im Bett, mit dreiundneunzig Jahren, reich geworden durch seine Erinnerungen: *Wie der Westen Gerechtigkeit fand* (angeblich Königin Viktorias Lieblingsbuch).

Ich versprach ihr, wir würden einen Arzt kommen lassen. Sie war sicher, dass man ihr nicht helfen konnte. Bat mich, C nichts darüber zu sagen, aber ich fand, er musste es wissen.

Er kam herein und sprach sehr anständig mit ihr. Sagte, er werde sie behalten. Von Entlassung könne gar keine Rede sein. Sie sei doch zu nichts mehr nütze, wandte sie ein. Er bestand darauf. Ich sah die Freundlichkeit, die er früher besessen hat. Eine Gabe, wenn man so mit Menschen reden kann. Ich wünschte, ich könnte das.

Später teilte ich ihm meine Neuigkeit mit. Dass er und ich vielleicht Eltern werden. Er weinte. Sagte, er freue sich so. Forderte mich auf, sofort nach Redemption zurückzukehren. Sagte ihm, das wolle ich nicht, vorerst zumindest.

Zwei weitere Männer sind am Abend zu uns gestoßen. Jetzt sind wir vierzehn.

❖

VERZEICHNIS DER TEILNEHMER DER STRAFEXPEDITION & IHRER BEWAFFNUNG

FÜR DEN UNTERSUCHUNGSAUSSCHUSS ZUSAMMENGESTELLT VOM US-WAFFENAMT

Jas. C. O'Keeffe: 43 Jahre. Lorenz-Muskete, Modell 1854, österreichisches Fabrikat. Kaliber .54, aufgebohrt auf .58. Zwei Colt-Repeater. Regimentsschwert der Königlichen Husaren, »Genl. J. F. O'K« in die Klinge graviert. Griff ursprünglich edelsteinbesetzt (Steine fehlen).

Patk. Edwd. Hannigan: 37 Jahre. Amt. Sheriff, Varina County. Veteran 127. New Yorker, »Irische Brigade«. Colt-Armeegewehr 1861, Kaliber .44. Skalpell, medizinisch (1 Expl.) von Weis, Bond St., London. Abgewandelt zur Aufbewahrung im Stiefelschaft. Außerdem Strangulierkette.

Daniel Neyland Moody: 24 Jahre. Amt. Sheriff, Truro County. Veteran 127. NY (dekorierter Scharfschütze). Schweres Gewehr für große Entfernungen (treffsicher auf 1.800 Yards). Machete (eine) mit Wellenschliff.

Owen (genannt John) Creed: 31 Jahre. Konföd. Veteran (1. Mississippi). Spencer-Repetiergewehr, Metallpatrone mit eingebautem Zünder, 12 Schuss pro Minute. Bowiemesser.

Denis Arkins: (Veteran 2. Mass., 12. Korps, 1. Division) Amt. Hilfssheriff, Edmondstown & Thomond Counties. 1859er Sharps-Karabiner (kurzer Lauf, Hinterlader). Gürtel mit chinesischen Wurfmessern, sternförmig.

Michael Francis English: 32 Jahre. Veteran 127. New Yorker. Amt. Sheriff, kanadisches Grenzland. Zwei Expl. Starr-Revolver, Kaliber .44, sechsschüssig, Spannabzug. Außerdem abgesägte Schrotflinte. Schaft mit Schnitzerei »Irland für immer«.

Joseph John Mounrance: 26 Jahre. Veteran 127. New York. Amt. Sheriff, Skibbereen County. Sog. »Achterrevolver«, angeblich selbstgeschmiedet (als Insasse im Gefängnis Pentonville, London, England). Kaliber .36. Kein separater Hahn. Verlässlich.

John »Flor« Savage: 46 Jahre. Veteran 29. Indiana. Amt. Marshal, Sequoia County. Le-Mat-Perkussionsrevolver, doppelläufig.

Francis William Dwyer: 34 Jahre. Veteran 32. South Carolina. Springfield-Muskete, Modell 1861. Springfield Armory, Mass.

Allen Winterton: 34 Jahre. Captain, US Corps of Cartographers. Enfield-Gewehr mit gezogenem Lauf, hergest. England. Laufdurchmesser .577 Zoll, Gewicht 9 Pfd. 3 Unzen mit Bajonett. Feuert Kompaktgeschoss. Treffsicher auf 800 Yards. Kleine Pistole: unbekannte Bauart; unauffindbar.

Michael Martin Joyce: 52 Jahre. Veteran 21. Georgia. Whitworth-Gewehr, britisches Fabrikat (übernahm diese Waffe von gefallenem konföderiertem Kameraden in Spotsylvania). Feuert hexagonale Geschosse. Reißt entsetzliche Wunden.

John (»Eye-John« oder »I-John«) Thorn-Berry: Alter unbekannt. Schwarzfußindianer. Colt-Root Modell 1855, Revolver-Perkussiongewehr, Kaliber .64. (US Army, entwendet) HINWEIS: SCHADHAFTE WAFFE: VERNICHTET. (Neigte dazu, sämtliche Kammern zugleich abzufeuern; Soldat büßte bei Probeschuss einen Finger ein.)

Lucia-Cruz McLelland-O'Keeffe: Starr-Karabiner, Lauf 21", Kaliber .54. Absolut treffsicher, hochwertige Waffe. Kleiner Dolch mit juwelenbesetztem Griff, spanische Arbeit. (Zwanzig Diamanten, benutzt als *aide-mémoire* im Gebet – jeder Stein steht für ein Mysterium des Rosenkranzes.)

Beth: Befreite Negerin. Etwa 30 Jahre. Unbewaffnet.

WEITERE AUSRÜSTUNG, BEWAFFNUNG & cetera

Bärenkäfig, Gusseisen, Tür mit Kette & Schnappschlössern. Williams mechanisches Schnellfeuergeschütz mit Hinterladung, gebaut für konföderiertes Kriegsministerium, eingesetzt in Seven Pines. Neigt zu Überhitzung & Blockade. Vernichtet.

Ein außerordentlich bösartiger Jagdhund, aus dem Besitz des Gouverneurs. Vernichtet.

❖

FÜNFTER TAG VON SIEBEN

Sonntag, 30. Dezember

Gleich nach Sonnenaufgang brachen sie das Lager ab und ritten den Großteil des Vormittags. Wenn sie rasteten, dann immer nur für einige wenige Minuten. An einem Bauernhof nahe beim Cricklewood River wartete English mit frischen Pferden, doch das Futter war mittlerweile knapp.

Der Farmer und seine Frau, Thomas und Kate Prunty, waren Sympathisanten der Fenier, beide in Liverpool geboren. Für sie war O'Keeffe ein Held, sein Besuch eine Ehre. Deshalb hatten sie auch ein paar irische Nachbarn eingeladen, obwohl sie aufgefordert waren, den Besuch geheimzuhalten. Er weigerte sich, sich die Gäste vorstellen zu lassen, ja er stritt sich mit den Gastgebern und zog sich mit seinen Männern in eine Scheune zurück. Lucia bat ihn, seine Bewunderer zu begrüßen, weil sie – ob zu Recht, mag bezweifelt werden – glaubte, die Nachbarn würden eher schweigen, wenn er sie persönlich darum bat. Doch wie dem auch sein mochte, O'Keeffe blieb den ganzen Tag in der Scheune. Am Nachmittag schneite es heftig.

Nahrung, Getränke, Decken wurden in die Scheune gebracht, dazu ein paar Pfeifen Tabak. Noch immer weigerte O'Keeffe sich, zu den Gastgebern zu gehen. Um vier Uhr war es dunkel. O'Keeffe schlief eine Weile in einem Schlafsack. Die Männer würfelten schweigend oder spielten Karten; andere ruhten sich auf dem Stroh aus oder reinigten ihre Gewehre. Sie hatten Order, nicht zu trinken, aber einige taten es heimlich doch, denn bei Einbruch der Nacht wurde es bitterkalt, und in der Scheune konnten sie kein Feuer machen. Um Mitternacht beriet sich O'Keeffe mit Savage und teilte ihm eine Änderung der Marschroute mit. Ihr Plan sei verraten. Er sei überzeugt, dass Spione sie beobachteten. Sie würden auf einem Umweg nach Stornaway reiten.

Winterton benahm sich merkwürdig. Er wirkte reizbar, sichtlich nervös. Flor Savage aus der Grafschaft Cork, der bei dieser Unternehmung O'Keeffes rechte Hand war, sagte später vor dem Untersuchungsausschuss aus, der Kartograph habe die ganze Nacht über nicht geschlafen; habe in der Scheune gesessen und immer wieder seine Kleider und seinen Tornister durchwühlt. Bei Sonnenaufgang gestand er John Creed, dass er ein wichtiges Tagebuch vermisse. Creed half ihm bei der Suche. Sie fanden es nicht.

Etwa eine Stunde nach Sonnenaufgang machten sie sich fertig zum Aufbruch, doch Elizabeth Longstreet ging es so schlecht, dass sie nicht weiterkonnte. Lucia bestand darauf, dass sie auf dem Bauernhof bei den Pruntys blieb, und der Sohn der Familie erklärte sich bereit, sie zurück nach Redemption Falls zu bringen, sobald das Wetter es zuließ. Inzwischen würde er die dreißig Meilen bis zum Arzt reiten. Sie sei schneeblind, erklärte der Farmer. Schlimm, aber nichts Ernstes. Er versprach, dass sie sich gut um sie kümmern würden.

O'Keeffe verabschiedete sich von ihr gegen Viertel nach acht. Es war der Sylvestertag 1866. Sie sollte keinen der Reiter je wiedersehen.

❖

SECHSTER TAG VON SIEBEN

Montag, 31. Dezember

Es war ein grimmiger, bitterer Tag, an dem O'Keeffe seine Truppe durch den Gunmetal Gorge führte, den Two Mile Hill hinunter, dann durch das schneebedeckte Flachland auf der Nordostroute Richtung Kanada. Sie müssen am vereisten Lake Union vorbeigekommen sein, mit seinem Grüppchen von winzigen überwucherten Inseln. Sie müssen durch O'Malley's Gulch geritten sein, nicht einmal bei gutem Wetter und auf einem kräftigen Maultier eine einfache Sache. Im Winter, zu Pferde, wo Steine rollten wie Kanonenkugeln, muss es eine grausige Passage gewesen sein.

Die Temperatur an jenem Tage lag mehrere Grad unter dem Gefrierpunkt. Sie passierten die Geisterstadt Silverlode Spring. An einem Ort namens Simoon gab es eine Furt durch den Fluss; Thorn Berry hatte davon gehört, hatte sie aber noch nie gesehen. Inzwischen dämmerte es den Männern, welchem Zweck dieser Umweg diente. Drei, vielleicht vier, murrten.

Sie rasteten, damit die Pferde verschnaufen konnten, in Milestone Landing, einem Pass, der ein Seitental des Parfleche River mit einem Arm des Redwolf im Westen verband. Eine Abordnung näherte sich O'Keeffe. Wenn der General vorhabe, was sie vermuteten, wolle etwa die Hälfte der Männer nicht weiter mitkommen. Er stritt sich nicht, sondern willigte ein, dass sie an dieser Stelle auf seine Rückkehr warten sollten. Es werde nicht länger als zwei Stunden dauern.

O'Keeffe, Lucia, Winterton, Savage und die alten Konföderierten ritten weiter. Der Weg der Pend d'Oreilles, den sie einschlugen, existiert heute nicht mehr; schon damals war er schmal, kaum mehr als ein Pfad, und so ritten sie hintereinander; O'Keeffe führte den Zug an, Savage bildete, Waffe im Anschlag, die Nachhut.

Fünf Steinhäufchen. Eine fahlschwarze Wiese. Anfangs konnten Sie gar nicht glauben, dass sie am Ziel waren. EINDRINGLINGE WERDEN ERSCHOSSEN, warnte ein Schild am Tor. Und dann sahen sie zwischen den sich kräuselnden Rauchfahnen eine zerfledderte Südstaatenflagge.

Hühner scharrten auf einem Misthaufen, zerrten Würmer aus der Tiefe hervor. Ein Hahn schritt stolz vor dem Zwinger einher. Ein

Pony war an einen Pfahl gebunden, wo es düster seine Runden trottete. Viele Säcke Saatgetreide, ungesät.

Als sie sich der Hütte aus grob gezimmertem Tannenholz näherten, erblickten sie einen Mann, der ihnen den Rücken zukehrte und ein Feld umgrub. Sein Alter war schwer zu bestimmen: Er hätte ebensogut vierzig wie sechzig Jahre zählen können. Nicht weit von ihm hockte ein schwarzes Kind in einem Schubkarren.

O'Keeffe stieg als erster aus dem Sattel. Der Siedler blickte nicht auf, obwohl er das Knirschen ihrer Hufe auf den Steinen gehört haben musste.

Der Rauch kam von einem Feuer aus Reisig und Kiefernholz, das in einer Mulde am Bachufer knisterte. Funken sprühten. Es roch nach heißem Kiefernharz.

»John«, richtete O'Keefe das Wort an die Schultern des Mannes. »Ein alter Rebell ist gekommen, um dich zu besuchen.«

Er wandte sich noch immer nicht um. Grub noch verbissener als zuvor, ächzend; bei jedem Spatenstich flammte sein Nacken zornesrot auf, um dann beim Aufrichten wieder zu verblassen. Das Kind blickte erwartungsvoll auf zu O'Keeffe und Lucia, als rechne es mit einer wichtigen Mitteilung.

»Ich hoffe, Martha geht es gut. Ist sie hier draußen bei dir, oder ist sie noch in Richmond?«

Der Mann trat wortlos auf seinen Spaten, der sich knirschend in den rauhen Schieferboden bohrte. Sie hörten sein schweres Atmen, so mühsam, dass es schon schmerzhaft klang. Seine Lungen hatten ihm seit jeher Schwierigkeiten bereitet.

»Ich wollte schon früher kommen. Um dir Glück im Territorium zu wünschen. Aber du weißt ja, wie es geht, ja, und dann –«

»Ich weiß, weshalb du hier bist.«

»Dann hast du gehört, was geschehen ist. Der Bandit und der Junge.«

»Ich weiß, weshalb du hier bist«, wiederholte er.

»Dieser Mann, der mir Leid zugefügt hat. Er war früher Soldat in der Armee der Konföderierten. Ich dachte – wenn ich so offen sprechen darf –, bei deinem Ansehen im Süden und nach allem, was du im Krieg geopfert hast und all das ... «

»Willst du meine Söhne mit einem Revolverhelden vergleichen? Ist es das, was du vorhast?«

Jetzt drehte er sich um und sah O'Keeffe an.

Er war klein, untersetzt, mit einer ausgeblichenen Tätowierung auf dem rechten Unterarm. Zu Zeiten musste er eine stattliche Erscheinung gewesen sein. Seinem Akzent nach zu urteilen war er weit in der Welt herumgekommen, doch seine Heimat lag gewiss in Irland, in Ulster, in der Stadt Derry. Sein Rücken war leicht gekrümmt, und das schon seit vielen Jahren – die Folge der Schläge, die er in Tasmanien erlitten hatte. Am schlimmsten waren die zweihundert Hiebe als Strafe für die Beihilfe zur Flucht des Menschen gewesen, der nun vor ihm stand.

»Ich möchte, dass du mir das erklärst«, sagte John Fintan Duggan. »Willst du meine Söhne mit diesem Mörder vergleichen?«

»Nein, natürlich nicht. Ich wollte nur sagen, dass jeder Südstaatler auf einen Mann hören würde, der in seinem Land so angesehen ist wie du. Wenn du bereit wärest, ein Wort einzulegen. Dann könnte es ein friedliches Ende nehmen. Der Junge ist noch ein Kind. Wenn ihm ein Leid geschieht … «

»Du wagst es, mir von Leid zu sprechen? Nach allem, was ich durchgemacht habe?«

»Es ist kein Tag vergangen, an dem ich nicht für deine Jungen gebetet habe. Dein Opfer – und das von Martha – es war zu groß. Es war grausam.«

»Sprich nicht von meinen Söhnen, Sir. Du bist es nicht wert, von ihnen zu sprechen. Die Gebete von deinesgleichen sind hier nicht erwünscht.«

»Es waren gute Jungen, John. Ihr hattet allen Grund, stolz auf sie zu sein. Ich bin sicher, sie haben mutig gekämpft, allezeit.«

»Und ihr Patenonkel stand an der Spitze der Mörderbande, die sie niedergemetzelt hat. Wieviel ›Mut‹ hat es dich gekostet, dich gegen deine Freunde zu stellen?«

»John – wenn ich dir unrecht getan habe – ich bitte dich um Verzeihung.«

»Du hast dir selbst unrecht getan. Und du selbst wirst dafür bezahlen.«

Es war, als werfe er die Drohung wie einen Ball auf die Steine zwischen ihnen. Wildgänse erhoben sich mit knatterndem Flügelschlag aus einer Pappel.

»Sag mir, General O'Keeffe, oder wie immer du dich jetzt nennst. Kennen sie dein kleines Geheimnis? Soll ich es ihnen verraten? Du Heuchler. Du verlogener, scheinheiliger Schwindler.«

»John –«

»Ah, verstehe, Du hast es ihnen verschwiegen. Genau wie ich es gehört hatte. Ist dir das sehr schwergefallen? Die ganzen Jahre über? Selbst einem eingefleischten Lügner wie dir müssen doch manchmal des Nachts gewisse Zweifel kommen.«

»Con«, sagte Lucia, »wovon redet er?«

»Ha«, sagte Duggan. »Wovon ich rede? Warum sagst du's ihr nicht? Oder willst du, dass ich es tue?«

Die beiden Jugendfreunde starrten sich an. Eines Nachts hatten sie sich in einer Gefängniszelle die Daumen aufgeritzt und mit einem feierlichen Eid ihr Blut vermischt. Der Ältere musterte den Jüngeren mit der Teilnahmslosigkeit eines Richters, der bei der Urteilsverkündung keinen Funken Mitleid verspürt.

»Spürst du die Angst? Das ist deine Strafe. Lieber würde ich für alle Ewigkeit in der Hölle schmoren, als auch nur eine einzige Nacht in deinem Kopf zu verbringen.«

Duggan winkte das Kind zu sich heran; der Junge kletterte aus dem Schubkarren und näherte sich mit einer Kalebasse und einem zusammengefalteten Lappen. Er goss Duggan etwas Wasser aus der Flasche in die hohlen Hände. Duggan benetzte sein Gesicht und trocknete sich die Hände mit dem Lappen; er nahm bedächtig einige Schlucke aus der Kalebasse. Er bewegte sich mit der Akribie eines Mannes, für den Wasser ein kostbares Gut ist, eines Mannes, der in vielen Gefängnissen gewesen ist und eines Tages erneut dort landen könnte. Der Junge schlurfte zurück zu der Schubkarre und setzte sich hinein, die Beine gekreuzt wie ein Buddha, der das Nichts betrachtet.

»Gab es sonst noch etwas von Belang?«, fragte Duggan die Asche, die rings um ihn aufwirbelte und herabfiel, herabfiel und aufwirbelte und an seiner Haut und seinem Spaten haften bleib. »Ich muss mein Land bestellen. Manche Menschen in diesem Land müssen arbeiten. Wir bekommen keinen Judaslohn von der Regierung.«

»Ich komme als alter Freund, der in Schwierigkeiten ist. Ich würde dich um Hilfe anflehen, wenn dich das umstimmen könnte. Ich bin in großer Gefahr. Menschen, die ich liebe, sind in Gefahr. Die nächsten Tage könnten meine letzten sein.«

»Dann überwintere da, wo du den Sommer verbracht hast«, sagte John Duggan und wandte sich wieder seinem Spaten zu.

Im nördlichsten Himmelsquadranten schraubte ein Adler sich langsam in einem Windstrom abwärts.

»Lass uns gehen, Con«, sagte Lucia und fasste ihn am Arm. Aber er zögerte immer noch. Sie gab den Männern ein Zeichen.

John Flor Savage führte O'Keeffes Pferd am Zügel heran. Es war unruhig, zuckte nervös mit den Ohren, als es ans Feuer kam. Die Reiter schwiegen nach der Zurückweisung, die sie mitangesehen hatten. Es war schwer, so etwas mitanzusehen.

»Willst du mir nicht wenigstens die Hand reichen, John? Um der alten Zeiten willen?«

Duggan wandte sich nicht um. Aber er richtete sich auf. Es sah aus, als beobachte er den Adler im Flug; Vögel hatte er immer geliebt, ihre Schönheit und Fremdartigkeit. O'Keeffe näherte sich zögernd von hinten, die rechte Hand ausgestreckt.

»James und Con, die beiden hätten sich sicher gewünscht –«

Was dann geschah, würde allen, die es sahen, viele Jahre im Gedächtnis bleiben. Lucia rang nach Atem. Savage zog seine Pistole. O'Keeffe legte ihm die Hand auf den Arm und gebot ihm Einhalt. Ein Pferd bäumte sich auf. Eine schrille Beschimpfung. Ein untätiges schwarzes Kind.

O'Keeffe, der sich den Speichel vom Gesicht wischte.

Die Frau war so lautlos hinzugetreten, dass niemand sie bemerkt hatte. Sie war klein, hager und bleich. Sie war ganz in Schwarz gekleidet, Kleider so alt, dass das Schwarz allmählich zu Grau verblasste.

»Ein schwarzer Tag, an dem sie dich nicht in Stücke gehackt haben«, sagte Martha Duggan unter Tränen, und ihre Schultern zitterten heftig. »Wenn ich gewusst hätte, was aus dir wird, hätte ich selbst ihre Messer gewetzt. Du bist Dreck. Verstehst du mich? Abschaum bist du. Wenn ich an die Männer denke, die du dazu verleitet hast, dir zu folgen! Und jetzt schaff dein Ungeziefer von diesem Land – *oder du wirst hier begraben*.«

Es war Winterton, der den Gouverneur führte. Das schwarze Kind sah ihnen nach, als sie davonritten.

❖

AUS DER ZEUGENAUSSAGE VON FLOR SAVAGE

Z: Zwei Stunden hinter Duggans Hof kamen wir an die Furt von Bunclody. Boss war in schlechter Stimmung, selbst für seine Verhältnisse. Wir schlugen unser Lager weiter oben auf, aber er ging eine ganze Weile allein weg. Nochmal zwei Stunden, würde ich sagen. In den Wald. Sah elend aus, als er zurückkam.

U: Elend?

Z: Hier [*zeigt aufs Gesicht*]. Weiß auch nicht. Fieber vielleicht. Soll nicht heißen, dass er Trübsal geblasen hat oder sowas. Aber angeschlagen irgendwie … seine Augen tränten … Ich weiß noch, dass einer von den Jungs – ich glaube, English war es – ihn gefragt hat, ob alles in Ordnung ist. Ja, alles in Ordnung, hat er ihm gesagt, hätte sich nur erkältet. Dann hat English ihn noch gefragt, ob er sicher ist, dass wir weitermachen sollen.

U: Was antwortete er?

Z: Er sagte: »Wir haben die Glocke aufgehängt, Mick. Jetzt lassen wir sie auch läuten.«

U: In welchem Tonfall sagte er das?

Z: Sollte wohl aufgekratzt klingen.

U: Aufgekratzt.

Z: Munter. Um den Jungs Mut zu machen, würde ich sagen. Oder sich selbst.

U: Einige Zeit später wurden Sie Zeuge eines Streits zwischen dem kommissarischen Gouverneur und seiner Frau.

Z: Könnte man wohl sagen.

U: Worum ging es?

Z: Weiß ich nicht mehr.

U: Sie wissen es sehr wohl. Weswegen stritten sich die beiden?

Z: Ich hab nicht alles gehört. Es ging um Australien.

U: Es war ein heftiger Streit, und es ging dabei um das Geheimnis, auf das John Duggan angespielt hatte. Machen Sie uns nichts vor, Mann. Sie haben jedes Wort gehört.

Z: Nein, Sir.

U: Mrs O'Keeffe hob ihre Stimme, sie war sehr erregt und weinte bitterlich. Sie beschimpfte den kommissarischen Gouverneur heftig, nicht wahr?

Z: Daran kann ich mich nicht mehr erinnern.

U: Mrs O'Keeffe schlug den kommissarischen Gouverneur ins Gesicht, nicht wahr?

Z: Kann sein. Ich weiß es nicht mehr. Danach ging sie ins Zelt.

U: Ich denke, Sie erinnern sich an sehr viel mehr von diesem Vorfall, als Sie uns hier erzählen.

Z: Nein.

U: Nachdem sie ins Zelt gegangen war, was geschah da?

Z: Der Boss hat mich gefragt, ob es da, wo wir hinreiten, ein Postamt gibt.

U: In Stornaway?

Z: Sir.

U: Das wusste er nicht?

Z: Na ja, es war nicht klar, ob es besetzt war oder nicht. Ich habe ihm gesagt, ich sei ziemlich sicher, dass es da eins gebe. Ich kenne nämlich Iggy Gilchrist, müssen Sie wissen – der Marshal in Stornaway –, und der hatte mir von einem Mann erzählt, mit dem ich im Krieg war; dass der jetzt da arbeitet. Dann hat der Boss gesagt, ich soll ihm Papier und eine Feder bringen. Und dafür sorgen, dass er nicht gestört wird. Und was zu trinken.

U: Zu trinken?

Z: Würde vermuten, dass er Whisky wollte, Sir. Aber wir hatten keinen mehr.

AUS LUCIAS TAGEBUCH

Hätte ich längst drauf kommen sollen.

Hätte es von Anfang an sehen müssen.

Er bat mich um Verzeihung. War so schockiert, dass ich kein Wort herausbrachte.

74. Kapitel

*Erhaltener Brief des Gouverneurs an einen Jungen in Tasmanien**

❖

An Master Robert Emmett Boland,
bei Mr und Mrs John P. Boland,
Blackwatertown Farm, nahe Hobart, Australien

31. Dezember 1866

Mein lieber Sohn Robert,

Ich sende Dir einen Neujahrsgruß und hoffe, dass es Dir da draußen gut [*fehlendes Wort*]. Bitte vergib mir, dass ich Deinen letzten Brief erst jetzt [*fehlendes Wort*]; er war volle zehn Monate unterwegs. Die Post braucht oft sehr lang, bis sie hier im Bergterritorium ankommt. Das Wetter ist häufig schlecht und die Entfernungen sind gewaltig. Auch in diesem Jahr haben wir große Schwierigkeiten mit den Indianern, die die Dampfschiffe überfallen.

Wenn ich mich unserem Briefwechsel nicht so aufmerksam widme, wie ich es eigentlich tun sollte, Robert, dann bitte ich Dich um Verzeihung und verspreche, mich künftig zu bessern. Du musst wissen, dass Dein Vater seit dem Sieg der Vereinigten Staaten und ihrer tapferen Nordstaatenarmeen über die Rebellen ein schrecklich langweiliger, aber wichtiger Mann hier in Amerika ist, mit vielen lästigen Verpflichtungen, stets umgeben von bedeutenden Nichtstuern, die ihm in den Ohren liegen. Doch so ist das Joch, das ein siegreicher General zu tragen hat. Der Erfolg hat seine Nachteile, genau wie der Misserfolg.

* Aus dem Privatarchiv von Professor J. D. McL. Fünf Bögen amtliches Briefpapier des Gouverneurs, beidseitig in O'Keefes Handschrift beschrieben. Die Adresse der Gouverneursresidenz ist auf allen Bögen außer dem ersten ausgestrichen. Kleines Brandloch in der ersten Seite, möglicherweise verursacht durch heruntergefallene Asche. Bei der letzten »Seite« handelt es sich um ein abgerissenes Stück von einer Mehltüte.

Ich bin sicher, du bereitest Deinen Pflegeeltern viel Freude, lernst eifrig Deine Lektionen und bist auch sonst ein guter Junge. Erlaube mir, Dich für die Verbesserung Deiner Handschrift zu loben. Wenn ich sie so ansehe, kann ich kaum glauben, dass Du erst vierzehn Jahre alt bist. Ich hätte sie für die Handschrift eines graubärtigen Gelehrten gehalten. Die Leute tun manchmal so, als sei die Fähigkeit schön zu schreiben nur etwas für Dummköpfe, aber lass Dir von Deinem Vater versichern, dass nur ein Idiot etwas derart Dummes und Missgünstiges sagen würde.

Um nun zu den wichtigeren Themen zu kommen, die Du in Deinen erwähnten Briefen [*sic*]: Ich habe viel über Deine Gefühle nachgedacht, und ich glaube, ich weiß, was Du meinst. Es tut mir leid, dass der dumme Junge, über den Du schreibst, Dich so aus der Fassung gebracht hat. Versuch, ihm keine Beachtung zu schenken, denn wenn man solchen Plagegeistern glaubt, bestärkt man sie nur in ihrer Dummheit.

Du darfst es nicht für unmännlich halten, dass Du mir von deinen Gefühlen berichtet hast; im Gegenteil, deine Offenheit ehrt Dich und bestätigt nur das, was ich ohnehin schon wusste: dass Du nämlich die Art von Junge bist, der einmal zu einem viel bewunderten Mann heranwachsen wird. Kein Junge wird je einen besseren Freund haben als seinen Vater, selbst dann nicht, wenn die Umstände so ungewöhnlich sind wie in unserem Fall; und ein richtiger Mann ist niemals kalt wie ein Stein.

Jeder sterbliche Mann, der sich je seines Geschlechts würdig erwiesen hat, von Cuchulain bis hin zu Wolfe Tone, von Bonaparte über Abraham Lincoln bis zu dem großen Patrioten, dessen Namen du trägst, war vertraut mit dem grenzenlosen Universum der menschlichen Gefühle, kannte Kummer und Herzeleid. Von Alexander dem Großen, der die ganze Welt erobrete [*sic*] erzählt man, er habe einmal geweint. Hat nicht sogar der tapferste Held, der je auf Erden wandelte, in der Einsamkeit seines Leidens bittere Tränen vergossen? Nein, es ist nicht weibisch, wenn man hin und wieder weint. Selbst ich – wenn ich daran denke, wie Du und ich derzeit getrennt sind und das schon seit so langer Zeit –, ja auch ich habe geweint.

Genau wie Dir wurde mir die Mutter schon früh entrissen – ich weiß noch, wie einsam ich mich fühlte, als ich so alt war wie Du jetzt –

und deshalb können wir beide, Du und ich, wie Brüder sein in dieser bitteren Erfahrung, nicht nur Vater und Sohn. Das Leben ist hart für einen Jungen, dessen Mutter im Paradiese weilt. Aber wir sollten glücklich sein um ihretwillen, denn ihr wird eine wunderbare Belohnung zuteil, an einem Ort, wo ihr nie wieder jemand etwas zuleide tun kann, wo die Farbe des Herzens und nicht die des Fleisches der Maßstab ist; aber wir denken an den Verlust dieser liebsten Freundin und sind bisweilen einsam und voller Angst. Du bist ein guter Junge, und Deine Gefühle sind vollkommen natürlich. Schäme Dich niemals dessen, was Du in Deiner Seele trägst, denn was Du dort findest, wird Dir allzeit den Weg weisen wie ein Licht. Hüte diese Flamme sorgsam, Robert; denn wenn sie verlischt, ist der Mensch verloren.

Kommen wir nun zu der Frage, die Dich verständlicherweise am meisten beschäftigt: die schmutzigen Worte, mit denen dieser Junge über Deine verstorbene Mutter gesprochen hat, über ihre Hautfarbe, die auch die Deine ist. Jeder, der einen Mitmenschen als »Halbblut« bezeichnet, braucht unsere Gebete und unser Mitleid, denn solche Worte enthüllen die entsetzliche Leere derer, die sie über ihre Lippen bringen. Wie hohl der Verstand eines solchen Jungen sein muss!

Zu Beginn, lass mich eines sagen, Robert, und Du musst mir glauben, dass es die Wahrheit ist. Deine Mutter war ein einzigartiger Mensch, schön und großherzig, trotz ihrer niederen Herkunft. Ich habe sie weder in einer »Spelunke« noch in einer »Absteige« kennengelernt, wie dieser Junge behauptet, sondern durch einen befreundeten Arzt, in dessen Haushalt sie als Kindermädchen tätig war. Ihr Vater war kein »Gauner«, sondern ein rechtschaffener Siedler, der in England zur Welt gekommen war. Ihre Mutter war eine Eingeborene, eine außergewöhnlich herzliche Frau, einer der liebenswertesten Menschen, die ich je die Ehre hatte kennenzulernen. Und was die Ermahnungen von Pater Moran über das Kämpfen oder über »Raufereien« angeht, so musst Du Dir selbst ein Urteil bilden, aber ich kann Dir versichern, dass ich persönlich seine Ansichten nicht teile. Kein Junge sollte zulassen, dass eine Frau ungestraft beleidigt wird, schon gar nicht die, in deren Schoß er sicher herangewachsen ist und die ihm das Leben geschenkt hat. Es ist kein Vergnügen, sich zu schlagen; aber manchmal haben wir keine andere Wahl, denn sonst gewinnt der Beleidiger die Oberhand, und sein Bruder, der Prahlhans, ebenso, und gute Menschen müssen zusehen, wie ihre Hoffnungen in den Schmutz getreten werden. Und wenn solch ein Frevel geschieht, verwandeln sich gute Menschen in böse, und der ererbte Hass nimmt immer weiter zu.

Da Du Dir Sorgen machst, will ich Dir mit klaren, deutlichen Worten versichern: Deine Mutter hat sich nicht »mit Männern rumgetrieben«, um die grobe Ausdrucksweise dieses Jungen zu verwenden. Und wenn es ein Verbrechen ist, Vorfahren zu haben, die nicht alle der gleichen Rasse angehören, Robert, dann kann Dein Vater neben Dir auf der Anklagebank Platz nehmen. Du musst nämlich wissen, dass ich selbst karibisches Blut in den Adern habe, von einem Vorfahren, der einst in Jamaika lebte. Du siehst also, mein lieber Robert, auch ich bin ein »Neger«, was immer man darunter zu verstehen hat. Und ich bin immer noch derselbe Mann, der diesen Brief begonnen hat, und werde es auch noch sein, wenn ich ihn beende.*

Dein Kummer hat mir eine sehr liebe Person ins Gedächtnis gerufen, und ich wünschte, Du hättest sie kennengelernt. Ich spreche von einer Frau namens Beatrice Collins, unserem Kindermädchen in Wexford; eine Negerin, die zuvor als Sklavin in England gedient hatte. Sie kam zu uns nach dem Tod meiner Mutter. »Tante Beatrice« nannten wir diese wunderbare Freundin. Sie weilt jetzt im Paradies bei der Muttergottes.

Sie war freundlich, liebevoll, sanft, unsere Tante Beatrice, ein Fels in der Brandung unseres angsterfüllten Lebens. Ich übertreibe nicht, wenn ich sage, dass sie mir wie eine Mutter war. Sie teilte all meine kindlichen Sorgen. Wenn ich nachts weinte, hat sie mich getröstet. Ich wurde aufs Internat geschickt, zuerst nach Kildare und dann nach Shropshire, doch jedes Mal wenn ich nach Hause kam, konnte ich sehen, wie sehr sie sich freute, mich in ihrer Nähe zu haben. Wir waren einander sehr eng verbunden. Ich mochte sie wirklich gern. Sie war einer von jenen stillen, verlässlichen Menschen, deren bloße

* Diese Behauptung, die O'Keeffe mehrfach in privaten Gesprächen mit Freunden machte, war nicht zu verifizieren.

Bekanntschaft einen froh macht. Sogar mein Vater, der manchmal sehr streng mit uns Kindern war, wurde unter ihrem Einfluss etwas milder. Tatsächlich entwickelte sich zwischen Vater und Tante im Laufe der Jahre eine Freundschaft. Sie saßen abends beieinander. Sie lasen einander vor. Manchmal gingen sie eine Stunde lang am Hafen spazieren. Wie ich später erfuhr, hätten sie gern geheiratet. Aber die schändlichen Vorurteile der Welt verhinderten eine Eheschließung. Ihre Freundschaft müsse, wenn schon nicht beendet, so doch wenigstens heimlich fortgeführt werden, beharrte ein Priester in der Stadt. So feierte die Bigotterie einen elenden Sieg. Wie erbärmlich diese Kerker der Wohlanständigkeit, Robert. Die nicht geschlossenen Freundschaften, die zur Armut verdammten Leben – diese entsetzliche, tödliche Vergeudung.

Es tut mir leid, dass Du die beleidigenden Worte, mit denen man dunkelhäutige Menschen beschimpft, hören musstest und auch in Zukunft wieder hören wirst. Ich fürchte, dagegen bin ich machtlos, Robert. Du selbst musst entscheiden, wie Du darauf reagierst. Aber eins möchte ich Dir mit auf den Weg geben: Die Farbe Deines Körpers ist schön, Robert; der Himmlische Maler hat sie geschaffen, auf dass sie bewundert werde. Der Allwissende, der die gesamte Schöpfung entworfen hat, wollte, dass sein krönendes Meisterwerk mehr als eine Gestalt hat – aber der unwissende Mensch, der so wenig aus den Gaben gemacht hat, die ihm zuteil wurden, maßt sich an, Seine Weisheit in Zweifel zu ziehen. Alle Giraffen sehen gleich aus, alle Würmer und alle Zebras. Nur der Mensch besitzt die Vielfalt des Göttlichen. Die Menschheit entstammt der Palette des Erhabenen Mathematikers, der, als er als Mensch auf die Erde kam, dies auch in anderer Gestalt hätte tun können. Als Löwe von Juda; als Engel; als Adler: oder als berückend schönes Wesen, wie man es nie zuvor auf Erden gesehen hatte. Er tat nichts von all dem, und er erschien auch nicht in Gestalt eines Weißen. Er wandelte als dunkelhäutiger Hebräer durch den Staub von Palästina. Er wählte, um mit dem unsterblichen Milton zu sprechen, *ein Haus aus dunklem Lehm*. Wie du beim Studium der Heiligen Schrift feststellen wirst, ist die Bibel ohnehin vor allem ein Buch über dunkelhäutige Menschen.

Die tapfersten Helden dieses Landes hier haben afrikanische Vorfahren, ja ich bin sogar überzeugt, dass die Zukunft dieser Republik in ihren Händen liegt. Während des Krieges konnte ich oftmals Zeuge ihrer Tapferkeit werden: kühne, eindrucksvolle, disziplinierte, unerschrockene Männer, vorbildliche Kameraden mit einem wahren Löwenmut. Trotz grausamster Qualen hatten sie nie ihre Würde verloren, hatten der barbarischen Unterdrückung standgehalten. Man hatte versucht, ihnen das Herz aus der Brust zu schneiden. Sie hatten dem Messer getrotzt. Darum gehe erhobenen Hauptes durchs Leben. Sei stolz auf Dein Erbe. Sage jedem selbstgerechten Biedermann, der Deine Wege kreuzt, dass eines Tages ein Schwarzer zum Präsidenten dieser Vereinigten Staaten gewählt werden wird, und wenn dieser Tag anbricht, dieser glorreiche Tag, dann wird diese Nation ihr großartiges Versprechen einlösen und zum strahlenden Leuchtturm der Zivilisation werden.

Während der gesamten Zeit meiner Gefangenschaft war Deine Mutter mir eine treue Gefährtin. Wir lebten in der kleinen Hütte, die ich mit eigenen Händen am Ufer des Lake Comfrey errichtet hatte – vielleicht steht sie ja noch. Frag Onkel Boland, ob er mit Dir dorthin geht. Ich hatte geglaubt, wir könnten dort am Wasser ein glückliches Leben führen. Wir verlebten ruhige, friedliche Tage in dieser Oase. Ich lernte angeln und jagen, lernte die Namen der einheimischen Tiere. Ja, es gab auch unglückliche Tage: Unsere kleine Tochter wurde nur wenige Wochen nach ihrer Geburt heimgeholt in den Himmel. Aber Deine Mutter war tapfer – viel tapferer als ich –, und schließlich haben wir uns mit diesem Schmerz abgefunden.

Ich habe Glück gehabt, Robert. Immer Glück gehabt. Ich weiß, was es heißt, wenn man geliebt wird. Ich weiß nicht, warum es so war, aber ich hatte mein ganzes Leben über gute Freunde, die treu zu mir hielten und meine Geheimnisse bewahrten, manchmal vielleicht zu lange. Aber es gibt keinen Menschen auf dieser Erde, es gab nie einen und wird nie einen geben, den ich so geliebt habe wie deine Mutter. Sie war mir Ost und West. Ich hoffte, wir würden auf ewig zusammenbleiben. Immer wieder dankte ich dem Himmel oder was auch immer dort oben ist, für meine Verbannung, denn ohne ihn wäre ich meiner Seelenverwandten niemals begegnet.

Ich weiß, Du wirst nicht verstehen, warum ich Deine Mutter verlassen habe. Es war ein schrecklicher, eine schreckliche Entscheidung. Die Vaterlandsliebe, die nur von der Liebe übertroffen wird, die manche Menschen für ihren Schöpfer empfinden, verlangt uns bisweilen große Opfer ab. Ich würde Dir das lieber nicht sagen und scheue zurück vor der schieren Vorstellung, diese Worte zu Papier zu bringen. Ich habe gesehen, wohin sie führen, diese so leicht nachzusprechenden Worte: Sie führen zu den Gräbern der Jungen und der Armen. Denn wie jede Art von Liebe hat auch die Vaterlandsliebe ihre Zeit. Sie lodert am hellsten, solange wir jung sind; wir können ihr buchstäblich verfallen. In solchen Augenblicken sind wir blind vor Verlangen und sehen nicht die Gespenster am Straßenrand. Ich glaube nicht, dass ich jetzt wieder so handeln würde – doch damals habe ich es getan; und nun muss ich die Folgen meiner Entscheidung für immer tragen.

Robert, es ist nicht schwer, Worte zu manipulieren, sie so zu verdrehen, dass sie ihr Gegenteil bedeuten. Ich könnte Dir jetzt schreiben, man habe mich gezwungen, Deine Mutter zu verlassen, oder ich könnte Dir eine solche Schlussfolgerung nahelegen. Aber es wäre eine Lüge. Ich habe mich dafür entschieden, sie zu verlassen. Es war mein eigener Entschluss, und nur der meine.

Sicher war Eitelkeit mit dabei; aber das war nicht der einzige Beweggrund. Ja, ich war eitel, Robert. Ich glaubte, ich würde gebraucht. Ich sah mich über die niedergeworfenen Eindringlinge triumphieren. Die Hungernden auf der Straße würden meinen Namen jubeln. Alle Ängste meiner Kindheit, all meine Zweifel: dass ich ohne einen Bruder heranwuchs, dass ich beim Sprechen stotterte, dass mein Vater mich nicht mochte, dass meine Lehrer mich für dumm hielten, dass ich nicht so tapfer war wie andere, dass ich überhaupt nicht tapfer war – all das würde durch die eine heroische Tat gebannt. War das Schwäche? Mit Sicherheit. Dünkel? Allzuviel. Aber zu meiner Verteidigung kann ich immerhin anführen, dass es – und ich wünschte, ich hätte dafür ein anderes Wort – auch so etwas wie Liebe war.

Das erwähnte Gefühl für unser Volk, unserer Heimat – ich behaupte nicht, dass es wertlos ist – das ist es nicht. Grausamkeit muss bekämpft werden, denn sonst ist unser Leben wertlos: Ohne den zivilisierenden Einfluss unseres Gewissens sind wir nichts als Tiere und verdienen, dass man uns zur Schlachtbank führt. Aber es ist eine gefährliche Liebe, denn sie kann dazu führen, dass wir

Bindungen lösen und der Treue zu abstrakten Ideen den Vorrang geben vor der Treue zu Fleisch und Blut. Dieses Gefühl flammte so stark in mir auf, mit so überwältigender Macht, dass ich mich gedrängt fühlte, mein privates Glück dem Dienst am Vaterland zu opfern. Ich konnte meine Pflicht gegenüber den Armen meines Landes nicht erfüllen, solange ich dort am entlegensten Ende der Erde als Gefangener der Monarchie lebte, die mitangesehen hatte, wie sie verhungerten. So viele waren gestorben, Robert. Millionen. Ich sehnte mich danach, nichts zu tun; ich konnte es nicht.

Jahrelang redete ich mir ein, dass Deine Mutter mich verstanden, ja den Entschluss, für meine Überzeugungen zu kämpfen, sogar gebilligt hatte. Aber wie hätte sie das tun können? Wie könnte eine verlassene Ehefrau so etwas tun? Meine Entscheidung, sie zurückzulassen, war das Schlimmste, was ich im Leben getan habe. Sie flehte mich an zu bleiben, und ich ging trotzdem fort.

Ich verließ unsere Hütte und ritt am Seeufer entlang; vorbei an dem Haus, wo Du jetzt mit Deinen Pflegeeltern lebst. Ich sehe diesen Weg noch immer vor mir, jeden Meter und jeden schwankenden Baum: Immer wieder ist mir dieses Bild im Traum erschienen. Es gab eine letzte Gelegenheit zur Umkehr. Der Mann, der meine Flucht organisiert hatte – ein tapferer Mann, ein Patriot, wir waren damals wie Brüder –, fragte, ob ich den Plan wirklich weiterverfolgen wolle. Noch sei es nicht zu spät. Ich könne niemals nach Tasmanien zurückkehren. Ob mir die Tragweite meiner Entscheidung bewusst sei? Ich stieg in das Boot und wir verließen Hobart; und ich habe Deine Mutter nie wiedergesehen.

Robert, bei meinem Leben und allem, was ich je an Ehre besessen habe: Ich wusste nicht, dass Deine Mutter damals ein Kind erwartete. Hätte ich geahnt, dass sie Dich unter dem Herzen trug, ich hätte niemals fortgehen können. Niemals – bei meiner unsterblichen Seele. Und – auch das schwöre ich Dir – unsere Trennung sollte nie so bitter und so endgültig sein. Ich hatte die feste Hoffnung, dass es mir irgendwie gelingen würde, sie zu mir nach Amerika zu holen. Doch als ich hier eintraf, war es zu spät.

Auf dieser Reise, Robert, sind entsetzliche Dinge vorgefallen. Ich musste tapfer sein – wie ich es jetzt von Dir verlange. Ich war von Natur aus überhaupt nicht tapfer, aber ich musste meine Natur besiegen; denn ich wollte nicht so allein sterben. Nachts war es auf der Insel, von der ich Dir schon früher berichtet habe, so dunkel, dass man glauben konnte, die Welt sei untergegangen, und Dein halb besinnungsloser Vater hatte keinen Feuerstein, um ein Feuer oder ein Licht anzuzünden. Man hörte die Geräusche des unsichtbaren Ozeans. Die Gesänge der Wale klangen manchmal unheimlich, und die Schreie der Vögel auch. In solchen Augenblicken schloss ich die Augen und dachte an die unbegreifliche Weite der Welt und an meine eigene Winzigkeit, daran, dass ich ein Nichts war. Es mag seltsam klingen, aber dieser Gedanke war mir ein Trost. Dies und der Gedanke an Deine Mutter. Dass ich je von einem Menschen wie ihr geliebt worden war; dass sie mich immer noch liebte – und es künftig auch wieder tun würde: Ich glaube, diese Gedanken waren mein einziger Schutz. Ohne sie wäre ich zu Asche verglüht.

Du musst Onkel Boland verzeihen, wenn er Dir, wie Du glaubst, in dem letzten Punkt, den Du ansprichst, ausweicht. Er will mir nicht in den Rücken fallen, das ist alles. Aber ich muss Dir sagen, die Gerüchte, die Du in der Stadt gehört hast, sind wahr, Robert: Ich bin jetzt mit einer anderen Frau verheiratet. Sie und ich sind schon seit einigen Jahren Mann und Frau. Ich bitte Dich inständig um Verzeihung, dass ich es Dir nicht früher geschrieben habe, denn mein Versäumnis hat Dir Kummer bereitet. Ich kann Dir nur wahrheitsgemäß sagen, dass mir der richtige Zeitpunkt dafür nie gekommen schien. Anstatt zu schreiben hatte ich gehofft, es Dir persönlich sagen zu können.

Sie ist ein sehr liebenswürdiger Mensch, mit zahlreichen Talenten und Fähigkeiten, bewundert von allen, die sie kennen. Und sie ist der klügste Mensch, dem ich je begegnet bin, und wird eines Tages, in gar nicht so ferner Zukunft, Deine neue Mutter sein. Wenn diese besseren Zeiten kommen, und mit Gottes Hilfe wird es schon bald soweit sein, dann sind Du und ich und sie eine glückliche Familie. Darauf gebe ich Dir mein Ehrenwort, aus tiefstem Herzen. Darum rede Dir bitte nicht ein, Du seist allein auf der Welt. Solange ich am Leben bin, wirst Du niemals allein sein.

Es stimmt allerdings nicht, dass ich außer Dir noch weitere Kinder habe. Alles Gerede, das Dir darüber zu Ohren gekommen ist, ist nichts als böswillige Verleumdung. Im Gegenteil: Ich kann Dir versichern, Robert, und das ist schmerzlich für einige Menschen, dass ich mich geistig und seelisch außerstande fühlte, erneut Vater zu werden, solange unsere Lage, deine und meine, so schmerzlich und ungeklärt war und ich Dich nicht zu mir holen konnte.

Du fragst, warum ich hier in Amerika bleibe, während Du so weit fort bist; und Du willst wissen, wann wir uns endlich kennenlernen. Glaube mir, Robert, nichts könnte mir größere Freude bereiten. Einen Sohn zu haben, den man noch nie gesehen, den man noch nie in die Arme geschlossen, dessen Stimme man noch nie gehört hat, – das ist eine ungeheuer schwere Bürde. Wenn Du dereinst selbst Vater wirst, wirst Du besser verstehen, was ich meine.

Die Sehnsucht, die Du nach mir verspürst, die spüre ich auch nach Dir. Es vergeht keine Stunde, in der ich nicht an Dich denke. Aber wenn ich jetzt zu Dir käme, könnten wir nicht vereint sein. Die, die jenes ferne Land im Namen der Despotin beherrschen, würden Deinen Vater in den Kerker werfen, ihm noch Schlimmeres antun; und ich weiß, dass ein guter und rechtschaffener Bursche wie Du so etwas nicht will. Aber ich verspreche Dir, dass ich keine Nacht ruhen, kein Glück in meinem Herzen empfinden und keinen unbeschwerten Atemzug tun werde, bis Du und ich einander endlich bei den Händen fassen können und ich all das – so es denn möglich ist – wiedergutgemacht habe, was uns bislang versagt blieb; ehe ich Dich nicht meinen Freunden vorstellen und in aller Öffentlichkeit zeigen kann, wie stolz ich auf Dich bin, so wie es sich für den Vater eines solchen Jungen gehört. Diese Stunde ist nah, Robert; das versichere ich Dir. Es tut mir leid, wenn ich Dich verletzt habe. Ich bitte Dich um Vergebung. Ich verdiene Deine Nachsicht nicht – aber ich wage dennoch, Dich darum zu bitten.

Ich habe jetzt einen Plan ersonnen, wie Du und ich in naher Zukunft zusammenkommen können. Ich kann hier nicht alles aufschreiben, denn einige kleinere Einzelheiten bedürfen noch der Klärung. Aber Du solltest Dich auf eine längere Seereise einstellen, Robert. Freunde von mir werden sich in Kürze mit Onkel Boland in Verbindung setzten. Tue genau, was man Dir sagt. Stelle keine Fragen. Seltsame Dinge werden sich ereignen, Dinge, die Du nicht verstehen wirst, aber Du musst keine Angst haben, vertraue einfach auf Deine Gefährten. Man wird dich zu einem Hafen bringen und von dort zu einem anderen, dann weiter nach Marseille und schließlich nach Paris. Dort werde ich auf Dich warten. Ich habe vor, in dieser Stadt ein Haus zu kaufen. Kurz gesagt, ich habe mich entschlossen, den Vereinigten Staaten den Rücken zu kehren und ins alte Europa zurückzukehren, das ich nie hätte verlassen sollen. Die Luft hier draußen ist zu sauber für meine Lungen, und ich lechze nach dem Rauch und dem Qualm der Heimat.

Wenn Du Dich in der Zwischenzeit einsam fühlst, sage Dir einfach: »Ich bin nicht allein. Ich habe einen Vater, der mich liebt.« Diese langen, traurigen Tage werden bald längeren und glücklicheren Jahren weichen. Bis dahin lass nie einen Gegner spüren, dass er Dich verletzt hat. Mach Dein Gesicht zu einer stählernen Maske, in der sich alle spiegeln, denen Du begegnest. In Deinen Adern fließt das Blut bemerkenswerter Menschen, und Du bist der beste Sohn, den je ein Vater hatte.

Übermittle meine besten Grüße an Onkel und Tante, und grüße auch den alten Knowles, den Hufschmied, wenn er noch am Leben ist. Ich lege einen von unseren amerikanischen Geldscheinen bei, ein verspätetes Geburtstagsgeschenk für Dich. Wenn Onkel Boland ihn zur Bank in Hobart bringt, sollte er ein oder zwei Shilling dafür bekommen – zumindest hoffe ich das.

Ich küsse dies Papier. Küsse Du es auch, wenn es Dich erreicht. Du ruhst im Hafen meines Herzens.

Sei ein tapferer, guter Junge und lass Dir versichern, lieber Robert, dass Du allzeit in den Gedanken des glücklichen Menschen wohnst, der sich geehrt fühlt, dass Du ihn zu dem Besten machst, was er je war:

Dein Dich liebender Vater –

Con*

* Brief, aufgegeben am frühen Nachmittag des Neujahrstages 1867 in Fort Stornaway. Robert Emmet O'Keeffe, den viele unter dem Namen Robert Boland kannten, war vier Monate zuvor beim Schwimmen im Lake Comfrey ertrunken. Die Inschrift auf seinem Grabstein neben der St. Antoniuskirche in Hobart lautet: »Robert Emmet O'Keeffe. Einziger Sohn von James und Catherine. Heimgekehrt zu seiner Mutter und Schwester. Betet für sie.«

75. Kapitel

Die 10 »Gebote« des Johnny Thunders

❖

Das Gewehr ist Gesetz
Hab keine Furcht
Ein Hundsfott ist der, der die Mutter verflucht
Trink Schnaps nicht am Sonntag
Sorg für die Deinen
Den gemordeten Heuchler wird niemand beweinen
Zügle deine Lust
Stiehl, was du brauchst
Lüg, wenn du musst
Vor der Habgier reiß aus
Diese Gebote, mit der Kugel in Stein geschrieben.
Die sind mein Vermächtnis – was von mir geblieben.

MK 1025: Februar 66*

* Graffito, gefunden bei der Renovierung einer *cantina* in Suarez, Neumexiko, 1887. Unbekannter Verfasser. Nicht McLaurenson. Viel Mühe hat man auf die Deutung seines Markenzeichens verwendet. Manche meinten, »MK1025« stehe für *»Men killed: 1025«* – dies sei die Zahl der Unionssoldaten, die er und seine Bande im Krieg getötet hätten. Andere sahen eher eine biblische Anspielung darin. Kapitel 10, Vers 25 des Markusevangeliums lautet: »Es ist leichter, dass ein Kamel durch ein Nadelöhr gehe, denn dass ein Reicher ins Reich Gottes komme.«

76. Kapitel

Bericht über die letzten Stunden vor der Katastrophe

❖

WILLIAM FAIRFAX, ARZT

Beobachtung vom Mittag. Dann 4.30 Uhr nachmittags – 6.15 Uhr nachmittags

Ich danke dem Tribunal für die Erlaubnis, meine Aussage schriftlich einzureichen, ohne dass ich persönlich erscheinen muss, denn meine Gesundheit ist angegriffen. Als Mitglied der Religiösen Gesellschaft der Freunde leiste ich grundsätzlich keinen Eid, doch habe ich die Wahrhaftigkeit der folgenden Zeugenaussage vor einem Friedensrichter versichert:

Ich gebe zu Protokoll, dass mein Name William Barton Fairfax lautet, Arzt im Ruhestand, Bürger von St. Louis, Missouri. Ich bin im englischen Cambridge zur Welt gekommen, kam jedoch 1860 in die Vereinigten Staaten. Am 1. Januar 1867 hielt ich mich in der Stadt Fort Stornaway im Mountain Territory auf; meine seither verstorbene Frau und ich trugen uns mit dem Gedanken, uns dort niederzulassen.

Ich gebe zu Protokoll, dass ich am Mittag jenes Tages einen Blick aus dem Fenster unseres Hotels warf – es handelte sich um Smiths Abstinenzler-Hotel an jener Stelle der Hauptstraße, wo sie abrupt ansteigt, sodass man nach Norden hin die Aussicht auf eine Art Anger hat –, und ich sah eine Gruppe Berittener, die eben auf der Straße von Südwesten her in die Stadt einzogen. Ich würde sagen, es waren etwa zwölf oder vierzehn Reiter. Ich weiß, dass es genau Mittag war, denn ich hörte, wie die Kirchturmuhr zwölf schlug.

Ein Zimmermädchen war in unserem Raum zugange, und als der Trupp näherkam, erkannte sie in dem Mann, der voranritt, den Brigadegeneral James O'Keeffe, den kommissarischen Gouverneur des Territoriums. Ich muss sagen, er war in der Tat eine eindrucksvolle

Erscheinung. Der graue Staub der Straße gab ihm einen kuriosen Anstrich: den einer zum Leben erwachten Statue.

Ich gebe zu Protokoll, dass ich mich etwa vier Stunden darauf an Bord des Hospitalschiffes *John Gould* befand, welches am Südufer des Missouri auf Höhe der 16. Straße lag – ein Viertel mit einer großen Anzahl von Saloons, von äußerst ärmlichen Unterkünften und Häusern von üblem Ruf. Ich habe mir sagen lassen, es gelte als »das blutigste Viertel des Wilden Westens«, aber der Westen ist recht freigiebig mit solchen Komplimenten, genau wie die Ostküste sich ihrer Kathedralen rühmt.

Die *Gould* lag mit Dutzenden weiterer Dampfschiffe in Fort Stornaway für den Winter vertäut. Drei weitere Fahrzeuge, kleiner und in reparaturbedürftigem Zustand, waren in Staatsdienste genommen worden, und eins war das schwimmende Büro eines Goldschätzers.

Meine Frau und ich leisteten Geburtshilfe bei einem Einwanderermädchen, einer Prostituierten genauer gesagt, und ihre Wehen waren nicht leicht, denn sie war gerade erst fünfzehn Jahre alt. Ein farbiger Junge kam und fragte, ob ich der Arzt sei; eine wichtige Persönlichkeit in der Stadt sei erkrankt, fügte er hinzu, doch ihm, dem Jungen, sei unter Androhung einer Tracht Prügel verboten worden, mir den Namen des Patienten zu nennen. Ich konnte das Mädchen nicht allein lassen, doch sobald das Kind geboren war und ich die Mutter versorgt hatte, so gut es in meinen Kräften stand, packte ich meine Tasche und ließ mich von meinem Sendboten zum Dampfer *General Ulysses S. Grant* führen. Dies Schiff war zu Reparaturen etwa hundertzwanzig Schritt flussabwärts von uns vertäut. Meine seither verstorbene Frau war erschöpft und begleitete mich nicht zur *Grant*, sondern kehrte allein zum Hotel zurück. Das Hotel muss etwa in der 18. Straße gelegen haben, so weit ich mich erinnern kann. An Bord wurde ich in eine Gästekabine geführt, wo ich zu meiner Verblüffung den oben erwähnten General O'Keeffe vorfand, und in äußerst desolatem Zustand.

Die Zurückhaltung verbietet es mir, in alle Einzelheiten zu gehen; es mag genügen zu sagen, dass seine Kleider, vor allem der unteren Körperhälfte, schwer mit Fäkalien verunreinigt waren. In der Kabine herrschte ein saurer Geruch, dessen Ursprung offensichtlich war. Zwei Untergebene, beides Irländer, versuchten ihn zu entkleiden und zu säubern. Seine Frau bemühte sich ebenfalls um Hilfe, ebenso ein Herr, von dem ich erfuhr, dass er Kartograph und im Regierungsauftrag aus den Staaten gekommen war. Seinen Namen könnte ich nicht sagen. Ich glaube, er war Captain. Er sprach mit Bostoner Tonfall.

Ich gebe zu Protokoll, dass der General unter schweren Schmerzen litt; er hielt sich den Unterleib und die unteren Rippenbögen. Ein auffällig starker Schweiß stand ihm auf dem Gesicht, und dieses war gerötet und verzerrt; und er hatte sich tief in die Oberlippe gebissen, die stark blutete. Anfangs war er außerstande zu sprechen, doch bald klagte er, in mehr als deutlichen Worten, dass es ihm, wie er sich ausdrückte, »die Eingeweide zerrissen« habe.

Mit der Hilfe seiner Frau, die im Krieg Krankenschwester gewesen war, gelang es mir, ihn zum Lockern seiner Kleider zu bewegen, und ich untersuchte den Bauchbereich. Es gab keine innere Verletzung, jedenfalls keine, die ich feststellen konnte, doch der Patient litt solche Qualen, dass eine eingehende Untersuchung schwierig war. Der General, darf ich sagen, sprach unzusammenhängend, doch er beschuldigte Personen, deren Identität ich nicht erkunden konnte, ihn »ermordet« oder »vergiftet« zu haben. Er schwor auch – ich zögere es herzusetzen, doch man hat mich verpflichtet, die ganze Wahrheit zu sagen –, dass er Rache üben und selbst morden werde. Gerade in diesem Punkt habe ich mein Gedächtnis ausgiebig befragt. Die Worte, die er gebrauchte, waren: »Ich werde diesen Hurensohn erwürgen.«

Ich sehe mich außerstande zu versichern, dass er nicht vergiftet worden war, doch zumindest war ich zu jenem Zeitpunkt nicht dieser Meinung. Seine Zunge war von normaler Färbung, ebenso das Weiß in seinen Augäpfeln. Es war keine Lähmung festzustellen, kein Zittern der Gliedmaßen. In Vergiftungsfällen findet man oft Schaum vor dem Mund oder rektale Blutungen oder beides. Keines dieser Symptome war im betreffenden Fall festzustellen. In Ohr- und Nasengängen fand sich kein Blut.

Natürlich liegt unter solchen Umständen der Verdacht auf Cholera nahe, doch nach einigem Überlegen kam ich zu dem Schluss, dass es sich nicht notwendigerweise um eine so schwere Erkrankung handeln musste. Für meine Begriffe litt der General an einem besonders heftigen Anfall dessen, was man euphemisch als »Sattelfieber« bezeichnet – eine Ruhr mit heftigem Durchfall, noch dadurch verschlimmert, dass er lange der Sonne ausgesetzt gewesen war. Ganz zu unrecht gilt dies als reine Sommerkrankheit; ein Sonnenstich im Winter kann sogar noch gefährlicher sein, denn Schnee und Eis verstärken die schädlichen Effekte. Leider waren Fiebererkrankungen dieser Art nur zu verbreitet im Territorium und sind es, wie ich vermute, bis heute. Das extreme Klima des Westens, die frappierende Allgegenwart abscheulicher Miasmen in den Städten, die insgesamt mehr als dürftigen hygienischen Bedingungen – all das kommt zusammen, um unsere tapferen Siedler oft genug, wenn man so sagen darf, das Laufen zu lehren. In der Frage nach der Ursache dieser Amöbenruhr, wenn es denn eine solche ist, herrscht unter meinen Kollegen Uneinigkeit. Ich persönlich bin der Ansicht, dass die Weigerung, sich, gerade nach dem Besuch eines gewissen Örtchens, die Hände zu waschen, mehr von unseren wackeren, wenn auch nicht wohlriechenden Pionieren das Leben gekostet hat als alle Indianer in ganz Amerika.

Ich gebe zu Protokoll, dass ich ihm ein Brechwurzpräparat verabreichte und dass die erhoffte Purgierung sich unverzüglich einstellte. Ich hatte eine Flasche Brombeerschnaps in meiner Instrumententasche, den ich als Heilmittel im Falle von Zahnextraktionen zu verwenden pflegte. Ich verordnete dem General einen Löffelvoll, verdünnt, denn es ist auch ein gutes Beruhigungsmittel für den Magen. Nach einer Weile ließ die Intensität des Schmerzes nach, der Schmerz selbst jedoch blieb. Es gelang dem Patienten, sich aufzusetzen und ein wenig abgekochtes Wasser zu trinken. Er ließ zu, dass ich ihm die Lippe nähte, eine schwierige Aufgabe, doch nicht unmöglich. Meine Arbeit war nicht schön, doch immerhin stoppte ich die Blutung. Der General hatte sehr hohes Fieber, doch ist dies in solchen Fällen nichts Ungewöhnliches. Er sagte, er sei müde; die Schmerzen seien nicht mehr ganz so schlimm, und er wolle schlafen. Dreißig Minuten lang hinderte ich ihn am Einschlafen und brachte ihn, wenn auch gegen Widerstand, dazu, ein Viertel gekühltes Wasser zu trinken; ich machte mir Sorgen um seine Hydrierung und bestand darauf, und zum Lohn hörte ich manch angelsächsisches Wort, das man nicht im Webster findet. Doch ich hatte unter Soldaten gelebt, und so machte mir das nichts aus. Solche Flüche können für den Patienten sogar eine Erleichterung sein.

Meinen Notizen zufolge urinierte er um 18 Minuten nach fünf und dann, in größerem Umfang, um 2 Minuten vor sechs. Das linderte meine Sorgen zumindest ein wenig. Ich verließ ihn mit dem Versprechen, am frühen Morgen wieder nach ihm zu sehen. Der Kartograph und Mrs O'Keeffe waren in der Kabine, als ich ging.

Ich zögere, es hierher zu setzen; doch ich fand es merkwürdig, dass der Kartograph sich erbot, meine Rechnung zu zahlen. Ich antwortete, das sei nicht notwendig; es sei mir eine Ehre gewesen, dem General behilflich zu sein. Aber er bestand darauf und gab mir drei Unionsdollar. Ich fand es unpassend, sie zu nehmen – doch er drängte immer weiter und schien nicht bereit, mich gehen zu lassen, bevor ich ihm nicht eine Quittung über den Betrag ausgestellt hatte. Ich wollte das Geld nicht und habe es gleich darauf zwei Bettlerinnen am Kai gegeben. Ich kann es nicht beschreiben, aber etwas an seinem Verhalten störte mich.

BRIDGET WHITE, DIENERIN

Gegen 7.15 Uhr abends

Ungefähr um Viertel nach sieben wurde ich zur *Grant* gerufen. Der Herr lag zu dem Zeitpunkt in seiner Koje, und es schien alles in Ordnung mit ihm. Seine Frau war dabei. Schon auf den ersten Blick mochte ich sie nicht. Sie war eine eingebildete Person und kommandierte mich andauernd herum. Normalerweise würde ich mir ja von so einer keine Befehle geben lassen, aber ich hab mir gesagt, ist doch bloß das eine Mal.

Er fragte, von wo ich komme. Ich antwortete ihm aus Dublin, Thomas Street. Er sprach mich in gälischer Sprache an, aber ich sagte ihm, dass ich die nicht kann und dass keiner in meiner Familie das je gesprochen hat, nicht ein Einziger, denn was soll man denn mit einer Sprache, die keiner spricht außer ein paar alten Mümmelgreisen hinterm Ofen und ein paar Spinnern, die zuviel Zeit haben. Die Fenier und die Unruhestifter, die können mir gestohlen bleiben, hab ich ihm gesagt, und ich hab nichts übrig für das Zeug, das die immer plappern, denn von der Freiheit, da hat man noch lange keine Butter auf dem Brot, und Freiheit bringt auch keinen Speck in die Pfanne. Na, da hat er gelacht, weil er dachte, es soll ein Witz sein. Das war kein Witz, aber ist ja auch egal, und die Männer lachen ja immer, wenn eine anständige Frau mit ihnen redet und sie überhaupt nicht begreifen, was die Frauen ihnen sagen wollen.

[Die Zeugin wird ermahnt, sich kürzer zu fassen und bei der Sache zu bleiben.]

Nein, ich kann nicht sagen, dass mir irgendwas an ihm aufgefallen ist. Er kam mir wie ein ganz normaler Mann vor, auch wenn die Leute ja immer so ein Riesenaufhebens um ihn gemacht haben. Aber ein ausgemachter Nichtsnutz war er. Das war mein Eindruck. Dem Jakobiner, dem hat nichts gefehlt, was man nicht mit einem Tag harter Arbeit kurieren könnte.

Er ist dann in der Kabine auf und ab gegangen, hat eine Pistole geputzt, und ich habe gesehen, wie er sie geladen und damit durchs Bullauge gezielt hat. Und dann hat er abgedrückt – auf einen Brachvogel oder sowas. Das war ein Knall, ich wär fast umgefallen vor Schreck, und dafür hat er sich dann entschuldigt. Er ist ein paarmal rausgegangen und dann wiedergekommen. Manchmal war ein Mann bei ihm. Wer das war, weiß ich nicht.

Ich hab den Schweinestall saubergemacht und hab ihm auf dem Sofa ein Lager zurechtgemacht, denn er hatte mir gesagt, die Koje wär ihm zu hart. Nach einer Weile ist er eingeschlafen, und ich hab weitergemacht mit dem, wo ich grad dran war. Die Dame ließ sich auch mal wieder blicken und hat sich umgesehen. »Es ist entsetzlich schmutzig hier, Kind«, sagt sie. »Und Sie können mir glauben, Ma'am, ich hab nichts davon mitgebracht«, sag ich. Und da hat sie mir gesagt, ich soll mich davonscheren.

Ich war noch oben an Deck und hab mit 'm Mann geredet, den ich kenne. Ich hab gehört, wie sie sich unten gestritten haben. Oder eigentlich nicht gestritten, Gezeter war es eher. Nein, was sie gesagt haben, weiß ich nicht mehr. Eben ein Mann und eine Frau, die sich streiten. Ich glaube, sie wollte, dass er sich wieder in die Koje legt, nicht auf das Sofa, aber er hat drauf bestanden, dass er aufbleibt und frische Luft bekommt. Da hat sie mir dann doch leid getan. Ich glaube, der war ein altes Ekel. Aber natürlich war er auch krank und wollte einfach nur seine Ruhe.

Als sie wieder rauskam, sah ich, dass sie geweint hatte. Der Mann, bei dem ich stand – John Doran, der Lotse –, ging zu ihr hin. Aber sie hat nichts gesagt. Die beiden standen einfach nur da. Dann ging sie wieder nach unten. Und ich ging nach Hause.

JOHN DORAN, FLUSSLOTSE

8.07 Uhr abends bis gegen Mitternacht

Zu meinen Aufgaben gehörte es, den Zeitpunkt des Antritts zur Ersten Wache zu vermerken, und das tat ich um sieben Minuten nach acht. Sie können es im Logbuch nachlesen. Ja, Sir, ich bin nach drinnen zum General gegangen. Er saß an einem Tisch und schrieb, glaube ich. Nein, was er geschieben hat, weiß ich nicht, Sir. Das habe ich nicht gesehen.

Der General sprach freundlich zu mir, wahrscheinlich weil ich seiner Frau hie und da behilflich gewesen war, als sie ins Territorium kam, im Sommer achtzehn-fünfundsechzig. Ja, ich war auf dem Schiff, mit dem sie gekommen ist. Ich habe irgendwo noch einen Brief, den er mir deswegen geschrieben hat. Ich war sehr geschmeichelt, deswegen hab ich ihn aufgehoben. Ich weiß noch, dass wir eine Weile miteinander gesprochen haben, über den Krieg und solche Dinge. Oh, Soldatengeschichten, nichts Wichtiges. Ich glaube, es ging um Fredericksburg.

Er sagte mir, seine Frau habe sich für eine Weile zurückgezogen, und er würde sich gern ein wenig in der Stadt umsehen. Ob ich ihn bei einer kleinen Landpartie begleiten wolle. Das waren seine Worte, wenn ich es richtig im Gedächtnis habe. Ich antwortete, dass wir es besser verschieben sollten – dass er mehr davon haben würde, wenn er wartete, bis es ihm wieder besser ging. Aber er sprang nur von seinem Stuhl auf und lachte. »Wir sind noch lange genug tot, Johnny Doran«, sagte er. Er nahm seine Pistole, vergewisserte sich, dass sie geladen war. Doch dann hielt ihn nichts mehr auf; er wollte einen Spaziergang in den Docks machen.

Wir sind nach vorn gegangen, wo ein paar alte Hütten stehen, Fachwerk die meisten. Da müssten Sie die Leute in der Stadt fragen, wozu die da sind. Na ja, nach dem, was in der Nacht passiert ist, da habe ich meinen Frieden mit der Bibel gemacht und gehe wieder in die Kirche. Ich weiß, ich stehe unter Eid und muss die Wahrheit sagen; ein paar von ihnen waren zur Unterhaltung von Gentlemen da. Es wurde Pharao gespielt und Montebank und ab und zu eine Partie Poker, und in diesen Hütten, da kamen und gingen die Mädchen.

In eine davon sind wir gegangen, und es waren schon Leute da. Ein alter Farbiger, ehemaliger Sklave aus Kentucky, saß dabei. Er heißt Nate. Ein gutmütiger, zuverlässiger Mann. Hat den Laden ein bisschen in Schuss gehalten, saubergemacht, und er hat Tabak und Bier und so weiter verkauft. Ich glaube, wenn die Nüsse reif waren, gab's auch Nüsse. Ich weiß noch, der General hat ihn nach Ohrringen gefragt, die er da hatte, so eine Art Zigeunerohrringe.

Der General hat mit einem Burschen gesprochen, der wie ein Cowboy aussah; aus Kanzas, glaube ich. Es ging um Fenier oder sowas. Ich habe nicht viel verstanden. Sie zogen über die Königin von England her, aber das soll mir nur recht sein, und es war sowieso nur Spaß, nichts Böses. Ein paar von den Jungs fingen an zu singen und krakeelen. Der General gab ein Gedicht zum besten, oder vielleicht war es auch eine irische Ballade. Das übliche Tamtam. Die Leute hatten ihren Spaß. Nein, gegen Engländer hab ich nichts. Ich hab selbst Verwandte in England.

Es gab keinen Ärger, nur ein paar lästerliche Reden, Albernheiten, wie das eben ist, wenn's unter Männern lustig wird.

Ich will nicht lügen; es waren auch Mädchen dabei. Ich weiß nicht mehr, wie sie hießen, und das ist die Wahrheit, so wahr mir Gott helfe. Sie waren mir nicht persönlich bekannt, nur eine davon, Bridget Shine. Jedenfalls haben wir nur geredet und uns die Zeit vertrieben, das möchte ich Mrs O'Keeffe versichern. Der General ging zwei- oder dreimal hinaus in die Büsche, aber er lehnte jegliche Begleitung ab; er fand es unmännlich, wenn er sich helfen ließ.

Nicht lange nach Mitternacht begleitete ich ihn zurück zur *Grant.* Ich will es nicht leugnen, er war inzwischen ein wenig angeheitert, er hat gesungen und geredet und allen möglichen Unsinn erzählt, aber ich habe nicht weiter drauf geachtet. Ich hatte nicht das Gefühl, dass es gefährlich war, jedenfalls nicht allzu sehr. Er sagte, wir würden noch ein Gläschen oder zwei auf der *Grant* trinken, und ich wollte ihm nicht widersprechen. Er schien ein wenig besser gelaunt als zuvor. Ich bettete ihn auf das Sofa – da war eine Art Lager für ihn zurechtgemacht – er wollte nicht in die Koje, ich weiß nicht warum.

»Unser Tag wird kommen, Johnny Doran«, sagt er. »Jawohl, Sir«, antworte ich. »Das ist so sicher wie das Amen in der Kirche.« Und damit verließ ich ihn und ging zum Haus meiner Freundin draußen an der Ausfallstraße. Ich wusste ja nicht, was noch geschehen würde.

IGNATIUS GILCHRIST, DIENSTHABENDER MARSHAL, FORT STORNAWAY

Gegen 12.45 Uhr nachts

Untersuchungsrichter: Sie haben unter James O'Keeffe in der Armee gedient, nicht wahr?

Zeuge: Ich hatte die Ehre, meinem Land zu dienen, wenn Sie das meinen.

U: Und welches ist Ihr Land?

Z: Mein Land ist die Republik, deren Bürger ich geworden bin, wo ich seit dreißig Jahren lebe, wo meine Kinder zur Welt gekommen sind, für das ich meine Steuern zahle, in dessen Diensten ich stehe und für das ich mein Blut vergossen habe, und ich hoffe ehrenhaft.

U: Ich wollte nur fragen –

Z: Ich weiß, was Sie fragen wollten, Sir. Ihre Frage kränkt mich.

U: Sie sind nicht hier geboren, darauf wollte ich hinaus. Sie sind in Irland geboren.

Z: Wenn Sie noch einmal meinen Patriotismus in Zweifel ziehen, werden Sie das nicht so schnell vergessen.

U: Ich bedaure, dass Sie gekränkt sind. Das war nicht meine Absicht.

Z: Als Mann, der gut seine zehn Jahre mit dem Gouverneur befreundet war, möchte ich zuerst ein Wort sagen, bevor ich mich dann mit der Versammlung hier beschäftige.

U: Es sind keine persönlichen Erklärungen zugelassen. Das hat der Vorsitzende Richter deutlich gesagt.

Z: O doch, Sir. Meine persönliche Erklärung werden Sie hören. Sonst verlasse ich auf der Stelle diesen Raum.

U: Soll das heißen, Sie drohen damit, dieses Tribunal und seine Regeln zu missachten?

Z: Ich »drohe« mit überhaupt nichts, du Milchbube. Mach dir nicht in die Windeln. »Missachtung« ist wohl kaum das Wort für das, was ich für Leute wie dich empfinde.

U: Sie wollen es wagen ...

Z: DU willst es wagen, du Lackaffe, der nie eine Kanone außer seinem Schwanz in der Hand gehalten hat? Ich bin ein freier Bürger der Vereinigten Staaten. Ich sage, was mir passt und *wann* es mir passt, mein Junge. Du kleiner Westpoint-Kläffer. Sieh mich an, wenn ich mit dir rede! Ich bin dreiundfünfzig Jahre alt, mein Junge, und da lasse ich mir nicht von einem Dummkopf wie dir über den Mund fahren. Das interssiert mich einen Scheißdreck, was der Richter gesagt hat! Was geht mich der Richter an? Der kann sich auch noch seine Abreibung holen, wenn er das will. Hast du je im Feld gestanden? Hast du je dem Feind ins Auge geblickt? Hast du jemals Menschen vertrauen müssen? Weißt du überhaupt, was das ist? Ich habe unter Con O'Keeffe gedient, von Bull Run bis Chancelorsville. Ich hab Fredericksburg mitgemacht. Ich hab Marye's Heights mitgemacht. Und was kriege ich zum Dank? Ich sitz hier und muss mir die Lügen von Lackaffen anhören. Schandmäuler, die einen Helden schlechtmachen wollen. Seine Frau in den Dreck ziehen. Na, ich würde lieber mein Leben in die Hände von Con O'Keeffe und meinen Freunden legen als einem erbärmlichen kleinen Drückeberger wie dir vor die Füße spucken.

Vorsitzender Richter: Das reicht jetzt, Sir. Beleidigen Sie das Tribunal nicht noch einmal.

Zeuge: Zum Teufel mit euch allen. Ihr könnt mich mal.

[Zeuge verließ den Raum. Es wurde Antrag auf seine Verhaftung gestellt. Nach längerer Beratung abgelehnt. Ein Freund des Zeugen, Korporal der U.S. Army, überredete ihn, zum Tribunal zurückzukehren. Er betrat wieder den Raum, weigerte sich jedoch, sich weiter vom Untersuchungsrichter befragen zu lassen; er werde nur dem Vorsitzenden Richter Antwort stehen. Durch ein Missverständnis des Stenographen wurden die Fragen des Richters nicht festgehalten. Die Antworten des Zeugen lauteten wie folgt:]

Nein.

Nein.

Nein, Sir.

Ich glaube schon.

Das ist nichts Ungewöhnliches, dass man nachts in der Stadt Schüsse hört.
Als ich die ersten Schüsse hörte, fuhr ich im Bett hoch und sagte zu meiner Frau: »Das kommt von unten vom Fluss.« Sie hat gesagt, das wird schon nichts sein, aber ich hatte gleich das Gefühl, dass da was nicht stimmt. Ich glaube, sie wollte nicht, dass ich rausgehe. Unser Enkelkind war damals gerade erst einen Monat alt und war bei uns im Haus, weil seine Mutter krank war. Na jedenfalls wollte meine Frau nicht, dass ich im Dunkeln noch aus dem Haus gehe. Das war nicht ungefährlich, nachts in der Stadt.
Zu der Zeit, zu der ich mein Haus verließ. In der Water Street, bei den Stallungen. Ich hatte noch weitere Schüsse gehört, alle vom Fluss her. Drei vielleicht. Ich kann es nicht sagen. Ich ging zum Haus des Hilfssheriffs, an der Tremont Street, aber der war nicht da. Keiner zu Hause. Ich nahm sein Gewehr, das er an einem Haken neben der Tür hängen hatte, und schrieb ihm einen Zettel, dass er zum Fluss kommen soll.
Der Regen peitschte einem ins Gesicht. Ja, man sah kaum etwas. Ich hatte Angst, das gebe ich gern zu.

NATHANIEL FIELD, NACHTWÄCHTER

1 Uhr morgens

Ich heiße Nathaniel Field. Die Leute in der Stadt nennen mich Nate. Geboren bin ich nicht weit von Cynthiana, Kentucky, und bis der Krieg kam, war ich Sklave. Nach dem Krieg bin ich hier ins Territorium gekommen, mit meiner Frau. General O'Keeffe hat mir ein Patent als Fährmann gegeben, auf dem Fluss in Stornaway. Da muss man Kraft haben, für die Arbeit. Ja, Sir, hat mir gut gefallen. Ich bin gern an der frischen Luft und ich mag das Wasser.

Ich sah, wie Missus Mears und ihre Tochter Edith vorbeikamen. Das waren zwei alte Ladies, die immer am Kai auf und ab gegangen sind und Stachelbeeren und Johannisbeeren und solche Sachen verkauft haben, Sachen, die sie am Wegesrand gepflückt haben, und Bänder für die Mädchen zu Haus. Die durften das eigentlich nicht, aber die Schiffer haben sich immer gefreut, wenn sie kamen. Mütterliche Frauen, die beiden. Jane jedenfalls. Edith war, wie soll ich sagen, nicht ganz richtig im Kopf, Sir. Da war was schiefgegangen, als sie auf die Welt kam. Aber ein ganz lieber Mensch. Kein bisschen Bosheit. Sie war wie ein Kind, hat keiner Menschenseele was zuleide getan. Ich hab ihnen nicht Gute Nacht gesagt, ich weiß nicht warum. Ich wünschte, ich hätte das getan. Oder sie noch nach Haus begleitet. Ich wusste ja nicht, was kommt. Das ist alles so entsetzlich. Nie hatten sie jemandem was zuleide getan.

❖

BRIEF, GEFUNDEN IN EINER FLASCHE IN DER VERLASSENEN MINE

SENSATIONELLES SCHREIBEN! SCHOCKIERENDE ENTHÜLLUNGEN

DAS KIND IHRER LIEBE, DAS GESTOHLENE GOLD & IHR SÜNDHAFTER PLAN!

DIE GESTÄNDNISSE VON J. COLE MCLAURENSON & ELIZA MOONEY: AN MRS O'KEEFFE, DIE FRAU DES GOUVERNEURS

EXKLUSIV DURCH UNSEREN REPORTER!

Madam,
wenn sie dass lesen wird ihr Mann schon im jenseits sein und wir die Verfaßer dieses briefes sind Weit weg von diesem terrorium.

Wenn sie diesen brief Bekommen werden sie uns Haßen und dass können wir verstehen. wir Verdienen ihre verdammung weil wir sie zur Witwe gemacht haben und möge der himmel uns dafür verzeihen. ich schreibe inen diesen Brief damit sie wißen warum es so kommen musste und Dass wir nicht allein Schuld daran waren sondern dass sie Vieles ihrem man zu Verdanken haben.

ich Heisse Eliza duane Mooney aus Baton rouge lousiana. Ich bin in Red hook Brookly zur welt gekommen. Mein man ist John Cole McLaurenson aus Clarksvill teneßßee. die Leute sagen John Cole

McLaurenson ist ein gesetzlooser und ein bandit. für mich ist er der Einzige Freund den ich je im leben gehabt hab.

Ich bin die Schwester von Jeddo Mooney den sie schon kennen. ich bin 18 Jahre alt, ich hab weder Mutter noch Vater nur jeddo der isst der einzige auf der welt. Ich will mich nicht Beschweren ich sags ihnen nur.

Das waren ich und Cole Mclaurenson die dass Kind aus redemtion City weggeholt haben und der Verräter Patrick Vinson hat uns dabei Geholfen. Jeddo Mooney ist mein einziger bluts Verwandter. ich habs meiner Mutter Geschworen dass ich für Ihn sorge. ich habe jeddo mitgenommen zu der stelle wo wir Gelebt haben bei stornoway. Er ist krank geworden von der schlechten Luft aber ich habe ihn gepflegt und er hat es Geschafft.

Gegen Weinachten kam ein man von der Gierung her winnerton hiess er. der hat uns gesagt das sie und guvern o'Keeffe meinen Bruder anders wohin bringen wollen und wir sollten Aufpaßen denn der hätte es auf uns abgesehen.

Der war ein vornehmer Herr Der war gebildet und hatte bücher gelesen. er hat gesagt er ist unser Freund und er will das alles Gut wird und das wir in sicherheit sind. er hat gesagt wenn wir ihm nur Trauen dann sorgt er davür.

ich habe mit diesem winnerton ab gemacht das er zu genral okeeff geht und Meine Sache vor trägt. ich habe dem genral einen langen Brief geschrieben den dieser winnerton ihm mitnehmen sollte. Ich hab geschrieben das der Junge mein Bruder isst und der einzige verwandte den ich auf der welt habe und das ich den Ganzen weg von lousana zu fuss gegangen bin um ihn Wiederzufinden. dieser winnerton hat gesagt den bringt er dem genral und legt ein gutes Wort für mich ein. Hat mir geschworen das er dass in ordnung bringt.

cole mclaurenson der ist mit diesem winnerton bis an die grenze von redemtion County geritten und hat sich da im wald versteckt aber als es Morgen wurde da kam winnerton zurück und hat gesagt es hat alles nichts genütz weil der genral fest entschlossen ist und mein bruder Anderswohin bringen will. dass müßen sie doch verstehen das ich dass nicht Zulassen konnte. nicht wo ich den weiten weg von lousiana zu fuss gegangen war um ihn zu Finden. Das hätte keiner gekonnt. nicht Mal sie selber. da gabs nur eine Einzige möglichkeit wie wir Verhindern konnten das er meinen Bruder ins ausland brachte. der genral muste Sterben.

ich hab gesagt das will ich nicht weil ich den genral oKeef immer geachtet hab und meine Mutter hat immer nur gut von Ihm gesprochen. dieser winnert hat gesagt wir können es nicht anders machen weil der genral sonst biss ans ende unserer Tage hinter uns her wäre und nicht ruhe geben würde bevor er das kind zurück hat und uns Umgebracht hat.

cole McLaurenson der hat gesagt er reitet gleich in der nacht nach redemption und bringt den genral um. dieser winnerton hat gesagt das soll er nicht tun weil genral okeeffe da jede menge Marshals hat. Da habe ich dann mit winnerton aus gedacht das er den genral hier nach norden Locken soll und dann würde Geschehen was geschehen muste und wir und mit der schuld müsten wir dann Leben. als seinen lohn hat dieser winnerton einen grossen teil von dem gelt gewollt dass cole McLaurenson im august 1866 von dem Gierungsschiff geraubt hatte. zu Erst hat er die hälfte gewollt und wie es dann so weit war da wollte er alles Jeden cent den wir überhaupt hatten. Von da an hab ich diesem winnerton nicht mehr getraut aber Cole hat gesagt das isst schon in ordnung. aber ich hab nicht das gefühl gehabt das dass in ordnung war.

wir haben Getan was wir tun musten aber ihr man der war selber Schuld daran. wenn er auf die Briefe gehört hätte die wir mit winnerton geschickt hatten dann hätte das nicht Passieren müssen. es tut uns Leid für sie aber es ging nicht anders. wir wollten ja nur das dass Kind bei uns bleiben kann und das er uns in rue lässt. die leute werden jetzt überall schlecht von cole mclaurenson und von mir reden und ich habe ein kind im bauch ich bin Schwanger und da mus ich auch dran denken denn wenn sie uns Fangen dann werden sie uns Aufhängen alle beide. na es lesst sich nicht mehr Ändern. Ich muste es tun und es tut mir Leid für sie das sie Leiden müßen.

hoch Achtungsvoll

e. McLaurenson (geb. mooney)

❖

U: Würden Sie bitte für das Protokoll Ihren vollen Namen nennen?

Z: Lucia-Cruz Rodríguez y Ortega McLelland-O'Keeffe.

U: Darf ich Ihr Alter erfahren, wenn das nicht zu …

Z: Dreiunddreißig.

U: Sie haben den Inhalt des Dokuments vernommen, das ich soeben für das Protokoll verlesen habe.

Z: Ja.

U: Es handelt sich um einen Brief, den die Schwester des Kindes an Sie schrieb und in der verlassenen Mine zurückließ.

Z: Ja.

U: Sie werden wissen, dass der Brief in zahlreichen Zeitungen des Westens veröffentlicht wurde.

Z: So hat man mir berichtet.

U: Waren Sie in den frühen Morgenstunden des Weihnachtstages 1866 in der Gouverneursresidenz in Redemption Falls?

Z: Ja, das war ich.

U: Waren Sie zugegen, als gegen drei Uhr nachts eine Unterredung zwischen Ihrem Mann und Captain Allen Winterton stattfand?

Z: Ich war die ganze Zeit, in der Captain Winterton bei meinem Mann war, im Zimmer.

U: Und was, kurz zusammengefasst, sagte Captain Winterton?

Z: Er sagte uns, die Banditen hätten das Kind in ihrer Gewalt und drohten damit, es binnen weniger Tage zu ermorden. Außerdem sagte er, die Banditen hätten den Jungen misshandelt. Dass er schwer zu leiden habe. Dass er gefleht habe, mein Mann solle kommen und ihn retten.

U: Einen Brief von Eliza Mooney erwähnte er nicht?

Z: Nein.

U: Sprach er überhaupt davon, dass der Junge eine Schwester hatte?

Z: Mit keinem Wort.

U: Mrs O'Keeffe, leider gibt es eine gewisse Frage, die ich Ihnen jetzt stellen muss.

Z: Ja.

U: Es ist allgemein bekannt, dass einmal eine Freundschaft zwischen Ihnen und Captain Allen Winterton bestand. Sie lernten ihn im St. Mary's Hospital kennen, wo Sie im Krieg als Pflegerin arbeiteten.

Z: Das trifft zu.

U: Und einige Monate lang entwickelte sich daraus eine recht enge Beziehung.

Z: Ja.

U: Haben Sie im April 1865 ein Etablissement aufgesucht, das von Soldaten und einer gewissen Art von Mädchen frequentiert wurde, zu dem Zweck, sich dort mit Captain Winterton zu treffen?

Z: Ja.

U: Warum taten Sie das?

Z: Ich nehme an, Sie können es sich ausmalen.

U: In ehebrecherischer Absicht.

Z: So würde man es wohl nennen.

U: Es gab keinen anderen Ort, an dem man sich unbemerkt treffen konnte, und so weiter.

Z: Genau das.

U: Wurde der Akt des Ehebruchs vollzogen oder geschah sonst etwas Unschickliches?

Z: Es kam zu gewissen Vertraulichkeiten, aber nicht zu dem Akt, den Sie im Sinn haben.

U: Welcher Art waren diese Vertraulichkeiten?

Z: Das geht dieses Tribunal nichts an.

Vorsitzender Richter: Wollen Sie sagen – wenn ich eingreifen darf –, dass Captain Winterton die Tatsache, dass sich eine gewisse Zuneigung zwischen Ihnen entwickelt hatte, ausnützte?

Z: Nicht im Mindesten. Ich habe mich aus freien Stücken mit ihm getroffen, als Gleichberechtigte.

U: Gleichberechtigt? Wie kann das sein? Eine verheiratete Frau von Ihrem Stand?

Z: Wir trafen uns als Gleichberechtigte. Ich zog einen Schlussstrich unter unsere Freundschaft. Der Rest ist Privatsache.

U: Hatten Sie gehört, dass Allen Winterton als Glücksritter galt?

Z: Ja.

U: Als Mann, der Frauen aus reicher Familie ausnützte?

Z: Das wusste ich.

U: Sie wussten es?

Z: Ich vermutete es.

U: Und trotzdem trafen Sie sich allein mit ihm an einem solchen Ort?

Z: Es ist meine Privatangelegenheit, mit wem ich allein sein will, an welchem Ort und warum.

U: Zwischen dem Juli des Jahres 1863, als Sie sich im St. Mary's Hospital in New York kennenlernten, und dem April 1865, als Sie ins Mountain Territory aufbrachen, waren Sie und Captain Winterton da ein Liebespaar?

Z: Nein.

U: Sie stehen unter Eid.

Z: Das ist mir bewusst.

U: Und Sie waren kein Liebespaar.

Z: So ist es.

U: Aber Sie begehrten ihn als Liebhaber? Nur Ihr ehelicher Status hinderte Sie daran?

Z: Wen ich, wie Sie sich ausdrücken, begehre, geht dieses Tribunal nichts an.

U: Mit allem Respekt, Mrs O'Keeffe, es geht nicht um die Frage, ob –

Z: Es geht darum, dass ich Ihnen mit klaren und einfachen Worten sage, was ich Ihnen gerade gesagt habe.

U: Von der Begegnung abgesehen, von der eben die Rede war, hat es da Intimitäten zwischen Ihnen und Captain Allen Winterton gegeben?

Z: Einmal gestattete ich Captain Winterton, mich auf den Mund zu küssen. Ich nehme an, das könnte man als Intimität bezeichnen.

U: Ist es zu weiteren Beziehungen zwischen Ihnen und Captain Winterton gekommen?

Z: Lieutenant, ich glaube, ich habe Ihre Frage erschöpfend beantwortet. Es sei denn, Sie wollen, dass ich Ihnen noch eine Zeichnung anfertige.

U: Zu dem Zeitpunkt, um den es in unserer Untersuchung geht, wie würden Sie da den Zustand Ihrer Ehe beschreiben?

Z: Es hatte gewisse Schwierigkeiten gegeben. Wir hatten die Hoffnung, uns zu versöhnen.

U: Es gab ein Kind in Australien. Ihr Mann hatte Ihnen nicht alles über seine Vergangenheit gesagt.

Vorsitzender Richter: Mrs O'Keeffe, möchten Sie ein Glas Wasser? Wir können die Sitzung unterbrechen, wenn Sie das wünschen.

[Die Zeugin bat um einen Moment Pause, um zur Besinnung zu kommen, und fragte, ob ihr jemand ein Taschentuch leihen könne. Ein Soldat reichte es ihr.]

Soldat: Gott segne Sie, Frau General. Ich liebe ihn, wie ich ihn immer geliebt habe. In jedem irischen Herzen wird er weiterleben.

[Der Soldat wird aufgefordert zu schweigen.]

U: Mrs O'Keeffe; ich bitte Sie, uns noch eine letzte Frage zu gestatten. Ich persönlich möchte sie nicht stellen und gebe ausdrücklich mein Widerstreben zu Protokoll; doch andere sind der Ansicht, dass sie unerlässlich für die Arbeit dieses Tribunals ist. Und Sie werden Verständnis dafür haben, dass ich meine Pflicht tun muss.

Z: Dann fragen Sie.

U: Gut. Ist der Vater des Kindes, das Sie unter dem Herzen tragen und im kommenden Monat zur Welt bringen werden, Captain Allen Winterton vom Kartographiekorps der Vereinigten Staaten?

Z: Nein.

U: Ich danke Ihnen, Mrs O'Keeffe. Wenn dann keine weiteren Fragen mehr sind –

[Der Vorsitzende Richter sprach Mrs O'Keeffe, die mittlerweile untröstlich war, das Mitgefühl des Tribunals aus. Die Zeugin wurde entlassen und verließ weinend den Raum, begleitet von ihrer Schwester, Miss Estafanía Maria McLelland. Ihre Brüder, Rodrigo und Alejandro McLelland, warteten auf der Treppe des Gerichtsgebäudes.

Die Mittellosen der Stadt hatten sich in großer Zahl um die Postkutsche versammelt, wo eine Handvoll ehemaliger Soldaten des kommissarischen Gouverneurs sich zur Ehrengarde formiert hatte. Andere Stadtbewohner hingegen johlten, als Mrs O'Keeffe und ihre Familie Redemption Falls verließen. Einige spuckten aus, andere kehrten ihnen den Rücken zu.]

77. Kapitel

Der Fluss

Die Umstände seines Todes – Aus dem Bericht des Untersuchungsausschusses

❖

Gegen ein Uhr morgens befand sich der kommissarische Gouverneur James O'Keeffe nach dem Genuss eines beträchtlichen Quantums Alkohol wieder an Bord des US-Dampfschiffes *Grant* und schlief. Der Nachtwächter Nathaniel Field patrouillierte auf Deck, als ihm ein Kanu auffiel, allem Anschein nach ein Indianerkanu, das sich in raschem Tempo von flussaufwärts näherte. Darin saßen zwei maskierte Gestalten. Er rief sie an und verlangte das Losungswort. Sie antworteten nicht, kamen jedoch weiterhin näher. Field läutete die Sturmglocke auf dem Hauptdeck.

James O'Keeffe erschien aus der Kabine, in verwirrtem und halb entkleidetem Zustand. Andere aus seinem Trupp kamen wenig später hinzu. Inzwischen war ein zweites Kanu nicht weit vom Nordufer in Sicht gekommen. Der kommissarische Gouverneur rief eine Warnung, dass er Order geben werde zu feuern, wenn die Boote sich weiter näherten. Ein Schuss aus dem zweiten Kanu traf ihn in den Unterleib. Seine Männer eröffneten das Feuer auf beide Boote.

Der kommissarische Gouverneur bewies beträchtlichen Mut und gab acht oder zehn Schüsse ab, von wo er verwundet lag. Er traf mindestens ein Mitglied der Bande von Gesetzlosen, doch die Angreifer hatten das Überraschungsmoment auf ihrer Seite. Sie nahmen ihn und seine Männer erbarmungslos unter Beschuss. John Creed, Farmer, starb als erster, gefolgt von Patrick Edward Hannigan und Michael Francis English. Zwei unschuldige Frauen, Mrs Jane Mears und ihre Tochter, wurden niedergestreckt, als sie zu fliehen versuchten. Beide kamen um. Gouverneur O'Keeffe, obwohl schon halb ohnmächtig, feuerte immer noch. Als Nächster fiel Francis Dwyer.

Ein Schuss traf eine Lampe des Hospitalschiffs *John Gould*, und das Feuer griff rasend schnell auf das Ruderhaus über. Es folgten entsetzliche Szenen, als die brennenden Decks auf die eingeschlossenen Patienten niederstürzten. Nachgebende Balken und brennende Sparren machten jede Rettung unmöglich, obwohl die Männer der Feuerwehr mit größter Beherztheit zu Werke gingen und hiermit von allen Schuldvorwürfen freigesprochen werden. Leider erhellte das Feuer die *Grant*, sodass die Männer darauf nun umso einfachere Ziele für die Banditen waren.

Mittlerweile hatten zwei von seinen Männern, Daniel Neyland Moody und Denis Arkins, die beide später an ihren Wunden starben, den Gouverneur O'Keeffe zur Kabine geschleift. Seine Frau, verständlicherweise in großer Aufregung, wollte ihm zu Hilfe eilen, aber er schickte sie mit einer Handbewegung wieder unter Deck.

Die Schüsse der Angreifer ließen nach. Es gelang O'Keeffe, sich halbwegs wieder aufzurichten; er hievte sich an der Reling hoch. Er hatte viel Blut verloren, und manche Berichte sprechen davon, dass er weinte. Das war der Zeitpunkt, zu dem ein Junge, später als Jeremiah Mooney identifiziert, über die Strickleiter aufs Hauptdeck geklettert kam. In den Händen hatte er ein langes Messer und eine Colt-Repetierpistole. Seine Kleidung war mit Blut durchtränkt. Der Nachtwächter sagt aus, dass O'Keeffe den Jungen um Hilfe anflehte, doch das Kind schrie, der Gouverneur sei ein Mörder. Fünf weitere Zeugen hörten Jeremiah Mooney sprechen. Berichte, dass er stumm sei, sind unzutreffend.

»Hilf mir, mein Sohn«, soll der Gouverneur gesagt haben. Der Wunsch wurde dem Sterbenden verwehrt.

»Die du da umgebracht hast, war Liza-Jane, meine Schwester«, schrie Mooney. »Da liegt sie im Wasser, ermordet. Sieh hin!«

Tatsächlich trieb der Leichnam des Mädchens neben der *Grant*. Sie war in Brust und Kopf getroffen.

Der Gouverneur, dem Tode nah, murmelte, er verstehe nicht. Der Junge brüllte immer weiter, von den Qualen, die sie auf sich genommen habe, um ihn, den Jungen, zu finden. Er sei krank gewesen im Versteck. Sie habe ihn gepflegt und sein Fieber geheilt. Sie hätten nach Kanada gehen wollen. Sie sei sein »einziges lebendes Blut« gewesen. Marshals forderten den Jungen auf, sich zu ergeben; wenn er sich weigere, werde es keine Gnade geben. O'Keeffe hob die Hand, zum Zeichen, dass sie innehalten sollten, sogar noch als das

Kind ihn bedrohte. Ja, er schützte den Jungen und stellte sich in die Schusslinie.

»Du Mörder! Du Bastard und Verräter!«, schrie der Junge. Der Nachtwächter, Field, flehte ihn an, seine Waffen niederzulegen. Der Junge antwortete: »Ich schicke ihn in die Hölle.«

»Der Himmel sei meiner Seele gnädig«, betete James O'Keeffe. Dies waren, soweit wir wissen, seine letzten Worte.

Der Junge feuerte auf den kommissarischen Gouverneur, und dieser durchbrach die Reling und stürzte ins Wasser. Männer des Sheriffs machten am Ufer ein Ruderboot los und warfen Rettungsleinen aus, aber es war zu spät. Zu Tode verwundet wurde der Gouverneur von der Strömung mitgerissen, die in jener Nacht mit mehr als zwanzig Meilen die Stunde floss. Zwei Zeugen sollten noch sehen, wie er versuchte, sich an einem treibenden Baumstamm festzuhalten, dann verschwand er in den Fluten nicht weit von Liberty Falls.

Der Junge Jeremiah Mooney ließ sich ohne Widerstand festnehmen und wurde ins Gefängnis von Strathspeigh County gebracht. Ärzte haben ihn für irrsinnig erklärt; er versucht immer wieder, sich selbst zu verletzen. Er weigert sich zu sprechen, doch bisweilen hört man ihn im Ton der irischen Totenklagen den Namen seiner Schwester sowie das Wort »Mamo« singen. Die Frage, was mit ihm geschehen soll, fällt nicht in den Zuständigkeitsbereich dieser Kommission. Derzeit verfügt das Territorium nicht über ein Irrenhaus.

Neunundzwanzig Personen kamen in jener Nacht in Fort Stornaway um, darunter John Cole McLaurenson, eine Prostituierte namens Eliza Mooney, zwei einfältige Mitläufer, die sich der Bande angeschlossen hatten, und alle bis auf drei Männer aus dem Kommando des Gouverneurs sowie dreizehn Patienten der *Gould*. Vier weitere starben an den Wunden, die sie bei dem Feuergefecht davontrugen. Ein Mann verlor durch das Feuer sein Augenlicht.

Der Leichnam des kommissarischen Gouverneurs blieb unauffindbar, trotz Bemühungen, die sich über mehrere Monate und einen neunzig Meilen langen Abschnitt des Missouri, seine Inseln, Ufer und Tiefen erstreckte. Wir schlagen vor, dass die Suche nunmehr eingestellt wird. Möge Gott seiner Seele gnädig sein.

EPILOG

La Fanciulla del West

Im einsamen Golf von Mexiko, da liegen, heißt's, seine Gebeine
In finsterer Tiefe, bei Lorelei, ruht der Leib dessen, den ich meine.
Seetang nun küsst, was vom Helden noch ist, den lippenlosen Mund
Wie's ihm erging, wird's für jeden von uns, hinab in den kühlen
Schlund.
O schlimme Tat, o böse Saat, o Nacht von Schmerz und Schande,
Als Mooney mordet James O'Keeffe, er und die Räuberbande.
Manch einer nennt ihn Satans Sohn, manch einer wildes Gesind.
Welch Sünden wir schufen, welch Unglück gerufen,
Als wir nährten das Teufelskind!

Aus »Die Ballade von James O'Keeffe und dem
Teufelsjungen Jeddo Mooney«
Aufgezeichnet Baton Rouge, Louisiana, 1889

❖

Der wahre Krieg kommt nie in die Bücher.

Walt Whitman

Coda

Aus den Notizen eines Sammlers – Seine Gedanken zu einer bemerkenswerten Frau – Sein Interesse am geschriebenen Wort & am Aufbau von Archiven – Sein Glaube an die revolutionäre Zukunft

❖

Professor J. Daniel McLelland
Winter 1937

I.

Es ist ein merkwürdiger Umstand – so will es einem alten Mann scheinen –, dass so viele Erzählungen über den Krieg Liebesgeschichten sind. Am Ende kommt doch die Vergebung. Johnny bekommt sein Mädchen. Die Brüder, die in verfeindeten Armeen kämpften, reichen sich die Hände und wanken davon zur heimischen Wiese. Aura-Lee ist doch nicht vergewaltigt worden. Der Acker ist doch kein Friedhof. Kein Schrei von Johnny in der Nacht.

Vielleicht ist das bedrückende Gefühl so groß, die Erinnerung so schrecklich, vielleicht sind die Wahrheiten des Krieges so durch und durch verstörend, dass wir einfach ein Mittel finden müssen, die Geschichte so zurechtzubiegen, dass die Hoffnung triumphiert. Und so siegt am Ende die Liebe. Erlösung ist möglich. Das Reich des Friedens ersteht neu. Der Krieg ist in solchen Geschichten nur eine Unterbrechung, eine vorübergehende Störung der Ordnung, die wir geschaffen haben, und die Wiedergutmachung folgt auf dem Fuße, als sei das, was geschehen ist, nie wirklich geschehen. Denn es *ist* nicht geschehen. Es kam uns nur so vor.

Sein ganzes Leben lang hat man sie bewundert, diese Kriegsmärchen mit ihrem wohlverdienten glücklichen oder nicht unglücklichen Ausgang, wo die Guten ihren Lohn erhalten oder wenigstens jung sterben und alle Qualen dezent im Hintergrund bleiben. Billy ist tapfer. Der Schmerzensschrei wird zum Gebet. Der Vorhang fällt, bevor die Amputation beginnt. Taktvoll nimmt man Worte wie »übelriechend«, wenn gesagt werden muss, was aus Billy wird. Die Liebesgeschichte ist also eine Methode zu vergessen, was geschehen ist. So gesehen ist sie dann wiederum einer der Gründe dafür, dass Kriege überhaupt möglich sind, denn sie behauptet, ein Krieg könne zu Ende sein, obwohl er in Wirklichkeit nicht enden kann, es sei denn dadurch, dass er einen neuen auslöst. Aus Wasser wird Dampf, Eis schmilzt zu Wasser; und ein Krieg verändert nur seine Gestalt, wie eine Hexe.

II.

Meine Frau ist besessen von einem armseligen österreichischen Schläger, den sie in der Wochenschau im Kino an der 23. Straße sieht. Sie sagt, er hasst Millionen, hasst sogar seine eigenen Staatsbürger: Juden, Kommunisten, Gewerkschaftler, Intellektuelle. Da meine Frau Jüdin ist und ich meine politischen Überzeugungen habe, grämt sie sich Tag und Nacht wegen »meinem kleinen Schicklgruber«; sie sagt, sogar im Traum hört sie seine Kreissägenstimme. Ich liebe sie, aber sie ist die Art von Frau, die sich von so einem Windbeutel, aufgeblasen von seinem Hass, ins Bockshorn jagen lässt. Sie hat zuviel Zeit zum Nachdenken.

Was, wenn er die Vereinigten Staaten überfalle? Er finde immer mehr Zulauf. Was könnten wir gegen ihn tun? Ich rate ihr, sich nicht aufzuregen. Ich spreche langsam und eindringlich. Schon nächsten Monat wird die europäische Arbeiterschaft ihn in den Schmutz gestoßen haben – auf die Arbeiter kann man sich verlassen, das lehrt uns die Geschichte –, schon bald wird in der Wochenschau ein anderer jämmerlicher Schreihals zu sehen sein, und die Welt wird sich weiterdrehen.

III.

Greise meines Alters, Leute wie meine Frau und ich, wir bekommen am Nachmittag im Kino Einlass zum halben Preis. Es ist das amerikanische Gegenstück zum Brauch der Eskimos, die ihre Alten zum

Sterben in der Einöde aussetzen. Ich gehe nicht gerne hin; ich komme mir dort alt wie eine Mumie vor, und mir ist nie ganz wohl, wenn ich im Dunkeln bin, insbesondere tagsüber, gerade wo mir nun nicht mehr viele Stunden Tageslicht bleiben können. Ich habe stets das Licht der Düsternis vorgezogen. Nie hätte ich, wie meine Tante, ein Dichter sein können.

Lenin prophezeite, das Kino werde die Kunst unseres Jahrhunderts sein, doch in diesem Punkt war der große Visionär ausnahmsweise einmal kurzsichtig. Die Wolke aus Zigarettenrauch, die über den Sitzreihen schwebt und im Licht des Projektors bläulich schimmert, die sich wandelt und immer wieder neu formiert, ist faszinierender als alles, was dieser Strahl auf die Leinwand wirft, und auf ihre Weise schöner und wahrhaftiger. Dummheit, Sentimentalität, Verherrlichung von Gewalt. Schwarzgeschminkte Kerle rollen mit den Augen und spielen Banjo für ihre Mammy. Und für diesen Karneval der Barbarei soll ich auch noch zahlen? Wladimir, was hast du dir dabei gedacht?

Meine Frau vergießt bei den Liebesmelodramen stille Tränen. Ich weine nie. Ich finde, Weinen ist unmännlich. Ich nutze ihre Abwesenheit – ihre Nachmittage mit Al – und begebe mich auf Reisen anderer Art.

IV.

Wir haben Glück im Leben gehabt, meine Frau und ich, dass wir ein schönes Haus geerbt haben und ein Einkommen, das mehr als ausreicht, um seinen Verfall aufzuhalten. Nicht einmal die Schätze eines Krösus könnten unseren eigenen Verfall aufhalten, aber noch, sage ich ihr immer, geben wir den Kampf nicht auf. Wir haben Hausdiener, Krankenschwestern, Kammerdiener, Leibdiener, Zofen, Wäscherinnen, Ärzte, Flaschenspüler. Je mehr Hilfe wir haben, desto schmutziger wird das Haus. Ich weiß nicht, warum das so ist. Aber es ist so.

Vor einigen Jahren übernahm die Chefköchin die Aufgabe, die Dienerschaft anzuheuern; doch entweder weiß sie nicht, was sie tut, oder – obwohl meine Frau mich für diese gehässige Theorie tadelt – sie will jedem einzelnen ihrer schwachköpfigen Cousins und Cousinen eine Stelle verschaffen. Es gibt Tage, da sehe ich Irländer die Treppen hinauf- und hinabschlurfen und habe nicht die leiseste Ahnung, wer sie sind. Gespenster? Hausierer? Die Tuatha de Dannan? Sie blicken mich finster an, als gehörte ich nicht hierher. Sie fragen mich, wer *ich* bin!

An solchen Tagen, und gerade wenn meine Frau dann auch noch im Kino ist, komme ich hier herauf zu meinem Adlerhorst, in die Dachstube, die ich mein Arbeitszimmer nenne. Sie liegt verborgen hinter einem Bücherregal mit Geheimtür. Hier ist man sicher vor sämtlichen keltischen Invasoren. Ich mag die Enge; für mich haben kleine Räume etwas Tröstliches. Man kann auch zuviel Raum um sich haben.

Ich betrachte meine Dokumente. Ich denke an unsere Kinder. Ich halte natürlich nichts von Religion, aber ich habe meine Ansichten. Der Atheismus ist ja selbst eine Art Glauben. Für mich ist er ein großer Trost.

Ich blicke durch das kleine Fenster hinunter zu Straßenbahnen und Taxis, zu den Botenjungen und Bettlern, den Polizisten, die in ihren Uniformen schwitzen. Und – jawohl – bekenne mich schuldig, Officer – auch zu den hübschen Mädchen. Der Mensch lebt nicht vom Brot allein!

Ich male mir aus, wie die Avenue früher ausgesehen haben muss – eine Wiese, dann ein Reitweg, dann das Auf und Ab der Straße – Manhattan war früher Hügelland, doch kein Mensch erinnert sich mehr daran. Warum auch? Wildnis. Feld. Straße. Hauptstraße. Dann der große, prachtvolle Boulevard, das geteerte Band, über das die jungen Männer unserer Stadt in den Krieg marschierten. Und es immer wieder tun werden, nehme ich an.

V.

Wenn ich meine Schachteln öffne, entsteigt ihnen der Geruch vergangener Zeiten. Modrig. Altes Pergament. Ein Hauch Siegellack. Die Vergangenheit sprüht hinaus in die Luft wie Sporen aus einer platzenden Samenkapsel. Sie brennt mir in den trüben Augen. Dringt bis in die Spitzen der Lungen. Ich glaube fast, ich kann sie spüren in meinem Blut. Vlad, alter Pfähler, das ist *mein* Opium. Wie das Kino für meine Frau.

Mein Steckenpferd, könnte man wohl sagen. Ein reicher Mann braucht Zerstreuung – sonst wird er müßig und stirbt. Manche Millionäre sammeln Bilder, andere seltene Möbel, Antiquitäten. Schon seltsam, woraus wir unseren Schutzwall gegen das Unausweichliche bauen. Ich habe es mir zur Aufgabe gemacht, so viel wie möglich über James O'Keeffe und den Jungen Jeddo Mooney zusammenzutragen, diese beiden längst vergessenen Akteure des amerikanischen Bürgerkriegs, die irgendwie, so scheint es diesem Sammler, gemeinsam in sich alles verkörpern, was das Wesen des Kriegs ausmacht.

Ich habe Zeitungsartikel, Memorabilia, Flugblätter, Landkarten, Stiche, Skizzen, Balladen, Fotografien. Ich glaube, ich besitze ein Exemplar von jedem in den Vereinigten Staaten veröffentlichten Text, in dem die beiden jemals erwähnt wurden. Und ich habe weitere Materialien eher privater Natur. Tagebücher. Memoiren. Briefe und so weiter. Selbst Dokumente, die als geheim klassifiziert sind. Jede Tür lässt sich öffnen, wenn man nur bereit ist, den Eintrittspreis zu zahlen. Das Entscheidende ist, wie bei jeder solchen Suche, zunächst einmal die Tür zu finden. Meistens ist sie genau da, wo man sie auch vermutet.

Bin ich albern? Eine fixe Idee? Meine Frau hat einen Verbündeten gefunden! Ist das etwa lächerlicher als Schmetterlinge zu sammeln oder Bierseidel oder die Köpfe von erschossenen Vierfüßern oder – Gott bewahre! – Briefmarken? Meine Frau sagt ja. Sie findet es morbid, obsessiv. *Et toi*, werter Leser, was sammelst du? Bücher, höre ich? Meine Frau mag Bücher; doch mich kann eine erfundene Geschichte nicht fesseln: Sie ist mir zu ordentlich, zu hochgestochen, es fehlen die Widersprüche. Twain, der Zauberkünstler, hat das bemerkenswert gut in Worte gefasst. Kein Wunder, dass die Wahrheit seltsamer ist als jeder Roman: Im Roman muss alles zusammenpassen.

Ich lege Verzeichnisse meiner Papiere an. Es macht mir Freude, sie anzusehen. (Ein gewisser Herr aus Wien hätte zweifellos etwas dazu zu sagen.) Ja, die Tinte ist verblasst; viele Bänder, mit denen sie zusammengeschnürt sind, sind brüchig geworden. In den Sommern von Manhattan wird es entsetzlich heiß in meinem Dachversteck. Feuchtigkeit ist nicht gut für diese alten Papiere; sie waren oft aus

Baumwolllumpen und manchmal aus Hanf gemacht – gewalkt, zu Brei zerstoßen, in Formen gepresst. Leider ist das Papier ein lebendiges Material. Und wie alles Lebendige wird es sterben.

VI.

Meine Sammlung enthält Fälschungen – das ist wohl unvermeidlich –, doch nur einige wenige, und selbst die sind nicht ohne Interesse. Es ist immer Unehrlichkeit im Spiel, wenn Geld für alte Dinge geboten wird. Wir sollten uns nicht zu sehr deswegen grämen. Es spricht eben den menschlichen Unternehmensgeist an. Und ich bin glücklich, dass ich seine Orden besitze; bei den meisten ist die Echtheit bezeugt, auch wenn viele inzwischen so angelaufen sind, dass sie kaum noch zu erkennen sind. Manchmal – ich sollte mich schämen – habe ich sie mir an den Hausrock gesteckt und mich mit militärischem Gruß vor den Spiegel gestellt.

Ich blättere in den halb zergangenen Seiten – sie sind wie die Haut eines Achtzigjährigen – braun, scheckig, voller Altersflecken. Ich gebe zu, ich habe sie mit meiner eigenen Haut verglichen. Es gibt Tage, da brennt, was darauf geschrieben steht, wie eine Wunde; an anderen bleibt ihre Deutung dunkel. Solche Tage sind schwer. Irgendwie fühlt man sich allein. Es ist, als sei darin die Rede von Menschen, die es nie gegeben hat: einem entlaufenen Jungen und denen, die versuchten, ihn zu lieben. O'Keeffe, denke ich mir, wäre fasziniert von diesen Papieren gewesen, hätte jede einzelne Nuance genossen, denn sein Sinn für Sprache war hoch entwickelt. Er liebte es, Worte zu arrangieren, sie in Szene zu setzen, liebte die Art, wie sie Dinge andeuten können, ohne sie direkt auszusprechen. Er war ein Mann, der genau wusste, wie man eine literarische Figur aufbaut. Es ist ein Jammer, dass er seine Memoiren nie zu Ende geschrieben hat.

Nun sehe sich einer diese Packen Nichtigkeiten an! Bündel von halb zergangenem Papier. Meine Frau fleht mich oft an, sie auf den Müll zu werfen. Sie haben mehr Streit zwischen uns geschürt als alles andere; sie wird ärgerlich, wenn ich sie auch nur erwähne. Du hättest besser eine Bibliothek geheiratet, sagt sie. Du hättest besser einen *Trödelladen* geheiratet. Aber es ist eine Tatsache, dass Frauen nur selten gute Sammler sind. Anscheinend ist es ihnen kein Bedürfnis.

»Die Vergangenheit ist wie das andere Ufer eines Flusses«, schrieb Lucia einmal. »Wir wissen, dass es da ist, denn wir können es sehen, wir sind nahe. Doch das Wasser sorgt dafür, dass wir nie dorthin kommen.« Für mich ist es anders. Für mich sind meine Papiere die Steine im Fluss. Ein mühsamer und gefährlicher Weg – doch nicht unmöglich.

Wenn ich meine Studien für den Tag beende, stecke ich sie alle in eine Kiste. Nicht mehr lange, und ich werde selbst in einer Kiste stecken. Auf dem Dachboden wird es nichts mehr außer Spinnwebe geben. Ich selbst werde Staub ansammeln, Staub der ich bin. Das Einzige, was ich bedaure, nun so kurz vor dem Verstummen, das ist, dass ich niemals in den Straßen jener fernen Kapitale wandeln konnte, die zu besuchen ich mir so lange Jahre gewünscht habe. Doch als meine Frau es mir endlich zugestand, da waren wir beide zu alt. Die Reise wäre gefährlich gewesen in jenem Winter. Die Rückkehr, wäre ich einmal dort gewesen, wäre mir nicht leichtgefallen. Ich habe mir diese Stadt als meinen Elefantenfriedhof vorgestellt. Ich glaube den reaktionären Zeitungen nicht, auch wenn meine Freunde mir sagen, dass ich es besser täte. Doch das kann ich nicht, und manchmal streiten wir uns darüber. O hätte ich doch nur einmal die Luft dort atmen können, die Luft der gestaltgewordenen Zukunft der Menschheit, der Union der Sozialistischen Sowjetrepubliken – ach, meine Liebe, ich habe zu lange gezögert. Doch die Gewissheit, dass du da bist und dass du immer da sein wirst, war mir im Unglauben des Alters stets ein Trost.

VII.

Ich wünschte, ich könnte mehr darüber erzählen, was aus Winterton wurde. Ernest Dean hieß der kanadische Grenzbeamte, dem ein Minenarbeiter auffiel, der heimlich mit einem Maultier über die Grenze wollte. Das Tier war schwer beladen mit groben Leinensäcken. Gold, erklärte der Mann. Er sei auf eine Ader gestoßen. Doch

Goldsucher sprachen in der Regel nicht mit einem vornehmen Bostoner Akzent. Das kam dem Beamten verdächtig vor. Als er den Mann darauf ansprach, überwältigte ihn dieser, fesselte ihn (»er entschuldigte sich dabei«) und verschwand, als sei nichts dabei, in der kanadischen Nacht. Das Gesicht des Verdächtigen, berichtet der glücklose Grenzer noch, sei voller Brandnarben gewesen.

Vor ein paar Jahren brachte ich in Erfahrung, dass er mindestens zweimal verheiratet war: legal auf Kuba unter dem Namen Peter John Williamson, dann bigamistisch in Chicago als William Paul Harris. Er war Kartograph in der britischen Armee gewesen und hatte aus Schottland fliehen können, als in Glasgow ein Haftbefehl wegen der Vergiftung einer Frau ausgestellt wurde. Die Wunden, die ihn entstellten, hatte er nicht im amerikanischen Bürgerkrieg davongetragen, jedenfalls nicht im Kampf mit Südstaatentruppen. In der notorischen Nacht des 13. Juli 1863 fiel in New York ein Mob aus irischen Einwanderern über ihn her. Sie waren in Aufruhr wegen der Einberufung, von der sie in unverhältnismäßig starkem Maße betroffen waren, und hatten bereits ein Waisenhaus für Negerkinder niedergebrannt und eine lange Reihe weiterer grausiger Schandtaten begangen. Soldaten der Union und schwarze New Yorker wurden von den Massen massakriert. Winterton, in Uniform, doch allein und unbewaffnet, trat dazwischen, als sie einen ältlichen Dienstmann lynchten. Sie traktierten ihn mit Tritten, bis er das Bewusstsein verlor, und zündeten ihn an. Diese Unruhen sollten nicht die letzten in der amerikanischen Geschichte sein, bei denen jene, die sich machtlos dünkten, ihren Hass an den Schwächsten ausließen und Unschuldige auf den Straßen ermordeten. Es war eines der beschämendsten Kapitel in der Geschichte des irischen Amerika und wird, soviel ich weiß, in keiner einzigen Ballade besungen.

Elizabeth Longstreet blieb noch fast sieben Jahre lang im Territorium und arbeitete die meiste Zeit davon als Wäscherin in Edwardstown. Im Jahr 1872 heiratete sie Prospero Leavensworth, einen befreiten Sklaven aus Texas, der im Krieg als Soldat gedient hatte. Damals war sie schon seit einigen Jahren vollkommen blind, sodass sie Prospero Leavensworth nie erblickt hatte – ein Umstand, über den sie gern ihre Scherze machte. Er war ein freundlicher, stiller Mann, und ihre Ehe war glücklich. Sie wanderten nach Liberia an der westafrikanischen Küste aus, wo Leavensworth ein kleines Geschäft für den Export von Palmöl aufbaute. Ihr Sohn Theobald Wolfe Leavensworth kam in Monrovia zur Welt und wuchs dort auf; mit sechsundzwanzig Jahren ließ er sich als Arzt dort nieder, später war er Mitglied der liberianischen Regierung. Seine Mutter, Älteste im Rat der presbyterianischen Kirche, betreute als Laienpredigerin die weiblichen Patienten im Irrenhaus von Monrovia – eine Aufgabe, die nicht leicht gewesen sein kann, die sie jedoch als ihren »größten Segen« ansah und in der sie Bemerkenswertes leistete. Sie starb im November 1928. In ihrem Todesjahr war sie von Reverend William L. R. Trees befragt worden, der den einzigen Edison-Phonographen in Liberia besaß. Die Transkription ist voll von *yassuhs* und *laud-hab-murcies*, wie man es oft in solchen Dokumenten findet, wenn der Sprecher ein Schwarzer ist. Bei den meisten davon habe ich mir erlaubt, die Schreibung stillschweigend zu ändern, sodass nur noch ein paar Einsprengsel von der Arbeit des ursprünglichen Transkribenten bleiben, eher als Beispiel dafür, wie solche Transkriptionen aussahen, denn als getreue Wiedergabe der Sprache des amerikanischen Südens. Ich habe eine Fotografie von ihr über meinem Schreibtisch hängen und einen kurzen Brief. Er ist unterzeichnet mit: »Endlich frei. Elizabeth.«

Jeddo Mooney blieb nach der Nacht, in der er auf seinen Gönner James O'Keeffe schoss, fast anderthalb Jahre im Gefängnis von Fort Stornaway. Seine Hände waren in Handschellen, seinen Mund hielten die Gesetzeshüter mit einem Lederriemen verschlossen. Manche peitschten ihn aus, wenn sie nichts anderes zu tun hatten. Zweimal taten sie, als wollten sie ihn an den Dachbalken des Gefängnisses aufhängen. Die drei Verantwortlichen erhielten später eine Disziplinarstrafe.

Jede zweite Woche wurde er in das Haus eines Gottesmanns in der Stadt gebracht. Er weigerte sich, den Jungen in die Kirche kommen zu lassen, obwohl seine Gegenwart ihm gewiss einen deutlich schwereren Klingelbeutel beschert hätte. Der Reverend las aus der Bibel, und der Junge lag auf dem Teppich; seine Frau klimperte Kirchenlieder auf dem Klavier. Die bekehrende Wirkung hielt sich in Grenzen, aber der Junge lauschte gern den Geschichten, von denen viele von Krieg und Grausamkeit und Mord handelten, also genau die Geschichten waren, die Jungs sich in jenen fernen, beleseneren Zeiten gern anhörten.

Er wurde – wie soll man es ausdrücken? – zum Unterhaltungsprogramm für die Wagemutigeren im Territorium, die den Bestechlicheren unter den Wachen Geld gaben und ihn dafür zu sehen bekamen. Für einen Dime gab es zwei Minuten, für einen Quarter zwanzig. Hätte ihnen jemand zehn Dollar gegeben, so hätte er ihm bei lebendigem Leib die Haut abziehen dürfen. In dieser Weltgegend wurde sein Name zum Synonym für Sünde. Die Wendung »schlimm wie Jeddo« hörte man auf der Straße, und sie hielt Einzug in die lokale Literatur. »Verrückt wie Mooney« war eine Variante.

Besonders beliebt für Besuche war der Sonntag. Am Tag des Herrn sorgte der Teufelsjunge für ein volles Haus. Trotzig warf er den Kopf in den Nacken, seine Augen blitzten; das wurde mit demselben Gejohle begrüßt wie im Zoo der Augenblick, wo das Krokodil aus dem Schlamm auftaucht. Es sollte noch ein paar Jahrzehnte dauern, bis die Kinos nach Amerika kamen. Die Männer im Wilden Westen mussten selbst für ihren Spaß sorgen.

Irgendwo in meiner Sammlung habe ich eine Daguerreotypie von dem Jungen, eine Aufnahme eines unbekannten Fotografen aus seiner Zeit im Gefängnis. Er kniet nackt, nur mit einer Kapuze, in der Latrine. Ich habe auch schlimmere Bilder als dieses, aber ich denke nicht gern daran. Einige habe ich vernichtet. Ich liebe mein Heimatland. In jeder Nation, die sich auf Bürgerkrieg gründet, werden die schrecklichsten Dinge denkbar. Da müssen wir uns nur Irland ansehen. Wer seinen Bruder umgebracht hat, für den gibt es nicht mehr viele Tode, die ihm unvorstellbar sind.

VIII.

Bisweilen habe ich mich gefragt, was wohl geschehen wäre, wenn die Konföderierten den Krieg gewonnen hätten. Ich denke, der ganze Kontinent wäre jetzt ein einziges Südamerika – Washington ein Sao Paulo, Pennsylvania ein Buenos Aires –, das eine Handvoll *familias* wie ein Lehnsgut beherrschen würden, und die Massen würden im Abfall nach ihren Essensresten wühlen. Die Slums und *favelas* wären riesig, male ich mir aus, und erstreckten sich von den Everglades bis nach Alaska. Amerikanische Soldaten, oft Kinder von Einwanderern, haben brutale, schreckliche, unverzeihliche Dinge getan. Andere haben Großartiges geleistet und großen Mut gezeigt. Ich habe Achtung vor denen, die ehrenhaft kämpften, oft genug in der Gewissheit ihres Todes. Hätten sie es nicht, so wären die Embleme meines Landes heute Peitsche und Brandeisen, und die Göttin, die über den Verrazanno Narrows Wache hält, wäre die Statue der Sklaverei.

IX.

Mütterchen Russland, Britannia, Cathleen ni Houlihan. Seltsam, wie die Symbolgestalten unserer Nationen Frauen sind, wo doch die Frauen in diesen Nationen so viel zu leiden haben. Eine Wiedergutmachung vielleicht. Oder nur eine weitere Grausamkeit. Doch das Sinnbild unseres besseren Ichs ist eine Frau. Unterwegs auf fremden Straßen, aus keinem anderen Grunde als der Treue. Auf der Suche nach dem Knaben, nach dem sie sich sehnt, auch wenn sie all die Zeit weiß, dass er verloren ist. Es wird nie eine Statue von Eliza Duane Mooney geben. Die Stimme des Blutes kann ein Bildhauer nicht abbilden.

X.

Es war Marshal Ignatius Gilchrist, der den Jungen vor dem Galgen rettete. (»Sixguns Iggy« hatten sie ihn im Krieg getauft, und es war ein Name, den er bis ans Ende seiner Tage hassen sollte; einmal verklagte er sogar einen Journalisten, der ihn in einem Artikel verwendet hatte.) Er sagte unter Eid aus, O'Keeffe habe bereits im Sterben gelegen, als das Kind in jener Nacht die Schüsse auf ihn abgab. Zudem ließ sich nicht beweisen, dass der Schuss, der den Gouverneur in den Bauch traf, aus der Waffe des Jungen stammte. Ein solcher Beweis wäre auch unmöglich gewesen, denn der Junge feuerte diesen Schuss nicht. Der Schuss, der O'Keeffe tödlich verletzte, wurde von Cole John McLaurenson abgegeben, der keine sechzig

Sekunden darauf selbst erschossen wurde, zusammen mit den Letzten seiner Bande. Unzählige Balladen wurden im Westen über seine Heldentaten gesungen. Manche davon scheinen zehn Ellen lang.

Anwälte kamen aus St. Louis mit Aktentaschen voller Gesetzbücher. Doktoren, Professoren, Ratsmitglieder, Reformer. Richter Carney schrieb höchstpersönlich ein leidenschaftliches Traktat über die Geschichte des Jungen: *Das stumme Kind des Krieges*. Selbstverständlich befindet sich ein signiertes Exemplar in meiner Sammlung. Ein Jurist reiste den weiten Weg von Boston bis ins Territorium. Er war ein pausbäckiger Mann, gutgelaunt, ein wenig übelriechend, und er wurde immer lustiger, je mehr er den Boden unter den Füßen verlor. Leider kam er auf der Rückfahrt an die Ostküste bei einem Postkutschenüberfall um, für den nie jemand zur Rechenschaft gezogen wurde.

Es ist auch sehr zu bezweifeln, dass er dem Jungen viel hätte helfen können. Wäre je Anklage erhoben worden, wäre es vielleicht sogar zu einem Freispruch gekommen. Doch dem Kind wurde – aus Gründen, die es verstand – immer wieder klargemacht, dass es niemals das Erwachsenenalter erreichen werde. Die Justiz mochte ratlos bei seinem Verbrechen sein. Doch im Westen gab es andere Formen der Gerechtigkeit.

XI.

Eliza Duane Mooney wurde auf dem Judasfeld begraben, in einer Grube, in die Abdecker ihre Kadaver warfen. Kein Priester war verfügbar oder keiner bereit, an einen so verrufenen Ort zu kommen. Es gab auch keinen Grabstein, um ihre letzte Ruhestätte zu markieren, nicht einmal einen Armensarg. Sie wurde in die Überreste einer konföderierten Fahne gewickelt, die einer der Gesetzeshüter kurz zuvor bei einem Bergarbeiter konfisziert hatte; dann wurde sie in die Grube geworfen und die Leiche verbrannt. Ihr einziger Bruder wurde mit der Waffe gezwungen, dieser Zeremonie beizuwohnen, dann wurde er zurück in seine Zelle gebracht.

In jener Nacht träumte der Junge von seiner Mutter und von Louisiana, von den schwarzen Eisengittern der Balkone im Französischen Viertel von New Orleans. Ihm war, als sehe er sie am Morgen eines Mardi Gras, wo sie mit vollen Händen Konfetti warf, umgeben von einer Wolke von Luftschlangen, und sie war jung und voller Hoffnung auf ihr amerikanisches Leben. Doch da er sie nie so gesehen hatte, wusste er, dass es ein Traum war. Er war nie in New Orleans gewesen, weder mit seiner Mutter noch mit sonst jemandem. Es war immer die Stadt, die man in der Ferne sah.

XII.

Eine unerbittliche Geschichte. Eine Kriegsgeschichte. Dann kam die Tat, die diesen düsteren Bericht verzaubert, die am Ende vielleicht doch noch eine Liebesgeschichte daraus macht.

An einem heißen Junimorgen des Jahres 1868 teilte man dem Jungen in seiner Zelle mit, dass ein Gentleman sich erboten habe, ihn zum Adoptivsohn zu nehmen. Er war ein Yankee, ein Industrieller, und man hatte ihm geraten, es nicht zu tun; ja, jeder, den er gefragt hatte, hatte ihm abgeraten. Aber er hatte diese Warnungen in den Wind geschlagen. Er war ein starrköpfiger Mann. Die Reichen können sich so etwas leisten.

Die Reisegesellschaft brach um Mitternacht von Fort Stornaway auf, der Junge und fünf Wärter, jeder dieser Marshals bis an die Zähne bewaffnet. Um den gefährlichen Gefangenen zu bändigen, nahmen sie eine Kette, die für entlaufene Sklaven gemacht war. Sie würgte ihn beim kleinsten Versuch, sich zu bewegen. Er wurde an den Fußknöcheln gefesselt, er trug Handschellen und eine Kapuze über dem Kopf. Eine Kette, die man ihm um die Taille legte, war mit drei Kanonenkugeln beschwert. Zwar konnte er nicht sprechen, aber sie knebelten ihn trotzdem, und mehrfach drückten sie ihre Stumpen in seinem Gesicht aus.

Sie reisten bei Nacht, immer nur bei Nacht, wenn die Amerikaner schliefen und nichts davon bemerkten. Sie fürchteten einen Aufstand, wenn die Leute sahen, um wen es sich bei dem Reisenden handelte. Die Nachkriegszeit war keine ruhmreiche Zeit für unser Land.

Schließlich wurde er in einer Anwaltskanzlei in Utica, New York, abgegeben und traf dort auf die Abgesandten seines Gönners. Sie nahmen ihn mit in ein wohlhabendes Haus in New York City, wo er eine Zeitlang bei den Stallburschen wohnte. Ein Fieberanfall sorgte dafür, dass er ins Haupthaus kam. Die Ärzte sagten, er habe keine Aussicht auf Überleben. Er erwachte und blickte zwei Leuten ins Gesicht, zu denen er nie ein Wort gesprochen hatte, die ihn jedoch mit ihrer Fürsorge von den Toten zurückgeholt hatten. Estafanía McLelland und ihr Vater Peter. Beides schwierige Menschen, in vielerlei Hinsicht. Aber sie würden nicht zulassen, dass ein Kind in einem Stall starb.

Lucia war in Spanien, als der Junge beinahe gestorben wäre. Bei ihrer Rückkehr gestattete sie, dass er im Haus blieb, wo er einige Jahre in Küche und Keller arbeitete und nur selten Zugang zu den oberen Räumen bekam. Manchmal konnte er durch die Stäbe eines Gitters hindurch Lucia sehen. Er wurde zurechtgewiesen, wenn er sie ansprechen wollte. Er putzte Schuhe für sie. Er pflegte ihre Pferde. Er schlief unter dem Schutz ihres Vaters. Ich weiß, das wird mir keiner glauben; der Junge glaubte es ja selber nicht. Und trotzdem ist es wahr. Es gab seltsamere Formen des Mitleids, in jenen Jahren in unserem Land. Vielleicht war es keine Vergebung. Aber vielleicht doch Gnade. Ein Gefühl der Verantwortlichkeit, oft in Schweigen gehüllt, aber deswegen nicht weniger echt.

Er wurde in anständige Kleider gesteckt, bekam dreimal am Tag zu essen, ein Bett, in dem er schlafen konnte, Schutz vor den Elementen, und unter diesen Umständen fand er bald seine Sprache wieder und wurde zwar kein glücklicher, aber doch ein halbwegs ausgeglichener Mensch. Maurice Hall, der Butler, ein Schotte, der auch Bibliotheken frequentierte, nahm ihn unter seine Fittiche, und das Kind erwies sich schnell als gelehriger Schüler. Doch als dieser freundliche Mann starb, traf es den Jungen schwer, und manches von seiner alten Verstocktheit kehrte zurück. Peter McLelland bestand darauf, dass ein Hauslehrer für ihn angestellt wurde. Keiner blieb lange. Ihr Schüler war zu launisch, und trotzige Wutausbrüche wechselten mit stillen Tränen. Keiner der gelehrten Herrschaften sah Aussichten auf Besserung. Es war Lucia, die sich der Aufgabe stellte.

Jeden Wochentag arbeiteten sie in ihrer Privatbibliothek, studierten Bücher, Pergamente, alte Partituren. Immer waren sie allein; Lucia bestand darauf. Sie wollte keine Hilfe, nicht einmal die ihres Vaters. Ihren Brüdern war der Zutritt verboten. Nach und nach lernte er, dieser Junge, der ihr so großen Schmerz bereitet hatte. Geduldig, entschlossen, half sie ihm. Diese Studierstube in Manhattan sah unglaubliche Solidarität, als aus Jahreszeiten Jahre wurden. Vergab sie ihm? Wir müssen es wohl annehmen. Sie sprach nie über ihre Gefühle. Und soviel ich weiß – und ich habe all ihre erhaltenen privaten Papiere studiert –, hat sie auch nie über ihre Beweggründe geschrieben. All das sind komplizierte Fragen. Vielleicht wollte sie auch Vergebung für sich selbst. Die, von denen wir Gnade erbitten, sind bisweilen nicht die, von denen wir sie bekommen können, doch da sie zu unserem Leben gehören, bitten wir sie. Eine schwere Last. Jeder sieht im anderen Gespenster. Doch wenn ich sie vor mir sehe, wie sie diesen Jungen aus der Finsternis, in der er lebte, ans Licht führte, dann kann ich daran glauben, dass ein Menschenleben lebenswert ist.

Die Musik war Jeddo Mooneys besondere Begabung, und ebenso waren es, was vielleicht erstaunen mag, die Sprachen. Als er achtzehn wurde, sprach er bereits genug Französisch, um sich zu unterhalten, er konnte einen spanischen Kinderpsalter lesen und die einfacheren Verben des Lateinischen konjugieren. Nach und nach verlor er den schleppenden Tonfall von Louisiana, er passte sich immer mehr der Ostküste an, und am Ende sprach er wie ein vornehmer Herr. Nach wie vor konnte er exzentrisch sein, und wie so oft sprachen auch bei Jeddo Mooney seine Exzentrizitäten Bände. Irgendwann gewöhnte er sich an, die verschiedenen Mitglieder des Haushalts, in dem er untergekommen war, mit Familienbezeichnungen zu benennen. Peter McLelland wurde »Onkel«, seine verwitwete Schwester »Tante Winfield«, deren alte Mutter »*Abuela*«, der spanische Ausdruck für eine Großmutter; obwohl ich mir vorstelle, dass sie mit dieser Zuschreibung nicht ganz glücklich war. Die patente alte Dame hatte eine Abneigung gegen das, was sie »die barbarischen Sprachen« nannte, und lächelte recht säuerlich, wenn man sie in einer davon ansprach. Doch wie dem auch sei, der Junge gewöhnte sich an, jeden im Haushalt als Verwandten anzusehen, und soviel ich weiß, hatte nie jemand etwas dagegen. Köchin und Hausmädchen wurden ebenfalls zu Tanten erklärt, ebenso wie jedes weibliche Wesen, das sich länger als eine Stunde im Hause aufhielt, und der Kammerdiener, ein gewisser Michael Sweeney aus der Grafschaft Roscommon, bekam den freundschaftlichen Namen »Onkel Mikey« oder »Mickser«. Sweeney seinerseits nannte den Jungen seinen »kleinen Cousin«. Wäre ein Genealoge zu Besuch gekommen, er hätte es in diesem Haushalt nicht leicht gehabt.

Ganz vergessen waren die Ereignisse im Territorium noch nicht; es hieß, ein verrufener Journalist schreibe ein Skandalbuch darüber. Peter McLelland machte sich Sorgen, und so schlug er dem Jungen vor, seinen Namen zu ändern. Dankbar nahm der Junge den Namen seines Gönners an, und unter diesem Namen ging er hinaus in die Welt. Im Laufe der Jahre sollte er seinen Abschluss an einer Universität in Europa machen, er sollte heiraten und Vater von drei Kindern werden, die Peter McLelland vergötterte. Ich habe mir sagen lassen, der strenge alte Herr, der so gut wie nie von seinen Gefühlen sprach, habe am Ende sein Mündel beinahe als einen Sohn angesehen.

Was Lucia-Cruz McLelland-O'Keeffe angeht, so werden manche meiner Leser mit ihrer Geschichte vertraut sein. Der Verlust des Kinds, das sie mit O'Keeffe hatte – die Tochter, María-Elena, starb mit fünf Monaten –, war ein Schlag, von dem sie sich, glaube ich, nie wieder ganz erholte. Andere Schmerzen hingegen meisterte sie mit ihrer unermesslichen Liebe zum Leben, die jeden, der sie kannte, beeindruckte. Sie gehörte zu den ersten Frauen, die einen Doktortitel der Universität Harvard erhielten, und entwickelte sich zu einem der *stellae minorae* der amerikanischen Dichtkunst: ursprünglich unter dem Pseudonym Charles Gimenez Carroll, später, als Übersetzerin, unter ihrem Mädchennamen – wobei sie oft bedauerte, dass sie ihn enthüllt hatte, denn jedes Streben nach Öffentlichkeit war ihr fern. Sie schrieb zwei tüchtige Romane – *Gramercy Park* und *The Rivers* (einen dritten, *Riccardo Connolly*, schrieb sie immer wieder um, bis sie ihn schließlich für unrettbar erklärte und das Manuskript vernichtete) –, doch den bescheidenen Ruhm, den man damals als amerikanischer Literat erringen konnte, verschafften ihr die Gedichte. Ihre Übersetzungen der Werke des großen nicaraguanischen Poeten Félix Rubén García Sarmiento, unter Literaturliebhabern unter dem Namen Rubén Darío bekannt, wurde zur Standardausgabe in englischer Sprache. Auf jedes Lob pflegte sie mit Spott zu reagieren. Wenn sie eine wohlwollende Besprechung las, dann setzte sie im

Geiste bei jedem Satz das Wort »nicht« hinzu. Ich glaube, in ihren Augen war Bewunderung eine gefährliche Droge, besonders wenn man sie einem Schriftsteller verabreichte. Natürlich mag das bis zu einem gewissen Grad eine Pose gewesen sein. Vielleicht hatte sie in der Ehe gelernt, ihr Ich zu schützen. Eine kurze biographische Monographie wurde im Jahr 1910 veröffentlicht. Ich als ihr Autor kann sie nicht sonderlich empfehlen.

Männer haben sie immer geliebt, und sie bewunderte die Männer. Es gab Affären, im Vergleich zu denen Floria Tosca ein Vorbild an Zurückhaltung gewesen wäre. Sie bekam viele Heiratsanträge, einer darunter von Darío selbst, der sie, obwohl um viele Jahre jünger als sie, mit wortreichen Beteuerungen seines Verlangens bestürmte. (»Wie er es mit beinahe jeder Frau, die er kannte, tat«, sagte sie oft. »Gerade nachdem er geheiratet hatte.«) Sie heiratete wieder, für kurze Zeit; die Ehe war nicht glücklich. Aus persönlichen Gründen möchte ich hier nichts weiter dazu sagen. Immer mehr kam sie zu dem Schluss, dass O'Keeffe der Mann gewesen war, der ihr bestimmt war, und als sie älter wurde, entwickelte sie recht altmodische, recht spanische Ansichten über diese Dinge. Es ist merkwürdig, aber in gewissem Sinne kommt mir Lucia als die strenggläubigste Katholikin vor, die mir je begegnet ist.

In ihren späten Jahren hatte sie einen engen Freund, mit dem sie Spaziergänge unternahm oder zu Dichterlesungen ging. Er war Witwer, und im Krieg war er Kavallerieoffizier gewesen. Ich glaube, es war eine innige, zärtliche Beziehung, doch als auch er Ehepläne schmiedete, wurde er sanft, doch mit Bestimmtheit abgewiesen. Er war der Lieutenant, der sie bei dem Tribunal in Fort Stornaway befragt hatte. Lucia nannte ihn immer *El Interrogador*.

Sie starb vor elf Jahren in Wexford in Irland; dreimal besuchte sie diese Stadt, deren Bewohner sie verehrten. Ihre letzten Gedanken galten James O'Keeffe, dem ewig Flüchtigen. Sie war im Glauben, er sei bei ihr. Sie schien glücklich. Sie bat, dass man sie auf einen Platz an einem Erkerfenster setzte, von dem er oft gesprochen hatte – ein Platz, von dem aus er in Kindertagen die amerikanischen Getreideschiffe im Hafen betrachtet hatte –, und hier verschied sie, friedlich und fast ohne Schmerzen, im November ihres dreiundneunzigsten Jahrs.

XIII.

Nur sehr wenige Veteranen von O'Keeffes Brigade sind noch am Leben, aber einige weilen noch unter uns, und sie sollen nicht vergessen sein. Jedes Jahr kommen sie am 4. Juli zusammen und marschieren die Fifth Avenue hinunter zum Washington Square Park. Dort wird ein Dankgebet gesprochen, Trommeln werden gerührt. Natürlich werden auch Reden gehalten. Man feuert eine alte Kanone ab. Bisweilen nehmen ehemalige Konföderierte teil, alte Irländer in grauer Uniform, Proviantbeutel und Rosenkranz in der Hand, und ihnen ist unbehaglich zumute in dieser Stadt im Norden. Ich habe den Rebellenruf im Washington Square Park vernommen, wenn die Feinde mit den falschen Zähnen knirschen und sich die Hände reichen.

Wenn die offizielle Zeremonie vorüber ist, formieren sich diejenigen Con O'Keeffes, die sich dazu noch in der Lage fühlen – und das sind bemerkenswert viele, bedenkt man ihr Alter und ihren Gesundheitszustand –, zu einer Prozession. Sie ziehen den Broadway hinunter zum Battery Park, eine Tortur an einem Julitag in Manhattan. An Krimskramsläden und Schuhputzern und Tätowiersalons und Kneipen vorbei, durch die schmutzigen Straßen des Hochsommers. Vorbei an den Hochhaustürmen, auf die unsere Architekten so stolz sind – wir alle sind stolz, künden sie doch von der Unzerstörbarkeit unseres New York. Passanten starren. Manche Ladenbesitzer bieten ihnen Wasser an, doch ich habe selten gesehen, dass jemand die Kolonne verlässt, um es anzunehmen. Sie sind alt, aber sie marschieren; manche fahren sogar in Rollstühlen mit. Vielen fehlen Gliedmaßen, andere sind blind. Manchmal sind junge Leute dabei – Urenkel, nehme ich an – und führen die Alten am Saum ihrer Uniformen. Zu Kriegszeiten waren diese gebrechlichen Männer Kinder. Nun sind sie wieder neu zu Kindern geworden.

An den Mauern der Battery halten sie inne zu einem stillen Gebet. Es ist immer still, ich weiß nicht warum. Ein Lilienkranz wird gesegnet und dann ins Hafenbecken geworfen, von wo aus so viele ihrer hungrigen Vorväter ihren ersten Schritt auf amerikanischen Boden taten. Sie singen das Marschlied, das im Krieg angeblich Lucia für sie schrieb; in Wirklichkeit, denke ich, stammt es von O'Keeffe:

Wir marschiern für die Union daher im Blaurock und in Grün,
Mit dem stolzen Schwert der Ehre wollen in die Schlacht wir ziehn

und so weiter.

Das letzte Mal, dass ich bei diesem Ritual dabei war, im Juli vergangenen Jahres, wurde ein Hoch auf eine kleine amerikanische Bruderschaft ausgebracht, eine Gruppe von Männern, die im Winter zuvor nach Europa gegangen war, um dort gegen die Faschisten zu kämpfen. Einige Iren waren darunter; andere sollten hinzukommen, in Jarama, in Zaragoza, in Madrid und Valencia. Für manche waren sie Helden, für andere Verbrecher, und die Presse nannte sie bisweilen Kommunisten. Sie hatten sich unter dem Banner eines ermordeten Revolutionärs versammelt. Die Abraham-Lincoln-Brigade.

XIV.

Seltsame Geschichten hielten auch weiterhin die Erinnerung an O'Keeffe wach. Im Jahr 1902 beichtete ein Dieb aus Alabama, als er in Wichita, Kansas, auf dem Sterbebett lag, einem Prediger, dass er den verwundeten Gouverneur aus dem Missouri gezogen habe, und er sei noch am Leben gewesen; doch eine Stunde darauf, als ihm aufging, um wen es sich handelte, habe er ihn erdrosselt und unter einem Steinhaufen begraben. Diese Räuberpistole sollte sich vier Meilen unterhalb von Fort Stornaway ereignet haben, in einer kleinen Felsbucht, wo der Mann aus Alabama nach Silber gesucht hatte. Marshals der Bundesregierung wurden ans Bett des Landstreichers gerufen, doch als dieser sich wider Erwarten erholte, widerrief er sein Geständnis; er habe im Delirium gesprochen und sei nie im Leben am Missouri gewesen. Soldaten wurden ausgeschickt, um die Stelle, von der er gesprochen hatte, zu erkunden. Sie fanden keinen Leichnam und auch kein Grab.

Noch kurioser ist die Geschichte der Mumie vom Missouri. 1904 saß ein Liebespaar bei Fort Meade am Nordufer des Flusses; der junge Mann verlor den Halt und rutschte die Böschung hinab, und dort machte er einen grässlichen Fund. Etwas, das offenbar ein menschlicher Leichnam war, lag, ganz in schmutzige Bandagen gewickelt, in einer mit Laub gefüllten Kuhle unterhalb einer überhängenden Klippe. Die Obduktion ergab, dass es sich um die Leiche eines Manns mittleren Alters handelte, fünf Fuß zehn groß, »mit kräftigem Kinn«, doch es gab keinen Anhaltspunkt, wie lange er dort gelegen hatte und wie er zu Tode gekommen war. Bevor sie in die Tücher gewickelt wurde, hatte man die Leiche ausgeweidet, wie es bei manchen Indianerstämmen üblich gewesen war. Wie ein Lauffeuer verbreitete sich im Territorium das Gerücht, O'Keeffe sei endlich gefunden, ein Wäschereizeichen mit den Initialen »JCO'K« sei sogar noch zu sehen gewesen, aber für diese filmreife Auflösung gibt es keinerlei Beweis. Eher spürt man die blühende Phantasie der westlichen Presse. Die Mumie wurde aus dem Hospital, wo der Amtsarzt sie untersucht hatte, entwendet, und es heißt, später hätten Zigeuner sie auf Jahrmärkten gezeigt. Der Eintritt kostete zwanzig Cents, und für einen Dollar konnte man sich mit ihr auf dem Schoß fotografieren lassen; Fliegen und das Wanderleben setzten ihr jedoch schwer zu, und schließlich warfen die Gauner sie in den Ohio. Das ist eine Schande. Ich hätte sie so gern für meine Sammlung gekauft. Aber vielleicht wäre das für meine Frau die eine Erwerbung zuviel gewesen.

¿Quién sabe?, wie es im Titel von Lucias noch am ehesten bekannt gebliebenen Gedicht heißt. Und zum Abschluss will ich noch eine eigene seltsame Geschichte beisteuern.

Vor vielen Jahren, ich will nicht sagen vor wie vielen, war ich in der kleinen Stadt San Juan del Sur in Nicaragua, und auch den Zweck dieser Reise behalte ich lieber für mich.

San Juan ist ein winziges, aber nicht unattraktives Pueblo in einer hufeisenförmigen Bucht nicht weit von der *frontera* nach Costa Rica. Vor meinem inneren Auge sehe ich einen Vulkan am nördlichen Horizont, karg, schwarz und auch nach zwei Jahrhunderten noch immer mit einer Rauchwolke über dem Krater, aber vielleicht verwechsle ich das – ich habe meine Notizen nicht zur Hand. Es ist inzwischen tiefe Nacht geworden.

Es gibt Fincas und Kaffeefelder und die Hütten der Campesinos, und es gibt das Haus eines Priesters, von dem die Leute sagen, dass es dort spukt. Nicht weit davon liegen die Quellen eines mächtigen Flusses, der Hunderte von Meilen ostwärts fließt bis in den Lago de

Nicaragua (*Mar dulce* nennen die Einheimischen ihn – das »süße Meer«), dann weiter durch tückischen Dschungel, durch unerforschte Mangrovensümpfe und immer weiter ostwärts bis zur Costa Atlantica, zu jenem Teil des Landes, wo die Menschen schwarzhäutig sind und Englisch mit einem leichten Cockney-Tonfall sprechen. Dies sind keine Mestizen oder Indios, sondern die Nachfahren karibischer Sklaven. Bluefields heißt die Hauptstadt ihrer Region.

Und aus diesem Moskitoparadies kam, so erzählten die Leute in San Juan mir, einmal im Jahr ein Boot mit einem seltsamen alten »Caudillo« – ihr Wort für einen Ritter oder Landbesitzer, obwohl es auch einen Herrscher bezeichnen kann. Er sei so alt wie Adams Vater, wie sie so schön sagten. Sein Gesicht sei zerfurcht von Millionen von Runzeln. Besonders hatte es den Leuten seine Brille angetan, denn die Gläser seien vom Blauschwarz der Tollkirsche – und offenbar aus den Böden von Weinflaschen gemacht. Ein Diener trage ihn auf dem Arm durch die Stadt, bis zur *cantina* eines Geldverleihers an der Calle Masaya, im Schmugglerviertel. Dort versetze er jedes Mal einen Beutel Edelsteine. Ungeschliffene Missouri-Saphire.

Jedes Jahr sei es dasselbe. Eine Handvoll Yogo-Saphire. Davon habe er anscheinend einen unerschöpflichen Vorrat. Er bekam nicht das dafür, was sie wert waren – der Geldverleiher beschwindelte ihn jedes Mal –, doch trotzdem kam er jedes Jahr zurück. Er unterschrieb nichts, verlangte keine Quittung, feilschte nie, akzeptierte stets den Ganovenpreis, der ihm geboten wurde. Genau gesagt sprach er nie ein Wort zu dem Wucherer oder seiner Frau, sondern ließ alle Verhandlungen von dem *sirviente* führen. Wenn das erledigt war, brachte man ihn zu der weiß gekalkten Kirche, wo er sich eine Stunde lang in der Kühle ausruhte. Niemand sah je, dass er dort niederkniete; er saß aufrecht wie ein Grabstein, den zerknitterten Sombrero im Schoß. Ein paar Geldscheine aus seiner Brieftasche gab er dem Diener, und dieser reichte sie dann dem Padre oder steckte sie in die Kiste für die Kollekte. *Para los niños y las mujeres que tienen hambre*, stand auf dem Kasten. Für die hungrigen Kinder und Frauen. Und einmal – erzählte mir ein Bekannter dort – fragte der Diener eine Nonne, die eben eine Vase mit Malincheblumen auf den Altar stellte, ob er einen Becher Wasser für seinen betagten Herrn erbitten könne, dem die Hitze schwer zusetze. Die gute Frau fand einen Becher und reichte ihn dem Diener, und weitere Worte wurden nicht gewechselt. Als sie am Abend die Gänge der Kirche ausfegte, fand sie ein Taschentuch, das auf dem Altar zurückgeblieben war. Es war sorgfältig gefaltet und mit einem Gebetbuch beschwert. Darin befanden sich fünfzehn Einhundertdollarnoten.

Er und sein Diener seien *»como Quijote y Sancho Panza«*. Uralt und langsam und auf eine komische Weise ernst. Er trage einen Degen in einer rostigen Scheide mit zergangenen Quasten daran; die schwarzen Spitzenhandschuhe eines Edelmanns. Selbst die Bettler hielten inne, wenn er durch die heißen und staubigen Straßen kam, schweißgebadet in seinem ebenholzschwarzen Umhang. Hunde und johlende Kinder folgten der seltsamen Prozession, zurück zur Anlegestelle und dem geflochtenen Boot. Der Diener setzte ihn auf die krumme alte Bank, das Schwert über den Knien, die schwarze Brille auf der Nase; dann griffen beide Männer zu den schweren eichenen Rudern und machten sich schweigend auf den Rückweg gen Osten.

Die Leute konnten nie verstehen, warum er die lange Reise machte. Die Fahrt war so gefährlich. Im Dschungel konnte man umkommen. Warum schickte er keinen Boten, einen kleinen *chacho* aus Bluefields, der die Besorgung gerne machen würde, um ein paar Cordobas und des Abenteuers willen? Jemand hatte ihn gefragt, und seine Antwort darauf war der einzige Satz, den man ihn in der Stadt je hatte sprechen hören.

»Un hombre con acento cockney no es de fiar el dinero.« Einem Mann, der mit Cockney-Akzent spricht, kann man kein Geld anvertrauen.

In etwa einem Monat sei er wieder fällig, erzählte der Wirt in der *cantina* mir; denn meistens komme er im Juli, bevor die Regenzeit einsetze. Vielleicht könne ich warten, wenn ich ihn kennenlernen wolle? *Un mes. Dos meses. No más, hombre.* Ich erwog es ernsthaft. Doch am Ende habe ich doch nicht gewartet. Wahrscheinlich wäre er es nicht gewesen. Es wäre eine Enttäuschung geworden.

Ich will ihn mir lieber weiter ausmalen, dort zwischen den Shanties in Bluefields; wie er hinaus auf den Atlantik blickt und von seiner Dulcinea träumt. Die Lanze gegen die Windmühlen erhebt mit seinem teuflischen Blick, sich betrinkt mit Los-Flores-Rum. Ein Traum, ich weiß. Schöne Worte, nicht mehr. Es kann kaum einen Zweifel geben, dass er im Missouri umkam.

Die Ballade vom Krieg erweist den Toten Ehre. Dies ist die Geschichte von einigen gewesen, die überdauerten. Von Lucia-Cruz McLelland, begraben in Irland; von Elizabeth Longstreet, begraben in Afrika; und von dem stummen Jeddo Mooney, einem Jungen, der einen neuen Namen annahm und der nun sein Schweigen gebrochen hat, indem er euer Erzähler war:

Jeremiah Daniel McLelland,
Professor Emeritus, Columbia.
1, the Fifth Avenue, New York.
Am Weihnachtsabend 1937

Dank

Ich danke meiner geliebten Anne-Marie Casey, meinem Lektor Geoff Mulligan, meiner literarischen Agentin Carole Blake und meinem Theateragenten Conrad Williams, beide bei der Blake Friedmann Literary Agency, London, und Jewerl Ross bei Silent R Management, Los Angeles. In den Jahren 2005/06 war ich Fellow am Dorothy and Lewis B. Cullman Center for Scholars and Writers der New York Public Library; ich danke der Belegschaft, den Bibliothekaren und meinen Kollegen für ihre unermüdliche Freundlichkeit; ebenso Gary Forney, Jon Axline, Lenore Puhek und ihren Mitarbeitern am Montana Historical Archive für ihre Gastfreundschaft bei einer Forschungsreise, die ich im Dezember 2005 nach Montana unternahm. Dieser US-Bundesstat ist unendlich viel freundlicher und schöner als das fiktive, ein wenig anders lokalisierte Mountain Territory des Romans. Ich danke Patricia Normanly für die unveröffentlichten Briefe eines irischen Soldaten, der in Gettysburg umkam, Rachid Diallo für sein Büchlein *Time Travellers: the American Civil War,* James Kincaid (Univ. of Southern California), Declan Kiberd und Anthony Roche (Univ. College Dublin), der Belegschaft der UCD Library, John M. Hearne, Ruan O'Donnell (Univ. of Limerick) sowie Justin Furlong (National Library of Ireland). Dank für Hilfe bei den Übersetzungen: Julia Carty, Miryam Delgado, Anthony Glavin, Eanna O'Lochlainn, Dr. Seán O'Riain, Hugo Hamilton und Kevin Holohan. Großen Dank schulde ich meinem Vater Seán O'Connor, Monica Casey, Eimear O'Connor, Judy Finnegan, Richard Madely, Amanda Ross, Natalie Fox, Beth Humphries, Madeleine Keane, Briony Everroad und Rosa Bruno und nicht zuletzt Peter Ward, der dieses Buch mit soviel Sorgfalt und Geschick gestaltete. »Cochise und Johnny Thunders« ist eine Umarbeitung von »Morrissey and the Russian Sailor«, aufgenommen unter anderem von dem aus Connemara stammenden *Sean-Nós*-Sänger Seosamh O'hÉanaí (Joe Heaney). »Western Thunders Blues« ist beeinflusst von Huddie Ledbetters »Out on the Western Plain« (es gibt eine großartige Version von dem verstorbenen Rory Gallagher). Aufnahmen von irischen Balladen des Bürgerkriegs sind von Derek Warfield und David Kincaid zu haben. Das Works Progress Administration-Programm nahm in den 1930er Jahren Interviews mit ehemaligen Sklaven auf; *The Emergence of Black English: text and commentary,* Hg. Bailey, Maynor, Cukor-Avila, enthält Transkriptionen sowie Diskussionen der vielen Fragen, die sich daraus ergeben. Einige orthographische Eigenheiten dieser Transkriptionen tauchen in den Erinnerungen der Elizabeth Longstreet auf.

Soweit nicht anders angegeben, handelt es sich bei den Fotografien um Glasnegative nach dem nassen Kollodiumverfahren, aus der Sammlung der Library of Congress »Selected Civil War Photographs, 1861–1865« (Archivnummern unten), die meisten davon »entstanden unter der Aufsicht von Mathew Brady«. Ich danke Kathryn Blackwell vom dortigen Archiv. Die Library of Congress geht davon aus, dass die Publikation der Aufnahmen gemeinfrei ist. Seite 1: »Petersburg, Va. Gewehrpyramiden der Unionisten, Häuser im Hintergrund«, 3. April , 1865. lc-b811–3229. S. 17: Ursprünglich betitelt »Kandidaten der Erziehungsbehörde lehnen Bibellektüre in Schulen ab«. Abgebildet unter www.assumption.edu/acad, Herkunftsverweis dort *Harper's Weekly*, »1850er Jahre«. S. 61: »Chattanooga, Tenn., Landschaft. Messpunkt, errichtet von den Captains Dorr und Donn des U.S. Coast Survey in Pulpit Rock, Lookout Mountain«, 1864? lc-b811–3661. S. 103: »Petersburg, Va. Konföderierte Stellung mit Spanischen Reitern im Hintergrund«, 1865. lc-b811–3302. S. 118: »Unbekannter Ort. Einbalsamierung des Leichnams eines Soldaten«, zwischen 1860 und 1865. lc-b811–2531. S. 159: »White Oak Swamp, Va. Ansicht«, zwischen Mai und August 1862. lc-b811–2601. S. 191: Abfotografierte Zeichnung einer Apparatur zur Züchtigung von Sklaven. lc-usz62–31864. S. 233: »James River, Va. Butlers Schwimmbagger, versenkt durch eine konföderierte Mine am Thanksgiving-Tag, 1864«, lc-b811–2550. S. 283: »Der irische Esel«, Druck, veröffentlicht von William Holland, London, März 1799. S. 379: »Porträt eines Kindersoldaten«. Morris Gallery, Cumberland, Nashville, Tennessee, zwischen 1860 und 1865, abfotografiert 1961, Elsie G. Redman, lc-b8184–10573. S. 408: »Nashville, Tenn. Gepanzerte Eisenbahnbrücke über den Cumberland River« von George N. Barnard, 1864. lc-b811–2642. S. 437: »Soldatenporträt«, zwischen 1860 und 1865, abfotografiert 1961. Kopie eines undatierten Fotos, aufgenommen von der Library of Congress von einem Metallnegativ. G.K. Holmes, Cornwall Bridge, Conn. Archivnummer lc-b8184–10694.

In keiner Quellenliste zum Bürgerkrieg dürfen Shelby Footes Meisterwerk *The Civil War: A Narrative* und Ken Burns' großartige Fernsehdokumentation über den Krieg fehlen. Eine von Don Harvey erstellte Chronologie sämtlicher Gefechte des Krieges findet sich unter http://users.aol.com/dlharvey. *Redemption Falls* ist ein Roman und nimmt sich als solcher gewisse Freiheiten mit historischen und geographischen Fakten; die Zuverlässigkeit eines Geschichtsbuchs beansprucht er nicht für sich. Über hunderttausend irische Einwanderer fochten in diesem Krieg, doch die irische Brigade des Buches ist nicht identisch mit der berühmten 69. New Yorker, und Jeddo Mooneys Einheit hat kein reales Vorbild. Wer sich mit irischer Geschichte auskennt, wird feststellen, dass gewisse Grundzüge von James O'Keeffes Lebenslauf Parallelen zu denen von Thomas F. Meagher aufweisen (siehe dessen *Memoirs, Comprising the Leading Events of his Career Chronologically Arranged, With Selections From his Speeches, Lectures and Miscellaneous Writings,* 1892), doch O'Keeffe ist genauso eine fiktive Figur wie alle anderen in diesem Roman und kein verdecktes Porträt einer historischen Gestalt. Aufschluss über Meagher und seine Freunde geben unter anderem Gary Forneys *Thomas Francis Meagher*, John M. Hearne und Rory T. Cornish, Hg., *Thomas Francis Meagher, The Making of an Irish American*, Thomas Keneallys *American Scoundrel*, William H. Lamers' *The Thunder Maker*, Kirk Mitchells *Fredericksburg*, Lenore Puheks *The River's Edge*, Reg Watsons *The Life and Times of Thomas Francis Meagher* und Richard S. Wheelers *The Exile*. Als weitere nützliche Bücher über Iren im Amerikanischen Bürgerkrieg wären zu nennen Susan Provost Beller, *Never Were Men So Brave: The Irish Brigade During The Civil War*; Frank A. Boyle, *A Party of Mad Fellows: The Story of the Irish Regiments in the Army of the Potomac*; William J. K. Beaudot, Hg., *An Irishman in the Iron Brigade: The Civil War Memoirs of James P. Sullivan, Sergt., Company K, 6th Wisconsin Volunteers*; Joseph G. Bilby, *The Irish Brigade in the Civil War: The 69th New York and Other Irish Regiments of the Army of the Potomac;* William Corby, *Memoirs of Chaplain Life: Three Years With the Irish Brigade in the Army of the Potomac*; James P. Gannon, *Irish Rebels, Confederate Tigers: The 6th Louisiana Volunteers,* 1861–1865; Ed Gleeson, *Rebel Sons of Erin: A Civil War Unit History of the Tenth Tennessee Infantry Regiment (Irish) Confederate States Volunteers*; *Commanding Boston's Irish Ninth: The Civil War Letters of Colonel Patrick R. Guiney, Ninth Massachusetts Volunteer Infantry*; Lawrence Frederick Kohl, Hg., *Irish Green and Union Blue: The Civil War Letters of Peter Welsh, Color Sergeant 28th Massachusetts Volunteers;* Daniel George Macnamara, Hg., *The History of the Ninth Regiment: Massachusetts Volunteer Infantry, June* 1861–*June* 1864; John Mahon, *New York's Fighting Sixty-Ninth: A Regimental History of Service in the Civil War's Irish Brigade & the Great War's Rainbow Division*; Kelly J. O'Grady, *Clear the Confederate Way!: The Irish in the Army of Northern Virginia*; J. Vincent Noonan, *Forty Rounds : An Irish Regiment in the Civil War*; Philip T. Tucker, *The Confederate Irish*.

Ein besonderer Dank geht an meine beiden geliebten Söhne, James (7) und Marcus (3) dafür, dass sie während der Niederschrift dieses Romans so oft auf ihren Vater verzichteten, und dafür, dass sie ihn oft genug daran erinnerten, wie der Rebellenruf klingt. Ihnen gilt das letzte Hurra.